UN MONDE FLAMBOYANT

DU MÊME AUTEUR

Les Yeux bandés, Actes Sud, 1993 ; Babel nº 196.
L'Envoûtement de Lily Dahl, Actes Sud, 1996 ; Babel nº 380.
Yonder, Actes Sud, 1999 ; Babel nº 774.
Tout ce que j'aimais, Actes Sud/Leméac, 2003 ; Babel nº 686.
Les Mystères du rectangle. Essais sur la peinture, Actes Sud, 2006.
Élégie pour un Américain, Actes Sud/Leméac, 2008 ; Babel nº 1006.
Plaidoyer pour Éros, Actes Sud, 2009.
La Femme qui tremble. Une histoire de mes nerfs, Actes Sud/Leméac, 2010 ; Babel nº 1151.
Un été sans les hommes, Actes Sud/Leméac, 2011 ; Babel nº 1176.
Au pays des Mille et Une Nuits, photographies de Reza, Actes Sud, 2011.
Vivre, penser, regarder, Actes Sud/Leméac, 2013 ; Babel nº 1295.
Un monde flamboyant, Actes Sud/Leméac, 2014.

Titre original :
The Blazing World
Éditeur original :
Simon & Schuster, New York

ISBN 978-2-330-06449-5

SIRI HUSTVEDT

UN MONDE FLAMBOYANT

roman traduit de l'anglais (États-Unis)
par Christine Le Bœuf

BABEL

NOTE DE L'ÉDITEUR DE LA VERSION FRANÇAISE

Toutes les expressions en italique suivies d'un astérisque sont en français dans le texte original ; les autres astérisques renvoient aux notes de la traductrice, page 473 du présent volume.

AVANT-PROPOS

“Toutes les entreprises intellectuelles et artistiques, plaisanteries, ironies et parodies comprises, reçoivent un meilleur accueil dans l’esprit de la foule lorsque la foule sait qu’elle peut, derrière l’œuvre ou le canular grandioses, distinguer quelque part une queue et une paire de couilles.” En 2003, j’ai découvert cette phrase provocatrice dans une lettre à la rédaction parue dans un numéro de *The Open Eye*, une revue interdisciplinaire que je lisais fidèlement depuis plusieurs années. L’auteur de la lettre, Richard Brickman, n’était pas celui de la phrase. Il citait une artiste dont je n’avais encore jamais vu le nom dans la presse : Harriet Burden. Brickman racontait que Burden lui avait écrit longuement à propos d’un projet dont elle souhaitait qu’il assure la révélation au public. Bien qu’elle eût exposé ses œuvres à New York dans les années 1970 et 1980, elle avait été déçue par l’accueil reçu et s’était totalement retirée du monde de l’art. Dans le courant des années 1990, elle avait entrepris une expérience qu’elle mit cinq ans à mener à son terme. Selon Brickman, Burden fit jouer à trois hommes le rôle de prête-nom pour son propre travail créatif. Trois expositions en solo dans trois galeries new-yorkaises, attribuées à Anton Tish (1999), à Phineas Q. Eldridge et à l’artiste connu sous son seul prénom, Rune (2003), avaient en réalité Burden pour auteur. Elle avait intitulé le projet dans son ensemble *Masquages*, et déclaré que son propos ne consistait pas seulement à mettre en évidence le préjugé antiféministe du monde de l'art, mais aussi à révéler les rouages complexes de la perception humaine et la façon dont des notions inconscientes de genre, de race et de célébrité influencent la compréhension que peut avoir le public d'une œuvre d'art donnée.

Mais Brickman allait plus loin. Burden affirmait, déclarait-il, que le pseudonyme adopté modifiait le caractère de ses créations. En d'autres termes, l'homme qui lui servait de masque jouait un rôle dans la *nature* de l'art qu'elle créait : "Chaque artiste-masque devient pour Burden une « personnalité poétisée », l'élaboration visuelle d'une « entité hermaphrodite » dont on ne peut dire qu'elle est la sienne ni celle du masque, mais qui relève « d'une réalité confondue créée entre eux »." Une telle notion ne pouvait qu'exercer sur quelqu'un qui, comme moi, enseigne l'esthétique, une fascination immédiate, tant par son ambition que par sa complexité et sa subtilité philosophiques.

En même temps, la lettre de Brickman m'intriguait. Pourquoi Burden ne s'était-elle pas expliquée elle-même ? Pourquoi avoir autorisé Brickman à parler pour elle ? Brickman affirmait que la liasse de soixante pages intitulée par Burden "Missive en provenance du domaine de l'Être fictionnel" était arrivée à l'improviste dans sa boîte aux lettres et que, jusqu'alors, il ignorait tout de l'artiste. Le ton qu'emploie Brickman est curieux, lui aussi. Il va et vient entre condescendance et admiration. Il critique la lettre de Burden, la disant hyperbolique et impropre à la publication dans une revue culturelle, avant d'en citer d'autres passages qu'il lui attribue avec toutes les apparences de l'approbation. Cette lettre me laissait une impression confuse, mêlée d'un sentiment d'irritation vis-à-vis de Brickman, dont les commentaires étouffent véritablement le texte original de Burden. Je recherchai immédiatement des comptes rendus des trois expositions, *L'Histoire de l'art occidental*, de Tish, *Les Chambres de suffocation*, d'Eldridge, et *Au-dessous*, de Rune. Chacune était visuellement distincte des deux autres, mais je perçus néanmoins entre les trois ce que j'appellerais "un air de famille". Les expositions Tish, Eldridge et Rune que Burden prétendait avoir inventées étaient toutes convaincantes sur le plan artistique, mais c'était l'expérience menée par Burden qui m'intriguait particulièrement, parce qu'elle faisait écho à mes propres préoccupations intellectuelles.

Mon programme d'enseignement était très chargé cette année-là. J'avais des responsabilités liées à la présidence temporaire de mon département et je n'eus la possibilité de satisfaire ma curiosité concernant *Masquages* que trois ans plus tard, quand je pris un congé sabbatique afin de travailler à mon livre, *Voix plurielles et visions multiples*, dans lequel j'étudie les œuvres de Søren Kierkegaard, de M. M. Bakhtine et de l'historien de l'art Aby Warburg. La description par Brickman du projet de Burden et de ses *personnalités poétisées* (cette expression est de Kierkegaard) cadrait parfaitement avec mes propres réflexions, et je décidai donc de retrouver la trace de Brickman grâce à *The Open Eye* et d'entendre ce qu'il avait à dire pour sa défense.

Peter Wentworth, le rédacteur en chef de la revue, récupéra quelques courriels que Brickman lui avait adressés – de brefs et secs messages d'ordre professionnel. Quand je tentai d'entrer en contact avec Brickman, je constatai toutefois que l'adresse n'était plus valable. Wentworth me procura un essai de Brickman qui avait paru dans *The Open Eye* deux ans avant cette lettre : une critique abstruse des incessants débats à propos des concepts en philosophie analytique, sujet éloigné de mes centres d'intérêt. Selon Wentworth, Brickman avait obtenu un doctorat en philosophie à l'université d'Emory, et il était maître de conférences au St Olaf College de

Northfield, Minnesota. Mais quand je pris contact avec St Olaf, il s'avéra qu'aucun individu répondant au nom de Richard Brickman n'enseignait ni n'avait jamais enseigné dans ce département. Faut-il le dire, l'université d'Emory n'avait, elle non plus, aucune trace d'un candidat de ce nom au doctorat en philosophie. Je décidai de m'adresser directement à Harriet Burden mais lorsque j'eus enfin réussi à découvrir sa trace à New York grâce à sa fille, Maisie Lord, Burden était décédée depuis deux ans.

L'idée de cette anthologie est née au cours de ma première conversation téléphonique avec Maisie Lord. Bien qu'elle fût au courant de la lettre de Brickman, elle fut étonnée d'apprendre que son auteur n'était pas celui qu'il avait prétendu être, à supposer même qu'il eût existé. Elle imaginait que sa mère avait été en contact avec lui mais ignorait tout des circonstances particulières de leur relation. À l'époque où je lui ai parlé, les œuvres de Harriet Burden avaient été cataloguées et archivées, et Maisie travaillait depuis plusieurs années à un film documentaire sur sa mère. Le film comporte des extraits lus en voix off des vingt-quatre journaux intimes que sa mère a commencé à tenir après la mort de son mari, Felix Lord, en 1995, tous répertoriés sous une lettre de l'alphabet. À la connaissance de Maisie, il n'était question de Brickman dans aucun de ces carnets. (J'ai bien trouvé deux mentions de R. B. – pour Richard Brickman, vraisemblablement – mais rien de plus révélateur que cela.) Maisie, cependant, avait la certitude que sa mère avait laissé dans les journaux un certain nombre “d'indices” concernant non seulement son projet pseudonyme mais aussi ce qu'elle appelait “les secrets de la personnalité de ma mère”.

Deux semaines après notre coup de téléphone, je pris l'avion pour New York, où je rencontrai Maisie, son frère Ethan Lord et le compagnon de Burden, Bruno Kleinfeld, qui me parlèrent tous longuement. Je pus voir des centaines d'œuvres que Burden n'avait jamais exposées nulle part, et ses enfants m'apprirent que son œuvre venait d'être prise par la prestigieuse galerie Grace, à New York. La rétrospective Burden montée en 2008 allait engranger le respect et la reconnaissance que l'artiste avait si désespérément attendus, constituant en somme un lancement de carrière posthume. Maisie me fit voir des rushes de son film inachevé et, surtout, me donna accès aux carnets.

La lecture des centaines de pages que Burden avait écrites s'avéra pour moi tour à tour fascinante, provocante et frustrante. Elle tenait plusieurs journaux en même temps. Elle datait certaines notations et d'autres pas. Elle utilisait dans ses carnets un système de références à double entrée qui était tantôt évident, tantôt d'une complexité ou d'une absurdité byzantines. Pour finir, je renonçai à tenter de le décoder. Son écriture rapetisse, sur certaines pages, au point d'en être illisible, et devient si grande sur d'autres que quelques phrases occupent la page entière. Certains de ses textes sont brouillés par l'intrusion de dessins dans les passages écrits. Quelques-uns des carnets sont remplis à craquer et d'autres ne comptent que quelques paragraphes. Les carnets A et U sont en grande partie autobiographiques, mais pas entièrement. Elle consacrait des réflexions approfondies aux artistes qu'elle aimait, dont certains occupent de nombreuses pages d'un carnet. Vermeer et Vélasquez se partagent le V, par exemple. Louise Bourgeois a son propre carnet, le L, pas le B, mais le L contient des digressions sur l'enfance et la psychanalyse. William Wechsler, carnet W, contient des notes sur le travail de Wechsler mais également de longues parenthèses sur le *Tristram Shandy* de Laurence Sterne et *Fantomina*, d'Eliza Heywood, ainsi qu'un commentaire sur Horace.

Plusieurs des journaux consistent pour l'essentiel en notes sur ses lectures, qui étaient abondantes et slalomaient au travers de nombreux domaines : littérature, philosophie, linguistique, histoire, psychologie et neurosciences. Pour une raison ignorée, John Milton et Emily Dickinson partageaient un carnet sous la lettre G. Kierkegaard se trouve en K, mais Burden y écrit aussi sur Kafka, et y consacre plusieurs passages aux cimetières. Dans le carnet H, consacré à Edmund Husserl, on trouve des pages sur la notion de Husserl de "constitution intersubjective de l'objectivité" et sur ses conséquences pour les sciences naturelles, mais aussi des digressions sur Maurice Merleau-Ponty et Mary Douglas ainsi qu'un "scénario fantastique" sur l'intelligence artificielle. Q est consacré à la théorie quantique et son utilisation éventuelle en tant que modèle théorique pour le cerveau. À la première page du carnet F (F comme femme, apparemment), Burden a écrit : "Hymnes au beau sexe." Des pages et des pages de citations suivent. Un bref échantillonnage suffira à en donner la saveur : Hésiode : "Qui se fie à une femme fait confiance aux voleurs." Tertullien : "Tu (la femme) es la porte de l'enfer." Victor Hugo : "Dieu s'est fait homme, soit. Le diable s'est fait femme." Ezra Pound (Canto XXIX) : "La femme est un élément, la femme est chaos, une pieuvre, un processus biologique." À la suite de ces fragments de flagrante misogynie, Burden avait agrafé sur une seule page des douzaines d'articles de journaux et de magazines sur lesquels elle avait écrit le mot : *escamotées*. Il n'y avait pas de thème commun à ces divers articles et je me demandai ce qu'ils faisaient dans le même sac. Et puis je compris ce qu'ils avaient en partage : des listes. Dans chacun de ces articles était incluse une liste de plasticiens, de romanciers, de philosophes et de scientifiques contemporains, dans laquelle n'apparaissait aucun nom de femme.

Dans V, Burden se réfère aussi à des livres savants, avec et sans citations. Je trouvai celle-ci : "L'image de « la femme en monstre », où des femmes sont représentées sous forme de serpents, d'araignées, d'extraterrestres et de scorpions, est très répandue dans la littérature pour garçons, non seulement aux États-Unis mais également en Europe et au Japon (cf. T, p. 97)." Avec cette référence entre parenthèses, Burden renvoie à son carnet T, comme tératologie – l'étude des monstres –, qui, ainsi qu'elle l'explique à la première page, est "la catégorie qui n'est pas une catégorie, la catégorie censée contenir ce qui ne peut être contenu". Burden avait l'obsession des monstres et collectionnait les documents scientifiques et littéraires s'y rapportant. À la page 97 du carnet T, elle cite Rabelais, dont les monstres comiques ont changé la face de la littérature, et fait observer que Gargantua n'est pas né par l'orifice habituel : "Par cest inconvenient feurent au dessus relaschez les cotyledons de la matrice, par lesquelz sursaulta l'enfant, et entra en la vene creuse, et, gravant par le diaphragme jusques au dessus des espaules (où ladicte vene se part en deux), print son chemin à gauche, et sortit par l'aureille senestre" (livre I, chapitre 6). Immédiatement après, elle écrit : "Mais le monstre n'est pas toujours une rabelaisienne merveille de robustes appétits et d'hilarité sans borne. C'est parfois une créature solitaire et incomprise (cf. M et N)."

Deux carnets densément remplis (M et N) traitent de l'œuvre de Margaret Cavendish, duchesse de Newcastle (1623-1673), et de l'organicisme matérialiste vers lequel évolua sa pensée dans sa maturité. Il est toutefois question également, dans ces deux carnets, des œuvres de Descartes, Hobbes, More et Gassendi. Burden rapproche Cavendish de philosophes contemporains tels que Ciolin McGinn et David Chalmers, mais aussi, entre autres, du phénoménologue Dan Zahavi et du neuroscientifique Vittorio Gallese. Après avoir lu ces passages, un de mes collègues en neurobiologie, Stan Dickerson, qui n'avait jamais entendu parler ni de Burden ni de Cavendish, qualifia la thèse de Burden de "quelque peu audacieuse, mais cohérente et bien informée".

Bien que Cavendish eût vécu au XVIIe siècle, Harriet Burden la considérait comme son *alter ego.* Au cours de sa vie, la duchesse de Newcastle publia des ouvrages de poésie, de fiction et de philosophie naturelle. Bien qu'il y eût à l'époque quelques personnes pour défendre et admirer son œuvre – dont, il convient de le souligner, son époux William Cavendish –, la duchesse se sentait cruellement contrainte par son sexe et exprima à de multiples reprises l'espoir que la postérité lui apporterait lecteurs et approbation. Snobée par un grand nombre de ceux avec qui elle aurait aimé engager le dialogue, elle s'inventa dans ses écrits tout un monde d'interlocuteurs. De même que pour Cavendish, je pense qu'on ne peut comprendre Burden que si l'on prend en considération le caractère dialogique de sa pensée et de son art. Tous ses carnets peuvent être lus comme des formes de dialogues. Elle passe sans cesse de la première à la deuxième personne, et puis à la troisième. L'écriture de certains passages évoque des disputes entre deux versions d'elle-même. Une voix énonce une idée. Une autre la conteste. Ses carnets étaient devenus le terrain où sa colère et son intelligence écartelée pouvaient se livrer bataille sur la page.

Burden se plaint avec amertume du sexisme régnant dans l'univers de la culture, dans le monde de l'art en particulier, mais elle déplore aussi sa "solitude intellectuelle". Elle remâche son isolement et invective ses nombreux ennemis ou supposés tels. En même temps, son écriture (à l'instar de celle de Cavendish) se teinte d'extravagance et de grandiloquence : "Je suis un Opéra. Une Insurrection. Une Menace", écrit-elle dans un article qui fait ouvertement état de sa proximité spirituelle avec Cavendish. Comme chez cette dernière, son désir d'être reconnue de son vivant finit par se métamorphoser en l'espoir que son œuvre soit enfin remarquée, sinon de son vivant, du moins après sa mort.

Burden a tant écrit et sur tant de sujets que mon dilemme s'articulait sur cette question capitale : Que prendre et que laisser ? Certains des carnets ont un contenu ésotérique exclusivement intelligible pour des lecteurs versés en histoire de la philosophie, en science ou en histoire de l'art. Je trouvais déconcertantes certaines des notions auxquelles elle faisait référence, et même après que j'en avais retrouvé l'origine, leur signification dans le contexte de ses écrits me demeurait souvent obscure. J'ai concentré mon attention sur *Masquages*, et n'ai inclus que les passages en relation directe ou indirecte avec le projet pseudonyme. Les premiers extraits des journaux de Burden présentés dans ce volume proviennent du carnet C (Confessions ? Confidences ?), des Mémoires dont Burden commença la rédaction au début de 2002, peu après son soixante-deuxième anniversaire, mais qu'elle semble avoir abandonnés pour revenir à ses autres carnets et à un style plus fragmenté.

Je trouvai néanmoins indiqué de tâcher de construire une sorte de récit à partir des divers documents que Burden nous a laissés. Ethan Lord me suggéra de recueillir des témoignages écrits ou oraux de proches de sa mère, afin d'enrichir *Masquages* de perspectives supplémentaires. Je décidai alors de solliciter des informations auprès des personnes qui avaient été au courant du projet pseudonyme ou y avaient été impliquées d'une manière quelconque.

Depuis l'exposition à la galerie Grace, l'intérêt porté à l'œuvre de Harriet Burden s'est accru de manière exponentielle, en dépit de la polémique qui perdure à propos de ses "masques" et, surtout, à propos de ses relations avec le dernier – et, de loin, le plus célèbre – de ces trois artistes, Rune. Bien qu'il y ait consensus sur le fait que Burden est l'auteur de *L'Histoire de l'art occidental* de Tish ainsi que des *Chambres de suffocation* d'Eldridge, il n'y a guère d'accord quant à ce qui s'est réellement passé entre elle et Rune. D'aucuns estiment que Burden n'est pas responsable d'*Au-dessous* ou n'a que très peu contribué à cette installation, d'autres sont convaincus que Burden l'a créée sans Rune. D'autres encore soutiennent qu'*Au-dessous* était une œuvre de collaboration. S'il n'est sans doute pas possible de déterminer exactement qui en est l'auteur original, il est manifeste que Burden s'est sentie trahie par Rune et s'est retournée contre lui. Elle a également acquis la conviction qu'il lui avait dérobé quatre œuvres dans son atelier, bien que nul ne pût expliquer comment le vol aurait pu avoir lieu, le bâtiment étant fermé à clé et protégé par un système d'alarme. *Fenêtres*, une série de douze pièces, fut vendue comme une œuvre de Rune. Les douze boîtes ressemblent à des constructions fabriquées par Burden et il est à tout le moins possible que quatre d'entre elles aient été d'elle et non de lui.

La version que Rune aurait donnée de ces événements n'a pu être incluse dans la présente anthologie. Suicide ou pas, sa mort, en 2004, fut abondamment commentée et fit sensation dans les médias. La carrière de Rune a inspiré toute une littérature. Son œuvre a fait l'objet de multiples recensions, et de nombreux articles critiques ainsi que plusieurs livres sur lui et son œuvre sont disponibles pour quiconque s'y intéresse. Je souhaitais néanmoins que le point de vue de Rune soit représenté dans ce recueil et j'ai demandé à Oswald Case, journaliste qui fut ami et biographe de Rune, de contribuer à l'ouvrage, ce qu'il a accepté de bonne grâce. Les autres participants sont Bruno Kleinfeld, Maisie et Ethan Lord, Rachel Briefman, une très proche amie de Burden, Phineas Q. Eldridge (le deuxième "masque" de Burden), Alan Dudek (*alias* le Baromètre), qui a habité chez Burden, et Sweet Autumn* Pinkney, qui a travaillé en tant qu'assistante à *L'Histoire de l'art occidental* et a connu Anton Tish.

En dépit d'efforts herculéens de ma part, je n'ai pas réussi à entrer en contact avec Tish, dont le récit de ses relations avec Burden aurait été d'une valeur inestimable. Une brève interview de lui figure néanmoins dans ce recueil. En 2008, j'ai écrit à la sœur de Rune, Kirsten Larsen Smith, pour lui demander un entretien à propos de la collaboration de son frère avec Burden, mais elle s'y est refusée, disant que le décès prématuré de son frère l'avait trop éprouvée pour qu'elle se sente en mesure d'en parler. Et puis, en mars 2011, alors que j'avais terminé la compilation et la préparation de tous les éléments du livre, Smith m'appela pour m'expliquer qu'elle avait décidé d'accéder à ma demande d'entretien. Ma conversation avec elle a été ajoutée au présent ouvrage. Son courage et l'honnêteté avec laquelle elle m'a parlé de son frère m'ont inspiré une profonde reconnaissance.

J'ai inclus un court essai de la critique d'art Rosemary Lerner, qui travaille actuellement à un livre sur Burden, des entretiens avec deux des galeristes qui ont exposé les "masques" de Burden, et deux brèves recensions parues après le vernissage des *Chambres de suffocation*, une exposition qui a été l'objet de beaucoup moins d'attention que les deux autres faisant partie de la trilogie des *Masquages*. J'ai ajouté à l'anthologie l'article de Timothy Hardwick publié après la mort de Rune parce qu'il évoque les opinions de Rune sur l'intelligence artificielle, sujet qui intéressait également Burden, même si ce qu'elle a écrit à ce propos suggère qu'elle et lui n'étaient pas du même avis.

Je ressens l'obligation d'aborder la question de la maladie mentale. Bien que, dans un essai consacré à Burden dans *Art Lights*, Allison Shaw ait qualifié l'artiste de "parangon de santé mentale dans un monde dément", Alfred Tong adopte la position opposée dans un article paru dans *Blank : a Magazine for the Arts* :

> Harriet Burden était riche. Elle n'a jamais dû travailler après son mariage avec le célèbre marchand et

collectionneur d'art Felix Lord. Lorsqu'il est mort, en 1995, elle a souffert d'une dépression mentale complète et a été soignée par un psychiatre dont elle devait rester la patiente durant le reste de sa vie. Au dire de tous, Burden était excentrique, paranoïaque, agressive, hystérique et même violente. Plusieurs personnes l'ont vue agresser physiquement Rune à Red Hook, au bord de l'eau. L'un des témoins m'a confié à titre personnel que Rune a quitté la scène en sang et contusionné. J'ai le plus grand mal à comprendre comment qui que ce soit pourrait croire qu'elle était ne fût-ce que proche d'une stabilité suffisante pour élaborer *Au-dessous*, installation aussi rigoureuse que compliquée qui est peut-être la plus importante des œuvres de Rune.

Dans les extraits de ses journaux ci-après, Burden évoque sa souffrance après la mort de son mari, et elle parle du Dr Adam Fertig, dont elle se sent l'obligée. Tong a raison lorsqu'il dit qu'elle continua à voir Fertig, un psychiatre et psychanalyste, pendant les huit années qui lui restaient à vivre. Elle était en psychothérapie chez lui une fois par semaine. Il est vrai aussi qu'elle donna un coup de poing à Rune devant de nombreux témoins. Les conclusions que Tong tire de ces faits sont, néanmoins, largement infondées. L'auteur des carnets est une personne sensible, tourmentée, en colère et, comme la plupart d'entre nous, sujette aux aveuglements névrotiques. C'est ainsi qu'elle semble souvent oublier que c'est *elle* qui a pris la décision de quitter le monde de l'art. Elle a exposé son œuvre en s'abritant derrière deux, voire trois masques masculins, mais elle refusait de montrer à quelque marchand d'art que ce fût les pièces qu'elle avait accumulées au fil de nombreuses années, ce qui fait plus que suggérer un autosabotage.

Complétée par les textes et les déclarations des personnes qui l'ont bien connue, ma lecture attentive des vingt-quatre carnets m'a donné une vision nuancée de Harriet Burden, l'artiste et la femme, mais durant les six années pendant lesquelles j'ai travaillé de manière intermittente à cette anthologie – en identifiant de mon mieux ses références et recoupements, tout en m'efforçant de pénétrer ses significations multiples – j'avoue avoir éprouvé à plusieurs reprises l'inconfortable impression que le fantôme de Harriet Burden riait derrière mon épaule. Dans ses journaux, elle se qualifie plusieurs fois d'"arnaqueuse", et elle semble s'être délectée à toutes sortes de ruses et de jeux. Seules deux lettres manquent à l'alphabet des carnets de Burden, le I et le O. La lettre I, c'est, bien entendu, le pronom désignant la première personne du singulier en anglais, et je me mis à me demander comment Burden pouvait s'être refusée à tenir un carnet sous cette lettre et si elle ne l'avait pas dissimulé quelque part, ne fût-ce que pour taquiner des gens comme moi, dont elle avait manifestement espéré qu'ils finiraient par s'intéresser à elle et à son œuvre. Il existe apparemment deux références entre parenthèses au I, mais il se pourrait aussi qu'elle ait voulu écrire le chiffre 1. Quant au O, c'est non seulement une lettre mais aussi un chiffre – nullité, ouverture, néant. Peut-être a-t-elle délibérément exclu cette lettre de son alphabet. Je l'ignore. Et Richard Brickman. Il y a des centaines de Richard Brickman aux États-Unis, mais je parierais que Brickman était un autre encore des pseudonymes de Burden. Et lorsque Ethan m'a raconté que sa mère avait publié au moins un essai critique, en 1986, sous le nom absurde de Roger Raison, ma conviction s'est affermie, bien que je ne dispose pas du moindre indice susceptible de confirmer mon hypothèse.

La meilleure politique consiste sans doute à laisser le lecteur de ce qui suit juger par lui-même de ce que Harriet Burden voulait ou ne voulait pas dire, et de la confiance à accorder à ce qu'elle raconte d'elle-même. L'histoire qui se dégage de cette anthologie de voix est intime, contradictoire et, je l'admets, plutôt étrange. J'ai tâché d'assembler de mon mieux les textes selon un ordre raisonnable et, le cas échéant, d'éclairer par des notes les écrits de Burden, mais les mots sont ceux des contributeurs et je les ai laissés tels quels, à l'exception de quelques interventions éditoriales mineures.

Il me faut enfin ajouter quelques mots à propos du titre de cet ouvrage. Dans le carnet R (peut-être pour *revenant*, *revisiter* ou *répétition* – ces trois mots font des apparitions multiples), figure un espace blanc suivi des mots “Des monstres chez soi”. Ces mots m'ont servi de titre de travail jusqu'à réception de tous les textes, organisation de ceux-ci dans l'ordre actuel et lecture de l'ensemble *in extenso*. J'ai alors décidé que le titre emprunté par Burden à Cavendish pour le donner à la dernière œuvre d'art qu'elle a pu achever avant sa mort convenait mieux au récit dans son ensemble : *The Blazing World*, *Le Monde flamboyant*.

I. V. HESS

POST-SCRIPTUM

Au moment où ce livre partait sous presse, Maisie et Ethan Lord ont repris contact avec moi pour me signaler qu'ils venaient de retrouver un autre carnet : le carnet O. Les entrées contenues dans O apportent des informations supplémentaires sur les relations de Burden avec Rune, et révèlent que Richard Brickman est bien, ainsi que je l'avais deviné, un pseudonyme de Burden elle-même. Les pages les plus significatives de ce carnet ont été ajoutées à ce volume mais, étant donné qu'elles n'ont pas fondamentalement modifié ma vision de l'artiste, je n'ai pas révisé mon introduction. Au cas où ce livre devrait quelque jour connaître une réédition, et où l'on découvrirait le carnet I (dont l'existence ne fait désormais plus de doute pour moi), je pourrais bien avoir à revenir sur mon texte et à le modifier en conséquence.

I. V. Hess

HARRIET BURDEN
Carnet C (fragment des Mémoires)

J'ai commencé à les faire un an environ après la mort de Felix : totems, fétiches, enseignes, des créatures à son image et pas tellement à son image, toutes sortes de drôles de corps dont mes enfants avaient peur, alors qu'ils étaient adultes et ne vivaient plus avec moi. Ils soupçonnaient le chagrin de m'avoir fait péter les plombs, surtout lorsque j'ai décidé que certaines de mes carcasses devaient être chaudes, afin que, en les prenant dans ses bras, on puisse sentir cette chaleur. Maisie me disait : "Calme-toi, maman, c'est trop. Il faut que tu arrêtes, tu n'es plus jeune, tu sais." Et Ethan, en bon Ethan qu'il est, exprimait sa désapprobation en les qualifiant de "monstres maternels", "papas chosifiés" et *"patres horribiles"*. Seule Aven, notre petite merveille, appréciait mes poupées chéries. Elle n'avait pas deux ans à l'époque et les considérait avec gravité et une grande délicatesse. Elle adorait poser la joue contre un ventre tiède et gazouiller.

Mais il faut que je revienne en arrière. J'écris ceci parce que je ne fais pas confiance au temps. Moi, Harriet Burden, dite Harry pour mes vieux amis et un choix de nouveaux amis, j'ai soixante-deux ans, rien d'excessivement vénérable mais en bonne voie vers LA FIN, et il me reste trop de choses à faire avant que ne surviennent la révélation que l'une de mes douleurs est une tumeur, la démence sémantique ou le camion fou qui saute sur le trottoir et m'écrase contre un mur, me coupant le souffle à jamais. La vie consiste à traverser un champ de mines sur la pointe des pieds. On ne sait jamais ce qui va arriver et, si vous voulez mon avis, on n'a pas tellement prise non plus sur ce qu'on laisse derrière soi. Mais ce qui est sacrément certain, c'est qu'on peut en raconter l'histoire et se casser la tête à essayer de la raconter juste.

Les commencements sont des énigmes. Maman et papa. Le fœtus flottant. *Ab ovo*. Il y a néanmoins dans la vie de multiples moments qu'on pourrait qualifier d'originaires ; il suffit de les reconnaître pour ce qu'ils sont. Felix et moi prenions le petit-déjeuner, là-bas dans l'ancien appartement du 1185, Park Avenue. Il avait décalotté son œuf à la coque, comme il le faisait tous les matins, d'un coup précis de son couteau sur la coquille, et il portait à sa bouche la cuiller avec son contenu blanc et jaune coulant. Je le regardais parce qu'il me semblait sur le point de me parler. Il eut, un instant, une expression de surprise, la cuiller tomba sur la table, et puis par terre, et il s'affaissa en avant, le front sur un morceau de toast beurré. La lumière venue de la fenêtre éclairait faiblement la table et sa nappe bleue et blanche, le couteau abandonné gisait de travers sur la soucoupe de la tasse de café ; la salière et le poivrier verts se trouvaient à quelques centimètres de son oreille gauche. Je ne peux pas avoir enregistré cette image de mon mari effondré sur son assiette pendant plus d'une fraction de seconde, mais l'image s'est gravée dans mon esprit et je la vois toujours. Je la vois, bien que je me sois précipitée, lui aie soulevé la tête, tâté le pouls, que j'aie appelé à l'aide, respiré dans sa bouche, prié mes prières confuses et profanes et écouté hurler les sirènes, assise à l'arrière de l'ambulance avec les ambulanciers. À ce moment-là j'étais devenue une femme de pierre, une observatrice qui était aussi actrice dans la scène. Je me souviens de tout cela parfaitement, et pourtant une partie de moi est toujours assise là, à la petite table près de la fenêtre de la cuisine longue et étroite, en train de regarder Felix. C'est le fragment de Harriet Burden qui jamais ne s'est relevé, jamais n'est reparti.

Je franchis le pont et m'achetai un immeuble à Brooklyn, un quartier plus miteux à cette époque qu'il ne l'est aujourd'hui. Je voulais échapper au monde de l'art de Manhattan, ce globule incestueux, friqué et tournoyant composé d'individus qui achètent et vendent des *objets* esthétiques. Dans ce microcosme décadent, il est juste de dire que Felix avait été un géant, pourvoyeur des étoiles, et moi, l'épouse artiste de Gargantua. L'épouse avait pris le pas sur l'artiste, toutefois, et une fois Felix disparu, les habitants de ce *beau monde** se soucièrent peu de savoir si je restais là ou si je les quittais pour une région lointaine du nom de Red Hook. J'avais eu deux marchands. Tous deux m'avaient laissée tomber, l'un après l'autre. Mes œuvres ne s'étaient jamais bien vendues et on n'en parlait guère, mais pendant trente ans j'avais joué l'hôtesse pour tous ces gens – les collectionneurs, les artistes et ceux qui écrivent sur l'art – un club dont les membres dépendent les uns des autres, si coincés et si dépassés que leurs identités semblent se fondre. À l'époque où je fis mes adieux à tout cela, les nouvelles "valeurs sûres", fraîches émoulues des écoles d'art, avaient commencé à me paraître universellement identiques, avec leurs films ou leurs performances, leur bavardage prétentieux et leurs allusions théoriques alambiquées. Au moins, ces jeunes avaient de l'espoir. Ils avaient pour mentors les sans-espoir : ces débiles qui écrivaient pour *Art Assembly*, un torchon hermétique resservant régulièrement des reliefs refroidis de théorie littéraire française à ses lecteurs enthousiastes et tout aussi ignorants. Des années durant, j'avais fait de tels efforts pour tenir ma langue que je l'avais presque avalée. Des années durant, j'avais navigué autour de la table de la salle à manger, vêtue de différents atours du genre voyant et excentrique, face au

Klee, en dirigeant adroitement le trafic, et souriante, toujours souriante.

Felix Lord m'avait découverte plantée dans sa galerie en fin d'après-midi, un samedi, à Soho, en contemplation devant un artiste qui a disparu depuis longtemps mais a eu son heure de gloire dans les années 1960 : Hieronymus Hirsch[1]. J'avais vingt-six ans. Il en avait quarante-huit. Je mesurais un mètre quatre-vingt-huit. Lui un soixante-seize. Il était riche. J'étais pauvre. Il me dit que mes cheveux me donnaient l'air de quelqu'un qui aurait survécu à une électrocution et qu'il fallait que j'y fasse quelque chose.

Ce fut l'amour.

Et des orgasmes, abondance d'orgasmes, dans de doux draps humides.

Ce fut une coupe de cheveux, très courte.

Ce fut le mariage. Mon premier. Son second.

Ce furent des conversations – peintures, sculptures, photographies, installations. Et les couleurs, beaucoup sur les couleurs. Elles nous pigmentaient tous les deux, remplissaient nos entrailles. Ce furent des livres dont nous nous faisions la lecture à haute voix et nos discussions à leur sujet. Il avait une belle voix, un peu rauque à cause des cigarettes qu'il ne parvint jamais à arrêter de fumer.

Ce furent des bébés que j'adorais regarder, les petits Lord, délices sensuels de chair dodue et de fluides divers. Pendant au moins trois ans je vécus inondée de lait, de caca, de pipi, de vomi, de sueur et de larmes. C'était le

1. Il n'existe aucun document témoignant de l'existence d'un artiste de ce nom. Pourquoi Burden déforme-t-elle le nom du peintre flamand du XVe siècle Hieronymus Bosch (*ca* 1450-1516), donnant ainsi un caractère de fiction à un récit autobiographique ? On l'ignore. Dans le carnet C, Burden écrit à propos du *Jardin des délices* : "Sans doute le plus grand peintre des frontières du corps et de leurs significations oniriques. Lui et Goya."

paradis. C'était épuisant. C'était assommant. C'était doux, c'était excitant et parfois, curieusement, je me sentais très seule.

Maisie, narratrice effrénée du cours de la vie, voix flûtée d'une confusion tonitruante. Elle parle encore beaucoup, beaucoup, beaucoup.

Ethan, enfant méthodique, un pied et puis l'autre dans un carré du parquet, contemplation ambulatoire rythmée du vestibule.

Ce furent de longues conversations nocturnes à propos des enfants, et l'odeur de Felix, eau de toilette à peine perceptible et shampooing aux herbes, ses doigts minces sur mon dos. "Mon Modigliani." De mon long visage sans grâce il avait fait une œuvre d'art. *Jolie laide**.

Des bonnes pour les enfants, pour que je puisse travailler et lire : la grosse Lucy et l'athlétique Theresa.

Dans la pièce que j'appelais mon micro-atelier, je construisais des minimaisons bancales aux murs couverts d'écriture. "Cérébral", déclara Arthur Piggis, qui fit un jour l'effort de regarder[1]. Des figures gélatineuses planaient près du plafond, suspendues à d'invisibles fils de fer. L'une d'elles tenait une pancarte où l'on pouvait lire : "Que font ici ces étrangers ?" C'était là que j'écrivais : les exclamations que personne ne lisait, les extravagances que même Felix ne comprenait pas.

Felix à l'aéroport. Ses costumes en rangs dans la penderie. Ses cravates et ses transactions. Sa collection.

"Felix le Chat, nous t'attendons à Berlin la semaine prochaine, follement, ardemment. *Love*, Alex et Sigrid." Poche intérieure du veston en route vers le teinturier. Sa négligence, m'a dit Rachel, était une façon de me parler d'eux sans m'en parler. *La Vie secrète de Felix Lord*. Ce pourrait être un livre, ou une pièce de théâtre. Ethan, mon

1. Cf. Arthur Piggis, *Notes on Artists, 1975-1990* (Dreyfus Press, New York, 1996).

garçon écrivain, pourrait l'écrire s'il savait que son père avait été amoureux d'un couple pendant trois ans. Felix au regard lointain. Et n'avais-je pas aimé aussi qu'il fût illisible ? Cela ne m'avait-il pas attirée et séduite, comme il séduisait les autres, non par ce qu'il y avait là mais par ce qui y manquait ?

D'abord la mort de mon père, et puis celle de ma mère, à un an l'un de l'autre, et tous les rêves morbides, des flots de rêves, toute la nuit, toutes les nuits : les éclats de dents, d'os et de sang fuyant sous des portes innombrables, qui me faisaient parcourir des corridors et entrer dans des chambres que j'aurais dû reconnaître mais ne reconnaissais pas.

Le temps. Comment puis-je être aussi vieille ? Où est la petite Harriet ? Qu'est-il arrivé à la grande perche dégingandée et frisée qui étudiait avec tant d'ardeur ? Enfant unique de professeur et madame – philosophe et assistante, WASP et juive – mariés pas toujours pour le meilleur dans l'Upper West Side, mes parents frugaux, plutôt de gauche, dont le seul luxe consistait à m'aimer follement, leur *cause célèbre**, leur fardeau* géant et chevelu qui les avait déçus à certains égards et pas à d'autres. À l'instar de Felix, mon père est tombé mort avant midi. Un matin, dans son bureau, comme il venait de prendre *La Monadologie* à sa place sur l'étagère en face de sa table de travail, son cœur s'est arrêté de battre. Après cela, ma mère jadis bruyante et agitée devint plus silencieuse et plus lente. Je la vis s'étioler. Elle semblait diminuer de jour en jour, au point que je reconnaissais à peine la silhouette menue dans son lit d'hôpital, qui, à la fin, appelait, non son mari, ni moi, mais sa maman – l'appelait sans relâche.

Je fus, dans les trois cas, une endeuillée fiévreuse et incapable de tenir en place, tel un gros animal tourmenté. Rachel dit qu'aucun chagrin n'est simple, et j'ai découvert que ma vieille amie, le Dr Rachel Briefman, a raison en général quand il s'agit des comportements étranges de la psyché – elle œuvre dans la psychanalyse – et il est vrai que ma première année sans Felix n'a été que fureur, vengeance, une implosion de détresse à l'idée de tout ce que j'avais mal fait, de tout ce que j'avais gaspillé, un casse-tête de haine et d'amour pour lui comme pour moi. Un après-midi, j'ai jeté des monceaux de vêtements coûteux qu'il m'avait achetés chez Barneys et chez Bergdorf, et la pauvre Maisie avec son gros ventre a regardé dans le placard et balbutié qu'il fallait garder les cadeaux de papa et comment pouvais-je être aussi cruelle ? et j'ai regretté cet acte stupide. Je cachais de mon mieux aux enfants la vodka qui m'aidait à m'endormir, mon impression d'irréalité quand j'errais dans les chambres que je connaissais si bien, et cette faim terrible que j'éprouvais pour quelque chose que je n'arrivais pas à nommer. Je ne pouvais pas dissimuler les vomissements. Je mangeais, et les aliments remontaient, explosaient, éclaboussant le siège et les murs des toilettes, sans que je puisse rien y faire. Quand j'y pense aujourd'hui, je peux sentir la surface lisse et fraîche du siège auquel je m'accroche, les haut-le-cœur, les paroxysmes déchirants de la gorge et des tripes. Je meurs aussi, pensais-je, je disparais. Des analyses, encore des analyses. Des médecins, encore des médecins. Rien à découvrir. Et puis le tout dernier recours en cas de désordre dit fonctionnel, d'hypothèse de réaction hystérique, ou quand le corps usurpe le langage : Rachel m'adressa à un psychiatre-psychanalyste. Je pleurai et parlai et pleurai encore. Ma mère et mon père, l'appartement de Riverside Drive, Cooper Union*. Mon ambition, ancienne et écrasée. Felix et les enfants. Qu'ai-je fait ?

Et puis, un après-midi, à trois heures dix, juste avant la fin de la séance, le Dr Fertig me regarda de ses yeux tristes, qui devaient avoir vu tellement d'autres tristesses que la mienne, bien des tristesses pires que la mienne sans aucun doute, et dit d'une voix basse mais ferme : "Il est encore temps de changer les choses, Harriet."

Il est encore temps de changer les choses.

Les vomissements disparurent. Que personne ne prétende qu'il n'y a pas de mots magiques.

CYNTHIA CLARK
(entretien avec l'ancienne propriétaire de la galerie Clark, NY, 6 avril 2009)

HESS : Vous souvenez-vous de votre première rencontre avec Harriet Burden ?

CLARK : Oui, Felix l'avait amenée à la galerie. Sarah et lui avaient divorcé, à ce moment-là, et le voilà qui entre avec cette fille gigantesque, grande comme une maison, vraiment, super bien roulée, mais avec un long visage très spécial. On la surnommait l'Amazone.

HESS : Vous connaissiez son travail, à l'époque ?

CLARK : Non, mais, honnêtement, personne ne connaissait son travail. J'en ai vu, maintenant, des œuvres du début, mais la vérité c'est que personne dans le monde de l'art ne s'y serait intéressé en ce temps-là. C'était trop intense, trop à l'écart des sentiers battus. Ça ne collait avec aucun schéma. Il y avait de nombreuses querelles artistiques, vous savez, entre les années 1960 et 1970. Et ce n'était pas non plus Judy Chicago, avec son manifeste féministe. Et je pense que Felix aussi était un problème pour elle. Il ne pouvait pas la représenter, après tout, on aurait crié au népotisme.

HESS : Y a-t-il une autre impression d'elle, outre son apparence, qui vous aurait marquée et dont vous aimeriez me faire part pour ce livre ?

CLARK : Elle a fait une scène, un soir, à un dîner. C'était il y a des années, vers 1985, je crois. Elle parlait avec Rodney Farrell, le critique – il a disparu mais il avait alors un certain pouvoir –, en tout cas, quelque chose qu'il avait dit a dû la faire démarrer et cette femme, que nous considérions tous comme très calme, a explosé et s'est mise à pérorer à propos de philosophie, d'art, du langage. Elle parlait trop fort, sur un ton pontifiant, très désagréable. À mon avis, personne n'avait la moindre idée de ce qu'elle racontait. Franchement, je me suis dit que c'était du charabia. Tout le monde s'était tu. Et alors elle s'est mise à rire, un rire de folle, de cinglée, et elle a quitté la table. Felix était bouleversé. Il détestait les scènes.

HESS : Et les pseudonymes ? Avez-vous eu des soupçons ?

CLARK : Pas le moindre. Après la mort de Felix, elle a disparu. On ne parlait plus d'elle.

HESS : La complexité de l'œuvre d'Anton Tish ne vous a-t-elle pas étonnée ? Il n'avait que vingt-quatre ans à l'époque et semblait surgi de nulle part, et dans les interviews sa difficulté à s'exprimer est frappante, il paraissait n'avoir que des idées superficielles concernant son propre travail.

CLARK : J'ai exposé beaucoup d'artistes incapables de commenter ce qu'ils faisaient. J'ai toujours pensé que c'est l'œuvre qui est censée parler et qu'il est malvenu d'insister auprès des artistes pour qu'ils s'expliquent.

HESS : J'en conviens, et pourtant *L'Histoire de l'art occidental* est une plaisanterie complexe sur l'art, pleine d'allusions, de citations, de jeux de mots et d'anagrammes. On y trouve, tirée de l'édition française, une réflexion de

Diderot à propos d'une toile de Chardin exposée au Salon annuel de l'Académie. L'essai en question n'avait pas été traduit en anglais. Ce garçon ne parlait pas français.

CLARK : Écoutez, j'ai déjà dit ça. C'est très joli de regarder les choses maintenant, avec du recul, et de se demander comment diable on a pu se laisser avoir. Vous pouvez citer tous les exemples que vous voudrez. Je ne me demandais pas comment il avait fait ce qu'il avait fait. Il m'a apporté l'œuvre. Elle a fait du bruit. On l'a vendue. Je suis allée voir son atelier, et il y avait partout des travaux en cours. Vous auriez pensé quoi ?

HESS : Je ne sais pas très bien.

CLARK : Rien n'est sans appel, là-dedans, vous savez. On peut facilement soutenir que la pose, la performance, était un élément de l'œuvre, que ça fait un tout et, comme vous le savez bien, les œuvres signées d'Anton Tish vendues à cette exposition ont atteint des prix élevés. Je ne regrette pas un instant de les avoir exposées.

HESS : À mon avis, la vraie question est celle-ci : les auriez-vous exposées si vous aviez su qui en était vraiment l'auteur ?

CLARK : Je crois que je l'aurais fait. Oui, je crois que je l'aurais fait.

MAISIE LORD
(transcription revue et corrigée)

Après son déménagement à Brooklyn, ma mère s'est mise à recueillir des chats perdus – pas des animaux, des chats perdus humains. Chaque fois que j'allais chez elle, il semblait y avoir un nouvel "assistant", poète ou âme en peine, ou tout bonnement quelqu'un à qui, par charité, elle permettait d'habiter une chambre chez elle, et j'étais inquiète à l'idée que ces gens pouvaient l'exploiter, la voler ou même la tuer pendant son sommeil. Je m'inquiète trop ; c'est chronique. Je suis devenue l'inquiète de la famille – c'est mon boulot. Le type qui se faisait appeler le Baromètre a vécu longtemps chez maman. Il avait passé deux semaines à Bellevue* peu de temps avant d'atterrir sur son seuil. Il n'arrêtait pas de discourir à propos de ce que disent les vents et prétendait réduire l'humidité à force de gesticulations bizarres. Quand j'ai parlé à ma mère de l'angoisse qu'il m'inspirait, elle m'a répondu : "Mais, Maisie, c'est un gentil garçon, et il dessine très bien." Elle avait raison en ce qui le concerne, d'ailleurs ; il est devenu le sujet d'un de mes films. Mais il y en a eu d'autres, des personnages plus éphémères et plus louches qui m'ont fait passer des nuits blanches jusqu'à l'arrivée de Phineas, qui a remis de l'ordre dans les affaires de ma mère, mais ça, c'était plus tard. La maison était immense, un ancien entrepôt. Il y avait deux étages, un étage d'habitation et un pour travailler. Quand elle a rénové le bâtiment, elle a tenu à ce qu'il y ait plusieurs chambres "pour tous mes futurs petits-enfants", mais je crois qu'elle avait aussi ce fantasme d'aider directement de jeunes artistes, de les héberger, de leur donner un espace où travailler. Mon père avait sa fondation. Ma mère avait sa colonie d'artistes improvisée à Red Hook.

Peu après son déménagement, ma mère me dit : "Maisie, je me sens des ailes." Elle était pleine d'énergie, c'est le moins que je puisse dire. J'avais lu quelque part un article sur l'hypomanie, et je me demandais si ma mère n'était pas, peut-être, hypomaniaque. Le deuil peut se compliquer de toutes sortes de hauts et bas nerveux, et elle avait été vraiment malade après la mort de mon père. Elle était si faible et si maigre qu'elle pouvait à peine bouger, mais, une fois guérie, elle n'a plus arrêté. Ma mère travaillait tous les jours de longues heures dans son atelier, après quoi elle lisait pendant deux ou trois heures, livre après livre, romans, philosophie, art et science. Elle tenait un journal et des carnets. Elle s'était acheté un de ces gros et pesants *punching bag*, et avait engagé une nommée Wanda, qui lui donnait des leçons de boxe. Parfois, rien qu'à la regarder, je me sentais à plat. Elle avait toujours eu en elle une certaine violence – elle pouvait exploser tout à coup pour une broutille. Un jour qu'elle m'avait dit de me brosser les dents et que je lambinais – je devais avoir à peu près sept ans – elle est partie en vrille. Elle a crié, hurlé, et vidé tout un tube de dentifrice dans le lavabo. Mais la plupart du temps elle était pour mon frère et moi une mère pleine de patience. C'était elle qui nous faisait la lecture et qui chantait pour nous, qui inventait de longues histoires pour notre satisfaction à tous les deux, Ethan et moi, tâche malaisée parce que je voulais des fées et des lutins, et lui voulait des véhicules lanceurs de toutes sortes d'armes et de robots, alors elle faisait des hybrides. Pendant toute une année, elle nous a raconté une longue saga où il était question des Fervidliens, habitants d'un pays appelé la Fervidlie. Magie, combats et armements sophistiqués à gogo. Pendant toutes nos études secondaires, elle nous a aidés à faire nos devoirs. Je lui téléphonais encore quand j'étais étudiante, pour lui poser des questions à propos d'un cours ou d'un travail personnel. Ma mère s'intéressait à tout et semblait avoir tout lu. C'était elle qui assistait à nos matchs, à nos récitals et à nos représentations théâtrales. Mon père venait quand il pouvait, mais il voyageait beaucoup. Parfois, quand j'étais petite, j'allais dormir avec ma mère en son absence. Elle parlait en dormant. Je ne sais pas pourquoi je m'en souviens, mais une nuit elle s'est écriée : "Où est Felix maintenant ?"

Les enfants sont égoïstes. Je savais que ma mère était une artiste qui fabriquait des maisons compliquées, pleines de poupées, de fantômes et d'animaux qu'elle me permettait parfois de toucher, mais je n'ai jamais considéré son travail comme un métier. Elle était ma mère. Mon père l'appelait sa Madone de l'Esprit. C'est affreux, quand j'y pense, mais il ne me venait jamais à l'esprit que ma mère se sentait insatisfaite ou malheureuse. Ce rejet constant devait lui être douloureux, cette injustice, mais je ne peux pas prétendre en avoir eu conscience quand j'étais petite. Elle aimait chantonner et se balancer tout en travaillant à l'une de ses constructions, et elle agitait les doigts au-dessus d'une figurine avant de la toucher. Parfois, elle reniflait les matériaux et soupirait. De temps en temps, elle fermait les yeux, et elle disait volontiers qu'il n'y avait pas d'art pour elle sans le corps et les rythmes du corps. Évidemment, quand j'étais adolescente, je trouvais ces gestes et ces tics exaspérants, et je veillais de mon mieux à ce qu'aucun de mes amis n'en soit témoin. Quand j'avais dix-sept ans, elle m'a dit un jour : "Maisie, tu as de la chance de ne pas avoir mes seins. De gros seins sur une petite femme, c'est séduisant ; sur une femme grande, ça fait peur – aux hommes, bien entendu." J'ai été frappée par l'idée qu'elle ressentait sa féminité, son corps, sa taille comme ayant, d'une manière ou d'une autre, fait obstacle à sa vie. Ça se passait longtemps avant les pseudonymes, et j'étais occupée à faire mon premier petit film à l'école secondaire – je l'avais qualifié de "journal intime visuel" –, très prétentieux, truffé de longs plans cafardeux de mes amis en train de marcher dans la rue ou assis chez eux dans leurs chambres taraudés par l'angoisse existentielle, ce genre de choses. Qu'est-ce que mes seins avaient à voir avec ça ?

Plus tard, beaucoup plus tard, quand tout a été révélé, je me suis dit qu'elle avait eu raison, idée qui m'a rendue malade. Bien sûr j'étais adulte, alors, et j'avais encaissé mon lot de dénigrements et de préjugés envers mon travail. Je croyais qu'elle s'était servie de ces hommes comme de façades, afin de démontrer quelque chose, et c'est ce qu'elle avait fait, du moins en partie, mais quand j'ai lu les fragments de ses Mémoires et les carnets, j'ai vu à quel point ses relations avec eux avaient été complexes, et que les masques étaient réels, aussi. Elle a été affreusement incomprise. Elle n'était pas un animal calculateur, exploitant les gens tous azimuts. Je crois que personne ne sait vraiment quand elle a commencé à penser aux pseudonymes. Dans une revue des années 1980, elle a publié sous le nom de Roger Raison un essai sur l'art d'une grande densité, dans lequel elle démontait la vogue Baudrillard en démolissant sa thèse du simulacre, mais peu de gens y ont prêté attention. Je me rappelle que quand j'avais quinze ans, nous étions en famille à Lisbonne, elle est allée embrasser la statue de Pessoa. Ma mère m'a conseillé de le lire et, bien sûr, il était renommé pour ce qu'il appelait ses hétéronymes. Elle était aussi profondément influencée par Kierkegaard. Il ne fait aucun doute que son besoin d'être d'autres personnes remontait à son enfance. La meilleure amie de ma mère, Rachel Briefman, est psychiatre et psychanalyste.

Elle a probablement raison quand elle dit que la psychothérapie a libéré une Harriet Burden qu'aucun d'entre nous n'avait encore aperçue, en même temps qu'une série d'autres personnages ou *personae* qu'elle tenait refoulés depuis pas mal de temps. Je ne veux pas parler de personnalités multiples, mais d'une nature artistique protéiforme, d'êtres qui surgissaient et avaient besoin de corps. Je n'aurais jamais pu dire tout ça il n'y a ne serait-ce qu'un an, mais je suis arrivée lentement à voir ma mère sous un jour différent, ou sans doute devrais-je dire : sous plusieurs jours différents.

Mais il a fallu des années. La première fois que j'ai vu *Rêve mnémonique*, je n'étais pas prête. Ça m'a choquée. Un dimanche, je suis allée déjeuner à Red Hook avec ma fille, Aven. Mon mari, Oscar, ne nous accompagnait pas. Il avait probablement un rapport à rédiger sur l'un des gamins avec lesquels il travaille. (Il est docteur en psychologie, et il reçoit des patients en privé, mais il consacre aussi du temps à des enfants placés en accueil, activité qui lui rapporte trois fois rien.) Si maman hébergeait l'un ou l'autre de ses protégés, à l'époque, aucun n'était présent. Aven commençait tout juste à marcher, ça devait donc être au printemps 1996, et notre repas a été agité parce que ma fille n'a pas cessé une minute de marcher, ou plutôt de marcher et tomber, se remettre à marcher et retomber. Ma mère applaudissait en riant, et Aven, ravie, en rajoutait, jusqu'au moment où, épuisée, elle s'est mise à pleurer et je l'ai installée sur un canapé pour la sieste, en l'entourant de coussins afin de l'empêcher de tomber. Ma mère avait des tas de coussins, de couleurs douces ou vives. Elle parlait souvent de couleur et de signification. La couleur, disait-elle, a une signification corporelle. Avant que nous puissions nommer la couleur que nous voyons, elle est en nous.

Où en étais-je ? Quand Aven s'est réveillée, ma mère m'a dit qu'elle voulait me montrer à quoi elle était occupée, et elle m'a emmenée tout au fond de son atelier, qui était encore en pleins travaux à l'époque. Elle avait construit une petite chambre avec des murs en verre translucide, laiteux. J'apercevais une silhouette à travers le mur et tout à coup j'ai compris que je voyais mon père assis dans un fauteuil. La ressemblance devait venir de la position du personnage parce que, quand maman a poussé une porte presque invisible, le corps mollement rembourré qui avait tellement ressemblé à papa n'avait que des traits indiscernables, mais il était vêtu d'un des complets de mon père et *Don Quichotte*, l'un des livres préférés de mon père, était ouvert sur ses genoux. En baissant les yeux, je vis que le sol était tapissé de papiers, photocopies, mémos, notes prises par mon père, et les carreaux de linoléum rouge couverts de griffonnages de la main de ma mère. Et trois escaliers minuscules jaillissaient vers le haut, pour s'achever contre les trois murs. Il y avait cinq portes dessinées sommairement sur l'un des murs. J'ai fondu en larmes. Alors Aven s'est mise à pleurer, et ma mère a essayé de sauver la situation. "Je suis désolée, je suis vraiment désolée." C'était typique. Elle ne supportait pas le chagrin des autres. Ça l'affectait physiquement. Elle s'étreignait la cage thoracique comme si quelqu'un l'avait frappée.

Nous avons toutes récupéré, mais avant que je ne parte en taxi avec Aven, ma mère m'a regardée dans les yeux. C'était un regard sévère, pas froid mais strict, celui qu'elle avait parfois quand j'étais petite, si j'avais menti ou triché ou frappé Ethan.

Je m'en souviens parce que je me suis sentie coupable, sans savoir très bien pourquoi. Elle a fermé les yeux, puis les a rouverts et a dit, d'une voix basse et calme : "Je regrette que ça t'ait perturbée, Maisie, mais je ne regrette pas de l'avoir fait. Il y a encore d'autres rêves, je le crains, et il faut qu'ils sortent de l'ombre." Elle a souri tristement et nous a accompagnées à la voiture qui attendait.

Je la vois encore au moment où elle s'est détournée. J'aimerais l'avoir filmée, à ce moment-là. C'est très beau, dans ce coin, au bord de l'eau, avec la vue sur la statue de la Liberté, mais c'était désolé, aussi, plus triste qu'aujourd'hui, et en voyant ma mère s'éloigner de sa grande foulée vers l'immeuble en briques sous un vaste ciel nuageux, j'ai eu l'impression que je la perdais. C'est l'impression que j'avais quand je lui disais au revoir à mon camp de vacances, en été. Et alors – ce n'était qu'un détail – j'ai remarqué qu'elle laissait pousser ses cheveux, et que ça faisait comme un petit buisson sauvage au-dessus de sa tête.

HARRIET BURDEN
Carnet C

D'où venaient-ils ? Ce pénis ailé, son pénis, les vestons et pantalons vides, envolés avec tout le fourbi de Felix – lunettes de lecture, eau de toilette, lime à ongles étincelante, une toile vierge (espoir) –, Felix le géant coincé dans une de mes chambres comme Alice, les Felix miniatures alignés en rang, vêtus de tenues diverses, je les appelais les poupées-époux. Je ne sais comment, mon père a commencé à en être, lui aussi. L'amateur de livres endormi sur une page de Spinoza, feuilletant Leibniz (il adorait Leibniz), un petit papa *Luftmensch* qui plane juste au-dessus d'une volée de marches, avec son costume deux pièces tout couvert de mots écrits. Lui qui m'échappait, eux qui m'échappaient commencèrent à se confondre dans les dessins et les sculptures, visages et vêtements, amalgames de désir, exaspérants bien-aimés mêlés dans la tête de Harry. Et colère, aussi, qu'ils aient ce pouvoir sur moi. C'est pour cela qu'ils grandissaient et rapetissaient.

Je ne savais pas comment faire ma mère. Ça viendrait plus tard. Rendre une personne à l'intérieur de laquelle j'avais été moi-même me posait problème.

Je n'avais pas besoin de lui courir après.

Je courais après les hommes en criant *Regardez-moi !*

Non existants, impossibles, les objets imaginaires habitent tout le temps nos pensées mais, en art, ils passent du dedans au dehors, mots et images franchissent la frontière. J'ai beaucoup lu Husserl en ce temps-là, étendue sur le canapé de la grande pièce aux longues fenêtres avec vue sur l'eau : les cogitations sont la première donnée absolue. Husserl adorait Descartes, et il avait, comme William James (qu'il lisait), ses flux de conscience, qui couraient de concert, se dépassaient, se traversaient, et il savait que l'empathie est une forme essentielle de la connaissance[1]. Edith Stein, l'élève de Husserl, est la meilleure des philosophes sur ce sujet, et elle l'a vécu, elle a vécu ses propos[2]. Il est difficile de représenter la

1. Edmond Husserl (1859-1938). Philosophe allemand, fondateur de la phénoménologie, *étude des structures de la conscience à partir d'un point de vue subjectif.* Dans le carnet H, Burden parle des "affinités spirituelles" entre Descartes et Husserl, de leur amour pour les mathématiques et les certitudes logiques, et du doute radical qu'ils avaient en commun. "Le doute de Husserl, écrit-elle, n'est pas le doute de Descartes. Le *cogito* de Descartes est le fondement de la déduction, qui surgit des profondeurs de la caverne mentale. Le *cogito me cogitare* de Husserl décrit la conscience en tant que relation avec et envers le monde." Husserl était influencé par la notion, chez William James, de la conscience comme un flux, et il comprenait l'empathie comme la voie de l'intersubjectivité. Cf. Dan Zahavi, *Husserl's Phenomenology* (Stanford University Press, Stanford, Calif., 2003).

2. Edith Stein (1891-1942) rédigea sa thèse de doctorat sous la direction de Husserl, mais elle s'écarte de certaines de ses idées et, dans certains cas, se rapproche de l'œuvre de Maurice Merleau-Ponty, que Burden cite abondamment dans ses carnets. Cf. Edith Stein, *On the Problem of Empathy*, trad. Waltraut Stein (ISC Publications, Washington, DC, 1989). Stein a dirigé la publication du IIe volume des œuvres de Husserl. Née juive, elle se convertit au catholicisme, impressionnée par sa lecture de sainte Thérèse d'Avila, et devint carmélite. Bien qu'elle se fût réfugiée aux Pays-Bas pour échapper à la menace nazie, elle fut déportée à Auschwitz et y mourut en 1942. En 1987, elle a été béatifiée par l'Église catholique.

philosophie. J'ai commencé à me demander si je pourrais figurer l'empathie, par exemple, construire une boîte-empathie. J'ai griffonné diverses formules possibles pour l'intérieur. Je prenais des notes. Je chantonnais. J'écoutais la *Passion selon saint Matthieu*. J'ai compris que ma liberté était arrivée. Rien ni personne ne bloquait mon chemin, rien que le fardeau qu'était Burden pour elle-même. L'avenir large ouvert, la grande béance de l'absence me donnaient le vertige, m'angoissaient et, de temps à autre, me rendaient euphorique, comme si je m'étais droguée, mais ce n'était pas ça. J'étais la souveraine de mon petit fief à Brooklyn, une veuve riche, sortie depuis longtemps des poupons, bambins et adolescents, et ma cervelle était grosse d'idées.

Mais vint alors la solitude, la nuit, l'incessante sensation de manque qui me rappelait mes années de jeunesse, seule dans mon premier appartement en ville, quand j'étais à étudiante à la Cooper Union. J'étais rejetée vers ce moi lointain – la jeune artiste solitaire vaguement assoiffée d'un avenir fait de célébrité et d'amour. Je commençai à comprendre que les sentiments que j'avais attribués à mon jeune âge n'étaient pas vraiment propres à cette période de la vie. L'agitation que je ressentais à la fin d'une longue journée de travail n'était pas différente de l'inquiétude que j'avais éprouvée alors que j'émergeais à peine de l'enfance. Je soupirais après Quelqu'un, un personnage potentiel pour remplir les heures restantes. Felix, mon vieil ami et interlocuteur, délicat, évasif, acerbe et coureur, mon gentil Felix n'était plus. Tu me rendras cinglée ! (Quand ça me prenait, je pouvais hurler.) Mais nous n'en étions jamais arrivés là. J'avais gardé ma raison, et lui la sienne, et nous avions régulièrement réparé les dégâts qu'elles avaient subis. Il n'y avait plus rien à réparer désormais. Plus de réparations. Plus de Felix. Je m'efforçais d'appréhender le néant, et le fait d'avoir commencé à prendre conscience de sa réalité prit la forme de cet autre, cet être vide, une lacune, un trou dans ma conscience, mais qui n'était pas le trou nommé Felix.

Et je m'en allais donc m'asseoir au Sunny's Bar, où je regardais les gens et les écoutais parler : un baume composé de voix. Parfois, il y avait de la musique. Un soir j'ai entendu une lecture de poésie et, après, j'ai parlé à la poétesse, qui avait de grands yeux et un rouge à lèvres éclatant, beaucoup plus jeune même qu'Ethan et, bien que ses poèmes m'aient paru très mauvais, je la trouvais assez sympathique. Elle se faisait appeler April Rain*, une idée qui avait dû lui venir pendant qu'elle écrivait. Elle trimbalait un gros sac de toile zippé à l'ouverture béante sur lequel elle avait noué deux pulls et un chapeau, et quand elle s'est mise en marche ainsi chargée, je lui ai dit qu'elle avait l'air d'une immigrante dégringolée du quai en 1867, et elle m'a expliqué qu'elle dormait sur le canapé d'une amie parce qu'elle était "entre deux", alors je l'ai emmenée chez moi.

April Rain, blanche gamine aux avant-bras tatoués d'oiseaux, aux poèmes truffés de multiples éclats de verre, causes de saignements occasionnels, fut ma première artiste résidente. Elle ne resta pas plus d'une semaine. Un soir, elle s'est trouvée chez Sunny un galant ébouriffé et elle n'est jamais revenue, mais, tant que ça a duré, ça m'a plu de l'avoir dans les parages, sa présence conjurait l'éreintant chagrin vespéral. Face au doux visage pâle et aux joues rebondies de Ms Rain tandis que nous mangions nos lentilles ou nos légumes grillés (elle était végétarienne) en bavardant d'Hildegarde de Bingen ou de Christopher Smart, j'oubliais de quoi j'avais l'air. J'oubliais que j'avais des rides, des seins nécessitant un soutien-gorge costaud et un ventre d'âge mûr, proéminent comme un melon. Une telle amnésie est notre phénoménologie du quotidien – nous ne nous voyons pas – et ce que nous voyons devient nous pendant que nous le regardons. Un soir, après avoir souhaité bonne nuit à ma jeune barde de vingt-deux ans, je jetai un coup d'œil au miroir avant de me coucher, y surpris mon visage et fondis en larmes. Felix aimait cette bouille vieillissante, pensai-je. Il en disait du bien et la caressait. Il n'y a plus personne, maintenant, pour l'aimer.

C'est peut-être parce que je m'apitoyais sur mon sort – avec le sentiment d'être devenue trop laide pour réchauffer le lit d'un homme – qu'est née mon idée que certaines des créatures de ma fabrication avaient besoin d'un peu de chaleur. Ma mère avait un penchant pour les surmatelas chauffants électriques qui la rôtissaient toute la nuit ; le problème, expliquait-elle, était dû à sa circulation et à ses pieds ossifiés. *Mon sang ne circule plus, il se traîne, et j'ai l'impression qu'il n'arrive plus jamais jusqu'à mes orteils.* Mes parents en avaient deux, un pour chaque côté du lit. Elle réglait le sien sur six et s'assurait que celui de mon père était éteint, qu'il ne cuirait pas en dormant. Quand il est mort, elle a monté le niveau du sien sur dix, mais elle n'allumait plus celui de papa : un froid commémoratif. Mes carcasses ne nécessitaient aucune technologie supplémentaire, même si j'ai dû bricoler les circuits avant d'en être vraiment satisfaite. J'ai commencé par une effigie grandeur nature de Felix ; c'était une idée de lui, pas un portrait, sa svelte silhouette rembourrée couverte de tissu que j'avais peint en bleu et en vert, avec un peu de jaune et des touches de rouge, un homme-toile, mais j'avais ajouté au sommet de sa tête des cheveux blancs et courts. Quand je le branchai, son corps mou fut pris de fièvre.

Le plaisir que j'en eus fut ridicule. Je n'aurais pas pu dire, alors, pourquoi ce fantôme tiède me remplissait de joie, mais c'était ce qu'il faisait. Je touchais délicatement ses flancs colorés pour sentir sa chaleur. Je l'entourais de mes bras. Je l'asseyais à côté de moi sur le canapé. Je l'appelais mon objet transitionnel. Aven l'adorait. Ethan le détestait. Maisie le tolérait. Rachel le trouvait amusant mais, en même temps, elle les prenait au sérieux, lui et les autres. Elle voulait que j'essaie de me trouver une galerie, de nouveau, que je reparte, tel Willie Loman*, que je vende ma camelote et que j'éveille l'attention, l'attention ! Mais le verdict n'avait-il pas été rendu à de multiples reprises ? Personne ne voulait des bricolages et des poupées de Mrs Lord. J'étais qui, saint Sébastien ?

Je décrivais au Dr Fertig mes mécanismes servant à chauffer les corps quand la raison évidente de ma jubilation m'apparut. *Anima*. Animé.

Alors le Seigneur Dieu forma l'homme de la poussière du sol, et il souffla dans ses narines un souffle de vie, et l'homme devint un être vivant.

Quelle absurdité. Harry Burden, demi-dieu de l'atelier, tentant de ressusciter son mari et son père défunt, essayant encore et encore, et tourne la machinerie du chagrin tandis qu'elle coud et bourre et branche et scie et moule et soude – mais ça m'aidait. Ça m'aidait, et j'en étais arrivée à un point où j'acceptais l'aide sous toutes ses formes.

Après une année de frénétiques créations maritales et paternelles, ou peut-être mariternelles, je commençai à songer aux créatures qui peuplaient ma mémoire, non seulement aux personnes réelles mais aussi à celles que j'empruntais à ma vaste collection de livres. Je ne veux pas seulement parler des personnages mais aussi des idées, des voix, des formes, des lignes, des sentiments inexprimés. Je les appellerais métamorphes, et ils seraient ou froids ou chauds ou brûlants, ou à température ambiante.

Il se peut qu'April Rain ait raconté à certains des autres jeunes qui traînaient dans le voisinage que j'avais des chambres et des lits en surplus, mais ce fut plus vraisemblablement Edgar Holloway III, un réfugié de l'Upper East Side, ami musicien d'Ethan, quitte de ses études depuis plusieurs années et en quête de travail pour complémenter ses rêves de rock'n'roll. Edgar devint mon assistant. Un petit gars râblé avec un nez en trompette qui paraissait trop menu pour son visage, fort, docile et doué d'un esprit vif quand il s'agissait de matériaux et de construction. Il était d'une remarquable nullité, toutefois, dès qu'il s'agissait de conversation mais cela me libérait de toute nécessité de m'entretenir avec lui ou de lui expliquer les significations de mes chambres ou des créatures que je mettais dedans. Je ne savais pas trop ce que je faisais, de toute façon.

Ce que je savais, c'était que depuis des années je m'étais étouffée moi-même et qu'il m'était arrivé quelque chose. Le Dr Fertig employait le mot *inhibition*. J'étais devenue moins inhibée : désenchaînée, désentravée. Je pouvais rendre grâce à tous ces vomissements. Le symptôme avait provoqué la parole et le changement. J'étais devenue Harriet délivrée, cinquante-cinq ans seulement à l'époque, mais je faisais mes comptes et je m'interrogeais vraiment sur la possibilité d'autres voies, d'existences alternatives, d'une autre Harry Burden qui, peut-être, aurait pu, aurait dû se déchaîner plus tôt, ou une Harry Burden ressemblant à April Rain, rose et menue, ou un Harry né garçon, un vrai Harry, pas une Harriet. J'aurais eu belle allure, jeune homme, avec ma haute taille et mes cheveux rebelles. N'avais-je pas entendu ma mère déplorer tous ces centimètres gaspillés sur une fille ? L'idée d'un autre corps, d'un autre style me hantait. Était-ce une forme de regret ? Je me suis demandé comment ma conscience se sentirait dans le corps d'Edgar. Je n'avais certes pas envie de la cervelle d'Edgar, pleine à ras bord de techno et de phrases interminables où surgissait sans cesse le mot *man*, telle une ponctuation continuelle et dénuée de sens. Le fantasme qui commençait à se dessiner embrassait plusieurs trajectoires possibles pour moi, artiste aux formes multiples.

Je soupçonnais que si j'étais arrivée sous un autre emballage, mon œuvre aurait pu être accueillie ou, du moins, approchée avec plus de sérieux. Je ne pensais pas qu'il y ait eu complot contre moi. Il y a beaucoup d'inconscient dans le préjugé. Ce qui affleure à la surface, c'est une aversion non identifiée, que l'on justifie alors de quelque façon rationnelle. Être ignoré, c'est peut-être pire : cette expression d'ennui dans le regard de l'autre, cette assurance que rien de ce qui vient de moi ne peut présenter le moindre intérêt. Quoi qu'il en soit, j'avais amassé toute une collection de coups et d'humiliations, et ça m'avait rendue timorée.

Derrière mon dos : *C'est la femme de Felix Lord. Elle construit des maisons de poupée.* Gloussements.

Bien en face : *J'ai entendu dire que Jonathan a pris vos œuvres parce qu'il est ami avec Felix. D'ailleurs, il leur fallait une femme dans l'écurie.*

Dans un torchon : *Jonathan Palmer expose dans sa galerie des œuvres de Harriet Burden, épouse de Felix Lord, le marchand d'art légendaire. Cela consiste en de petites constructions architecturales encombrées de figurines et de textes divers. Il n'y a là ni discipline ni centre d'intérêt, et cela ressemble à un mélange bizarre de prétention et de naïveté. On ne peut que se demander pourquoi ces objets ont été jugés dignes d'être exposés*[1].

Le temps n'avait pas rendu ces sentiments meilleurs mais pires. Malgré l'insistance de Rachel pour que je rentre dans la lice, je savais que la jeunesse était la valeur désirée et que, en dépit des Guerrilla Girls[2], il restait préférable d'avoir un pénis. J'avais passé l'âge et

1. Anthony Flood, "Une esthétique vaseuse", *Art Lights*, janvier 1979.
2. Organisation fondée en 1985 en réaction au *Survol international de peintures et sculptures récentes*, au Museum of Modern Art, où étaient exposés cent-soixante-neuf artistes, dont dix-sept seulement étaient des femmes. Les Guerrilla Girls mettent en scène des protestations et des actions anonymes visant à attirer l'attention sur le sexisme et le racisme dans les arts visuels.

n'avais jamais eu de pénis. Il était trop tard pour me présenter sous mon propre jour. J'avais disparu pour de bon, et la facilité avec laquelle je l'avais fait me démontrait clairement à quel point mes relations avec tous ces gens-là avaient été superficielles. Ils avaient assisté à la commémoration, du moins certains. Quand Felix est mort, sa grande époque était révolue. Il était devenu historique, le marchand de P., de L. et de T., en des jours lointains. Son épouse était "anhistorique", mais que se passerait-il si je revenais dans la peau de quelqu'un d'autre ? Je commençai à inventer des histoires de déguisements ingénieux. Tel un Holmes d'aujourd'hui, je me fondrais à mes costumes et bernerais jusqu'à mes enfants et Rachel avec mes personnifications géniales. Je dessinai des images de Harry possibles ; Harry Superman, avec cape ; Harry SDF, sexuellement ambigu, charriant des bouteilles ; Harry vieil élégant, avec barbe blanche courte et nette ; Harry en travesti mâle (très convaincant) ; Harry arborant avec grand sourire sexe masculin de-taille-modeste-dans-la-tradition-hellénique. Et je trouvai à m'inspirer dans le passé :

> *[Une] étude hist. [orique] et phys. [ique] du cas de Catherine Vizzani, contenant les Aventures d'une Jeune Femme, née à Rome, qui passa huit ans sous l'Habit d'un homme, fut tuée pour ses Amours avec une jeune Dame ; et, la dissection ayant avéré son Authentique Virginité, échappa de peu à être traitée en Sainte par la Populace. Avec quelques observations curieuses et anatomiques sur la nature et l'existence de l'Hymen.* Par Giovanni Bianchi, professeur d'anatomie à Sienne, le chirurgien qui opéra sa dissection. Auxquelles ont été ajoutées par l'Éditeur Anglais certaines Remarques Utiles. (Trad. John Cleland, Meyer, Londres, 1751.)

Peu après la parution en Angleterre du traité du professeur Bianchi, traduit et présenté par John Cleland, célèbre auteur de *Fanny Hill*, Charles d'Éon de Beaumont, diplomate français, espion et capitaine des dragons, commença d'apparaître en public vêtu d'atours féminins. Il expliqua que son éducation avait été celle d'un garçon mais qu'en réalité il était une femme. Elle publia des Mémoires intitulés *La Vie militaire, politique et privée de mademoiselle d'Éon*. À sa mort, on s'aperçut qu'elle avait des organes sexuels masculins.

*

Il y eut aussi le cas remarquable du Dr James Barry, qui entra en 1809 à l'école de médecine de l'université d'Édimbourg, passa en 1813 l'examen du Royal College of Surgeons, en Angleterre, devint chirurgien militaire, voyagea de poste en poste et s'éleva dans la hiérarchie. Lorsque sa carrière prit fin, il était inspecteur général responsable des hôpitaux militaires au Canada. Il mourut à Londres en 1865 de la dysenterie. On s'aperçut alors qu'il avait été elle. Son sexe lui ayant interdit l'accès à la médecine, elle en avait changé.

*

Billy Tipton, musicien de jazz renommé, né Dorothy Lucille Tipton en 1914, s'était vu refuser une place dans l'orchestre de son lycée parce qu'elle était une fille, commença à se produire en tant qu'homme et puis adopta une existence complètement masculine, entretint une relation de longue durée avec une certaine Kitty Oakes, une ancienne stripteaseuse, et adopta avec elle trois garçons. Aucun d'entre eux ne sut avant sa mort, en 1989, qu'anatomiquement Billy avait été une femme.

*

Il y a de nombreuses histoires et tout autant de raisons de laisser tomber le féminin et d'adopter le masculin, ou d'abandonner au bénéfice de l'autre n'importe lequel de ces états. On a vu des femmes suivre leurs maris à la guerre et au combat pour rester auprès d'eux, et des femmes combattre par pure ferveur patriotique et, après la bataille, rentrer dans leur existence de femmes. Des femmes se sont fait passer pour des hommes afin d'hériter de la fortune paternelle, et des femmes qui avaient tout perdu – époux, enfants et argent –, et se sentaient trop vulnérables pour continuer à vivre en tant que femmes, se sont transformées en hommes. Beaucoup d'entre elles avaient la sympathie de parents, de frères et sœurs, d'amis qui gardaient leur secret. Quelques vêtements, un nom, une inflexion différente de la voix, et les gestes assortis, il n'en fallait pas plus. Après un certain temps, être un homme ne demandait plus d'effort. Mieux, cela devenait réel.

*

Mais cela m'intéressait-il d'expérimenter avec mon propre corps, de sangler mes doudounes et de rembourrer mon pantalon ? Avais-je envie de vivre comme un homme ? Non. Ce qui m'intéressait, c'étaient les perceptions et leur mutabilité, le fait que nous voyons surtout ce que nous nous attendons à voir. Telle que je la découvrais dans le miroir, Harry ne changeait-elle pas assez comme ça ? Je me demandais souvent si j'étais vraiment capable de me voir. Un jour je me trouvais plutôt bien et relativement mince, pour moi, bien sûr, et le lendemain j'étais un être grotesque, ballonné, affaissé. Comment expliquer le changement, sinon par l'idée que l'image qu'on a de soi-même est, au mieux, peu fiable ? Non, je voulais laisser mon corps en dehors de tout ça et faire des excursions artistiques sous d'autres noms, et je voulais comme couverture davantage qu'un "George Eliot". Je voulais mes propres communications indirectes *à la** Kierkegaard, dont les masques se heurtaient et se confrontaient, des œuvres dans lesquelles les ironies étaient omniprésentes et presque invisibles. Où trouverais-je un Victor Eremita, un A et un B, un Juge William, un Johannes de Silentio, un Constantin Constantius, un Vigilius Haufniensis, un Nicolaus Notabene, un Hilarius le Relieur, un Inter et Inter, un Johannes Climacus, et un Anti-Climacus rien qu'à moi[1] ? Comment de telles transformations pouvaient-elles s'accomplir dans mon cas, cela restait flou, au mieux : rien de plus que des griffonnages mentaux, mais je les trouvais fertiles.

S. K. n'avait-il pas, sous le pseudonyme de Notabene, écrit une série de préfaces que ne suivait aucun texte[2] ? Et si j'inventais un artiste qui n'était que critique d'art, que transcription de catalogue, et pas d'œuvre ? Combien

1. Dans le carnet K, Burden consacre soixante-quinze pages aux pseudonymes de Kierkegaard et à ses "communications indirectes". De son ouvrage posthume, *Point de vue explicatif de mon œuvre d'écrivain*, Burden extrait la citation suivante : "On peut détourner quelqu'un de ce qui est vrai et – pour rappeler le vieux Socrate – on peut détourner quelqu'un vers ce qui est vrai. Oui, c'est ainsi seulement qu'on peut amener à ce qui est vrai une personne dans l'erreur en la trompant" (*Kierkegaard's Writings*, vol. XXII, trad. Howard et Edna Hong [Princeton University Press, Princeton, 1989], p. 53). Burden écrit : "Le chemin de la vérité est dédoublé, masqué, ironique. Tel est mon chemin : pas direct, mais contourné !"
2. Kierkegaard a écrit huit préfaces satiriques sous le pseudonyme de Nicolaus Notabene. Søren Kierkegaard, *Prefaces, Writing Sampler*, éd. et trad. Todd W. Nichol Hong (Princeton University Press, Princeton, 1987).

d'artistes, après tout, avaient été catapultés dans l'importance par les sornettes rédigées par ces pisse-copie qui avaient acquis le tour linguistique ? Ah, *écriture** ! L'artiste devrait être un jeune homme, un *enfant terrible** dont le vide engendre des pages et des pages et des pages de texte. Oh, quel plaisir ! Je fis une tentative :

L'aporie dans l'œuvre de X est atteinte au moyen d'un processus d'auto-induction en absence. Implicites, donc invisibles, les actions auto-érotiques d'origine sexuelle facilitent un effondrement abyssal, les fantasmes de rupture et le retrait de l'objet du désir.

Voie sans issue. Je savais que fabriquer de telles banalités prétentieuses me tuerait.

*

Moi, Harriet Burden, je confesse par la présente que mes divers fantasmes étaient issus :

1. d'un désir général de me venger des crétins, des imbéciles et des sots ;
2. d'un isolement intellectuel continu et douloureux, ayant pour effet la solitude, parce que je rôdais dans trop de livres dont personne ne pouvait parler avec moi ;
3. du sentiment croissant d'avoir toujours été incomprise, moi qui brûlais d'être vue, vraiment vue, et dont tous les efforts restaient vains.

Dans ma frustration et ma détresse, je me remontais chaque matin comme si j'étais mon vieux singe en peluche joueur de cymbales, je m'écoutais les faire sonner et alors, *nota bene*, je pleurais et, quand je pleurais, je voulais ma mère, pas la petite mère mourante à l'hôpital, mais la grande, celle de mon enfance, celle qui m'avait portée, bercée, consolée et caressée, qui avait pris ma température et m'avait fait la lecture. La petite fille à sa maman, sauf que maman n'était pas géante mais menue, bien galbée et chaussée de hauts talons. *Ton père aime mes jambes sur des talons, tu sais*. Mais alors, après avoir pleuré un moment, je me rappelais l'éclat humide de deux larmes tombées sur les joues fripées de ma mère, et la perfusion dans sa main veinée de bleu, beaucoup plus tard. Je ne disais pas : tu vas guérir, maman, parce qu'elle n'allait pas guérir. *Qui sait pour combien de temps j'en ai ? Pas longtemps.* Et pourtant, dans la maison médicalisée, ma mère faisait des histoires à propos de la nourriture, des draps, de ses pyjamas, des infirmières. Une semaine avant sa mort, elle m'a demandé d'ouvrir son sac à main et de lui mettre un peu de rouge à lèvres, parce qu'elle était trop faible pour faire ça elle-même, et quand elle a sombré dans la brume de la morphine, tout à la fin, j'ai pris le tube doré et j'ai passé le bâton rose sur ses lèvres minces.

*

Orpheline.

*

Ce que j'essaie de formuler, c'est que mon exil volontaire à Red Hook n'a pas été sans incidents, vu du dedans. Le temps ne cessait pas de s'effondrer sur moi. Des gens morts et imaginaires jouaient dans ma réalité quotidienne des rôles plus importants que ceux des vivants. Je me projetais en arrière pour récupérer des bribes de mémoire et en avant pour me façonner un avenir fictif. Quant aux personnes réelles qui vivaient dans ma vie, je respectais fidèlement mon rendez-vous hebdomadaire avec le Dr Fertig, chez qui je faisais "des progrès", après quoi je retrouvais Rachel pour un thé ou un verre de vin quelque part près de son bureau, Park Avenue et 91e, et la vieille intimité entre nous n'a jamais paru diminuer, même quand nous nous prenions le bec et qu'elle m'accusait d'être "obsessionnelle". Maisie se faisait du souci pour moi. Je voyais ça dans ses yeux, et elle me parlait de ses inquiétudes concernant Aven et Oscar, et à mon tour je m'inquiétais à l'idée qu'elle renonce à trop de choses pour sa famille et que son travail en pâtisse. Ethan écrivait des récits dans des cafés et gérait son très petit magazine, *Le Clairon néo-situationniste*, avec Leonard Rudnitsky, son meilleur ami depuis Oberlin*. Mon fils parlait beaucoup de commodification, du spectacle, de l'aliénation et du visionnaire Guy Debord, qui était pour lui un héros romantique[1]. Ethan ne semblait pas comprendre ce que cet homme avait d'excessif, seulement que sa pensée s'était vérifiée sur Internet : "Tout ce qui était directement vécu s'est éloigné dans une représentation." Même un mal de ventre ?

Mon fils, le révolutionnaire, se montrait discret en ce qui concernait sa vie privée (les femmes) et, craignais-je,

1. Guy Debord (1931-1994), leader autoproclamé de l'Internationale situationniste (IS), fondée en 1957. Ce petit groupe d'artistes et d'intellectuels parisiens (il ne compta jamais plus de douze membres) espérait initialement intégrer l'art et la vie en un tout indifférenciable et éliminer la distinction entre acteur et spectateur. Dans les années 1960, la critique anticapitaliste du groupe, inspirée du mouvement anarchiste, s'étendit au-delà de l'art à la société en général. Dans son ouvrage le plus connu, *La Société du spectacle*, paru en 1967, il défend l'idée que les images ont fini par dominer la vie, qu'elles sont devenues la "monnaie courante" d'une société qui ne cesse de créer dans sa population des "besoins factices". Le groupe s'est dissous en 1972 à la suite de désaccords internes. En 1994, Debord se suicida. Bien que la presse française ait largement ignoré tant les situationnistes que l'œuvre de Debord, il devint une célébrité après sa mort.

m'en voulait un peu de prendre à mon âge un nouveau départ, chose que je le soupçonnais de considérer comme vaguement indécente et comme une sorte de trahison envers la mémoire de son père, même s'il ne pouvait pas le dire. Il était, j'en ai peur, aliéné de lui-même. Le garçonnet qui se cachait dans le placard avec ses petits personnages inanimés pour se raconter leurs batailles et leurs trêves avait grandi. Il ne se souvenait ni du bébé qu'il avait été ni de sa mère qui le promenait de long en large en le câlinant et en le berçant des heures durant, en chantant tout doucement près de son oreille, parce qu'il lui était si difficile de céder au sommeil. Mais aussi, nul d'entre nous ne se souvient de sa première enfance, cet âge archaïque au pays de la mère géante.

*

Anton Tisch semblait faire l'affaire. Il était grand, presque aussi grand que moi, jeune et maigre, avec un jean trop large, un nez remarquable et des yeux fureteurs qui semblaient incapables de se fixer longtemps sur quoi que ce fût, ce qui lui donnait un air distrait que l'on pouvait, dans des circonstances favorables, interpréter comme une intelligence inquiète. Et c'était un artiste. Je l'ai rencontré chez Sunny début 1997, par une nuit très froide. Il y avait de la neige. Je me souviens de la présence rythmée d'air glacé quand la porte s'ouvrait et se refermait, du bruit des bottes frappées au sol et, au-delà des fenêtres, de blancheur éclairée par les lampes. J'avais avec moi le Baromètre, girouette ambulante et dessinateur exquis, que j'hébergeais depuis quelques semaines. Non seulement le Baromètre enregistrait chacune des hausses et baisses successives de la pression atmosphérique au moyen de son instrument corporel – sa tête d'une sensibilité surnaturelle – mais, à un moment quelconque, il avait dû acquérir un certain contrôle sur cet aspect de l'environnement, qu'il pouvait abaisser ou relever d'un hectopascal ou deux. J'ignorais tout des hectopascals jusqu'à l'entrée du Baromètre dans ma vie, mais j'adorais ce terme, inspiré de Blaise, ce génie universel. Nous nous entendions assez bien, le Baromètre et moi, bien que cet homme vécût dans un cocon de sa propre fabrication, et que le dialogue – les vrais échanges aller-retour – fût quasi impossible.

J'étais alors devenue une habituée chez Sunny. En reconnaissance de services rendus et d'une camaraderie sans faille, j'avais offert à cet établissement un dessin à l'encre encadré représentant le bar et quelques-uns de ses personnages plus ou moins hauts en couleur, et ce présent avait été accroché à un mur. J'en parle parce que Tisch s'était arrêté devant. La vanité de l'artiste est telle que je connaissais les identités de ceux qui avaient ne fût-ce que jeté un coup d'œil à ce petit tableau en ma présence – ils étaient bien rares, en vérité – et mon bonheur à la vue de ce jeune homme anguleux aux courtes boucles brunes en train d'inspecter mon interprétation de chez Sunny ne connut pas de limite, enfin, quelques limites peut-être, mais il crût, indiscutablement.

Tout de même, je me sentais timide. Le Baromètre s'était montré extrêmement excitable à cause de la neige mais, je ne sais pourquoi, il remarqua, lui aussi, le jeune Tisch en train de contempler le dessin et, d'une voix inhabituelle et d'une manière qui n'était pas du tout la sienne, il cria au nouveau venu : *C'est Harry qui a fait ça!* Si je me souviens bien, il a fallu un petit moment avant d'établir que Harry, c'était moi, mais sitôt cette affaire réglée, Anton Tisch, que le Baromètre s'est mis presque aussitôt à appeler "Table", s'est assis à la nôtre et nous nous sommes embarqués pour une soirée d'alcool et de bavardage. Le contenu de ce bavardage s'est effacé. Au fil du temps, j'ai appris néanmoins que ce garçon avait étudié à l'École des arts visuels de New York, ne savait pas qui était Giorgione mais considérait Warhol comme l'artiste le plus important de tous les temps, ce qui pouvait expliquer qu'il fût obsédé par la sérigraphie. Tisch faisait des sérigraphies, non de célébrités, mais de ses amis, sans doute parce que leur quart d'heure proverbial était ou serait bientôt arrivé. Il expliquait que son art se référait directement à Warhol tout en signalant le phénomène de la téléréalité, bien qu'il me fût difficile de glaner une telle information dans les images banales qu'il me montrait. Le terme *conceptuel* lui plaisait, et il en faisait un usage abondant, guère différent de celui que faisait Edgar de *man*. Anton n'était pas un mauvais bougre. Il était seulement d'une étourdissante, d'une consternante ignorance.

OSWALD CASE
(témoignage écrit)

Pour la faune prestigieuse de la scène nocturne de Manhattan, j'étais le Glandeur, comme dans *night* et *club*, mais ma chronique pour *Blitz* était intitulée “Head Case*”, en hommage bien mérité à Mr et Mrs Case auxquels, naturellement, je dois tout. Dans cette chronique, cultivant mon talent pour les potins et l'art de l'allusion, j'exaltais et écrasais les riches, les vaniteux, les perpétuellement photographiés, soutirant la boue aux videurs, serveurs et badauds persuadés que la notoriété était un caractère susceptible de déteindre sur eux, alors qu'en réalité elle ne faisait que mettre en évidence leurs misérables petites vies de banlieusards, mais je les encourageais dans leurs vaines rêveries et c'est ainsi que le Glandeur faisait son affaire de la grandeur.

C'est un boulot délicat que la rédaction de potins, il convient de n'en pas sous-estimer l'équilibrage, et on va facilement trop loin. Il faut toujours tenir compte de la dépendance mutuelle : ils ont besoin de vous et vous avez besoin d'eux. J'ai atteint mon plein régime à la fin des années 1970, aux temps glorieux du Studio 54, en dénichant ici et là de délectables détails sur Bianca, Andy ou Calvin, et je m'envoyais en l'air par ces longues nuits de cocaïne et Témesta, de bonne vieille gnôle et de sexe aveugle dans ces grands lofts vides à la mode, et en fin d'après-midi, quand j'avais repris conscience, je gagnais mes dollars en tapant sur mon clavier. Je regrette ce temps-là. Il avait une patine aujourd'hui disparue. Oui, Virginia, le glamour, c'est fini. Terminé dès le moment où il s'est démocratisé, où n'importe quel *loser* a pu exister sur Google ou devenir une star sur YouTube. Il existe toujours en ville une scène hyper-sélect, bien sûr. Mais n'est-il pas quelque peu fastidieux de voir une célébrité de plus dégobiller dans les cabinets, flanquer un coup de poing à un paparazzo, ou arborer un pubis épilé à la cire ? L'*ennui** s'est installé, surtout après que j'étais devenu sobre, résultat inéluctable de la décision de renoncer aux merveilles de l'ivresse dans l'intérêt de mon foie et autres parties de mon corps semblablement fragiles.

Je dérivai vers d'autres formes de journalisme, théoriquement de plus haut niveau, mais j'ai constaté que le primate humain manque de variété. Empoigner, bouffer, bousculer qui vous gêne sont des traits omniprésents de l'espèce, et chaque petite bande urbaine a sa propre hiérarchie et ses numéros de cirque éminemment divertissants, dont l'envie est le carburant. Je me tournai vers les pages culturelles new-yorkaises, en voie de disparition et rédigées à l'intention d'un nombre déclinant de lecteurs à l'intellect moyen, et me mis à pondre à la pige des articles sur le cinéma, les arts, les livres et la musique. Je commentais, j'interviewais. En tant qu'écrivain, je savais que c'était mon ton qui faisait vendre ; c'était ça qu'ils voulaient, un ton d'ennui et de supériorité singeant les fantasmes qu'avaient mes lecteurs d'un accent british snobinard, et leur garantissant que je m'y connaissais, comme eux. J'écrivais pour leur donner de l'importance. Cela impliquait de ne jamais, jamais rien dire qu'ils ne puissent comprendre ; la moindre note trop intello était exclue. L'idée était de caresser leurs sentiments d'insécurité, pas de les réveiller.

Comme intervieweur, j'eus tôt fait de comprendre que la clé consistait à gagner les bonnes grâces du sujet, à me montrer plein d'admiration, voire humble, mais pas heepien*. (Dans un article, même *heepien* n'aurait pas été autorisé sans explication.) Et alors, une fois suffisamment ramolli par la flatterie, le VIP pouvait dégorger une gemme verbale, quelque indiscrétion substantielle qui pouvait me servir de titre ou d'accroche pour mon article, une citation mot pour mot, rigoureusement conforme, qui piégeait l'animal. J'étais chasseur pour le zoo des médias. Ces techniques me réussissaient remarquablement et je me trouvai une niche. Je faisais mon travail de détective, gardais bien ouverts et frémissants mes conduits auditifs et me familiarisais avec les noms, qui était qui et qui était quoi pour qui, et je me retrouvai, bien loin de mon époque Glandeur, célébré comme un spécialiste des arts.

La culture dans la grande ville est une affaire privée et une grande partie de son financement réside entre les mains de riches femmes blanches qui, même si elles ne possèdent pas toujours le fric à titre personnel, briguent un statut élevé en tant que protectrices des arts. Coiffées, parfumées, huilées et liftées, elles brillent aux soirées de bienfaisance tandis que leurs époux, épuisés par les rigueurs de la conclusion de marchés, jettent autour d'eux des regards éperdus et ronflent pendant les discours. Le pire doit être le dîner annuel du PEN Club, où de lugubres écrivains et des éditeurs plus lugubres encore se fringuent de smokings râpés, trop grands ou trop petits, ou de robes élimées et de chaussures hideuses, pour se surveiller mutuellement avec méfiance en train de frayer avec l'argent. Quelle que soit ma situation, et, n'en doutez pas, elle a souvent été difficile, je ne manque jamais d'être bien sapé. Mrs Case, fille d'un plombier du Milwaukee, n'avait-elle pas l'œil infaillible quant à la correction vestimentaire et l'excellence grammaticale ? Ne s'était-elle pas sacrifiée pour envoyer son garçon dans les bonnes écoles ? Avais-je été pour rien un avorton boursier à Yale ?

Et alors, grâce à mes contacts (et à mon travail assidu, oserais-je ajouter), je décrochai la timbale, la revue *The*

Gothamite m'offrit un salaire pour lui écrire des articles. Jamais ces gens-là ne m'auraient embauché à l'époque WASP où régnait une autosatisfaction d'un ennui garanti quoique tellement "club", mais ce temps-là était dépassé et ils voulaient une plume trempée si nécessaire dans une dose de venin. J'étais leur homme. À peine nubile, fraîchement éclos de ses études de licence, Anton Tish avait fait un malheur à la galerie Clark avec son installation, *L'Histoire de l'art occidental*, et je fus invité à écrire un "Quoi de neuf en ville", un écho à la rumeur. Jeff Koons avait dévoilé son *Puppy* quelques années plus tôt, et je m'attendais de nouveau à un bonimenteur douceâtre – non que j'aie quelque chose contre Koons. Il est le rêve américain.

Comme tout bon reporter, je fis mes recherches. Il s'avéra que l'enthousiasme n'avait pas été provoqué par "Flash ! Chien topiaire géant !" mais par le cerveau supposé prodigieux du gamin. Il avait créé une énigme que les experts autoproclamés s'appliquaient à résoudre et, qui plus est, il restait muet, petit génie survitaminé qui affirmait que tout ce que les gens avaient à faire, c'était regarder et lire "un peu". Oui, il l'admettait, la gigantesque sculpture représentant une femme étendue dans la galerie était une allusion tridimensionnelle et plantureuse à la Vénus de Giorgione, achevée par Titien ; elle était dans la même position, endormie, une main derrière la tête, l'autre au bas-ventre, traversin rouge, draperies ocre éparses sous sa nudité. L'astuce : Femme illustrée. Son corps crémeux était recouvert de minuscules reproductions, photographies et textes, certains encadrés, d'autres pas, correspondant chacun à une "pensée" : vase grec décoré des thèmes pornos masculins classiques, *erestes* et *eromenos*, Madone à l'Enfant, crucifixions, natures mortes, un billet disant "Rien que l'Occident, s'il vous plaît". Sur son pouce était gravé RESTREINTE. Sur son front, griffonné, PRIMITIVE. Un petit malin d'*Art Assembly* avait écrit que l'image d'une boîte de Brillo* sur la fesse gauche de Vénus faisait référence au philosophe Arthur Danto, qui avait déclaré que l'art touchait à sa fin avec les *Brillo* de Warhol. On avait découvert également des citations de Vasari et de Diderot, ainsi que des fragments de lettres de Goya et de Van Gogh. Prévisibles, comme toujours, les critiques féministes avaient foncé sur une reproduction, au creux de l'aisselle exposée de Vénus, d'un autoportrait de Sofonisba Anguissola, une peintre de la Renaissance (que, disait-on, Michel-Ange avait admirée) – allusion subtile au rejet et à la méconnaissance des femmes durant toute l'histoire de l'art. Une photographie de l'artiste en train de pisser dans quelque chose qui ressemblait à l'urinoir de Duchamp, *Fontaine*, signature de R. Mutt comprise, en amusait certains. Au total, un *tour de force**.

Une autre sculpture, dans la pièce, suscitait pléthore de divagations ésotériques : un mannequin masculin, vêtu d'un complet-veston bleu marine avec une cravate rouge, les mains derrière le dos, contemplant ladite dame nue. Profondément significatif? Profondément dépourvu de signification? Et qu'étaient ces sept grandes caisses en bois éparpillées autour d'elle? Des boîtes carrées, toutes numérotées et pourvues de petites fenêtres à barreaux, de sorte que, pour jeter un coup d'œil, les visiteurs curieux devaient s'agenouiller et se bousculer les uns les autres. Chaque "histoire" était éclairée de l'intérieur, afin de créer une lumière "inquiétante".

Histoire n° 1. Dans chambre à coucher miniature, figurine de petite fille debout sur une chaise regarde par la fenêtre, bras levés et bouche ouverte. Sur le sol, déplaisant assemblage de serviettes en papier salies, chiffons, bouts de dentelle et fil. Le tout couvert de vilaines taches brunes, vertes et jaunes. De dessous le lit dépasse un bras d'homme, le poing serré.

Histoire n° 2. Autre pièce, avec canapé, deux chaises, table basse, étagères chargées de livres. Sur la table, bout de papier déchiré sur lequel est écrit : *Fais pas ça.* À côté, petit cercueil en bois portant d'autres mots : *elle/lui/ça.* Tableau miniature au mur. Portrait d'une figurine ressemblant beaucoup à fillette dans histoire 1 mais plus garçonne – bras levés, bouche ouverte.

Histoire n° 3. Même pièce que dans histoire 2. Figure féminine, d'une taille disproportionnée pour la chambre, obligée de courber la tête pour tenir sous plafond, en contemplation devant chaise. Message ?

Histoire n° 4. Étrange mammifère à fourrure, un peu comme un lapin mais pas un lapin, bicéphale, gît sur le sol de la chambre de l'histoire 1. Lettres découpées dans cartons de couleur éparpillées sur le lit : G R A T E L O T O I E.

Histoire n° 5. Salle de bains. Figure disproportionnée d'histoire 3 pelotonnée sur sol serrant contre son sein portrait de l'enfant d'histoire 2. Une jambe dépasse par la porte et à travers le mur de la boîte. Baignoire remplie d'eau d'un brun bourbeux. Pouah !

Histoire n° 6. Salle de bains, de nouveau. Baignoire vidée mais cerne brunâtre. Sol encombré de petits livres. De l'un d'eux, marqué "M. S. 1818", semble fuir une substance embryonnaire gélatineuse non identifiable.

Histoire n° 7. Chambre, salon, salle de bains d'histoires 1 à 6, avec une pièce en plus, un bureau tapissé de livres. Images bidimensionnelles d'homme souriant et de femme souriante, apparemment découpées dans même vieille photographie noir et blanc, étendues l'une à côté de l'autre sur un tapis. Debout sur seuil porte ouverte, enfant garçon regarde à l'intérieur tenant levé au-dessus de sa tête portrait d'enfant fille.

Et qui était cet *enfant terrible**, né et élevé à Youngstown, Ohio, élève à la Chaney High School, qui aimait ses parents, a rencontré des tas de gens *cool* à l'École des arts visuels, trouvait New York "formidable" ? Il jouait le naïf à la perfection, le Forrest Gump des arts visuels, grisé par succès soudain mais assez sage pour s'en tirer. Grands yeux bruns filant çà et là tandis qu'il réfléchit à la question. Large sourire quand interrogé sur influences. Évoque Goya, Malevitch, Cindy Sherman. "À la base, c'est un truc conceptuel, vous savez." Du jour au lendemain, un gamin qui avait l'air d'avoir commencé à se raser la semaine dernière était devenu un *hit*. Et puis, après cette unique exposition, il a disparu. Comme Cady Noland avant lui, il a cessé d'exposer.

J'apprécie autant que quiconque un bon canular, un Ern Malley, par exemple, ou le Nat Tate de William Boyd et David Bowie*, ou l'*Entropa* de David Czerny, mais on ne peut pas vraiment qualifier de prodige une femme de cinquante balais qui, toute sa vie, a erré autour du monde de l'art, quoi ? Et la dernière ruse de la Reine des Faux-Semblants a mal tourné.

En se prétendant l'auteur de l'œuvre de Rune, elle est allée trop loin. Je m'étais lié d'amitié avec Rune quand je l'ai interviewé pour un portrait dans *The Gothamite*, en 2002. Peu de temps après son suicide (oui, je crois que c'était intentionnel), le 17 octobre 2003, j'ai commencé à envisager d'écrire un livre. Je voulais la véritable histoire, découvrir ce qui était réellement arrivé à Rune. Mon livre, *Martyr pour l'art* (Mythrite Press, 2009), est l'histoire de Rune, et je l'assume. J'y ai passé deux ans, à faire du reportage en profondeur, des interviews, des recherches d'indices et de documents. Lisez-le ! Vous le trouverez chez le libraire de votre quartier. Commandez-le en ligne.

Harriet Burden a acheté et payé Tish et Eldridge. Sans ses paquets de fric, ni l'un ni l'autre n'auraient marché dans sa combine. Point final. Rune était une célébrité, une star dans le monde des arts. Ses croix se vendaient des millions. Rune n'avait pas besoin d'elle. Quoi qu'il ait fait avec elle, il l'a fait par plaisanterie, pour s'amuser, comme un badinage esthétique. Nul ne pourrait reprocher à Burden d'avoir eu envie de profiter de sa renommée. Le problème, finalement, c'est qu'il s'est avéré que Rune comptait beaucoup plus qu'elle ne l'avait cru. Il avait un génie artistique qui surpassait de loin son œuvre à elle, chichiteuse et prétentieuse. Les douze fenêtres Larsen sont un triomphe. Je ne pense pas qu'elle en ait fait une seule. Et, bien sûr, il l'a surpassée aussi en manipulation, avec ce geste stupéfiant : son propre cadavre. Le film qu'il a tourné de sa mort restera. Il y révèle la vérité aliénée de ce que nous avons commencé à cette époque postmoderne, qui bientôt sera cyborgienne.

La première fois que je me rappelle avoir vu cette femme, c'était dans l'atelier de Tish, à Brooklyn, où j'étais venu en quête de quelques citations pour mon article. Elle ressemblait à un personnage de bande dessinée, gros seins, hanches larges, gigantesque – dans les un mètre quatre-vingt-dix –, une bonne femme à la démarche d'éléphant, une taille de basketteur, avec de longs bras musclés et des mains énormes, une regrettable combinaison de Mae West et du Lennie de *Des souris et des hommes*. Elle se baladait dans l'atelier parée d'une ceinture porte-outils, et quand je lui ai demandé ce qu'elle faisait là, elle m'a répondu qu'elle était "une amie d'Anton", et qu'elle "lui donnait un coup de main" – ce qui n'était pas faux, si on y repense aujourd'hui. Avant de partir, je lui ai serré la main et j'ai dit, comme ça, "Et quelle opinion avez-vous de ce que fait Anton ?" Elle m'a pratiquement bouffé le nez. "Il y a le dehors et le dedans ; la question, c'est : où est la frontière ?" Je n'ai pas cité cette déclaration obscurantiste dans mon article, mais je l'ai conservée dans mes notes. Je l'ai enregistrée. Elle a continué un bon moment, elle aboyait en agitant ses grandes paluches, en hochant la tête.

Sur un point, elle ne se trompait pas. Je ne crois pas qu'elle aurait pu se faire accepter des marchands et des collectionneurs – encore que, qui sait ? Ils peuvent s'habituer à n'importe quoi, si c'est bien vendu. Mais auraient-ils pu la vendre, elle, sans remodelage ? J'en doute. Elle était trop excitée. Elle citait Freud, grosse erreur – charlatan colossal –, ainsi que des romanciers, des artistes et des savants dont personne n'avait jamais entendu parler. Elle débordait de sérieux. S'il y a une chose qui ne marche pas dans le monde de l'art, c'est l'excès de sincérité. Ce qui plaît, c'est le génie timide, ou décontracté, ou ivre et cherchant la bagarre au Cedar Bar, ça dépend des époques. Avant de publier l'article sur Tish, j'ai découvert que cette femme bizarre dans l'atelier était la veuve de Felix Lord, et l'histoire a fait tilt : une veuve friquée et son *protégé**. Ce garçon était entretenu, sinon pour ses hanches sveltes et adorables, alors pour son talent.

Ce qui m'intriguait, c'était la raison pour laquelle je ne l'avais pas reconnue. Je devais l'avoir vue à de multiples reprises avant de la rencontrer, ce jour-là, chez Tish. J'étais un habitué des vernissages et, au moins deux fois, j'avais assisté à des cocktails dans les spacieux salons des Lord, *uptown* – trop de bruit, trop de monde, tous debout, avec ballet de hors-d'œuvre et petites phrases assassines. Quand même, j'ai l'œil vif, et mes oreilles peuvent capter un fragment de phrase suggestif à l'autre bout de la pièce, et pourtant Mme Felix Lord n'a pas laissé la moindre trace. Elle était pratiquement invisible. Eh bien, j'imagine qu'elle a son quart d'heure, maintenant – depuis la tombe.

RACHEL BRIEFMAN
(témoignage écrit)

Je n'ai accepté de participer à ce livre qu'après de longues conversations avec Maisie et Ethan Burden, ainsi qu'avec Bruno Kleinfeld, le compagnon des dernières années de Harriet. J'ai correspondu aussi avec I. V. Hess et j'ai acquis la conviction que ce livre consacré à mon amie Harriet Burden éclairerait certains aspects de sa vie et de son art pour les nombreuses personnes qui ont aujourd'hui découvert son œuvre.

C'est en 1952, à la Hunter High School, que nous nous sommes rencontrées, Harriet et moi. Nous avions douze ans. Il n'y avait que des filles, alors, dans cette école. J'étais assise derrière Harriet au cours de français, et avant de lui avoir jamais dit un mot, je la regardais dessiner. Tout en paraissant complètement attentive au cours – toujours prête pour une conjugaison – elle n'arrêtait pas de dessiner. Elle dessinait des visages, des mains, des corps, des machines et des fleurs dans ses cahiers, sur des bouts de papier de brouillon, partout où elle pouvait trouver une surface disponible. Sa main paraissait se mouvoir d'elle-même, négligemment mais avec une précision prodigieuse. De quelques lignes surgissaient des personnages, des scènes, des natures mortes. Qui était cette grande fille solennelle à la main magicienne ? Je lui dis que j'étais impressionnée et, se tournant vers moi, elle agita la main en l'air, affecta une voix d'outre-tombe et proféra : *La Bête aux cinq doigts*. Dans ce film d'horreur, avec Peter Lorre, on voyait la main amputée d'un musicien commettre des meurtres et jouer du piano.

Des années plus tard, pendant mes études de médecine, j'ai lu des articles où il était question de patients en neurologie atteints du syndrome de la main étrangère. Certaines personnes dont le cerveau est endommagé se retrouvent en possession d'une main rebelle qui fait exactement le contraire de ce qu'ils ou elles veulent, comme déboutonner une chemise qui vient d'être boutonnée, fermer le robinet avant que le verre soit plein, et même se livrer en public à la masturbation. En général, la main étrangère est cause de désarroi et de dégâts. Dans la littérature médicale, au moins une main rebelle a tenté d'étrangler son possesseur. Après avoir lu ces descriptions de membres animés d'une volonté propre, je téléphonai à Harry pour lui en parler et elle rit tellement fort qu'elle en attrapa le hoquet. Je raconte cela parce que la plaisanterie résonne encore. Harriet, très tôt devenue Harry pour moi, était intelligente, douée et d'une sensibilité délicate. Quand nous étions ensemble, elle pouvait bouder pendant des heures en silence, et puis, juste au moment où ça me devenait intolérable, elle me serrait dans ses bras en me demandant pardon. Quoique, à l'époque, je n'eusse pas pu exprimer cela, ses dessins et, plus tard, ses peintures et ses sculptures semblaient avoir été faits par quelqu'un que je ne connaissais pas, mais qu'elle ne connaissait pas non plus. Elle avait besoin de sa Bête aux cinq doigts : un lutin créateur, capable de briser les contraintes qui l'entravaient aussi sûrement que des cordes ou des chaînes.

Nous étudiions ensemble, et nous rêvassions ensemble. Je m'imaginais en blouse blanche, un stéthoscope autour du cou, marchant dans des couloirs d'hôpital en distribuant leurs instructions aux infirmières, et Harriet se voyait grande artiste, ou poète, ou intellectuelle – ou les trois à la fois. Nous étions intimes comme peuvent l'être les filles, que n'embarrasse pas cette pose virile qui est la plaie des garçons. Nous bavardions sur les marches du Metropolitan Museum quand le temps était beau et, souvent, quand il ne l'était pas. Nous nous faisions part de nos tourments et analysions nos condisciples. En gamines prétentieuses, nous lisions des livres que nous ne comprenions pas et adoptions des opinions politiques dont nous ne savions pas grand-chose, mais ces affectations nous protégeaient. Nous étions une équipe de deux face au monde hostile des hiérarchies adolescentes. Ma mère m'avait dit un jour : "Rachel, tout ce dont tu as vraiment besoin, c'est d'une vraie amie." Cette amie, je l'ai trouvée en Harriet.

Trop de temps a passé pour que je nous retrouve telles que nous étions alors. Il y a des années maintenant que, dans le cadre de ma profession, je m'occupe d'enfants et d'adolescents, et ce que je sais de leurs histoires a certainement, ainsi que ma propre analyse, reconfiguré mes souvenirs. L'expérience accumulée modifie toujours la perception du passé. Le fait que j'aie connu Harriet jusqu'à sa mort, en 2004, a modifié aussi la compréhension que j'avais de notre jeune amitié. Ce que je sais, c'est que la jeune fille passionnée est devenue une femme passionnée, une omnivore animée d'une immense avidité de toutes les connaissances qu'il lui était possible d'ingérer. Cet appétit, elle ne l'a jamais perdu. Ce furent d'autres forces qui se dressèrent en travers de son chemin.

J'ai une photographie de nous à douze ou treize ans, dans l'appartement de mes parents, 86e Rue ouest. Je retourne sans effort dans cette pièce. Les espaces de l'appartement sont inscrits dans mes os, mais je dois me donner plus de mal pour pénétrer les jeunes inconnues de la photo. La grande Harry debout à côté de la petite Rachel. Nous portons des robes de coton, serrées à la taille par des ceintures assorties, et des chaussures basses bicolores avec des socquettes. Harriet a les cheveux tirés en queue de cheval, et les miens sont lâchés. Le corps de Harry est en plein épanouissement ; le mien est à peine en bourgeon. Nous ne paraissons, ni l'une, ni l'autre, à l'aise devant l'objectif, mais nous avons obéi à l'injonction : *Cheese*, et il en résulte deux expressions crispées, sinon fausses. Quand je regarde aujourd'hui cette photo, je suis frappée de sa banalité, mais aussi de tout ce qu'elle cache. En tant que vecteur de la mémoire, elle résiste à la réalité intérieure. Document d'un instant, elle nous dit à quoi nous ressemblions alors. Le sentiment intense qui nous liait, le secret de nos confidences, le pacte d'amitié que nous avions conclu : tout cela manque.

Harriet et moi étions des "enfants sages", des écolières pleines de bonne volonté, accumulant les succès, qui auraient aussi bien pu avoir des étoiles d'or et d'argent plaquées sur le front, mais il y avait dans le caractère de ma meilleure amie une touche de sainteté dont j'étais dépourvue, une exigence morale rigide qui lui venait sans doute de son père protestant. J'aimais bien le professeur Burden. Si réservé qu'il fût, il ne manquait jamais de se montrer bienveillant envers moi et, quand il parlait avec nous, je me souviens qu'un des coins de sa bouche se relevait souvent, en une expression d'ironie amusée ; il était toutefois rare qu'on aperçoive ses dents. Contrairement à mon père, homme expansif et fort en gueule (qui avait ses problèmes à lui), le père de Harriet était mal à l'aise dans son corps, il avait tendance à tapoter gauchement le bras de sa fille ou à l'étreindre vite et fort, ce qui tenait davantage de la collision pour excès de vitesse que de la marque d'affection. Lorsqu'il se levait de son fauteuil, cela semblait prendre un temps fou et quand, enfin, il s'était redressé, il nous dominait de toute sa stature, maigre, pâle et chauve. Il aimait disserter à notre bénéfice sur la philosophie et la politique dans des termes qui dépassaient souvent notre entendement, mais Harriet l'écoutait, ravie, comme si ç'avait été Dieu en personne qui parlait. Je ne me souviens pas de la moindre autosatisfaction dans ses propos. Il croyait à la tolérance et à la liberté de l'enseignement et, de même que mes parents, fulminait contre cette monstruosité qu'était la Terreur rouge. Mais ce n'est pas ce qu'on nous dit qui façonne ce que nous devenons. La plupart du temps, c'est ce qui reste non dit. Même quand j'étais enfant je sentais la tension lovée au-dedans de cet homme assis dans son grand fauteuil, entourant de ses longs doigts un martini avec deux olives. À ce que je pouvais en dire, ses pensées étaient ordinairement ailleurs.

Quand nous étions petites, pendant la guerre, Harriet et moi avions vécu sans nos pères, et nous nous souvenions de leur retour. Mon père n'a jamais été au combat, mais Mr Burden avait fait partie d'une unité de renseignements en Europe. Selon Harriet, il ne lui en a jamais dit un mot, pas un seul. Un jour, comme elle l'interrogeait sur ces années, il prit un livre et se mit à lire, comme si jamais elle n'avait prononcé cette question. Avant son départ pour la guerre, il s'était marié et Harriet savait que son père s'était brouillé avec sa famille parce que la femme de ses rêves était juive. La rupture ne fut pas permanente ; les Burden finirent par accepter, pour la forme, Ruth Fine et leur petite-fille, mais les Burden étaient des snobs, purement et simplement. Ce n'était pas une question de fortune, mais de notions multiples liées à l'ancienneté de la fortune, qui incluaient un antisémitisme tacite. Bien qu'il eût rejeté le monde pincé de ses parents, il n'en était pas moins le produit. Il travaillait beaucoup, était méticuleux, consciencieux et sans indulgence pour lui-même. Les éloges à sa femme ou à sa fille n'étaient décernés qu'à petites doses, de mauvais gré. Je ne l'ai jamais vu irritable ni en colère, mais aussi, sa maîtrise de soi était telle qu'elle bridait toute spontanéité. C'est lui qui avait surnommé sa fille "Harry". En tant que psychanalyste, il m'est difficile de ne pas voir un souhait s'afficher ouvertement dans le "petit nom".

Je m'émerveillais de l'absence totale de chamaillerie et plaisanterie chez les Burden. Ruth criait parfois après Harry, mais jamais après son mari. Mes propres parents étaient susceptibles de se livrer à des empoignades régulières, suivies de temps morts, et, bien que terriblement peinée par leurs querelles, j'étais plus habituée que Harriet aux conflits domestiques. (J'avais aussi deux frères qui étaient des maîtres en prise de cou.) Quand on est jeune, on extrapole toujours la réalité humaine à partir de sa propre vie. Si anormale que cette vie puisse paraître à autrui, elle est normale pour qui la vit au quotidien.

En même temps, j'enviais l'harmonie de la famille Burden. Ruth était affable et efficace, et semblait considérer ses obligations domestiques non comme un joug mais comme une vocation. Douée d'un sens de l'humour aiguisé, elle était sujette à des crises de fou rire si extrêmes parfois qu'elle avait du mal à s'arrêter. Un jour qu'elle avait laissé tomber par terre dans la cuisine un morceau de bœuf braisé et l'avait regardé glisser sur le sol avec tout son jus et heurter le pied d'un tabouret, elle avait ri à en avoir le visage inondé de larmes. Après s'être reprise, Mrs Burden avait ramassé le rôti, l'avait remis dans la cocotte et avait effectué "quelques réparations". Nous mangeâmes le repas sans un mot au patriarche, mais Ruth ne cessa de nous adresser des clins d'œil, à Harry et à moi, ce qui me fit éprouver un merveilleux sentiment de complicité.

Parce qu'un tel chaos constituait une anomalie chez les Burden, le bœuf braisé devint un objet d'hilarité. Chez nous, ma mère, traductrice du français et de l'allemand, travaillait à la table de la cuisine. Avant le repas, elle poussait de côté ses manuscrits, après quoi, si elle découvrait le lendemain des éclaboussures de bolognaise sur ses pages, elle s'exclamait : "Ce sont des cochons que j'élève, dans cette famille ?" Je pense aujourd'hui que Ruth Burden organisait son monde de manière à en exclure l'anxiété et à préserver la quiétude superficielle de son mari, qui, en proie à des turbulences internes, buvait chaque soir ses trois martinis afin d'apaiser la montée des flots. J'aimais le contact de Mrs Burden ; il était chaleureux et affectueux, et elle en était prodigue avec Harry et parfois avec moi. Quand je restais dormir, elle nous bordait, malgré notre âge, et j'aimais sentir sa main sur mon front, j'aimais son parfum et la douceur de la voix qui nous disait bonsoir.

Après la naissance de Maisie, ces émotions maternelles passionnées semblèrent prendre possession de Harriet, en même temps qu'un grand zèle pour l'ordre. Elle se lança dans la maternité et la vie domestique d'une façon qui, franchement, me surprit. Elle devint sa mère – pas facile, pour elle qui avait toujours eu l'envie désespérée d'être son père, le philosophe-roi.

Nous avions l'habitude de nous retrouver chaque semaine à l'heure du thé après sa visite à son psychothérapeute, un de mes collègues, Adam Fertig. Un après-midi, elle arriva précipitamment, en retard de quelques minutes et, en s'excusant, s'assit en face de moi. "Rachel, me dit-elle, n'est-il pas étrange que nous ne sachions pas qui nous sommes ? Je veux dire que nous en savons si peu sur nous-même, c'est choquant. Nous nous racontons une histoire et nous y croyons tout du long, et puis il s'avère que ce n'est pas la bonne histoire, ce qui signifie que nous avons vécu une vie qui n'était pas la bonne."

Nous parlâmes de nos histoires cet après-midi-là, de l'aveuglement volontaire et de la colère de Harry face à son sort. Ni ses antécédents familiaux, ni sa culture politique, ni son tempérament ne peuvent expliquer ce qui lui était arrivé. Il y a des nuages en chacun de nous, et nous leur donnons des noms, mais les noms créent des catégories qui n'existent pas toujours. C'étaient des tempêtes qu'il y avait en Harry, toutes sortes de tourbillons et tornades qui allaient chacun son chemin destructeur. Sa souffrance était profonde, et elle ne datait pas de l'âge adulte. Je la revois, debout devant le miroir, le visage inondé de larmes. Elle devait avoir quinze ou seize ans. "Je déteste l'allure que j'ai. Pourquoi je suis devenue comme ça?"

Les filles en vogue, au lycée, se vantaient dès le jeudi de leurs rendez-vous pour le vendredi et le samedi soir. Harry et moi nous prétendions très au-dessus de préoccupations aussi mineures, mais quelle adolescente n'a pas envie d'être admirée et aimée. Quel individu, tant qu'on y est ? Je suppose que son apparence était l'arène où les aspects les plus pernicieux de l'Amérique la touchaient : le sentiment d'être trop grande pour plaire aux hommes. La vérité, c'est que Harriet était sensationnelle. Elle avait un corps magnifique, fort, voluptueux. Les hommes la dévisageaient dans la rue, mais flirter ne l'intéressait pas et, en société, elle ne cherchait pas à charmer et ne savait pas faire la conversation. Harriet était timide et solitaire. En compagnie, elle restait habituellement silencieuse mais si elle parlait, c'était avec tant de force et d'intelligence qu'elle faisait peur, en particulier aux garçons de son âge. Ils ne savaient tout simplement pas que penser d'elle. Harry regrettait parfois de ne pas être un garçon, et je peux dire que si elle en avait été un, son parcours eût été moins difficile. On reconnaît plus volontiers, chez un garçon, la gaucherie d'une intelligence brillante, et elle n'évoque pas de menace sexuelle.

J'ai relu récemment le livre que Harry préférait quand nous étions au lycée : le *Frankenstein* de Mary Shelley. Nous lisions souvent les mêmes romans, et nous avions alors toutes les deux dévoré *Jane Eyre*, *Les Hauts de Hurlevent*, tout Austen et presque tout Dickens, mais *Frankenstein* était devenu pour Harriet le texte archétypique, une fable du moi, une parabole de la réalité de Harry Burden. Bien qu'impressionnée par l'histoire en tant que mythe annonciateur de l'évolution de la médecine moderne, je ne l'ai pas lu et relu. Le Dr Frankenstein et les figures féminines insipides ne présentaient pour Harry que peu d'intérêt. Le personnage qu'elle aimait, c'était le monstre, et elle citait par cœur de longs passages des chapitres le concernant, en les déclamant à la façon d'un poète démodé, ce qui me faisait rire bien que je fusse déconcertée par son attachement fanatique à cette créature miltonienne.

En relisant le livre à l'âge adulte, j'ai eu toutefois l'impression qu'une porte s'était ouverte. J'ai franchi cette porte et trouvé Harry. J'ai trouvé Harry dans un roman qui a été écrit à la suite d'un pari par une jeune femme de dix-neuf ans. En 1816, Mary Shelley passait l'été en Suisse avec son mari, leur voisin Lord Byron et une autre personne moins célèbre dont je n'arrive pas à me rappeler le nom. Le défi consistait à écrire une histoire de fantômes pour le plaisir des autres. Mary fut la seule à le relever. Dans la préface, elle écrit que l'histoire lui est venue comme un "rêve éveillé", à mesure qu'elle se sentait possédée par des images, les unes après les autres. Elle vit "le pâle étudiant en sciences impies" créer un monstre.

"Voilà que la chose hideuse debout à son chevet écarte le rideau et le regarde de ses yeux jaunes, délavés mais interrogateurs."

Il est impossible d'oublier l'essentiel de ce roman. Je savais que la terrible créature créée par Frankenstein est si seule et si incomprise que son existence même est une malédiction. Je savais que son terrible isolement se transforme en vengeance mais j'avais oublié, ou sans doute n'avais jamais ressenti, la férocité de ses sentiments : sa fureur, son chagrin, sa soif de sang. Et alors je suis tombée sur ces mots que prononce le monstre au chapitre XV :

"J'étais hideux et d'une taille gigantesque. Quel sens cela avait-il ? Qui étais-je ? Qu'étais-je ? D'où étais-je venu ? Quelle était ma destination ? Ces questions, je ne cessais de me les poser, mais j'étais incapable d'y répondre."

Il m'a semblé que le fantôme de Harry me parlait.

COMPENDIUM EN TREIZE POINTS : Personnages, Sans suite, Confession, Devinette et Souvenirs pour H. B.

ETHAN LORD

1. Comment Gobliatron, héros des Fervidliens, habitants d'un pays situé très au nord de Nulle Part, se dépêtre-t-il des serres glacées du Cabochard, un homme-machine dont le seul regard faisait geler de grands lacs ? Cabochard avait congelé Gobliatron d'un simple coup d'œil. Alors Gobliatron, immobilisé un pied en l'air sur un champ de glace, se mit à penser torride. Il pensa si torride qu'il en attrapa de la fièvre. Sa fièvre fit fondre la glace, et le héros se retrouva libre.
2. Le mot échappe à l'image. Comment dessiner *n'importe quand*, *mais*, *et alors* ou *la semaine dernière* ? Flèches.
3. Plein de coqs rouges sur un pyjama acheté en France, un modèle pour filles, disait Edward Boyle. J'ai pris des ciseaux, découpé un trou dans une jambe et jeté le morceau à la poubelle. Le pyjama tailladé a disparu. Ceci est une confession. J'avais huit ans.
4. Devinette : qu'est-ce qui est si fragile que même dire son nom peut le briser ? Le silence… F. L., *pater familias*, m'a posé cette énigme quand j'avais neuf ans. Je n'ai pas pu lui répondre, mais une fois qu'il m'en eut révélé le secret, je n'arrêtais plus de penser à la réponse. Couché dans mon lit, je répétais

"silence" encore et encore, pour l'entendre casser. Tu m'as demandé ce que je faisais, je te l'ai expliqué et tu as souri, mais ton sourire s'est gauchi et je n'ai jamais su exactement ce qu'il signifiait.

5. Je me souviens que le placard était mon ennemi. Je me souviens qu'il y avait quelque chose derrière la porte. Je me souviens que tu as mis une lampe torche dans le placard et que, lorsqu'elle a fini par s'éteindre, tu m'as laissé changer les piles.
6. Toute chose possède une forme ou un rythme qu'un regard attentif permet de discerner, mais l'existence de telles répétitions en dehors de l'esprit reste une question ouverte. Nous ne voyions pas les mêmes schémas, toi et moi.
7. "La théorie, c'est bien, mais ça n'empêche pas les choses d'advenir." Tu m'as dit cela un mois, deux jours et trente-sept minutes avant de mourir. C'est une citation d'un neurologue, Jean Martin Charcot, qui s'habillait de noir, admirait la peinture et fut l'auteur de la première analyse descriptive de la sclérose en plaques.
8. L'ennui t'était inconnu, sauf quand il fallait attendre des valises à l'aéroport.
9. Selon la logique fallacieuse de l'*argumentum ad populum*, la marque la plus voyante est la meilleure marque. Ce raisonnement faux est celui de tous les troupeaux culturels, qu'ils soient grands ou petits. Le troupeau court s'extasier devant le spectacle d'un dentifrice blanchissant. Le troupeau court découvrir une nouvelle star des galeries. Le troupeau pense à l'unisson. Le troupeau est un voyeur collectif, auquel on a appris à voir beauté, raffinement et intelligence dans ce qui brille, dans le véhicule creux de la valeur, de la richesse et de la gloire. Mais le troupeau adore aussi la laideur : humiliations, meurtres, suicides et cadavres, pas des vrais cadavres

à portée de main, pas des cadavres qui puent, mais des morts médiatisés, des morts en train de mourir à l'écran. Le troupeau familier, le nôtre, est surtout hygiénique dans ses goûts. Le troupeau lit *The Gothamite* afin d'y découvrir des goûts hygiéniques qui ne causeront pas d'interférences avec le spectacle du dentifrice blanchissant illuminant son sourire collectif Madison Avenue, et ne souilleront pas son costume Wall Street. Les troupeaux, grands et petits, créent des identités diverses au travers de l'une ou l'autre offre de choix, leur *raison d'être**. Des images de vivants comme de morts sont en vente au marché libre en tant que corps délectables. Leur réalité appartient exclusivement à la variété pronominale de la troisième personne. Les corps sont dépourvus d'intérieur, car la première personne du singulier n'est pas autorisée. La valeur est déterminée dans chaque troupeau en fonction de la perception collective et de l'importance du public.

10. Rubik's Cube : 43 252 003 274 489 856 000 permutations. Tu me l'avais offert parce que tu savais que ses algorithmes me hanteraient. M. L., Maisie Lord, *alias* Twinkletoes, grande sœur en tutu, convive du Chapelier fou, ne comprenait pas qu'il y avait là un univers hexaédrique à maîtriser par le mouvement et la couleur, que c'était une cosmologie, une réalité distincte, un lieu où se trouver. Elle brisa mon Rubik's Cube. Je coupai sa queue de cheval. Je tins la queue de cheval suspendue au-dessus des toilettes, elle hurlait. Je tirai la chasse. Les toilettes refusaient de digérer les cheveux. Tu es arrivée, tu as regardé, tu as crié et, en criant, tu agitais les mains derrière tes oreilles. Alors tu as apporté des serviettes et tu nous as parlé de tolérance, mais ça ne nous intéressait pas, la tolérance ne nous intéressait pas. Nous étions trop grands,

nous dis-tu, pour démolir des Rubik's Cubes et nous débarrasser de queues de cheval dans les toilettes et tu en avais plein le dos de tout ça – de nous. J'avais onze ans et Maisie treize. Et alors tu t'assis par terre dans la salle de bains (avec la serviette qui avait une bande beige à l'un des bouts), bien que le sol ne fût pas sec. Ta tête s'inclina sur ta poitrine et un son surgit de toi – un bruit de suffocation et des reniflements. Je me figeai, comme Gobliatron. Je ne pouvais plus bouger. Twinkletoes me dit : Regarde ce que tu as fait, maintenant ! regarde ce que tu as fait ! Mais j'avais la bouche trop crispée, trop glacée pour répondre.

11. Debord, Guy. Il a inventé le Jeu de la guerre. C'était un jeu de plateau, sur les guerres napoléoniennes. Guy Debord, Julien Sorel, Ethan Lord – tous désireux de jouer le jeu, de déplacer les pièces. Expliquez-moi les règles. Les hommes adorent les jeux. Tu m'as dit ça, un jour. Mais, toi aussi, tu aimais les jeux.
12. Ethan Lord, seul fils de Harriet Burden et Felix Lord, produit des deux individus susmentionnés dans unité familiale élémentaire, aspirant griffonneur, fabricant d'énigmes, orphelin néo-situationniste, se souvient de sa mère. J'essaie de me souvenir de toi, maman, de découvrir ces fragments de cerveau et de les transformer en quelque chose de plus qu'un ballot humien d'impressions, comme tu aurais dit, humien, d'après David Hume. Kantien et hégélien, mais pas spinoziste, peut-être husserlien ? *Husserliana* existe, les *Gesammelte Werke*. Tu serais contente de savoir que j'ai regardé, lu quelques pages de lui. Il est difficile. Toi aussi, tu pouvais être difficile à comprendre.
13. Nobisa Notfinger vivait en Pacilande, un pays voisin de la Fervidlie, où les habitants, bien habillés et

sereins, se conformaient aux règles, mais Nobisa avait un sale caractère, c'était une fille désordonnée, sale et joufflue, la vie était difficile pour elle et elle est donc partie pour faire fortune en Fervidlie. Tu avais créé Nobisa pour Maisie, mais tu l'as armée pour moi. Dans sa fidèle valise marron, elle avait un fusil à rayons laser, une épée et un pinceur d'oreille spécial, cadeau de la fée de la Malveillance et de la Malice, que Nobisa ne pouvait utiliser que sept fois. Maisie ne se souvient pas aussi bien que moi des histoires. Schémas mentaux différents.

HARRIET BURDEN
Carnet A

25 septembre 1999, dix heures du soir

Réhabilitation des Droits de Harriet Burden ! Ils l'ont avalé tout rond, le *shit* de Tish, l'ont gobé avec tant d'empressement que ce succès me grise, pour citer ce démon de Joseph Staline. Nous avions supprimé le *c* de son nom afin de favoriser l'anagramme. Table, c'est fini ! Le petit garçon aux quelques traces fraîches d'acné a aiguisé leur appétit d'autres œuvres du *Wunderkind*, d'autres blagues pour frimeurs avec enjolivures tirées de l'histoire de l'art, et ces bouffons martèlent leur enthousiasme dans leurs comptes rendus. Ils n'ont pas trouvé le dixième de mes petites astuces, allusions et énigmes, mais qu'importe ? Et s'ils n'avaient pas grand-chose à dire des boîtes-histoires, cela ne fait que démontrer leur aveuglement, pas vrai ? L'autre jour, sorti de leurs rangs, un certain Case s'est pointé chez Anton, un nain en complet et nœud papillon avec d'anachroniques cheveux pommadés et une parodie d'accent de la haute qui m'a fait grincer des dents. Il m'a demandé quelle était mon "opinion". Pauvre petit homme imbu de lui-même.

*

Après son départ, nous avons tellement ri, Anton et moi, que j'ai dû m'asseoir sur la chaise pliante de l'atelier et m'y balancer d'avant en arrière. Nous sommes une équipe, lui ai-je dit, un couple plongé dans une recherche sur la nature de la perception : Pourquoi les gens voient-ils ce qu'ils voient. Il faut qu'il y ait des conventions. Il faut qu'il y ait des attentes. Sans cela, nous ne voyons rien ; tout serait chaos. Types, modes, catégories, concepts. Je l'y ai inclus, pas vrai ? Le bonhomme en costume contemplant avec oh, quel sérieux ! l'immense femme nue. Comme ils sont prompts à embrasser et consacrer le jeune artiste mâle à l'air innocent ; voyez comme il est cultivé, comme il est sophistiqué, comme il est habile. La grande Vénus a fait grand (petit) bruit. J'entends un bourdonnement d'abeilles, et les abeilles piquent, j'ai parlé au Dr Fertig de ma haine des abeilles. Haine n'est pas un mot que j'utilise à la légère. Il sait cela. Il sait que la blague n'est pas non plus une blague. Il veut savoir quand je révélerai mon identité. L'expression même est excitante. Elle me donne l'impression de vivre dans un thriller. Quand révélerai-je mon identité ?

*

Il m'interroge aussi sur Anton.

*

Mais la grande Vénus appartient à Anton Tish, dis-je. Cher docteur Fertig, sans Anton elle n'existerait pas. C'est une œuvre qui a accédé à l'existence entre lui et moi parce qu'elle est l'œuvre d'un gamin, d'un *enfant terrible**, pas de moi, Harry Burden, vieille dame artiste avec deux enfants adultes, une petite-fille et un compte en banque.

*

Le Dr Fertig a fait remarquer que l'argent est rarement simple.

*

L'argent des ventes est pour Anton. Tel est notre accord.

*

Je ferme les yeux. Je ferme les yeux. Mon heure est venue, maintenant. Mon heure est venue, et je ne les laisserai pas m'en priver. Les Grecs savaient que le masque, au théâtre, n'était pas un déguisement mais le moyen d'une révélation. Et maintenant que j'ai commencé, je me sens les vents dans le dos, non pas à cause de tout ce qu'est la grande Vénus – plaisir cynique – mais parce que je vois ce qu'ils avalent et que, sous les dehors qui conviennent, je peux faire plus. *Nota bene*.

*

Et pourtant, Anton dit qu'elle est belle, endormie dans l'espace de la galerie, qu'elle est plus belle que je ne l'imagine parce que nous ne pouvions pas la voir aussi bien pendant que nous l'assemblions. Je n'ai pas encore osé y aller, mais j'irai peut-être jeter un coup d'œil de l'extérieur, regarder à travers la fenêtre ma grande poupée, mon premier succès.

*

Personne ne sait à part Anton et le Dr Fertig. Edgar a des soupçons. Les autres petits assistants savent que j'ai payé pour elle, mais croient que la dame a surgi tout droit de l'imagination d'Anton. Celle qui porte le prénom extravagant de Feuilles tombantes, ou de Soleil d'automne – sans doute la progéniture de cinglés *new age* –, s'est apparemment collée à Anton : une *unheimlich* petite créature, très jolie, avec des boucles blondes, des lèvres couleur de coquelicot et d'étranges, grands yeux bleus, pleins de sagacité.

*

À propos de vents, où est le Baromètre ? J'ai regardé dans sa chambre. Il est en général pelotonné dans son sac de couchage, à cette heure-ci, avec masque sur les yeux et écouteurs en place afin de le protéger de la pression, pour qu'il puisse se reposer des labeurs que lui provoque sa sensibilité au temps qu'il fait. J'espère que le pauvre homme n'a pas explosé, qu'il n'a pas été hospitalisé. Bien que Rachel affirme que la médecine pourrait l'aider, je sais qu'il ne veut pas des gélules de poison que lui donnent les médecins, qui étouffent son don, car c'est un don, étrangement. Parfois, quand je l'entends parler, il me semble que je commence à ressentir, moi aussi, les variations barométriques – des hauts et des bas dans mon propre registre corporel – un fredonnement dans le système.

*

J'ai un nouvel hôte : Phineas Q. Eldridge, pas de son vrai nom. Il est né John Whittier ; il a désavoué son nom quand il est sorti du placard. Le nouvel homme a déconcerté sa sœur et son beau-frère homophobe, mais sa mère, avec qui il échange de fréquents courriels et à qui il rend visite une fois par an en Caroline du Nord, est restée fidèle. Mère et sœur viennent en douce le voir dans un hôtel. Phineas est un artiste de la scène ; il se produit en “mi-travesti”, moitié homme, moitié femme, moitié blanc, moitié noir, nettement tranché au milieu, et les deux parties de lui ont des conversations sur scène. Son père était blanc, sa mère est noire, donc les moitiés, il connaît. Le couple est la plupart du temps en conflit, semble-t-il ; ce ne serait pas amusant, autrement, mais il arrive aussi qu'ils se fondent, se mêlent et se mélangent, ce que je trouve touchant. Il m'a invitée à venir le voir la semaine prochaine, ça m'excite, et ça m'angoisse aussi, juste un peu, parce que j'espère qu'il est bon. Phineas Q. (le Q, dit-il, c'est pour tout ce qu'on veut : Quentin ou Quête ou Querelleur ou Question ou simplement Q) s'exprime remarquablement et, bien que je ne l'aie pas beaucoup vu puisqu'il travaille la nuit, j'en suis venue à espérer qu'il va s'amener et me faire cadeau d'un de ses commentaires acerbes sur mon travail. Il a qualifié mes poupées Felix “d'avortons ambroisiens”. Il a dit aussi que ma *Boîte empathie* ne serait pas mal avec un peu d'empathie. Cela m'a blessée, mais il avait raison. J'ai recommencé avec des miroirs. Il a aussi parlé de la maison comme d'un “asile de nuit” et préconisé des règles, une organisation, quelqu'un qui gère le tout. Je ne peux pas simplement accueillir n'importe quel camé ou merdeux qui frappe à ma porte. Il a raison, là aussi. La semaine dernière, j'ai logé une gamine aux cheveux nattés qui avait le derrière tellement serré dans un short en cuir rouge que ça m'a fait penser à des saucisses dans leur étui de peau. Il est possible qu'elle ait fait quelques passes avant que je la prie de s'en aller. Deux hommes à la mine sombre sont venus et repartis en une seule nuit. S'ils ont fait l'amour avec Short Rouge, ce n'était pas un amour heureux.

Il y a de la tristesse en Phineas, une blessure enfouie sous son personnage vif et brillant. Je ne sais pas quel âge il a, la mi-trentaine, sans doute, mais je me sens attirée par cet élément douloureux en lui. Par instants, s'il n'est pas sur ses gardes, une expression pensive modifie ses traits. Cela n'arrive jamais quand il me regarde, mais quand il se tait, quand il se détourne. Un jour je lui ai demandé : "Ça va ?"

Et il m'a répondu "Non".

Le "non" m'a fait plaisir. Ne disons-nous pas toujours : Oui, ça va bien.

Oui, et toi ?

Bien, bien.

Nous allons tous bien.

Je préférerais ne pas avoir été si bien, si foutrement bien pendant tant d'années…

J'attendis poliment que Phineas Q. me dise ce qui n'allait pas, mais il garda le silence et je n'insistai pas, parce qu'il y a de la peur en moi, une réticence écœurante. Aussi loin que remontent mes souvenirs, elle est là, à l'affût – une grosse chose pesante, hideuse. Je ne veux pas l'éveiller. Si je l'éveille, la terre grondera et les murs se fendront et tomberont. Pose un doigt sur tes lèvres, Harry, pose un doigt sur tes lèvres et contourne la chose sur la pointe des pieds. Que tout soit gentil et bien, Harry, gentil et bien comme tu sais le faire.

Elle était là aussi du temps de Felix, cette chose, mais ce n'était pas sa faute, à lui. Je comprends cela maintenant. Elle était là longtemps avant Felix. Laisse-le dormir. Marche doucement. Cède. Ne l'énerve pas. Il est fragile, fragile et, quelque part, dangereux. Felix mérite toujours ce que tu ne mérites pas. Pourquoi ? Sentiments mystérieux : innés, automatiques, irréfléchis. Avant les mots. Sous les mots.

*

Qu'est-ce que la mémoire des origines, je vous le demande ?

> C'est avec la plus grande difficulté que je me remémore les premiers temps de mon existence ; tous les événements de cette période me paraissent confus et indistincts[1].

Les miens aussi.

> L'esprit est à soi-même sa propre demeure, il peut faire en soi un ciel de l'enfer, un enfer du ciel[2].

Puis-je me fier aux images que je vois, ou sont-elles reconfigurées à un point qui en obscurcit tout le sens ?

> Immobile ma Vie – Fusil Chargé[3] –

Je me déchaîne sur papier. Je suis bestiale. Et alors il faut que je me cache et, avec le gros crayon noir, j'efface toutes les lignes. Je noircis la page, afin que jamais nul ne voie ce que j'ai dessiné, ce que j'ai fait.

*

Pourquoi ai-je l'impression de porter dans mon corps un secret, tel un embryon, privé de parole et informe, hors d'atteinte de la conscience ? Et pourquoi ai-je l'impression qu'il pourrait jaillir soudain en une formidable éruption s'il n'en est empêché ? Ce doit être facile, si facile, de combler à l'aide de mots ce malaise humide,

1. Première phrase du onzième chapitre du *Frankenstein* de Mary Shelley*.
2. John Milton, *Le Paradis perdu*, livre 1 (554-555)*. C'est Satan qui parle. Dans le carnet G, Burden note : "Satan détache son esprit de Dieu. Hérésie, bien sûr. Hubris, bien sûr. Moderne, bien sûr."
3. Poésie complète d'Emily Dickinson, éd. Thomas H. Johnson (New York, Little Brown and C°, 1960), n° 754*, p. 369.

asphyxiant, d'écrire le détraquement, d'écrire une histoire pour en expliquer le pourquoi.

*

J'étais dans mon berceau.

*

J'étais debout sur le sol.

*

Les rideaux étaient tirés et j'ai dû grimper sur une chaise pour écarter l'étoffe et regarder la rue, au-dehors.

*

J'ai vu ses pieds devant la porte.

*

Le souvenir commence à se constituer à partir du nuage d'inconnaissance. L'informe prend forme et bientôt une articulation étouffée apparaît – menaçante et significative.

*

La honte arrive avant le remords.

*

Mais c'est sans retour, Harry. L'esprit est sa propre demeure, et il nous emporte vers l'arrière et vers l'avant. Il possède du passé sa propre architecture, issue de chambres et de rues réelles mais qui, faites et refaites au fil du temps, résident à présent au-dedans, pas au-dehors. Un jour ces lieux ont été pleins du bruit des camions-poubelles, des sirènes, de fragments de phrases de piétons qui passent en bavardant et des odeurs des saisons changeantes mais les denses visions, clameurs et senteurs ont été simplifiées en codes mentaux internes que les mots ont raidis. Le futur est de la même étoffe – des espaces élémentaires que nous peuplons de souhaits ou de craintes. Pourquoi tant de craintes ? Il n'y a pas dans cette région brumeuse de l'enfance une seule histoire qui t'explique, Harry.

*

Je pense à Bertha, Bertha Pappenheim, dite Anna O. C'est effrayant, ce que nous imaginons et ce que nous fabriquons par l'imagination.

*

Elle, Anna O., reçoit le Dr Breuer, le médecin censé l'avoir guérie, qui s'est servi de la méthode cathartique, la première *talking cure* (guérison par la parole) mais c'est elle, Bertha, qui l'a nommée, pas lui. Elle l'a nommée. Dans une lettre à Stefan Zweig en 1932, Freud apporte la coda : et lorsque Breuer entre dans la chambre, Bertha se tient le ventre et se tord de douleur. Qu'y a-t-il ? demande-t-il. Qu'est-ce qui s'est passé ? Et elle répond : "Voici maintenant l'enfant du Dr B."

*

C'est la chose qu'ils ont faite ensemble. Regardez-la.

*

Le bon docteur s'enfuit, terrifié.
Le bon docteur ne s'enfuit pas. C'est un mythe.
Ils l'ont récrite.
Elle les récrirait. En courage[1].

1. Bertha Pappenheim était le véritable nom d'Anna O., la patiente de Breuer, dont le cas figure dans les *Études sur l'hystérie* de Freud et Breuer (1895). Au nombre de ses symptômes, on comptait des tics, d'intenses douleurs de la face, des pertes de la vision, des trous de mémoire et même une incapacité temporaire à parler sa langue maternelle, l'allemand. Le traitement de Breuer consistait, outre d'autres méthodes, à laisser sa patiente parler et lui raconter des histoires. Pappenheim a forgé, en anglais, l'expression *talking cure* (guérison par la parole). Dans l'étude de cas, l'histoire d'Anna O. s'achève sur sa guérison, mais la vérité est bien plus compliquée. Breuer confia sa patiente à un sanatorium suisse. Pappenheim souffrait toujours de symptômes hystériques, même s'ils étaient moins dramatiques qu'avant son traitement par Breuer, et elle était dépendante à la fois de la morphine et de l'hydrate de chloral. Cf. A. Hirschmüller, *The Life and Work of Josef Breuer : Physiology and Psychoanalysis* (New York University Press, New York), 301-302, et D. Gilhooley, "Misrepresentation and Misreading in the Case of Anna O.", *Modern Psychoanalysis* 27, nº 1. Après être sortie du sanatorium, elle fut hospitalisée trois fois au cours des cinq années suivantes.

Dans sa lettre à Zweig, Freud écrit : "Ce qui est vraiment arrivé à la patiente de Breuer, j'ai pu le *deviner* par la suite, longtemps après une rupture de nos relations, quand je me rappelai soudain une chose que Breuer m'avait racontée un jour... Le soir du jour où tous les symptômes de la patiente avaient disparu, on le rappela auprès d'elle et il la trouva troublée et en proie à des crampes abdominales. Interrogée sur ce qui n'allait pas, elle répondit : « Maintenant l'enfant du Dr B. arrive ! »" E. Freud, éd., *Letters of Sigmund Freud* (Basic Books, New York, 1960), p. 67, mes italiques. À partir de ce souvenir, Freud conjecture qu'Anna O.

*

Je rêve du Dr F.

La chose refoulée. La chose qui surgit. Elle a appelé ça l'enfant du Dr B. Cela veut sortir.

*

Où est la frontière entre souvenir et hallucination ?

souffrait d'une grossesse nerveuse et que le caractère sexuel de ces symptômes effraya Breuer et provoqua sa fuite. Ernest Jones corrobora par la suite cette version des événements dans sa biographie de Freud, de même que Peter Gay dans la sienne. Ces interprétations des indices sont toutefois contestées, et Burden paraît bien au courant de la controverse. "Ils l'ont récrite. Elle les récrirait. En courage" fait allusion à l'existence de militante féministe que Pappenheim vécut par la suite. En 1888, renonçant à la vie de grande bourgeoise qui avait été la sienne en tant que juive orthodoxe à Vienne, elle voyagea dans toute l'Europe orientale en menant un combat et en publiant des ouvrages sur les droits des femmes juives. En 1904, elle cofonda la Ligue des femmes juives, qui organisait des centres de soins, des retraites de vacances et des foyer de jeunes, et proposait aux femmes une éducation professionnelle. La Ligue fut dissoute le 9 novembre 1938. Plusieurs de ses responsables furent assassinés dans les camps. Burden fait peut-être allusion aux *Dernières volontés et testament* de Pappenheim, où elle a écrit : "… si vous vous souvenez de moi, apportez un caillou, comme la promesse silencieuse et le symbole de l'établissement de l'idée et de la mission du devoir des femmes et de la joie des femmes à servir sans cesse et courageusement dans la vie" E. Loentz, *Let Me Continue to Speak the Truth : Bertha Pappenheim as Author and Activist* (Hebrew Union College Press, Cincinnati, 2007).

*

Nous fabriquons des images spontanément. Elles veulent sortir.

*

Aussi loin que remonte ma mémoire, je les ai vues venir la nuit, avant de m'endormir. Elles me faisaient peur autrefois, les horreurs de ce cinéma personnel, pareilles à des rêves mais pas des rêves, une réalité intermédiaire entre veille et sommeil ; un seuil qui devrait avoir un nom, mais n'en a pas. Je ne suis pas dans l'écran mais au-dehors, spectatrice de leurs exploits, et j'ai fini par les aimer. Chaque soir, je les attends. Les brutes surgissent, féroces et menaçantes, montrant les dents, une morve rose au nez, roulant pesamment au-dessus de collines débordantes de bleu. Elles ne sont jamais immobiles, mais en constante métamorphose, bouches devenant mentons, yeux comme des fentes, nichons et queue tombent sur le sol et se fondent en nouveaux diables ou disparaissent en tas enfiévrés de couleurs. Une chevelure flotte derrière une tête défigurée en nœuds ou guirlandes bouclées, mais je vois aussi les innocents et les insouciants, gentils enfants et adultes bien formés ; deux danseurs forniquent en plein vol, et je souris de leurs hanches rythmiques. Un homme minuscule saute d'une falaise, et de pures géométries de vert, de rouge et de jaune vifs se fondent en une débauche de lave coulante. Je nous ai vus, tous, Maisie et Ethan et Felix et moi et mes parents et Rachel, volant sur l'écran devant mes paupières closes, à peine reconnus mais là néanmoins, dans la parade, comme si mon esprit avait conservé les bobines d'un vieux film. Si seulement je pouvais transposer ces muses hypnagogiques en peinture, en cinéma ou en petites sculptures cinétiques. D'où viennent-elles ? Pourquoi une image et pas une autre ?

Est-ce du souvenir transmué ? De quel coin du cerveau viennent les hallucinations ? Nul ne peut le dire.

*

J'entends dans le couloir la respiration sifflante du Baromètre. Je suis contente qu'il soit rentré. Je ne sais pas trop où il s'en va pendant des heures. Faire du prosélytisme, jaser, ou simplement se balader ? Mais j'entends siffler ses conduits. Ceux de Felix aussi sifflaient. Et il toussait. Mon père toussait. Des fumeurs, tous. La toux de chacun avait/a son grondement humide ou son râpement sec particuliers. N'est-il pas étrange qu'on puisse reconnaître la toux de quelqu'un, que le flegme raclé dans les bronches ait un son caractéristique ? Mon fou siffle et tousse et a commencé à se gratter des irritations imaginaires qui, à force de gratter, deviennent réelles. Je lui ai offert un baume. Dans ses cahiers, il dessine des villes en flammes, des dragons, des derviches, et des cercles, encore des cercles, et des symboles cryptiques, et des nuages, évidemment, et de la pluie et de la neige et de la grêle de divers calibres. Il ne s'intéresse guère au beau temps ; il est mon ami du mauvais temps.

ROSEMARY LERNER
(témoignage écrit)

Il existe une nette tendance, dans tous les arts, à mythifier les morts, je veux parler de la création de récits réducteurs pour expliquer la vie et l'œuvre d'artistes. Il y a plus de quarante ans que j'écris sur l'art, et j'ai été témoin de cela à d'innombrables reprises. C'est souvent pour des raisons idéologiques qu'on simplifie, mais des biographies à sensation peuvent également gommer les nuances lorsqu'elles semblent taillées aux mesures d'un personnage et d'un scénario préconçus : héros ou héroïne tragique, victime, génie. Il est utile d'ébranler ces scénarios fabriqués. Harriet Burden n'était pas du tout aussi obscure ou ignorée qu'on l'a prétendu dans les histoires qui circulent aujourd'hui à propos de sa carrière. Son œuvre a été représentée dans au moins cinq expositions de groupe durant les années 1970 et, quant à moi, je l'ai distinguée dans un article que j'ai écrit en 1976 pour *Art in New York* :

> L'étrange construction architecturale de Harriet Burden, avec ses murs et ses sols légèrement de guingois, ses figures chargées d'émotion, sa palette pastel et l'intense utilisation de texte demeure dans la mémoire de cette commentatrice comme l'œuvre d'une artiste brillante et remarquablement indépendante.

Quoiqu'elle fût minoritaire, je n'étais pas seule de cette opinion. Archie Frame, Beatrice Brownhurst et Peter Grosswetter ont tous commenté favorablement ses deux expositions en propre, toutes deux dans des galeries new-yorkaises de premier plan. Oui, ses deux marchands l'ont laissée partir, mais ce n'est pas là un destin unique. Cela place seulement Harriet Burden dans la catégorie des nombreux artistes visuels éminents, hommes et femmes, qui furent respectés par les autres artistes, envers qui la critique fut partagée et dont l'œuvre n'attira pas les gros collectionneurs.

Les critiques de tout acabit aiment avoir l'impression de dominer l'œuvre d'art. Si elle les intrigue ou les intimide, il est plus que probable qu'ils la dénigreront. Beaucoup d'artistes ne sont pas des intellectuels, mais Burden en était une, et son œuvre reflétait son immense culture. Elle glanait ses références dans des domaines multiples et il était souvent impossible de remonter à leur origine. Son art avait aussi un caractère littéraire, narratif, qui rebutait beaucoup de monde. Je suis convaincue que sa seule érudition agissait comme un irritant sur certains critiques. J'ai eu un jour une conversation avec un homme qui avait éreinté sa première exposition. Quand, évoquant son article, je voulus défendre l'œuvre, il réagit avec hostilité. Cet homme n'était pas bête et il avait écrit de bonnes choses sur certains artistes que j'admirais. Il avait reproché à l'œuvre de Burden d'être confuse et naïve, le contraire même, à vrai dire, de ce qu'elle était. Je me rendis compte qu'il avait été incapable d'une appréciation équitable parce que, bien qu'il se flattât de sophistication, les multiples significations des textes qu'elle avait orchestrés avec soin lui avaient échappé et il avait projeté sur l'œuvre sa propre désorientation. Les derniers mots qu'il m'adressa furent : "J'ai détesté, d'accord ? J'ai tout simplement détesté. Je me fous complètement de savoir à quoi elle faisait référence." Cette conversation m'est restée en mémoire, moins comme une histoire concernant Harriet Burden que comme une leçon adressée à moi-même : Méfie-toi des réactions violentes et des sophismes auxquels tu peux avoir recours pour les expliquer.

Il y a en outre la question du sexe. Il a souvent fallu plus de temps aux femmes qu'aux hommes pour prendre pied dans le monde de l'art. La remarquable Alice Neel a travaillé dans une relative indifférence jusqu'à plus de soixante-dix ans. Louise Bourgeois a percé lors de son exposition au MoMA en 1982. Elle avait soixante-dix ans. De même que Burden, ces femmes n'étaient pas ignorées, mais elles n'ont accédé à une véritable notoriété qu'à la fin de leur carrière. De son vivant, la peintre Joan Mitchell était connue et admirée mais c'est après sa mort seulement que sa place parmi les expressionnistes abstraits de la seconde génération a commencé à prendre son immense importance. Grace Hartigan fut la seule femme de l'exposition légendaire intitulée *La Nouvelle Peinture américaine*, au MoMA, en 1958-1959. Eva Hesse, qui fut élève à Cooper Union quelques années à peine avant Burden, mourut en 1970, à l'âge de trente-quatre ans, d'une tumeur au cerveau. Elle ne vécut pas pour voir son étoile poursuivre son ascension, ni la force de son influence sur des artistes plus jeunes. Mais durant sa vie elle s'était plainte de ce que son œuvre n'était pas l'objet de l'attention sérieuse accordée à celles de ses confrères masculins, et elle avait raison. Il y eut de nombreux critiques pour parler de sa vie, pas de son art. L'œuvre de Lee Krasner a été subsumée par celle de son mari aux yeux du monde de l'art. Jackson Pollock était et est déifié, tel un héros romantique. Un an avant la mort de Krasner, une rétrospective de son œuvre fut montée mais à ce moment-là il était, disait-elle, "trop tard". La plupart du temps, le commerce de l'art a concerné les hommes. Et quand il s'est intéressé aux femmes, il a souvent été question de corriger des négligences passées. Il est intéressant de noter que de nombreuses femmes – pas toutes – n'ont été célébrées qu'après avoir fait leur temps en qualité d'objets sexuels désirables.

Bien que le nombre d'artistes femmes ait explosé, le fait que les galeries new-yorkaises exposent nettement moins de femmes que d'hommes n'est pas un secret. Les chiffres hésitent aux environs de vingt pour cent des expositions personnelles dans la ville, en dépit du fait que près de la moitié de ces mêmes galeries est gérée par des femmes. Les musées qui exposent de l'art contemporain ne font guère mieux, pas plus que les revues qui en parlent. Toute artiste femme est confrontée à l'insidieuse propagation d'un *statu quo* masculin. Presque sans exception, l'art des hommes atteint des prix beaucoup plus élevés que l'art des femmes. Le dollar parle. Après avoir renoncé à une vie publique en tant qu'artiste, Burden a décidé de se livrer à des expériences sur la perception de son art en recourant à des personnifications mâles. Les résultats furent impressionnants. Présentée comme celle d'un homme, son œuvre rencontra un accueil enthousiaste. La prudence s'impose, toutefois. Le monde de l'art et ses tendances ne cessent de changer. Le cru est *in* un jour, le cuit le lendemain. Et il existe un appétit omniprésent de jeunesse, des derniers ingénue ou ingénu sur la carte. Burden aurait-elle pu se servir aussi bien d'une jeune femme ? Non, sans doute, mais on ne peut raconter simplement cette histoire comme une parabole féministe, même s'il paraît évident que le préjugé sexuel a joué un rôle déterminant dans la perception de l'œuvre de Burden. Et pourtant, chacun de ses masques semble révéler un aspect différent de son imagination, et il n'est pas injuste de dire que la trajectoire de son expérimentation artistique est devenue un mouvement vers une ambiguïté croissante et presque sinistre.

Anton Tish, qui a complètement disparu du monde de l'art, semble n'avoir guère été qu'un pantin. Phineas

Eldridge, lui, a apporté son propre charme ravageur aux *Chambres de suffocation* auxquelles Burden et lui ont travaillé ensemble. Lui aussi s'est retiré des arts, mais sans renoncer à s'exprimer et sa lettre à la revue *Art Lights* demeure, à mon avis, non seulement un hommage à Burden, mais aussi une lecture perspicace de son œuvre.

La relation de Burden avec Rune est, à mes yeux en tout cas, à la fois triste et mystérieuse. La controverse soulevée par le suicide apparent de Rune et les bouffonneries d'Oswald Case, dont le livre, *Martyr pour l'art*, fait de Larsen la géniale célébrité d'une nouvelle ère technologique, n'ont fait qu'estomper les vraies questions. Il est vrai que quatre des "fenêtres" ne peuvent être absolument attribuées à Burden et que les voix ne manquent pas pour affirmer qu'elles sont de Rune. Le verdict ultime n'a pas encore été rendu, et l'incertitude peut perdurer longtemps, voire toujours. Quoi qu'il en soit, rien n'appelle un traitement en noir et blanc de l'affaire Burden-Rune. Cela conduit à ce qu'il y a de pire dans la mythification : le désir supplante la preuve. C'est ignorer les écrits autobiographiques de Burden, qui constituent un indice très convaincant du vol qualifié de certaines de ses pièces par un individu, peut-être Rune. À une page de ses carnets, datée du 12 septembre 2003, elle écrit : "Quatre œuvres ont disparu de l'atelier cette nuit. Je suis désespérée." Pourquoi aurait-elle écrit cela si ce n'était pas vrai ? La théorie de Case, c'est que Burden a fait accuser Rune en laissant des notes qui faisaient directement allusion à sa malfaisance et qu'elle a fait cela par envie et par dépit. Case se fie lourdement à ce que Rune lui a raconté, et il n'avait pratiquement pas eu accès aux papiers de Burden quand il a écrit son livre. Il cite une seule phrase extraite de trois pages de ses carnets publiées dans le numéro de printemps de *Dexterity* (2008), l'année de sa rétrospective à la galerie Grace. "Il est si facile pour Rune de briller. D'où lui vient cette aisance ? Comment l'acquiert-on.

Il est si léger. Je colle à la terre, tel un Caliban face à son Ariel." Il n'y a guère là de preuve d'un projet machiavélique de piller la carrière d'un autre artiste.

Je n'ai qu'une note personnelle à apporter. Lorsque j'ai vu *L'Histoire de l'art occidental*, œuvre supposée d'Anton Tish, à la galerie Clark, j'ai été frappée par un passage gravé à l'intérieur de la cuisse de Vénus :

> Les filles n'en ont-elles pas fait autant pour la poupée ? – la poupée – oui, cible de choses passées et à venir ? La dernière poupée, étant donné l'âge, est la fille qui aurait dû être un garçon et le garçon qui aurait dû être une fille ! L'amour de cette dernière poupée était annoncé dans cet amour de la première. Il y a quelque chose de juste dans la poupée et dans l'immature, la poupée parce qu'elle ressemble à la vie mais n'en contient pas, et le troisième sexe parce qu'il contient la vie mais ressemble à la poupée.

C'est extrait de *Nightwood (Le Bois de la nuit)*, de Djuna Barnes, un petit roman étrange et difficile. Pour être honnête, je ne sais trop ce que signifie cette méditation sur les poupées mais ce que je sais, c'est que ce n'était pas dans une, mais dans trois des œuvres présentées à sa deuxième exposition que Burden avait inclus des citations de ce livre-là. Personne n'a l'exclusivité du droit de citer *Nightwood*. Tout de même, cela m'a paru curieux et, alors, quand j'ai regardé l'intérieur des boîtes qui entouraient la grande sculpture de Vénus, j'ai remarqué de si fortes similarités entre ces petites scènes et les premières chambres de Burden, avec leurs petits personnages et leurs récits obliques, que la certitude m'est venue que Tish avait vu ces œuvres. Subir des influences est normal mais, ici, on aurait cru voir l'évolution de ces œuvres antérieures et j'éprouvais l'idée dérangeante qu'il pouvait avoir fait son profit de certaines pièces qu'elle n'avait jamais montrées. Pas un seul critique ne mentionna Burden.

Par l'intermédiaire du fils d'une amie qui connaissait la fille de Burden, j'obtins le numéro de téléphone de l'artiste à Brooklyn et l'appelai. Je me présentai, expliquai la nature de mon appel et lui demandai si elle avait été voir l'exposition à la galerie, question à laquelle elle répondit : “Non.” Je devais découvrir par la suite que, techniquement, c'était vrai. Je lui demandai alors si elle travaillait encore. Elle répondit : “Oui.” J'attendis qu'elle en dise un peu plus, et puis je développai mon propos, lui dis que certains aspects de l'œuvre me semblaient si proches de la sienne que cela me paraissait alarmant. Il y eut un long silence embarrassé. Je l'entendais respirer. Finalement, elle a toussoté et puis a dit : “Merci. Merci de votre appel. Au revoir.”

Et voilà. Je lui avais offert une ouverture. Elle n'en a pas profité. Harriet Burden avait des alliés. Je pouvais me compter parmi eux. Je suis convaincue que si elle avait cherché un marchand, elle en aurait trouvé un mais, même dans le cas contraire, elle aurait pu passer par une autre voie. Il existe des coopératives féminines qui exposent des artistes auxquelles les principaux établissements n'accordent pas leur attention. J'ai vu des œuvres de très grande qualité exposées dans ces galeries. Burden voulait son expérience, et elle voulait demeurer cachée. Je ne peux m'empêcher de regretter qu'elle n'ait pas pu me répondre ce jour-là. En même temps, les masques doivent être considérés comme un nouvel aspect de ce qu'elle faisait le mieux : la création d'œuvres d'une ambiguïté calculée.

BRUNO KLEINFELD
(témoignage écrit)

J'ai rencontré Harry au cours d'un chapitre écorné, sali, griffonné dans les marges, taché et déchiré du livre de ma vie. Mais le problème n'était que cosmétique, en réalité. Je suis le fier détenteur d'une quantité de biographies éreintées et en lambeaux qui restent néanmoins déchiffrables. Le temps rampe. Le temps modifie. La gravité insiste. Comme me le disait souvent ma mère : "À partir de la cinquantaine, Bruno, il n'y a plus que rafistolage sur rafistolage." Non, ce n'était pas à cause de ma carcasse approchant de la soixantaine, avec front dégarni et joues de basset artésien, que ce chapitre était si mauvais. C'était parce que je m'étais perdu. Je n'étais plus le héros de ma vie. Au lieu d'être ce héros, je traînais dans les ombres proverbiales comme un foutu minable n'ayant à dire que deux ou trois répliques ici ou là. Imaginez : à peine levé, le matin, vous passez l'appartement au peigne fin, retournez les tiroirs, fouillez les placards, regardez sous le lit à la recherche de vous-même. Où l'avais-je laissé, ce brillant jeune homme à la tête bouclée dont les perspectives étincelaient juste au-delà de la prochaine colline ? Qu'était-il donc arrivé à Bruno Kleinfeld ? Bonne question. Ma personne semblait être restée à l'écart d'elle-même d'une manière qui signifiait que je n'étais plus moi. L'imposteur, le Bruno Kleinfeld qui s'éveillait le matin dans l'appartement miteux de Red Hook, aurait fort surpris le véritable Bruno Kleinfeld, celui qui voyageait hardiment de chapitre en chapitre de sa biographie intégralement autorisée, mais je ne pouvais tout simplement pas mettre la main sur ce Bruno-là et je me retrouvais en panne avec l'ancien, un pauvre type qui mangeait régulièrement des pâtes à potage pour dîner et que, à deux reprises, le désespoir avait réduit aux bouchées gourmet destinées à la gent canine. Voyez-vous, il ne pouvait pas payer son loyer et devait aller tendre la main chez son ami Tip Barrymore à Park Slope, où le décor de pierre brune ressemblait tellement plus à celui où vivait le Bruno authentique. Tout est dans les yeux. Les yeux de Tip quand il disait qu'il n'avait pas besoin que je le lui rende. "Je n'en aurai pas besoin, Brune." Brune, seul diminutif possible pour Brun-O. Pupilles ombrageuses, furtives, pas pointées franchement, pas d'homme à homme. Pauvre Brune. Il ne le disait pas. Oh non. Ses yeux le disaient. Pitié pour ce garçon brillant sur la colline ? Et alors ? Tu t'es trompé de mec, bonhomme, c'est pas le bon Brun-O, mon vieux. Prends ça dans les dents. Prends ça dans le ventre. *Garçon* !* Apportez-moi un verre de ce fronsac et le steak frites, *tout de suite**. Avec de la mayonnaise. Petits rêves de repas. Petits rêves d'appartement sans cafards, de toilettes pas rouillées, fonctionnant en douceur, de linoléum sans craquelures ni taches jaunes. Les tristes petits rêves du poseur, ce faux Kleinfeld aux proportions enflées, au bras ramolli, sans gaz. Où était passé ce type qui lançait au-delà de la clôture, faisait le tour des bases à grande vitesse, était artiste de la tchatche, homme à femmes, séducteur, le mari de trois femmes et père de trois filles, auteur prometteur de deux recueils de poésie publiés par un grand éditeur, pas par une maison mineure (des poèmes en mode mineur mais pas en ligue mineure) avec en quatrième de couverture des hommages de gens en vue, et ce mot chargé de sens qu'il avait savouré, mâchouillé, sucé fort et longtemps : *whitmanien* ? L'œuvre de ce jeune homme est "whitmanienne", et il n'y avait pas moins de trois points d'exclamation à la fin des phrases de ces commentaires de notables aux réputations internationales, ponctuation emphatique pour garçon emphatiquement brillant qui ramassait l'argent des bourses sur la foi de colline bientôt gravie, jeune et beau freluquet poète qui commence poème épique, poème pour tous les temps, poème ultime de tous les poèmes d'Amérique.

Et il écrit, il écrit, il écrit, et alors il récrit, et il n'arrive pas à en faire exactement ce qu'il veut. Et tandis qu'il écrit, les années passent ; il se marie et divorce, se remarie et redivorce, se marie et divorce une fois encore ; des enfants naissent, et toujours il écrit son poème, et il n'arrive pas à en faire ce qu'il veut. Parfois, il ne peut plus le voir. Il est sous le poème, qui menace de l'écraser. Il veut le débarrasser des conneries ; voyez-vous pas ? B. K. espère purifier MS de toutes les C. et gravir ladite colline, et il n'y arrive pas. Il y a des jours où il lui semble qu'il est en train de pousser le poème vers le haut, il peut presque voir l'autre côté mais alors, tel Sisyphe, il ne parvient pas à lui faire franchir le sommet.

Et, donc, un matin d'octobre, le faux Kleinfeld est occupé à faire doucement passer un étron de son cul vieillissant à une cuvette de W.-C. au fonctionnement douteux dans trou à rats susmentionné, avec le store légèrement relevé devant la fenêtre pour vue sur circulation, en contrebas, et vaste immeuble d'entrepôts de l'autre côté de la rue, où des travaux de rénovation sont en cours depuis des lustres, et il la revoit, cette femme qu'il voit souvent, presque tous les jours depuis plusieurs mois, et dont il a entendu parler, cette grande femme qui marche à grands pas et arbore une paire de nichons qui lui flanquent la chamade. La revoilà, avec encore un autre manteau, un article vert fougère, avec larges manches et une sorte d'écharpe incorporée, rejetée par-dessus son épaule. Kleinfeld a dans l'idée que cette femme possède un placard exclusivement rempli de manteaux et un autre pour les chaussures, puisque celles-ci aussi changent tous les jours. Elle est emmitouflée au quotidien, pense-t-il, dans la magie de l'argent, ce qui signifie simplement ceci : on voit qu'elle ne pense pas au manteau ni aux chaussures ; ils sont, c'est tout. Les pauvres portent leurs prises – les souliers neufs en cuir luisant, le chandail sortant de la boutique, les gants coûteux – avec une raideur intimidée qui les trahit. Non, elle a en tête des choses plus élevées, se dit-il. Ça se voit au petit V entre ses sourcils, une ride philosophique, à son avis, pas le V ordinaire creusé profondément par de méchants soucis d'argent pour le loyer et les courses. Ne l'avait-il pas aperçue un jour, tout à fait par hasard, dans le lointain train F, plongée dans Schelling ? Dieu du ciel, cette femme lisait Friedrich von Schelling dans le métro aussi calmement que si elle avait parcouru le *Daily News*. L'ancien Bruno, démon de la vitesse, avait jeté un coup d'œil à Schelling quand il était étudiant et en avait eu très peur, une peur égalée seulement le jour où il avait ouvert *La Phénoménologie de l'esprit*, de Georg Wilhelm Friedrich Hegel, qui avait lui aussi terrifié le gamin. Cette femme-là n'était pas n'importe qui. Non, il s'agissait ici d'une poupée qui avait des goûts supérieurs, et dont les idées lui dansaient dans la tête comme des lucioles. Les cheveux de la dame étaient un fouillis de boucles, elle avait de grands yeux, larges ouverts et sombres, un long cou et des épaules larges et carrées et, ce matin-là, ce matin d'octobre où elle traversait la rue en bas de chez lui, comme elle l'avait déjà traversée de nombreuses fois, il vit quelque chose de vulnérable et blessé lui traverser le visage, telle une brise, et pendant que cela soufflait elle parut soudain très jeune. Sa bouche, ses sourcils, ses yeux, tout avait contribué à cette expression, qui ne dura pas, mais le double de Kleinfeld, assis sur le pot, son caleçon aux chevilles, eut l'impression que la peine qu'il avait vue et qu'elle avait ressentie était venue et repartie à la seule évocation douloureuse de quelqu'un.

Cette vision lui botta le cul. Elle botta le cul au gamin, au voleur de bases, au poète du sensass et de la confiance en soi, et ce charmeur disparu, le Kleinfeld original, réapparut au moins pour un instant et je (car c'était moi, le Bruno Kleinfeld de toujours) m'essuyai ce cul en hâte mais avec soin, attrapai jean et chemise gisant en tas devant moi, fauchai ma veste à son crochet près de la porte avec ses quatre serrures, tâtai mes poches en quête de clés et me ruai dans l'escalier, franchis la porte donnant sur la rue et cavalai après la dame, tel un troubadour à moitié cinglé. Je criai : "Arrêtez !"

Elle s'arrêta et se retourna. Ce n'était pas encore ma Harry. Oh non, c'était la dame aux manteaux, qui avait pivoté sur les talons de ses bottes pour me toiser de haut en bas. Elle était grande, et l'expression enfantine de vulnérabilité n'était nulle part en vue. Ses sourcils se rapprochèrent avec dédain et je sentis réapparaître le *loser*, le misérable imposteur, mais il était trop tard. Je tendis la main. "Bruno Kleinfeld, votre voisin. J'avais envie de vous rencontrer."

Harry, l'inconnue, eut un tout petit sourire et me serra la main. "Enchantée de vous rencontrer, Mr Kleinfeld", dit-elle.

Je ne vous raconte pas de blague, le soleil est sorti juste à ce moment de derrière les nuages et il a éclairé la rue, et j'ai saisi l'instant, car c'est ce qu'il faut faire si on ne veut pas que les femmes passent sans nous voir, et j'ai dit "Luminosité fatidique !"

Elle parut confuse. Qu'avais-je voulu dire ? Que pensait-elle que j'avais voulu dire. Je voyais qu'elle s'efforçait de comprendre. Elle sourit, embarrassée.

"Les dieux approuvent", lançai-je.

Elle m'examinait en silence. J'ai rarement connu quelqu'un qui prenait aussi longtemps entre les phrases. Elle finit par dire : "Qu'approuvent-ils, Mr Kleinfeld ?"

Elle me rappela Mrs Curtis, ma prof de biologie en neuvième, à Horace Mann. Qu'approuvent-ils, Mr Kleinfeld ?

Ça, c'est l'Amérique. Qui dit : "Qu'approuvent-ils, Mr Kleinfeld ?", à part des enseignants du secondaire ?

"Nous, répondis-je. Notre rencontre fortuite."

"Je croyais que « fortuit » signifiait dû au hasard, à la chance. Il me semble que vous m'avez couru après."

Jusque-là, nous étions d'accord sur le dialogue, Harry et moi, mot pour mot. L'échange s'était gravé dans ce qui allait devenir notre cerveau commun. C'est sur le reste de la scène que nous nous chamaillions. Je jure encore sur ma tête, j'en mets ma main à couper, que je me suis lancé, tout de suite, et l'ai invitée à dîner. Elle jurait que nous nous étions livrés à un long débat autour du mot *fortuit*, et que, de toute évidence, j'avais fait un blocage parce qu'elle m'avait damé le pion en matière d'étymologie. *Forte*, en latin, par hasard. Le mot ne signifie pas "fortuné". Je sais cela ! J'avais seulement espéré qu'elle n'avait pas remarqué la folle poursuite que j'avais entreprise d'elle post-selles (dont elle n'a rien su que bien plus tard, lorsque je lui avouai qu'elle avait ensoleillé plus d'une fois les mouvements de mes tripes). Harry avait un côté pédant, un côté prof de grammaire pointilleux qui, parfois, me rendait cinglé. Tu as pensé à *fortuit*, et tu pensais avoir dit ce que tu avais pensé à ce sujet, mais tu ne l'as pas fait. Ça arrive. C'est ce que je lui disais, mais elle ne me croyait pas.

Je ne suis pas sûr de savoir quel Bruno Kleinfeld s'est présenté au restaurant trois jours après. Le personnage qui s'était rasé juste avant était ce même vieux dégoûtant porté aux récriminations inutiles. Quelle femme voudrait de ce connard, dans le miroir, qui écrit le même poème depuis vingt-cinq ans, assure deux cours d'écriture créative à Long Island University pour douze mille dollars par an, fait de la correction de manuscrits en free-lance et une critique de livre par-ci, par-là pour presque rien, qui est un raté avec un grand R ? L'angoisse me serrait les poumons et je respirais à petits coups en repassant ma belle chemise, celle que ma fille Cléo m'avait offerte pour mon anniversaire au mois de mars. Par-dessus le marché, pour pouvoir inviter Harry j'avais emprunté cent dollars à Louise, ma voisine de palier, qui avait agité un doigt sous mon nez en disant de sa voix grinçante : "Il s'agit pas de charité, Bruno, faudra me rembourser !"

Mon cœur courait le marathon, j'étais raide comme un piquet et j'avais commencé à transpirer dans ma chemise propre et repassée. La tension me paralysait. Je restai planté au moins cinq minutes devant ma porte. La force qui m'a poussé à la franchir était la solitude – cette méchante solitude, inquiète, angoissée, pulvérisante, que je ne pouvais plus supporter, je le sentais.

Et alors, après les salutations et le coup d'œil au menu en papier fort et la commande et le garçon qui vous informe qu'il s'appelle Roy, ou Ramon, bref après toute la comédie embarrassée qui se déroule chaque fois que deux inconnus s'embarquent pour ce voyage qu'on appelle "dîner en ville", les dieux, les anges, les fées, les stars de cinéma – n'importe lesquelles de ces créatures irréelles et éthérées auxquelles nous croyons à moitié lorsque ça nous arrange – nous ont souri pendant que nous voguions de salades de jeunes pousses en poulet aux champignons, un peu sec, que nous avions tous deux commandé. Mais tandis que nous ingérions la volaille desséchée, ça s'est produit, de nouveau : le Bruno autorisé est revenu en force et en triomphe pour charmer la Dame aux Manteaux, qui le charmait en retour parce qu'elle était drôle, intelligente et oblique, elle aussi, avec ses remarques mystérieuses que même le Bruno authentique avéré ne pouvait réellement pénétrer mais qui suscitaient en lui une curiosité terrible, et quand la dame respirait, ses seins respiraient avec elle, et il dut plus d'une fois fermer les yeux pour pouvoir garder la tête droite.

Je crois qu'il y avait des diamants à ses oreilles, et je sais qu'il y avait dans l'atmosphère générale de la table un parfum qui flottait et me montait aux narines, un parfum, me dit-elle, que Napoléon, foutriquet conquérant de l'Europe, avait fait concocter pour l'une de ses épouses, Joséphine. Il en a eu deux, une de moins que moi. Ce salaud arrogant a dit un jour : "La Révolution, c'est moi." Eh bien, ce soir-là, la révolution de Bruno Kleinfeld avait commencé, et je savais qu'il fallait la mener à bien sans quoi ma vie serait à jamais celle d'un État divisé.

Je l'écoutais. Je le dis sans cynisme : c'est la première règle de la séduction. Il n'y a pas de séduction sans grandes oreilles attentives. Appelez-moi Harry, dit-elle. Je l'appelai Harry. Je l'écoutai me parler de ses deux enfants adultes, une réalisatrice de films documentaires et un écrivain (en prose), de sa petite-fille, qui faisait des culbutes et s'était prise d'une passion peu ordinaire pour Buster Keaton et Peggy Lee, et de son défunt mari, moitié thaï, moitié anglais, fils d'un diplomate, un homme qui s'était senti chez lui partout et nulle part. Il me faisait l'effet d'un enjôleur – plein de pognon et plein d'astuces –, le genre de type qui apparaît en smoking blanc devant un bar enfumé, dans un de ces films hollywoodiens des années 1940, et qui parcourt la salle de ses yeux d'étranger.

Je n'arrivais pas vraiment à saisir Harry, à saisir qui elle était, je veux dire. Elle était franche et directe, mais il y avait aussi en elle de l'hésitation. Elle formait ses phrases avec lenteur, comme si elle avait réfléchi à chaque mot. Elle parla assez longuement de Bosch, dont elle aimait les démons, les "mutations". Elle adorait Goya. Elle disait de lui : c'est "un monde à part". "Il n'avait pas peur de regarder, disait-elle, même s'il y a des choses qu'il ne faudrait pas voir." À un moment donné, après le deuxième verre de vin, elle baissa la voix comme si elle craignait que le couple à la table voisine ne l'entende. Il y avait eu un petit garçon, raconta-t-elle, qui vivait sous son lit dans l'appartement familial à Riverside Drive. "Il respirait du feu." Ses mots, exactement. Harry n'avait pas dit “garçon imaginaire”, ni “ami imaginaire”. Elle posa ses longues mains sur la nappe, se pencha vers moi, inspira et souffla. “J’aurais voulu voler, voyez-vous, et respirer du feu. C’étaient mes vœux les plus chers, mais c’était interdit, ou je sentais que c’était interdit. J’ai mis très, très longtemps à me donner à moi-même la permission de voler et de respirer du feu.”

Je ne dis pas que j’espérais qu’elle allait respirer du feu sur moi, bien que la tentation fût grande. Je fis une autre blague, et elle rit. Elle avait de belles dents, Harry, de belles dents blanches et régulières, et un rire sonore, un grand rire franc qui me rendit amnésique, qui effaça les années de ma vie dans le trou à rats, me rendit léger et libre et, comme je le lui dis, *unburdened*, débarrassé de mon fardeau, *unburdened* parce que le rire de Harriet Burden avait fait s’envoler de moi l’université de Long Island et le poème et le linoléum craquelé et m’en avait débarrassé. Je ne sais pas pourquoi, mais mon jeu de mots sur son nom l’assombrit, et ses lèvres tremblèrent. Je pensai qu’elle risquait de s’effondrer sur place et arroser de ses larmes son poulet à moitié mangé, alors je fonçai, je fonçai avec Thomas Traherne. Rien n’aurait pu mieux convenir que mon vieil ami Tom, mort en 1674, versificateur extatique s’il en fut jamais, un poète autant dire disparu jusqu’en 1896, quand une âme anonyme mais curieuse découvrit un manuscrit sur l’étalage d’un bouquiniste londonien. J’avais mémorisé, des années auparavant, un poème de Traherne, *Merveilles*. Tout à coup, la troisième strophe me surgit en tête, et je l’y lus directement comme sur une feuille de papier à l’intérieur de mon crâne tandis que la dame de mon cœur me regardait toute frémissante :

Les objets durs et rugueux étaient dissimulés ;
oppressions, larmes et cris,
péchés, chagrins, dissensions, yeux en pleurs

étaient cachés, seules étaient révélées,
les choses que chérissent les esprits célestes et les anges.
L'état d'innocence
et la béatitude comblaient mes sens,
et non pas les commerces et la pauvreté.

C'était merveille, que nous nous fussions rencontrés, Harry et moi. C'est toujours merveille. Ma Harry était une merveille.

Elle m'emmena chez elle, et lorsque nous pénétrâmes dans sa demeure gigantesque, avec son mur de fenêtres donnant sur l'eau et ses longs canapés bleus, un espace qui était encore brut mais pas brute, si vous voyez ce que je veux dire, brut comme le voulait la mode, avec des œuvres d'art sur un mur et, sur un autre, du sol au plafond, des étagères chargées d'au moins deux mille volumes, de grands tapis anciens par terre, et une cuisine étincelante avec des casseroles pendues à un plafonnier, je me dis : c'est le paradis, mon vieux, pur paradis, ni craquelures ni miettes ni moutons de poussière ni cafards, et c'est juste en face de chez moi ! Et alors Harry me fit voir l'étage du dessous, celui de l'atelier. Nous descendîmes un escalier. Elle alluma quelques lumières et j'observai le long couloir, flanqué de portes, une porte après l'autre, et j'entendis quelqu'un ronfler derrière l'une d'elles. Je ne posai pas de questions. Tout allait si bien que je ne voulais pas foutre ça en l'air.

Harry ouvrit une porte à deux battants au bout du couloir et alluma d'autres lumières afin d'éclairer son atelier. Je ne prétendrai pas que l'art de Harry ne m'effraya pas un peu. Pour être honnête, ce premier soir, je me sentis en plein vaudou. Je passai juste au-dessous d'une bite volante, bite comme pénis, pas comme bitte, qui avait l'air sacrément authentique, et il y avait plusieurs corps inachevés, au moins cinq de l'ex-époux en miniature, et d'autres personnages grandeur nature, habillés, gisant çà et là comme autant de cadavres. Elle avait de grosses machines et des collections d'outils qui me firent penser à des instruments de torture médiévaux, et en plein milieu du plancher se dressait une grande boîte en verre avec des miroirs à l'intérieur et deux formes humaines qui me donnèrent la chair de poule. Louise m'avait dit qu'il y avait des gens dans le quartier qui l'appelaient la Sorcière, et j'avais répondu "Mais, voyons, c'est idiot". Il y avait cependant à cet endroit quelque chose d'infernal, cela ne fait aucun doute. Je m'attendais plus ou moins que le gamin cracheur de feu dont elle m'avait parlé à table s'amène en volant d'entre les poutres. L'élégante Dame aux Manteaux fabriquait des trucs assez glauques, et j'avoue qu'en parcourant du regard cette usine écrasante, je sentis remonter en moi le personnage minable. C'était un froussard, et j'avais la frousse.

Harry était si excitée qu'elle ne remarqua rien. Elle souriait, me désignait ses créations et parlait avec plus de volubilité qu'elle ne l'avait fait de toute la soirée ; elle me raconta qu'elle travaillait sur certaines idées, qu'elle voulait représenter des idées au moyen de corps, d'intelligences incarnées, et jouer avec les attentes perceptives. Elle aimait Husserl, un autre Allemand incompréhensible qu'elle lisait probablement dans le train F. Je lis beaucoup, mais la philosophie me fatigue vite. Mais Wallace Stevens et *sa* version de la philosophie, c'est quand vous voulez. Elle voulait que je comprenne. Elle voulait que je saisisse : intentionnalité opérationnelle. Alors le froussard se bornait à hocher la tête. Ouais, Husserl, ouais, bon. Aha.

D'accord, d'accord, j'étais intimidé. Être au restaurant, en territoire neutre, c'est une chose ; c'en est une autre de se retrouver dans le palais-entrepôt de la dame et de découvrir une armée macabre de poupées et de corps en morceaux, dont certains peuvent être branchés et réchauffés, en l'entendant bavarder à propos de livres abscons qu'on n'a jamais lus. Quand je suis ressorti de l'atelier de Harry, j'avais rétréci à la mesure de Tom Pouce et je ne citais personne. J'étais prêt à filer en courant, mais Harry mit une main sur mon bras et me dit : "Bruno, il ne faut pas m'en vouloir. Je suis surexcitée parce qu'il est si rare que je rencontre quelqu'un à qui je peux vraiment parler. Et maintenant vous êtes là et il me semble que j'ai le vertige." Son visage avait de nouveau cette expression de jeune fille, mais pas triste, heureuse.

Nous remontâmes et elle mit Sam Cooke chantant *You Send Me*, une chanson dont les paroles sont les plus douces et les plus stupides du monde, et la musique la plus jolie : "Darling, tu me fais planer / Je sais que tu me fais planer / Darling, tu me fais planer / Honnêtement, c'est vrai / Honnêtement…" Et Harry me souriait de toutes ses grandes dents blanches, et elle chantait avec le chanteur, et elle remuait les hanches et les épaules et elle ébaucha quelques pas de danse. Je récupérai ma stature entière, et une fois redevenu moi-même, je me jetai à l'eau. J'entourai sa taille de mes bras, j'enfouis ma tête entre ses seins si beaux, et nous n'en restâmes pas là.

Je censurerai les délectables transports qui s'échangèrent entre nous en cette première nuit d'électricité des corps où les étincelles jaillirent et nous respirâmes à foison un feu ardent. Cela faisait longtemps, pour elle comme pour moi, si longtemps pour Harry que lorsque tout fut apaisé et que nous gisions sur le dos, épuisés et inertes sur son grand lit, elle se mit à pleurer. Elle ne faisait aucun bruit, à part quelques reniflements. Je la regardai, et vis ruisseler les larmes sur la face visible de son visage, jusque dans son oreille. Elle s'assit, étreignit ses genoux, et les larmes continuaient d'arriver, coulant sans interruption de ses conduits jusqu'à ce que ceux-ci finissent, je suppose, par s'assécher. Je ne dis pas un mot, parce que je comprenais tout à fait. Si elle ne m'avait pas devancé, ç'aurait pu être moi qui, assis sur le lit, aurais versé des pleurs de soulagement sur ces draps frais, doux et blancs.

MAISIE LORD
(transcription revue et corrigée)

Nul n'aurait pu être aussi différent de mon père que Bruno Kleinfeld. Quand maman me confia qu'elle voyait quelqu'un, j'en fus heureuse pour elle, mais la première fois que je rencontrai Bruno, je fus étonnée. Bruno sait tout ceci, je ne risque pas de lui faire de la peine. Mon père était immaculé ; Bruno est chiffonné. Mon père ne jurait jamais ; Bruno jure tout le temps. Mon père aimait le tennis ; Bruno aime le base-ball. Mon père flottait ; la démarche de Bruno pèse une tonne. C'est drôle, parce que Bruno est poète et mon père était marchand d'art, et le stéréotype, c'est que les poètes sont légers comme des nuages et les hommes d'affaires collés au sol dans les dures réalités du commerce et de l'argent. Je pourrais continuer pendant des heures à les comparer, mais je m'en abstiendrai. Ce que je sais, c'est que ma mère était différente avec Bruno. Elle était plus libre. Elle plaisantait, elle le taquinait, elle lui pinçait la joue, et lui en faisait autant. Ils me faisaient penser à Ernie et Bert, ou à Laurel et Hardy, une paire de comiques cinglés. Ils étaient embarrassants, à vrai dire, mais il aurait fallu être aveugle et sourd pour ne pas voir et entendre qu'ils s'aimaient.

Je pense que c'est en voyant ma mère avec Bruno que j'ai recommencé à penser à mes parents, à ce qu'ils étaient réellement, pas à ce que je croyais qu'ils étaient. Mon père s'entourait de mystères. C'était son talent, son charisme. Il vous donnait toujours l'impression qu'il avait un secret dans sa poche ou une combine en réserve. J'étais sa fille, et j'avais tout le temps cette impression. Je voyais l'attirance qu'il exerçait sur les gens. Comme moi, je crois qu'ils souhaitaient qu'il sourie, ce qu'il faisait, mais seulement de temps en temps. Je crois que, parfois, il s'en empêchait exprès.

Pour lui, l'art était la partie enchantée de la vie, la partie de la vie où tout peut arriver. Il aimait particulièrement la peinture, et sa sensibilité aux formes, aux couleurs et aux sentiments était extrême, mais il disait toujours que la beauté seule ne suffisait pas. La beauté pouvait être mince, sèche et terne. Il cherchait "des idées et des viscères" dans une même œuvre, tout en sachant aussi que cela ne suffisait pas non plus pour la vendre. Pour vendre de l'art, il fallait "créer le désir", et "le désir, disait-il, ne peut être satisfait parce que alors ce n'est plus du désir". La chose vraiment désirée doit toujours manquer. "Les marchands d'art doivent être des magiciens de la faim."

Mon père se qualifiait de "cosmopolite sans racines" et disait qu'il avait appris à jouer ce rôle avec les meilleurs des maîtres : ses parents. Durant son enfance, ils avaient vécu à Djakarta, à Paris, à Rome, à Hong Kong et à Bangkok. Je n'ai jamais connu mon grand-père anglais, mais ma grand-mère était une aristocrate thaïe, vaguement liée à la famille royale (ce qui n'est pas trop difficile, puisque le roi avait toujours de nombreuses épouses). Après la mort de mon grand-père, elle s'était installée à Paris dans un grand appartement du 16e, avec de hautes fenêtres et de hauts plafonds, et l'un de ces ascenseurs cages qui bondissent vers le haut quand on appuie sur le bouton. J'avais quatre ou peut-être cinq ans quand j'ai su que Khun Ya était la mère de mon père. Je savais qui étaient mes autres grands-parents, puisque maman les appelait père et mère, mais Khun Ya était très différente d'eux. D'abord, elle était toujours étincelante de bijoux. Ensuite, ses gestes étaient lents et délibérés, elle parlait avec l'accent anglais et elle n'avait rien à voir avec la grand-mère que j'avais à New York.

L'hiver de mes dix ans, nous étions à Paris pour les vacances. C'était la veille de Noël et il pleuvait. Je me souviens de cette pluie grise sur Paris. Khun Ya déclara qu'elle avait quelque chose pour moi et m'emmena dans sa chambre. Je n'étais jamais entrée dans cette chambre. Ça me fit un peu peur, en vérité, de me retrouver là, avec son grand lit en bois sculpté et tous ses objets personnels brillants, et les odeurs intenses. Elle avait des quantités de poudres et d'onguents dans des bols et des fioles en verre. Elle ouvrit une boîte tapissée de soie jaune et en sortit une bague – deux mains minuscules, en or, tenant un petit rubis – qu'elle me donna. Je ne l'embrassai pas comme j'aurais embrassé mon autre grand-mère, mais je souris et la remerciai. Elle posa alors les mains sur mes épaules, me tourna face au grand miroir et me dit de regarder. C'est ce que je fis. Je sentais l'un de ses doigts appuyé près du haut de ma colonne. Elle me prit les épaules, les tira en arrière, lâcha et recula de quelques pas. Je savais qu'elle voulait que je garde la pose. "Ton menton, maintenant, dit-elle. Lève-le, pour allonger ton cou. Tu dois apprendre, Maisie, comment on s'impose à l'attention dans une pièce. Ta mère ne peut pas te l'enseigner."

Je portai la bague, mais je ne confiai jamais à personne ce que Khun Ya m'avait dit, et chaque fois que je regardais ces petites mains dorées je me sentais déloyale envers maman et ça me préoccupait. Même si je ne voyais pas exactement pourquoi Khun Ya pensait que se tenir droite pouvait attirer l'attention dans une pièce, ses paroles de condamnation, "ta mère ne peut pas te l'enseigner", étaient assez claires. Khun Ya intervenait parce qu'elle pensait que ma mère était incompétente. J'aurais dû défendre maman, mais je ne l'avais pas fait et je me sentais traîtresse. J'avais treize ans quand Khun Ya est morte subitement sur la table d'opération pendant une chirurgie de la hanche, et je n'ai pas ressenti grand-chose, à part un vague étonnement, et puis j'ai eu des remords parce qu'il me semblait que j'aurais dû être beaucoup, beaucoup plus triste. C'était ma grand-mère, après tout. Ethan était triste. Je crois qu'il a pleuré dans son placard. Mais aussi, Khun Ya aimait Ethan. Il s'imposait à son attention, ça oui, qu'il soit tout avachi ou se tienne raide comme un bâton. Les funérailles eurent lieu à Paris, il y eut des tas d'étrangers et de fleurs et les senteurs lourdes de femmes en tenues noires et raides avec des rangées de boutons durs et brillants.

Après la mort de sa mère, mon père me montra un album avec des photographies de ses parents et quelques coupures de presse qu'il avait rapportées de Paris. Je vis combien ma grand-mère avait été belle. "Elle tenait sa cour", me dit-il. Elle était douée pour les langues et parlait français, italien, anglais, un peu de cantonais et, bien sûr, thaï. Mais, où qu'ils aillent, racontait mon père, elle en apprenait juste assez pour dire quelque chose de charmant et séduire un invité. "Elle était intelligente, mais n'approfondissait pas. Ce qui comptait, c'était l'effet, pas la connaissance. *Très mondaine**." Et puis il m'a dit quelque chose que je n'ai jamais oublié. "En ce sens, je suis comme ma mère. Mais je suis tombé amoureux de la tienne parce qu'elle est exactement le contraire. Elle est profonde et consciencieuse et ne se soucie que des questions auxquelles elle essaie de répondre pour elle-même. Le monde n'a guère l'usage de gens comme ta mère, mais son heure viendra."

Les enfants ont une envie désespérée que leurs parents s'aiment. Du moins, c'était mon cas quand j'étais petite. Ces paroles de mon père sont restées présentes en moi comme le font peu de phrases au cours d'une vie. Un écrivain dont le nom m'échappe en ce moment appelait ces souvenirs verbaux des "tatouages du cerveau". La plupart du temps, nous oublions ce que les gens disent, ou nous nous en rappelons l'essentiel, mais je crois bien avoir retenu les paroles de mon père exactement. Je me suis beaucoup interrogée à leur propos. Il m'avait dit qu'il aimait en ma mère ce dont il pensait manquer lui-même, une sorte de profondeur, je suppose. Pire, sans doute, il avait dit que le monde n'avait pas l'usage de gens comme ma mère. Il – le monde – préférait des gens comme mon père et ma grand-mère. Et pourtant, je sentais qu'il considérait le caractère de ma mère comme supérieur. Plus important, je sentais qu'il l'aimait pour cela. Mais alors, s'il était tellement conscient d'en manquer, je ne pouvais m'empêcher de me demander s'il n'avait pas plus de ces qualités qu'il ne le pensait. "Khun Ya n'aimait pas maman, n'est-ce pas ?" lui demandai-je. Je me souviens qu'il eut l'air surpris, mais il me répondit. Il dit qu'elles venaient de mondes différents. Il dit que Harriet avait contrarié les espérances de sa mère, et il me fit son sourire et dit : "Maisie, Maisie, Maisie."

Je ne savais pas, alors, que mon père avait des aventures. Je ne l'ai su que beaucoup plus tard. Ma mère n'en a parlé ouvertement que vers la fin de sa vie. Il y avait eu des hommes et des femmes. Elle voulait nous dire, à Ethan et moi, qu'elle avait été au courant de ces aventures, pas dans les détails, mais elle avait su. Ça lui avait fait mal, mais jamais elle n'avait craint de le perdre, "pas une seule fois". Pendant leurs dernières années ensemble, il n'y avait eu personne d'autre qu'elle. "Nous nous sommes retrouvés, et puis il est mort."

Je me souviens d'un trousseau de clés traînant sur une table dans l'entrée de notre appartement. Je me souviens que je regardais ces clés inconnues, et que mon père les a ramassées rapidement, mine de rien, et les a fourrées dans sa poche.

Je me revois, plantée devant la porte du bureau de mon père pendant qu'il était au téléphone. Je me souviens de sa voix assourdie. Je me souviens des mots "chez nous".

Je sais maintenant qu'il est moins pénible d'être déçu par un conjoint que par ses parents. Ce doit être parce que, au moins dans la petite enfance, les parents sont des dieux. Ils s'humanisent lentement, avec le temps, et c'est un peu triste, à vrai dire, quand ils se réduisent à de simples vieux mortels. Ethan dit que j'ai une tendance à la stupidité qui se manifeste régulièrement. Il me trouve stupide quand il s'agit de nos parents. Dès ses quatorze ans, dit-il, il avait compris que *mère** et *père** – il utilise les mots français pour se donner l'air intelligent et distant – étaient frigides l'un avec l'autre, deux glaçons. Il n'aimait pas être à la maison et s'en allait souvent. Ce n'est pas ce dont je me souviens. Je crois que c'était beaucoup plus compliqué, et j'ai fini par penser que mon père avait besoin de ma mère beaucoup plus qu'elle de lui. Et je pense qu'elle le savait.

Trois jours avant la mort de mon père, Oscar et moi avons dîné chez mes parents. J'étais enceinte, et nous avons beaucoup parlé "du bébé". Maman avait lu des études traitant du développement infantile, des nouveau-nés et de la capacité qu'ils ont d'imiter les expressions du visage des adultes, par exemple. Je ne la suivais pas dans tous les détails qu'elle citait, qui avaient à voir avec des systèmes dans notre cerveau, mais je me rappelle que j'étais très intéressée par quelque chose qu'elle appelait la perception amodale – les différents sens se mêlent chez les bébés : le toucher, l'ouïe, la vue et peut-être aussi l'odorat. (Je ne pourrais pas dire combien de fois j'ai noté les titres de livres que me conseillait ma mère, sans jamais les lire. Ah, bon…) Elle parlait surtout du développement visuel et des influences de la culture et du langage sur la perception, comment nous apprenons à voir et comment une grande partie de ce que nous avons appris devient inconscient. Je sentais qu'il y avait à ces études une raison impérative. Elle essayait de se représenter pourquoi les gens voient ce qu'ils voient.

Réaliser des films documentaires, cela suppose, au moins en partie, choisir sa façon de voir les choses, et je trouvais donc cette conversation passionnante. Le montage est le moyen le plus évident de manipuler la vision. Et pourtant, la caméra voit parfois des choses qui vous échappent : un personnage à l'arrière-plan, ou un objet porté par le vent. J'aime ces hasards. Mon premier long métrage, *Esperanza*, avait pour sujet une femme avec qui je m'étais liée d'amitié, dans le Lower East Side, quand je faisais mes études de cinéma à NYU, l'université de New York. Esperanza avait amassé pratiquement tous les objets portables qui lui étaient passés par les mains chaque jour depuis trente ans : gobelets à café en carton "Chock Full O'Nuts", exemplaires du *Daily News*, magazines, emballages de chewing-gum, étiquettes de prix, reçus, bracelets élastiques, sacs en plastique du petit supermarché où elle faisait la plupart de ses courses, tas de vêtements, de serviettes déchirées et de bric-à-brac trouvés dans la rue. L'appartement d'Esperanza consistait en empilements du sol au plafond de trucs divers. À première vue, l'espace encombré semblait pur chaos, mais Esperanza m'expliqua que ses piles ne devaient rien au hasard. Les gobelets de carton avaient leur coin. Ces tours crénelées de carton paraffiné jaunissant, en train de se désintégrer, voisinaient avec des piles de journaux. La femme avait aussi récolté, au gré de ses pérégrinations dans la ville, des bouts de ficelle, de ruban, de corde et de fil de fer, et noué tout cela ensemble en une gigantesque boule hirsute et multicolore. Elle m'expliqua que ça lui plaisait, simplement, de faire ces choses-là. "C'est comme ça que je suis, voilà tout."

Un soir, pourtant, alors que je visionnais les rushes d'une journée de tournage, je me surpris en train d'examiner avec curiosité un tas de chiffons à côté du lit d'Esperanza. Je venais de remarquer qu'il y avait des objets enfoncés avec soin entre les bouts effilochés d'étoffes de couleur : des rangées de crayons, des pierres, des boîtes d'allumettes, des cartes de visite. Ce fut cette découverte qui amena son "explication". Elle avait une conscience aiguë de la désapprobation du monde extérieur concernant son "style de vie", ainsi que du peu de place qui restait pour elle dans son appartement, mais quand je l'interrogeai sur les objets mêlés aux chiffons, elle me répondit qu'elle voulait "assurer leur sécurité". Les chiffons étaient des lits pour les objets. "Les lits et ceux qui y couchent sont douillets et confortables", me dit-elle.

Il s'avéra qu'Esperanza sympathisait avec chacun des objets qu'elle récupérait, comme si étiquettes, pull-overs déchirés, assiettes, cartes postales, journaux, jouets et chiffons étaient doués de pensées et de sentiments. Quand elle vit le film, ma mère observa qu'Esperanza semblait croire à une sorte de "panpsychisme". Elle m'expliqua que cela signifiait que l'esprit est un élément fondamental de l'univers et existe en toutes choses, des pierres aux humains. Elle dit que Spinoza souscrivait à cette opinion et que c'était "une attitude philosophique tout à fait légitime". Esperanza ne savait rien de Spinoza. Je me rends bien compte qu'en parlant de mon film je m'écarte du sujet, mais je le fais parce que je pense que c'est important. Ma mère croyait et je crois à la nécessité de bien regarder les choses parce que, au bout d'un certain temps, ce qu'on voit n'est plus du tout ce que l'on pensait voir un instant plus tôt. Regarder quelqu'un ou quelque chose attentivement signifie que ce qu'on regarde va devenir de plus en plus étrange, et qu'on en verra de plus en plus. Je voulais que mon film sur cette femme solitaire brise les clichés visuels et culturels, que ce soit un portrait intime, pas un exercice de voyeurisme sarcastique des affreuses accumulations d'une femme.

Mes parents avaient découvert *Esperanza* lors d'une projection, en 1991. Mon père s'était montré poli, mais je crois que les images de la misère de cette femme l'avaient heurté. Il trouvait le sujet “difficile”. Il disait aussi qu’il était heureux que le celluloïd n’ait pas d’odeur. Il n’avait pas tort. L’appartement d’Esperanza sentait très mauvais. Ma mère avait adoré le film et, bien qu’elle applaudît systématiquement mes entreprises, je savais que son enthousiasme était réel. La réticence de mon père m’avait blessée et je suppose qu’évoquer de nouveau *Esperanza* pendant ce dîner équivalait à un défi. Je voulais lui montrer que j’avais su ce que je faisais, que j’avais un point de vue esthétique. Oscar parla du besoin d’amasser, d’anxiété et de trouble obsessionnel compulsif, et mon père observa avec un certain amusement que, deux ans après mon film, il avait vu *Vingt ans de solitude*, une œuvre d’Anselm Kiefer qui comportait des piles de livres et de papiers maculés du sperme de l’artiste, et qu’il avait pensé à mon film. Les vestiges masturbatoires de Kiefer avaient été accueillis en général avec embarras et silence dans le monde de l’art. Mon père suggéra que les tas de bric-à-brac de cette femme n’étaient pas plus gênants que les “éjaculations privées” de Kiefer.

Mes parents n’étaient pas d’accord en ce qui concernait les taches de sperme. Ma mère se demandait pourquoi il aurait fallu éviter le thème personnel de l’œuvre, en quoi le fait qu’un homme se masturbe, sa solitude et sa tristesse étaient, quelque part, étrangers à “l’art”. Elle était emphatique. Elle disait qu’il faut faire la distinction entre ce qu’on voit – des taches – et son identification en tant que déchet humain. Mon père voyait dans cette affaire de taches un signe d’apitoiement sur soi-même et trouvait ça répugnant. Oscar, qui d’habitude est assez flegmatique, déclara qu’une telle œuvre lui paraissait stupide, vraiment stupide. Je dis que je n’étais pas sûre, n’ayant pas vu l’exposition. Cela signifie que ma mère était seule à défendre le sperme contre deux hommes, qui en avaient produit régulièrement au cours des années. Je me rappelle m’être dit qu’il était heureux que leurs émissions aient atteint leur but au moins quelques fois. Ma mère se mit dans tous ses états, elle devenait de plus en plus diserte et irritée. Depuis toujours, mon père avait eu pour technique de changer de sujet de conversation, ce qui rendait ma mère encore plus furieuse, et elle s'écriait alors : "Pourquoi ne me réponds-tu pas ?"

J'avais vingt-six ans, j'étais mariée, enceinte, et je trouvais encore intolérable la tension entre mes parents. Ma mère s'obstinait dans sa défense passionnée tandis que mon père, embarrassé, regardait de tous côtés en espérant qu'elle s'arrête. J'avais assisté à cette scène des milliers de fois et, chaque fois, j'avais senti l'angoisse monter en moi au point de me croire à deux doigts d'exploser. La question n'était pas le sperme d'Anselm Kiefer, bien sûr. Après toutes leurs années de mariage, mes parents continuaient à mal s'interpréter l'un l'autre. Mon père détestait toute forme de conflit et, donc, quand ma mère prenait feu et flamme, il se dérobait. Ma mère, à son tour, voyait dans sa dérobade de la condescendance, qui la poussait à frapper plus fort. Je les comprenais l'un et l'autre. L'attitude évasive de mon père pouvait être exaspérante, et l'insistance de ma mère pénible.

Leur bagarre verbale prit fin lorsque je criai : "Arrêtez !" Ma mère s'excusa en m'embrassant sur la joue et dans le cou, et nous nous remîmes tous assez rapidement du débat sur le sperme séché, mais je remarquai que le visage de mon père était tiré et las, et que la différence d'âge entre mes parents devenait visible. Elle avait l'air robuste et encore jeune, et lui un peu fané et blanchi. Après le dîner, il fuma une cigarette, comme toujours, et puis une autre, et encore une autre. J'avais renoncé à le harceler pour qu'il cesse. La Dunhill fumante faisait partie de son corps, de son attitude, deux doigts levés, la fumée tournoyant à proximité de son visage. C'était aussi chez mon père le seul signe de nervosité. Rien d'autre chez lui n'était nerveux. Ni tressautements, ni tapotements, aucun tic. Il était calme et toujours maître de lui mais il fumait comme un pompier.

Après le dîner, nous allâmes dans l'autre pièce prendre un cognac, que ni ma mère, ni moi ne buvions, mais Oscar et mon père oui. Ma mère était silencieuse, alors, comme souvent, fatiguée, je suppose, après son plaidoyer enflammé pour l'art séminal, et disposée à écouter. Il y avait sur la table basse des bougies, un vase avec des roses couleur pêche, et des chocolats. Je me souviens de ces détails parce que c'est la dernière fois que j'ai vu mon père vivant. Chaque instant de cette soirée a été magnifié par sa mort. Je ne m'attendais pas à le perdre. Je pensais qu'il serait le grand-père de mon enfant, et je croyais que mes parents allaient continuer à se disputer et à se chicaner pendant encore de nombreuses années, et devenir ensemble vieux et grincheux. N'est-ce pas drôle, que nous pensions toujours que les choses vont continuer juste comme elles sont ?

Je ne me souviens pas comment nous en sommes venus aux fantômes et à la magie, mais ce n'était pas très éloigné de nos premiers thèmes : ma collectionneuse panpsychiste du Lower East Side et la curieuse habitude d'un artiste de conserver sur papier des fluides corporels, comme si les marques qu'il laissait avaient quelque valeur ou pouvoir mystérieux. Ma mère raconta que, quand elle était petite, elle regardait ses poupées le matin pour voir si elles avaient bougé pendant la nuit. Elle était partagée entre l'espoir et la crainte qu'elles se mettent à vivre. Alors mon père évoqua l'Oncle et ses esprits. L'Oncle avait travaillé pour mes arrière-grands-parents à Chiang Mai ; c'était un vieillard maigre mais musclé, couvert de la nuque aux pieds de tatouages qui s'étaient ridés en même temps que sa fine peau brune, et dont les dents étaient devenues noires à force de mâcher des noix de bétel. J'avais entendu parler de l'Oncle depuis mon enfance. J'avais vu des photographies de la magnifique vieille maison de mes arrière-grands-parents, dressée sur ses pilotis, avec ses toitures à pignons et ses avant-toits incurvés, et les vastes jardins dont l'Oncle s'occupait.

Mon père fermait à demi les yeux en racontant cette histoire. Il avait dix ans et vivait chez ses grands-parents à Chiang Mai tandis que sa mère et son père "voyageaient". Il n'avait jamais su pourquoi ils le quittaient. Ni l'un ni l'autre ne lui avaient jamais donné une réponse claire, mais son enfance avait toujours comporté des voyages et de nombreuses *nannies* qui, toutes, avaient fait des allusions aux "aventures" de sa mère en le regardant d'un air apitoyé.

La grande chambre de mon père donnait sur le jardin et recevait régulièrement la visite de petits lézards gris ; un garçon, Arthit, qui travaillait pour la famille, dormait sur une natte au pied du lit de mon père, pour lui tenir compagnie, parce que les Thaïs ne dormaient jamais seuls dans une chambre. Mon père suivait l'Oncle partout sans être capable de beaucoup parler avec lui mais, au fur et à mesure qu'il apprenait le thaï, il commença à comprendre les histoires de ce vieil animiste. L'Oncle lui raconta celle d'une belle jeune fille dont le fiancé s'était noyé dans le Mékong. Folle de chagrin, elle s'était pendue, et depuis lors son esprit hantait l'arbre. L'Oncle l'avait vue, rien qu'une tête qui flottait – avec les entrailles pendantes du cou. Il parla aussi à mon père d'un fantôme que sa mère avait entendu et vu, un fantôme fœtal qui pleurait dans la forêt à l'endroit où sa mère avait fait une fausse couche, petit monstre à demi formé qui cherchait à se venger de sa fin prématurée en harcelant les vivants.

Un jour, l'Oncle avait emmené mon père dans son village, au nord de Chiang Mai. Il se souvenait qu'à son arrivée, des enfants avaient accouru, et qu'ils bavardaient et riaient de ses cheveux clairs, qui leur faisaient penser à des *phee*, des esprits.

Il dit que les gens qu'il avait rencontrés s'étaient montrés gentils avec lui, mais qu'il avait eu l'impression d'être une curiosité, un objet exhibé, et que – c'était le plus perturbant – l'Oncle était devenu quelqu'un d'autre. Disparus, tous ses maniérismes obséquieux, ses sourires et ses courbettes. Il se retira dans un coin de la maison de sa sœur, se servit un verre de whisky et fit signe à mon père de s'éloigner. Il faisait encore jour quand la sœur de l'Oncle emmena mon père dans une hutte en chaume sur pilotis, au bord du fleuve. Des hommes jouaient du tambour et d'autres instruments, et alors les femmes se mirent à danser, lentement, en rythme. On lui expliqua qu'elles avaient sur les épaules des fantômes qui les montaient comme des chevaux. Une très vieille femme, un cigare à la bouche, agitait les bras au-dessus de sa tête en soufflant des bouffées de fumée tandis que ses yeux se renversaient dans ses orbites, et puis elle s'approcha de mon père, la bouche ouverte, et lui souffla la fumée en pleine figure. Il eut l'impression qu'il ne pouvait pas respirer, il haletait et, après cela, sa mémoire s'effondra.

Tout ce dont il était certain, nous dit-il, c'est qu'à un moment donné, il fut pris d'une forte fièvre qui dura deux jours. Il se souvenait de hurlements, de s'être roulé par terre sur un plancher, d'une terreur suffocante, et de ce qu'il croyait être un fouet frappé sur lui ou sur quelqu'un d'autre, et puis de soleil à travers un pare-brise, de pneus cahotant sur une route, de nuages de poussière ocre. La vision d'un corps d'enfant en train de brûler à côté de son lit et celle d'oiseaux noirs entrant en masse par la fenêtre devaient être des hallucinations. Il croyait se rappeler un homme, près de lui, et avoir été allongé dans un bain froid. Le troisième jour, il en sortit. Il se trouvait dans sa propre chambre, à Chiang Mai. Il portait autour du cou une amulette du Bouddha, mais n'avait aucune idée de la façon dont elle était arrivée là.

Il ne revit jamais l'Oncle. Quand il demanda à sa grand-mère ce qu'il était devenu, elle répondit qu'il avait pris sa retraite. *Mai pen rai*. Cela n'a pas d'importance.

Mon père se demandait s'il avait été drogué ou s'il était simplement tombé malade. Il éprouvait des soupçons, une inquiétude que les adultes lui aient caché quelque chose. Il examina son corps entier, en quête de traces de coups, mais il n'y avait rien. "Tout cela devait être un rêve dû à la fièvre, conclut-il, mais cela m'avait fait peur et je ne parvenais pas à distinguer ce qui était vrai de ce qui ne l'était pas, et personne n'a voulu me le dire." Et il ajouta : "Secrets et silences, et encore des secrets et encore des silences."

"Tu ne m'avais jamais raconté ça", dit ma mère à voix basse. Son visage était bouleversé de sympathie. En la regardant, je me rendis compte que cette même expression, quand elle s'adressait à moi, me rendait folle. Trop d'empathie, c'est insupportable, je n'ai jamais compris pourquoi. On pourrait penser que c'est réconfortant. Peut-être est-ce simplement parce qu'elles sont nos mères. On n'a pas envie qu'elles soient si proches. En même temps, je me demandais si Khun Ya avait jamais regardé mon père comme cela. Je me dis soudain qu'elle l'aurait sans doute préféré adulte.

Qu'avait-il voulu dire : "encore des secrets et encore des silences" ? Pourquoi ne le lui ai-je pas demandé ? Y ai-je pensé davantage depuis que je suis au courant de sa vie érotique ? Il avait des secrets, lui aussi, des secrets et des silences. Pourquoi n'avait-il jamais raconté cette histoire à ma mère ? Je me demande parfois si je l'ai vraiment connu.

Oscar pense que mes parents étaient tous les deux des gens bizarres. Un jour, il a utilisé le mot *décadent* pour décrire mon père, et *névrosée* pour ma mère. Selon lui, Ethan est très intelligent mais "relève quelque part du spectre supérieur de l'autisme", et il dit volontiers de moi que je suis "raisonnablement équilibrée". Il a épousé la seule personne "raisonnablement équilibrée" de la famille. Il pense que la fortune de notre père nous a protégés du “monde réel” et que, si nous avions été pauvres, notre vie aurait été très différente. Sur ce point, il a raison. Et pourtant, il sait que *réel* n’est pas mon mot préféré. Tout est réel : richesse, pauvreté, foies, cœurs, pensées et art. (Ma mère disait : Méfiez-vous du réalisme naïf. Qui sait ce qu’est le réel ?) Et alors Oscar me regarde toujours, et il dit : “Fais mon boulot pendant une journée, et tu verras ce que je veux dire.” Il exerce en tant que thérapeute pour des gosses placés en familles d’accueil, dans un petit local misérable, à Brooklyn, avec un bureau bancal. Les enfants qu’il voit ne sont pas équilibrés du tout, parce que leurs vies ont été chamboulées, souvent depuis le tout début. Je suis tombée amoureuse d’Oscar parce qu’il est passionné par son travail, et qu’il a des tas d’histoires à raconter. Oscar ne s’intéresse pas beaucoup à l’art. Peut-être est-ce là ma rébellion. J’ai épousé un homme qui se fiche pas mal de la peinture ou de la sculpture, et qui va au cinéma pour se distraire.

SWEET AUTUMN PINKNEY
(transcription revue et corrigée)

Il y a des années que je n'ai plus vu Anton, et je ne sais pas où il est ni ce qu'il devient, mais nous avons eu un moment de réel équilibre quand je travaillais comme assistante sur *Histoire de l'art*. Mon amie Bunny m'a avertie qu'il allait y avoir ce livre, alors je me suis dit que je devrais raconter mon histoire. D'abord, je voudrais déclarer que, quoi que puissent penser les autres gens, Anton n'était certainement pas quelqu'un de bête. Il lisait des livres et réfléchissait à des grandes idées. Quand je l'ai rencontré, il avait ce bouquin, *Anti-Edite*, par deux Français, qui avait à voir avec Freud, comme quoi il était dans l'erreur, et c'était très intellectuel. Mais Anton était surtout dans la spiritualité, il s'efforçait d'atteindre la conscience suprême, même s'il commençait à peine, à pas de bébé, si vous voyez ce que je veux dire. J'étais alors au début de mon voyage, moi aussi. J'étais une disciple de Peter Deunov, ou Beinsa Douno, le maître bulgare, et je commençais mon travail avec les chakras et les cristaux guérisseurs, et nous parlions beaucoup, Anton et moi, des rythmes cosmiques, de l'énergie et des signes astrologiques. Tout le monde ne réunit pas l'ensemble de ces connaissances, mais je crois qu'elles sont toutes liées dans le grand tableau universel des choses. Anton était plutôt sceptique au début, et puis je crois qu'il s'est rendu compte que j'avais ça : le pouvoir de lire les auras. Je l'ai depuis que je suis toute petite. Simplement, je ne savais pas ce que c'était. Parfois les champs d'énergie, les sons et les couleurs que je sentais venir des gens étaient si forts que ça me renversait presque, ou bien je sentais en eux des blocages, comme s'ils avaient été en moi, et je me sentais malade, comme étourdie, faible. L'entraînement et la méditation m'ont aidée à maîtriser ce don et à m'en servir pour guérir les autres. J'ai une clientèle maintenant, et des gens viennent de tout le grand Nord-Est pour que je les aide.

Dès le premier jour, j'ai senti qu'il y avait quelque chose de déglingué dans l'atelier – une énergie glauque. Il y avait déjà deux assistants sur ce boulot, Edgar et Steve. La partie sculpture était achevée, et nous aidions à coller toutes les images sur la femme endormie. (Je la préférais nue et simple, à vrai dire.) Anton avait ses plans : d'énormes feuilles avec plein de griffonnages et de notes. Il paraissait anxieux et passait son temps à se pencher pour loucher dessus. Son aura était bleuâtre, jaune, verdâtre, mais avec quelques obstructions, aussi. Je voyais et sentais combien il était tendu, donc j'ai posé ma main sur son bras et l'ai laissée là, simplement. En moins d'une minute, son aura était devenue de plus en plus bleue ; c'était assez chouette. Anton m'a souri, et j'ai pensé qu'il pouvait être mort dans la petite enfance, lors d'une vie précédente – il y avait en lui quelque chose de si jeune, de si peu formé, mais avec un grand potentiel spirituel. Le deuxième ou troisième jour, peut-être, Harry a fait son entrée.

Je l'ai ressentie comme un hurlement rouge. J'ai dû reculer. Je veux dire, je n'étais même pas près d'elle, et j'ai dû faire un pas en arrière tellement elle émettait, toutes en même temps, des choses précipitées, multicolores, bouillonnantes, et trop de rouge et d'orange. Harry avait beaucoup de puissance, de passion et d'ambition, mais il y avait du noir en elle, quelque chose de noirci, d'effacé, et j'ai vu ça aussi. Ça peut être un signe de nuit – un chagrin, un genre de dureté. Anton s'est un peu fané quand il l'a vue, mais je pouvais sentir combien ils étaient proches. Il avait un peu de mal à égaler son énergie, pourtant il essayait. Ç'aurait pu être bien si j'avais posé les mains sur elle aussi, mais je n'ai pas osé. Voltage trop fort. Je ne saisissais pas vraiment la Vénus, ce qu'était censée être sa signification supérieure, mais je captais les vibrations entre Anton et Harry comme des étincelles.

Je me souviens à peine de Steve maintenant, sauf que son aura était d'un rose très pâle, et qu'il avait de longs cheveux. Edgar irradiait du vert presque tout le temps, des pulsations vert jaunâtre, en partie parce qu'il avait tout le temps sa musique dans les oreilles alors il ne réagissait pas à grand-chose autour de lui, juste aux rythmes technos dans ses oreilles, avec son menton qui dansait de haut en bas, hop, hop, comme une de ces poupées de carnaval dont la tête est montée sur des ressorts. Je ne me rappelle pas quand les boîtes-histoires sont arrivées, mais j'ai vu qu'Edgar les regardait, et il a paru excité pour la première fois et est devenu un peu orange. Anton dit qu'il les avait faites chez lui parce qu'elles étaient petites. Elles étaient arrivées toutes achevées. Je ne crois pas que je serais aussi troublée maintenant, mais j'étais alors à un stade bien moins avancé de mon édification et ces boîtes m'ont plutôt déprimée. Elles étaient tristes : les petits enfants là-dedans, le bras d'homme, la femme qui ne rentrait pas dans sa propre salle de bains, les écritures. Ça me faisait penser à des couleurs sinistres et des sons plaintifs, et je me suis dit en moi-même : il faut qu'Anton sache ça, et c'est comme ça que l'histoire entre nous a vraiment démarré.

Je suis restée tard, un soir, et je lui ai parlé des boîtes, et il a eu l'air contrarié. Quand j'ai posé les mains sur les siennes, il a fait : "Qu'est-ce qui se passe, avec toi ? Tu me détends. Je n'étais pas comme ça, avant. Tout était *cool*."

Alors, avec un geste des mains qui englobait l'atelier, il a dit : "Tout se passait bien mais, maintenant, ça change." Je lui ai expliqué que ça avait à voir avec Harry, et il a eu un air un peu drôle, mais il ne m'a rien dit à ce moment-là ; je lui ai massé le dos, et il m'a dit que c'était magique et j'ai répondu non, juste psychique. J'avais appris quelques pratiques sexuelles tantriques d'un professeur, Rami Elderbeer, qui donnait en partage sa sagesse personnelle, à l'époque, à NYC : des techniques qui conduisent à des fusions supérieures et à une unité extatique, la dissolution de nos différences corporelles dans les états transcendants où n'existent plus de frontières. Rami savait depuis le début que j'avais le pouvoir – il voyait l'indigo en moi –, une enfant indigo, disait-il.

Certains éducateurs déconseillent totalement le sexe. Beinsa Douno ne croyait pas au sexe : "L'amour, écrivait-il, sans tomber amoureux" et "Gardez vos distances afin de ne pas voir les défauts l'un de l'autre. Tant que les gens restent à distance l'un de l'autre, ils ne voient que leurs côtés positifs. Lorsqu'ils deviennent trop proches ils ne peuvent plus se supporter." C'est un assez bon conseil pratique la plupart du temps, mais tous les maîtres ne sont pas du même avis en ce qui concerne le sexe. L'un des élèves du prophète, Omraam Mikhaël Aïvanhof, enseignait que l'acte sexuel, tantrique, pouvait être une voie vers une sagesse supérieure. J'ai appris à Anton comment respirer, comment ralentir et perdre de l'ego. Anton et moi avons connu le septième ciel, vraiment le septième ciel, pendant une quinzaine de jours, sur son tapis de yoga, dans l'atelier. Il est devenu beaucoup plus heureux ; son aura était vraiment bleue, avec quelques touches de violet, et quand il travaillait à son art, il était lisse et harmonieux, et tenait cette note grave qui n'en finissait pas. Nous parlions beaucoup du moi prédateur et des moyens de le transcender, et nous avons fait une diète au boulgour de dix jours pour tonifier nos systèmes nerveux. C'est le prophète qui l'a prescrite. On commence juste après la pleine lune et on arrête juste avant la nouvelle. On ne mange rien d'autre à tous les repas que la graine avec de l'eau chaude, des noix et un peu de miel si on veut de la douceur. On peut manger des pommes entre les repas. Après avoir mangé la pomme, il faut se tourner vers elle en disant "merci, pomme". Ensuite on enterre le cœur et les pépins. Nous devions aller dehors pour faire ça. On ramassait les mégots, les canettes vides et les préservatifs, et on dégageait un endroit bien propre pour le petit enterrement. Pendant qu'on jeûne, on est censé ne penser à rien de négatif, alors pendant que nous ramassions les ordures, je me concentrais sur les étoiles, le trèfle et des étangs limpides. Ça marche vraiment. En fait, c'est assez étonnant. Pas de sexe pendant le jeûne. Nous nous sentions réellement purs, blancs et propres comme la neige fraîche et la nouvelle lune.

Pendant le jeûne, Anton m'a dit qu'il ressentait combien rien n'importe personnellement, combien la voie personnelle est fausse. Mien et tien se valent. Mien et tien, c'est la même chose. Rien ne nous appartient vraiment dans cette vie, et l'art non plus n'appartient à personne. L'art ne devrait pas être affaire de noms ni de ventes ; il devrait nous entraîner à progresser sur notre chemin vers une compréhension supérieure. Il disait que Harry savait cela, qu'elle ne voulait rien pour elle-même. Qu'elle était sans égoïsme. Elle est comme une autre mère pour moi, disait-il. Je ne répondis pas à Anton que Harry était terriblement rouge pour une personne pas du tout égoïste, parce que je savais qu'il devait trouver lui-même sa voie. Le dernier jour du jeûne, nous avons mangé de la soupe aux pommes de terre, et Anton s'est mis à pleurer, pas à pleurer fort et tout ça, juste des larmes qui lui coulaient sur la figure. Je m'en souviens vraiment bien. J'étais en position du lotus, et lui en demi-lotus, face à face, et sa chemise était déboutonnée, ce qui faisait que je pouvais voir les petites boucles sur son torse, juste quelques petits poils châtain clair, presque comme des cheveux d'ange, en réalité. L'archange Raphaël est l'ange de la guérison, de la complétude et de l'unité, alors j'ai fait appel à l'ange, mentalement. La tristesse, Anton, j'ai dit, c'est à cause de l'avidité du moi. On est tous à la recherche de quelque chose pour satisfaire cette impression de manque en croyant que ça satisferait nos besoins. On sait tous qu'il y a toujours un nouveau besoin qui va apparaître, et qu'on va rechercher cette chose-là, et ainsi de suite, mais une fois qu'on l'a reconnue et rangée sur l'étagère, on peut aller plus loin. Et il s'est senti mieux et alors, après la soupe, nous sommes allés plus haut que nous n'étions jamais allés auparavant dans les régions de non-moi des vérités tantriques.

Nous avons tous vu ce qui se passait. Steve, Edgar et moi avons su, quand cette dame est arrivée, la dame de la galerie – je ne retrouve pas son nom, mais peu importe ; elle avait un visage avide dans lequel on lisait l'argent, et des tas de blocages en elle, et Anton était très nerveux. Il arrivait à peine à respirer. Et puis c'est allé de mal en pis. Harry venait beaucoup, et elle avait ce regard particulier. Je veux dire que ses yeux pouvaient vous faire du mal. Elle était silencieuse, vraiment silencieuse, et raide comme si elle venait de se faire amidonner chez le teinturier. Anton l'appelait sa fée marraine, et puis Edgar s'y est mis. Je suis Cendrillon. C'est ce que disait Anton, mais il était si surexcité que ce n'était pas drôle, si vous voyez ce que je veux dire. Le mauvais karma s'accumulait, s'accumulait. Un bruit ! J'avais besoin de beaucoup méditer. Il fallait tout le temps que je nettoie mon aura. Les auras, c'est comme des aimants. Elles attrapent toutes sortes de saletés, et la mienne devenait bourbeuse à force de vibrations et d'énergies négatives. J'étais tout le temps en train de me passer les mains dans les cheveux, et je me lavais, je me lavais. Quelquefois je sortais et j'allais marcher en laissant le vent de la mer souffler sur moi et me nettoyer. J'aimais bien marcher du côté des bateaux-taxis et jeter un coup d'œil dans les entrepôts, et puis regarder la statue de la Liberté sous des angles différents. Elle a l'air si forte et si bien centrée. Elle me fait toujours du bien.

Et puis ç'a été l'exposition. Les parents d'Anton sont venus, ce qui m'a paru vraiment gentil, et c'étaient des gens vraiment gentils, aussi. J'ai parlé avec eux pendant un moment, et son père a dit : "Nous sommes très fiers." Mais Anton a craqué. Il buvait du vin rouge et il devenait saoul. Son chakra sacré était complètement bloqué. Harry n'était pas là. Il n'arrêtait pas de répéter : "J'croyais qu'elle viendrait, même si elle avait dit qu'elle viendrait pas. J'arrive pas à croire qu'elle soit pas là." Il bredouillait. Il se cognait au mur. Tous ces gens riaient et parlaient d'une voix stridente ; leur tapage me faisait vraiment mal dans les bras et les jambes, comme s'ils m'avaient tapé dessus avec leur énergie – bang, bang, bang. Il fallait que je me tire de là. Alors je suis rentrée chez moi, j'ai allumé une bougie et médité pendant quelque temps, et puis j'ai appelé maman et nous avons bavardé pendant environ une heure. Elle était dans un bel endroit, à ce moment-là, et sa voix était comme un chant guérisseur.

Mais ça ne s'est pas vraiment arrangé avec Anton. Les gens venaient lui parler à l'atelier. Dites-nous ci, et ça, et, oh, Anton, à quoi pensiez-vous quand vous avez fait le grand nu ? Et blablabla, mais nous, les autres, nous n'avions plus rien à faire là, en réalité. Quand même, nous étions payés. Harry et Anton chuchotaient ensemble, plein de chuchotements à voix basse dans le genre conspirateurs. Harry nous lisait tous les comptes rendus, en riant vraiment fort, les yeux tout vitreux de larmes. Elle trouvait ça tellement drôle, mais ça n'avait aucun sens. Je la sentais d'un bout à l'autre de la pièce. Et pendant ce temps, Anton prenait de plus en plus d'assurance.

Il parlait autrement, marchait autrement. Ses vibrations étaient tout à fait bizarres. Il s'était acheté ces bottes vernies, vraiment chères, et des chemises japonaises, et il avait l'air de croire qu'elles allaient le protéger de ce qui se passait dans son être profond, qui était en train de se ratatiner comme une petite cacahuète toute dure. Je faisais beaucoup de respiration, et beaucoup de nettoyage d'aura, et j'espérais que les choses allaient changer.

Un jour, Harry est arrivée pendant que j'étais là. Elle paraissait à plat, sans énergie. Je lui ai demandé si ça allait, et elle m'a regardée pour la première fois. Je veux dire qu'elle m'a effectivement regardée. Elle a souri, et son visage s'est couvert de rides, et je me suis rendu compte qu'elle était assez vieille. Je lui ai dit que je m'étais servie de coquilles d'ormeau pour débarrasser de leur peine le cœur de certaines personnes, qu'elles étaient très bonnes pour adoucir et maîtriser les émotions, que ça pourrait l'aider. Elle m'a tapoté l'épaule, mais sans rien dire. Elle a parlé quelque temps avec Anton. Et puis ils se sont disputés, et il lui a crié "C'est ma vie !" Avant de partir, elle est revenue parler avec moi. Elle m'a demandé où j'étais née et d'où venait mon nom. Je lui ai expliqué que ma mère m'avait donné le nom d'une clématite parce que sa mère à elle, ma grand-mère Lucy, préférait cette plante grimpante à toutes les autres fleurs. Ça a eu l'air de lui plaire. Je lui ai raconté que mon père ne voulait pas de moi. Il n'a même pas voulu signer le certificat de naissance. C'est drôle, je ne raconte pas ça à tout le monde. Ça dépend de l'aura des gens, vous savez, mais ce jour-là, même si Harry était plutôt bas sur l'échelle de l'énergie, ça allait. Je lui ai parlé de ma sensibilité à des choses que la plupart des gens ne peuvent ni voir ni sentir. Avant de s'en aller, elle m'a dit une chose dont je me souviens encore. Je ne peux pas le dire comme elle, mais elle m'a expliqué que les gens ont des noms différents pour les mêmes choses, ça dépend de leurs intérêts, mais que les mots peuvent aussi changer notre façon de voir les choses. Je ne saisis pas vraiment la dernière partie, mais je comprends pourquoi Anton pensait que Harry était sage. Ce jour-là, elle m'a paru sage et quand elle m'a touché la main, j'ai senti des énergies douces et tièdes qui venaient d'elle.

Anton a vendu tout ce qui était exposé. Steve et Edgar sont partis, et je n'ai plus revu Harry après ça. Anton a pris plein de photos de moi pour une œuvre d'art qu'il voulait créer, mais il ne l'a jamais faite. De temps en temps, il apportait une boîte avec, dedans, une étrange petite histoire. Il les vendait aussi, ces boîtes. Mais je ne l'ai jamais vu travailler à l'une d'elles. Il passait beaucoup de temps couché sur le plancher, à regarder au plafond. Il lisait quelques livres, et il parlait de Goya, l'artiste espagnol du XVIe siècle ou quelque part par là, et il me montrait ces terribles dessins de guerre qu'il faisait, et je disais : Anton, ces trucs-là ne t'aideront pas. Il parlait de Harry. Il disait que tout avait mal tourné avec elle. Il avait l'impression d'être un de ces reflets dans les miroirs d'une baraque de foire. Tu ne comprends pas, disait-il. Elle est moi. Je suis elle. Il était vraiment en déséquilibre, maintenant, et j'ai essayé les grenats sur lui, mais il allait encore plus mal, et je lui ai expliqué qu'il avait des toxines en lui et que, parfois, il peut y avoir une crise salutaire, et que tout sort d'un coup comme une explosion. Alors il s'est mis à crier "Espèce de sale petite conne avec tes pierres et tes énergies et tes auras. C'est de la merde. C'est de la merde, tout ça, tu ne le sais pas ?" Je me rappelle chaque mot parce que ce qu'il disait me faisait tellement mal, même si j'essayais de me recentrer et de comprendre qu'il avait plus mal que moi ; honnêtement, c'était le cas. Il a bousculé des outils et envoyé un coup de pied dans le mur. Il y a fait une encoche, et un morceau de plâtre qui avait un peu la forme de la Louisiane est tombé sur le plancher.

Je suis restée vraiment immobile et j'ai fermé les yeux. Ça me rappelait maman et Denny quand ils se disputaient.

Denny criait et cognait le mur, et maman pleurait. Ils ont cassé des tas de choses dans la maison. Un jour, maman saignait du nez plein sa chemise, jusque par terre. Denny nous a quittées quand j'avais dix ans, et j'étais contente. Ensuite est venu Alex, et il était beaucoup plus doux. Il m'emmenait à la plage le dimanche, mais ça c'était quand j'avais onze ans et après il est parti, lui aussi. Je me collais contre le mur, dans ma chambre, et je fermais les yeux en essayant de ne pas les entendre – maman et Denny, je veux dire. Après quelque temps, ça a marché réellement. Je m'entraînais à ne pas être là, et je n'y étais pas. Parfois je pouvais tout voir de très loin. J'étais en dehors de moi-même, et je regardais en bas. Ça devient assez facile à faire au bout de quelque temps.

T'en fais pas, t'en fais pas, t'en fais pas, Sweet Autumn, je me disais. Sors, flotte au-dessus de la chambre et reste très, très silencieuse. Au bout d'un moment, Denny s'en allait – il filait en criant jusqu'à sa voiture et partait. J'allais près de maman, je lui caressais la tête et elle pleurait et me serrait quelque temps dans ses bras. Il fallait que je prenne soin d'elle, et que je ne laisse pas les bruits qu'elle faisait pénétrer en moi, et alors nous dormions ensemble dans mon lit. Vous voyez, quand j'étais petite, j'avais appris à attendre, alors j'ai attendu Anton. Il a dit qu'il était désolé. Il a dit qu'il ne pensait pas vraiment ce qu'il avait dit. Et puis il m'a parlé de Harry, et du fait que c'était principalement l'œuvre de Harry, et qu'il n'était qu'un nom dessus. Je crois que je l'avais toujours su vaguement même si je n'avais pas les mots pour le dire. Anton m'a dit qu'il avait essayé de donner à Harry l'argent de la vente d'*Histoire de l'art*, pour faire une coupure nette, mais elle ne voulait pas le prendre alors Anton a dit qu'il allait voyager tout autour du monde pour chercher des réponses aux grandes questions.

J'ai expliqué que ce n'était plus bon pour moi d'être auprès de lui. Ça me bousculait et ça m'inquiétait, et je n'avais aucun besoin de tout ce mauvais karma. Alors je suis sortie et je ne suis pas revenue.

Un an plus tard, environ, j'étais venue voir mon amie Emily à Red Hook et je me baladais au bord de l'eau en chantonnant toute seule et en sentant le vent qui soufflait sur moi, si purifiant, et je suis passée par l'ancien atelier d'Anton, mais il y avait un autre nom sur la porte. C'est comme ça que fonctionnent les énergies, vous savez, parce que, exactement deux jours plus tard, j'ai reçu une carte postale. Je l'ai gardée.

Chère Sweet Autumn,

Je suis à Venise, assis dans un café. Ce matin, je suis allé au musée des Beaux-Arts, et j'ai vu des tableaux de Giovanni Bellini. Il y avait une Madone qui te ressemble tellement qu'il fallait que je t'écrive. Elle a tes yeux, le genre d'yeux qui vous regardent jusqu'à l'âme. Je vais bien. Je pense à essayer la Californie, pour y vivre. J'espère que tu vas bien.

Je t'embrasse, Anton

Je n'ai pas revu Harry avant qu'elle soit très malade. C'est alors qu'elle m'a donné le nom de Clématite, mais elle aimait aussi m'appeler Clem et Clemmy, et parfois Clammy, pour me taquiner. Elle disait : Clammy, ma chérie, n'est-ce pas étrange, comme les choses reviennent ? Et je répondais non, Harry, la roue tourne. Elle n'arrête pas. La roue continue à tourner, elle tourne et tourne en rond, sans fin.

ANTON TISH
(interview extraite de *Tutty Frutty*, "Un simple coup d'œil", 24 avril 1999)

La première exposition d'Anton Tish, *L'Histoire de l'art occidental*, a fait un malheur à la galerie Clark, à New York, lorsqu'elle s'est ouverte en septembre, annonçant une nouvelle voix avant-gardiste dans le monde de l'art. Un sale gamin de vingt-quatre ans, un allumé, tendance mystique, qui fait parler de lui. Toby Bruner a rencontré l'artiste dans son atelier de Red Hook (Brooklyn), pour obtenir des tuyaux sur ses intentions.

TB : Alors que devient-on après avoir été le gars en vue ?

AT : Je pense à la photographie. Vous savez, un truc post-Warhol à partir d'icônes. Mais pas des icônes, si vous voyez ce que je veux dire, rien que des gens ordinaires. Il y a un des aspects auquel je réfléchis encore. Je me suis intéressé au maniérisme. Mon préféré, c'est Bronzino, et je n'arrête pas de penser qu'il y a quelque chose dans son œuvre qui va m'aider à trouver la direction à prendre.

TB : Cool. Et les boîtes-histoires ? J'ai entendu dire que vous n'arriviez pas à les faire assez vite.

AT : J'en ferai peut-être encore quelques-unes. Je ne sais pas. L'exposition était un événement plutôt unique, je crois. Table rase du passé, vous savez, et maintenant je suis prêt pour une nouvelle voie conceptuelle. Il pourrait me falloir un certain temps pour mettre ça au point, mais, bon, ça me va. Une fois le concept bien établi dans ma tête, je pourrai avancer. Je lis beaucoup, je réfléchis…

TB : Vous lisez quoi, en ce moment, mon vieux ?

AT : Un bouquin intitulé *L'Énigme quantique : quand la physique rencontre la conscience*. C'est vraiment dingue, mec. Je veux dire que, d'après ces types, la façon dont on regarde quelque chose crée ce qu'on voit. Ça, c'est la théorie quantique, et c'est lié au cerveau et à la conscience. Ils disent que ça fout le frisson, et c'est vrai. Ça me fait flipper, en fait. Je passe mon temps à regarder des trucs en me demandant ce que je vois.

TB : C'est du lourd, mais c'est ce qui vous a amené où vous êtes, n'est-ce pas ?

AT : Ouais, c'est ce qu'on me dit.

Ne manquez pas la prochaine installation flippante d'Anton Tish, phénomène du monde de l'art converti aux quanta.

RACHEL BRIEFMAN
(témoignage écrit)

C'est le dimanche 28 février 1999 que Harry m'a parlé d'Anton Tish. Je me souviens de la date car, après son départ, j'ai rapporté dans mon journal les détails de notre conversation. Je reprends ici ces notes inestimables.

Il faisait un temps gris et froid, et j'avais allumé un feu ; nous étions donc au chaud. Harry était emmitouflée dans un chandail spectaculaire, violet et tricoté main, et elle avait ôté ses chaussures pour pouvoir poser les pieds sur les coussins du canapé. Ray avait quitté la ville pour participer à une conférence à Washington, et nous étions seules, toutes les deux, avec Otto, notre yorkshire terrier, une petite bestiole si nerveuse que le vétérinaire lui avait prescrit du Prozac, drogue dont l'effet restait nul, dans la mesure où nous pouvions en juger, mais qui nous donnait le sentiment réconfortant que notre chien était "sous traitement". Pendant que nous étions assises au salon, Otto, sans-gêne, venait régulièrement renifler l'entrejambe de Harry, inspirant à celle-ci la remarque amusée qu'Otto, nommé en référence à Otto Rank, ne faisait que poursuivre ses recherches sur "son sujet favori : le traumatisme de la naissance".

Avant cet après-midi-là, j'ignorais tout de l'exposition à la galerie Clark et de son succès. Bien que je me rende régulièrement à des expositions dans des musées, je ne suis pas de près l'art contemporain et de nombreuses batailles sont livrées, de nombreuses bannières brandies dans ce monde insulaire sans que j'en sache rien. Harry était arrivée, toutefois, armée de coupures de presse et de photographies, et je pus donc voir sa femme illustrée ainsi que les boîtes qui étaient, disait-elle, l'œuvre "véritable", celle qui comptait.

Lorsque j'eus compris exactement ce que Harry avait fait, je me demandai à haute voix quel bien pouvait résulter de l'attribution à quelqu'un d'un mérite qui n'est pas le sien. Pourquoi ? Harry s'obstinait à affirmer que cette mystification n'était pas un jeu joué sans raison. Ce n'était pas un simple tour de passe-passe ; la magie devait s'en déployer lentement et devenir finalement une fable susceptible d'être racontée et racontée de nouveau au nom d'un intérêt supérieur. À un moment encore non révélé, elle sortirait de l'ombre pour exposer et humilier "ces gens-là".

L'humiliation de "ces gens-là" ne me paraissait pas relever d'un intérêt supérieur, et c'est ce que je lui dis, mais elle répliqua que cela ne représentait qu'une petite, quoique indispensable, partie du plan. Harry parlait depuis longtemps de "ces gens". Il y avait des années qu'elle était persécutée ou ignorée par eux et, un jour, *on* allait le regretter. Après la mort de ses parents et puis celle de Felix, ce monolithe de forces adverses avait plutôt paru enfler que diminuer. Ennemi au visage masculin, pas féminin, *on* envoyait balader les pareils de Harry comme on aurait écrasé un moustique. Elle avait fantasmé pendant des années à propos de sa revanche, et maintenant ça y était – plus ou moins. Que signifiait le fait qu'un *on* indéfini ait célébré son œuvre dès lors qu'elle était arrivée avec un *corps-de-vingt-quatre-ans-avec-queue*, selon ses propres termes. Que voyaient réellement les enthousiastes, demandai-je, son œuvre ou simplement Anton, le portrait de l'artiste en jeune beau ? Combien de personnes regardaient vraiment une œuvre d'art ? Et, s'ils le faisaient, qu'y voyaient-ils ? Comment les gens jugeaient-ils, en réalité ? Mes intérêts personnels étant plutôt d'ordre littéraire, je signalai à Harry que le *Murphy* de Beckett avait été refusé quarante-trois fois et rappelai les nombreuses histoires de journalistes littéraires tapant des manuscrits de romans célèbres, les envoyant aux éditeurs et recevant en retour des lettres types de refus (ou pire). Sans l'aura de la grandeur, sans l'imprimatur de la grande culture, de la mode ou de la célébrité, que restait-il ? Qu'était-ce que le goût ? Y avait-il jamais eu une œuvre d'art qui ne fût chargée des attentes et des préjugés du spectateur, du lecteur ou de l'auditeur, si éduqué et raffiné qu'il fût ?

Nous convînmes, Harry et moi, que rien de tel n'avait jamais existé. Elle m'expliqua que son idée ne consistait pas simplement à exposer ceux qui étaient tombés dans son piège, mais à étudier la dynamique complexe de la perception proprement dite, de la manière dont nous créons ce que nous voyons, afin d'obliger les gens à examiner leur façon personnelle de regarder et de démonter leur présomption.

Après cette incursion dans les ambiguïtés de la vision, Harry devint silencieuse, comme elle l'était souvent, avec ses grands yeux perdus dans sa narration intérieure. Je la poussai du coude pour l'inciter à me dire à quoi elle pensait, et elle se lança dans une autre dissertation. Nous sommes tous les miroirs et les chambres d'écho les uns des autres. Qu'est-ce qui se passe, en réalité, entre les gens ? Dans la schizophrénie, on perd ses frontières. Pourquoi ? Parce que je connais bien Harry, je compris qu'il ne s'agissait pas d'une digression, mais d'un moyen détourné de parvenir à un aveu plus personnel. Finalement, je lui demandai : "Qu'es-tu vraiment en train d'essayer de me dire, Harry ?"

Après encore une ou deux minutes de silence, Harry se pencha vers moi, me posa une main sur le bras et m'avoua qu'au cours de leur aventure, Anton avait un peu perdu la tête. Au début, ç'avait été amusant, dit-elle, c'était une énorme blague qu'ils allaient jouer ensemble à ces types prétentieux du monde de l'art capables de faire ou défaire les réputations, les solennels imbéciles qui en savent tant sur si peu de choses. Harry et Anton avaient tout arrangé entre eux. Elle l'avait installé dans un atelier, lui avait offert le fruit de toutes les ventes et lui avait fait un cours intensif sur l'art occidental, un survol personnel de tout ce qui comptait depuis les Grecs, selon Harriet Burden. L'enseignement de Harry faisait une plus grande place à Duccio di Buoninsegna, le maître siennois, qu'à Michel-Ange, et la perfection de Raphaël y était reléguée en note de bas de page. Cela convenait parfaitement à Anton, bien sûr, puisqu'il n'y connaissait presque rien. Pendant qu'ils travaillaient à la Vénus, Anton se mit à appeler Harry à toute heure pour lui poser des questions concernant l'œuvre : Pourquoi le graffiti se trouve-t-il sur son coude, déjà ? Reparle-moi de David et de la Révolution française. Lequel est Emil Nolde, déjà ? Bientôt, dit-elle, il adopta ses réponses et commentaires. Le langage n'appartient à personne. Nous souvenons-nous des sources de nos propres idées, de nos propres paroles ? Elles viennent de quelque part, n'est-ce pas ? Anton lisait les livres et les essais que lui donnait Harry, regardait les films qu'elle recommandait et s'empressait de digérer ses opinions.

Bien qu'il ait été malade d'angoisse avant l'exposition et ait manqué s'effondrer le jour du vernissage, il s'était calmé après son succès. Il s'était non seulement senti flatté (à l'instar de tant d'entre nous) par les compliments de ses admirateurs, mais aussi persuadé qu'il les méritait amplement, qu'il fût ou non l'auteur réel des œuvres. Sa majesté bébé, ce nouveau-né qui se croit le centre du monde, vit encore quelque part en chacun de nous. Harry commença à remarquer de légères altérations dans la diction d'Anton quand il parlait du projet, en particulier son usage des pronoms. Il disait sans cesse *nous* et *notre* et la *nôtre*. Il se mit à revendiquer comme siennes des idées qui ne l'étaient pas. Anton, me dit-elle, devint à demi convaincu que mon art était le sien. Il savait que j'en étais l'auteur, et en même temps il ne le savait pas. Il me disait : *Je suis ton miroir*.

Harry admettait avoir encouragé l'idée qu'elle et lui étaient de véritables collaborateurs. Elle avait élevé le statut d'Anton afin de l'attirer dans sa combine. En tant que pseudonyme, Anton avait joué un rôle essentiel dans la pièce de théâtre qu'elle avait mise en scène pour un seul spectateur : elle-même. Après tout, les habitués des galeries n'étaient pas dans le secret des puissances en coulisse. Anton occupait la scène. Mais Anton jouait-il Harry – ou était-ce Harry qui jouait Anton ? Elle disait que, sans lui, il n'y aurait pas eu de grande Vénus, que l'infortuné jeune homme avait été le déclencheur de l'idée – novice prodigieusement ignorant émet plaisanteries sophistiquées sur histoire de l'art. Mais, au fond, qui se considère soi-même comme prodigieusement ignorant ? Surtout pas les plus ignorants. Et ce garçon avait beaucoup appris sous la tutelle de Harry. Je ne pouvais m'empêcher de penser que leur histoire constituait une reconfiguration intéressante du mythe de Pygmalion, avec inversion des sexes. Anton était la création de Harry, née, dans une certaine mesure en tout cas, de son désenchantement à l'égard du monde des hommes et de ses intraitables préjugés contre les femmes. Dans le mythe grec, Pygmalion, déçu par le sexe opposé, prodigue son amour à sa sculpture parfaite, la statue en ivoire de Galatée, à laquelle la vie n'est accordée que tout à la fin de l'histoire. Le joli garçon de Harry avait eu la malchance d'être fait de chair et d'os dès le début.

Lorsque la gloire de l'exposition pâlit et que les journalistes eurent disparu, le pauvre Anton commença à s'étioler. Il voulait reprendre la création de son œuvre personnelle, mais ce qui, auparavant, lui avait paru essentiel et vivant était devenu plat et terne. Tout ce qu'il touchait se flétrissait entre ses mains. Il méditait, il jeûnait, il lisait, mais tout cela ne servait à rien. Il avait jadis cru en lui-même, et il n'y croyait plus. Tout ça, c'était la faute de Harry.

Elle me raconta que la dernière fois qu'elle l'avait vu, il avait sonné à sa porte à deux heures du matin et, quand elle lui ouvrit, il entra en titubant, ivre et furieux. Sa vie en tant qu'artiste était terminée, déclara-t-il, et il en était malade. *Il faut que tu me parles !* lui criait-il. *Il faut que tu me parles*. C'est alors que Harry eut l'étrange sensation de s'entendre elle-même en train de crier sur Felix. Combien de fois ne lui avait-elle pas répété "Il faut que tu me parles !" ?

Ils se parlèrent, tous les deux, à la table de la cuisine, après qu'elle lui eut fait boire trois verres d'eau. Le jeune homme avait d'abord été larmoyant et congestionné, mais alors il devint froid.

Le point de vue de Harry, c'était qu'Anton avait su quel était le marché ; qu'elle ne l'avait ni berné ni floué ; qu'ils s'étaient livrés ensemble à une expérience fondée sur une hypothèse concernant l'importance de la personnalité de l'artiste par rapport à l'œuvre exposée, et qu'ils avaient réussi. Anton avait été bien payé et y avait gagné un accès au monde de l'art, s'il choisissait de continuer dans cette voie.

Anton reconnut qu'il avait su dès le début quel était le projet, qu'il avait, lui aussi, trouvé l'idée intéressante, mais qu'on ne pouvait pas attendre de lui qu'il ait compris ce que signifierait le fait de se retrouver soudain très demandé, voire "plutôt célèbre". Il avait posé pour une publicité pour des chaussures avec plusieurs autres jeunes artistes en vogue. Il avait été interviewé par *Bomb* et par *Black Book*, on lui avait demandé de commenter d'autres expositions. Il avait été invité à d'innombrables fêtes et avait couché avec des filles qui ne l'auraient même pas regardé avant. Et, dit-il à Harry, il était bon.

Elle avait éclaté. *Bon à quoi ? À coucher avec des filles ? Qu'est-ce que tu racontes ?*

Bon à tout ça, avait-il hurlé à son tour. *À toute cette affaire. On me voulait. Tu crois qu'on aurait voulu de toi ? C'est pas de ça qu'il est question ? Sans moi, rien de tout ça ne serait arrivé.*

Harry grimaçait de douleur en me racontant cette conversation. Anton avait raison, me dit-elle. Il voulait me faire mal avec la vérité, et c'est ce qu'il a fait. Et il ne pouvait plus s'arrêter, me dit-elle, il lui répétait que son art aurait fait peu d'effet sans lui, que son image était ce qui avait compté, un jeune type dans le coup et qui fait plein de références à ci et ça. *Ils savaient pas de quoi je parlais !* avait-il hurlé. Il lui avait été si facile de citer négligemment les noms d'œuvres d'art qu'il avait appris de Harry, mais les journalistes s'en foutaient. Et, avait-il ajouté, l'ironie, c'était que le seul artiste qui comptait vraiment dans tout ça, c'était Andy Warhol, qui avait tout compris depuis toujours sur la fascination de la célébrité. *Et Warhol était le seul artiste dont je savais vraiment quelque chose avant que tu t'amènes. C'est marrant, vraiment, vraiment marrant. Tu ne piges pas ? Toute ton érudition, tout ton ésotérisme de merde. Ça ne vaut rien, ici, que dalle !*

“Voilà ce qu'il m'a dit, Rachel. Et moi, assise là, grosse et vieille, en robe de chambre, je le regardais, et je le comprenais. Même saoul, et au milieu de la nuit, il faisait bonne figure. Je l'avais choisi, après tout. Ce n'était pas exactement qu'il fût beau, mais il avait un *élan** ; il incarnait une idée.”

Pour l'essentiel, Anton avait raconté à Harry l'histoire qu'elle-même se racontait depuis le début mais, au lieu d'avoir l'impression qu'il lui rendait justice, elle s'était sentie blessée et embarrassée. *Que veux-tu, alors ? Tu as tout, pas vrai ? Pourquoi venir ici exiger de me parler ?*

Mais Anton, semblait-il, n'avait pas tout ce qu'il voulait. Il était malheureux. Il n'arrivait plus à travailler. Il avait été à deux doigts d'une grande découverte avant sa rencontre avec Harry. Il avait eu le sentiment de sa propre importance. Il s'était senti riche d'idées, de fantasmes et de réflexions. Il avait été sur le point de créer son œuvre post-warholienne. Il ne lui fallait plus qu'un peu de temps, et il aurait accédé tout seul à sa propre célébrité.

Harry me regardait en se frottant le menton. "Je lui ai demandé pourquoi il ne le faisait pas, alors." Il ne pouvait pas le faire parce qu'elle s'était mise en travers de son chemin ; ses idées à elle avaient envahi les siennes. Il ne se reconnaissait plus. Qui était-il ? C'était elle qu'il voyait lorsqu'il se regardait dans un miroir. Il avait tenté de lui donner l'argent des ventes, non ? Mais maintenant il comprenait que c'était lui qui l'avait "faite", elle. Sa contribution à "toute cette affaire" avait été énorme. La célébrité, ce n'est pas ce qu'on fait ; c'est être vu. C'est occuper la scène. Il avait plus que gagné sa commission parce que c'était lui le gamin qui avait "fait vendre" mais "quelque part, en chemin", disait Anton, il avait perdu sa "pureté".

Le mot *pureté* avait provoqué chez Harry un rire convulsif. Apparemment, elle l'avait répété à de nombreuses reprises. Elle m'expliqua qu'à l'époque de leur rencontre, Anton avait été modeste quant à ses talents. Il avait parlé d'art pour la pub qu'il faisait afin de payer ses factures tandis qu'il travaillait à ses propres "projets". Elle ne l'avait jamais entendu parler ni de célébrité ni de pureté.

Harry paraissait très triste en me disant cela. "J'ai créé un monstre."

Mais, alors, assise avec Anton dans sa cuisine, elle avait été prise de colère, de fureur. Elle lui avait reproché d'avoir complètement récrit le passé, d'avoir apparemment oublié que c'était elle qui avait créé les œuvres, que les boîtes étaient issues de son corps à elle, d'années de travail et de réflexion. Elle avait eu envie de le gifler. Ce gamin, ce gosse, qui pendant un an lui avait posé des questions, qu'elle avait éduqué et payé, cet enfant s'était transformé en un petit salaud pompeux et suffisant, revenu d'une illusion.

Et alors Harry fondit en larmes sur mon épaule. Je la tins un moment embrassée et lui demandai ce qu'elle allait faire. Elle répondit que l'expérience n'avait pas bien marché parce qu'elle n'était pas sûre de ce qui s'était passé. Peut-être que personne n'avait aimé ses boîtes. Peut-être les boîtes ne s'étaient-elles vendues que parce que Anton Tish était supposé les avoir faites. Il était trop tôt pour revendiquer son œuvre. La pub, le battage médiatique, le visage d'Anton étaient des rideaux de fumée. Elle allait devoir attendre. Elle allait devoir faire une nouvelle tentative. Elle avait une autre idée. Je lui dis qu'elle ferait bien de réfléchir à deux fois avant de réitérer l'expérience. Les dégâts psychologiques étaient trop importants. Qu'Anton eût raison ou tort, cela importait moins que le fait qu'ils avaient l'un et l'autre souffert à cause de ce projet. Je risquai aussi que le problème de Harry pouvait être qu'elle assumait mal son œuvre, qu'elle estimait ne pas mériter un accueil favorable. Elle me pria sèchement de ne pas "la psychanalyser" et puis, aussitôt repentante, implora mon pardon.

Comme je lui demandais comment s'était terminée cette soirée avec Anton, elle répondit que, tout en restant obstinément accroché à l'idée qu'il avait été essentiel à leur "succès", il avait reconnu à contrecœur qu'elle avait transformé sa conception de l'art. Il n'avait pas le choix, il lui fallait se donner du temps et penser à son avenir. Il allait prendre l'argent, puisqu'il l'avait mérité, et voyager pendant quelque temps, voir le monde, réfléchir et lire.

Et alors un sourire malicieux se substitua à l'expression jusqu'ici angoissée de Harry. Anton avait, dit-elle, adopté pour ses adieux un mode d'un romantisme extrême, dont la démonstration nécessita qu'elle saute du canapé.

Je ne te reverrai jamais !

(Phrase soulignée par Harry exécutant grand geste des bras style mélodrame vers 1895, pas du tout plausible chez jeune homme un siècle plus tard, mais je souris néanmoins.)

Je vais partir, partir loin, l'Himalaya, le Sahara, Paris, Tombouctou, et d'abord dans le Queens pour récupérer mes affaires au garde-meuble.

(Dos de la main de Harry posé sur son front, tête inclinée, regard vers le haut, paupières papillonnantes. Elle soupire bruyamment. Laisse retomber la main, se tourne vers moi, bras écartés.)

Je vais redécouvrir ma pureté perdue, mon authenticité.

(Harry court en tous sens dans mon salon, soulevant des coussins et feuilletant un magazine en une quête éperdue. Éclate de rire.)

"J'espère que tu n'as pas ri de lui à ce moment-là", dis-je, et elle répondit qu'elle lui avait laissé son moment de cinéma, ou quoi que ce fût. En se faisant leurs adieux, tous deux s'étaient très bien comportés. J'appris plus tard qu'Anton n'était pas parti immédiatement pour l'Himalaya mais avait encore passé plusieurs mois dans les parages avant de disparaître.

Mais alors la fureur reprit Harry. Elle avait été tellement en colère contre Anton, me dit-elle, qu'elle aurait pu le rouer de coups ou le réduire en cendre d'un seul souffle.

Allusion à Bodley, son ami imaginaire cracheur de feu, que je connaissais depuis des années.

Elle se tut un moment, et puis s'embarqua dans un préambule hésitant : *Je ne sais pas si je devrais te dire ça. Non, je peux te le dire. Peut-être pas. Si. Il y a quelque chose en moi, Rachel, quelque chose que je ne comprends pas. Je l'ai senti quand j'ai eu envie de tuer Anton. Ce n'est pas une blague. Je le haïssais, quand il était assis là, chez moi. J'ai eu peur de moi-même. Qu'est-ce que c'est ? C'est ancien, Rachel. C'est comme un souvenir en moi, mais ce n'en est pas un. Je le sens, et ça remonte. Avec le Dr F., je veux dire. C'est quelque chose d'affreux en moi.*

Je pensai aux vomissements de Harry. Le corps peut avoir des idées, lui aussi, il peut user de métaphores.

Et alors, en m'agrippant les poignets de ses deux mains, elle me dit que, de plus en plus, elle se sentait hantée par la sensation qu'il y avait en elle une histoire cachée, quelque chose qu'elle ne pouvait préciser parce qu'elle ne savait pas ce que c'était, ne savait pas si c'était réel ou imaginaire. *Ça m'effraie terriblement, Rachel. C'est la peur nue, une peur froide, glacée, sans représentation, sans image, sans mots. C'est comme ça que des gens se créent de faux souvenirs, à partir de peurs et de souhaits, de pensées monstrueuses, oniriques, qui les infectent comme des virus.*

Son visage était livide.

J'évoquai alors le fantasme, qui gît au cœur de mon travail avec mes patients, mais le monde intérieur et le monde extérieur peuvent être difficiles à distinguer, et le lieu où ils se rejoignent ou se séparent est depuis toujours une zone trouble en psychanalyse. Nous les inventons, dis-je à Harry, les gens que nous aimons et haïssons. Nous projetons nos sentiments sur autrui, mais il y a toujours une dynamique qui crée ces inventions. Les fantasmes naissent entre des gens, et les idées concernant ces gens vivent en nous.

Oui, dit-elle, *et même après leur mort, ils sont encore là. Je suis faite des morts.*

Je n'avais jamais entendu personne dire ça de cette façon : je suis faite des morts.

Plus de dix ans après, je revois encore Harry dans mon salon, en train de faire son sketch d'Anton, les gesticulations parodiques de son protégé et pseudonyme. Le temps l'a épaissi, l'a chargé d'une signification supplémentaire à cause des événements ultérieurs, en particulier sa relation avec Rune. Et aujourd'hui, quand je revois ces gestes dans mon salon et son visage hilare, quelque chose me hante. Ses mouvements mélodramatiques ne sont pas ceux du jeune héros prenant congé de son amante (ou de sa mère) avant de partir à l'aventure. Ce sont les minauderies féminines de l'héroïne, cette créature vedette d'innombrables pièces de théâtre et films muets, la chérie aux boucles d'or, sein palpitant et lèvres en bouton de rose qui se défend contre l'ignoble vilain moustachu menaçant sa vertu. Ce jour-là, chez moi, Harry a joué Anton comme une fille, ce qui était en soi une forme de revanche.

Elle projetait sur lui sa vulnérable identité de fille, cette enfant qui, à mon avis, avait réapparu, rugissante, dans le cadre de son travail avec Adam Fertig. Elle m'avait dit ne ressentir que la peur – sans images ni mots. Mais elle avait déjà créé les représentations et les images à partir de cette émotion dans ses boîtes. Il ne fait aucun doute qu'Anton était le pion de Harry. Elle avait voulu un récipient mâle vide à remplir d'art, mais Anton n'était pas vide. Il était une personne, et c'était lui qui avait vécu l'adulation, qui avait été fêté et sollicité, pas Harry. Il était venu à elle pour revendiquer ses droits de performeur agile, un autre genre d'artiste, certes, mais un artiste néanmoins. Et je crois que Harry l'enviait et le méprisait pour son habileté. Elle avait été naïve. Elle s'était imaginé pouvoir, pour sa revanche, emprunter la peau d'un homme, mais les humains ne sont pas des déguisements. Si Anton s'était trouvé pris dans les rets des fantasmes de Harry, elle, à son tour, avait découvert que son protégé avait ses propres rêves.

Toutes les idées de vengeance naissent de la douleur de se sentir impuissant. *Je souffre* devient *tu vas souffrir*.

Et, soyons honnêtes : la vengeance est revigorante. Elle nous donne un but et nous anime, et elle annule le chagrin car elle détourne l'émotion vers l'extérieur. Dans le chagrin, nous nous effondrons. Dans la revanche, nous nous reconstituons en une arme unique visant une cible. Si destructrice qu'elle soit à long terme, elle remplit provisoirement une fonction utile.

J'ai raconté une histoire à Harry, ce jour-là, car elle me semblait avoir un certain rapport avec elle. J'avais eu autrefois une patiente qui avait subi une agression brutale à l'âge de onze ans. L'homme l'avait attaquée alors qu'elle rentrait chez elle de chez une amie, dans l'Upper West Side. Son mobile n'était pas le vol ; il avait sauté sur elle, un couteau à la main, lui avait tailladé le cou et l'avait laissée perdre son sang sur le trottoir. Elle avait failli mourir. Ma patiente racontait qu'elle n'avait pas éprouvé de désir de vengeance envers le coupable. Mais, plusieurs années plus tard, son petit ami ayant rompu avec elle, il lui devint impossible de s'empêcher de fantasmer à propos de son ex-amoureux. Elle fabriquait des accidents de voiture ou de ski, des chutes épouvantables, des maladies, des explosions soudaines, toutes choses dont il sortait vivant mais défiguré et paralysé. Dans un tel état d'infirmité, il finissait inévitablement par reconnaître qu'elle était le grand amour de sa vie, que sans elle rien de ce qu'il faisait n'avait de sens. Au bout de quelque temps, des images du corps brisé et ensanglanté de son ami envahissaient ses pensées de façon soudaine et inattendue. Elle avait des accès de dépersonnalisation durant lesquels elle lui laissait sur son répondeur des messages cruels : *J'espère que tu vas te faire écraser en rentrant chez toi du travail.* Elle se faisait peur à elle-même. Nous avons passé de nombreuses séances à déballer les significations de ces fantasmes compulsifs.

Tout ce qu'a dit Harry, c'est : “Elle devait avoir une cicatrice.”

Oui, ai-je répondu, j'avais vu la cicatrice de ma patiente : une ligne nette, terrible, devenue un pli dans la peau de son cou.

Cette nuit-là, j'ai rêvé que j'étais dans un long couloir vide, et que je voyais Harry affaissée sur le sol. Je marchais vers elle et apercevais une coupure longue et mince dans son cou. J'étais prise d'inquiétude à l'idée que sa tête se détache, et je saisissais son cou afin de maintenir la tête en place. À mes pieds gisait un débris de planche dont dépassaient quelques clous. Je dois avoir lâché Harry, parce que je le ramassais. Deux yeux verts minuscules clignaient et une bouche écarlate se mettait à remuer rapidement, comme si elle essayait de me parler. Je n'entendais rien mais éprouvais une pitié débordante. Devant ma fenêtre, le soleil me brillait droit dans les yeux, éblouissant, et je me suis éveillée.

Il y a bien des façons de démêler et d'interpréter les étranges condensations et déplacements des rêves. La cicatrice de ma patiente avait réapparu dans le cou de Harry. Je devais avoir craint que l'une de nous "perde la tête". Il va de soi que le rêve en dit plus sur moi que sur Harry, même si le morceau de bois à demi vivant pouvait être une image de l'œuvre de Harry, laquelle est une manifestation de zones profondes en elle qui étaient difficiles à exprimer autrement. Je ne suis pas sûre. Presque chaque jour, j'ai affaire à des gens et je les écoute. Parfois, avec certains patients, je me demande si je les entends vraiment. Tous essaient de découvrir le sens de leurs histoires, exactement comme le faisait Harry ; Harry, qui m'avait dit croire à l'existence, cachée au fond d'elle, de quelque chose de "terrible".

PHINEAS Q. ELDRIDGE
(témoignage écrit)

Oscar Wilde a dit un jour : “C’est quand il parle en son propre nom que l’homme est le moins lui-même. Donnez-lui un masque, et il vous dira la vérité.” J’ai joué brièvement le masque de Harriet Burden et je ne le regrette pas une seconde. À l’abri de mon moi myope, métis et homo, elle a pu dire une vérité. Dans l’univers gay, le déguisement a une longue histoire qui jamais ne fut simple et, par conséquent, quand Harry m’a demandé de faire front pour elle, il m’a semblé que ce ne serait qu’un nœud de plus dans une corde très ancienne. Je suis un homme de scène et je sais que, sur scène, mon visage peut être souvent plus intime et plus sincère que ceux que j’arbore en coulisse. Mais à la ville aussi j’ai eu deux identités. En 1995, j’ai dévié de la première, celle avec laquelle j’étais né, pour devenir mon deuxième moi : Phineas Q. Eldridge. L’individu qui précédait P. Q. E., John Whittier, était un gentil garçon, bien élevé quoiqu’un peu rêveur, aimable avec les animaux, les filles et les pauvres (dans cet ordre), facilement effrayé et, comme disait ma mère, “délicat”. J’ai fait ma première crise à quatre ans et la dernière quand j’en avais treize. Les médecins ont dit que je les avais “dépassées”. Elles faisaient partie de mon corps prépubère, plus jeune et plus petit, celui dont nous nous dépouillons tous, en même temps que des vestes, pantalons, chemises et chaussures qui ont un jour été parfaitement à notre taille. Les tremblements se produisaient surtout la nuit, et restaient rares, mais les odeurs que je sentais parfois, les fourmillements qui me prenaient, et les picotements, les tics faciaux, la bave, les absences et, pendant des années, mon lit mouillé ont certainement façonné mon éducation sentimentale.

Quand je repense à ce gamin bigleux, sang-mêlé et épileptique, dansant le tango avec sa petite sœur Letty dans la salle de jeux d'une maison à deux étages, solidement bourgeoise, dans un faubourg de Richmond, en Virginie, je ne trouve en rien surprenant qu'il se soit tourné vers Dieu avant même la conversion de sa maman à la vraie foi. À l'école, j'étais un paria, n'ayant jamais pu faire oublier la crise généralisée qui m'avait terrassé, en troisième année, à côté du toboggan dans la cour de récréation, mais à l'église je brillais, tel un pieux petit ange atteint d'un mal sacré. Saint Paul, le père de la chrétienté elle-même, n'était-il pas tombé sur la route de Damas, en proie à une crise tout à fait pareille à celles qui m'affectaient parfois ? Harry était fascinée par ce petit John, sa délicatesse, sa maigreur et ses taches de rousseur, sa mère noire et son père blanc, qui lisait des tas de livres, regardait des films à la télé et avait inventé son monde à lui, Baaltamar, dont il avait cueilli le nom dans la Bible (Les Juges) mais qui, dans sa première incarnation, ressemblait davantage à un décor hollywoodien. À Baaltamar, des méchants vêtus avec une recherche extrême et dotés de pouvoirs surnaturels se colletaient avec un héros angélique, mon *alter ego*, Levolor (qui devait son nom à une marque de stores, en raison de la consonance si agréable du mot). Je passais beaucoup de temps dans cette contrée magique, de même que Harry en avait passé beaucoup dans sa propre tête avec un compagnon imaginaire et une cargaison d'angoisses. Elle, en revanche, avait grandi sans dieu.

Il était pénible de me sentir à chaque instant surveillé par Dieu, jugé pour mes pensées secrètes et mes aspirations exubérantes alors que, couché dans mon lit, je rêvais que j'étais Levolor, qui s'était mis au chant et à la danse et vivait dans une vaste maison rose de cinéma, avec dix domestiques. Les fans venaient par centaines de milliers me voir geindre des chansons en agitant ma queue de plumes tout en ébauchant quelques pas glissés, swingués et frôlés. Les yeux fermés, j'écoutais la foule gronder d'adoration, après quoi, comme c'était un fantasme égoïste et impie, j'en modifiais la direction, faisant de Levolor un personnage à la Jésus qui se baladait dans Tinseltown* en imposant les mains aux malades, en ressuscitant les morts et en multipliant comme par magie le pain et la soupe pour des gens tragiquement pauvres aux vêtements en haillons et aux semelles percées. Ce fantasme aussi avait ses problèmes, car il n'était pas bien de se sentir si bien parce qu'on était bon, et je savais que je me sentais terriblement bien d'être si bon.

Côté religion, maman s'est calmée considérablement, et c'est une personne bien trop douce pour avoir jamais été une évangéliste bien pensante, mais il y a eu une époque où elle participait au culte avec beaucoup de zèle. Mes parents se sont séparés quand j'avais trois ans et Letty un. Nous avions un papa pendant les week-ends. Dans mes plus anciens souvenirs, je suis assis sur ses épaules et je regarde l'herbe, en bas, très loin ; il y a aussi un lapin du nom de Buster qui vivait dans une cage dans le jardin de papa, la montre en argent étincelante qu'il me permettait de porter très haut sur mon bras, et des pancakes posés sur une assiette bleue, qui paraissaient différents de ceux de maman. Je me souviens que sa maison avait une drôle d'odeur et que j'avais toujours peur qu'il s'empare du ballon de foot et propose quelques passes. Quand le ballon arrivait en volant vers ma tête, je plongeais sans réfléchir. Ce ballon dur et vrombissant me faisait peur. Plus tard, je m'entraînai à rester droit et m'efforçai d'attraper ce foutu machin et de courir comme un fou. Je priais Dieu de m'aider à réussir dans les efforts que je faisais pour plaire à mon père, pour devenir le vrai garçon, bien coordonné et robuste, qu'il souhaitait que je sois. J'étais une déception pour lui, sans aucun doute. Je n'étais pas fait à son image et, aussi, je crois que je l'effrayais un peu, ou peut-être était-ce l'épilepsie qui l'effrayait, ou l'idée que quelque chose m'arrive quand maman n'était pas là. Jamais mon insuffisance athlétique ne m'attirait de sa part reproches ni sermons. J'avais simplement l'impression qu'il aurait préféré un autre genre de fils. Et pourtant, quand nous dormions chez lui, Letty et moi, il venait dans la chambre, s'asseyait près de moi et me contemplait pendant que je faisais semblant de dormir. Il devait savoir que j'étais éveillé, mais il n'a jamais laissé paraître qu'il savait ; tout ce qu'il faisait, c'était rester assis à me regarder.

Et puis un jour, au printemps, alors que je venais d'avoir huit ans, mon père eut un anévrisme cérébral. Le ballon éclata, et il mourut, seul, sur son canapé. Il avait trente et un ans. Bien qu'elle ne voulût plus de lui comme mari, sa mort sembla paralyser maman quelque temps, jusqu'à ce que la religion pentecôtiste de sa jeunesse vienne combler le vide que papa avait laissé. Nous changeâmes d'Église.

On plongea maman dans les fonts baptismaux et après cela elle fut remplie de l'Esprit-Saint. "Et tous furent remplis de l'Esprit-Saint, et ils se mirent à parler des langues étrangères, selon que l'Esprit leur donnait de s'exprimer", Actes des Apôtres, chapitre II, verset 4. Je sais que pour les profanes ces choses-là tombent dans les régions lointaines de la dinguerie religieuse, mais j'adorais les hymnes et les "Amen" et les "Dites-le, frères et sœurs" pendant le prêche, et les langues étrangères, les interprétations et les témoignages. Chez nous, Letty et moi aimions jouer à l'église parce que nous pouvions bondir et sauter et courir en rond, tels des animaux sauvages, en hurlant des bêtises à tue-tête. Tout ce que je peux dire, c'est que les gens qui, touchés soudain par le Saint-Esprit, tombaient à genoux ou s'effondraient sur le sol et se mettaient à parler n'étaient pas des simulateurs, même s'il m'arrivait de me poser des questions à propos de sœur Eleanor, qui paraissait souvent exagérément exaltée et parlait dans une langue qui ressemblait vaguement à du latin de cuisine.

Je priais de plus en plus fort, et je me demandais pourquoi Dieu avait fait ça, prendre mon père, et pourquoi ma mère avait renvoyé celui-ci avant sa mort, et si sa tristesse avait quelque chose à voir avec la bulle dans son cerveau, parce qu'il avait eu l'air triste, surtout lorsqu'il était assis près de mon lit : une tristesse lourde passait de lui à moi et pesait sur mon cœur comme un remords. Maman utilisait le mot *incompatible*. Ils ne s'étaient pas convenu, pour une raison ou une autre. Après la mort de mon père, Baaltamar devint plus complexe, plus violent et plus secret. L'esclavage prit de l'importance en tant que thème. Levolor menait ses armées contre le prince Hadar afin de libérer les esclaves, qui étaient une combinaison de Noirs américains et d'Israélites, et je commençai à élaborer des plans de bataille dans une géographie imaginaire. Quand je ferme les yeux, je peux voir encore le lac Ashtarot, le fleuve Jeshmoth et le massif montagneux que j'avais appelé Mizlah. Après quelque temps, la population de Baaltamar découvrit le sexe et s'y adonna avec un abandon biblique. Souvent, les partisans de Hadar se déshabillaient et dansaient nus sur une musique déchaînée afin de titiller Levolor, qui prenait grand plaisir à les regarder tout en résistant noblement à leurs avances. Il était inévitable que mon héros cède à la tentation, aux douces branlades et frictions intenses sous la couverture avec un gant de toilette – et alors la culpabilité devant Dieu, le miracle humide, la poésie de tout cela.

Je crois que ce sont mes histoires de Baaltamar qui ont séduit Harry. Le monde imaginaire avait disparu à peu près en même temps que mes crises, ainsi que le

Dieu omniscient des Hébreux, mais j'ai conservé une grande tendresse pour les gens qui parlent "d'autres langues" et pour maman, qui jamais ne s'est détournée de moi en dépit du fait que je me suis égaré dans un désert temporel et n'ai pas regagné le bercail. Quand je suis arrivé chez Harry, elle était occupée à ses propres personnages, un groupe de figures rembourrées – froides, fraîches, chaudes et brûlantes. Je me suis pris d'affection pour ses "métamorphes" (ainsi que Harry les appelait), bien que bon nombre d'entre eux fussent mutilés ou déformés. Je reprends ceci. Les métamorphes blessés étaient mes préférés, ceux auxquelles manquaient bras et jambes, sur lesquels étaient peintes des prothèses et des appareillages, des bosses ou des inflammations cutanées. Ils n'avaient pas l'air réel, mais donnaient l'impression d'être plus humains que beaucoup d'humains de ma connaissance, et Harry était gentille avec ses créatures maison. Elle les faisait parfois parler pour la petite Aven, qui avait juste quatre ans à l'époque et venait chez *Gran* le week-end, laissant sur toutes les œuvres les traces mouillées de ses baisers.

Mon parcours jusqu'à Red Hook n'avait pas été rectiligne. Après l'université, je me rendis à New York en même temps que des légions de compères aspirants au service de Thespis, et je finis garçon de restaurant. "Bonsoir, je m'appelle John Whittier, c'est moi qui vais m'occuper de vous ce soir." Ce fut le temps des assiettes brisées, des clients grossiers, des auditions, des convocations, des refus, d'autres refus et de quelques rôles minables pour un homme noir à la peau pâle pleine de taches de rousseur, capable d'imiter sur demande n'importe quel accent. Les auditions, c'est une chose. Auditionner pour des rôles dans des pièces et des films si mal écrits et d'une telle pauvreté d'invention qu'ils vous donnent la nausée, c'en est une autre. Je décidai d'écrire mes rôles moi-même et devins un artiste de scène, Phineas Q. Eldridge – un artiste impécunieux, je le crains. Mon bel ami Julius m'avait laissé tomber et j'avais chuté de la semi-splendeur d'un appartement à Chelsea au canapé de mon copain Dieter (une sorte de caniveau, découvris-je, avec des emballages de chewing-gum, des cure-dents, des moutons de poussière et des pièces de cinq cents entre les coussins).

Ce fut Ethan Lord qui vint à ma rescousse. Mon numéro au Pink Lagoon avait fait l'objet d'un article dans *Le Clairon néo-situationniste*, sans doute la publication la plus obscure de toute la ville de New York, mais Ethan et son ami Lenny s'intéressaient à des performances comme la mienne pour des raisons compréhensibles de quelques universitaires seulement. Ils n'approuvaient pas le capitalisme. C'était bien avant la débâcle de 2008, et faire du shopping constituait encore le passe-temps national. Bien entendu, ces deux subversifs n'appréciaient ni le plaisir de posséder un grille-pain flambant neuf, ni la douceur d'une écharpe en cachemire, ni ce qu'un soupçon d'un parfum extrêmement cher peut faire pour vous *psychologiquement*. C'étaient des *vintage boys* stricts, strictement occase et brocante. Question de principe, mais aussi perversité, de celle qui vient plus facilement aux riches qu'au reste d'entre nous. Ethan possédait un fonds de placement. Lenny n'en avait pas, mais je croyais savoir que ses parents lui envoyaient un chèque mensuel.

En dépit du fait qu'ils étaient hétéros, ces deux-là prônaient la théorie du genre, qui ne concernait pas seulement les homosexuels mais pouvait s'appliquer à toutes sortes d'individus et de choses. Il s'agissait "d'assouplir les catégories". J'étais tout à fait pour, bien sûr, et ils faisaient une paire convaincue et touchante. Avec ses lunettes rondes à monture d'acier, Lenny me faisait penser à un anarchiste des années 1930, et Ethan, avec ses grands yeux et ses cheveux sombres et bouclés, semblait cacher quelque part un sens de l'humour, même si je ne savais pas trop où. La première fois que je l'ai rencontré, il m'a expliqué que mon numéro "incarnait des perturbations de normativité". C'étaient des perturbations prélevées directement dans ma vie personnelle. Je jouais des versions de mes parents, que j'appelais Hester et Lester, et je jouais Letty sous le nom de Hetty, quand elle était une gamine impétueuse et quand, devenue adulte, sérieuse et ingénieur, elle me désapprouvait de m'être emparé pour le théâtre de notre histoire familiale, et je me jouais moi-même en petit garçon épileptique plein de sagesse, et aussi sœur Eleanor possédée par les langues étrangères, mais toujours avec une distance comique, et je faisais cela en costume, coupé en deux, noir et blanc, homme et femme – mais les garçons avaient raison : à la fin du spectacle, toutes les distinctions nettes entre une chose ou une autre étaient devenues floues.

Ethan voulut que je rencontre sa mère : bienfaitrice universelle des laissés pour compte. J'arrivais préapprouvé, parce que j'étais techniquement sans domicile et que le *Clairon* avait fait de H/Lester une "construction théorique", ce qui avait impressionné les neuf lecteurs du torchon, dont l'une était Harry en personne. Quelques jours avant ma première rencontre avec Mrs Burden, il y avait eu de l'orage à Red Hook Lodge. L'une des épaves recueillies par Harry, une certaine Linda Lee dont "l'art" consistait à s'infliger des coupures sur tout le corps et à prendre des photos des dégâts, s'était si bien entaillée dans le couloir de l'aile des artistes qu'on l'avait emmenée précipitamment à l'hôpital méthodiste, d'où, après l'avoir recousue, on l'envoya passer une semaine dans une clinique psychiatrique et, de là, chez sa mère à Montclair. Apparemment, Harry n'avait pas compris que les élans artistiques de cette fille supposaient du vrai sang. Ethan avait beau avoir la tête dans des formations de cumulus, il n'en évoquait pas moins la nécessité de "contrôler les élans charitables de sa mère avant que ne survienne un deuxième désastre". Il me dit aussi "qu'on avait assez d'un fou dans la maison" – allusion au Baromètre, que j'en suis venu à connaître et à tolérer.

Bref, c'est ainsi que j'ai assumé la fonction de maître de cérémonie à Red Hook Lodge. Harry n'avait pas fait attention. Je lui ai dit qu'elle ne pouvait pas héberger n'importe quelle racaille venue mendier à sa porte. Ce n'était pas ici une crèche pour touristes démunis, dingues, souillons et junkies, n'est-ce pas ? Il nous fallait des types authentiquement artistes, qui resteraient un certain temps et accompliraient quelques tâches. Le Baromètre avait déjà fait son trou, et Harry tenait au bonhomme, qu'elle croyait inoffensif, ce qu'il était, la plupart du temps, sauf qu'il ne se lavait pas. Ce fut Maisie qui le convainquit qu'une immersion hebdomadaire dans la baignoire avec une savonnette était le prix à payer pour ses appartements. Maisie était une sorte de spécialiste des gens cinglés, et elle est allée jusqu'à faire un film sur lui, intitulé *Le Corps météo*, qui a eu un prix à un festival de cinéma. Je découvris aussi que la clé de la porte d'entrée avait été copiée par une clique de garçons et filles sans logis qui allaient et venaient pendant la nuit. Je changeai la serrure.

J'occupai les aîtres de Linda Lee l'excommuniée et, après avoir affiché une pancarte disant AUCUNE CHAMBRE DISPONIBLE, je démarrai le processus officieux de candidature pour artistes nécessiteux. Je décidai qu'il y avait assez d'espace pour trois personnes vivant et travaillant dans l'immeuble en sus de Harry, et comme le Baromètre et moi étions déjà là, il nous restait de la place pour un résident. Notre choix se porta sur Eve, personnage flamboyant, née et éduquée dans l'Idaho, vingt-cinq ans et couturière virtuose. Elle emménagea avec sa Singer et cousit tout un cirque de créatures que, Harry et moi, nous trouvions tous les deux adorables. Eve ne resta pas longtemps. Ulysse, sculpteur dans la tradition minimaliste, vint ensuite, suivi de Delia (ma préférée), dont le travail consistait exclusivement en installations de vieilles chaussures. Je créai un minimum de règles et conventions : pas de détritus sur les lieux ; excès de bruit après vingt-trois heures strictement interdit ; objets d'amour bienvenus mais absolument aucune transaction commerciale sexuelle sur les lieux (ne pose plus problème, mais en tant que prohibition, nous a valu quelques fous rires) ; présence requise une fois tous les deux mois pour montrer ou discuter œuvre terminée ou en cours. Nous engageâmes une équipe de nettoyage hebdomadaire pour un récurage en tornade des deux étages du bâtiment, nous répartîmes quelques tâches domestiques, et la maison fut civilisée.

Mais vous aimeriez savoir comment ça s'est passé, l'histoire entre Harry et moi. Eh bien, ça n'a pas été rapide. Ça nous a pris en douceur. Nous louions des films, les dimanches après-midi, surtout des vieux que Harry n'avait jamais vus : les extravagances de Busby Berkeley, pour leurs images kaléidoscopiques : *Footlight Parade*, *Chercheuses d'or*, *42e Rue* ; quelques Rogers et Astaire ; et les vieux films réservés à des publics noirs : *Cabin in the Sky*, *Look-out Sister* et *Harlem Is Heaven*, avec le *jangler* – Bill Bojangles Robinson : "Everything's Copasetic", "Dark Cloud of Joy", né Luther Robinson à Richmond, Virginie, qui dansait sur ses pointes de pieds, rythmes précis, airs parfaits – et *Stormy Weather*, encore avec Robinson, une version romancée de sa vie, avec Fats Waller, Cab Calloway, Lena Horne et, "oh-mon-Dieu-c'est-incroyable-ce-qu'ils-dansent-bien" : les Nicholas Brothers. J'avais commencé à apprendre les claquettes quand j'avais quatre ans, et je pouvais épater Harry avec quelques *shuffle ball changes* et des frappes glissées, mais je n'ai jamais vraiment été bon. Lester fait un peu de *soft-shoe* dans mon numéro, et ça passe toujours assez bien. Harry appelait le film du dimanche "notre moment douillet" et elle aimait porter à cette occasion ce qu'elle qualifiait de "vêtements moelleux" ou de "quasi-pyjamas" et griller du pop-corn. Alors nous nous affalions et paressions devant l'écran. Nous n'étions pas toujours seuls. D'autres membres de la communauté se joignaient à nous de temps en temps, Bruno, Eve ou le Baromètre, qui faisait des va-et-vient ou apportait son carnet de croquis sur le canapé et dessinait.

Je ne me rappelle pas exactement quand a commencé la gestation de notre projet mais, un samedi où j'étais venu voir Harry dans son atelier, j'ai remarqué qu'elle avait peint suffocation en lettres géantes sur le mur. "J'y pense, m'a-t-elle dit, comme thème." Là-dessus elle a changé de sujet, c'est du moins ce que j'ai pensé sur le moment. Je crois maintenant que c'était le même sujet, pas une transition, parce que c'était une histoire à propos de son père. Elle m'a parlé de sa première exposition à New York, quand elle avait une trentaine d'années. Ses parents étaient venus au vernissage. Sa mère était gentille, fière, prodigue en félicitations. Son père était resté silencieux mais, juste avant de partir, il lui avait dit : "Ça ne ressemble pas à grand-chose de ce qu'on peut voir, n'est-ce pas ?"

Je lui ai demandé ce qu'il avait voulu dire. Elle a répondu qu'elle ne savait pas vraiment. Je lui ai demandé ce qu'elle avait répliqué, et elle a dit : "Rien."

Il l'avait réduite au silence.

Ce type n'était pas un quelconque balourd sans culture ; l'art l'intéressait. Frank Stella le faisait rêver, m'a-t-elle dit. "Pas très chaleureux, tu ne trouves pas ? remarquai-je. Je veux dire que c'est un truc glacial à dire à sa propre fille."

"C'est aussi l'avis du Dr F."

Je lui dis qu'un diplôme de médecine n'était pas nécessaire pour voir que le froid est froid.

Harry parut au bord des larmes.

Je prétendis que j'étais désolé, mais ce n'était pas vrai.

Harry m'a raconté plein d'histoires sur ce type, et mon opinion en la matière, c'est que son paternel, quand il était au nombre des vivants, avait un problème à la fois avec ce que Harry était et avec ce qu'elle faisait. Être et faire : les grandes questions. L'œuvre de Harry était chaude – je ne veux pas dire chauffée électriquement – je veux dire passionnée, sexuée, effrayante. Son père était un cul serré qui aimait les systèmes nets et fermés : le monde en bocal. Qu'aurait-il pu faire des créations de sa fille ? Il ne les aurait pas aimées, quel qu'en soit l'auteur. Je ne reproche pas à Harry d'avoir essayé, cependant. N'avais-je pas passé toute ma chienne de vie à inventer des histoires à propos de mon propre père, ce héros, à l'aimer et à le haïr ? Et quand Darryl s'est amené avec ses grands sourires et ses souliers vernis pour faire la cour à maman, n'avais-je pas souhaité qu'il disparaisse purement et simplement ou bien qu'il tombe raide mort ?

Notre collaboration a commencé parce que Harry voulait une façade phallique. Je lui dis qu'elle ferait mieux d'y réfléchir à deux fois avant d'embaucher un Noir efféminé, mais mon statut de membre non d'une mais de deux minorités ne la décourageait pas. Elle voulait des scènes de suffocation, m'expliqua-t-elle, des scènes métaphoriques, pas des coussins sur des visages, mais un théâtre de chambres dans lesquelles le spectateur devait entrer, et elle voulait que je l'aide à le construire. N'avais-je pas vécu la plus grande partie de ma vie dans la peau d'un gay ? N'avais-je pas changé de nom en 1985 pour célébrer mon deuxième avatar ? N'avais-je pas connu avant cela la sensation d'être suffoqué, que le Saint-Esprit s'en soit mêlé ou non ? Ne vivions-nous pas dans un pays perverti par le racisme ? N'étais-je pas un Noir, même si je n'étais guère plus sombre que Harry ? Les gens me traitaient tout de même de "Noir", pas vrai ? Qu'est-ce que la couleur de peau avait à voir là-dedans ? Sa mère était juive, elle était donc juive. L'antisémitisme, elle connaissait. Le milieu protestant de ses grands-parents avait été atteint de cette maladie-là. Et *quid* du sexisme ? Depuis combien d'années les femmes avaient-elles le droit de vote ? Même pas un siècle ! Ne jouais-je pas un homme et une femme, un Blanc et une Noire en un seul corps ? (Harry se pâmait devant Hester et Lester, surtout Hester, l'épouse hennissante et sermonneuse de Lester le-beaucoup-plus-taiseux.) Ne nous comprenions-nous pas, tous les deux ? N'étions-nous pas pareils à bien des titres ? (Que Harry s'identifie à moi pouvait paraître extravagant aux yeux de bien des gens, mais elle était sincère.) Elle ne fonctionnait pas selon les modes conventionnels de division du monde – Noir/Blanc, masculin/féminin, homo/hétéro, anormal/normal –, aucune de ces démarcations ne lui paraissait convaincante. C'étaient des définitions imposées, des catégories impuissantes à reconnaître cette pagaille que nous sommes, nous autres les humains. “Réductionnisme !” Elle criait ça régulièrement. Son fils tenait d'elle. Ni l'un ni l'autre n'aimaient ce qu'ils voyaient devant eux dans le vaste monde – les idées reçues étaient pour les cancres et les péquenots – et pourtant il y avait de la tension entre eux : ils se *hérissaient*, c'est le mot. Maisie était la pacificatrice, la bonne pâte qui agitait le drapeau blanc.

Revenons aux *Chambres de suffocation* : je suis fier de ce que je leur ai apporté, mes trucs et astuces à moi, mais leur auteur, c'était Harry. C'était son idée que le spectateur rétrécisse chaque fois qu'il (ou elle) ouvrait une porte et entrait dans une nouvelle chambre. Les chambres étaient presque identiques : le même mobilier sinistre – une table et deux chaises en vinyle –, le même couvert de petit-déjeuner disposé sur la table, le même papier peint consistant en l'écriture de Harry et la mienne, avec quelques griffonnages (j'avais ici pleine liberté d'inscrire tous mes messages secrets), et les deux mêmes métamorphes dans chacune des chambres. Au commencement du voyage, le mobilier était à l'échelle d'un adulte de taille moyenne – nous avions opté pour un mètre soixante-dix – mais dans chacune des chambres consécutives, la table et les chaises, les tasses, les assiettes, les bols et les cuillers, et les écritures sur les murs devenaient plus grands, de telle sorte que lorsqu'on arrivait à la septième chambre, on était réduit, en proportion du mobilier, à la taille d'un enfant de deux ans. Les métamorphes aux molles entrailles de bourre grandissaient, eux aussi, et devenaient de plus en plus chauds. Dans la septième chambre, on se serait cru dans un sauna finlandais. Après en avoir discuté, nous avions décidé que l'unique fenêtre à deux battants de chaque chambre devait être un miroir – plus claustrophobique ainsi.

Et puis il y avait "la boîte". Contrairement à tous les autres objets dans les chambres, la boîte ne grandissait pas ; elle gardait la même taille. Harry avait découvert une vieille malle en bois avec un couvercle et une serrure et en fit fabriquer six autres par un artisan de Brooklyn. Elle se montra tatillonne en diable et en renvoya une cinq fois avant de la trouver suffisamment "lamentable".

C'est moi qui fus le petit génie derrière les changements de couleurs. Je pensai que la palette de chaque chambre ainsi que de ses deux personnages devait devenir un peu plus sombre – passant d'un blanc cassé à un caramel brunâtre. Et nous décidâmes de vieillir les chambres. Chacune devait paraître un peu plus ancienne et plus fatiguée que la précédente, avec des meubles un peu plus déglingués, et nous avons donc orchestré des taches, gratté et déchiré le papier peint, jusqu'à ce qu'arrivé à la dernière chambre, on se trouve dans un salon cuisine sale, en désordre et délabré. Le temps devait s'en prendre aussi aux créatures et, par conséquent, Harry leur rida le front, leur affaissa les mâchoires et leur pinça le cou.

Nous avons pris un plaisir extrême à jouer l'équipe de démolition. Je me souviens avec affection de notre numéro. "Passe-moi le couteau, P., vieille branche", disait-elle. Je m'inclinais poliment devant elle et présentais l'arme. Elle me rendait mon salut et puis transperçait le siège en vinyle d'une des grandes chaises. Je la congratulais : "Bien joué, H., mon petit vieux." Et elle : "À toi. Une touche de saleté, P., mon pote, devrait faire l'affaire." Et je barbouillais un mur ou une table d'une boue que nous avions préparée. Nous étions, Harry et moi, les deux stars de notre vieux film parlant à nous, un duo de comédie, P. et H. Nous nous amusions de pH, le signe de notre bonne intelligence et de notre camaraderie.

pH : mesure de l'acidité ou de l'alcalinité d'une solution. Nous disions volontiers que nous penchions vers l'acide. pH = - log. [H +] : la mesure logarithmique de la concentration en ions d'hydrogène telle que l'a définie le biochimiste danois Søren Sørensen. Les "logoblagues" volaient en nombre, notamment que log. était l'abréviation de ce que nous produisions : de la logorrhée. Nous étions les deux moitiés du Ph de PhD* : Ph comme *Philosophiae* et D comme dans *Daddy*, et dans défunt. Nous inventions aussitôt d'autres jeux d'initiales : paillard hoquetant – laissez libre cours à votre imagination –, putain habile, pine hurleuse, pulsion horrifique, et cetera, et cetera, et cetera. Parfois, nous travaillions en costumes, comme deux hommes, deux femmes, un homme et une femme, ou le contraire. Le gros poète prit une photo de nous en travesti, mais je ne crois pas que ça lui plaisait. Il aimait que sa bonne amie soit sa bonne amie. Bruno a un côté macho. Quoi qu'il en soit, Harry et moi faisions le couple de travestis parfait. La grande Harry et le brave petit moi.

Un jour, pendant que nous travaillions aux chambres, elle déposa le tournevis qu'elle avait en main et me regarda de son air sérieux. "Tu sais, P., mon très cher, dit-elle, j'aime jouer avec toi. J'ai l'impression d'avoir trouvé le vrai camarade de jeu que je souhaitais il y a toutes ces années, quand j'étais gosse, pas imaginaire mais réel. Je n'ai jamais vraiment eu personne avant l'arrivée de Rachel. Tu es comme l'ami dont je rêvais en ce temps-là, un rêve réalisé."

Il n'est pas dans ma nature de m'attendrir, je la remballai donc d'une pirouette, et elle rit. Mais, seul dans mon lit, je me suis rappelé ses mots, et je me rappelais Devereaux Lewis, une main sur ma tête et un genou dans mon dos, en train de m'enfoncer la figure dans la terre en grondant : *tantouze – tapette – gonzesse*. Et Letty, après, me dévisageant de ses grands yeux pleins de larmes. J'aurais dû lui écraser la tête, à Devereaux, mais j'étais trop noble et trop peureux. Et ensuite je me suis revu, dans mon lit, en train de me branler en pensant aux garçons dont je rêvais dans ma tête, et la culpabilité devant Dieu, et la solitude. Harry en avait été une, elle aussi, pas une homo, juste une gosse solitaire. Elle avait aimé sa mère et j'aimais toujours la mienne – nonobstant les conflits. Au moins, elle avait connu son père. Le mien était un personnage imaginaire, une série de données que je battais comme un jeu de cartes. Garçon blanc, orphelin à dix ans, pupille de l'État ; bons résultats, licence de comptabilité ; tombe amoureux de maman, ambitieuse élève infirmière, l'épouse, divorce, meurt.

La boîte devait s'ouvrir, s'ouvrir très lentement, un petit peu plus dans chaque chambre. Nous allions découvrir par la suite que la majorité de nos visiteurs ne remarquait même pas le changement avant, en moyenne, la quatrième chambre. Harry savait qu'il devait y avoir un corps dedans, un être s'efforçant d'en sortir. Son "émergence" n'allait pas sans humour, mais c'était un humour sombre. Nous l'appelions "ça", "le démon" et "l'enfant affamé". Harry dessinait sans relâche, s'efforçant de trouver son visage, son corps, son aspect. Les métamorphes étaient de gros machins bosselés à l'air niais, assis à leurs tables dans les sept chambres sans modification notable de leur position, mais le petit être, selon Harry, devait venir "d'un autre plan de l'existence". De la cire. Elle se décida pour de la cire d'abeille. L'inspiration lui venait, disait-elle, de plusieurs sources : les étranges sculptures anatomiques en cire du musée de La Specola, à Florence, datant du XVIIIe siècle, avec leurs corps écorchés et ouverts exposant systèmes et organes ; le Sacro Monte, au-dessus de Varallo, avec ses personnages plus vrais que nature ; et les images de fantômes japonaises. Parce qu'elle ne voulait pas que son personnage ressemble à un extraterrestre dans un quelconque film de science-fiction des années 1950, le modèle devint de plus en plus réaliste : maigre, d'une transparence vaguement inquiétante (foie, cœur, estomac et intestins à peine visibles), hermaphrodite (petits seins en boutons et pénis encore en devenir), cheveux humains roux et frisés. La créature est d'une beauté étrange et quand on le/la voit dans la septième chambre, hors de la boîte, debout sur un tabouret et regardant par la fenêtre, ou plutôt le miroir, on ne peut qu'être touché, quelque part. Les métamorphes, qui à ce stade sont vraiment grands, ont fini par remarquer que ce personnage a surgi et ont tourné la tête pour voir ça.

Qu'est-ce que cela signifie ? C'est ce qu'on me demandait quand les chambres ont été exposées. Ça signifie ce que vous ressentez, disais-je. Ça signifie ce que vous pensez que ça signifie. Je la jouais cryptique. Je portais un masque, pas littéralement, mais un de mes masques d'acteur, un rôle. C'était un grand rôle, parce qu'il me mêlait à Harry. J'ai même adopté certains de ses gestes pour mon petit tour dans le *theatrum mundi*. Quand Harry se mettait à philosopher, elle agitait les mains et, parfois, serrait le poing droit et cognait en l'air pour renforcer sa thèse. Avec quelques gestes empruntés à Harry, un accent modifié, moins virginien, et une personnalité, dans l'ensemble, plus mec, P. Q. Eldridge a fait son entrée dans le monde de l'art.

Harry savait quelles bottes lécher. Elle savait où aller et où m'envoyer. Elle me présentait aux gens utiles lors des réceptions “artistiques”, des galeristes, des collectionneurs et des critiques, auxquels je faisais du charme et la conversation, et je m'appropriai ses relations. Ce n'est pas un "joli" monde, mais il faut bien le dire, aucun monde ne l'est. J'ai effectivement rencontré quelques artistes que je vois encore, des gens qui sont devenus des amis mais, dans l'ensemble, ce spectacle me portait à penser que le Français Honoré de Balzac avait vu juste : la douteuse comédie humaine. Illusion sur illusion, sur illusion. Tout n'était que noms et argent, argent et noms, encore de l'argent et encore des noms.

J'ai rencontré Oswald Case, aujourd'hui l'auteur du sensationnel thriller biopique, *Martyr pour l'art*, à plusieurs vernissages ; un petit bonhomme, pauvre type, pas vraiment un nain mais il culminait à un mètre cinquante-cinq, à mon avis. Pénétré de son importance. Nœud papillon. Chaque fois que je le voyais, il me parlait de Yale, Yale par-ci et Yale par-là. Et des stars de cinéma. Steve Martin. Il connaissait Steve Martin ; quel œil il a, tellement sûr. *Il possède un Hopper, le saviez-vous ? Non, je ne savais pas. Le prix ? Des millions.* (J'ai oublié combien de millions.)

Oui, il y a des années que nous collectionnons, mon mari et moi, m'apprit une femme en tailleur Chanel. *Nous venons d'acheter un Kara Walker*. (L'idée, ici : parler d'artiste noire à autre artiste noir.) *Son œuvre est TELLEment puissante, vous ne trouvez pas ? Si*, dis-je, *je trouve aussi. Nous sommes éclectiques, voyez-vous*, dit-elle, avant que sa tête ne pivote en direction d'une relation à l'autre bout de la pièce, et qu'elle ne l'interpelle : *David, très cher ! Excusez-moi, je vois un ami, TELLEment ravie de notre conversation.*

Et ainsi de suite. Je m'amusais, je m'ennuyais. Pour Harry, c'était plus compliqué.

Il était vrai qu'on ne voulait pas de Harry l'artiste. Je commençais à voir cela de près. Elle n'était plus d'actualité, si tant est qu'elle l'eût jamais été. Elle était la veuve de Felix Lord. Tout cela jouait contre elle et, en outre, Harry faisait peur. Elle savait trop de choses, elle avait lu trop de bouquins, elle était trop grande, elle détestait à peu près tout ce qu'on écrivait sur l'art, et elle corrigeait les erreurs des gens. Harry m'a raconté qu'autrefois, elle ne les rectifiait jamais. Pendant des années, elle s'était tenue coite, écoutant sans mot dire les gens qui confondaient références, dates et noms d'artistes, mais désormais elle en avait assez. Elle disait qu'elle avait été libérée par le Dr F., un personnage auquel je commençai à penser comme à un homme invisible derrière Harry. Elle croyait aux permissions de l'homme invisible. Elle se permettait maintenant de dire ce qu'elle avait tu auparavant : *Je crois que vous voulez dire un tel*, suggérait-elle, et on lui lançait inévitablement ce regard "Et vous, qui êtes-vous ?" Certains réagissaient, lui disaient qu'elle se trompait – et alors c'était la bataille. Harry ne reculait plus.

Mais le statut de Harriet Burden s'élevait, cependant, pas en tant qu'artiste mais en tant que participante au grand jeu new-yorkais de qui-est-quelqu'un-et-qui-n'est-personne. Elle s'était dérobée à tout cela depuis la mort de Felix Lord, évitant les qui et les quoi, les ducs et duchesses cousus d'or et les bouseux aux goûts acquis. Désormais, elle y avait repris place, non plus comme "l'hôtesse par alliance" de Felix Lord (l'expression est de Harry) mais en son propre nom. Les qui et les quoi appréciaient Harry en promotrice, ils l'appréciaient en mentor fortuné de jeunes artistes talentueux, et en tant que collectionneuse. (Nul ne savait que sa première "découverte", Anton Tish, s'était tiré. On le croyait en train de travailler dur en vue d'une prochaine exposition.) Harry jouait le jeu. Elle revêtait son propre masque et, dès lors, elle tenait mieux son rôle, avec plus d'assurance. Elle s'en trouvait bien. En fait, elle était plus sincère. "J'ai trouvé cet article complètement inepte", déclara-t-elle à une femme qui avait soigneusement marqué à l'aide de post-it les pages de son exemplaire d'*Art Assembly*. Et elle se mit à acheter de l'art, surtout des œuvres de femmes. C'est magnifique, dit-elle d'une toile de Margaret Bowland, et c'est une affaire.

"Des chapeaux, Harry", lui dis-je un dimanche après-midi, à la "loge".

"Des chapeaux ?"

"C'est ce qu'il te faut." Je lui expliquai qu'elle devrait toujours faire son entrée coiffée d'un chapeau. Elle fit mauvais accueil à cette suggestion, trop prétentieuse, absurde, mais alors je lui en achetai un, un feutre couleur taupe, et c'était *wunderbar*, comme disait volontiers Dieter, et c'est ainsi que naquit la signature H. B. Elle finit par aimer le couvre-chef. "Il dissimule mon esprit peu sympathique, disait-elle, toutes ces idées désagréables dont personne n'a envie de m'entendre parler."

Mais, voyez-vous, Harry était libre de commenter sa propre création comme si c'était la mienne, et elle savait exactement quoi dire. Elle ne se mettait pas en avant, après tout. Elle parlait pour P. Q. Eldridge, ce performeur "extrêmement intéressant" qui s'était tourné vers un autre moyen d'expression. "Il compose des histoires mystérieuses, disait-elle en souriant, des élaborations visuelles de ce qu'il fait sur scène." Et elle pouvait donner un coup de pouce à Ethan. "Vous devriez lire l'article consacré au numéro de Phinny dans *Le Clairon néo-situationniste* : la construction culturelle de la race et du genre, et l'ambiguïté en tant qu'ultime subversion ; c'est fascinant."

Avec le temps, nous avons fait d'autres choses, dont certaines étaient de réelles collaborations. Nous avons conçu des chambres plus petites avec, dedans, des personnages minuscules et d'autres un peu plus grands. Aucune ne racontait clairement une histoire. Elles étaient toutes aussi troubles que les rêves. J'en ai inventé une, intitulée *Armes et entre-seins*, pour une chambre d'environ un mètre de côté. Nous avons utilisé des bribes d'images de kung-fu, de *blaxploitation** et de vieux westerns. Ajouté quelques extraits de films roses japonais et des plans fixes de Russ Meyer pour couvrir les murs, le sol et le plafond. Blancs, noirs ou jaunes, des nichons, des culs et des armes à feu alimentent les films. BANG, BANG, PAF, CRAC, BOUM, CRASH. Je découpais les images pour les réduire à l'essentiel – six-coups crachant leur feu, armes automatiques blotties comme des bébés dans des bras virils aux biceps bourgeonnants, l'entre-seins d'Elizabeth Taylor dans *Cléopâtre*, mais aussi les nénés et les fesses améliorés de starlettes. Certains des fragments étaient coupés si menu qu'ils en devenaient abstraits. Deux petits enfants bruns en pyjama avec pieds sont couchés sur le sol de ce cabaret érotique sexe & violence ; tous deux se protègent le bas-ventre de leurs mains. (Me faisaient penser à moi et Letty.)

La Maison bandée fut une autre collaboration. Nous avions pris une petite maison toute de guingois garnie de meubles misérables que Harry avait construite et recouverte, intérieur et extérieur, de gaze blanche déchirée, à travers laquelle on pouvait voir sur les murs, les planchers et le toit des décolorations et des marques évoquant des ecchymoses, des écorchures, des blessures et des cicatrices. Au début, nous y avions mis des petits personnages *farblondzhet**, mais nous les enlevâmes. La maison devait être vide.

D'innombrables cocktails et vernissages plus tard, nous obtînmes une exposition à la galerie Alex Begley. Une fois exposées, c'est à travers moi que furent lues *Les Chambres de suffocation* : P. Q. Eldridge explorait son identité dans son art. Les jeunes Blancs, les Anton Tish de ce monde, n'ont pas besoin d'explorer leur identité, bien entendu. Qu'auraient-ils à explorer ? Ils sont l'entité neutre universelle, les humains sans trait d'union. Moi j'étais plutôt un trait d'union à moi tout seul.

Il y eut une autre lecture, toutefois. L'exposition avait été montée au printemps suivant l'attentat à New York, et le petit mutant qui sourdait de la boîte avait l'expression hantée d'un survivant ravagé ou d'un être nouveau, né du naufrage. Peu importait que l'œuvre eût été achevée bien avant le 11 Septembre. La chaleur de plus en plus intense dans les chambres contribuait à cette interprétation ; la dernière chambre, torride, semblait menaçante. En même temps, mon début dans le monde de l'art fut une victime insignifiante de l'effondrement des tours. Il y eut quelques articles, surtout de bonnes critiques, mais l'exposition fut probablement plus marginale encore qu'elle n'aurait pu l'être. Lorsque enfin les chambres reçurent une véritable reconnaissance, il était trop tard pour Harry.

Mais, à l'époque, elle observait tout cela. Elle me raconta qu'Anton l'avait appelée sa fée marraine, et c'est ce qu'elle était pour moi aussi, je suppose. Debout dans un coin, coiffée de son chapeau, elle regardait se déployer devant elle le spectacle qu'elle avait conçu. Une femme blanche à demi juive était devenue un artiste mâle, noir et gay, objet d'une certaine attention, cause d'un léger émoi dans les milieux sophistiqués, noirs et/ou homos, ou les deux, mais aussi chez les Blancs hétérosexuels. Sans ceux-ci, on se retrouve dans un ghetto, un ghetto artistique mais, néanmoins, un ghetto. Je ne renonçai pas à mon emploi en tant que H/Lester, mais je cessai de travailler cinq jours par semaine pour me limiter à trois. Le public du spectacle était devenu plus nombreux parce que des gens du monde de l'art avaient commencé à s'amener pour assister au duo des duellistes querelleurs et danseurs. Tout ça, c'est la foire aux vanités.

Personne ne le vit alors, mais Harry et moi avions raconté toute notre histoire sur le papier peint des *Chambres de suffocation*. Au récit de P. Q. dans le rôle du masque de Harry, nous avions mêlé de l'écriture automatique, des griffonnages, des petits dessins sans objet et quelques effets de palimpseste – en écrivant par-dessus ce que nous avions écrit – mais tout est là. Non lu pendant des années. “Phineas Q. Eldridge est en réalité Harriet

Burden" figurait sur les murs en plusieurs endroits. P. Q. E. = H. B. Harriet qualifiait le phénomène de "cécité inattentionnelle". Elle lisait de nombreux articles scientifiques, mais ce que cela signifiait était simple : les gens ne voient pas ce qu'ils ont juste sous les yeux s'ils n'y font pas attention. C'est comme cela que fonctionne la magie : les tours de prestidigitation, par exemple. Harry était prête à se confier au monde, mais personne n'était prêt à l'entendre.

Un soir, je l'entendis pleurer. Bruno et elle étaient dans sa chambre, mais ses sanglots étaient bruyants. Et puis je l'entendis lui, ses chut, chut, tout va bien. L'expérience ne plaisait pas du tout à Bruno. Ils se livraient des pugilats verbaux à ce sujet. Mais je n'étais pas d'accord. Je n'étais pas expert en art, alors, et je ne le suis pas aujourd'hui, mais je défends notre comédie, si vous voulez l'appeler comme ça. Pour qu'on la voie vraiment, Harry devait être invisible. C'est Harry qui sourd de cette boîte : ce petit être mi-fille, mi-garçon, à la peau si fine, une petite Harriet-Harry. Je le savais. C'est un autoportrait.

Pourquoi certaines œuvres d'art déclenchent un tel foin, c'est une énigme. D'abord, l'idée se répand comme un rhume et puis des gens y consacrent de l'argent. Le-mien-est-plus-gros-que-le-tien, ça compte beaucoup entre collectionneurs dans ce monde-là, peut-être dans tous les mondes. Je n'ai pas connu Rune – cet artiste qui-n'a-qu'un-prénom –, qui a accepté d'être le troisième pseudonyme de Harry. La première fois que j'ai vu le *pin-up boy* du monde de l'art, c'était à la galerie Reim. Je crois que c'est là aussi que Harry a fait sa connaissance, sauf que j'ai entendu plusieurs versions de leur première rencontre et que je pourrais me tromper. J'avais lu un article sur lui à la page 6 du *Post** et je savais qu'il avait fait fort, mais je n'avais vu de lui que ses croix. Il les fabriquait comme à la chaîne. Elles ressemblaient au sigle de la Croix-Rouge, mais étaient de toutes les couleurs, peintes à plat, à l'acrylique. Une jaune s'était vendue une fortune parce qu'il n'en avait fait qu'une. On peut dire ce qu'on veut à propos d'une chose aussi simple, la monter aux nues ou la démolir, mais Rune avait promu le symbole chrétien au rang d'icône pop, une valeur de plus sur le marché de l'art. Les membres de la congrégation pentecôtiste, chez nous, à Calgary, auraient crié au blasphème, mais il est peu vraisemblable qu'ils aient jamais entendu parler de la peinture de Rune. La renommée est un terme relatif.

Rune avait ce *quelque chose*. Quoi que ce soit, c'est quelque chose que vous pouvez sentir dans une pièce, une verve animale, une séduction où entre un peu de sexualité, mais ce n'est pas une sexualité personnelle. Il ne séduisait personne. Il séduisait tout le monde, et c'est très différent. Je suis un spécialiste de la présentation personnelle, et il est formidablement important de paraître détaché, sinon indifférent aux opinions d'autrui. Le moindre soupçon de désespoir est laid et, cela, nous devons l'éviter à tout prix. La détresse absorbe l'énergie de celui qui l'éprouve et de tous ceux qui sont obligés d'en être témoins, et alors nous nous retrouvons tous embourbés. Le désir fonctionne au mieux lorsqu'il a pour objet un beau vide – les garçons et filles dans lesquels nous investissons tous nos pathétiques espoirs de bonheur. À bien des titres, Rune était un candidat parfait pour Harry. Il arrivait avec une aura toute faite, cette qualité mystérieuse qui nous corrompt les yeux au point que nous ne pouvons plus dire ce que nous regardons. L'empereur est-il nu ou suis-je fou ? Les uns détestaient ce que faisait Rune et les autres l'adoraient, mais nul ne contestait sa capacité de s'imposer. Je ne sais pas comment Harry l'a persuadé de devenir une "façade". Il possédait tous les signes du succès, un appartement vaste comme un palais à Greenwich Street, une maison dans les Hamptons, et des légions de femmes couraient des marathons derrière lui. Peut-être qu'il s'ennuyait. Peut-être lui est-il arrivé quelque chose, après le 11 Septembre, qui lui a donné le désir de ce qu'avait Harry : sa passion, son sérieux, son aptitude à la joie. Je ne sais pas.

J'ai un souvenir précis de Harry et Rune, têtes rapprochées dans la galerie, en conversation. Ils faisaient à peu près la même taille. Je l'étudiais de derrière : cheveux blonds et courts, épaules et haut du dos larges, hanches étroites et un petit postérieur dur et un peu plat, de longues jambes en jean, des bottes noires à talons. Et quand je les contournai pour voir son visage, je remarquai qu'il avait quelques rides autour des yeux, plus si jeune que ça, mais beau, photogénique. Une belle jeune femme l'accompagnait. Tous deux avaient plus l'air de stars de cinéma que les stars de cinéma quand on les voit pour de bon. Elle avait cet éclat lisse qui vient de la certitude que tout le monde vous regarde tout le temps, la pose prise pour une caméra inexistante.

De quoi avaient-ils parlé ? Dans le taxi qui nous ramenait à Red Hook, Harry dit que leur grand sujet avait été Bill Wechsler. Harry adorait l'œuvre de Wechsler. Elle le considérait comme une influence, bien qu'il fût né après elle. Il était mort subitement quelques mois plus tôt. Je me souviens qu'elle m'a tenu la main dans le taxi et l'a embrassée plusieurs fois dans un élan d'affection soudaine, en disant "Phinny, cher Phinny". Et puis, une fois rentrés, nous avons traînaillé en prenant un cognac, et nous sommes grisés. Harry m'a confié qu'elle trouvait les croix de Rune ennuyeuses, mais que certains de ses travaux antérieurs lui plaisaient, les vidéos de chirurgie plastique, qui étaient authentiquement terrifiantes. Elle allait peut-être en acheter une – un bon investissement. Si ça ne tenait pas, elle pouvait toujours s'y retrouver en le vendant à un collectionneur avide, attiré par le nom.

Après m'avoir bécoté dans le taxi, Harry se hérissa, devint aigre et irritable. Elle avait trop bu, et je sentais monter en elle l'apitoiement sur son sort au fur et à mesure qu'elle énumérait les noms d'artistes femmes ignorées, écartées ou oubliées. Relevée d'un bond du canapé, elle arpentait la pièce à grands pas pesants. Artemisia Gentileschi, traitée avec mépris par la postérité, son œuvre majeure attribuée à son père. Judith Leyster, admirée en son temps et puis effacée. Son œuvre passée à Frans Hals. La réputation de Camille Claudel engloutie par celle de Rodin. L'erreur suprême de Dora Maar : coucher avec Picasso, erreur qui a oblitéré ses splendides photographies surréalistes. Pères, maîtres et amants *suffoquent* les réputations des femmes. Ces quatre-là sont celles dont je me souviens. Harry en détenait une réserve inépuisable. *Avec les femmes*, disait-elle, *c'est toujours personnel, amour et saloperies, qui elles baisent.* Et, thème de prédilection de Harry, femmes traitées comme des enfants par des critiques paternalistes, qui les appellent par leurs prénoms : Artemisia, Judith, Camille, Dora.

Je croisai les jambes, lançai à Harry un regard réprobateur et me mis à siffloter. Ce n'était pas la première fois que je réagissais de cette façon. “Je ne suis pas l'ennemi, dis-je. Ne m'oublie pas, moi, Phineas Q. le féministe, ton ami et allié, homme noir et gay ou homme gay et noir descendant d'*esclaves*, d'où nom d'origine : Whittier ? Tu te rappelles peut-être que les Noirs étaient à la fois féminisés et infantilisés par le racisme, corps noirs et continents noirs, ma douce amie. Des *ladies* blanches de vingt ans appelaient *boys* des hommes de soixante-dix ans.”

Harry se rassit. Assorti de quelques petites piques, le sifflotement la stoppait généralement. Elle me regarda de son air “oh-Phinny-je-me-suis-emportée-et-j'ai-honte-mais-je-tiens-toujours-férocement-à-mon-opinion”. Beaucoup plus tard, en repensant à cette soirée, je distinguai d'autres ironies encore. Puisque Harry savait que l'histoire de l'art avait constamment noyé les réputations de femmes artistes en attribuant leur œuvre au père, au mari ou au mentor, elle aurait dû savoir aussi qu'emprunter un grand nom tel que Rune pourrait mal finir pour elle. Et pourtant, ce que Harry tenait pour acquis, c'était qu'elle circulait en tant que collectionneuse dans des cercles où fortune et célébrité se mêlaient, des cercles blancs à l'exception d'un rare visage noir ou brun. Je le sais parce que j'ai été ce visage.

Rune était intelligent et il avait du talent, mais je doute qu'on puisse réellement distinguer talent et réputation si l'on va au fond des choses. La célébrité opère son propre miracle et, après un certain temps, elle met l'art en lumière. La mort de cet homme m'inspire de la curiosité, mais je soupçonne qu'il était de ces gens qui ne sont jamais satisfaits de ce qu'ils ressentent et que, à un moment donné, il a eu besoin de se pousser au bout de l'extrême pour recevoir de la vie un quelconque élan. Je ne sais pas vraiment ce qui s'est passé entre lui et Harry. Je sais qu'elle avait de l'affection pour lui. Je sais qu'il la fascinait. Mais j'étais tombé amoureux de Marcelo et j'avais déménagé quand les choses ont mal tourné. Tous les commérages, tous les mensonges et affectations qui tourbillonnaient comme de la fumée autour de cette histoire m'ont donné la nausée. Il y avait assez de douleur en circulation.

Un bref sujet de chirurgie plastique apparut chez Harry quelques mois plus tard. La plus grande partie de "la collection" que Felix Lord avait accumulée se trouvait entreposée, mais Harry fit monter l'écran-vidéo de Rune sur un mur à l'étage et nous pûmes tous voir le petit film de l'artiste intitulé *Le Nouveau Moi*. Cela commençait par de multiples versions de pub "avant et après", y compris les vieux dessins d'une mauviette efflanquée, sur la plage, transformée en M. Muscles. On voyait le gras, l'affaissé, le bosselé et le croulant transformé en svelte, ferme, lisse et dressé. Rune incluait toutefois le "pendant" aussi – des films de chirurgie faciale avec gazes sanguinolentes, lames tranchant des joues, peau crevée, ainsi que de courts extraits d'une vidéo didactique dans laquelle une rangée de médecins praticiens se penchaient sur des têtes coupées à des cadavres. L'ambiance du film était celle d'une vidéo musicale mais il se déroulait en silence, avec des coupures rapides et des montages subtils juxtaposant l'abominable et le ravissant. Au bout de cinq minutes, les transformations devenaient fantastiques, voyage visuel de science-fiction avec des fragments animés de moulages aérographiés de corps splendides de robots. Rune en personne y figurait un peu partout en de brefs plans fixes, gros plans et plans éloignés, les uns flatteurs, d'autres non.

J'aimais bien.

Lorsqu'il le vit, Ethan dit à sa mère qu'un tel travail était un effet secondaire de la culture de la célébrité. Il qualifiait cela de "vie à la troisième personne", une expression qui me plut. Il disait que c'était ce que les gens souhaitent, perdre leurs entrailles et n'être plus que surfaces. Il dit à Harry qu'elle avait gaspillé son argent. Elle aurait pu faire un chèque pour les sans-abri. (Nous pouvions toujours le donner aux sans-abri ou à la recherche sur l'environnement ou la maladie.) Harry défendait Rune. Ethan déclara que c'était une flagornerie merdique destinée à la classe imbécile. Il n'élevait pas la voix mais argumentait avec fermeté. Il me rappelait mon héros Levolor, ce pieux croisé adolescent, bringuebalant sur son grand cheval. Le puritanisme particulier d'Ethan avait une coloration de gauche, mais cela ne l'adoucissait nullement. Harry marmonna que ce n'était pas grave qu'elle et lui ne soient pas d'accord, mais sa voix s'était enrouée. Elle tendit vers lui ses longs doigts mais hésita comme ils approchaient de son épaule. Il fit un pas en arrière et laissa échapper : "Felix aurait détesté."

Harry tressaillit. Ensuite elle ferma les yeux, inspira fort par le nez et sa bouche s'élargit, se serra, prête aux larmes, qui ne vinrent pas. Elle hochait la tête en essayant de garder un visage impassible. Elle se posa les doigts sur la bouche et continua à hocher la tête. J'aurais voulu disparaître dans un nuage de fumée pourpre. Ethan avait l'air paralysé. Dis quelque chose, pensais-je, allons, dis quelque chose. Il restait muet, mais avait rougi jusqu'aux oreilles et ses yeux avaient perdu leur acuité. Peu après, Ethan s'en alla et Harry s'enferma dans l'atelier. La scène m'avait attristé et je sus que je m'en irais bientôt de mon côté. La "loge", c'était transitoire, un refuge temporaire, l'un des détours étranges d'une vie étrange.

Il y a une autre histoire que je dois raconter. À certains moments, je me suis dit : "Phinny, tu dois l'avoir rêvé", mais il n'en est rien. Une nuit, je revenais du club. Il devait être cinq heures du matin, peut-être un peu plus tard. Il faisait froid et, avant de rentrer, je m'arrêtai au bord de l'eau et contemplai une maigre petite lune entourée de quelques nuages fins. En entrant dans le vestibule, je sus tout de suite que quelque chose n'allait pas. J'entendis comme un haut-le-cœur, un cri, et puis des craquements et des coups. L'acoustique était bizarre dans ce bâtiment et il n'était pas facile de situer l'origine des sons. J'allai voir le Baromètre, mais il était dans son sac de couchage. Les voleurs sont silencieux, me dis-je. J'entendais quelqu'un haleter, suffoquer. Ça vient de l'atelier de Harry, me dis-je. Je me précipitai, ouvris la porte et, tout au bout de la pièce, à près de vingt-cinq mètres de moi, je vis Harry agenouillée par terre. Elle avait à la main un grand couperet de cuisine et déchiquetait l'un de ses métamorphes. Je n'aurais pu dire lequel. Cet immense espace était obscur, à l'exception d'une seule lumière qui éclairait Harry. Elle ne m'entendit pas, car elle gémissait chaque fois qu'elle envoyait la lame dans le corps rembourré. Il y avait aussi autour d'elle des morceaux de bois brisés et je devinai qu'elle devait avoir démoli l'une de ses petites chambres ou boîtes.

Je refermai la porte aussi doucement que je pus et gagnai ma chambre sur la pointe des pieds. Je suis sûr que des quantités d'artistes ont au cours des siècles frappé à coups de pied, battu et mutilé leurs œuvres dans des moments de désespoir et de frustration – ce n'était pas un crime. J'avais été effrayé, pourtant, en la voyant de la porte. Je me dis que j'étais un lourdaud délicat – oh, ce Phinny, tellement sensible. La créature n'était pas une personne. Ce n'était rien qu'une poupée de tissu. Elle n'avait pas mal. Tout cela était vrai. La police n'allait pas s'amener et arrêter l'auteur du meurtre d'un métamorphe. Plus tard, je me rendis compte que, en dépit de tout cela, ce qui m'avait effrayé était réel. La rage de Harry était réelle.

ALPHABET VISANT À ÉCLAIRER DIVERSES SIGNIFICATIONS D'ART ET ENGENDREMENT

ETHAN LORD

1. Artiste. A engendre l'œuvre B. Une idée qui fait partie du corps de A devient un objet qui est B. B n'est pas identique à A. B ne ressemble même pas à A. Quelle relation y a-t-il entre A et B ?
2. A et B ne sont pas équivalents, mais B serait impossible sans A, par conséquent B dépend de A pour son existence, tandis qu'en même temps B est distinct de A. Si A disparaît, B ne disparaît pas nécessairement. L'objet B peut survivre au corps de A.
3. C, c'est le troisième élément. C est le corps qui observe B. C n'est pas responsable de B et sait que A en est le créateur. Quand C regarde B, C ne considère pas A. A n'est pas présent en tant que corps, mais en tant qu'idée faisant partie du corps de C. C peut utiliser A en guise de mot pour décrire B. A est devenu l'un des signes permettant de désigner B. A reste A, un corps, mais est aussi une étiquette verbale commune qui appartient à la fois à A et à C. B ne peut pas utiliser de symboles.
4. Qu'arrive-t-il lorsque A crée B, mais que A disparaît de B à la fois en tant que corps et que signe ? Au lieu de A, D est rattaché à B. C observe B créé par A, mais dans son idée D a remplacé A. Est-ce que B a changé ? Oui. B a changé parce que l'idée

dans le corps de C en train d'observer B est désormais D au lieu de A. D et A ne sont pas équivalents. Ce sont deux corps différents, et ce sont deux symboles différents. Si les corps de D et de A ne sont plus là, B, l'objet qui ne peut utiliser des signes, reste inchangé. Néanmoins, la signification de B ne vit que dans le corps de C, le troisième élément. Sans C, B n'a pas de signification en soi. C comprend désormais B grâce au signe D, tout ce qui reste de D après que le corps de D n'existe plus.

5. D n'est pas le géniteur de B, mais ceci n'importe plus. A est perdu. Le corps de A a disparu et A ne circule plus pour B en tant que signe collectif. Où est l'idée qui était dans le corps de A qui a créé B ? Est-elle en B ? C peut-il observer dans l'objet B l'idée qui était jadis dans le corps de A ? L'idée de A se trouve-t-elle quelque part en B, en dépit du fait que C ignore l'existence de A et croit en D ?
6. La valeur de B est aussi une idée, une idée transformée en chiffre. Après avoir observé l'objet, C désire posséder B. Un chiffre est attaché à B, et ce chiffre dépend du nom attaché à sa genèse, qui est D. D = $. C achète B parce que l'idée de D exalte l'idée qu'a C, non de B ni de D, mais de C. B est désormais un objet qui circule, qui inspire également des idées à propos de C et de D, mais qui était jadis une idée dans le corps de A, corps réduit désormais à une fine cendre que l'on a mise dans une boîte et enterrée dans le sol.
7. De nombreuses idées faisaient partie du corps de A quand A était en vie, mais elles n'ont pas commencé avec A. Elles faisaient partie d'autres corps – trop nombreux pour être énumérés. Elles se trouvaient dans d'autres corps vivants que A connaissait, et elles se trouvaient dans des signes qui avaient été inscrits par des corps vivants qui avaient cessé de

vivre plusieurs générations avant la naissance de A : E, F, G, H, I, J, K, L, M, N, O, P, Q, R, S, T, U, V, W, X, Y, Z. Si A n'avait pas accueilli ces autres idées dans le corps qui était A, B n'existerait pas. B circule désormais en tant qu'objet connu comme le B de D. A est sous terre. A est le signe de l'ABSENCE.

HARRIET BURDEN
Carnet B

15 janvier 2000

De l'examen de soi résulte la confabulation.

*

"La confabulation est la falsification de la mémoire épisodique en conscience claire, souvent associée avec l'amnésie, en d'autres termes, des paramnésies racontées comme des événements véridiques[1]."

1. Définition standard de la confabulation en neurologie. Certains patients souffrant de lésions cérébrales comblent des vides dans leurs souvenirs à l'aide de récits et d'explications fabriqués inconsciemment. Burden étend la confabulation, au-delà de la pathologie, au caractère métamorphosant de la mémoire en général. Dans le carnet U, Burden commente longuement le mythe selon lequel la mémoire serait fixe. Elle cite William James, chapitre 11 de *Psychology* (1896) : "Une « idée » existant en permanence, apparaissant à des intervalles réguliers devant les feux de la rampe de la conscience, est une entité aussi mythologique que le valet de pique." Elle cite les propos sur la mémoire d'Henri Bergson, qu'elle qualifie "d'ennemi de toutes divisions, limites et catégories statiques", ainsi que de nombreux articles de neurosciences. "La démonstration de la vulnérabilité de la mémoire quand elle est en état d'activité renforce l'idée que les souvenirs, réorganisés

*

Mais les neurologues se trompent ; nous confabulons tous, avec ou sans lésions cérébrales.

*

Je me demande si j'explique les choses de manière à m'en débarrasser, maintenant, en me rappelant ma vie tout de travers. Je regarde le Dr F. J'essaie de me souvenir. Je n'y arrive pas. Tant de choses ont disparu du passé ou me paraissent à présent modifiées. Se souvenir, c'est comme rêver, sauf s'il s'agit d'hier. Les rêves aussi sont des souvenirs, de toute façon, des souvenirs hallucinatoires. Et le docteur est en même temps lui-même et les autres.

*

Quand vous ne vous souvenez pas, vous répétez.

*

"Mais en réalité je ne saurais pas que je possède une idée vraie si je ne pouvais par la mémoire relier l'évidence présente à celle de l'instant écoulé et, par la confrontation de la parole, l'évidence mienne à celle d'autrui, de sorte que l'évidence spinoziste présuppose celle du souvenir et de la perception[1]."

en fonction d'expériences nouvelles, sont l'objet d'un processus de reconsolidation", S. J. Sara, "Retrieval and Reconsolidation : Toward a Neurobiology of Remembering", *Neurobiology of Learning and Memory Journal* 7 (2000), p. 81.

1. Maurice Merleau-Ponty, *Phenomenology of Perception*, trad. Colin Smith (Routledge & Kegan Paul, Londres, 1962), p. 39.

*

Voilà tout ce qu'il y a : perception et mémoire. Mais elles sont en lambeaux.

*

Pourquoi marches-tu toujours la tête basse ?

Elsie Feingold me dit ça au téléphone.

Je ne savais pas que je marchais la tête basse.

Pourquoi dis-tu toujours que tu es désolée. Je suis désolée pour ci. Je suis désolée pour ça. Pourquoi fais-tu ça ? C'est tellement agaçant. Tu es tellement agaçante. C'est pour ça que les autres filles ne t'aiment pas, Harriet. Je te dis ça parce que je suis ton amie.

*

Cela s'est passé, des mots très proches de ceux-là ont été prononcés. Contraction des poumons. Douleur au voisinage des côtes. Je me souviens que j'avais traîné le téléphone dans ma chambre, et je suis couchée sur le plancher juste contre la porte. Je ne dis rien. J'écoute. Une litanie de crimes : mes vêtements, mes cheveux. J'emploie trop de grands mots. Je réponds tout le temps en classe, Harriet la lèche-cul. Parce que je suis ton amie…

*

Ne fais pas de bruit. Ton père lit. Je suis si silencieuse et si sage. Je respire à peine.

*

Que fais-tu là-dedans, Harriet ?

Je sens les livres, maman.

Elle rit, un éclat de son rire cristallin. Elle se penche et m'embrasse. M'embrasse-t-elle ? Je me vois petite. Souvenir d'observateur.

*

Je m'en souviens ? Ou c'est maman qui me l'a raconté ? Son rire était un baume, toujours, mais ceci peut être son histoire de la petite Harriet respirant l'odeur des livres de son père, et elle rit quand elle me la raconte. J'avais quatre ans. Je peux lui avoir volé cette petite histoire et y avoir ajouté une image, un souvenir qui est mien par procuration. Je vois le cabinet de travail avec son grand bureau et je sens l'odeur de la pipe. Pourquoi tous les professeurs de philosophie fumaient-ils la pipe ? Une affectation. Ses étudiants aussi, tous des jeunes gens, fumaient la pipe, tous sans exception. Les licenciés se laissaient pousser la barbe et fumaient leurs pipes au septième étage de la faculté de philosophie. Les analytiques. Frege. La logique est par là[1].

1. Gottlob Frege (1848-1925), mathématicien, logicien et philosophe allemand, qui a laissé une empreinte décisive sur la logique mathématique moderne et la philosophie analytique naissante, en particulier Bertrand Russell et Wittgenstein (le *Tractatus*). "La logique est par là" fait probablement allusion à l'assertion de Frege selon laquelle la logique est une réalité objective, et non une création de l'esprit humain. Selon Frege, la logique traite d'un monde d'objets idéaux et non matériels, mais ces objets idéaux ont autant d'objectivité que des objets matériels. Dans le carnet H, Burden esquisse sa lecture de Husserl, qui fut influencé par Frege. Burden écrit : "On ne peut échapper à l'esprit. Comment la logique pourrait-elle flotter dans une réalité idéale au-delà du corps humain et au-delà de l'intersubjectivité humaine ? Et pourtant, les idées circulent parmi nous, non comme des objets matériels mais comme des paroles et des symboles."

*

Felix est debout sur le seuil. Son regard me traverse, cette fois encore, comme si je n'étais pas là. Le petit mot du couple berlinois à Felix le Chat est dans ma poche. Il y a une semaine que je le trimbale avec moi. En répétant ce qu'il faut dire, en l'apprenant par cœur, si simple.

Avant que tu ne partes, dis-je, je voudrais te rendre ceci, un mot d'amis. Il était dans ton costume bleu, celui que tu portais au vernissage, la semaine dernière.

Je peux voir la surprise sur son visage, voir son embarras, pas de honte. Il est devenu négligent, désinvolte à propos de tout cela.

Il prend le mot et le glisse dans sa poche.

Mais, tu sais, dit-il, ça n'a rien à voir avec toi, mon amour. Ça n'a rien à voir avec mon amour pour toi.

*

Je suis gommée.

*

Le Dr F. dit : Je ne crois pas que vous compreniez à quel point vous étiez en colère.

Non, je ne comprenais pas combien j'étais en colère.

*

Hier soir. Ça, je m'en souviens, non ? Oui, c'est encore clair, certaines parties sont encore assez claires, bien qu'il y ait des péripéties jamais vues. Trop de voix pour en distinguer une isolée, sauf, ici et là, un soprano glapissant ou gloussant. La foule dans la salle blanche bien éclairée, les tableaux, où l'on voit si peu de chose : rien que quelques parties de corps indistinctes, des petites culottes, des porte-jarretelles, des flacons de vernis à ongles et de parfum. Modérément intéressant. L'artiste souriant. Son sourire est crispé, mais qui le lui reprocherait ? Long essai alambiqué dans le catalogue, citant ce bouffon de Virilio[1]. Phinny m'a passé un bras autour de la taille. Je sens sa main. Ce geste chaleureux, ce petit acte de bonté, je m'en souviens. À cet instant, je m'inquiète du refus de Bruno de nous accompagner. C'est sans doute la main de Phinny qui me fait penser à Bruno, ma brute d'amant. Je renais à la vie sous ses mains, sa voix grondante, ses plaisanteries, mais il a dit : Je hais cette merde de monde de l'art. Il est encore pire que le monde de la poésie, et ce n'est pas peu dire, mais il n'y a pas d'argent dans la poésie. Rien que des ego.

*

Phinny et moi : PH. Ensemble, nous faisions un son F, comme dans "Va te faire phoutre".

*

Hier soir, encore. James Rukeyser a entendu dire que je poursuivais la collection de Felix. Je l'intéresse

1. Paul Virilio (1932-), théoricien français de la culture, critique et urbaniste, auteur de nombreux écrits sur la technologie. Il soutient que la vie moderne est bridée par une accélération incessante et que la vitesse et la lumière ont désormais pris la place de l'espace et du temps. On l'a souvent qualifié de penseur apocalyptique. Burden n'est manifestement pas en sympathie avec ses thèses. Dans le carnet X, qui lui servait apparemment de dépotoir pour réflexions éparses, Burden écrit : "Cet homme n'est qu'un hystérique, au sens théâtral du terme. Il s'est acquis un public de jeunes gens obtus, également hystériques, en poussant des demi-vérités à leur aboutissement logique mais extrême. Il est l'incarnation théorique de la panique."

désormais. Oh, oui, me voici soudain parée d'un charme lumineux. L'épouse de Felix possède les œuvres d'art de Felix et l'argent de Felix. Peut-être réussira-t-il à m'enjôler au point de me faire acheter quelque chose. Montre-moi l'oseille. Tel est le sens de son sourire. Je porte mon béret de velours bleu : ma coquetterie, qui n'est pas une pipe, grâce à Phinny. James me donne sa carte. J'ai un souvenir précis : le papier rigide dans ma main droite, mon pouce visible par-dessus le nom. La carte de visite est beige, imprimée en noir. Miriam Bush se joint à nous. *Il y a des années que je ne t'ai pas vue, Harriet ! Alors, qu'est-ce que tu deviens ? Quelqu'un m'a parlé de toi. Qui était-ce déjà ? Tu fabriques encore ces petites maisons ?* James paraît confus. Des petites maisons ? Il ignore que j'ai un jour fait de l'art. Quand nous sortons, Phinny et moi, je jette la carte. Je la vois dans le caniveau humide, texte invisible, rien qu'un petit rectangle vaguement éclairé par le réverbère sous la pluie glacée.

*

J'ai dix ans dans ce souvenir. Dix ans ? Onze, peut-être. À vrai dire, puis-je encore me sentir âgée de dix ou onze ans ? Non. Mais je suis dans ce souvenir. Je suis dans mon corps. J'ai marché de Riverside Drive à la faculté de philosophie, un samedi, pour faire une surprise à mon père. Qu'est-ce qui m'a pris ? Un simple caprice ? Un projet ? Non, je marche dans l'air printanier, c'est tout, et je décide de pousser jusque-là. Il y a du soleil après la pluie. Soleil sur les flaques. Ça me paraît bien, et l'idée me vient que je suis tout près du bureau de papa, et je franchis la porte et entre dans l'ascenseur. Mais je suis nerveuse, oui, cette démarche audacieuse ne va pas sans une certaine anxiété. Je suis déjà venue dans son bureau, quand il se hâte de rassembler ses papiers pendant que j'attends avec maman. Il y a une odeur dans le couloir gris, une odeur sèche, comme celle des effaceurs ; il n'y a jamais de bruit, le silence règne mais avec un bourdonnement, des bruits blancs, je suppose, et des voix assourdies ici et là, comme si c'étaient les bruits du travail mental, des pensées. Je frappe. Il doit dire *Entrez* mais, ça, je ne m'en souviens pas vraiment. Je le vois devant moi à sa table de travail, et la fenêtre derrière lui. La lumière est trouble ; la vitre est sale. Il a la tête baissée. Il la relève. *Harriet, qu'est-ce que tu fais là ? Tu n'as rien à faire ici.*

*

Ça n'a rien à voir avec toi.

*

Harriet, tu n'as rien à faire ici. Qu'elle ait dix ou onze ans, la fillette est déconfite. Je suis désolée. Ai-je dit : Je suis désolée ? Je crois que oui. Mais c'est crucial. Quel est le ton de la voix paternelle ? Fâché ? J'en doute. Sévère ? Intrigué ? Peut-être intrigué, mais mon souvenir n'est pas précis. Ce que je me rappelle, c'est mon souffle coupé, le choc, la honte. Pourquoi la honte ? Ça, je le sais. Je suis profondément honteuse. Dans le souvenir, il ne dit rien de plus. Il regarde les papiers devant lui et je sors. Mais est-ce possible ? Peut-être qu'il m'a reconduite à la porte et que, dans les tourbillons mouvants de la mémoire, ces quelques pas avec papa jusqu'à la porte ont disparu. Peut-être qu'il m'a tapoté l'épaule. Il faisait ça, parfois, me tapoter l'épaule.

*

Et parfois, aussi, j'entendais dans sa voix un soupçon de douceur musicale. J'appris à la guetter – une fêlure dans le ton qui élevait une voyelle à un autre registre, pas entièrement maîtrisé. Et quelque chose se brisait un instant, comme s'il m'avait vue, son enfant, vue et aimée.

*

Maman est au lit. Je lui tiens la main et je regarde sans but ses veines gonflées – du vert le plus pâle. Je ne me serais pas rappelé ça si je ne m'étais pas dit en moi-même : *ses veines à travers sa peau sont du vert le plus pâle*. Les mots consolident les souvenirs. Les émotions consolident les souvenirs. Il est arrivé quelque chose à maman après la mort de papa, et maintenant elle raconte, elle raconte sa vie, elle me raconte que mon père ne voulait pas du bébé. Quand elle lui a dit qu'elle était enceinte, il ne lui a plus parlé pendant deux semaines. Je sens la crampe de l'émotion, mais je n'ai pas envie qu'elle arrête. Après ma naissance, voudrais-je savoir, est-ce que ça s'est arrangé ? Il a fallu un certain temps, dit ma mère, avant qu'il ne s'habitue à toi. *Ton père t'aimait, évidemment.*

*

Hume ne trouvait rien à quoi se rattacher, pas de "moi" dans le lot des perceptions qui deviennent des souvenirs. Identité imparfaite.

*

Il ne voulait pas de moi.

*

Mais ceci est absurde, Harriet, n'est-ce pas que c'est absurde ? Combien d'hommes n'ont pas voulu de leurs bébés à naître ? Des millions. Combien de femmes, tant qu'on y est ? Et combien ont fini par les vouloir une fois que la petite créature est arrivée, est sortie, devenue réelle ? Des millions. Et pourtant, il a fallu un certain temps, disait-elle, et il y a cette sensation, comme si j'avais reçu un coup de pied, comme si tout était devenu clair, comme si une porte s'était ouverte sur une vérité. Et je regarde dans la chambre, et voilà la créature qui vient de naître. Il y a quelque chose qui ne va pas. Comptez les orteils.

*

Mais je vous préviens d'avance que je n'attribue à la Nature ni beauté ni laideur, ni ordre ni confusion, convaincu que je suis que les choses ne sont belles ou laides, ordonnées ou confuses, qu'au regard de notre imagination[1].

*

Mais les imaginations se mêlent, professeur. Les imaginations fusionnent. Quand je vous regarde, je me vois dans votre visage, et ce que je vois est déformé ou manquant.

*

Mais il ne s'est rien passé, n'est-ce pas ?

*

Il n'y a pas d'histoire unique, pas de réponse parfaite au problème de H. B. Jusqu'à l'âge de trois ou quatre ans,

1. Extrait d'une lettre datée du 20 novembre 1665, de Baruch [Benedictus] Spinoza (1632-1667) à son ami Henry Oldenburg*. Spinoza, *The Letters*, trad. Samuel Shirley (Hackett, Indianapolis, 1995), p. 192.

chacun de nous est oblitéré par des nuages d'amnésie. Les sensations reviennent, mais nous ne savons plus ce qu'elles signifient.

*

Peut-être souhaitais-je quelque chose plutôt que rien : un petit goût de passion pour me faire croire que j'étais vraiment là pour lui, pas manquante. Et alors le coup remonte de profondeurs imaginaires. Quand il n'y a rien, les fantômes surgissent pour combler le vide. Il n'est pas vrai que rien ne vient de rien. Il y a toujours quelque chose. Je suis debout sur le tabouret et je regarde dans la rue. Viens près de moi, Bodley. Viens, il y a de la place pour toi aussi. Je t'aime, Bodley. Tu es mon meilleur ami. Respire, maintenant, Bodley, souffle du feu.

*

Ton ordre est mon désert, papa. Je ne peux pas marcher entre ces hautes rangées de haies et trouver la sortie. Je ne suis pas sortie du labyrinthe. Oppressée. J'essaie de respirer, mais je ne peux pas. Je respire à peine.

*

Tes schémas n'avaient pas de sens pour moi, papa, ou, plutôt, le sens qu'ils avaient manquait de profondeur. Des formules bien nettes pour mettre de l'ordre dans le chaos. J'ai lu tes écrits et je suis un peu triste, maintenant, triste à l'idée d'une vie passée sur le vrai et le faux, si svelte et élégante qu'en soit la logique.

*

Le "spécialiste" s'affirme toujours en quelque endroit, son zèle, son sérieux, sa colère, sa présomption au sujet du recoin où il est assis à tisser sa toile, sa bosse, tout spécialiste a sa bosse. – Un livre savant reflète toujours aussi une âme qui se voûte[1]...

*

Felix part travailler. Felix rentre à la maison. Felix prend un avion et s'envole. Felix vend et Felix achète, mais tu aurais dû me parler de ta vie secrète, Felix, tes vies secrètes, tes chasses. Elles avaient à voir avec moi. Tu te trompais, Felix. Mais, tes bébés, tu les voulais, n'est-ce pas ? Oui. Ils étaient plus faciles à aimer que moi. Maisie courant vers la porte, sautant sur place en pyjama, palpitante d'excitation. Il est là. Il est là. Papa ! Papa ! Pères insaisissables. Comme nous les aimons.

*

Je donne le sein à Ethan, son nez minuscule et doux s'écrase contre moi. Il s'interrompt, un mince filet de lait s'écoule du coin de sa bouche, il regarde autour de lui, confus, cligne des yeux, respire bruyamment et reprend sa tétée. Maisie observe, curieuse, la tête enfoncée dans mon épaule, elle pleurniche. Fatiguée, ma Maisie ? Tu veux te blottir sous mon bras, ma Maisie jolie ? Oui, maman. Et je les ai tous les deux, l'un pendu à un bout de sein et l'autre calée dans la niche formée par aisselle et coude – un corps triple. Un corps réduit de trois. Si fatiguée que je sois, je sais que ceci est joie. Je me le dis : joie. Ne l'oublie pas. Et je n'ai pas oublié.

1. Friedrich Nietzsche, *Le Gai Savoir*, section 366*.

*

En finir là, avec les bébés. Voilà qui est bon pour l'esprit endormi devenu paresseux à force d'écrire.

*

Demain il y a du travail, et il y a Bruno le soir. Je l'appelle le "Réhabilitateur", parce qu'il aime le grand corps de son grand amour. Il aime me voir étalée sur le lit. Harry, Vénus vieillissante et nue que nul peintre baroque n'aurait choisie mais je suis là, soupirant après mon bombardier à moi, l'Ours Bruno. Plus si jeune, mon Roméo, vieux glandeur s'il en fut, et il a du ventre, et presque plus de poils sur les jambes et la peau devenue lisse, à sa surprise ! Il n'est pas jeune ! Que s'est-il passé ? Il s'inquiète du flux de sperme, un peu faible, le flux, comparé au temps jadis. À croire qu'il s'est baladé pendant des années avec un volcan là, en bas, homme prétentieux. Mais visage contre visage, pubis contre pubis, ou visage contre pubis et pubis contre visage, ou à califourchon et chevauchant, ou doigts dans orifices délicats ici et là, Dieu (pourquoi en appelons-nous au surnaturel en de tels moments ?), Dieu, il me tarde de prendre ce gros homme à bras-le-corps et d'embrasser ses fesses rondes.

*

Et nous nous querellons et grondons, aussi.

H. : Termine ce poème ou jette-le aux chiottes !

B. : Sors de ton trou, va montrer ton œuvre, espèce de lâche !

*

Mais je suis amoureuse, n'est-ce pas fou ? Maintenant, m'arrêter réellement ici. Je suis désirée, désirée. Dans tes yeux, Bruno mon homme, je resplendis (bon, au moins une partie du temps). Dormir maintenant, dormir ; comme dit le barde : sommeil, baume des âmes blessées.

18 janvier 2000

Maisie a raconté aujourd'hui qu'Aven a une amie imaginaire qui vit dans sa gorge. Cette personne a pour nom Radis et sème la tourmente dans la maisonnée. Maisie s'est mise à parler à Radis, ce qui signifie qu'Aven passe un temps considérable avec la bouche béante, afin que sa mère puisse s'adresser directement à l'invisible insurgée. Je suis en totale sympathie, parce que Bodley m'a accompagnée pendant des années et je me souviens de lui avec beaucoup d'amour, mais Maisie est inquiète à l'idée que Radis a fait son apparition pour de sombres raisons psychologiques – la fillette est en état de stress à l'école maternelle. On lui montre des lettres et des chiffres avec lesquels elle ne veut rien avoir à faire. On vient de lui prescrire des lunettes, autre souci (pour sa mère, je crois, plus que pour Aven). J'ai dit à Maisie que ces amis, où qu'ils se logent, dedans ou dehors, sont généralement utiles et remplissent une fonction bénéfique. Ma mère était très gentille avec Bodley. Elle mettait un couvert pour lui à table et lui parlait poliment (quand il ne faisait pas de bêtises).

*

En ce qui concerne la machination, il semble que cela fonctionne. Phineas a été invité à exposer *Les Chambres de suffocation* chez Begley au printemps prochain. J'ai poussé un Alléluia pour ma propre sensibilité homo, pour l'épiphanie de mon Phinny. Mais un brin de tristesse, des pensées cafardeuses. J'ai commencé à me demander si je pourrais montrer des œuvres signées Anonyme. Ce pourrait être impossible. Il n'est pas de vision bien ordonnée sans contexte, apparemment. L'art n'est pas autorisé à apparaître spontanément, sans auteur. Bruno dit que faire de mes pseudonymes les pièces mobiles d'un jeu philosophique sur la perception n'est qu'une façon de camoufler un manque de confiance en moi. Je suis masquée deux fois. Phinny n'est pas d'accord. Il est allé partout avec moi, en voyageur incognito, pour ainsi dire. Il dit qu'il a vu ça tout le temps. Il a vu que peu importe ce que je dis ; mon intelligence est décriée. Balivernes et fadaises. Si je devais revendiquer *Les Chambres de suffocation*, les gens en place se détourneraient immédiatement.

L'œuvre paraîtrait différente.

Aurait-elle, tout à coup, l'air d'une œuvre de vieille ?

J'insiste : cette question est brûlante.

Je me suis souvent demandé quel effet une Joséphine Cornell aurait fait sur les gens. Balivernes et fadaises, fanfreluches et sentiments ? Fadeur ?

Pas le même effet, sûrement, que Joseph.

Quand il s'agit d'un homme gay, c'est encore autre chose, hein ?

Phinny dit oui et non. Il cite Ethan ; c'est ambigu, dit-il, mais il y a macho et efféminé, dessus et dessous, c'est important, quelque part.

Ah oui ?

Je lui dis que j'aime bien être ambiguë avec lui, appariée et ambiguë.

Eve, avec ses talons aiguilles, ses pulls décolletés, ses corsets portés par-dessus et ses machines de Rube Goldberg fabriquées avec de vieilles robes, est indifférente aux obligations de son sexe. Bon, elle est jeune. Elle sait, pour moi et P. Q. Elle le sait forcément, puisqu'elle vit ici.

Il y a deux jours, alors que nous paressions avant d'aller dormir, Phinny a bel et bien hurlé au gros B. : "Tu ne saisis pas ? Ce qu'elle fait ne compte pas ! Ils voient la veuve et ils voient son argent. Ils sont aveuglés par ce qu'ils croient voir !"

*

Un autre Goldberg, l'étude Goldberg, 1968. Les étudiantes évaluaient un essai moins favorablement quand un nom féminin y était rattaché que si un nom masculin y était rattaché. Les mêmes résultats apparurent lorsqu'on leur présenta une œuvre d'art visuel. Étude Goldberg revisitée, 1983 : Étudiants et étudiantes donnèrent de moins bonnes notes à l'essai quand un nom féminin y était rattaché que si c'était un nom masculin. Ainsi en va-t-il, mais une péripétie s'inscrit dans le progrès de la recherche pendant les années 1990 : quand la recommandation d'experts est rattachée au nom d'une femme, le préjugé disparaît. Pour les artistes, ce sont les experts qui font la réputation. Sexe et couleur de peau ne disparaissent pas, ils cessent de compter[1].

*

Bruno ne veut rien savoir des études sur les préjugés ni des recherches psychologiques. Je ne suis pas juste une bonne femme comme une autre. Je suis sa très brillante

1. Philip A. Goldberg, "Are Women Prejudiced Against Women", *Transactions* 5 (1968), p. 28-30. L'étude fut renouvelée en 1983 par Michelle A. Paludi et William D. Bauer, avec des sujets tant masculins que féminins. "What's in an Author's Name ?", *Sex Roles* 9, n° 3, p. 387-390. Pour des études ultérieures, cf. Virginia Valian, *Why So Slow ? The Advancement of Women* (MIT Press, Cambridge, Mass., 1998).

Harry à lui. Donne une chance à ces branleurs. Ils se rallieront. Étrangement, sa conviction que nous nous trompons, Phinny et moi, me fait plaisir, et la certitude de Phinny que j'ai raison m'attriste. Je suis perverse.

*

(Phinny pense aussi à lui-même. L'éclat aveuglant du préjugé, il ne connaît que trop.)

*

Parfois, je pense à Anton avec tristesse.

*

Il y a autre chose. J'ai rencontré Rune. Je ne sais pas pourquoi, mais je n'ai pas parlé à Bruno de cette rencontre. C'était au vernissage de je ne sais quel truc idiot : des ballons, des visages. Quel bel homme ! Consacré, chanté, paré de ses lauriers. Vain, j'imagine, sans doute très vain, mais ne le sommes-nous pas tous ? Et puis, nous attribuons sans doute plus de vanité aux gens qui sont beaux qu'aux autres, et ce n'est peut-être pas juste. Nous avons parlé de la mémoire. Mnémosyne est la mère des Muses. Cicéron. Une idée menait à la suivante. C'était presque comme s'il me connaissait, une de ces connexions mystérieuses. Et la mémoire mécanique ? Cela le fascine, l'intelligence artificielle, mais, dis-je, on s'est heurté à bien des impasses. Je lui ai parlé de Thomas Metzinger[1]. Regardé de nouveau l'œuvre de Rune : visages opérés, lambeaux

1. Philosophe allemand né en 1958, dont l'œuvre associe la philosophie et la neurologie. Burden a pris des notes abondantes sur un livre édité sous l'autorité de Metzinger : *The Neural Correlates of Consciousness* (MIT Press, Cambridge, Mass., 1995).

de peau. J'ai un catalogue. Des surfaces neuves, disait-il, transformées chirurgicalement, mais aussi une technologie bionique pour des membres neufs réagissant au système nerveux, des ordinateurs comme des extensions de l'intelligence personnelle. Vrai, tout cela. Mais quel sens cela a-t-il ? Il m'a parlé de mémoire externe. Idée étrange. Pour lui : la frénésie de documentation, de photos, de films, les deuxièmes vies sur Internet, les guerres et jeux simulés. Je lui ai fait remarquer que la conscience de soi, ce n'est pas nouveau. Mais il a insisté : la technologie l'est, a-t-il dit. "Je veux que mon art soit ces questions." Nous ne sommes pas d'accord, mais là pourrait se trouver le plaisir, les échanges serrés, l'antagonisme entre partenaires valables. Je lui ai recommandé des livres et des articles, et il en a pris note. Lisez Varela et Maturana, ai-je dit[1]. Il a dit qu'il le ferait. Nous avons parlé de Wechsler. Là, nous nous entendions. *Le Voyage de O.* Quand nous nous sommes dit au revoir, sa poignée de main était juste bien, ni molle, ni trop ferme. Quand son courriel est arrivé, la tête m'en a tourné d'espoir : celui de la fin de mon exil dans ma propre tête, de quelqu'un qui me comprenne, qui *voie* ce que je sais et me donne la réplique. Est-ce tellement ridicule ? N'est-ce pas possible ?

1. Humbert R. Maturana (1928-) et son élève Francisco Varela (1946-2001), neurobiologistes et philosophes chiliens, coauteurs de *Autopoiesis and Cognition : The Realization of the Living* (D. Reidel, Dordrecht, Pays-Bas, 1972), ouvrage auquel Burden se réfère fréquemment dans ses écrits. Dans le carnet P, elle en cite cette phrase : "Les systèmes vivants sont des unités d'interaction ; ils existent dans une ambiance. D'un point de vue purement biologique, ils ne peuvent être compris indépendamment de la partie de cette ambiance avec laquelle ils interagissent, la niche, non plus que la niche ne peut être définie indépendamment du système vivant qui la spécifie." Cette notion de systèmes incarnés, enchâssés dans l'environnement s'oppose aux théories computationnelles de l'intelligence.

Reconnaissance. Dr F. N'est-ce pas de cela que nous parlons ? Ma soif de reconnaissance. Un et un. *Tête-à-tête**. Toi et moi. Je veux que tu me *voies*.

Bruno m'écoute, mais il ne sait pas toujours de quoi je parle. Personne ne paraît savoir de quoi je parle.

Il y a un an, j'ai vu une partie de son journal filmé : l'homme, Rune (jadis Rune Larsen) à ses tâches quotidiennes, se brossant les dents, se passant du fil dentaire, allongé sur le canapé, en train de lire, assis devant l'ordinateur, et puis caressant encore et encore les cheveux d'une femme rousse allongée, la tête sur son épaule, dans un grand lit en désordre. Et je me suis dit : ça, c'est ce que nous ne voyons jamais, parce que nous sommes dedans et non dehors et que, pour la plupart, nous ne pouvons pas nous rappeler les événements habituels, sinon dans le flou de la routine. Est-ce pour cela qu'il veut ce film ? La date apparaît sur l'écran et il y a un film pour chaque jour. Le film ne dure pas la journée entière. Ce n'est ni le dormeur ni l'Empire State Building de Warhol, mais il enregistre un événement, souvent mineur, chaque jour.

Est-ce que je me rappelle si j'ai pris ma vitamine ce matin ou si je me suis brossé les dents ? Était-ce ce matin ou hier matin ou avant-hier ?

La chevelure caressée peut subsister à l'intérieur de Rune et de la jeune femme en tant que souvenir mais, selon toute probabilité, vue de leur perspective interne à chacun, de chaque "je" ; parfois, cependant, nous nous souvenons en observateurs. C'est une sorte de fausse mémoire. Je me souviens de cet après-midi où j'ai longuement caressé tes boucles quand notre amour commençait. Je me rappelle que j'étais couchée avec toi dans le lit et je sentais tes doigts dans mes cheveux quand tu me caressais pendant de longues minutes, et combien c'était merveilleux, et je me rappelle la lumière du jour dans la chambre, et je me rappelle notre amour. Qu'est-ce que le souvenir de l'amour ? Nous rappelons-nous véritablement ce que nous éprouvions ? Non. Nous savons que c'était là, mais le désir fou n'y est plus dans le souvenir. Que nous rappelons-nous, exactement ? Les sensations ne sont pas reproduites. Et pourtant, un ton ou une couleur émotionnels sont évoqués, une chose très légère ou lourde, agréable ou désagréable, et je peux la convoquer. Je me revois au lit avec Felix. Mais s'agit-il d'une fois ou de plusieurs fois confondues, datant des premiers temps de notre amour dévorant, quand l'envie qu'il me touche était une souffrance. Je sais que je lui tenais la tête parfois quand nous baisions. Je sais qu'après, les lèvres contre son oreille, je murmurais des mots oubliés depuis longtemps, des mots stupides, sans doute. Mais est-ce que je me rappelle réellement une seule fois, une fois unique ? Oui, au Regina, à Paris, avec ces lits inconfortables que nous avions dû rapprocher. Cinq étoiles et ces lits. Je crois que je me rappelle le rayon de lumière entre les tentures pesantes alors que j'étais en train de le chevaucher. Il y a longtemps.

Je me souviens de froideur aussi, de son dos tourné vers moi. La distance entre nous, ses yeux morts pour moi. Je me rappelle ceci : à un dîner. Où était-ce ? La plaisanterie caustique à propos du mariage, pas le nôtre, bien sûr, mais l'institution en général. Qu'avait-il dit ? Je n'arrive pas à m'en souvenir. Je me rappelle que j'ai sursauté, que je l'ai regardé. Dans mon esprit, je vois une assiette à bord doré. Il a tourné la tête. Elle revient maintenant avec le souvenir, la douleur, peut-être moins vive, mais elle arrive, portée par un souvenir si vague qu'il a presque disparu ; il y avait une plaisanterie, une assiette, un regard et une douleur aiguë. La douleur est-elle plus durable que la joie dans la mémoire ?

*

Quel imbécile a prétendu que le passé était mort ? Le passé n'est pas mort. Ses fantômes nous possèdent. Ils me possèdent. Ils m'étranglent, mais je ne sais pas si l'on peut disperser les revenants. Peut-être vais-je prendre l'avis de Radis. Peut-être aura-t-elle un bon conseil à me donner. Il faudra juste que je continue à travailler – dans l'atelier bourgeonnent les œuvres jamais vues, les innombrables monstruosités commises par une personne qui s'appelle Harriet Burden. Peut-être que, lorsque la révélation se produira, les écailles proverbiales tomberont de leurs yeux. Peut-être que quand je serai morte un critique d'art errant entrera dans le bâtiment où sont stockées ces choses et regardera, regardera vraiment, parce que la personne (moi) aura enfin disparu. Oui, en hochant la tête avec sagacité, mon critique imaginaire restera un long moment en contemplation et puis il dira : voilà quelque chose, quelque chose de bon. Sauvée de l'oubli comme Judith Leyster[1]. Et puis, là encore, et si tout ça n'était que des conneries, de toute façon, malgré mes chers pseudonymes : ceux que l'on désire, plutôt que moi, pas moi. Je vais avoir soixante ans. Maisie a dit qu'elle allait organiser une fête et j'ai dit oui, mais seulement pour les cœurs fidèles, pas d'amis d'amis venus des alentours. Phinny veut m'acheter une robe à porter quand je franchirai le cap d'une nouvelle décennie, quelque chose de "ravissant", dit-il.

*

Felix en rêve. Un autre Felix. Haineux. Jamais il n'a été haineux dans la vie ; froid, fermé, mais pas haineux. Pourquoi vient-il ?

1. Judith Leyster (1609-1660), peintre baroque hollandaise, membre de la guilde de Saint-Luc, à Haarlem, célèbre en son temps mais oubliée après sa mort. Parce que son œuvre ressemblait à celle de Frans Hals, beaucoup de ses tableaux furent attribués à celui-ci. En 1893, le Louvre acheta ce que l'on prenait pour un Frans Hals, mais il s'avéra que c'était un Leyster. Cette découverte a contribué à restaurer la réputation artistique de Leyster.

*

Mais, ce soir, assise à mon bureau, je regarde l'eau – l'hiver, la nuit, la cité étincelante –, et j'éprouve un chagrin sans aucun objet que je puisse nommer, ni Felix, ni mon père, ni ma mère. Il vient à l'instant de me tomber dessus, ce chagrin douloureux, mais à cause de quoi ? Est-ce simplement que j'ai tellement moins devant moi que derrière ? Est-ce pour l'enfant appelée Harriet qui marchait la tête basse ? Est-ce pour la vieille femme que je suis en train de devenir ? Est-ce parce que les coups ne m'ont pas encore débarrassée de la rage de l'ambition ? Est-ce pour les fantômes qui ont laissé leurs traces en moi ?

*

Oui, Harry, ce sont les fantômes. Mais les noms sont-ils eux aussi des fantômes, immatériels ? Voulais-tu voir ton nom en lettres lumineuses, tout en haut du fronton ? Vanité des vanités. Les lettres qui t'ont été assignées à la naissance, désignation de ta filiation. Lumières paternelles ? Est-ce cela que tu espérais ? Mais pourquoi, Harry ? Ton père ne voulait pas voir naître ce fardeau, cet encombrant petit fardeau braillard mais, voilà, tu es arrivée.

*

Il s'est rallié.

*

Est-ce vrai, Harry ? Est-ce vraiment vrai ? Pas à ta satisfaction, dirais-je.

Ne préférait-il pas Felix ? Et même ta mère ne préférait-elle pas Felix ? Ne te disait-elle pas : Ne sois pas trop dure avec Felix ? N'était-elle pas toujours à le chouchouter, à le protéger ?

*

Oui, mais elle m'aimait.

*

Elle t'aimait, oui. Mais ton œuvre ?

*

Elle ne comprenait pas mon œuvre.

*

Elle monte, Harry, aveugle et bouillonnante, la rage démente qui s'est amassée et amassée encore depuis le temps où tu marchais la tête basse et ne le savais même pas. Tu n'es plus désolée maintenant, ma vieille, ni honteuse d'avoir toqué à la porte. Il n'y a pas de honte à toquer, Harry. Tu te dresses contre les patriarches et leurs favoris et toi, Harry, tu es l'image de leur peur. Médée, folle de vengeance. Ce petit monstre est sorti de la boîte, n'est-ce pas ? Il n'a pas fini de grandir encore, pas fini de grandir. Après Phinny, il y en aura encore un. Ils seront trois, juste comme dans les contes de fées. Trois masques de teintes et d'allures différentes, afin que l'histoire ait sa forme parfaite. Trois masques, trois souhaits, toujours trois. Et l'histoire aura des dents ensanglantées.

BRUNO KLEINFELD
(témoignage écrit)

Nous sommes-nous rangés comme devraient se ranger deux vioques entre troisième et quatrième âge, leurs généreux postérieurs dans une paire de fauteuils relax, les pieds sur des poufs, marmonnant : Tu as descendu la poubelle, mon chéri ? As-tu pensé au lait ? Non, nous n'avons pas fait ça. Le bonhomme Temps nous a couillonnés. Il a arraché ma Dame avant que nous puissions devenir les deux croulants dodelinants que nous méritions de devenir ensemble, édentés, louchant à travers la cataracte, tendant la main au milieu de la nuit vers la chair ancienne et douce. Mais Bruno, tu vires romantique. Se ranger, ce n'était pas dans la nature de Harry, et qui sait si elle se serait jamais posée, rangée avec son ours. Elle était passée par là, aux temps d'avant Bruno. Le mari – quel mot étrange – ne cessait de revenir, telle une fumée dans la chambre, empuantissant l'air entre nous. Felix Lord et son fric et son art et sa vie sexuelle brûlaient encore comme une cigarette oubliée dans l'une de ces saloperies de cendriers en cristal que Harry avait gardés un peu partout de sa vie antérieure dans les beaux quartiers de l'Upper East Side. Dieu, que je haïssais ce vampire décadent qui refusait de reposer à la manière des morts convenables, normaux. Il la hantait. Je ne blague pas. Mes verbes ne doivent rien au hasard. Je suis un poète, raté sans doute, mais un barde conteur, cependant, raconteur de ces jours de félicité de Harry, pas tellement anciens ni tellement lointains. Je suis Bruno Kleinfeld et je déclame afin que tous m'entendent que Felix Lord la visitait en rêve, moitié mort et moitié vivant, vampire aux crocs accrochés à son cou, et ma bien-aimée se réveillait en sueur et panique, explorant la chambre des yeux à sa recherche, non qu'elle souhaitât son retour mais parce qu'elle voulait s'assurer qu'il était bien mort et disparu.

Maisie et Ethan, je vous demande pardon, mais le cher papa ne rendait pas justice à maman. S'est-il battu pour elle ? Non, jamais. D'où est-elle venue à Harry, cette manie des pseudonymes, sinon de lui ? Combien d'artistes femmes Felix a-t-il exposées ? Trois ? Et sur combien d'années ? Harry observait, et Harry apprenait. Elle apprenait que son génie bien à elle de la fourgue artistique ne lèverait pas le petit doigt pour son œuvre et qu'en art seuls les mecs obtiennent satisfaction. *Il ne pouvait pas m'aider, ne le vois-tu pas*, répétait Harry dans un gémissement. *Sûr qu'il pouvait*, rétorquais-je en rugissant. Au bout d'un certain temps, l'injustice de tout ça, la tristesse écœurante de se sentir ignorée lui brisa le cœur et la rendit folle de colère. J'aurais voulu qu'elle poursuive la lutte, mais elle a décidé de passer par la porte de derrière et d'envoyer quelqu'un d'autre en façade.

C'était une femme forte, ma Harry, mais pas une femme commode. Le poème, le projet des projets, la fourmilière devenue montagne, cette chose que je ne cessais de gravir sans jamais parvenir à la franchir, mon œuvre chérie de grande poésie, cette œuvre aux proportions "whitmaniennes", ma *Commedia* américaine à moi, que Harry avait embrassée de près durant la première année de notre passion comme ma noble entreprise, devint sa bête noire dès lors qu'elle eut compris que ça n'allait nulle part. Le poème devint un affreux croquemitaine qui métamorphosait la femme de chair et d'os de ma vie en mégère, en sorcière critique, stridente et harceleuse, lanceuse de poignards enflammés sur moi et le poème. “C’est de la névrose ! Tu l’as récrit cinq cents fois. Qu’est-ce qui ne va pas, chez toi ? Tu as une telle frousse. Grand Dieu, tu t’imagines que ta queue va se ratatiner si tu n’es pas Dante ?”

Non, ce n’était pas facile d’aimer Harry et le poème. Je me tirais en rampant après une engueulade à propos du projet interminable, et retournais dans mon trou de l’autre côté de la rue pour lécher mes plaies sur le linoléum craquelé, et puis je revenais de même, comme le chien que j’étais, à son grand lit et ses bras musclés qui m’étreignaient plus fort qu’aucune des femmes que j’avais connues. Je ne pouvais pas le dire alors, mais la chérie avait raison en ce qui concerne le poème. Il m’avait bel et bien entraîné dans une forêt obscure, et il n’allait jamais m’amener au Paradis, mais y renoncer c’était renoncer à moi, à moi-même et à Je, comme le disait volontiers un Bruno Kleinfeld âgé de dix ans lorsqu’il admirait sa tronche dans un miroir après un match, en revivant un grand coup qu’il avait expédié par-dessus la clôture.

Je ne pouvais pas dire à Harry, guerrière du féminisme, que c’était pire pour un homme, pire pour un homme d’échouer, de perdre l’allant de sa démarche, ce feu viril auquel il devait son ascension. Les millénaires avaient empilé les espérances, pierre sur pierre, brique sur brique, mot sur mot, jusqu’à ce que pierres, briques et mots pèsent si lourd que l’antihéros plein d’espoir ne peut se dégager de dessous eux – ne peut distinguer comment arriver à un seul vers qu’il pourrait dire sien, et il se tord de douleur sous cette masse, implorant la pitié.

En dépit des craintes que lui inspirait le dehors, Harry était libre au-dedans. Elle croyait à sa puissance et à sa fureur, et elle expulsait hors d’elle ses œuvres comme des nouveau-nés humides et sanglants. Quand je mourrai, ils verront, croassait-elle. C’est moi qui aurai le dernier mot. Lorsque je lui dis qu’elle me faisait penser à une femme de De Kooning, l’une de ces effrayantes mamas aux bouches grimaçantes, elle rit de plaisir et se frotta les mains. Elle me dissimula son *Heathcliff* jusqu'à ce qu'il soit achevé. Le personnage avait une tête immense, rejetée en arrière, la bouche béante, une cage à oiseaux à moitié écrasée entre ses mains gigantesques. Dans cette cage se trouvaient des bouts de dentelle déchirée, un livre de poèmes de Shelley, des morceaux de papier couverts d'écriture et un bas blanc déchiré qui pendait comme une langue entre les barreaux. Au premier abord, cela faisait l'effet d'un coup de poing à l'estomac, force pure, mais de près, la personne, si c'en était une, avait des balafres et des entailles plein son corps et ses seins affaissés de bronze moucheté.

"Heathcliff était un homme, Harry. Ceci est une femme."

Les yeux de Harry prirent feu quand elle répondit : "Il est plus moi que moi-même."

Catherine dit ça. La première Catherine, la plus sauvage, dans ce grand roman riche et diabolique, *Les Hauts de Hurlevent*. Le cerveau de Harry fonctionnait vite et fort. Je connaissais ce livre et sa prose arborescente et sensuelle, l'un de mes préférés depuis toujours, brique littéraire s'il en est. Mais Harry dévorait d'autres traités, essais et ouvrages obscurs dont je n'avais jamais entendu parler. Elle lisait inlassablement, en plus de son travail artistique, et certains jours je lui disais : Harry, je n'ai aucune idée de ce dont tu causes en ce moment. Elle était plongée jusqu'au menton dans les neurosciences, l'étude de la perception et, pour une raison que j'ignore, ces articles illisibles, avec leurs abstractions et leurs discussions, justifiaient sa deuxième vie d'arnaque artistique. Eldridge l'encourageait, aussi, mais il n'était pas responsable de la combine. Bien que j'aie combattu *Les Chambres de suffocation* et l'idée de Harry en homme gay (qu'elle trouvait hilarante et que je trouvais sotte), je vois maintenant que les dégâts ont été de courte durée. Eldridge a remis les choses en place. Je n'ai jamais rencontré ce gamin gnangnan de Tish, mais à mon avis il ne valait pas l'anagramme *shit*. S'est tiré au Tibet. Non, c'est Rune, ligué avec le fantôme de Lord, qui a foutu la merde. Je leur en veux à tous les deux. L'histoire n'est pas simple, elle n'est pas rectiligne, mais j'aimerais apporter mes souvenirs, les brumeux et les clairs.

Une fois que nous avons été bien solidement ensemble et accouplés (dans la mesure du possible avec un bas-bleu bon teint), je vis de plus en plus en elle la fille vulnérable. Les cauchemars étaient pénibles, mais elle avait aussi, la nuit, des crises de larmes ou de rage, particulièrement quand elle avait vu son psy. "Pourquoi marches-tu dans ces conneries ? lui demandais-je. Il ne fait que te bousculer. Quel bien cela peut-il te faire ?" Mais j'avais beau la câliner pour qu'elle me raconte une "séance", elle secouait la tête en souriant, les larmes ruisselant encore. "Tu es jaloux du docteur. C'est gentil, ça, Bruno. C'est vraiment gentil." Je n'étais pas jaloux. Je n'aimais pas la voir bouleversée, mais elle savait aussi que je n'avais pas grand-chose à foutre de la psychanalyse. Mon copain Jerry Weiner s'est fait traiter pendant trente ans par un psy de Central Park West et, pour autant que je puisse en juger, Jerry est resté le même couillon entêté qu'il avait toujours été. Rachel, je l'aimais bien, mais Rachel aurait égayé la morgue si elle avait choisi de travailler comme médecin légiste. Ça, c'était Rachel.

Quand a eu lieu la première apparition de Rune dans la vie de Harry, c'est un mystère pour moi mais, un après-midi de mai 2001 – je sais cela parce que c'était le printemps avant la chute des tours, il faisait chaud et la nature germait, et j'étais proche de la fin de mon semestre à l'université de Long Island –, je les trouvai tous les deux sur le canapé de Harry en train de glousser comme une paire d'adolescentes en buvant du chardonnay et en mangeant des cacahuètes. Harry fit les présentations et Rune, dents blanches luisantes comme un œuf, dit : "Ah, le poète."

Je n'ai pas du tout aimé sa façon de dire ça. Ah, le poète. Je n'aimais pas le Ah, je n'aimais pas sa façon de traîner sur le mot poète, je n'aimais ni ses dents trop blanches ni la boucle de sa ceinture ni la chemise stupidement moulante qu'il portait ni ses bottes éraflées ni la pose de son bras sur le dossier du canapé ni la manière dont il parlait de ses "films". Dès le début, cet homme m'a déplu. Quand son petit cul valsant passa enfin la porte, je me sentis soulagé.

Je me souviens que Harry m'accusa d'avoir "fulminé". Je répliquai que je n'avais pas fulminé, mais qu'elle s'était montrée "toute en émoi", et que ça ne lui allait pas, femme d'âge mûr, de minauder et glousser comme une gamine. Il y eut quelques coups de bec échangés entre nous à propos de sémantique – fulminer, émoi et minauder – après quoi elle me toisa du haut des sommets impériaux de la harrytude, aussi froide et grandiose qu'elle pouvait l'être, et m'annonça qu'elle n'avait pas besoin de mon approbation. Elle ne se plierait pas à mes caprices. Elle s'était tirée du chemin une fois de trop, merci beaucoup, avait assez marché en rond sur la pointe des pieds dans son ancienne vie comme une serve attendant que tombent des miettes. (Cet autoportrait de Notre-Dame des Manteaux me parut d'un comique irrésistible.) Je lui dis que Rune avait l'air d'un gigolo. Sans se défaire de ses grands airs, s'exprimant en paragraphes complets et bien formés, la Reine poursuivit : Rune était un Prince Régnant sur le marché de l'art, je le savais sûrement, et il *adorait* ce qu'elle faisait. Elle lui avait fait faire la visite, le tour réservé aux amis, le choix suprême d'amis qui savaient qu'elle n'exposait pas, qu'elle en avait terminé avec les marchands et les galeries et "tout ça". Je suggérai que, peut-être, il aimait son argent, qu'il flairait ici et là une vente, et ce fut le feu d'artifice, fuuiit, crac, boum. Fric et valeurs. L'eau de toilette de Felix Lord flottait, nauséabonde.

Après l'extinction des étincelles du feu soufflé entre nous, je me demandai à haute voix s'il ne lui paraissait pas un rien trop lisse et doucereux. M. Rune de la Surface était passé maître en parcours de l'art et discours sur l'art, non ? Oui, c'était vrai, admit Harry, mais elle agita les bras. Il a énormément d'argent, et des *idées* : M. Mémoire, M. Intelligence artificielle, M. Ordinateur. Le visage de ma Harry était tout ensoleillé et réchauffé par les idées grandioses de Rune. Les robots peuvent-ils avoir une conscience ? La pensée consiste-t-elle à traiter de l'information ? Ils avaient discuté de la machine de Turing, et du test de Turing. "Il se trompe complètement, Bruno, mais c'est amusant à discuter, ne vois-tu pas ?" Et l'art ? Je m'étais informé. Je trouvais qu'il avait l'air d'un foutu modèle mâle avec son abdomen ondulant, ses biceps renflés, ses films de lui-même se grattant le cul, se curant le nez. De qui se moque-t-il ? demandai-je à Harry, et elle dit : "Mais, Bruno, il se moque."

Qui a lancé l'idée que toute vie devait être enregistrée pour la postérité ? Était-ce ce cinglé de Rousseau ? Voyez, je suis un menteur, un tricheur, un masochiste. Voyez, je balance mes enfants dans un orphelinat ! Ce type se dissèque pour se faire voir de tous. J'ai un faible pour Jean-Jacques, c'est vrai, le héros du moi-moi-moi. Vers la fin de sa vie, Allen Ginsberg était accompagné par une équipe de cinéma partout où il allait. Le moi comme mythe, le moi comme film, ronronnait-il devant la caméra, mais au moins il a écrit quelques beaux poèmes. Mon héros Walt était assez fort en autopromotion, lui aussi. Il a collé sur *Feuilles d'herbe* les mots d'Emerson, des mots volés à une lettre *privée*. Whitman n'était personne, et Emerson une *éminence grise**. Les mots d'Emerson : "Je vous salue au début d'une grande carrière." Le livre bénéficia de deux critiques anonymes écrites par le jeune Walt en personne : "Un barde américain, enfin !" Nous devrions sans doute nous réjouir qu'il n'ait pas eu accès à Internet. Je vois ça d'ici, *La Whittmanie : soyez-en !* Et pourquoi pas moi ? Le site de Bruno Kleinfeld : anti-héros inconnu tape sur le clavier de son Olivetti, pour qui ?

Qui était Rune, né Rune Larsen ? Je n'en sais foutrement rien. Que voyait-elle en lui ? Une nuit, au lit, à plat dos et les yeux au plafond, j'ai lâché une question : avait-elle des envies de chair plus jeune ? Harry joua l'idiote. Quoi ? De quoi parles-tu ? De Lui, dis-je, Lui, l'artiste star. Son explosion d'hilarité m'envoya presque voler à l'autre bout de la chambre. Elle l'aimait pour son talent, son art de la manipulation, son personnage. Il avait accompli sa gloire à force de fanfaronnades, de jactance et d'allant. Ça la fascinait. L'ego surdimensionné de ce garçon avait quelque chose de contagieux, et il y avait davantage, aussi, en lui. Peut-être Harry l'avait-elle élu dès l'abord. Peut-être, lorsqu'elle rigolait sur le canapé avec ce psychopathe, étaient-ils déjà conspirateurs. Elle me dissimula leur complot parce qu'elle savait que je n'approuverais pas. Je ne relevai pas ses allées et venues. Harry était une dure. Finie, Mme Chic Type. Fini, le dévouement à un Époux ou à n'importe quel Homme. Elle était libre désormais et le Gros Ours n'avait pas à s'en mêler. J'entendis le message. Les journées lui appartenaient. Les soirées étaient à nous – apéritif chez Sunny, dîner chez elle, un DVD – mais on n'allait pas se ranger. Les timbrés en résidence allaient et venaient. Le Baromètre avec ses avis météo : "Amas de Harcèlements Humides en provenance de Cercles Infernaux", Eve avec ses tenues bizarres, Eldridge expérimentant un nouveau tour pour son numéro.

Je ne suis pas certain que Harry aimait vraiment le truc qu'elle a acheté à Rune – cet écran vidéo avec des visages découpés en morceaux et reconstitués, un micmac cinématographique de glamour et de gore. C'était un multiple – c'est-à-dire "pas tellement cher". Un après-midi, je m'installai devant l'écran pour lui consacrer une tentative loyale. Sois juste, me disais-je, et non bourré de préjugés pour la seule raison que l'artiste est un connard. T. S. Eliot n'avait rien d'un parangon, n'est-ce pas ? Ces tronches sanglantes et ces joues tailladées, est-ce bon ? Cela m'intéresse-t-il ? Est-ce que je me sens concerné ? Pour être honnête, ce foutu truc me décontenançait. Je dis à Harry que ça me faisait me sentir seul et elle rit, mais dit aussi que ça lui faisait le même effet. Il n'y est pas question de communion, dit-elle. Je ne savais pas à ce moment-là que Rune était mûr pour incarner son dernier avatar. Dans la tête de Harry, il était le véhicule numéro un. Si elle parvenait à harnacher sa puissance de star, elle pourrait démontrer comment fonctionnait la machine, comment l'idée de grandeur crée la grandeur et, une fois qu'elle aurait triomphé, la grande révélation aurait lieu ! Harriet Burden, telle qu'en elle-même.

Et c'est ainsi que nous deux, Harry et moi, nous opposions et nous réconcilions dans nos domaines de Red Hook, l'un grandiose, l'autre minable, mais chacun fiable à sa manière en tant que domicile. Autour de nous la ville bourdonnait et grinçait, les cornes de brume sonnaient et les nuages avançaient par-dessus nos têtes. Il pleuvait, l'orage grondait et puis la lumière revenait, et les saisons changeaient. Mais, chaque jour, le soleil se levait et le soleil se couchait, et quand nous sortions de chez nous, la rue était là, et le 4x4 de Harry était là, et la silhouette de Manhattan était là. Et alors New York fut frappée du dehors. De ciel bleu à ciel enfumé en quelques minutes ; nous entendîmes le deuxième avion et vîmes l'impact. Nous le revîmes à la télévision. J'essayais de comprendre, mais en vain. Je savais et ne savais pas. Dès que nous eûmes la certitude que Maisie avait récupéré Aven au jardin d'enfants de l'école de Little Red, sur la Sixième Avenue dans le West Village, qu'Oscar n'avait pas dû se rendre à Brooklyn ce jour-là, qu'Ethan était chez lui à Williamsburg, que ma fille Cleo, la seule descendante Kleinfeld vivant à New York, se trouvait bien à son bureau dans le Brill Building, à Midtown, que Phinny, Eve et le Baromètre n'avaient pas encore entamé leur journée, nous observâmes par la fenêtre les vents qui poussaient vers Red Hook les poussières et débris morbides. Toutes fenêtres fermées à l'abominable puanteur, nous passâmes une bonne partie de ce début d'après-midi à nous occuper du Baromètre. Les illusions cosmologiques du bonhomme se heurtaient et vacillaient en tous sens par temps normal. La fumée, les explosions, les chutes de papiers, de plastique pulvérisé et de chair le plongèrent dans un délire incessant de verbosité et de gesticulations raides et mécaniques. Avec ses cheveux et sa barbe en bataille, son T-shirt sale imprimé *Grateful Dead*, et son pantalon kaki déchiré flottant autour de ses jambes osseuses et arquées, il discourait, telle une machine, sur "la sublimité gémissante des humeurs transportables et de leurs très combustibles patriotes des tempêtes qui s'ébattent à grand bruit en divins échanges avec les archanges de Dieu" (extrait de la bande enregistrée par P. Q. E. : impossible de se remémorer le langage du Baromètre). Je priais. Je priais pour qu'il se taise. Le carnage ne représentait rien pour cet enragé. Le massacre ne le touchait pas. Il était perdu dans ses fantasmes personnels de puissance et de contrôle que ce jour-là avait explosés ou confirmés (l'un ou l'autre, j'ignore lequel). Ulysse offrit un Xanax que nous réussîmes à force de cajoleries à lui faire avaler. Nous avions endormi ce cinglé.

101e unité. Les sept pompiers qui ont répondu à l'appel sont tous morts.

Plusieurs jours après, je revois Harry à la fenêtre. Elle émet un bruit sourd qui vient de sa poitrine, pas de sa bouche. Et puis elle dit : "Les humains sont les seuls animaux qui tuent pour des idées."

Quand j'y repense, je me rends compte que, des gens que je connaissais, nul n'avait soif de vengeance. Pendant une période de quelques semaines, il m'a semblé que presque tous les New-Yorkais encore en vie étaient devenus des saints. On s'adressait à des inconnus dans le métro et on leur demandait "Ça va ?", ce qui signifiait "Avez-vous perdu quelqu'un ?" On donnait des pelles, des vêtements, des lampes de poche. On faisait la queue pour donner du sang, même s'il s'est avéré que ce sang ne servait à rien : ou bien vous étiez mort, ou bien vous aviez survécu. Rune empoigna une caméra et filma dans le style guérilla. La zone était interdite d'accès mais il avait dû s'infiltrer entre les flics. Je sais qu'il téléphonait à Harry. Elle s'inquiétait à haute voix de sa fringale de photos. Les malades mentaux sont-ils devenus plus malades après le 11 Septembre ? Il doit exister quelque part un foutu rapport là-dessus.

En majorité, les New-Yorkais se comportaient comme des anges, mais les experts, commentateurs et journalistes donnaient voix à leurs bons sentiments, agitaient leurs clichés et brandissaient leurs platitudes. Et dans les années qui suivirent, Bush et sa clique érigèrent un gros mensonge après l'autre sur les cadavres incinérés dans le bas de Manhattan. Un élan de bonté collective ne peut durer. Nous retrouvâmes nos naturels critiques et péremptoires mais aussi, par intermittence, aimables et obligeants et, parce que les jours venaient et passaient sans explosion dans le métro, effondrement de pont ni écroulement de gratte-ciel, nous nous laissâmes bercer par ce que Warren G. Harding appelle "la normalité", mot code pour juste-la-merde-quotidienne-ordinaire-qu'offre-la-vie, merci beaucoup : marasme professionnel, adultères, querelles familiales, névroses en tout genre, asthme, ulcères à l'estomac, rhumatismes et remontées acides.

Quand Harry m'apprit, peu après l'attentat, que Rune avait accepté de prendre son tour en tant que dernier acteur dans sa grande intrigue tripartite, j'explosai en un énorme pourquoi-diable-voudrait-il-faire-ça ? Les désirs de Harry avaient faussé sa jugeote, mais elle avait plusieurs arguments : le subterfuge était pile dans les cordes de Rune, que ce stratagème emballait parce que, si tout marchait comme prévu, il pouvait devenir le plus grand de tous les arnaqueurs du monde de l'art ; il ferait apparaître les critiques (dont il espérait écarteler certains) comme des clowns. Là se trouvait la vulnérabilité de cet homme, assurait Harry. Il y en avait qui le traitaient de frimeur, de flagorneur. En outre le marché l'effrayait. Au sommet un jour, effondré le lendemain. Il ne voulait pas finir comme Sandro Chia, cassé sur le marché par Saatchi, et qui ne s'en remit jamais. Rune vivait comme un pacha, ne se refusait rien. Il avait besoin d'assurer ses frais. Il retournerait la situation vis-à-vis de ses détracteurs. Quand ils se moqueraient de son petit dernier, il pourrait révéler Harry pour les confondre. Mais elle affirmait aussi qu'elle avait dégagé les idées du grand Rune, reconstruit son monde intérieur, et que l'abominable événement dans le bas de la ville avait fait exploser la ligne qu'il s'était fixée. Ce n'est pas ainsi que ça fonctionna. Pour finir, ce naïf de Bruno en savait plus que la *Grande Dame** de l'ironie.

Que veut une femme ? Que voulait Harry ? Elle ne voulait pas être Rune. Elle ne voulait pas vendre ses œuvres des millions de dollars. Elle savait que le monde de l'art est avant tout un cloaque de poseurs vaniteux qui achètent des noms pour blanchir leur argent. "Je veux être comprise", me disait-elle d'un ton plaintif. C'était un jeu cérébral que le sien, un conte de fées philosophique. Oh, Harry ne manquait pas d'explications, de justifications, d'arguments. Mais, je vous le demande, dans quel monde allait se produire cette compréhension ? Dans le royaume enchanté de Harry, où les citoyens se la coulaient douce en lisant des bouquins de philosophie et de science et en discutant de la perception ? Le monde est grossier, ma vieille, lui répétais-je. Regarde ce qui est arrivé à la poésie ! Elle est devenue désuète, charmante et “accessible”. Harry voulait que son histoire de pseudonymes soit lue par des illettrés. Obsession était son mal, et l’obsession est une machine qui broie et cliquette et siffle heure après heure, jour après jour, mois après mois, année après année. Elle haïssait mon poème. Je haïssais son conte de fées. Elle a construit pour Rune un *magnum opus*, le labyrinthe de sa propre danse d’affliction personnelle, et il l’a volé. Quand elle m’apprit qu’il n’allait pas exécuter son plan, elle était couchée à plat dos dans son atelier, en contemplation devant une grande et grosse dame avec des forceps et une cloche de vache qu’elle avait accrochée au plafond. Edgar et ses deux autres assistants, Ursula et Carlos, étaient rentrés chez eux. Il était à peu près six heures du soir. Elle m’avait appelé quelques minutes avant. “Viens, Brune. Il est arrivé quelque chose.” Sa voix, blessée, mal assurée. Elle n’eut pas un regard pour moi pendant qu’elle déroulait l’histoire, un mot à la fois, lentement, délibérément. Seule sa bouche remuait. Le reste de Harry était devenu un roc.

Rune lui avait montré une vidéo de lui-même avec Felix Lord. Ce n’était rien, répétait-elle, rien du tout, juste eux deux assis sur un canapé dans une chambre banale qu’elle n’avait jamais vue, sans se dire un seul mot, trente, quarante secondes de silence, et un sourire échangé entre eux. Feu le mari était revenu rugissant sur pellicule. “Pourquoi ne m’as-tu jamais dit que tu connaissais Felix ?” avait demandé Harry. Et lui : “Quelle importance ?”

“Quelle importance, Bruno ?”

Une sacrée importance, dis-je. C’est d’une sournoiserie infâme. J’aimerais prendre ma batte et lui écraser la cervelle, dis-je.

Et Harry m'a répondu : "Ceci n'est pas une bande dessinée, Bruno."

Tant de choses ont disparu, aujourd'hui, de nos conversations, je veux dire. Des nuits où nous restions couchés à jacasser jusqu'aux petites heures, nous deux, ma grande et chaude Harry et moi, ma chérie, la joie de mon cœur, tout est perdu, il ne reste pas un mot, mais *Ceci n'est pas une bande dessinée, Bruno* est imprimé à jamais dans les sillons de mon cerveau. J'ai un souvenir parfait de cet échange. Je me suis tu, alors, aussi muet qu'un homme qui viendrait de perdre son larynx. Elle me donnait l'impression que je n'étais qu'un pauvre imbécile en costume de gorille, titubant à l'aveugle parce qu'il ne voit rien par les trous des yeux.

Quand je demandai à Harry ce que cela signifiait, elle me dit qu'elle n'en savait rien. Rune n'avait pas voulu s'expliquer. "Il a dit que ça faisait simplement partie du jeu."

Quel jeu ? demandai-je. Quel jeu ? J'insistai. J'insistai fort. Chantage ?

Sans quitter le plafond des yeux, Harry secoua la tête. Elle dit qu'elle pensait que Rune cherchait à jouer au plus fin avec elle et que ce salaud ferait n'importe quoi pour l'emporter. Elle dit qu'il cherchait à lui insinuer une idée dans la tête, qu'il était l'amant de Lord, peut-être, ou qu'il avait tout su d'elle par Felix avant leur rencontre, quelque chose, n'importe quoi. Du moment qu'il y a un secret, dit Harry, on peut remplir le vide de soupçons. De son vivant, Felix avait des secrets. Harry serra les dents et ses yeux s'étrécirent. Elle ne me regardait pas. "Il va prétendre qu'*Au-dessous* est de lui. Mais il est trop tard, dit-elle. Il ne s'en tirera pas."

La tombe de Lord n'était jamais silencieuse. J'aurais voulu secouer Harry, l'obliger à mettre fin à tout cela. Elle avait maintenant sa chance d'arrêter le manège, d'y échapper. Je l'aiderais. Bruno, son héros et protecteur, allait fondre en piqué pour la sauver d'elle-même. Allons-nous-en, dis-je. Partons.

Harry secoua la tête.

Je lui dis que je l'aimais. Je t'aime au plus haut des cieux, lui dis-je. Je t'aime. Tu m'entends ?

Elle m'entendait. "Je t'aime aussi", dit-elle. Elle ne pensait pas à moi.

Bruno, perché sur ses nobles sentiments, Mr Rescue* en personne, ne me manquait qu'une cabine téléphonique où enfiler la combinaison. Il n'y a plus de cabines téléphoniques, mon vieux.

Je me souviens que le soleil découpait des rectangles de lumière sur le plancher de bois. Je me souviens du visage désolé de Harry, et je me souviens des mots qui ont surgi sur ce palimpseste qu'est mon cerveau pour que j'en fasse une citation. Ils venaient du Livre de Ruth, dans la version du roi Jacques, les mots d'une femme qui s'obstine à en suivre une autre et refuse de retourner sur ses pas.

Où que tu ailles, j'irai, dis-je à Harry. *Où tu mourras, je mourrai, et j'y serai enseveli.*

Harry sourit d'un sourire chancelant. "Ça c'est gentil Bruno", dit-elle.

Ça m'a fait comme un coup de pied dans le ventre.

OSWALD CASE
(témoignage écrit)

Jamais Rune ne renonça à l'ironie. Ce fut là sa victoire. En dépit du lamento unanime sur l'air de "rien ne sera jamais plus comme avant", des mines éplorées et de la crise d'introspection d'une Amérique de l'après-11 Septembre en quête de son âme, à la question de savoir si le monde de l'art subit en conséquence de ce jour-là une altération permanente, la réponse est un non assourdissant. Tout bien considéré, trois mille morts au cœur de la ville comptent sur le marché autant qu'un éternuement, une convulsion momentanée de la conscience. Oui, des artistes ont pleurniché, parlé d'absurdité et de nouveaux commencements mais, quelques mois plus tard, la vie était *comme d'habitude**. *Mea culpa.* Je suis l'auteur de "L'ironie est morte à Ground Zero", publié dans *The Gothamite* la semaine du 23 septembre. Qu'on me permette de m'en expliquer : quand j'ai banni l'ironie, cette forme éminemment nécessaire de la pensée, j'étais sérieux. La pointe de Manhattan était un cimetière fraîchement creusé, et je croyais avoir été remodelé en M. Sincère. En outre, j'ai, depuis, reconnu mon erreur. C'est plus que je n'en puis dire de nombre de mes estimés confrères qui ont déversé leurs ambitions littéraires contrariées dans des articles ignominieusement mauvais. Ils avaient oublié la devise de notre noble profession : tout passe, tout casse, tout lasse. Ma contribution à ce moment de fin-de-l'ironie n'approchait pas, fût-ce de loin, le caractère ridiculement pathétique de la plus grande partie des conneries qui furent publiées après le 11 Septembre. Combien de fois n'ai-je pas lu : Qui aurait pu l'imaginer ? N'importe quel scénariste minable de Hollywood l'avait déjà imaginé. Rune voyait juste. Il savait que le spectacle serait utilisé, exploité, récrit de mille manières aussi différentes que majoritairement de mauvais goût.

Quand je l'ai interviewé en 2002, il m'a parlé de ses démêlés avec la catastrophe en art. Comment un massacre qui avait déjà subi de multiples manipulations narratives pouvait-il être représenté ? Il évoqua la rapidité de la technologie, les simulations et, finalement, l'effroi. Il disait qu'il n'avait jamais éprouvé ça : l'effroi. Jamais ressenti avant le 11 Septembre. Il le qualifiait de "superconductivité émotionnelle". Il en voulait dans son œuvre. Je sais que Harriet Burden croyait avoir trouvé une troisième couverture pour sa campagne sur le thème "cette femme peut elle aussi devenir une célébrité artistique". La question, c'est : est-elle intervenue au point de voler à Larsen la paternité des œuvres qui seraient exposées un an et demi après ? Je ne le crois pas. Je crois qu'il savait exactement ce qu'il faisait. *Au-dessous* a frappé la planète artistique comme une tornade. Le *timing* était d'enfer. Il savait que montrer les images que tout le monde avait vues à la télévision le 11 Septembre et durant les quelques jours suivants ne ferait pas l'affaire, pas à New York. Mais qu'être amené à marcher dans un labyrinthe où l'on verrait des extraits de films en noir et blanc montrant des voitures fracassées ou des chaussures d'enfant couvertes de poussière, le tout accompagné de cette étrange séquence de mascarade fantastique (dont Rune était, je crois, le réalisateur), l'expérience y gagnait en intensité. Il s'était servi de Harriet Burden comme d'une muse. Elle a eu ce mérite, je le reconnais mais, à ces images fantastiques, en mêler d'autres tout à fait banales – Rune regardant par la fenêtre, une tasse de café à la main, ou la neige en train de tomber – faisait directement référence à *Banalité*. Sans parler du fait que les gestes robotiques des danseurs, c'était du Rune pur jus. *Au-dessous* ne ressemble en rien à ces œuvres gnangnan de Burden qu'on expose actuellement.

Lorsque je l'ai interviewé, Rune s'était acquis une célébrité de *bad boy*, ce qui signifiait évidemment qu'il ne se montrait pas aimable. Il était trop compliqué pour être un type aimable mais, convenons-en, l'amabilité n'est pas seulement surestimée, elle plaît aussi beaucoup moins qu'on ne le prétend. Les gens adorent un MOI bien imposant, bien consistant. Ils disent que non, mais dans le monde de l'art toute personnalité craintive et effacée a quelque chose de repoussant (à moins qu'elle n'ait été cultivée à mort en tant que telle), et le narcissisme attire comme un aimant. Le personnage joué par l'artiste fait partie de l'emballage. Picasso était un génie, mais considérez sa mythologie ! Un ogre, qui avait des femmes en quantité et adorait les torturer. Un M. Moi-Je, une monumentale enflure de talent dont les griffonnages sur des serviettes de table valent plus que je ne gagnerai de ma vie entière. Si vous ne séduisez pas, vous n'avez aucune chance. Voyez Schnabel, toujours en pyjama ! C'est le brevet qui fait tout.

Lors de cette première interview, Rune révéla qu'il n'était pas dupe des hauts et des bas du marché. Aux questions que je lui posais sur sa dernière exposition, il répondit : "*La Banalité du glamour* a reçu bon accueil parce que les collectionneurs trouvaient ça scabreux. La référence à Hannah Arendt leur plaisait, même s'ils n'avaient jamais lu son livre. Moi non plus, je ne l'ai jamais lu. Mais jouer sur le glamour et le mal est marrant, parce que le mal n'est pas censé être banal, alors que, maintenant, le glamour l'est." À ce moment-là, il y avait des années que Rune s'enregistrait lui-même quotidiennement : la vie de l'artiste en jeune homme en vogue. Je profiterai de cette occasion pour corriger un vieux truisme fatigué : "La beauté est superficielle." C'est faux. Elle est au plus profond de la vie. La beauté fait l'homme. Avec un mètre quatre-vingt-dix de blondeur, d'yeux bleus et de traits délicats, les racines nord-européennes de Rune s'imposaient de manière aussi retentissante que les publicités télévisées diffusées à plusieurs décibels au-dessus des émissions normales. Il avait les yeux bleu pâle et parfois, quand je le regardais, j'avais l'impression d'être en conversation avec l'un des réplicants de *Blade Runner*.

Pendant quelque temps, dans les années 1990, il avait adopté des affectations métrosexuelles – eaux de toilette, manucures, mousses capillaires, gommages corporels, autobronzants – dont il filma consciencieusement les applications pour son journal. Ensuite il arrêta. Il adopta le look cow-boy *au naturel** : jean raide, bottes, T-shirt maculé de sueur. Peu après cette incarnation western, il se montra partout vêtu d'élégants complets italiens et se prononça haut et fort sur tel ou tel artiste entrant dans le moulin à rumeurs. Il comprenait son image, comprenait qu'il était son propre objet, un corps à sculpter dans son œuvre. "C'est une imposture, disait-il. Le film entier est une vaste imposture. C'est ça l'idée. Ce n'est pas que je l'aie mis en scène. C'est moi au réveil. C'est moi à des réceptions. L'imposture vient du fait que vous croyez voir quelque chose alors que vous ne voyez rien d'autre que ce que vous y mettez. C'est ça, la culture de la célébrité. Ça n'a aucun objet, sauf votre désir qui peut être acheté si on y met le prix. Je sais que si je m'en tiens à une quelconque histoire me concernant, je vais devenir ennuyeux. Regardez Madonna. Mes réinventions signifient que je n'ai pas d'image, pas de style. Je suis fade, un blond fade. Je n'ai rien créé de nouveau. Ça a déjà été fait, mais j'ai ajouté de petites astuces, et ça plaît. Je combats activement la moindre trace d'originalité."

Son attitude était une pique, une pique intelligente et compliquée à l'adresse de l'Amérique en paradis du consommateur où les choses ne sont ni originales ni réelles. Qu'ils sachent ou non de quoi il parlait, Rune donnait aux gens qui l'entouraient le sentiment d'être branchés. Les croix de couleurs étaient si simples qu'elles passionnaient. Elles étaient aussi faciles à lire que des panneaux routiers, mais difficiles à lire, également. Que signifiaient-elles ? Avec leur manière de reproduire, en plusieurs couleurs, le symbole de la Croix-Rouge, elles auraient pu passer pour une référence ironique à toute l'histoire du christianisme ou aux croisades. Après le 11 Septembre, on eût dit qu'elles relevaient de la prescience : conflit Orient-Occident, civilisations en guerre. Ou n'étaient-elles qu'une forme ? Certes, il y eut des critiques pour lui tomber dessus, mais je ne remarquai nul émoi chez les collectionneurs. L'authentique ironie, c'est que le 11 Septembre a bel et bien transformé Rune. Il a ressenti le besoin d'une esthétique nouvelle, au moins pendant quelque temps. C'est peut-être ce qui l'a conduit à Burden, une artiste à ce point obscure qu'elle n'était même pas une *has-been*. Personnellement, je ne vois guère plus dans son œuvre qu'un épanchement néoromantique – ampoulé, sentimental et embarrassant –, une grosse prise de tête pleurnicharde qui me fait penser à de l'existentialisme mal digéré. Je n'ai pas encore discerné l'intérêt supposé de ses “métamorphes”.

Politiquement correct et politiques identitaires ont infiltré les arts visuels comme tous les autres aspects de la culture américaine cosmopolite et expliquent en grande partie l'admiration dont son œuvre est aujourd'hui l'objet. La pauvre femme négligée qui ne pouvait trouver de galerie ! Pauvre Harriet Burden, riche comme Crésus avec ses chapeaux à cinq cents dollars, veuve du plus retors des marchands qui officièrent jamais à New York. Mon cœur lui est acquis. Il palpite de sympathie. L'art n'est pas une démocratie mais jamais pareille vérité flagrante ne devrait faire l'objet ne serait-ce que d'un murmure dans notre ombrageuse et chatouilleuse cité de médiocres bien pensants, de gauche, amateurs de décaféiné au lait écrémé et aveugles aux réalités. Suggérer, ne serait-ce qu'un instant, qu'il pourrait y avoir dans les arts plus d'hommes que de femmes parce que les hommes sont meilleurs artistes, c'est risquer la torture de la part de la police de la pensée. Et pourtant, lisez *The Blank Slate (L'Ardoise vierge)*, de Steven Pinker, psychologue distingué et prophète audacieux de la nouvelle frontière – la sociobiologie fondée sur la génétique – et dites-moi encore qu'homme et femme sont identiques, qu'ils ont la même endurance, que la différence de "genre" est environnementale. D'expérience en expérience, la science du cerveau a établi que les hommes obtiennent des notes plus élevées que les femmes dans les tests d'aptitude visuelle/spatiale et de rotation mentale. Cela ne pourrait-il, au moins en partie, être en relation avec la position dominante des hommes dans les arts visuels ? C'est le jeu de l'évolution. C'est dans la donne. Les hommes sont chasseurs et combattants, actifs et non passifs, ils agissent et fabriquent. Les femmes ont été les nourricières, en charge des enfants. Elles devaient rester à proximité du nid. Y a-t-il eu discrimination et préjugé contre les femmes ? Bien sûr que oui, mais le féminisme n'a pas favorisé leur cause ; les féministes ont protesté à grands cris à propos de nombres et de quotas, et fait des femmes artistes des instruments politiques. Les meilleures ne veulent rien avoir à faire avec le féminisme. Harriet Burden est la dernière toquade dans une tradition vénérable : la femme victimisée par un monde "phallocentrique", qui a piétiné sa grandeur.

Quoi qu'il en soit, Rune était à la recherche d'une façon de complexifier son œuvre, d'y ajouter un élément rétrograde, d'introduire quelque chose du passé, une certaine nostalgie de l'avant-garde, de l'expressionnisme, de l'art avant Warhol et ses concessions à l'ultime fantasme du consommateur – du monde avant les *Campbell's Soup*. Je pense que c'est ce qu'il a trouvé chez Burden. Ce n'est pas elle qui l'a trouvé. C'est lui qui l'a trouvée. Plus tard, ainsi qu'il me l'a raconté. Cette femme était bien placée, et il avait connu son mari. Soit dit en passant, Rune n'était pas gay. Les femmes étaient toutes après lui. À l'approcher en douce. À le frôler, comme sans le faire exprès. À roucouler et babiller devant lui avec des expressions stupides et extasiées. Jeunes et belles, ou plus tellement jeunes ni belles, les femmes n'avaient jamais assez de lui. Je me souviens d'une partie de billard que nous avons faite en ville, Rune et moi. Après, nous avons pris une bière au bar. Une nana d'une vingtaine d'années, une nana canon (qu'on me pardonne de froisser quelques plumes délicates en recourant à cette expression gentiment argotique pour qualifier une "superbe femelle"), cheveux noirs et chemisier étroitement noué à la taille laissant entrevoir son nombril orné d'un petit anneau doré, vint s'asseoir sur le tabouret voisin de celui de Rune. Elle ne prononça pas un mot. Il ne prononça pas un mot. Il ne lui paya pas un verre. *Niente*. Il se tourna vers moi, me lança "'soir, Ozzie", et je les regardai sortir ensemble du bar et tourner au coin de la rue.

Pour mon profil de Rune, il me fallait des faits. Ils sont à cheval sur les faits, au *Gothamite*. Toujours à vérifier et revérifier les faits. Ce qui m'amuse, dans toutes ces fastidieuses vérifications des faits, c'est qu'on est autorisé à humilier n'importe qui à condition que sa date et son lieu de naissance ainsi que tous les chiffres le concernant soient irréprochables. Et qu'on peut citer les plus fieffés menteurs, du moment qu'on les cite avec exactitude. Cela confère à un texte de la rondeur : un peu de positif, un peu de négatif. Nous sommes friands d'équilibre dans le reportage. Mais c'est dans les affaires sérieuses que l'équilibre est le plus important. La politique, c'est du sérieux. Touiller la gadoue c'est du sérieux, et cela nécessite une prose à la hauteur. Les zones de guerre exigent la suspension et le désistement complet de tout humour et/ou ironie. Les arts, ce n'est pas du sérieux, pas aux É.-U. d'A. Ils ne sont pas affaire de vie ou de mort. Nous ne sommes pas des Français. Dans un article sur les arts, à condition d'orthographier correctement le nom du gars, on peut écrire tout ce qu'on veut. On peut balancer sous forme d'article des messages de haine à n'importe quel solennel imbécile de son choix et se faire une réputation dans la foulée. Je vous choque ? *Excusez-moi**.

H. L. Mencken a écrit un jour que si un critique "se consacre à la défense retentissante des platitudes éphémères", il gagne le respect. Les platitudes contemporaines sont haro sur le mâle blanc, encourageons la diversité et détruisons le canon ; ou, au contraire, agitez le drapeau en faveur du canon et des vertus artistiques anciennes. Bien entendu, Mencken écrivait en un temps où université signifiait savoir lire et écrire. Tel n'est plus le cas. Je pourrais vous régaler pendant des heures d'histoires de nos internes, tout frais sortis de l'Ivy League*, incapables de distinguer *censé* de *sensé*, incapables de conjuguer le verbe *faire*, dont les fautes d'orthographe me hérissent le poil, mais dont les bouches semi-alphabétisées s'entendent à enfiler l'une après l'autre les platitudes éphémères "bien pensantes". Ah, comme j'aspire à un avenir qui verra à la tête du monde de tels individus incapables d'écrire à la main.

Dans les arts visuels, Clement Greenberg fut un dictateur couronné de succès tant que dura son règne, mais ce monde-là n'est plus. Et pourtant, plus un artiste suscite de commentaires, mieux c'est, surtout si les arguments en faveur de la grandeur de l'artiste en question ont une tonalité suffisamment abstruse. Ce n'était pas un texte critique sur Rune que j'écrivais, toutefois. Pour le profil et, plus tard, pour mon livre, il me fallait l'histoire de sa vie. Les faits sont les suivants : Né à Clinton, Iowa, en 1965, de Hiram et Sharon Larsen. Une sœur plus jeune : Kirsten. Père propriétaire d'un atelier de réparation de voitures. Mère couturière à domicile. Décrit par un voisin comme "un garçon calme et poli". Études secondaires à Clinton. En 1980, remporte le premier prix d'un concours scientifique interscolaire. 1981, la mère se suicide en prenant des somnifères. 1982, arrêté par police locale pour vandalisme (décapitation de nain de jardin chez le voisin). Élève boursier de Beloit College pendant un an. Transfert à l'université du Minnesota. Suit des cours sur l'ingénierie et les médias. Abandonne au bout de six semaines. Dossier scolaire erratique. Gagne New York en stop. 1987, figurant dans le film *City Slaves*. La même année, se lie avec Rena Dewitt, auteur du roman *City Slaves*, objet d'une brève célébrité. Dewitt, fille de Percy Dewitt *himself*, héritière de fortune pharmaceutique, fait découvrir au nouveau *boyfriend* les joies de l'opulence : soirées dans les Hamptons, vie nocturne et monde de l'art. 1988, se met à autodocumentaire. 1989, se déclare dans son *Journal* artiste au seul prénom – Rune –, et procède à amputation solennelle du patronyme avec feuille de papier brandie et *Larsen* détaché d'un coup de ciseaux. 1991, début dans exposition de groupe à PS1* : *Juste un type normal* [*Journal*, n° 1556], film de Rune peint en bleu façon Yves Klein, racontant sa journée à petit robot qui hoche la tête. Mentionné dans le *New York Times* comme étant clou de l'exposition. Se lie d'amitié et est vu fréquemment avec le mannequin Luisa Fontana. Luisa connaît une fin tragique. Saute du onzième étage de son appartement dans la 67e Rue est en avril. Triste mort de fille superbe mérite grosse histoire dans *New York Post*. Rune y est mentionné comme faisant partie de la coterie de ses amis.

(Aucune source de revenu connue entre 1986 et 1992.) En 1992, *Rompre est une affaire pénible* [*Journal*, n° 1925] exposé à la galerie Zeit. Deux films passent simultanément : 1) Film documentaire montrant l'histrionique séparation des chemins de Rune et de Dewitt dans immense et somptueux appartement de Dewitt sur Central Park West. Athlétisme considérable déployé de part et d'autre dans le lancement de chaussures. 2) Version animée "cybernétique" de deux personnages exécutant gestes identiques. Éveille l'attention de la presse. William Burridge s'en avise. Rune quitte Zeit pour galerie Burridge. Plusieurs articles hypocrites publiés par journalistes geignant sur invasion de vie privée. N'est-ce pas ce que *nous* faisons ? Rune affirme que Dewitt était au courant de la présence de la caméra et que les deux versions sont des "simulations". Dewitt prétend avoir oublié la présence de la caméra. Octobre 1995, Hiram Larsen décède à Clinton dans maison familiale, de blessures à la tête suite à chute dans l'escalier de son atelier en sous-sol. Rune assiste aux funérailles dans l'Iowa. Novembre 1995, William Burridge tente de reprendre contact avec Rune à Williamsburg, où il s'était installé chez Katy Hale, mais sans résultat. Rompt avec Hale au bout de deux mois, se met avec India Anand. Ni film, ni vidéo, ni enregistrement numérique. Autobiographie arrêtée jusqu'en 1996, quand Rune refait surface à New York. Pas d'adresse fixe avant novembre.

Octobre 1997, galerie Burridge, *La Banalité du glamour*, superproduction convoquant la technologie du morphing facial pour modification incrémentielle de ses traits dans une séquence vidéo de lui-même au lever, marchant dans les rues et assistant à un vernissage nocturne en T-shirt arborant les mots *Homme artificiel*. Simultanément, films de patients en chirurgie plastique sous le scalpel (esthétique comme réparateur), auxquels se mêlent des images de mains, bras et jambes prothétiques et robotiques ainsi que de crucifix et de croix. Briques posées en équilibre à divers points de la galerie, portant inscriptions simples : *Art*, *Artificiel*, *Homme d'art*, *Art d'homme*, *Hommart*, *Arthomme*, *Croix* et *Crucifix*. La brique rapporte gros. Article dans *Art Assembly* : "Rune : construire le non-moi." Expositions à Cologne et à Tokyo. Croix exposées en septembre 1999. Croix jaune vendue trois millions.

"Au paradis, a écrit quelqu'un, tous les gens intéressants sont absents." Rune était assurément une personne intéressante. À chaque journaliste, il racontait une version différente de sa période d'effacement, non pas un récit vague ou général mais des comptes rendus d'une grande précision, que chaque reporter gobait sans réserve. Synopsis :

1. Ayant quitté New York le cœur brisé après son histoire avec Dewitt, il s'est fixé à Newfane, dans le Vermont, où il a vécu sous un autre non, Peter Granger, en effectuant pour gagner sa vie divers boulots de menuiserie.
2. Il s'est tiré à Berkeley et, après avoir perdu un emploi à la librairie Cody, s'est retrouvé sans domicile et a vécu au sein d'un groupe de SDF à San Francisco.
3. Il a passé ces quelques mois à vivre dans sa voiture, roulant d'un endroit à l'autre, trouvant un travail où il pouvait mais sans jamais rester nulle part plus de trois semaines.

Aucune des personnes auxquelles j'ai parlé à Newfane n'avait jamais entendu parler de Peter Granger. Chez Cody, on ne savait rien de Rune, et il n'y avait aucun moyen de vérifier la version "sur la route".

À moi, Rune a servi un autre conte. Après le fiasco avec Rena Dewitt et la mort de son père, il ne s'était pas senti déprimé mais exalté. "Je ne pouvais pas mal faire, me disait-il. J'étais dans une telle forme ! Je ne marchais pas, je planais. Ce n'était pas « bien » que je me sentais, c'était en extase. Je claquais du fric. Je baisais, parfois cinq femmes par jour. Je dansais, je chantais, je me branlais. J'avais des visions, mec. Pas de drogues, juste des mirages de folie avec d'énormes bêtes rouges et des femmes à dents de chien. Ça me foutait les jetons. Une de mes partenaires sexuelles, qui se trouvait être psychiatre, m'a emmené aux urgences psy du New York Hospital après une partie de baise. Enfin, baise et castagne. Imagine ça, t'es en train d'ahaner sur une psy sexy et l'instant d'après tu t'aperçois que tu es un patient bouclé dans un hosto."

Malgré mes efforts pour vérifier cette histoire, les lois sur la vie privée des patients en psychiatrie dans l'État de New York m'ont fait obstacle à chaque détour. Je tends à adopter la version numéro quatre, non parce que j'en ai été le récipiendaire, mais parce qu'elle est bizarre et que, m'étant avancé déjà dans un âge sérieusement mûr, j'en ai entendu assez à propos du monde pour savoir que la vérité a souvent l'air inventée tandis que l'inventé sonne vrai. Il est au moins possible que Larsen ait fait une espèce de dépression, même si cela n'a pas été confirmé.

Au cours des recherches entreprises pour mon livre, après la mort de Rune, j'ai compris que sa sœur, Kirsten, savait où s'était trouvé son frère durant une grande partie de cette période non documentée de sa vie. Kirsten Larsen est technicienne cranio-faciale à Minneapolis. Elle fabrique des prothèses faciales pour des personnes atteintes de cancers et autres qui ont perdu leurs nez, oreilles, joues, mentons, mâchoires, etc. Bien qu'il soit certes difficile d'imaginer pareille activité en tant que vocation d'une vie, elle m'en parla lors de notre conversation téléphonique comme d'une profession noble, avec une grandiloquence croissante à l'égard du défi que représente la création, en "matériau biocompatible", de l'appendice convenant exactement à l'homme qui a perdu le sien, et elle reconnut non sans plaisir que son travail avait joué un rôle dans *La Banalité du glamour*. Elle se montra beaucoup plus réticente lorsque nous en vînmes à la disparition de son frère, toutefois, et évoqua vaguement le besoin qu'il avait eu de "se retrouver". Rune avait eu envie de solitude. Il ne lui "appartenait pas d'en parler", etc. Interrogée de but en blanc sur la possibilité d'une maladie mentale, elle répondit très calmement : "Je pense qu'il devait être cinglé pour faire une chose pareille, pas vous ? Je n'en dirai pas plus." "Et la mort de votre père ? A-t-elle été très dure pour lui ?" Il y eut un long silence. J'attendais patiemment. Et puis j'entendis renifler. Baissant la voix, j'adoptai la modulation consolatrice que j'ai perfectionnée avec le temps : mon intention n'avait pas été de la bouleverser. L'accident de leur père devait avoir été un choc, un choc terrible. Sanglots à l'autre bout de la ligne. "Il l'a trouvé. Vous ne comprenez pas combien c'était terrible ? Il l'a trouvé mort." Et puis, dans un grondement, elle ajouta : "Les morts méritent du respect. Vous ne comprenez pas ? Maman, papa, Rune, ils sont tous morts. Mais ils ont droit au respect."

Le reportage d'investigation peut être éprouvant, et il faut s'habituer aux intrusions qui s'avèrent nécessaires pour une histoire. Il y avait longtemps que je m'étais adapté aux visages en pleurs et aux voix étouffées, mais j'avais là une femme qui n'était pas disposée à parler, et je l'appréciai pour cela. Nous vivons dans un monde où tous ceux qui aspirent désespérément à l'attention des médias vendent régulièrement leurs âmes pour un passage à la télé. La seule mention de mon magazine fait briller les yeux et délie les langues mais, devant les ironies qui s'empilent, l'une par-dessus l'autre, il faut bien reconnaître que Rune était affamé d'attention. Je le dis à Kirsten : "Ne croyez-vous pas que votre frère aurait souhaité qu'on écrive un livre sur lui ? Son geste ultime ne visait-il pas l'art et la technologie ? Je crois qu'il a exprimé clairement que sa mort était une affirmation esthétique, et c'est ainsi qu'il a choisi de procéder."

Avant de raccrocher, Kirsten Larsen déclara : "Je ne crois pas que vous compreniez quoi que ce soit."

Rena Dewitt fit paraître après le décès une déclaration faisant état de "son choc et sa tristesse" et disparut aussitôt derrière le mur légal qui entoure inévitablement les milliards de dollars. Je détiens en revanche des heures de conversations enregistrées avec Katy et India, qui m'ont fourni des détails sur les goûts et dégoûts de leur amour commun, les histoires de son enfance, ses habitudes alimentaires – le vrai Rune, en quelque sorte. Elles étaient d'accord sur quelques points. Il lisait beaucoup, surtout de la science-fiction, des bandes dessinées, des biographies d'artistes. Il adorait Nietzsche, et citait volontiers Marinetti, le futuriste italien qui expédiait à coups de pied au cul tout sentimentalisme larmoyant. Tous ces détails sont révélés dans mon livre mais, abrégeons : les récits de sa vie personnelle ne correspondaient pas. Interview sur interview d'amis et connaissances ne révélaient pas un individu mais plusieurs. Il adorait sa mère. Il la traitait de "salope sans cœur". Ses relations avec sa mère étaient "compliquées". L'hostilité régnait entre lui et son père, qui le battait. Il admirait son père, mais le trouvait "un peu simplet et conventionnel". Il s'était bourré d'hallucinogènes à l'université. Il n'avait jamais touché à la drogue mais avait des hallucinations spontanées. Je peux confirmer qu'il aimait le whisky. Un soir où nous étions sortis, il m'entoura de son bras après trois verres et me dit : "Tu sais pourquoi tu me plais, Ozzie, mon vieux ?" Et quand j'eus dûment répondu : "Non, Rune, pourquoi ?", "Parce que nous avons pigé. Le monde c'est de la merde."

Voilà qui peut passer pour une déclaration philosophique, je suppose. Nous étions l'un et l'autre des athées confirmés, mais ce qui me fascinait chez cet homme, c'était qu'avec moi aussi il changeait d'un jour à l'autre. Il parlait beaucoup de "peaufiner son image" et "sa présentation personnelle", de son besoin "d'établir un plan de jeu". Mais ensuite il avouait son désir de créer un art qui "fasse craquer les gens", qui les "secoue à fond". Si l'on en croit Katy, il pleurait régulièrement sur des articles de journaux faisant état d'enfants morts et/ou maltraités, donnait de l'argent à une foule de sociétés de protection des animaux et se professait végétarien. Ce peut avoir été une phase. Avec moi, il mangeait de la viande.

Rune était un fabuliste. Il s'est inventé et réinventé sans cesse, jusqu'à la fin. À cet égard, c'était un homme de notre temps, une créature des médias et des réalités virtuelles, un avatar arpentant la Terre, un être numérisé. Personne ne le connaissait. Lorsqu'il qualifie son autobiographie d'"imposture", son propos est à la fois profond et superficiel. Et c'est bien de cela qu'il s'agit. Il ne peut y avoir de profondeur dans notre monde, de personnalité, d'histoire vraie, rien que des images sans substance projetées n'importe où et partout instantanément. Nous aurons bientôt des instruments de communication implantés directement dans nos cerveaux. Déjà les distinctions entre réalité et image s'atténuent. Les gens vivent dans leurs écrans. Les médias sociaux remplacent la vie sociale.

J'ai vu Harriet Burden avec Rune chez lui, peu après le montage d'*Au-dessous*. Je qualifiais volontiers l'entrepôt réhabilité de Rune de "Versailles sur Hudson". On tenait à vingt dans l'ascenseur. Les pièces étaient de dimensions stupéfiantes, avec des canapés monumentaux et des fauteuils moelleux couverts de brocarts, de soies et de velours de couleurs vives, inondés de lumière. "Je voulais que ça ressemble à un film de Hitchcock, une extravagance en Technicolor", disait-il. De gigantesques photos de ses propres films étaient accrochées partout. Sa bonne amie de l'époque, Fanny quelque chose (ancien mannequin chez Victoria's Secret), fit une brève apparition, en bottes Ugg et short en jean effrangé. “J’ai besoin d’une poêle pour les brownies, Rune.”

Un peu plus tard, la veuve de Felix Lord fut introduite par un quelconque sous-fifre qui avait répondu à la porte et là, en contraste violent avec la svelte et ravissante Fanny, surgit l’énorme Harriet, présence stridente avant même qu’elle n’eût ouvert la bouche. Je savais qu’elle avait acheté et vendu des œuvres d’art, je l’avais observée lors de vernissages, mais je ne lui avais plus parlé depuis le jour où je l’avais rencontrée dans l’atelier de Tish. Elle me salua froidement, s’assit, et ne dit rien pendant quelque temps. Rune et moi parlions d’IA, un sujet qui nous intéressait tous les deux, lorsqu’elle nous interrompit en remarquant avec rudesse que même les scientifiques spécialisés en intelligence artificielle étaient incapables de fabriquer un robot qui marche comme un être humain, bon sang. Là-dessus elle embraya sur la conscience, comme si elle était une sorte d’expert, et alors je mentionnai *Au-dessous*. Elle en parla comme d’un changement considérable après les croix. Je restai poli. Je la ménageai. Je dis que c’était l’oscillation dans l’œuvre de Rune qui en faisait l’intérêt – le mouvement d’une position à une autre – mais que son œuvre avait toujours pour sujet les corps, la technologie et la simulation, sur le mode désastre, cette fois.

Elle nous interrompit : “Je ne vois pas en quoi il est question de technologie dans *Au-dessous*.”

J’évoquai la danse des robots.

“Pourquoi croyez-vous que ces danseurs sont des robots ?”

Rune prit mon parti. Les danseurs ont des mouvements de robots, dit-il, bien sûr, dans la ligne de ses travaux antérieurs. La majorité des critiques, dit-il, les avait décrits ainsi.

Je me bornai à faire écho à sa remarque, en disant que c’était évident pour tout le monde.

Ce fut le déclencheur. Sa voix s'éleva d'une octave. Elle me demanda qui était "tout le monde", déclara que j'étais aveuglé par le contexte et qu'il en était de même des autres sots, ou quelque chose du même ordre. Elle m'accusa de multiples lacunes en tant qu'écrivain, dont j'ai oublié la plupart. Je me sentais gêné pour elle, à vrai dire, et je n'allais pas l'encourager en réagissant. Elle n'en fut que plus agacée. Les femmes qui ont recours aux hurlements ont toujours eu sur moi un effet glaçant. Mon mariage, bref, je l'admets, a pris fin parce que j'étais devenu allergique à la voix de ma femme. Depuis, je ne fraie qu'avec des femmes dont le ton reste grave et harmonieux. La tirade de Harriet dura sept, peut-être dix minutes. Rune s'efforçait de l'apaiser : "Harry, Harry, ce n'est pas important, du calme. Allons." La perturbation prit fin lorsque, ramassant son chapeau et son manteau, elle fit une sortie majestueuse.

Je ne me doutais pas que ces deux-là étaient des collaborateurs. De toute évidence, c'était Rune qui menait la danse. Je lui demandai quel était le problème de cette dame, et il me dit qu'elle était d'une sensibilité excessive, un peu instable, mais une amie. Je voudrais faire remarquer ici qu'il prenait sa défense. "Les gens ne comprennent pas Harry, mais elle est d'une grande intelligence. Un peu attachée à son point de vue, c'est tout. Je l'admire d'être ainsi."

Après le départ de Harriet, nous dérivâmes, Rune et moi, sur les significations de l'argent, ce thème américain éternel. Il n'avait jamais vu de réelle fortune avant son arrivée à New York. Sa ville natale, Clinton, Iowa, avait roulé dans la seconde moitié du XIXe siècle sur les ors glorieux des exploitations forestières mais, une fois les forêts dégarnies, aux alentours de 1900, la richesse était morte avec les arbres. Il avait grandi entre les grandes maisons délabrées et les parcs en friche abandonnés par des millionnaires morts depuis longtemps, mais à New

York ces richesses étaient ressuscitées dans le corps de Rena Dewitt. "Elle avait l'âme faite d'argent", disait-il. Ma propre initiation avait eu lieu à Yale, où je fus témoin en direct des présomptions désinvoltes du gratin, de son aisance et de sa suffisance, des pelouses, tableaux et maisons de ville tapis derrière le sourire amical mais distant. Bien sûr, nous avons besoin des riches. Nous en avons toujours besoin : pour les reluquer, les envier et les imiter. Ils sont notre spectacle et notre joie parce que dans la tête de tout Américain gît la pensée : "Ça pourrait être moi." ("Ce pourrait être moi", en dépit de sa correction grammaticale, ne hante pas notre cœur collectif, ne le hante plus.) Les riches constituent notre mythologie, après tout, nos contes de fées, nos hymnes au succès ; l'individualisme rugueux du *self-made-man*, du chevalier d'industrie, de la loi de la jungle : le brave gars c'est pour sa pomme, porte ton flingue et roule dans ta limousine privée, flanqué de deux nanas à longues jambes et nichons pigeonnants en route vers la première où, quand tu sors de la voiture, les flashs explosent autour de toi. Il existe toujours de vieilles fortunes, silencieuses, cachées et furtives, mais elles n'exercent plus sur l'imaginaire du public leur emprise d'autrefois. Le bottin mondain, les 400, les débuts – ça existe toujours, mais on rencontre de moins en moins de contes de fées philadelphiens* dans notre univers gouverné par Twitter et Facebook.

Rune et Rena, un couple étincelant. "Rune, *the Rube* (le Péquenot)", disait-il, apprit vite. Il apprit parce qu'aux États-Unis il reste encore un soupçon infime de vérité dans le mythe. Des coiffeurs millionnaires font ami-ami avec des héritières. Des marchands de bestiaux, cowboys soudain pleins aux as, franchissent négligemment le seuil du Metropolitan Museum à l'occasion d'un gala. L'actrice, jadis maîtresse entretenue de M. Pognon d'Époque et vivotant en coulisse, se mue en légitime altesse royale. L'artiste récemment estampillé acquiert lofts et maisons tous azimuts. Tout ça, je l'ai vu. Croyez-moi. Ça monte. Ça descend. Ça s'envole et ça s'écrase. Je ne suis la conscience de personne, mais je suis l'homme qui observe les fiascos, la cupidité, la défonce, l'alcool, et les cures de désintox. Et j'ai toujours un boulot. Je vis toujours dans mon appartement confortable, et je suis invité à dîner dans les deux fois par semaine par des gens qui comptent. Je possède deux smokings. Nul ne se souvient du Glandeur, mais les techniques que j'utilisais alors sont encore valables et je possède ce qui ne se peut feindre : de l'esprit. C'est un article qui se fait rare.

L'art de la conversation s'est étiolé régulièrement au point qu'il n'y reste presque plus d'art, mais je fais de mon mieux pour le ressusciter quand je le peux. Et je comprends le pouvoir du compliment, lequel doit toujours tirer parti d'une vérité. Je dis à Rune, ce jour-là, que son côté insaisissable était fascinant, que mon intérêt lui était acquis non seulement parce que j'admirais son œuvre mais parce qu'il incarnait des contradictions que je ressentais en moi-même. Je suis continuellement déchiré entre l'admiration et le mépris que m'inspire le cirque de la vanité et de la stupidité dont je suis témoin chaque jour et dont je rends dûment compte. J'admire la vigueur inflexible des grimpeurs, mais je déplore souvent leur manque de style. Je suis sensible à l'attraction du futur, à la révolution de l'âge numérique, mais j'ai la nostalgie des joliesses du passé, d'un rien de romanesque et de courtoisie.

Après avoir réagi à ma remarque par un grognement, il se livra à une espèce de longue confession excitée et divagante, que j'enregistrai. Je ne comptais pas l'utiliser. Je m'étais contenté d'appuyer sur le bouton à travers la poche de ma veste et, même si le son n'était pas parfait, j'en avais capté une bonne partie. Il avait toujours voulu s'en aller de Clinton et il attribuait ce désir à celui d'échapper à sa mère. Chose peu surprenante pour qui examinait le fils, la mère avait été une beauté, reine du bal de fin d'année, et puis Miss Exploitations laitières de l'Iowa. Oui, même au temps pas si lointain de la jeunesse de Rune, de telles traditions perduraient dans le Middle West. Cette femme avait nourri ses propres chimères à la Bovary, focalisées surtout sur Chicago, mais sans résultat. Elle avait adoré la musique de la Motown et dansait comme une folle au son des Supremes : elle se balançait et tournoyait, pantelante, avec ses deux enfants, tous trois riant à s'en rompre les côtes dans le séjour, où elle conservait, encadrées, les photographies du bal de fin d'année – elle au centre, souriante à côté du roi – ainsi que plusieurs images sur papier glacé grand format la représentant dans tous ses atours de Miss Exploitations laitières, ruban en travers de la poitrine et couronne sur la tête. "Ç'avait été son jour de gloire, son moment à elle, disait-il. Tout le monde la dévorait des yeux." Elle n'avait jamais lâché ce moment, apparemment, au grand dam de son mari. Elle ne se lassait pas de raconter son triomphe. "Ma pauvre mère, fit Rune. Elle se faisait belle bien qu'il n'y eût personne et virevoltait dans toute la maison. Je crois maintenant qu'elle était cinglée, dingo, bonne pour l'asile." Et il y eut ensuite les jours où elle ne quittait pas son lit. Inerte, en chemise de nuit, elle fixait le plafond, avec à son chevet un verre de vodka déguisée en Coca. "Ou alors elle pleurait." Frère et sœur tentaient de la sortir de son apathie, mais rien n'y faisait.

Non, ce n'était pas un charmant portrait de famille. Cette femme avait fini par se tuer avec une combinaison mortelle de somnifères et d'alcool. C'était probablement intentionnel, mais Rune ne parla pas de sa mort proprement dite, de la façon exacte dont cela s'était passé, et je ne posai pas de questions. Pendant presque toute la durée de son récit, il se frappa les cuisses comme si c'étaient deux bongos, les yeux posés, non sur moi, mais sur la lampe à côté de son fauteuil. À un moment donné, arrêtant son tambourinage, il s'égara dans l'histoire du chat. Il avait huit ans à l'époque.

Mrs Sharon Larsen, orpheline d'origine nordique – d'où les prénoms de sa progéniture –, avait nourri, contre la volonté de son mari, un chat sauvage ou quasi sauvage qui venait chercher sa pitance en fin d'après-midi. Au bout d'un certain temps, le chat s'installa dans la maison mais les trois conspirateurs familiaux mettaient toujours le félin à la porte avant le retour du patriarche. Celui-ci, pourtant, se mit à flairer l'animal et à se plaindre amèrement que "ça puait le chat". "Pas de chat ! J'ai dit pas de chat !" Et puis, par un fatal après-midi, l'intrus accoucha dans la corbeille à linge familiale sur l'une des chemises paternelles, une chemise de travail grise avec le nom de l'entreprise, Hiram's, brodé sur la poche. Il s'ensuivit une bagarre domestique qui aboutit à l'acte que Rune décrivit alors. Son père ramassa dans des serviettes en papier la portée de corps minuscules, roses et aveugles et les noya au fond d'un seau dans le garage, tandis que sa mère hurlait "Non !" et que les enfants tremblaient, recroquevillés sur le seuil. Quand Mr Larsen rentra à la buanderie pour attraper la chatte et l'expulser définitivement de la maison, Mrs Larsen s'agenouilla à côté du seau et y repêcha les cadavres en criant à tue-tête : "Je te déteste ! Monstre !" Les voisins appelèrent la police. À ce moment-là, Mr Larsen avait commencé à se repentir du massacre et avait demandé pardon à son épouse, mais Mrs Larsen ne voulait rien savoir. Les agents réussirent à l'effrayer suffisamment pour qu'elle se taise, mais il n'y eut pas de réconciliation, en dépit du fait que Mr Larsen, à en croire son fils, suppliait et balbutiait et, à un moment donné, s'agenouilla en signe de contrition. Le lendemain matin, les enfants trouvèrent dans le garage ce qui restait des chatons. L'adjectif dont Rune qualifiait les pauvres macchabées était "dégueulasse". Kirsten orchestra un enterrement dans les formes, au jardin, prières comprises, mais son frère refusa d'y participer. "J'ai décidé, me dit Rune, là, sur-le-champ, en regardant ces affreux petits bouts de merde desséchée, que je n'allais plus être moi."

Comme je lui demandais ce qu'il voulait dire, il m'expliqua qu'il n'était pas à sa place chez ces gens-là et ne le serait jamais. Ils ne le reverraient plus. Je lui demandai s'il s'était enfui. Non, ce n'était pas cela qu'il voulait dire, il voulait dire qu'ils pourraient voir quelqu'un, mais pas lui. "Je leur donnerais Rune Deux, Rune Trois ou Rune Quatre, mais jamais Rune Un. Ils ne verraient pas la différence. Du moment que je ne les embêtais pas, qu'est-ce que ça pouvait leur faire ?" Il dit que la chatte continuait à revenir, à chercher ses chatons, à miauler devant la porte. Il allait dehors lui parler, la caresser et lui donner à manger. Sa mère, semblait-il, avait perdu tout intérêt pour son ancienne cause. "C'est devenu ma chatte, dit Rune. Je l'ai fait stériliser avec de l'argent volé dans le porte-monnaie de Sharon. Elle n'a jamais remarqué la disparition de cet argent ou, si elle l'a remarqué, elle a sans doute pensé qu'elle l'avait dépensé pour la gnôle qu'elle croyait cacher si soigneusement. Je n'ai jamais laissé ma chatte entrer dans la maison. C'était moi qui allais la voir dehors."

Rune me sourit. La comparaison immédiate suggérée par cette expression faciale chez nombre de mes collègues eût été "un sourire de sphinx", mais je fais de gros efforts pour éviter de souiller ma prose avec des clichés inconsistants, même si personne ne s'en aperçoit vraiment en nos temps d'illettrisme. Le sourire de cet homme était illisible. J'ai fait figurer le drame du chat dans *Martyr pour l'art* parce que j'admirais l'idée des Rune numérotés, qu'il l'eût ou non inventée sur le moment à mon bénéfice. Elle appréhende bien son esthétique et sa soif d'identités virtuelles. Une, deux, trois, quatre, et peut-être davantage.

LE BAROMÈTRE
Extraits d'une conversation avec
Phineas Q. Eldridge,
enregistrée le 15 octobre 2001

PQE : D'où t'est venu cet intérêt pour le temps qu'il fait ?

B : De Dieu. Début et fin. Il est, je le proclame, la totalité du temps qu'il fait, le M. Météo de l'ensemble et du tout, de tout ce qui est bien qui finit bien. Les tensions venteuses roulent fort dans son être enflé de commencements et d'achèvements. Tu comprends, c'est un totalitaire, mais aussi un hôtelitaire, il accueille l'espèce humaine, l'accueille dans l'auberge mais alors, d'un souffle, il la jette à bas. Tu connais la chanson *Blow the Man Down* : "Souffle sur l'homme, ô donne-moi du temps, et donne-moi des rimes, et souffle, souffle sur l'homme, jette-le à bas." Réduis d'un souffle cette chétive tête de cul, l'Homme, l'homme et son espèce, fais-en rubans et mille morceaux. Comment fait-il ? C'est la grande affaire secrète des Potentats, des Réprobateurs, des Pulvériseurs et des Miséricordeurs, le Grand Papy Firmament qui rêve sur nos écrans. C'est ça qui est arrivé au World and Trade, les tours du Pouvoir. Dieu a fait un cauchemar, vois-tu, et ça a circulé comme un virus sur toutes les télés et tous les ordinateurs, et aussi dans les têtes de tous les *geeks* branchés sur le net. La Tête Divine, la Divinité fond en tempête sur la Terre, sa malédiction sur nos affaires, mais nulle affaire que nous puissions comprendre ou attendre ou suspendre ou entreprendre. J'ai la chance de recevoir des tuyaux internes et je giberne de ces choses, ces choses barométriques qui ne sont pas des choses mais questions d'air, de bel air pour beau temps, qui devrait être beau, mais souvent n'est pas beau en notre monde qui n'est pas beau. Tout cela concorde, tremblements et chatouillements et grondements, des hauts et des bas dans mes organes et dans ma tête, dans la pulpe grise, là, avec des graphiques et cette petite aiguille qui ballotte, tu sais, là-dedans aussi. Ma tête est en connexion directe avec Sa tête, deux têtes, ce peut être trop, infiniment trop pour moi, et certains jours je n'arrive plus à gérer la gestion des lésions, trop nombreuses, quand la terre et l'air pleurent au-dehors et au-dedans de ma tête…

PQE : Tu vis chez Harry depuis un bon bout de temps, maintenant. Je t'ai entendu dire que tu voulais partir, mais pour finir tu restes.

B : Les raisons sont démoniques.

PQE : Démoniques ?

B : Le mauvais ange qui vient quelquefois à l'heure ténébreuse s'introduire parmi les affaires de Harry, dans son monde de métamorphoses et d'enfants substitués. Le Baromètre le sent, ce présage de malheur. Je reste à la barrière, l'aiguille s'accélère quand il est là. Je peux lutter. J'étais dans l'équipe. Je lutterai. Jacob a lutté contre lui. La hanche de Jacob s'est démise.

PQE : Oui, ils ont lutté toute la nuit. Ça m'a toujours paru assez homo-érotique. Mais tu ne veux pas parler de Bruno ?

B : Bruno n'est pas un ange. Tu n'as pas d'yeux ? Es-tu aveugle, aveugle et malveillant ? Il vient quand tu es parti, Phineas. Il se cache derrière les immeubles et les bennes à ordures. Il tient ses ailes repliées, ses grosses, horribles ailes veineuses. Il a chu, tu sais, il a chu du ciel jusqu'ici, en bas, pour nous maintenir en bas, pour bâtir notre ruine, mais rien ne s'est brisé au moment de sa chute et maintenant il erre par forêts et déserts, de sommets en vallées, vers l'endroit où Longitude rencontre Latitude, tu vois, n'est-ce pas, il est tombé, l'Arch-ennemi. S'il te touche, tu brûles et te flétris. Regarde mon bras.

PQE : Tu dis que l'ange t'a fait cette marque rouge ?

B : Un doigt ardent de Destin en fureur. Il a dit : "Ne dis rien, espèce de maboul de merde. Pas un mot."

PQE : Il a dit ça ? Pas très angélique.

B : Il a dit ça, et puis il a fait demi-tour et est reparti vers le bout du couloir en traînant ses ailes derrière lui comme des plumes de paon.

MAISIE LORD
(transcription revue et corrigée)

Ma mère a dû nous dire, à Ethan et moi, que Phinny lui servait de façade, car elle savait qu'à l'instant même où nous verrions *Les Chambres de suffocation*, nous saurions qu'elle en était l'auteur. Ces créatures bosselées, cette chaleur dans les chambres : nul autre artiste qu'elle ne faisait des trucs pareils. Elle s'est bornée à lâcher : "Maisie, Phinny va exposer mon œuvre pour moi." Comme je restais bouche bée et lui demandais si elle avait complètement perdu la tête, son visage a pris cette expression ridée et sagace qui m'annonçait toujours l'arrivée d'une grande explication, et elle s'est embarquée dans une histoire concernant James Tiptree, l'auteur de science-fiction. À l'en croire, pendant au moins dix ans personne n'avait réellement vu Tiptree en chair et en os, pas même son éditeur. Son identité secrète provoqua d'abondantes spéculations, et certains allèrent jusqu'à penser que derrière ce pseudonyme se cachait peut-être une femme et non un homme. Robert Silverberg, un autre auteur de science-fiction, écrivit pour un recueil de récits de Tiptree une préface dans laquelle il s'appesantissait sur la question du sexe en affirmant que, de même qu'aucun homme n'aurait pu écrire les romans de Jane Austen, aucune femme n'aurait pu produire les récits d'Ernest Hemingway ou de James Tiptree. Maman adorait ce passage de l'affaire Tiptree parce que la foi de Silverberg dans l'irréprochable masculinité de l'écrivain se révéla mal placée. Quand la personne véritable apparut derrière le nom de plume, il s'avéra que le macho Tiptree était Alice Bradley Sheldon.

Mais maman faisait remarquer que rien n'est simple. Après avoir inventé Tiptree et avant de se dévoiler en tant qu'Alice Sheldon, l'écrivain avait adopté une autre personnalité, une personnalité féminine qu'elle avait baptisée Racoona Sheldon et dont l'œuvre fut rejetée par quantité d'éditeurs et jugée inférieure à celle de Tiptree. L'auteur, qui avait été encensée en tant qu'homme capable d'écrire de la science-fiction féministe, avait aussi désormais un masque féminin. Ma mère disait que ce prénom bizarre, Racoona, avait sûrement dû être inspiré, au moins au niveau subliminal, par les masques que les ratons laveurs *(racoons)* ne portent pas mais *ont*, tout simplement : ceux que leur a donnés la nature. C'est le titre de mon troisième film, celui auquel je travaille en ce moment, sur ma mère : *Le Masque de nature*. La révélation du fait que James Tiptree et Racoona Sheldon étaient deux aspects de la même personne ne simplifia pas la vie d'Alice Sheldon. Bien que les femmes qui avaient entretenu une correspondance amicale avec Tiptree, dont Ursula Le Guin, eussent accueilli chaleureusement l'Alice Sheldon nouvellement révélée, beaucoup des hommes qui lui avaient écrit disparurent soudain de sa vie.

Maman me raconta toute cette histoire, les yeux brillants. Nous étions assises l'une en face de l'autre à sa table de cuisine et elle se penchait vers moi, l'index dressé par moments pour souligner son propos. Ce qui l'intéressait, ce n'était pas seulement la substitution d'un nom d'homme à celui d'une femme. Ça, c'était assommant. Non, elle faisait remarquer que Le Guin s'était doutée depuis le début que Racoona et Tiptree étaient deux auteurs provenant d'une même source mais que, dans une lettre à Alice, elle avait écrit qu'elle préférait Tiptree à Racoona : "Racoona, à mon avis, possède une moins grande maîtrise, elle a donc moins d'esprit et moins de force."

Le Guin, disait maman, avait compris une vérité profonde. "Si tu adoptes une personnalité masculine, il se passe quelque chose."

Comme je lui demandais ce que c'était, elle se renversa sur sa chaise, agita le bras et sourit. "Tu deviens le père."

Étant sa fille, entendre ma mère parler d'être le père ne me plut pas. Je ressentis un choc viscéral sous mes côtes, mais j'attrapai le fou rire et protestai plus ou moins en ces termes : "Oh, maman, allez, tu ne penses pas vraiment ça." Mais maman le pensait. Elle me raconta qu'en 1987, Tiptree avait abattu son mari et puis s'était tuée. Maman disait que Sheldon ne pouvait plus vivre avec son homme – pas son mari, manifestement, mais l'homme en elle –, et elle pensait que c'était pour cette raison qu'avait eu lieu cette explosion de violence.

Je rapporte l'histoire de Tiptree dans mon film. Alice, qui était Alli pour ses amis, a un jour dit : "Ma biographie est ambisexuée." Harriet Burden, Harry pour ses amis, aurait pu dire la même chose. Nous n'en restâmes pas là. Ma mère savait que ce qu'elle disait de ses pseudonymes me mettait mal à l'aise parce que son père et le mien y étaient mêlés d'une manière ou d'une autre. Nous aimons tous, je suppose, avoir les gens et les choses à leur place bien marquée d'un trait noir, mais ce n'est tout simplement pas ainsi que va le monde.

Nous parlâmes ensuite d'Aven pendant un moment, et de la mort de Radis, qui s'était noyée dans un verre de jus d'orange. Ma fille s'était montrée si désinvolte à l'égard du décès de la camarade bruyante et difficile, mais joviale aussi, qui avait habité dans sa gorge, que cela m'avait préoccupée. Maman rit et me dit que les amis imaginaires n'avaient pas besoin de funérailles. Ils retournaient "là d'où ils étaient venus", et nous rîmes toutes les deux.

Et puis nous avons abordé le territoire d'Ethan. Nous le faisions toujours, maman et moi. Il était notre obsession commune, le fils et le frère que nous n'arrivions pas vraiment à comprendre, et nous avions toujours des choses à nous en dire. Il venait de publier sa première nouvelle dans une revue littéraire, et maman était fière. *Le Parapluie* est un conte étrange, l'histoire d'un homme qui se prend d'un attachement érotique pour son parapluie à rayures. Chaque fois qu'il pleut, il frémit d'excitation à l'idée d'ouvrir le parapluie et il doit faire de gros efforts pour résister à la tentation d'appuyer sur le petit ressort par les journées ensoleillées, bien qu'il passe un temps considérable à admirer sa beauté alors qu'il est négligemment incliné d'un côté dans le porte-cannes. Tout comme mon frère, le héros de l'histoire a des règles de comportement. Dans la rue, quand il pleut, sous son parapluie, il ne veut pas que quiconque s'aperçoive qu'il frémit littéralement de joie. Pour tous ceux qu'il dépasse ou rencontre, le parapluie devrait n'être qu'un objet – un instrument servant à se protéger de la pluie. Et puis un jour, après qu'il l'a déposé avec son manteau au vestiaire d'un restaurant et pris son repas, la dame du vestiaire lui rend le bon manteau mais pas le bon parapluie. Une recherche est menée, mais on ne retrouve pas le parapluie à rayures et le héros anonyme d'Ethan est anéanti, bien qu'il fasse bonne figure face au gérant obséquieux qui se répand en excuses pour son erreur. Il s'en va dans la rue avec le mauvais parapluie, dont il se débarrasse dans une poubelle, et poursuit son chemin jusque chez lui sous un déluge, de plus en plus mouillé et frigorifié. La dernière phrase, qui utilise pour la première fois le pronom féminin, est : "Et nul ne comprendrait qu'elle était irremplaçable."

Maman trouvait que cette histoire était ce qu'Ethan avait écrit de mieux jusqu'alors, de moins prétentieux, et j'étais d'accord, même si l'idée de se sentir titillé par un parapluie sexué me frappait comme une bizarrerie de plus dans le catalogue des bizarreries qui, toutes ensemble, constituaient mon frère. J'avais toujours été jalouse de la singularité d'Ethan. Il fallait toujours l'aborder avec une telle prudence, notre gamin excentrique aux gestes raides. Il me faisait penser à Pinocchio (avant que le pantin ne devienne un vrai garçon, bien sûr). Et, pour de petits riens stupides, il prenait la mouche et piquait des crises de colère. Il martelait le sol de ses poings, poussait des hurlements, trépignait. Maman le tenait bien serré dans ses bras et le laissait pleurer. On me disait toujours "d'être indulgente", de tenir compte de "ce qu'il avait de particulier". En la regardant bien en face, je dis à maman que j'aurais bien voulu avoir quelque chose de particulier, moi aussi. J'aurais bien voulu recevoir le traitement spécial réservé à Ethan, l'enfant génie, mais j'avais été cette bonne vieille Maisie, gentille et normale, sans une once de particulier dans le corps. Je me souviens que maman parut choquée de ma virulence. Se penchant d'un bord à l'autre de la table, elle me prit la main et dit : "Maisie !"

J'étais mal lunée, je suppose. Je suppose aussi que la confession de ma mère avait ouvert la porte à d'autres confessions, et que j'éprouvais un besoin pervers d'être moi-même un objet d'attention. Je répétai que ç'avait toujours été tout pour Ethan : rendez-vous exceptionnels avec ses enseignants, longues conversations avec lui dans sa chambre avant qu'il pût s'endormir, son "médicament" spécial qui n'était pas du tout un médicament mais une petite concoction de cacao, de sucre et de lait, et que parfois maman n'avait même pas exigé qu'il se brosse les dents après. Maman recula sur son siège, les yeux écarquillés, et dit : "Allez, vas-y, envoie." Et c'est ce que je fis. Je continuai un bon moment, mais mon "envoi" atteignit à son comble avec une histoire qui me fait encore mal quand j'y repense.

Ethan était malade. Il souffrait d'otites fréquentes, une otite après l'autre, et maman lui avait fait un lit sur le canapé du séjour. Elle avait passé la nuit auprès de lui. Je n'arrivais pas à dormir, et je me suis glissée hors du lit pour la rejoindre. Je me rappelle avoir contemplé Ethan et ses stupides oreilles et, au lieu de chuchoter, avoir parlé fort, en réalité, j'ai peut-être crié, et il s'est réveillé.

"Et tu étais si fâchée, dis-je, tu m'as dit de « grandir et de cesser ces conneries »." Je sanglotai en prononçant cette phrase. L'ancienne émotion était revenue en trombe, comme si j'avais de nouveau sept ans, un chagrin brûlant et un sentiment militant de l'injustice de tout cela. "Tu m'as renvoyée, hurlai-je. Tu m'as renvoyée !"

Maman me regardait tristement. Cette expression de compassion peinée que je connaissais si bien lui ridait le visage, mais il y avait aussi sur ce visage un petit sourire et, ouvrant les bras, elle me dit : "Viens là, Maisie."

Et je contournai la table, et ma mère me prit sur ses genoux et m'entoura de ses longs bras. Je fermai les yeux et m'écroulai contre elle, le visage enfoncé dans son cou. Elle m'étreignait avec fermeté. Elle me tenait solidement et elle me berça un long moment, plusieurs minutes en tout cas et, tout en me berçant, elle me caressait les cheveux et me murmurait à l'oreille : "Dieu, que je t'aime." La sensation brutale qui m'avait empoignée sous les côtes se dénoua complètement et, pendant le temps où je restai sur ses genoux, j'oubliai que j'avais grandi. J'allai jusqu'à oublier que j'avais moi-même une enfant et j'oubliai assurément que j'avais un frère. Elle pouvait faire cela, maman, oui. Quand on s'y serait le moins attendu, elle se révélait magicienne. D'une magie très ordinaire, certes, mais il y a tant de gens qui ne savent pas comment en faire usage.

Le soir du vernissage de Phinny et maman – maman dans les coulisses et Phinny sous les projecteurs – arriva par un jour de grand vent, de rafales violentes à faire s'envoler les chapeaux. La ville était en deuil et tout le monde encore sur les nerfs. Un bruit soudain, un avion dans le ciel, une rame du métro bloquée et, tous, nous nous figions un instant avant de repartir. Je laissai Oscar et Aven à la maison et pris un taxi pour Chelsea. Bruno ne vint pas, parce qu'il était en colère contre maman à cause des pseudonymes. Rachel vint, mais ne resta pas très longtemps. Je la revois embrassant ostensiblement et maman et Phinny et les félicitant tous les deux. Ethan était là avec une jolie jeune Africaine très grande et très mince, qui portait d'étroites lunettes. Il s'est avéré que c'était une sorte de princesse, doctorante en biologie moléculaire, mais ma première impression fut que si quelqu'un pouvait ressembler à un parapluie, c'était bien elle – un parapluie fermé, bien entendu.

Je remarque toujours combien les gens qui assistent à un vernissage semblent faire peu de cas des œuvres. Certains leur jettent à peine un coup d'œil. D'autres se plantent devant l'une d'elles et la contemplent un moment, mais sans que leur visage exprime quoi que ce soit – un vide. En l'occurrence, ceux qui sortaient des *Chambres* transpiraient et arboraient une expression un peu ambiguë : un inconfort souriant. J'avais l'impression que l'expérience leur avait à tous rappelé ce que c'était que d'être enfant, d'avoir à lever la tête pour regarder les grandes personnes, et que ce n'était pas une sensation très agréable. J'avais aimé tout particulièrement les phrases écrites sur les parois parce qu'elles me donnaient le sentiment d'être entrée dans un livre, non pas de marcher, littéralement, sur les pages, mais de me déplacer bel et bien dans l'espace intermédiaire entre les mots et les images qu'on crée dans sa tête quand on lit. J'avais aussi ressenti de petites bouffées de souvenirs qui surgissaient et puis retombaient, parcelles à demi connues de quelques lieux ou pensées d'autrefois, souvent un petit peu douloureuses, flottant un instant dans ma conscience et puis disparaissant.

Maman se tenait debout contre un mur, droite comme une sentinelle, les bras croisés. Je la revois, vêtue d'un élégant tailleur gris avec une écharpe verte, les yeux mi-clos de concentration. On pourrait penser qu'elle aurait détesté céder tout cela à Phinny – qui, lui aussi, était en gris, complet anthracite, très chic, et cravate rouge, il était tout à fait charmant et plaisantait à son habitude. Ça marchait parce que Phinny aimait maman. C'étaient des compagnons d'armes. Il croyait à la révélation à venir, au jour de la reconnaissance, à la justice rendue. Elle était "son invitée" ce soir-là, et il l'escortait partout, jouant le rôle d'un nouvel artiste sur la scène.

Tout de même, les gens ne savaient pas très bien, alors, que penser de l'œuvre. Après tout, Phinny était plus ou moins tombé du ciel. Il s'agissait de savoir comment l'interpréter. Mon père avait été l'un des acteurs de ce jeu avant que le chapitre héroïque de l'art américain fût clos. Il avait deviné l'époque "cow-boy romantique" et ses beaux gosses ivres et tragiques. Ma mère adorait De Kooning. De tous les grands, disait-elle volontiers, c'est De Kooning que je préfère, mais tout allait ensemble pour ces artistes. Une hystérie contagieuse alimentait leurs réputations et leurs gloires. "Grand, méchant et brutal, disait maman, tout le monde l'aimait." Mais même De Kooning fut lâché quand le vent tourna, quand le pop art et le *cold-and-bold* s'emparèrent de la scène.

Il n'y avait pas d'atmosphère pour Phinny ou pour maman, pas de culture artistique pour les exalter et consacrer le masque. Celui qui était bien placé pour réussir, pour donner un cadre aux talents de ma mère et les vendre au public, c'était Rune. Je suis triste pour Anton Tish, où qu'il soit. L'agitation autour de lui a dû lui donner le sentiment d'être un tricheur. Selon maman, il avait nourri une certaine notion d'authenticité, et il s'en était senti dépouillé. Avec Rune, c'était différent. Je doute qu'il ait été très soucieux d'originalité. C'est affreusement difficile de savoir si quelque chose est réellement original, de toute façon. Une chose originale serait si étrangère que nous ne serions pas capables de la reconnaître, ne croyez-vous pas ?

Rune arriva tard au vernissage, éparpillant autour de lui la poussière de sa splendeur. Je le sentais. Tout le monde le sentait : cette combinaison de M. Beau Gosse et de M. Célébrité. Je ne l'avais encore rencontré qu'une fois, dans l'atelier de ma mère, environ un an avant, et il m'avait impressionnée bien que nous n'ayons pratiquement pas échangé un mot, à part "ravi de vous connaître". Entrée dans l'atelier avec Aven, j'avais trouvé ma mère les yeux levés vers Rune qui, perché en haut d'une échelle, examinait une sculpture pendue au plafond. En redescendant, il s'était laissé basculer de l'échelle, qu'il tenait empoignée d'une main, et avait sauté sur le sol où il avait atterri en douceur. Je ne sais comment, il avait réussi à donner l'impression que ce n'était pas de la frime et je m'étais surprise à sourire malgré moi. Aven était émerveillée et avait voulu essayer à son tour, mais nous l'avions persuadée que c'était trop dangereux. Je n'avais oublié ni le sourire de Rune ni sa poignée de main, et quand il entra dans la galerie, je ne pus m'empêcher de le regarder. Je fus étonnée quand il se précipita vers moi et me donna une vraie double bise – lèvres en contact avec peau – et se planta devant moi comme si j'étais la personne au monde qu'il avait le plus envie de voir.

Rune flirta avec moi. Il me regardait avec une intensité qui est une forme de flirt. Je lui parlai du film que j'étais en train de faire sur le Baromètre, et lui racontai que j'avais déniché son frère et son père et découvert que sa mère était morte. J'expliquai que les psychiatres ne prêtent plus grande attention à ce que disent leurs patients, mais que je m'étais sentie fascinée par le langage et la cosmologie du Baromètre. Nous parlâmes de différents types de caméras et de la façon dont les plans éloignés ou rapprochés créent du sens, et de la difficulté de faire encore, de nos jours, des films en noir et blanc.

Il adorait le cinéma et en parler avec lui était amusant. Je ne sais plus exactement ce qu'il me dit alors ni comment nous en vînmes à maman, mais il évoqua l'idée qu'il devait avoir été dur pour elle d'être connue comme la femme de Felix Lord et déclara qu'il aimait vraiment ce qu'elle faisait, et je lui racontai une histoire que je regrette aujourd'hui. Maman avait rencontré l'une de ses connaissances dans Park Avenue, un spécialiste de dessins de maîtres anciens. Ils étaient entrés ensemble dans un établissement de Madison Avenue pour prendre une tasse de thé et rattraper le temps perdu. Au cours de la conversation, ma mère avait dit qu'elle relisait Panofsky avec grand intérêt. Et Larry avait dit, négligemment : "Oh, oui, Felix vous a fait connaître tout ça, n'est-ce pas ? Il était très fort en matière de théorie." Maman lui répondit que mon père n'avait jamais lu un mot de Panofsky, que tout ce qu'il avait su de son œuvre lui était venu d'elle ; elle était livide. J'expliquai à Rune que c'était sans doute arrivé trop souvent et que, cette fois, elle n'avait pas pu le supporter. Tout de même, ajoutai-je, j'aimerais qu'elle se détende un peu, qu'elle laisse passer, simplement. Bien qu'il ne dît rien, Rune m'écoutait et son visage exprimait douceur et sympathie.

À un moment donné nous sommes sortis nous asseoir sur le seuil et avons continué à parler. Il joignit les mains en corolle pour allumer une cigarette et fuma. Son genou tressautait tandis qu'il inhalait et exhalait la fumée. Il y avait du vent. Je n'avais aucune intention de pousser plus loin ce flirt, mais c'était plaisant, néanmoins. Il m'aimait bien en bleu marine. Il approuvait. J'étais flattée, un rien nerveuse, et donc loquace. L'anxiété me fait parler plus, pas moins. Rune examina ma paume et m'inventa un avenir comique avec quatre maris, de nombreuses aventures et une vie très longue et, tout en me tenant la main, il en traçait les lignes avec son index. Il déclara alors qu'il lisait aussi les nez, et toucha le mien. Et alors il évoqua mon père. Il voulait savoir comment ç'avait été d'être enfant chez nous, d'être entourée de tous ces tableaux, de voir les "dieux" aller et venir.

Je lui répondis que les gosses ne pensent pas à ça : ce qui est, est, c'est tout. Il me dit qu'il avait "un peu" connu mon père, autrefois, dans les premiers temps de son arrivée à New York. "Vous avez ses yeux." J'ai en effet les yeux de mon père et, je ne sais pourquoi, entendre ça m'a soudain apitoyée sur moi-même. Il m'a semblé que je me regardais de l'extérieur. Pauvre fille, elle est fatiguée, pensai-je. Et je me rendis compte alors qu'il y avait des années que j'étais fatiguée. J'essayais de faire un film. Aven avait six ans, c'était une gamine excentrique et exigeante qui prenait tout trop à cœur. Oscar avait le sentiment que je le négligeais. Ma mère était perdue dans son monde personnel de métamorphes, de phénoménologie et de pseudonymes, et mon cher père, qui aurait sûrement contribué à améliorer toute la situation, était mort. Un sanglot involontaire m'échappa.

"Vous adoriez votre père, n'est-ce pas ?" Rune me regardait droit dans les yeux. Je lui dis qu'*adorer* n'était pas le mot juste, mais ce n'était pas tant le mot que son intonation qui m'avait mise mal à l'aise. Il sourit. "J'ai toujours eu l'impression que Felix était un homme qui savait ce qu'il voulait." Je ne sais pas pourquoi, mais je me sentis vaguement inquiète. Il ajouta alors : "Il avait un œil formidable." Cela ne signifiait rien. C'était ce que tout le monde disait, mais je ressentis une vague détresse. Je portais une écharpe, et Rune en saisit le bout et se mit à jouer avec la frange. Il avait de cette époque, dit-il, un souvenir qu'il portait sur lui. Plongeant la main dans sa poche, il en sortit une clé. Il me la présenta sur sa paume.

Je me souviens de l'avoir regardée sans comprendre. Je lui demandai ce qu'elle ouvrait. Il dit que c'était la clé d'un endroit qui n'existait plus. Je lui demandai ce que ça avait à voir avec papa, et il répondit : "Tu ne sais pas, Maisie ?" Je ne savais pas, et j'étais agacée. Je me levai pour partir, mais il tenait encore mon écharpe et, comme je m'écartais de lui, elle se resserra autour de mon cou. Je lui demandai avec insistance de la lâcher, mais il m'attira vers lui de telle sorte que mon visage n'était qu'à quelques centimètres du sien et me fit un large sourire. Je le repoussai, il leva les mains en l'air, avec une expression étonnée, comme si tout cela n'avait été qu'une blague innocente. Il m'accusa d'être "ombrageuse". Il n'avait fait que me "taquiner". Mais j'étais remuée, et il le savait. Comme j'ai regretté, plus tard, de n'avoir pas été capable de dissimuler mon inquiétude, de n'avoir pu rire de lui, faire quelque remarque critique ; je n'ai pas pu.

Je n'ai jamais parlé de ça à personne. Je le raconte maintenant pour la première fois, et je me suis débattue contre le fait qu'une chose aussi ténue puisse m'avoir fait une telle impression. Que s'était-il passé, après tout ? Il m'avait montré une clé qui pouvait être n'importe quelle vieille clé ouvrant n'importe quelle vieille porte, et puis il avait suggéré que je devais savoir de quoi il s'agissait. Il avait agrippé mon écharpe pour m'empêcher de le quitter. En même temps, il m'avait charmée et je m'étais sentie attirée par lui, plus que je ne l'avais été par aucun homme depuis des années. Je l'avais laissé me toucher, laissé tripoter mon écharpe. J'avais ri de ses plaisanteries et péroré sur mon projet. À l'instant où il avait parlé de mon père, toutefois, la conversation avait pris un autre tour. Soudain, elle était devenue chargée de sous-entendus, comme si cet homme avait partagé une histoire avec papa, et l'humeur avait changé. Non, *mon* humeur avait changé. Lui était resté imperturbé. Mais je m'étais sentie humiliée, comme si tout ce qui s'était passé avant avait été le prélude à un moment subtil de cruauté, de jeu avec mes doutes, des doutes dont il semblait savoir que je les éprouvais, des doutes dont je ne pouvais pas parler, non seulement parce qu'ils me faisaient peur, mais aussi parce que je ne savais pas ce qu'ils étaient. Je ne savais pas de quoi j'avais peur.

Je ne pourrais pas vraiment dire ce qui s'était passé entre nous. Quoi que ce fût, cela semblait concerner mon père et ma mère autant que moi. Nous sommes toujours en train de concocter des théories sur les façons dont va le monde et les raisons pour lesquelles les gens agissent comme ils le font. Nous leur inventons des motifs, comme s'il nous était possible de les connaître, mais le plus souvent ces explications sont comme de fragiles décors de cartons que nous dressons devant la réalité parce qu'ils sont plus simples et moins perturbants que ce qui s'y trouve réellement. Je crois que je suis devenue réalisatrice de films documentaires afin d'essayer d'atteindre à une vision plus vraie. Ce n'est pas qu'un film ne puisse mentir ou déformer, ou servir à des fins ignobles, c'est que, parfois, la caméra extrait des visages et des corps de ses sujets ce qu'ils ne disent pas à haute voix. J'avais seize ans quand j'ai vu pour la première fois *Le Chagrin et la Pitié*, de Max Ophuls, et, après, je n'arrêtais plus de penser à tout ce qu'expriment les mains des gens qui gardent le contrôle de leur visage. Je me suis souvent demandé ce que j'aurais pu voir en Rune si j'avais eu une caméra. Sans doute rien. Après tout, il était expert en l'art de se filmer lui-même.

Cette nuit-là, couchée au lit à côté d'Oscar qui ronflait, je réentendais Rune disant : "Tu ne sais pas, Maisie ?" Cela m'avait fait l'effet d'une accusation. Est-ce que je savais quelque chose ? Et alors je me rappelai les clés de mon père, ces clés inconnues qu'il avait ramassées au vol, ce matin-là, alors que je n'étais qu'une gamine. Je me retrouvai debout dans le cimetière de Green-Wood et revis le glorieux ange blanc sur une tombe proche de celle, toute simple, de mon père, et puis je me souvins d'une visite que j'ai faite à ma mère quelques mois après la mort de papa. J'y allais souvent, et le concierge me laissa monter sans passer de coup de téléphone. Quand je sonnai à la porte de l'appartement, maman ne vint pas m'ouvrir, bien qu'elle ait dû savoir que c'était moi. La porte n'était pas fermée, j'entrai donc, et j'entendis des bruits de vomissements dans la salle de bains d'amis du couloir après la salle à manger. Je courus vers ces bruits et trouvai ma mère, le dos voûté, les bras croisés sur la poitrine. Le vomi lui explosait de la bouche, tel un missile, pas dans la cuvette mais sur le siège du cabinet et sur le sol. Elle avait les larmes aux yeux, et je la pris dans mes bras. Elle dit : Non, non, ça va, laisse-moi. Mais une nouvelle vague arriva et je fus choquée de voir la violence de la nausée qui lui convulsait le corps. Je l'empoignai par la taille et lui tins la tête près de la cuvette. Quand j'étais petite et que je vomissais, maman me tenait toujours le front pour me réconforter. Je ne peux pas empêcher que ça remonte, Maisie. Elle suffoquait. J'ai quelque chose qui ne va pas. Je ne peux pas empêcher que ça remonte. Je suis désolée. Je suis vraiment désolée.

Je lui rinçai la bouche avec un gant de toilette et l'accompagnai à l'autre bout de l'appartement pour l'installer dans son lit. Elle s'allongea. Je la quittai alors, retournai à la salle de bains et nettoyai le vomi à l'aide d'un gros rouleau d'essuie-tout dont je jetais les feuilles l'une après l'autre dans un sac-poubelle. Je me souviens de l'odeur piquante qui me faisait retenir mon souffle, du liquide visqueux et jaune plein de bribes vivement colorées de nourriture. Je me souviens aussi que j'ai répandu de l'eau de Javel, qui a laissé des taches blanches sur mon jean. Je m'appliquais, pour être sûre qu'il ne restait aucune trace sur le sol ou les murs, ou derrière la cuvette. Quand je m'avançai silencieusement dans le couloir, vers sa chambre, j'entendis que maman pleurait. Elle ne pleurait jamais, en tout cas pas devant moi. Elle n'avait pas pleuré à l'enterrement de papa, ni à ceux de grand-mère et de grand-père. Ses sanglots étaient étranges, ils avaient quelque chose d'inhumain. On aurait cru entendre les jappements et glapissements d'un chien s'efforçant de parler, et puis vint un long hurlement rauque qui me figea sur place dans le couloir, un cri prolongé de souffrance extrême. Je sentis mon visage se convulser tandis que, pesant contre le mur devant la chambre de mes parents, j'écoutais ma mère. J'aurais voulu aller auprès d'elle, mais j'avais peur de la regarder, peur de ce qu'elle ressentait. J'attendis. J'attendis que le pire soit passé. Quand enfin j'entrai chez elle, elle était calme. De nouveau, elle s'excusa. Je lui dis qu'elle n'avait à s'excuser de rien.

Il y a des nuits où je n'arrive pas à dormir, et je reste éveillée à réfléchir au *Masque de nature*, ce qui signifie que je pense à maman et à son histoire, et à la façon de la raconter dans le film. Je n'ai pas envie que ce soit trop propre et net. Pas envie d'expliquer le désordre. Elle aurait détesté. J'ai regardé je ne sais combien de fois le film que j'ai tourné d'elle juste un an avant sa mort. Assise dans son atelier à côté de la *Boîte d'empathie*, elle s'adresse à la caméra. À un moment donné elle me parle à moi, directement. Elle dit mon nom et, quand je l'entends, je sens toujours en moi comme une accélération.

"Nous vivons à l'intérieur de nos catégories, Maisie, et nous croyons en elles, mais souvent elles se brouillent. C'est le brouillage qui m'intéresse. Le désordre."

PATRICK DONAN
(article consacré aux *Chambres de suffocation*, *Art Beats*, New York, 27 mars 2002)

"J'adore la chaleur, pas vous ?" Phineas Q. Eldridge a le sourire lorsqu'il parle de son installation à la galerie Alex Begley. Sa première exposition personnelle consiste en sept cuisines fermées reliées par des portes, façon chemin de fer. Dans chacune d'elles, il fait un peu plus chaud que dans la précédente, ce qui signifie que tout visiteur doit être prêt à transpirer. L'artiste performeur connu, *downtown*, pour ses monologues trans-genre-et-race au *Pink Lagoon*, a poussé ses pions dans le monde des arts visuels. Dans chacune des cuisines composant *Les Chambres de suffocation* figurent deux grands mannequins rembourrés, une malle et un personnage en cire assez glaçant qui pourrait être tombé d'une autre galaxie. Le théâtre est un élément obligé de l'art de l'installation, mais Eldridge a appliqué à cette série de chambres son instinct personnel de la scène.

Selon Eldridge, l'œuvre ne comporte pas de message. Difficile, pourtant, de ne pas penser aux guerres culturelles américaines lorsqu'on passe de l'une à l'autre de ces cuisines d'un autre monde. L'inquiétant personnage intersexué qui surgit des sept malles s'adresse directement à la communauté LGBT*. La malle (un peu trop ostensiblement, peut-être) est aussi "le placard". Eldridge a fait son coming-out en 1995 et explore dans son travail les identités homosexuelles et raciales depuis qu'il s'est lancé lui-même sur la scène du cabaret underground.

Et les deux gigantesques humains rembourrés ? Pourraient-ils représenter l'Amérique blanche des "valeurs familiales" de droite ? Eldridge ne se commet pas. "Toute interprétation est dangereuse", dit-il, paraphrasant Susan Sontag.

Après le 11 Septembre, de nombreuses créations artistiques ont tout simplement semblé hors de propos, mais l'atmosphère claustrophobe et la dégradation et destruction progressive des sept chambres semblent faire allusion à l'isolement douillet de la plupart des Américains, enfermés dans leurs rêves matérialistes jusqu'à ce que le choc des terribles événements de septembre dernier les expulse de leur bien-être satisfait. Alex Begley propose sa propre exégèse de la suffocation : "Cette installation exerce un impact authentique. Elle concerne notre situation présente."

ZACHARY DORTMUND
(article consacré aux *Chambres de suffocation*, *Art Beats*, New York, 30 mars 2002)

L'intérêt de l'installation de Phineas Q. Eldridge, *Les Chambres de suffocation*, présentée chez Alex Begley, réside dans sa subversion de l'esthétique "propre" associée à l'avant-garde moderniste, ainsi que du placide consumérisme pop des Jeunes Artistes britanniques. Son appel au spectateur, toutefois, demeure personnel. Contrairement à la pratique d'un artiste tel que Tiravanija, dont les œuvres ouvertes invitent à une interaction DIY*, les chambres closes d'Eldridge sont des passages. Il ne s'agit pas ici d'un art pleinement relationnel, pour citer Nicolas Bourriaud. Ce n'est pas de l'altermodernisme. Néanmoins, cette succession d'environnements réels peut accumuler une énergie qui est tout compte fait plus subversive que le relationnisme accommodant dont Bourriaud s'est fait l'avocat. Le personnage transgenre qui réapparaît de chambre en chambre évoque la délirante subjectivité machinique de Gattari, entre autotechnologie du désir et corps sans organe, faisant écho à la vie d'Eldridge en tant que performeur bisexuel sur la scène. Le chaos de l'ultime chambre possède un authentique mordant politique.

HARRIET BURDEN
Carnet K

19 avril 2001

Il est intelligent, pas au sens où l'était Felix. Felix savait comment enflammer les collectionneurs, comment leur faire imaginer qu'ils étaient les seuls à avoir vraiment vu et compris l'œuvre d'art qu'ils avaient sous les yeux. Cet homme-ci veut tous les regards sur lui, tout le temps. Il se filme chaque jour, comme si la caméra lui redisait qu'il est vivant. Il aimerait être un virtuose de l'évasion – cela, plus que tout, je crois. Défier la nature ou avoir l'air de défier les limites de la nature.

Tout ce que je veux, c'est travailler et faire aboutir mon plan.

Et pourtant, je l'aime bien. Il a un ressort presque aérien. J'ai l'impression qu'il aura envie de jouer le jeu, parce que la manipulation des apparences l'excite. Pour lui, c'est un plaisir presque sexuel, une forme de titillation, oui, de tension érotique. Tumescence. Ça, je peux le sentir. Ce n'est pas la Harriet vieillissante qui l'attire, mais ce que je dis. Il n'est ni Anton, mon masque vert, ni Phineas, mon masque bleu. Phinny et moi, nous étions l'un, l'autre, ou suffisamment l'un de l'autre pour gambader en tandem, en duo, deux siffleurs en route pour l'aventure ou la mésaventure. P & H. Mais Phinny me quitte. Il est tombé amoureux de l'Argentin et je vois que les lumières ont changé dans ses yeux.

Comme il va me manquer ! Il nous était facile de nous confondre.

Rune, un nom fait de pierre, un tout autre pseudonyme : gris.

Il a un tic. Il se lèche les dents de devant, comme s'il vérifiait la présence de bribes d'aliments.

J'ai envie de mettre Rune en scène. J'ai envie de découvrir les œuvres qui sont ses œuvres mais que je ferai. Rune sera mon Johannes le Séducteur : masque brillant, terrible et insidieux. Les commentateurs de Kierkegaard ont loupé le cœur de l'ogre. Ils omettent le ravissement sadique.

Peler l'oignon des personnalités, l'une après l'autre, en pénétrant de plus en plus loin dans le livre.

Écoute ça, Harry. Tu te rappelles la première fois que tu l'as lu. La phrase arrive juste à la fin du premier volume. Tu es encore dans la première partie. Ça t'avait fort secouée. Tu te rappelles ? Il était ton être à toi, n'est-ce pas ? Pas Cordelia.

Non, ça c'est un mensonge. Pauvre Cordelia. Mais ce *pauvre*, c'est ce quelque chose que tu craches, rejettes, expectores, vomis. Pas toujours, pas toujours, mais la séduction est complète, celle qui est exercée sur toi, non en tant que femme mais en tant qu'homme. Je suis Johannes. Le lecteur séduit par Johannes devient Johannes – en partie. Voilà le nœud. Regarde le nœud. C'est si assommant, si familier, si injuste d'être traité *a priori* comme une femme, toujours comme une femme. Je me révolte. Pourquoi d'abord la féminité ? Pourquoi ce caractère d'abord ? Inéluctable.

Le Dr F. a remarqué que je portais une jupe. Il sait. C'est seulement la deuxième fois en tant d'années, m'a-t-il dit. C'est notable. C'était une manifestation de vulnérabilité. En jupe, on est vulnérable. C'est ça l'histoire des femmes en jupes.

Les femmes tombent, elles tombent du ciel, l'une après l'autre, elles tombent, tombent et tombent, encore et toujours. Écarte les cuisses, bien-aimée, et du bord de la falaise je te précipiterai vers ta mort. Vagin, comme champ de bataille. Vagin, comme ruine. Mais jamais il ne dit : laisse-moi entrer. C'est ça le coup de force. Elle n'a d'autre pouvoir que de ne pas le laisser entrer. Je serrerai fort les jambes.

Serre bien tes cuisses, Cordelia.

Le Séducteur écrit : "Tout est métaphore. Je suis moi-même un mythe de moi, car n'est-ce pas en tant que mythe que je me hâte vers ce rendez-vous d'amour ? Qui je suis ne compte pas ; tout le fini et temporel est oublié ; seul demeure l'éternel, le pouvoir du désir érotique, son ravissement*."

Le Séducteur ne vit que sur la page. C'est un fantasme de A, qui est un fantasme d'Eremita, l'éditeur de *Ou bien... ou bien...* lequel est à son tour un fantasme de Søren Kierkegaard, défunt de longue date et ranimé par ses pages.

A n'est-il pas horrifié par sa propre invention esthétique[1] ?

1. Burden compare le rôle qu'elle voudrait confier à Rune à l'usage que fait Kierkegaard de Johannes, l'auteur pseudonyme du "Journal d'un séducteur", dernière section de la première partie d'*Ou bien... ou bien...* Dans ce journal, Johannes raconte son entreprise de séduction de Cordelia, qu'il mène avec un talent si consommé qu'elle imagine que c'est elle qui le poursuit. La première partie est un "oignon" de pseudonymie. L'éditeur, Victor Eremita, écrit la préface de la première partie. A est le personnage qui occupe le point de vue esthétique dans le premier volume et se présente comme l'éditeur du "Journal d'un séducteur", mais pas son auteur. À la suite d'Eremita, Burden comprend que Johannes est la créature fictionnelle de A, le pseudonyme d'un pseudonyme, une "métaphore" et un "mythe" représentant une position esthétique extrême de nature spéculaire. A est horrifié par sa propre création. Dans la préface, Eremita écrit : "Il semble

Nous sommes tous des mythes pour nous-mêmes.

Johannes va coucher avec Cordelia.

Ensuite il la quittera.

S. K. aimait Regina, et il l'a quittée. Il ne l'a pas baisée pour de bon, semble-t-il. Il a laissé sa virginité à un autre, mais il l'a blessée à vif[1].

"Je ne lui ferai pas d'adieux, écrit Johannes, rien n'est plus révoltant que les larmes et les supplications féminines qui défigurent tout et pourtant ne signifient rien d'essentiel. Je l'ai aimée, mais désormais elle ne peut plus occuper mon âme. Si j'étais un dieu, je ferais pour elle ce que Neptune fit pour la nymphe : *je la transformerais en homme*."

Les voilà, les cinq derniers mots : le rasoir.

Je vais me transformer en homme, grâce à Rune.

vraiment que A lui-même ait pris peur de sa fiction qui, comme un rêve trouble, continuait de le mettre mal à l'aise, jusque dans son récit" (*Kierkegaard's Writings*, vol. III, p. 9).

1. Kierkegaard a rencontré Regina Olsen en 1837 quand il avait vingt-quatre ans et elle quatorze. Ils se fiancèrent en 1840 mais, un an après, il rompit les fiançailles, laissant, selon tous les témoignages, Regina désespérée. Kierkegaard écrit : "Il ne me restait donc rien d'autre à faire que m'aventurer à l'extrême, la soutenir, si possible, au moyen d'une tromperie, de tout faire pour la dégoûter de moi afin de ranimer son orgueil", cité par Joakim Garff in *Søren Kierkegaard : a Biography*, trad. Bruce H. Kirmmse (Princeton University Press, Princeton, 2005), p. 186. Bien qu'il affirme à de multiples reprises son amour pour elle dans ses journaux, la raison de cette rupture de sa promesse a fait l'objet d'interminables spéculations savantes. En dépit de la fascination que lui inspirait Kierkegaard, Burden pensait que les relations de S. K. avec Regina étaient "perverses". Dans le carnet K, elle écrit : "Regina occupe l'espace lointain assigné à toutes les muses et objets d'amour féminins. Pauvre Regina ! Pauvre Cordelia ! Je change la donne !"

Deviendrai-je Johannes ?

Mais Johannes n'était pas Søren. Il n'était pas A. Non. On sait que S. K. croyait aux pleurs des femmes, aux supplications des femmes et aux prières des femmes. Et je ne suis pas Rune. Et pourtant, pourtant, pourtant, je suis lui quelque part, ailleurs, dans la fantasmagorie. Laisse-moi te chuchoter à l'oreille. Laisse-moi chuchoter que l'homme fantasmatique au fouet dialectique, c'est Søren, aussi. Un illusionniste. Je vais emprunter un moi d'illusionniste.

Regarde-moi, Prométhée. Je suis moi-même un mythe de moi. Qui je suis ne compte pas.

HARRIET BURDEN
Carnet A

4 mai 2001

Bruno écrit ses Mémoires. Je ne dois pas trop manifester le plaisir que ça me fait. C'est juste un passe-temps, dit-il, je m'amuse un peu. Il valse. C'est ce qu'il aurait dû faire depuis toujours, foutue tête de mule, valser, s'amuser un peu, au lieu de se vider de son sang dans ce poème pour le millénaire. Mais je ne dois ni jubiler ni me féliciter, ou il risquerait d'arrêter rien que pour me contrarier. Cher Ours, qu'as-tu fait de toutes ces années de ta vie ? Je voudrais que tu couches sur papier cet homme caustique, tendre et bourru, que tu en fasses un livre. Invente-le, mon chéri, si nécessaire. Il est là.

Un passage qu'il m'a lu à propos de crème glacée sur la promenade, à Coney Island, dans lequel sa mère retire sa main qu'il avait voulu saisir : le chocolat froid avait dégouliné dans sa paume. Infime, cet instant, mais reçu comme une gifle dont l'écho se réverbère par-delà les années. Que dit-on ? Une femme difficile. C'était une femme difficile. Hochements de tête sur les femmes difficiles. Nous sommes toutes des femmes difficiles. La mère de Bruno était-elle particulièrement difficile ? Non, mais elle était la mère de Bruno. En cet instant, ce mot *difficile* me paraît fou, orthographe insensée d'un mot que je ne reconnais plus.

Aven m'a raconté que Julie lui avait dit : “Je ne suis plus ton amie.” Une grimace a étiré la bouche d'Aven.

“Mais alors, a-t-elle fait, tu vas pas le croire. Le lendemain elle avait oublié !” Aven n’oublie pas. Elle est des nôtres.

*

Maman joue dans mon corps comme une mélodie. Sa voix réapparaît, vieille et rauque : sa pensée traverse le temps. “Il m’aimait plus à la fin.” Et quand je lui demande ce qu’elle veut dire, elle m’explique : “Plus qu’il ne m’aimait au début. Je l’aimais. J’avais mis ton père sur un piédestal, mais il me fuyait.”

Et je vois mon père fuyant à grandes enjambées, courant par monts et par vaux.

Il la punissait par le silence.

“Je plaçais rarement un mot quand nous avions du monde à dîner, tu sais. J’apportais les plats, je débarrassais la table et j’écoutais, mais dès que je commençais une phrase il me coupait. Un jour, après une soirée, j’ai voulu lui en parler. J’ai dit que c’était pénible pour moi, blessant. Il ne m’a pas répondu, mais lors de notre dîner suivant, il n’a rien dit, pas un mot.”

C’était cruel, ça, dis-je à maman.

Le Dr F. a entendu tout cela maintenant. Je me souviens de ma mère.

“N’oublie pas, disait maman à l’hôpital. Tu es juive.”

Je n’oublierai pas, maman.

La chambre d’hôpital est laide. Ma mère se remet d’une septicémie. L’infirmière originaire de la Trinité me regarde. “Nous avons eu peur qu’elle ne nous quitte, la nuit dernière, mais elle est solide.” Ma mère avait erré dans les couloirs de l’hôpital, hallucinée de fièvre. Elle se croyait à Indianapolis dans l’ancienne maison, ou plutôt dans une partie de la maison, en train de monter l’escalier, chez nous, à la recherche de sa chambre. “Mais je ne la trouvais pas. J’ouvrais porte après porte, Harriet.”

Et je me dis en moi-même que mon père aurait voulu sa propre espèce, pas moi. Son espèce naturelle. Non, Harry, le sexe n'est pas une espèce naturelle en philosophie[1]. Poisson. Volaille. Un veau à deux têtes.

Qui auraient-ils été, je me le demande, les autres rejetons qui ne furent jamais formés ?

"Qu'est-ce que je dois mettre ?" demande-t-elle.

"Mettre, maman ?"

Elle regarde, irritée, autour d'elle. "Au dîner de la faculté. Où sont mes perles ? Il me faudra mes perles. Je ne trouve pas que ce chandail t'aille bien, Harriet."

Et j'aurais aimé pouvoir sourire. Je lui frottai les pieds parce qu'ils étaient froids. Trois paires de chaussettes, et encore froids.

Je peux voir l'East River, les vagues grises et la lumière et, dans la chambre, le goutte-à-goutte, le sparadrap sur le bras décoloré de ma mère, la manche retroussée de sa robe de chambre lilas.

Ne meurs pas encore.

Le temps est épais au présent, une distension, pas une série de points, un temps subjectif, c'est-à-dire notre temps intérieur. Nous sommes sans cesse à retenir, à projeter, à anticiper la note suivante de la mélodie, à nous rappeler la phrase entière tout en l'écoutant[2].

1. John Stuart Mills fut le premier à introduire, en 1895, la notion d'espèce naturelle (*Philosophy of Scientific Method*, éd. Ernest Nagel [Haffner, New York, 1950]), p. 303-304. Le terme implique qu'il existe dans la nature des groupements indépendants des catégories humaines. L'existence même d'espèces naturelles est le sujet d'un débat considérable en philosophie analytique, et la question de savoir si le sexe en est une fait partie de ce débat.

2. Burden paraphrase Husserl. Le philosophe discute de l'écoute de la musique en tant qu'exemple primaire de l'expérience subjective du temps, qui inclut davantage que le présent immédiat. Y sont incluses également la succession et la durée. *The Phenomenology*

Je me souviens de mon nombril proéminent sur mon ventre gros et dur, la peau tendue, le dernier mois, l'étrange remue-ménage de la vie à l'intérieur. Mes pieds roses et enflés posés sur un pouf devant moi. Felix, l'oreille collée à la bosse. Holà, petit bonhomme, petite chiquita. C'était Maisie. Oui, je crois que c'était Maisie.

of Internal Time-Consciousness (Indiana University Press, Bloomington, 1966).

HARRIET BURDEN
Carnet M

Je vais construire une femme-maison. Elle aura un dedans et un dehors, de sorte qu'on pourra y entrer et en sortir. Je la dessine, je dessine et je réfléchis à sa forme. Elle doit être grande, et ce doit être une femme difficile, mais elle ne peut pas être une horreur naturelle ou une créature fantastique avec un *vagina dentata*. Ce ne peut être ni un Picasso ni un monstre de De Kooning ni Madonna. Pas de "ou bien/ou bien" pour cette femme. Non, elle doit être vraie. Elle doit avoir la tête aussi importante que la queue. Et il y aura des personnages à l'intérieur de cette tête, petits hommes et petites femmes engagés dans des occupations diverses. Qu'ils écrivent et chantent et jouent d'instruments et dansent et lisent de très longs discours qui nous endorment tous. Qu'elle soit ma Lady Contemplation, en l'honneur de Margaret Cavendish, duchesse de Newcastle, cette monstruosité du XVIIe siècle : une femme intellectuelle. Auteur de pièces de théâtre, de romans, de poèmes, de lettres, d'essais de philosophie naturelle et d'une fiction utopiste, *The Blazing World : Le Monde flamboyant*. J'intitulerai ma femme *Le Monde flamboyant* en mémoire de la duchesse. Anticartésienne, anti-atomiste au bout du compte, anti-Hobbes, royaliste exilée en France, mais c'était une moniste convaincue et une matérialiste qui n'excluait pas, ne pouvait pas exclure Dieu tout à fait. Ses idées recoupent celles de Leibniz. Mon père connaissait-il l'existence de Cavendish et ses liens avec son héros ?

Mad Madge, Margot la Folle, était embarrassante, pustule enflammée sur le visage de la nature. Elle se donnait en spectacle. Autorisée un jour, lors d'une visite à la Royal Society en 1666, à assister à des expériences, la duchesse dans toute sa gloire excentrique fut dûment décrite par Samuel Pepys, qui en fit un récit complet. Il la qualifia de "femme ridicule, folle et prétentieuse". C'était facile. C'est encore facile. Il suffit de refuser de répondre à cette femme. On n'engage pas le dialogue. On laisse mourir ses mots ou ses images. On détourne la tête. Les siècles passent. L'année où la première femme fut admise à la Royal Society ? 1945.

La duchesse portait parfois des habits d'homme, gilets et chapeaux de cavalier. Elle s'inclinait au lieu de faire la révérence. Elle était un ahurissement imberbe, une confusion des rôles. Elle se mettait en scène en tant que masque ou mascarade. Chapeau, duchesse (chapeau de cavalier) ! Que flotte son panache[1].

Il y a du travesti partout chez Cavendish. Comment, sinon, une lady pourrait-elle galoper dans le monde ? Comment, sinon, pourrait-elle se faire entendre ? Elle doit devenir un homme sans quoi elle doit quitter ce monde, ou bien quitter son corps, ce corps mal né, et flamber. La duchesse est une rêveuse. Ses personnages brandissent comme des bannières leurs propos contradictoires. Elle ne peut pas trancher. La polyphonie est la seule voie vers la compréhension. Une polyphonie hermaphrodite. "Quel esprit noble peut souffrir une vile servitude sans passions rebelles ?" demandait Lady Ward. Mais les dames

1. À l'occasion de la visite de Cavendish à la Royal Society, John Evelyn, un diariste de l'époque et ami de Samuel Pepys, composa une ballade : "Grand Dieu ! / La première fois que je l'ai vue, / elle avait l'air d'un Cavalier, / sauf qu'elle n'avait pas de barbe." Cité par Emma L. E. Rees, *Margaret Cavendish : Gender, Genre, Exile* (Manchester University Press, Manchester, 2003), p. 13.

gagnent toujours dans ses mondes. Par mariage, beauté, raison, et pur désir fantasmé. Lord Séduction est comme foudroyé par la lucidité et la sensibilité de cette femme. Il renaît instantanément.

N'est-ce pas là ce que je veux ? Regardez mon œuvre. Regardez et voyez.

Comment vivre ? Une vie dans le monde ou un monde dans la tête ? Être vue et reconnue au-dehors, ou se cacher et réfléchir au-dedans ? Actrice ou ermite ? L'un ou l'autre ? Elle voulait les deux : être dedans et dehors, méditer et sauter. Elle était d'une timidité douloureuse et souffrait de mélancolie, entrave à sa démarche. Elle fanfaronnait. Elle adorait son mari. Quelques sages la qualifiaient de génie.

Je suis une Insurrection. Un Opéra. Une Menace ! Je suis Margot la Folle, *Mad Hatter* Harriet : Harriet le Chapelier fou, une hideuse anomalie qui vit à l'hôtel Crève-Cœur près du bar Chez Sunny au bord de l'eau à Brooklyn avec des gens tombés tout droit d'un dessin humoristique. Bruno me dit que des gens dans le quartier m'appellent la Sorcière. Je revendique, dès lors, l'enchantement de la magie et la puissance de la nuit, qui est procréatrice, fertile, humide. N'est-ce pas là que gît leur effroi ? Les femmes ne donnent-elles pas naissance ? N'est-ce pas nous qui poussons au monde ces bébés braillards, leur donnons le sein, chantons pour eux ? Ne sommes-nous pas la fabrique et le shaker des générations ?

À Brobdingnag, un Gulliver minuscule regarde d'en bas la nourrice géante qui donne la tétée à un enfant. "Nul spectacle ne me dégoûta davantage que son sein monstrueux. Ses dimensions sont effrayantes, et chacune des imperfections de la peau est visible." Combinaison swiftienne du microscope et de la misogynie. Mais tout enfant n'est-il pas un nain au sein ?

Maman a dit : "Il me fuyait."

*

Je veux flamber et gronder et rugir.
Je veux me cacher et pleurer et m'accrocher à ma mère.
Mais nous en sommes tous là.

HARRIET BURDEN
Carnet T

24 mai 2001

Nous avons conclu le pacte, ou du moins je crois que nous l'avons conclu. Il m'a regardée dans les yeux en disant que ça l'amuserait.

*

J'ai acheté un multiple de Rune – une vidéo, *Le Nouveau Moi*. Je suis curieuse de voir comment ça résistera au temps.

*

Son appartement : le rêve de splendeur baroque d'un plombier. Je n'ai pas osé lui demander si les glands dorés relevaient ou non du second degré, mais il est trop intelligent pour ne *pas* savoir. Il prend plaisir à ses contradictions et s'attend que tout le monde marche avec lui ; et, paradoxalement, c'est charmant, parce que c'est enfantin. Regarde mes jouets. Ils sont chouettes, hein ? Il se pavanait d'une pièce à l'autre, en me faisant faire la visite, désignant chaque objet d'un geste large, mais sans prendre le temps d'admirer un seul trophée : "Pot cambodgien, deux mille ans avant J.-C., photo de Diane Arbus – suicidée en 1971 –, les chaussures que portait Marlène

Dietrich dans *Morocco*." Quand une jeune fille aux cheveux courts apparut soudain sur un seuil, il tendit le bras et aboya "Jeannie", après quoi il m'adressa un sourire pour s'assurer que j'avais compris qu'il plaisantait. Une "assistante", élément d'une équipe "d'auxiliaires" qui circulaient dans tout l'appartement, principalement des jeunes femmes à l'air compétent armées de téléphones.

Photos de robots en parades héroïques, prises dans divers labos aux États-Unis et à Genève, mais aussi des "filmbots", machines imaginaires, une photo de plateau de Hal, dans *2001*, et Woody Allen en serveur robotique dans *Woody et les robots*. Moi, je vote pour le pauvre abruti de Woody Allen, ai-je dit, mais Rune n'a pas souri.

*

Il a des idées, mais elles sont brouillonnes. Il ne lit jamais une page des livres que je lui recommande. Mais un démon appelé Singularité a pris possession de lui, progéniture grandiose d'un certain Vernor Vinge, professeur de mathématiques et auteur de science-fiction qui, en 1993, a prédit un bouleversement monumental et révolutionnaire du temps, dès le moment où les pauvres mortels que nous sommes manufactureront des intelligences artificielles supérieures à la nôtre. Nos moyens techniques nous dépasseront de loin et l'aube se lèvera d'un monde posthumain et postbiologique. Nous serons tous des hybrides de machine et de biologie. Nous nous "rechargerons" et deviendrons immortels, même si le procédé reste imprécis. Vinge, un techno-Frankenstein, écrit : "De vastes réseaux d'ordinateurs peuvent « s'éveiller », telles des entités d'une intelligence surhumaine[1]."

1. Vernor Vinge a présenté pour la première fois sa conception de la Singularité au symposium Vision-21 sponsorisé par la NASA les 30 et 31 mars 1993. Pour un compte rendu de la discussion en

*

S'éveiller ?

*

J'ai grommelé, pouffé et agité l'index, mais Rune, impassible, m'assure que tout cela se produira dès 2030. Comme j'aimerais parier là-dessus, mais je serai morte. Harriet Burden sera poussière, ossements réduits en cendres. Rune y croit-il vraiment ? A-t-il vraiment fait sien cet article de foi fondé sur un fallacieux modèle théorique : le computationnalisme[1] ? Les types des labos et certains de leurs compères de la philosophie analytique se sont agenouillés avec révérence devant la machine sacrée qui traite l'information à des vitesses sans cesse croissantes, qui joue bien aux échecs mais traduit si lamentablement d'une langue à une autre que c'en est douloureux, et qui ne ressent absolument rien. Ignores-tu que d'autres écrivent à propos d'un changement de

cours, cf. "The Singularity : Ongoing Debate, Part II", *Journal of Consciousness Studies* 19 (2012), n° 7-8.

1. Le computationnalisme met en avant l'idée que le cerveau fonctionne comme un ordinateur par la manipulation de symboles soumis à des règles. Hilary Putnam, "Brains and Behavior" (1961), *Readings in Philosophy of Psychology*, vol. 1, éd. Ned Block (Harvard University Press, Cambridge, Mass., 1980), p. 24-36, et Jerry Fodor, *The Language of Thought* (Thomas Cromwell, New York, 1975). Dans le carnet T, Burden critique les savants et philosophes qui ont adopté ce modèle, parce que celui-ci "ne tient pas compte du cerveau en tant qu'organe vivant" et qu'il "néglige l'influence de la connaissance émotionnelle". Elle qualifie aussi le computationnalisme de "forme déguisée de dualisme cartésien" et cite la critique que fait Hubert Dreyfus de cette théorie dans *What Computers Still Can't Do* (MIT, Cambridge, Mass., 1992).

paradigme, que le traitement de l'information en tant que modèle pour le fonctionnement du cerveau est à bien des niveaux insuffisant ? Rune veut croire. C'est une forme de salut.

*

La "Singularité", c'est à la fois une échappatoire et une vision fantasmée de la naissance. Je lui ai dit : Un rêve jupitérien qui évite complètement le corps biologique. Des créatures flambant neuves surgissent de la tête des hommes. Presto ! Disparition de la mère et de son diabolique vagin.

*

Je lui ai fait remarquer que ses croix sont des symboles de fertilité.

J'ignore dans quelle mesure ce que je dis pénètre. La surdité fait partie de son être. Et ça l'aide, ça l'aide à s'affirmer comme le jeune Wonder Man.

*

Mais il y a, en sous-main, un courant inverse, d'ordre personnel. Rune s'efforce d'échapper à sa biographie. C'est peut-être là que nous nous rencontrons. Moi aussi, je voudrais échapper à mon histoire.

*

Aujourd'hui, après ma tirade sur le computationnalisme et ses lacunes fatales, il m'a raconté une histoire concernant sa mère, aujourd'hui morte et enterrée. Je la vois d'ici, cette femme, en pyjama *baby doll*, titubant sur ses mules à hauts talons ornées de plumes sur le devant. La description de ces atours n'était pas incluse dans son récit mais, à partir de ce qu'il racontait, j'ai inventé une créature pathétique, vaine et perturbée. J'en ai fait la mère séductrice, objet dément et effrayant de l'adoration du petit garçon, une femme qui oscille entre étreintes larmoyantes et rage dévastatrice. Elle est un cliché, un chaos féminin issu du cinéma des années 1950, l'une de ces grues en technicolor, ivres et dissolues, aux décolletés vertigineux. Nous sommes tous coupables de créer des types. Mais l'histoire est sinistre et, pendant qu'il la raconte, ses yeux sont froids et vides. La folle et triste mère de Rune accueille une chatte perdue et la nourrit. Un jour, la chatte accouche dans la corbeille à linge familiale, un lit tiède, doux, sale et odorant. Mais sa mère perd la tête lorsqu'elle découvre les chatons et gémit : pas de bébés, pas de bébés. Elle noie les nouveau-nés au fond d'un seau dans le garage sous les yeux de Rune et de sa sœur.

Le père reste passif. Je le vois, lui aussi, assis dans un fauteuil, un long visage pâle et préoccupé. Je pourrais le dessiner. D'où viennent ces images ?

Je suis content d'être toi, déclara-t-il, ou plutôt content d'être toi qui es moi, ou moi qui suis toi. Il fit le poirier et s'avança sur les mains à travers la pièce, quelques pas seulement mais ça m'impressionna. En le regardant, j'eus une absence momentanée, l'impression de me perdre et de voir le monde comme s'il venait d'être créé, à l'instant même, dans toute son étrangeté. Cela m'arrivait quand j'étais petite. Tout à coup, fascinée, je découvrais les nez : les narines, par exemple, certaines garnies de poils, pâles et palpitants ou noirs et drus. Qu'étaient-ce que ces deux trous dans une face aux ouvertures multiples ? Les uns minces et étroits – simples fentes cachant les conduits menant vers l'inconnu ; d'autres ronds et dilatés, ou larges et béants, ou irrités et humides de mucus.

Peut-être était-ce sa position tête en bas qui m'y fit penser. Je rêvais souvent de retourner ma chambre et de marcher sur le plafond. Quand je le lui racontai, il me regarda fixement. Nous faisions ça, Karen et moi, dit-il. Karen, c'est sa sœur.

HARRIET BURDEN
Carnet O. Le cinquième cercle
(découvert par Maisie Lord le 20 juin 2012)

5 juin 2001

Seule à Nantucket, et Bruno me manque. Il est avec "ses femmes" : Jenny la méfiante, Liza, enceinte du premier petit-enfant, et Cléo, l'adoratrice. Elles gardent leurs distances envers l'amoureuse de leur père et je me suis rendu compte, il y a quelques semaines, que ça m'est égal. Rien ne les oblige à m'aimer. Maisie, Oscar et Aven viendront la semaine prochaine. Ethan viendra peut-être. Mon fils : M. Peut-Être. J'ai soif de signes d'affection de la part de mon gamin impénétrable. J'imagine la longue et forte étreinte, un soudain débordement d'amour et d'admiration pour moi, sa maman, mais ce n'est pas dans sa manière. Je ne peux pas refaire Ethan. Comme moi, il lit. Il lit tout le temps, et il lit des femmes en ce moment, Simone Weil, Susan Langer, Frances Yates. Espoir pour la planète. Mais il est sévère, c'est le vengeur des opprimés, l'ennemi du système. Vends la maison de Nantucket. Vends la collection ! Diversifie et disperse le fonds pour le redistribuer. Ethan Lord sous la bure et la cendre. Il y a des jours où il me fait penser à un jésuite accomplissant inlassablement ses exercices spirituels en vue de purification. Et je trébuche et tombe, impure et coupable. Heureusement, aujourd'hui, au téléphone, il a changé de registre et m'a demandé si j'avais jamais lu *La Poétique de la rêverie*, de Bachelard, et je lui en ai cité une phrase : "Les mots prennent alors d'autres sens, comme s'ils avaient le droit d'être jeunes." Et Ethan a dit, avec un petit rire : *Mais je crois qu'il faut être vieux pour le savoir*. Et j'ai reçu ce petit rire comme d'amour.

Le petit Ethan rentre à la maison après une journée au jardin d'enfants. Je le vois emporter une pile de puzzles dans son cagibi, allumer la lumière, s'asseoir et fermer la porte derrière lui. Je sais ce qu'il fait. Il en commence un, le termine, et entreprend le suivant. Au bout d'une demi-heure, je frappe doucement à la porte et l'appelle, de ma voix de dessin animé : "Quelles nouvelles du cagibi ?" Douze, répond-il en chantonnant. Ou quatorze, ou seize.

Felix parle dans l'obscurité de la chambre. "Tu crois que cet enfant est normal ?"

Oui, oui, oui, dirais-je. Il a simplement un schéma mental différent.

Les ombres de Felix abondent dans la maison : caresses et gifles. Ses bottes de caoutchouc sont restées dans le vestibule et j'évoque son fantôme en partant pour la plage sous une pluie glacée, et je me rappelle combien cela m'émouvait de voir le Felix aux complets-cravates en jean et vieux pull-over, de voir qu'ici à Nantucket, quand il n'était pas au téléphone, c'était presque un autre homme. Aujourd'hui j'ai touché les pierres encore empilées dans le grand bol évasé en cristal, sur la commode. Il les a ramassées une par une, pendant des années. Il aimait les couvrir d'eau pour faire ressortir leurs couleurs. L'année dernière, je ne les ai même pas remarquées, je n'y ai pas pensé. Cette année, je ne suis que sentiments blessés quand je regarde ces pierres. Je me souviens de lui avoir lancé un magazine à la tête, et de son expression de surprise. Je criais : "Fais attention, il est temps que tu fasses attention." Le collage de photographies dans la cuisine. Ethan et son poisson : le gamin de six ans terrifié brandit en l'air un petit lieu noir. Maisie, radieuse dans les bras de son père, la lèvre supérieure un peu humide de saleté et de morve. Felix est tourné vers elle, pensif, doux, la commissure des lèvres relevée. Cette maison. Je patauge dans les ruines de ce qui fut.

Rune arrive demain. Il eût été idiot de cacher sa visite à Bruno, je ne l'ai donc pas fait. Un long week-end. De jeudi à dimanche. Discussion du projet. Je voudrais étudier encore ce garçon. Il convient pour le rôle, mais je dois découvrir l'œuvre.

*

Ne pas oublier, demain, au Straight Wharf : espadon, pâté de lieu, ces petits biscuits.

*

J'ai regardé le *Journal*. Ça dure et ça dure. Il y a trop à voir. Rassasiement visuel du trop.

À un moment où j'ai arrêté le film : un larbin filme Rune à une réception. Cela signifie qu'il y a deux caméras : l'une visible, l'autre non. Rune est souriant, il gesticule. Il plisse les yeux d'un air intéressé en baratinant une femme qui arbore une mèche magenta et d'étroites lunettes vertes. Il rit, un gloussement sonore, salue de la main et se tourne vers la caméra invisible. Mais son visage ne porte plus la moindre trace de l'animation immédiatement précédente. La transition est trop violente. Nos sentiments perdurent en général, au moins quelques secondes. Je me demande ce que cache sa convivialité.

Jeudi 7 juin 2001

Je l'ai cueilli à l'aéroport à treize heures trente, et son large sourire et ses grands gestes m'ont instantanément inspiré des remords pour les pensées que j'avais eues hier soir. Il m'a taquinée à propos de ma voiture, mon cher tas de ferraille, mais qui marche, qui continue de marcher.

Éloge de la maison : une vraie maison de plage, ni du préfabriqué ni une de ces résidences d'été tape-à-l'œil comme certaines de ces horreurs dans les Hamptons. Je lui ai montré l'atelier. Montré quelques-uns de mes petits personnages choristes du *Monde flamboyant*. Tous bouche ouverte, en train de chanter.

Avons savouré l'espadon et bu du vin. Nous avions sous les yeux la plage et les hautes herbes ondulantes qui devenaient presque noires sur fond de ciel nocturne, d'un bleu de cobalt, pur comme s'il sortait du tube. Quelques instants seulement d'étrangeté, quand je me suis demandé : Qu'est-ce qu'il fait ici ? Qu'est-ce que je fais ? Peut-être suis-je le savant fou.

J'ai regardé Rune bouger. J'ai observé sa grâce, en silence. C'est un atout en ce monde, la grâce. Sa main gauche (j'ai compris aujourd'hui qu'il est gaucher) se tend, paume ouverte, pour souligner son propos, et son discours s'écoule de lui, pas trop vite, et sans guère d'émotion. Il a la voix basse et apaisante, il ne sourit qu'à de longs intervalles, mais quand il sourit, cela me fait l'effet d'une récompense. Il est curieux et a lu toutes sortes de livres, mais ce n'est pas ce qu'il dit qui séduit. C'est sa confiance en son propre pouvoir de séduction.

Après dîner, nous nous sommes allongés sur les deux canapés rouges du séjour. Il fumait, et je respirais l'arôme des cigarettes, une odeur qui me rappelle mon mariage. J'ai appris qu'on ne débat pas d'idées avec Rune, qu'il est vain de chercher un accord rationnel entre nous. Il est homme de l'éparpillé et du sporadique, des citations idoines, de la mémoire des dates, des appariements improbables et du *non sequitur*. Avril 1938 : huit jours après l'adoption par l'Autriche de l'Anschluss allemand, Superman a fait sa première apparition sur la scène américaine. Le marquis de Sade, m'a-t-il indiqué, naquit le

2 juin 1740. Le lendemain même, 3 juin, le roi Frédéric le Grand de Prusse accédait au trône et l'un de ses premiers décrets consistait à abolir la torture. Je ne suis pas surprise que Rune partage l'intérêt à la mode pour Sade, pour le désir à répétition, pour le corps vu comme une machine, pour la sombre extension à la sexualité du mécanisme des Lumières. Te considères-tu comme un libertin ? lui ai-je demandé. Et il a dit non, comme un simple outil de traitement de l'information, avec des entrées et des sorties de données attachées à une pulsion sexuelle puissante. Il a cité Nietzsche, "L'homme est quelque chose qui doit être dépassé". (Il en prend à son aise avec Nietzsche.)

Sans transition, il a sauté à J. G. Ballard et son exposition de voitures écrasées au New Arts Lab, en 1970. Mieux que Duchamp, mieux que Warhol, dit-il. *Crashed Cars*, c'est l'objet d'art *par excellence**. Le livre de Ballard, *Crash !*, annonçait "le nouveau sublime", une explosion érotique de métal, de verre et de démembrement. Mais, au-delà des splendeurs du carambolage, Ballard était un devin, une force aveugle, un présage de ce qui devait encore advenir. Les musées n'étaient-ils pas devenus des palais Disney, exactement comme il l'avait prédit ? L'oracle n'avait-il pas dit : "Tôt ou tard, tout devient télévision[1]" ?

N'avait-il pas dit : "À l'ère post-Warhol, un geste simple tel que décroiser les jambes aura plus de signification que toutes les pages de *Guerre et Paix*[2]" ? Comme je me demandais ce que signifiait cette dernière affirmation, Rune dit : N'est-ce pas évident ? Et moi : Pas du tout, pas du tout, mais il était passé à Philip K. Dick et

1. J. G. Ballard, *The Day of Creation* (W. W. Norton, New York, 1987), p. 64.
2. J. G. Ballard, *The Atrocity Exhibition* (Fourth Estate, Londres, 1990), p. 27.

à tout l'univers phildickien, et comme il l'aimait, celui-là aussi, encore un grand chaman de notre temps, né en 1928, mort en 1982, jeune encore, cinquante-quatre ans seulement, paranoïaque, drogué, marié cinq fois, fou halluciné quasi religieux mais, oh, tellement merveilleux. Dick n'avait-il pas dit : "Tout le monde sait que la logique aristotélicienne à deux valeurs c'est de la merde" ?

Je lui demandai si Dick s'était fait l'avocat d'une logique à trois valeurs. La logique booléenne a deux valeurs, elle aussi, dis-je, essentielles en informatique. Trois valeurs comprennent le vrai, le faux et l'inconnu ou indécidable. Était-ce là ce qu'il proposait ? Voyait-il plus grand ? Dans l'esprit des théorèmes d'incomplétude de Gödel ? Les comprenait-il vraiment[1] ?

Rune a l'habitude d'impressionner les gens avec des propos de ce genre mais pas celle de les défendre. En dépit de son ignorance, il se contente de sourire, de tendre la main, paume en l'air, et de me dire que je suis trop sérieuse.

1. La phrase bien connue sur la logique aristotélicienne est dite par un personnage de Dick dans son roman *VALIS*, pas par Dick lui-même. Dans ses carnets, Burden revient fréquemment sur ce qu'elle appelle "les limites de la logique". Sa tentative d'entraîner Rune dans une discussion des différentes formes de logique échoue. La logique booléenne, ainsi appelée d'après George Boole, un mathématicien du XIXe siècle, est un système algébrique binaire dans lequel toutes les valeurs peuvent être réduites à vrai ou faux, logique fondamentale de la conception de l'architecture physique de l'ordinateur. Des systèmes logiques *para-cohérents* à trois valeurs ont été conçus pour conserver des formes de logique traditionnelle mais aussi tolérer des incohérences : "l'inconnu ou l'indécidable". En 1931, le théorème d'incomplétude de Kurt Gödel a démontré que nul système mathématique ou logique ne peut être à la fois cohérent et complet parce qu'il doit comporter des propositions indécidables qui se trouvent en dehors du système.

Et si j'étais comme lui ? Si je me contentais d'écarter les contradictions d'un revers de la main ? Ce serait plaisant de jouer le héros blasé, imbu de lui-même, recueillant des regards admirateurs pour le mal dégrossi et mal conçu.

Mentalement, je revois mon père. Ta logique, père, concernait la cohérence des relations, pas la boue de la vie dite réelle. C'était une logique bornée. Là était le problème. Vraies ou fausses, tes propositions fonctionnent parfaitement dans leur propre sphère hermétique.

C'est une erreur que d'appliquer la logique à la vie humaine dans son ensemble, de croire que la logique va "éveiller" les machines.

Mais alors Rune raconte qu'autrefois il y avait deux Dick, Philip K. et sa sœur jumelle, Jane Charlotte, morte à six semaines, et que la petite fille hante les écrits de son frère. Il semble que Philip K. ait tenu sa mère pour responsable de la mort de Jane. Le ventre hideux a tué sa sœur ? Il s'y était trouvé avec elle, après tout. La mère avait négligé la sœur pour le frère ? Hélas, je n'ai pas eu les détails. Rune était lancé.

La petite morte nous a entraînés vers les miroirs, les doubles, les fantômes qui ne nous laissent jamais, et à la vieille histoire des deux sexes comme deux moitiés séparées d'un seul être. Il m'a parlé de sa sœur Kirsten, à qui il avait toujours confié ses secrets. Ils avaient inventé un code lorsqu'ils étaient enfants, pour s'envoyer l'un à l'autre des messages que les parents ne pouvaient pas lire, et avaient donné au code le nom de Runsten. Ils avaient construit un fort avec des caisses et des bouts de planches et, dans leur fort, ils avaient disséqué le cadavre d'un bébé oiseau. Et je lui ai raconté les fausses couches de ma mère et le fait que je m'étais toujours demandé si mon père n'avait pas voulu un garçon. Peut-être y en avait-il eu un parmi ceux qui étaient morts.

Plus tard, il parla intarissablement d'artistes dont je n'avais jamais entendu parler, et je compris qu'il avait une connaissance encyclopédique du Maintenant : ce qui se trouve à cette minute dans les galeries de Chelsea. C'était impressionnant mais au bout de quelque temps mon esprit se détourna de ses paroles vers les miennes, silencieuses, celles qui pensent qu'elles ont le droit d'être jeunes et de s'en aller à la recherche de sens nouveaux, et je l'interrompis à un moment donné pour évoquer notre œuvre. Je déclarai que le projet devrait déguiser la ligne de suture, l'incision entre son art et le mien. Il fallait que j'en sache plus à son sujet. C'était une question de devenir.

Devenir moi ?

Non, lui dis-je. Une conscience double. Toi et moi ensemble. J'ai l'espoir que tu vas me pousser à autre chose. Ma voix montait. Me pousser au vertige de l'exil.

Son visage s'éteignit, mort, tel que je l'avais vu dans le film. Pas de réponse.

Avec ton nom sur mon œuvre, dis-je, ce *sera* différent. L'art vit uniquement dans sa perception. Tu es le dernier des trois, et tu es le sommet. J'entendis la passion qui me fêlait la voix. Je revins à un ton calme et posé.

Il aimait l'idée d'une belle arnaque, mais mes idées lui paraissaient obsolètes, un peu faibles. Nous vivons à une époque postféministe de liberté de genre, de transsexualité. Qui se soucie de qui est quoi ? Il y a des tas de femmes artistes, maintenant. Où est le combat ?

Non, dis-je, il ne s'agit pas que de sexe. C'est une expérience, toute une histoire que je fabrique. Deux faites, une à faire. Après ça, je me retire du jeu. Nous trouverons un projet, dis-je. Son œuvre, *La Banalité du glamour*, ne s'était-elle pas centrée principalement sur des visages et des corps de femmes ? Il savait, sûrement, que les femmes sont confrontées à des tensions que les hommes ne connaissent pas. J'avais souffert de la culture de la beauté et de sa cruauté. Je savais de quoi je parlais.

Il me fit un gentil sourire et dit : Harry, tu as ton style à toi, ton élégance, ta féminité. Il voulait être aimable, mais cela me fit bouillir : poings serrés, poussée de fureur. Il m'avait offert de la condescendance, une compensation. Ne t'en fais pas, Harry, tu comptes, toi aussi, disait-il, même si tu as une drôle d'allure. Il me hérissait et je grondai. Mais là n'est pas la question. La question, c'est le piège, la suffocation. Je me détournai.

Nulle pique de sa part. "Ce que tu veux, c'est me revêtir le temps d'une exposition." "Me revêtir", l'expression était bien trouvée.

Je lui dis que, oui, c'était exactement cela, sauf que, en "le revêtant", je pourrais découvrir autre chose en moi-même. Voilà ce que j'essayais d'expliquer.

Il se lécha les dents et me demanda ce que pourrait être cette autre chose.

Je ne sais pas. Je ne sais pas. Je ne sais pas.

*

Peu parlé après cela. Je suis fatiguée, maintenant, très fatiguée.

Demain, révélation des masques.

*

Vendredi 8 juin 2001

Je me suis cachée toute la journée, sans lui parler. Je l'avais informé des règles de la maison : il devait s'occuper lui-même de son petit-déjeuner et de son déjeuner. Par la fenêtre de l'atelier, je l'ai regardé partir à grands bonds vers la plage, un livre à la main, vu se pencher pour frotter le sable de son talon, et puis allumer une cigarette. J'ai déjà ressorti pour lui deux des cendriers de Felix. Je n'arrêtais pas de penser à ses vidéos chirurgicales pendant que je travaillais à une tête pour une sculpture. Les mutilations contrôlées me faisaient penser à ses chers *crashs* : une esthétique sanglante.

*

Visages. Le visage. Lieu géométrique de l'identité. Ce que le monde voit. Mon vieux visage.

Qu'est-ce qui s'est passé aujourd'hui dans l'atelier, Harry ? Réfléchis bien.

Harry, tu étais préoccupée. Tu étais anxieuse. Sois honnête. Quand tu as dévoilé les masques, tu avais un peu peur, pas vrai ? Mais pourquoi ?

Parce que tu n'étais pas sûre qu'il jouerait le jeu. C'est ça ?

Mais quand il les a vus, ton masque d'homme et ton masque de femme, quand il a vu tes masques, il a souri, et puis il a promené l'index sur la femme, il l'a saisie et a posé son visage sur le sien.

Il l'a enlevé pour l'examiner. Ils sont si absents, tous les deux, dit-il.

Je les ai faits absents.

Comme des masques nô, dit-il, et moi : un peu comme des masques nô, mais légers et souples. La différence entre les deux est très faible, au niveau du menton.

Je veux m'en servir, ai-je dit, dans le cadre de l'expérience, pour notre travail ensemble. Nous échangerons nos sexes et jouerons un jeu, un jeu de théâtre. Ce sera amusant, ai-je dit. Tu es pour ?

Il y a des règles ? demanda-t-il.

Pas de règles, dis-je. Il trouverait une femme et moi je trouverais un homme.

Il voulait filmer ça avec une caméra fixe. Il pourrait l'installer rapidement. Il l'ajouterait à son Journal intime.

Tes poumons privés d'air, Harry. Battements de cœur accélérés, impression de danger. Pourquoi ? Tu avais peur de cet œil mécanique ? Serai-je moche ? Serai-je ridicule ?

J'insistai pour qu'il m'en donne une copie. Il s'y engagea. Mais il y a plus, Harry. Examine-toi. N'avais-tu pas peur d'être en train d'ouvrir une porte que tu pourrais n'être pas capable de refermer ?

Il est presque minuit, mais il faut que j'écrive ça maintenant sinon je vais perdre l'immédiateté, je vais en perdre la force, parce que quoi qu'il y ait sur ce foutu film, ce ne sont pas mes tripes, pas mes perceptions, pas la magie de la transformation.

C'était lent, au début. Nous étions gauches, sots. Je lui ai dit que j'étais John. Il détestait John. Pourquoi John ? Un prénom si fade. J'ai dû expliquer que, quand j'étais petite, je jouais à John. Les aventures de John. Le capitaine John sur le bateau dans un ouragan, le soldat John tuant des nazis, John des cavernes. Je n'ai pas raconté que j'alternais John et Mary, Mary qui était sauvée par John, Mary, délicate, sujette aux pâmoisons, et qui adorait qu'on la sauve. J'ai accepté de renoncer à John. Un prénom idiot, d'accord. Rune, sitôt qu'il a revêtu le masque, s'est mis à se tortiller et à faire des manières en roulant des épaules. Je lui ai dit sèchement qu'il était une femme, pas une drag-queen. Aucune femme ne fait ça, bon sang, et il m'a lancé : on parie ? mais il a mis un terme à cette parodie ridicule au bout de quelques minutes. Il m'a annoncé qu'il était Ruina.

Un prénom débile, ai-je dit, mais c'est assez drôle, Ruina. Une femme en ruine. Pauvre Ruina/Rune en ruine.

Le masque change tout.

Il change beaucoup plus que je ne l'avais imaginé quand nous avons entrepris le jeu.

Rune a commencé à disparaître.

Je regardais ce visage vide avec sa bouche rose, tendre et dénuée d'expression, ses sourcils arqués et son menton étroit, et le gros élastique qui le maintenait en place sur les oreilles de Rune. Faisant un peu monter son timbre dans les aigus, Rune s'est mis à parler d'une voix plus douce. Il disait qu'il aimait dessiner. Il a baissé les yeux vers ses genoux, puis les a relevés. Il les a fixés sur les miens un instant à travers les trous, avant de se détourner. Il faut que j'essaie de m'expliquer ceci. Pourquoi cette série de mouvements m'a-t-elle fait l'effet d'un coup sur la tête ? Il jouait un personnage, non ? J'ai repris mon souffle. Sous le masque, je sentais ma peau devenue brûlante. Les masques ne remuent pas, mais quand je le/la regardais, c'était comme si j'avais vu trembler les lèvres immobiles, comme si par cette action : baisser les yeux, les relever et détourner le regard, il avait capturé quelque chose de féminin, et cela me terrifiait.

Richard, dis-je. Richard Brickman. Le nom apparut sur ma langue et je l'articulai. En le regardant, maintenant, écrit sur la page, je souris. Richard, comme Cœur de Lion, comme Richard III, comme Tricky Dick*. Qu'y a-t-il dans un nom ? Ce choix est hilarant. Et Brick ? Faut-il analyser ça ? Solide, bien sûr. Stable, évidemment. Les trois petits cochons, évidemment. Tu te rappelles, Harry, laquelle des maisons résiste ? Et il souffla, souffla et souffla, mais ne put démolir la maison en briques. Et l'homme, *man*, dans Brickman ? Harry, tu es M. Surdétermination[1] en personne. Mais il est venu, Richard Brickman est venu, arrivé comme un vent soufflé des poumons bleus du vieil Harry dans l'espace mauve entre lui et Ruina, ce petit bout de femme rose. Elle avait une histoire. Elle avait des rêves, des grands, des petits, de pathétiques rêves de grandeur. Rune l'inventait pour moi,

1. Surdétermination : le fait que des formations de l'inconscient (symptômes, rêves, etc.) peuvent être attribuées à une pluralité de facteurs déterminants. D'après J. Laplanche et J.-B. Pontalis, *Vocabulaire de la psychanalyse* (*The Language of Psychoanalysis*, trad. Donald Nicholson Smith, Norton, New York, 1973), p. 292. Burden suggère que l'apparition soudaine du nom de Brickman est due à de multiples facteurs inconscients.

pour Richard. Ce n'était pas une artiste, non, juste une illustratrice. Elle avait pour grande ambition de dessiner et peindre des livres d'enfants. Où avait-il trouvé cette créature timide et pleine d'espoir ? Je me le demande maintenant, mais je ne l'ai pas fait au moment même. Sa mère, sa sœur ? J'étais trop captivée par Richard et Ruina, par le miracle de leur conversation.

J'étais assise en face du masque, Ruina, avec, derrière elle, la lumière éblouissante du soleil de l'après-midi. Je la regardais ; adossée au coton rouge passé du canapé, elle jouait avec un coussin sur ses genoux. Ma position changea : je m'assis, jambes écartées, et me penchai en avant, les coudes sur les genoux. Mais sais-tu dessiner ? demandai-je. Sais-tu dessiner ?

Elle ne voulait pas se vanter, voyez-vous, mais elle dessinait pas mal, et elle faisait des progrès, et elle espérait une chance, une introduction, peut-être. Je pourrais sans doute l'aider. La tête masquée bougeait de haut en bas et d'avant en arrière. Elle était en mouvement, notre Ruina, toute en hochements de tête, hésitations et rires nerveux. Elle trouvait si difficile de demander. Elle n'aimait pas faire ça, et une nouvelle note aiguë d'imploration filtra dans sa voix.

De minauderies en soupirs, elle commençait à me paraître méprisable. Reprends-toi. Si tu veux quelque chose, demande-le franchement.

Et alors, horreur, Ruina s'est mise à chuchoter. Je l'entendais à peine. Demandait-elle cette faveur ? La tête affaissée en avant, elle chuchotait si bas que les mots se confondaient en un murmure.

Parle plus fort ! Moi, Richard, je lui disais de parler plus fort. Je ne criais pas. Je lui ordonnais de parler clairement, pour que je puisse l'entendre. Quel était l'intérêt d'une conversation avec une personne qu'on ne pouvait comprendre, qui ne pouvait prononcer une phrase sans marmonner. Ça ne nous mènerait nulle part.

Elle geignit. L'entendre geindre me fit fermer les yeux, me fit tressaillir. Tu me dégoûtes. On dirait un chien battu. Qui a dit ça ? Richard a dit ça, salaud cruel qu'il est.

Violentes protestations de Ruina, alors. D'un coup, elle s'anime. Dans la mesure de ses faibles moyens, elle rend les coups. Sa voix grimpe dans de nouveaux registres, des sons aigus, déchirants, douloureux. Ça, c'est méchant. Vous êtes méchant, un homme horrible. Pleurs convulsifs.

Je ne suis pas méchant. Je suis raisonnable. Tu m'entends. Je parle raisonnablement, c'est tout. Toi, par contre, tu te conduis comme une gamine hystérique. Je te demande d'arrêter maintenant, tout de suite.

Ruina pleure. Elle tient le coussin contre le visage masqué. J'imagine que le masque bouge. Je vois les coins de la bouche s'abaisser, et je sens le front qui se ride. Je me sens revigorée par ma colère. Richard se lève et, en trois pas rapides, s'approche du canapé. Il attrape Ruina par l'épaule et se met à la secouer. Elle est molle comme une poupée de chiffon. Je lève la main pour la gifler, fort. La tête masquée est renvoyée en arrière et Rune rit. Le rire m'enrage. Le rire fulmine en moi. J'ôte mes mains des épaules de Rune. Je gronde, un râle caverneux. Le jeu est terminé.

Nous ôtons les masques.

Je me sens secouée, un peu choquée. Rune est jovial. Il répète cette phrase : nous l'avons sur la pellicule.

Mais Richard et Ruina m'ont perturbée. Je le lui ai dit pendant qu'il débarrassait de leurs bracelets élastiques les homards cuits à la vapeur. Pourquoi était-ce parti dans cette direction ? Qui avait mené ? Pourquoi avait-il fait de Ruina une telle mauviette ? J'avais envie d'en parler, mais il a dit que je voulais toujours tout interpréter et que, assez, c'était assez. On s'était bien amusés, non ? Et je me suis sentie à la fois étrangement soulagée par sa bonne humeur et encore troublée. Notre conspiration, a-t-il dit, était intéressante, foutrement intéressante, et il n'avait pas la moindre intention d'y renoncer déjà.

Il m'a parlé d'un ami artiste qui s'était pendu l'an dernier. Une femme qu'il aimait l'avait quitté.

Ce doit être terrible pour elle, ai-je remarqué.

Et il a dit que certaines morts sont plus belles que d'autres.

J'ai dit que je ne trouvais pas la mort belle, sauf peut-être la mort parfaite, mourir à cent ans dans son sommeil.

Dieu, quel ennui, a-t-il fait.

Je dois réfléchir à tout ça, maintenant. Je dois trouver une certaine distance. Harry s'efforce de comprendre ce qui s'est passé.

Samedi 9 juin

J'ai appelé Rachel ce matin. Nous avons discuté pendant presque une heure. Je voulais lui parler de Richard Brickman, mais quelque chose m'en a empêchée, la honte. J'ai honte des deux, Richard et Ruina.

*

Ray a été opéré ; on lui a placé un ressort dans l'artère.

*

Qui es-tu, de toute façon, Harry, une mauviette ? Qui se soucie de ce mini-événement théâtral ? Le monde n'est-il pas asservi aux acteurs, tout spécialement à ceux qui se poussent à des extrêmes, qui s'affament pour plus d'authenticité, qui s'enragent, grincent des dents et se métamorphosent en patients fous, en savants débiles ou en psychopathes lubriques et cannibales. Ne sommes-nous pas tous des créatures malléables faites d'une pâte molle que l'on peut étirer, presser et reconfigurer ? L'art ne participe-t-il pas toujours de cette extension en autrui ? La belle affaire ! Ce n'était presque rien, pas la moindre violence – un simple haussement d'épaules – un peu de colère, un rire. Pourquoi t'inquiéter ?

Parce que Brickman était là, entièrement formé. Qui est cet homme ?

Et pourtant, considère ceci, aussi : il peut être la voie royale vers le projet. N'ai-je pas dit : le vertige de l'exil ? Exil en l'autre.

*

J'ai aussi appelé Bruno. (Jamais je ne lui parlerai des masques.)

Cléo est son salut, ça, je le savais. Jenny l'agace. Liza est taciturne mais bien plus gentille avec son vieux papa. Il me confie, en un moment caractéristique d'envol hyperbolique, qu'il a loupé son rôle de père. Je conteste cette idée, parce qu'elle est fausse. Elles ont envie de le voir, après tout. Elles laissent leurs époux seuls pour venir chez papa. Et Liza lui a fait sentir les mouvements de l'embryon de garçon sous sa peau, le premier petit-enfant, et il se demande pourquoi cet enfant à naître l'émeut tellement plus qu'autrefois. Et je lui réponds qu'alors il avait peur, et que, maintenant, il n'a plus peur. Il n'aura pas à s'en occuper, et nous rions, et bientôt il évoque mon clito, "toujours en éveil", dit-il, et la nostalgie que sa langue a de lui, le clito, et je simule quelques gémissements dans le combiné, et il lape. Quelle bénédiction, le rire. Il s'enquiert de mon gigolo, l'ondulant joli garçon, mais son ton n'est pas cruel et donc, je prends. Je lui dis que le projet se dessine et – j'emprunte le mot de Rune – qu'il est "intéressant". Oui, c'est intéressant. Et puis nous sommes impatients de nous voir, et il espère que Francis, le mari avocat de Liza, que je n'ai jamais rencontré, n'insistera pas pour qu'ils appellent le bébé Brandon – si chochotte, si peu charnu. Comment Bruno pourrait-il tolérer un petit-fils nommé Brandon. Il a l'intention d'écrire ici, sur l'île. Nous n'évoquons pas ce foutu poème. Il sait ce que je pense : écris tes Mémoires !

*

Pas facile de travailler aujourd'hui, avec cette anxiété qui résonne sous mes côtes.

À quatre heures, je l'ai trouvé allongé sur le canapé, en train de lire un livre sur Houdini. Il l'a agité en l'air et m'a communiqué des faits : le père d'Houdini avait été rabbin à Appleton, Wisconsin ; Houdini adorait sa femme, Bess. Deux ans avant la publication de *La Métamorphose* de Kafka, les deux Houdini, mari et femme, prenaient la place l'un de l'autre à l'intérieur d'une malle cadenassée et intitulaient leur numéro *Metamorphosis*. (Le mot allemand est *Verwandlung*, mais Rune vit entièrement en anglais.) Le maître magicien pouvait, à volonté, régurgiter de petites clés, se déboîter les épaules et se les remettre en place, et il avait appris en s'entraînant dans une gigantesque baignoire à retenir sa respiration pendant trois minutes. Rune m'a dit que, lui aussi, il s'entraînait à ne pas respirer, et comme je lui demandais pourquoi, il a répondu qu'il avait ses projets.

Il voulait jouer de nouveau, échanger les masques. Je serai Richard, a-t-il dit. En moi-même, je pensais c'est impossible, tu ne peux pas être Richard, tu ne le connais pas, mais je ne l'ai pas dit. Ce que j'ai dit, c'est : non, une autre fois. Je ne me sens pas de taille. Nous avons parlé encore un peu de tout et de rien et puis il a dit : Je crois que Ruina devrait avoir sa revanche sur ce salaud, pas toi ? Je devais avoir l'air désorienté. Si nous poursuivons le jeu, a-t-il dit, il faudra qu'elle se défende, non ? J'avais besoin d'y réfléchir. Je comprenais que je m'étais coupée de l'histoire en cours parce que j'avais eu peur.

Rune pensait que la séquence filmée pouvait être utilisée

indépendamment du *Journal*. Nous en ferons une œuvre, suggéra-t-il, peut-être ton œuvre pour moi. Je sentais qu'il m'observait. Je tentai de la jouer blasée. Mais, si c'est mauvais ? dis-je. Il l'avait déjà visionnée plusieurs fois, et il voulait la voir sur un plus grand écran. Il pouvait la brancher sur la télévision.

Nous avons regardé en silence ces *aliens* masqués. J'ai constaté que j'avais oublié de gros fragments de notre dialogue et que le jeu avait duré plus longtemps que je ne l'avais cru. En tant que spectateur, j'ai vu immédiatement que sans les masques l'échange aurait perdu son pouvoir. Tel qu'il était, j'étais frappée par la fadeur du dialogue. Le Richard autoritaire et la Ruina craintive étaient des types sortis tout droit du mélodrame ou du *soap opera*, mais leurs visages artificiels, immobiles – mes créations vides – accentuaient le caractère archétypal de leur affrontement, et leurs gestes revêtaient une qualité pathétique.

Pathosformel[1] ?

Maître et esclave bloqués dans leur course à la reconnaissance[2] ?

Jeu de rôles devenu fou ?

Parodie culturelle libellée en majuscules ?

Cette vision télé révélait-elle la vision objective ? J'ai remarqué que mon chandail vert avait perdu sa forme et

1. L'historien de l'art Aby Warburg (1866-1929) a inventé le terme *pathosformel* pour décrire la formule émotive des représentations visuelles. Pour Warburg, les œuvres d'art étaient chargées d'énergies psychologiques exprimées dans un langage gestuel. Cf. A. Warburg, *The Renewal of Pagan Antiquity : Contributions to the Cultural History of the European Renaissance*, trad. David Britt (Getty Research Institute, Los Angeles, Calif., 1999).

2. Burden fait ici référence au chapitre consacré à la relation maître/esclave dans la *Phénoménologie de l'esprit*, de Hegel, dans lequel le philosophe soutient qu'on ne peut atteindre à la conscience de soi que grâce à un combat agonistique avec l'autre.

pendouillait sur mes amples seins, que sous le masque masculin, mon propre menton flasque se prolongeait en un cou dépourvu de pomme d'Adam et que ma chevelure flottait autour du faux visage telle une auréole frisottante mais, je ne sais comment, ces détails ne féminisaient pas Richard. Ils étaient transcendés par le masque et par le caractère décisif de ses gestes. Et malgré les biceps arrondis, les épaules larges et le torse plat de Rune, sa Ruina tremblante, ramassée sur elle-même et, finalement, en larmes, paraissait féminine. Performativité[1]. Les détails de la pièce, avec sa cheminée, le gros coquillage sur le manteau et la gravure de Calder au mur disparaissaient sous l'émotion brute circulant entre les deux joueurs. Était-ce feint ? Nous l'avons regardé une fois encore.

Rune se tenait penché en avant. Les coudes sur ses genoux, le menton dans les mains – le corps tendu de concentration. Qu'avait-il vu ? Je le lui ai demandé. Je crois que nous étions bons, a-t-il dit. Nous avons plongé en plein dedans. C'est tellement artificiel, et pourtant on y croit.

Je lui ai suggéré de le repasser sans le son.

Il l'a fait automatiquement, ce qui m'a un peu surprise. Il semblait comprendre. Nous avons regardé. Sans les voix, le film n'était plus que masques et gestes. Je ne regardais pas Rune à côté de moi sur le canapé, mais je le sentais. Peut-être l'ai-je entendu respirer. Je ne sais pas, mais il ne bougeait pas, et moi non plus. Les deux personnages sur l'écran étaient de nouveau changés. Tous deux avaient parlé derrière les lèvres immobiles des masques, mais cette fois nous n'entendions rien. Les visages figés

1. Judith Butler a inventé le mot performativité : "Il s'avère que le genre est performatif, c'est-à-dire qu'il constitue une identité supposée sienne. En ce sens, le genre est toujours un fait, bien que pas celui du sujet dont on pourrait dire qu'il préexiste au fait", in *Gender Trouble : Feminism and the Subversion of Identity* (Routledge, New York, 1990), p. 25.

avaient l'air de parler parce qu'ils hochaient la tête et levaient les mains, mais sans les paroles, et je les voyais accomplir ensemble une danse qui, dans ce silence, était devenue d'un érotisme inquiétant. Les gestes de Ruina avaient une qualité séductrice qui attisait la brutalité de Richard et le plaisir qu'il y prenait.

Je me sentais Richard, à nouveau, je sentais son désir d'étourdir de gifles la jeune femme tremblante. Sans ses répliques banales, mon personnage fantasmé semblait avoir gagné en stature. Mais tandis que les dernières secondes se déroulaient une fois encore, je me suis demandé qui c'était, exactement, qui riait à la fin ? Était-ce Rune ou Ruina ? J'avais pensé que Rune était sorti de son rôle, qu'il avait brisé le quatrième mur, mais à présent je n'en étais plus sûre. Il me semblait que c'était elle, Ruina, qui riait à l'intérieur du jeu, ce qui ajoutait une dimension supplémentaire au simulacre ou qui, à tout le moins, compliquait le domaine imaginaire. Je me sentais désorientée.

Je lui ai demandé : Qui riait ?

Rune m'a considérée d'un air intrigué.

J'ai insisté. J'ai redemandé : Qui riait ? Toi ou Ruina ? Il se bornait à me regarder fixement. Je lui ai parlé sèchement. J'ai dit : Réponds-moi.

Se renversant en arrière sur le canapé, il a croisé les bras. Es-tu Richard, en ce moment ?

Non, je suis Harry. Je sentais la colère me serrer le cœur et la gorge.

Tom, Dick et…*, a-t-il chantonné.

J'ai baissé la voix et dit que j'étais sérieuse.

En plaisantant, il a dit : "C'est le masque qui me l'a fait faire. Le masque me l'a fait faire." Après quoi il m'a accusée d'être trop sérieuse. C'était moi qui avais commencé, non ? Un jeu, c'était censé être amusant. Étais-je préoccupée de savoir lequel de nous deux avait gagné ? Il n'y avait pas eu de scénario. Ce qui était sorti de nous était sorti. Et alors ? Où était mon sens de l'humour ?

*

Où était ton sens de l'humour, Harry, ce merveilleux sens du ridicule ? Qui était cet homme masqué galopant au travers de l'écran de télévision ? N'était-ce pas toi ? Ris, éclate de rire ! Ce n'est pas le moment de rebrousser chemin, Harry. Vous êtes partenaires, tous les deux, dans cette danse masquée, dont les pas n'auront aucun sens s'ils sont dansés par un seul. N'êtes-vous pas doubles dans le jeu ? Johannes et Cordelia, John et Mary, Richard et Ruina ? Et pourquoi as-tu bassiné Rune avec Dora Maar si tu n'étais pas en train de te dédoubler une fois de plus sans même le savoir ?

*

C'était bien toi, Harry, sur le canapé rouge à côté de Rune, qui lui racontait Picasso découvrant Maar dans un café parisien, une main étalée sur la table devant elle et frappant à coups de couteau les espaces entre ses doigts. Quand elle manquait son coup, elle saignait. Filet à cinq doigts. Picasso conserva ses gants, comme un trophée.

*

Picasso a peint Maar comme *La femme qui pleure*, comme l'Espagne en deuil, mais le bouc aimait à faire pleurer les femmes. Dès que les larmes déboulaient, le pénis du bouc se raidissait. Quel petit misogyne ardent et énergique il était, Picasso ! Et tu as raconté à Rune toute l'histoire, les photos surréalistes de Maar, entre autres le sublime *Ubu* qui fut primé en 1936, et ses tableaux un peu moins merveilleux. Tu lui as raconté comment elle avait craqué après que Picasso l'avait quittée, son analyse avec Jacques Lacan, la hideuse chaise toute de barres d'acier et de cordes rêches que Picasso emballa et lui envoya en cadeau, et la lame de pelle rouillée qu'elle lui adressa par la poste, jeu de cadeaux auquel ils jouaient ensemble. Et puis le paquet qu'on trouva en 1983 parmi les possessions de Picasso : une chevalière qu'il avait dessinée et où il avait gravé les lettres P et D, *pour Dora*. À l'intérieur de l'anneau, il y avait une pointe.

*

L'homme qui déballa cette bague fut horrifié mais, ai-je dit à Rune, ce devait être censé faire allusion au jeu de Maar avec le couteau, tu ne crois pas ? Regarder l'anneau, c'est voir un doigt qui saigne.

*

Nul ne peut jouer seul, ai-je dit. Même s'il n'y a personne d'autre dans la pièce, il doit y avoir un autre imaginaire.

*

Pour Rune, j'ai cité Cocteau de mémoire. Picasso est un homme et une femme profondément mêlés, a-t-il dit. C'est un ménage vivant. Dora est une concubine vivante avec laquelle il est infidèle à lui-même. De ce ménage sont nés des monstres merveilleux.

*

Nous sommes tous un *ménage**, lui ai-je dit.

Et alors, Rune : Il y a très longtemps, quelqu'un m'a dit que tu étais brillante, tout simplement brillante.

Qui ? ai-je demandé, mais il ne s'en souvenait pas. C'était quelqu'un qui me connaissait ou m'avait connue. Peut-être lors d'une réception. C'est vrai, a-t-il dit. Tu es brillante.

J'étais ravie. Comblée par le compliment, je me sentais accommodante, docile, heureuse. Éclairez d'une lumière chaude la pauvre vieille Harry, et elle fond comme du beurre.

Nous sommes restés silencieux, alors, à l'écoute de l'océan. Descendons à la plage, ai-je dit. Et c'est ce que nous avons fait. La lune n'était qu'un entrebâillement de lumière, un pâle espace luminescent dans le ciel brièvement découvert par la course de nuages épais, et nous avons regardé ces profondeurs de cumulus avec leurs gris illuminés, et je suppose que nous voyions la même chose, parce qu'il a sifflé. Nous avons trotté jusqu'à l'eau et laissé le ressac nous baigner les pieds, et senti sa traction sur nos chevilles lorsqu'il se retirait. J'avais l'impression que nous étions amis.

Il n'y a qu'une heure de cela, mais dans mon souvenir j'ai déjà changé d'optique. Je trouve cela étrange. Je ne suis plus à l'intérieur de moi-même. Je nous vois tous les deux de dos, debout sur la plage, deux grandes silhouettes floues dans le clair de lune approximatif. À un moment donné, nous nous retournons et nous remontons par la plage et le sentier de planches grises qui mène à la maison. Quand il me dit bonsoir, il sourit. Il dit que c'était une journée super, une expression banale, mais c'est ça qu'on dit, n'est-ce pas ? C'était une journée super.

Alors il a posé un baiser léger de chaque côté de mon visage et m'a redit bonsoir.

Dimanche 10 juin 2001

Coda :

Ce soir, j'ai joui avec délice de la maison vide, mangé des pâtes avec des tas de légumes, lu Emily Dickinson. Elle flamboie :

Mien – par le Droit de la Blanche Élection !
Mien – par le Sceau royal !
Mien – par le Signe dans l'Écarlate prison –
Que barreaux – ne peuvent celer[1] *!*

Rune, lui, c'est un jingle mineur qui s'est creusé une tranchée dans mon esprit et qui passe et repasse sans cesse. Il s'attarde, comme une chanson de doute. Je revois son visage bronzé, à table, j'écoute à nouveau son discours sur l'intelligence artificielle, discours facile et adolescent mais, quelque part, vivant : "homme machine désirante". J'ai inventé de nouvelles images de lui : un gamin aux cheveux filasse, plongé dans des romans de SF. Je le vois construire une machine dans son jardin. Je le vois dans la salle obscure d'un cinéma, les yeux illuminés par l'écran envahi d'extraterrestres. C'est bien l'impression d'être un extraterrestre qu'il devait éprouver, là-bas, dans l'Iowa, avec sa sœur. Je vois des champs de blé et des granges rouges. Je fais de la peinture par numéro.

*

Hier – je crois que c'était hier – il a écrit une citation sur le sable avec un coquillage, quand nous étions assis sur la plage. C'était une phrase du *Manifeste du futurisme* de Marinetti*, 1909 : "Nous allons assister à la naissance du Centaure et nous verrons bientôt voler les premiers anges." Comme je lui disais que Marinetti était un fou répugnant, il a répliqué qu'il aimait ce qui était fou et répugnant. Qu'il aimait le feu, la haine et la vitesse. Il y a de la beauté dans la violence, a-t-il dit. Personne ne veut le reconnaître, mais c'est vrai. Je regardais son avant-bras, brun sous la chemise de lin blanc qu'il portait

1. Emily Dickinson, *Une âme en incandescence*, trad. de Claire Malroux (José Corti, 1998), nº 528, p. 222-223.

manches relevées jusqu'aux coudes, une casquette de base-ball sur la tête. J'ai réagi à ses propos. J'ai dit que c'était une esthétique fasciste, et que pour voir de la beauté dans les mutilations et les effusions de sang, il fallait être complètement distancié des individus concernés. Mais Rune a appris qu'une vive décharge verbale ou visuelle provoque des réactions fortes, qu'il peut alors savourer à son aise. Il est séduit par une insurrection facile, de l'espèce qui ne coûte rien à personne. Or ce personnage est parfait pour mon projet. Il éveillera l'attention.

*

C'est la chose obscure, la masse inexplicable de cette chose qui suscite en toi de vrais doutes, Harry. Et la chose obscure n'est pas en Rune, mais en toi, n'est-ce pas ? Elle est en toi sous l'espèce de Richard Brickman. Et Rune le sait. Il est sensible aux courants sous-jacents, tout autant que toi. Je le vois qui prend le masque et le revêt. C'est ce que tu voulais, non ? Tu voulais jouer. Mais il y a la peur que t'inspire l'excitation brûlante entre tes jambes, née du jeu, incontrôlable. Le secret : je ne suis pas attirée par Rune, sauf quand je suis Richard et lui, Ruina, mais pour pouvoir jouer il faut jouer les deux rôles. Voilà une confession. Oserai-je en parler au Dr F. ?

*

Je suis responsable du drame (ou de quoi que ce fût). Moi, Maîtresse des Masques, j'ai mis toute cette affaire en branle. Rune a joué le jeu, rien de plus. Il l'a bien joué. Il était bon joueur, mais c'était mon numéro, pas vrai ? Où est la frontière entre ces deux fictions, Harry, ces absurdes créatures masquées sur l'écran ? Es-tu capable de la tracer ? T'es-tu trop révélée ? Es-tu vulnérable ? Ainsi va la mélodie de tes doutes.

Et maintenant, pendant que tu écris ces mots, tu vois ton père pas-encore-vieux assis au bout de la table dans l'appartement de Riverside Drive, silencieux, une statue muette. Et puis tu vois ta mère, bien des années plus tard, à l'hôpital, dans sa robe de chambre lilas. Elle te raconte comment il la punissait d'avoir voulu parler. Il la punissait en ne disant rien et toi, Harry, tu laisses échapper ces mots : *C'était cruel, ça. Il était cruel.* Ta mère acquiesce. C'était cruel.

*

De ceci je suis certaine : il y a eu plus d'un tour d'écrou.

RACHEL BRIEFMAN
(témoignage écrit)

J'avoue qu'il y a eu des moments où je trouvais assez épuisante l'intensité de Harry concernant son projet pseudonyme. Lors de nos thés hebdomadaires, c'était les yeux brillants qu'elle me rendait compte de ses lectures volumineuses et de leur place dans son plan d'ensemble. Elle me montrait des dessins et des tableaux, me passait des bouquins de philosophie, des articles scientifiques sur les systèmes miroirs dans le cerveau et, sur tout cela, elle voulait mon opinion. Il arrivait que tel article ou tel livre retienne mon attention mais je devais souvent lui dire que je n'avais pas le temps de les lire à fond. Je n'ai jamais rencontré Rune ni assisté à la conception et la fabrication du projet par Harry, mais elle en discutait régulièrement avec moi et ne cessait de s'inquiéter des risques que tous deux prenaient en introduisant des éléments qu'il n'avait encore jamais utilisés dans son œuvre personnelle. Je le sais, elle imaginait qu'une grande victoire l'attendait au bout du tunnel, la rédemption après ses années de labeur et d'oubli, et j'admets que ce fantasme avait une coloration irrationnelle, mais à ceux qui pensent que Harry a menti à propos de sa collaboration avec Rune, je dis que ce n'est pas possible, et à d'autres qui ont prétendu qu'elle avait complètement perdu le sens des réalités et ne savait plus où elle en était, je puis affirmer, en ma qualité de psychiatre, que Harry n'était pas psychotique. Elle n'était pas sujette au délire. Son ami le Baromètre, lui, était psychotique et délirant. Harry ne délirait pas plus que le premier névrosé venu.

En réalité, elle s'acharnait à comprendre la psychologie de la croyance et de l'illusion, lesquelles, soyons francs, sont souvent une seule et même chose. Comment des idées extravagantes, voire impossibles, peuvent-elles s'imposer à des populations entières ? Le monde de l'art était le laboratoire de Harry – son microcosme d'interactions humaines –, ce monde au sein duquel le bruit et la rumeur altèrent, littéralement, l'apparence de peintures et de sculptures. Mais nul ne peut démontrer qu'une œuvre d'art est véritablement supérieure à une autre, ni que le marché de l'art fonctionne principalement sur la base de telles œillères. Ainsi que Harry me l'a bien souvent fait remarquer, il n'existe même pas de consensus sur une définition de l'art.

Dans certains cas, cependant, les illusions deviennent manifestes. Harry et moi étions toutes deux fascinées par ce qui a été qualifié de "paniques morales", ces débordements de terreur communicative visant souvent l'un ou l'autre groupe supposé "déviant" : juifs, homosexuels, Noirs, hippies et, enfin mais non des moindres, sorcières et diables. Au cours des années 1980 et au début de la décennie suivante, des cultes sataniques avaient surgi un peu partout aux États-Unis et les journaux rendaient compte avec sobriété de leurs rites infâmes. D'innombrables arrestations, procès, emprisonnements et vies saccagées résultèrent de cette contagion hystérique. Travailleurs sociaux, psychothérapeutes, défenseurs de la loi, tous furent, de même que les tribunaux, emportés par la panique. À la fin, on ne trouva aucun indice confirmant la véracité de ces accusations. L'une après l'autre, les condamnations furent annulées. Victimes d'une épidémie de pensée voyageuse, des centaines d'individus s'étaient empressés de croire que l'employée ou l'employé de la garderie, le shérif, l'entraîneur sportif, le voisin du bout de la rue étaient des monstres qui violaient et mutilaient les enfants, buvaient leur sang et mangeaient leurs excréments au petit-déjeuner. Des souvenirs atroces surgissaient dans l'esprit d'adultes et d'enfants, des récits de messes noires, de sodomie et de meurtres innombrables, mais personne ne trouva jamais un seul cadavre ni la moindre trace de torture sur qui que ce soit. Et pourtant, les gens y croyaient. Il y en a qui y croient encore.

Pensez aux histoires qui ont prospéré et circulé après le 11 Septembre, selon lesquelles aucun juif n'aurait été tué dans le World Trade Center et la catastrophe aurait été orchestrée par le gouvernement des États-Unis. Cette absurdité avait des partisans convaincus, ainsi, bien sûr, que le gros mensonge de l'administration Bush quant à ce même carnage et à l'Irak. Il est facile d'expliquer que ceux qui se laissent emporter par de telles croyances sont des ignorants, mais la crédulité est un mélange complexe de suggestion, d'imitation, de désir et de projection. Tous, nous voulons nous croire résistants aux paroles et actions d'autrui. Nous croyons que ce qu'ils imaginent ne nous contamine pas, mais nous nous trompons. Certaines croyances sont si manifestement erronées – les proclamations de la Flat Earth Society*, par exemple –, que, pour la plupart d'entre nous, il est simple de les rejeter. Mais de nombreuses autres résident dans des territoires ambigus, où il n'est pas facile de distinguer le personnel de l'interpersonnel.

Il ne faut pas oublier que, depuis des années, Harry récrivait sa vie au fil de sa psychanalyse, que, lentement, ce qu'elle appelait un "texte révisionniste" de sa vie avait commencé à en remplacer un plus ancien et "mythique". Gens et événements avaient pris pour elle une signification nouvelle. Ses souvenirs avaient changé. Harry n'avait retrouvé aucun souvenir douteux de son enfance, mais le 19 février 2003, un mois seulement avant l'exposition d'*Au-dessous*, elle m'a raconté que quand elle se retournait sur sa vie, de vastes périodes en avaient disparu. Avec un rien d'encouragement, elle pouvait facilement remplir ces blancs de fictions. La plupart des souvenirs ne relevaient-ils pas, d'ailleurs, d'une forme de fiction ? Elle se rappelait ce que j'avais oublié, je me rappelais ce qu'elle avait oublié, et quand nous nous rappelions la même histoire, ne nous la rappelions-nous pas de façon différente ? Mais nous ne trichions ni l'une, ni l'autre. Les scènes du passé étaient sans cesse déplacées, rebattues et reconsidérées dans la perspective du présent, rien de plus, et les changements se produisent sans que nous en ayons conscience. Harry avait réinterprété toutes sortes de souvenirs. Sa vie entière paraissait différente.

Et, demandait-elle, où cela commence-t-il ? Les pensées, les mots, les joies et les craintes d'autrui pénètrent en nous et deviennent nôtres. Tout cela vit en nous depuis le début. La panique morale, l'épidémie de personnalités multiples, la manie des souvenirs récupérés ont sauvagement proliféré dans les années 1980 et au début des années 1990 quand une vague de suggestion s'est propagée d'un individu à l'autre, une sorte d'hypnose de masse ou de permissivité inconsciente communicative, autorisant quantité de gens à devenir soudain pluriels, de vraies boîtes de Pandore. Des thérapeutes parlaient de patients possédant une douzaine de personnalités. Des populations entières logées dans un seul corps : hommes, femmes et enfants révélés comme alternatifs. Quel sens cela avait-il ? Et alors, quand la maladie fut rebaptisée "trouble dissociatif de l'identité" et que le scepticisme s'imposa à nouveau, le nombre des personnes concernées par ce diagnostic se réduisit à de rares cas ici et là. Ce que Harry voulait savoir, c'était : N'étions-nous qu'une seule personne ou en étions-nous tous plusieurs ? Acteurs et écrivains n'inventaient-ils pas des personnages pour gagner leur vie. D'où sortaient ces personnages ?

Je défendis l'idée que, si passionnés que fussent les artistes, ils connaissaient la différence entre créateur et créature, que la maladie, quelque nom qu'on lui donnât, était liée à un traumatisme et que, sans le moindre doute, l'épidémie avait été encouragée par des thérapeutes trop pressés et souvent mal informés.

Assise en face de moi, ses boucles grises dépassant de sous son béret, Harry gesticulait de la main droite ; elle heurta sa tasse de thé et le liquide brun pâle se répandit sur la nappe. Oui, oui, dit-elle, mais ces créatures et ces "autres" ne sont-ils pas fabriqués à partir du même matériau subliminal ? N'existent-ils pas en nous à la manière des personnages de rêves ? Chassant d'un geste notre serveur qui s'était précipité, plein de sollicitude, elle étala sa serviette sur la tache et poursuivit : Il y avait un bon moment qu'elle travaillait avec Rune et, pour *Au-dessous*, ils avaient joué à des jeux et les avaient filmés, des jeux avec masques, costumes et accessoires. Et quand ils jouaient, il se passait des choses. Harry ne me lâchait pas des yeux. Quelles choses ? lui demandai-je.

Ce qui l'excitait et parfois l'effrayait, dit-elle, c'était ce que Rune suscitait en elle et, quoi que ce fût, elle pensait qu'il y avait longtemps que ça se trouvait en elle mais sans avoir jamais pu s'exprimer. J'ai noté ses paroles dans mon journal le soir même, ou du moins ses paroles telles que je m'en souvenais. *Le projet est presque accompli maintenant, Rachel. Bientôt, la trilogie de mes* personae *sera complète*. Elle insista sur le fait que Rune avait été intégré à *Au-dessous* en tant que "possibilité personnifiée". Elle avait emprunté l'expression à Kierkegaard. Bien plus que Rune lui-même, c'était l'idée de Rune qu'elle souhaitait exploiter, mais cette idée lui avait donné de la mobilité, avait ouvert des portes à l'intérieur d'elle-même. Harry parlait de plus en plus fort et je remarquai qu'un homme et une femme, à la table voisine, avaient cessé de parler et tournaient vers nous des regards furibonds. Je posai un doigt sur mes lèvres pour lui suggérer de baisser la voix, et son humeur s'assombrit. *Voilà ce que je veux dire*, me lança-t-elle d'une voix sifflante. *Parle pas trop fort, Harry. Fais pas de vagues, Harry. Tiens tes genoux serrés, Harry. Ce n'est pas poli, Harry*.

Irritée, je lui demandai : Bon Dieu, qu'est-ce que j'ai fait ? J'ai remarqué que tu parlais trop fort pour que notre conversation reste privée, et je t'ai envoyé un signal discret. Harry se pencha vers moi en grondant. *C'est ça que j'essaie de te dire. La chose, la personne, peu importe – elle est implacable, elle est suffisante, elle parle fort, elle est froide, et arrogante, et cruelle, et dédaigneuse et intouchable. La chose n'est pas polie. Elle n'a jamais été polie*.

Semble avoir un charme fou, dis-je à Harry. Je souriais, mais Harry ne trouva pas mon observation comique. Elle me contemplait gravement. Je suggérai que des personnalités différentes font ressortir divers aspects de la nôtre, et j'expliquai que j'ai souvent tendance à parler fort avec des gens qui parlent bas ou s'effacent, et à me sentir timide devant quelqu'un qui me crie dessus. Tout dépend de l'interaction. Harry revint à la charge : ce dont elle parlait, c'était quelque chose de beaucoup plus dramatique. Elle n'avait jamais pu résister à ce qu'elle appelait "l'attraction de l'autre". Enfant, elle avait toujours obéi aux règles. Elle avait rarement été punie, car elle ne pouvait supporter l'idée de décevoir ses parents. Ni l'un ni l'autre n'avait été strict ou sévère mais, allez savoir pourquoi, elle s'était toujours sentie en faute, pas comme il fallait. *Je me donnais un mal fou pour me transformer en l'enfant que j'aurais dû être, mais je n'y suis jamais arrivée*. Elle me faisait de la peine, mais je savais que ce que j'entendais là, c'était son histoire révisée.

Harry se pencha en avant, les deux mains devant elle sur la serviette trempée. Je couvris sa main droite de la mienne, heureuse qu'on nous ait placées dans un coin et qu'elle me parle désormais d'une voix si ténue que je devais me pencher tout contre elle pour entendre ce qu'elle disait. Elle voulait savoir si je me souvenais des grands projets que nous avions eus pour notre avenir. *Nous allions toutes les deux devenir des femmes célèbres, tu te souviens ?* Je me souvenais. Harry me sourit. Nous cultivions notre conscience. Tu te souviens ? Je me souvenais. *Ça n'a servi à rien*, dit Harry. *Ce que j'avais cultivé, il s'est avéré que c'était une fausse conscience*. Elle était devenue une artiste, d'accord, mais personne ne peut être une artiste si son œuvre vient toujours en deuxième position après tout le monde et tout le reste. Elle n'avait jamais été première en rien. Jamais. Harry retira sa main de sous la mienne et me regarda, les larmes aux yeux.

Je rappelai à Harry qu'elle avait en réalité été la première de notre classe, à la Hunter School, à quoi elle répliqua : *Ça m'a fait une belle jambe*. Et alors elle laissa déborder ses griefs. Elle avait adoré Felix, dit-elle, chose que Bruno ne pouvait accepter parce qu'il était jaloux de son mari défunt, mais c'était son amour fou pour Felix qui lui avait rendu si difficile de s'opposer à lui. Il lui avait donné l'impression qu'elle était intéressante et belle, et elle s'était appliquée de toutes ses forces à être ce qu'elle pensait qu'il voulait qu'elle soit. *C'est ça que je veux dire, Rachel. Que sommes-nous ? Qu'est-ce qui était Felix et qu'est-ce qui était moi ? Il était en moi*. Elle avait toujours "lu" Felix pour savoir ce qu'il désirait, s'était toujours pliée à ses désirs, et ce n'avait pas été tellement difficile parce qu'elle ne pensait pas que la réciproque dût être vraie. Pourquoi se serait-il plié à ses désirs, à elle ? Qui était-elle pour demander ça ? *Plier, plier, plier*, dit Harry, *toujours plier et céder, plier et céder*. Alors Harry se souvint de sa mère se penchant pour ramasser les chaussettes et le caleçon de son père, de sa mère servant son père à table, elle revit sa mère agenouillée par terre pour nettoyer avec une brosse à dents le mastic entre les carreaux, elle revit sa petite mère levant la tête avec un sourire anxieux pour lire dans les yeux de son père. Approuvait-il ? Était-il content ? Harry me dit qu'elle s'était surprise marchant sur la pointe des pieds devant la porte du bureau de Felix pour ne pas le déranger les jours où il travaillait à la maison, qu'elle avait tu ses opinions à table parce que Felix avait horreur des conflits, mais qu'il entrait sans frapper dans son atelier pour lui poser n'importe quelle question sans importance. Il critiquait un artiste lors d'un dîner mondain, et tout le monde écoutait religieusement l'opinion du grand homme. C'étaient parfois les propres mots de Harry qu'il régurgitait, des mots qu'elle avait prononcés plus tôt à la même table, mais que personne n'avait écoutés. C'était vrai. Je me souvenais de plusieurs occasions où j'avais été le témoin mal à l'aise de tels fâcheux emprunts. Je ne dis pas à Harry que Felix inspirait confiance parce qu'en lui se combinaient l'autorité et un comportement froid et flegmatique. Il n'avait pas besoin qu'on l'écoute. Harry, si.

Pendant des années, me dit Harry, Felix l'avait interrompue en pleine phrase, et elle s'était tue. C'était comme ça, simplement. Felix avait toujours dit qu'il admirait et encourageait son travail, mais il avait voyagé ici et là pour ses propres affaires, et il l'avait appelée pour lui dire qu'il serait en retard ou qu'il prendrait un autre avion, et Harry était restée chez eux avec Maisie et Ethan. Oui, oui, oui, dit-elle, elle avait eu de l'aide, autant qu'elle en voulait, mais on ne peut pas confier à autrui les âmes de ses enfants. Et, si Maisie avait été une fillette relativement facile, Ethan était un gamin difficile, hypersensible, prompt à exploser, dont les besoins voraces, parfois, l'avaient absorbée tout entière. Il s'en était bien tiré, dit-elle. Il était devenu quelqu'un de fort, qui fonctionnait, mais que se serait-il passé si elle n'était pas restée assise auprès de lui le soir, pour lui tenir la main et lui chanter les drôles de chansons répétitives à la Philip Glass dont elle avait découvert qu'elles étaient les seules à le calmer. Harry fredonna doucement quelques mesures : *bip, bam, bom-bom-bom, rom-rom-rom, tom-tom-tom*. Et *moi-moi-moi*, me dit-elle avec une ironie amère, c'était ma faute à *moi-moi-moi* s'il avait tant de problèmes. Je savais déjà tout cela mais je me rendais compte que Harry avait besoin de m'en parler, besoin de s'expliquer. Et, reprit-elle, elle n'avait jamais eu le sentiment que l'argent lui appartenait. Elle ne l'avait pas gagné. Felix avait démarré avec de l'argent et en avait gagné plus encore. Elle avait, en toutes ces années, vendu quelques-unes de ses œuvres, rien de plus. Et les expositions qu'elle avait eues. Les lèvres de Harry tremblaient. *On les a ignorées ou éreintées.*

Je lui dis qu'en réalité ce n'était pas vrai. Il y avait eu de bonnes critiques. Il y en avait eu. Je m'en souvenais.

Son visage n'était que reproche. *L'argent, c'est le pouvoir*, dit-elle. *Les hommes qui ont de l'argent. Les hommes qui ont de l'argent font tourner le monde de l'art. Les hommes qui ont de l'argent décident qui gagne et qui perd, ce qui est bon et ce qui est mauvais.*

J'avançai que cela changeait, lentement, sans doute, mais que cela changeait néanmoins, que de plus en plus de femmes recevaient leur dû. Je venais de lire quelque chose là-dessus…

L'expression de Harry devint amère. *Même la plus célèbre des artistes femmes est bon marché, comparée à un homme célèbre – elle ne vaut rien, en comparaison. Regarde la divine Louise Bourgeois. Ça te dit quoi ?* La voix de Harry se fêla. *C'est l'argent qui a la parole. C'est lui qui te dit ce qui a de la valeur, ce qui compte. Ce n'est pas les femmes, en tout cas.*

Elle avait réponse à tout. Je ne répliquai pas. Je contemplai la nappe en me demandant quelle heure il était, mais j'étais trop attentive aux sentiments de Harry pour regarder ma montre. Sans doute eut-elle un soupçon de ce que je pensais, car elle s'excusa. Elle dit qu'elle était égoïste et obsédée, et emportée, et qu'elle m'aimait. Elle me demanda des nouvelles de la santé de Ray et je lui dis qu'il allait bien, qu'il faisait du vélo dans le parc trois fois par semaine avec l'accord de son médecin et qu'il paraissait envisager favorablement la perspective d'arrêter au printemps ses cours à NYU. Il avait détesté l'idée d'une retraite forcée, mais à présent son attitude avait complètement changé. Elle me demanda même des nouvelles d'Otto et je lui racontai que notre cinglé de cabot venait d'avoir douze ans et devait prendre non seulement un antidépresseur mais aussi un anti-inflammatoire pour son arthrite. Harry sourit. *On devient vieux, tous*, dit-elle. *De plus en plus vieux.*

Je hochai la tête. Nous parlâmes du film de Maisie, *Le Corps météo*, du psychothérapeute qui voyait le Baromètre et des antipsychotiques que le bonhomme refusait de prendre. Je pensais qu'ils pouvaient l'aider. Harry ne le pensait pas. Avant que nous nous quittions, Harry me reparla de Felix, de sa vie amoureuse cette fois, ou plutôt des aspects de cette vie dont elle n'avait pas fait partie. La bisexualité de Felix était désormais de notoriété publique. Un livre, *Les Beaux Jours de la galerie Felix Lord*, qui avait paru quelques mois plus tôt (et dans lequel l'auteur, James Moore, parle de l'œuvre de Harry avec un respect et un sérieux considérables, je suis heureuse de le dire), avait abordé le sujet ouvertement. Quelques-uns de ses amants étaient apparus au grand jour pour parler de lui et par conséquent, si secrètes qu'aient pu être ses aventures de son vivant, elles ne l'étaient plus désormais. Il est juste de dire, toutefois, que la vie sexuelle de Felix reste un mystère, au sens où l'on ne peut en connaître l'histoire intérieure. Si l'on gagne quoi que ce soit au fil des ans dans le métier qui est le mien, c'est une sympathie profonde pour les variations du désir humain. L'excitation sexuelle n'est certainement pas contrôlable, même si les suites qu'on y donne le sont. Et l'idée que nous vivons à une époque de liberté sexuelle n'est qu'une demi-vérité. J'ai eu de nombreux patients que la honte et la détresse inspirées par leurs pensées sexuelles avaient rendus malades. Et il peut falloir beaucoup de temps pour découvrir les forces qui se cachent sous un fantasme donné, que le désir concerne des jeunes, garçons ou filles, ou des hommes ou des femmes plus âgés, des maigres ou des obèses, qu'il suppose tendresse ou cruauté, ou qu'il soit favorisé par toutes sortes d'attirails, standard ou particuliers. Ne risque-t-on pas l'anathème, dans notre culture, si l'on exprime un rien de compassion pour un homme aux tendances pédophiles ou si l'on reconnaît cette vérité simple, qu'il existe des rencontres sexuelles entre adultes et enfants qui ne laissent pas sur ces derniers de cicatrices durables ?

Si je parle de cela, c'est parce que l'intolérance est partout, en matière de vie sexuelle. Il n'y a guère, une femme que je connais à peine s'est permis une remarque grossière à propos de Harry après avoir lu le livre consacré à Felix : "Une femme capable de s'accommoder d'un salaud pareil, me dit-elle, doit être une complète idiote." Je lui répondis que Harry avait été "mon amie très chère" et qu'elle n'était "pas idiote". Il y eut un instant d'embarras, mais cette femme n'en dit pas plus.

Au début, je ne compris pas où allait Harry. Elle entama ce nouvel épisode de notre conversation en me racontant que, parfois, quand Felix était sorti très tard, le soir, à un vernissage ou à un dîner avec des collectionneurs auquel elle n'avait pas participé, elle l'entendait rentrer. Il était toujours très attentif à ne pas faire de bruit, mais elle entendait tout de même ses pas légers dans le vestibule. Elle m'expliqua que, quand ses enfants étaient petits, un soupir, un bref gémissement ou une toux la réveillaient et qu'elle restait étendue dans son lit, aux aguets, pour entendre si ce faible son serait suivi de pleurs ou d'un appel. Il y avait deux mondes parallèles à cette époque, dit-elle, de sommeil et d'éveil, chacun en parfait équilibre avec l'autre. C'était comme si elle avait vécu dans ces deux états en même temps et, par conséquent, la porte qui grinçait en s'ouvrant et puis les pas de son mari ne manquaient jamais de l'éveiller. Elle raconta que, certaines nuits, il venait directement la rejoindre, soulevait les couvertures et se glissait au lit auprès d'elle, toujours en lui tournant le dos. Alors elle l'attirait contre elle et lui caressait le dos, ce qu'il aimait. Mais, d'autres nuits, surtout celles où il ne rentrait qu'au petit matin, elle l'entendait se déshabiller dans la salle de bains et entrer dans la douche. Et Harry restait éveillée, écoutant le bruit de l'eau courante et se disant : *Il se lave des autres*.

Elle ne le mit jamais en face des faits. Elle me dit que, simplement, elle avait su ce que signifiaient ces ablutions nocturnes. Il avait voulu que ses mondes demeurent distincts. Se nettoyer de l'un avant de rentrer dans l'autre. Et elle me confia qu'elle avait eu pitié de lui. *J'étais là, couchée, Rachel, et je me disais : Pauvre Felix. Et si c'était moi ? Si c'était moi qui étais en proie à des désirs tyranniques ? Comment aurais-je envie qu'on me traite ? Aurais-je envie de méchanceté et de rejet ?*

Je lui dis que la sainteté, habituellement, avait un prix.

Harry en convint. Elle me dit que le prix avait été élevé. Il l'avait blessée, et elle avait refoulé sa colère contre lui, mais une part d'elle ne pouvait s'empêcher d'éprouver pour lui de la compassion. *C'est pour ça que j'ai besoin du masque froid, tu vois*. Harry me considérait d'un air si sérieux, avec de grands yeux si enfantins, que son visage me parut comique.

Un masque froid ? lui demandai-je.

Oui, répondit-elle, *un masque froid, dur, indifférent, une* persona *impérieuse, qui se lève pour écraser les imbéciles. Il surgit quand je suis avec Rune*. C'était pour cela qu'elle s'intéressait aux personnalités multiples, parce qu'elle pensait que la pluralité est humaine, m'expliqua-t-elle. Elle n'avait pas de vertiges, pas de trous noirs ni de personnages flottants au-dedans d'elle. Elle savait parfaitement qu'elle était Harry, mais elle avait découvert de nouveaux aspects de sa personnalité, des aspects que, disait-elle, la plupart des hommes considèrent comme allant de soi, des formes de résistance à autrui. *Pourquoi crois-tu*, fit-elle, *que plus de quatre-vingt-dix pour cent des cas répertoriés de personnalités multiples étaient des femmes ? Plie et cède*, déclara Harry sur un ton triomphant. *Plie et cède. L'attraction de l'autre. Les filles apprennent*, dit-elle. *Les filles apprennent à déchiffrer le pouvoir, à se faire un chemin, à jouer le jeu, à être sages.*

J'observai qu'elle simplifiait un peu trop, qu'il existait aussi des femmes froides et impérieuses, dures et qualifiées, qui se souciaient peu de ceux qui encombraient leur chemin.

Oh, Rachel, me dit Harry, *tu es si raisonnable. Tu n'as jamais envie de crier et de gueuler et de flanquer ton poing dans la figure de quelqu'un ? Tu n'as jamais envie de souffler du feu ?*

Bien sûr que si, dis-je à Harry. Bien sûr que si, mais nos histoires sont différentes, tu le sais bien. Elle savait. Quand nous sommes sorties du restaurant, Harry m'a pris la main. Il faisait froid ce jour-là dans Madison Avenue et nous étions toutes deux vêtues chaudement. Harry portait une très belle écharpe tissée de fils bleus et verts, enroulée plusieurs fois autour de son cou, que je me rappelle avoir admirée. *Nous avions l'habitude de nous tenir par la main*, m'a-t-elle dit, *quand nous étions jeunes, tu te souviens ?* Je me souvenais bien. *Nous balancions les bras en marchant*, a-t-elle dit, *tu te souviens ?* Je me souvenais. *Maintenant, nous voilà deux vieilles dames ensemble*, a dit Harry, et je lui ai répondu de parler pour elle-même, et Harry m'a pris la main et s'est mise à balancer mon bras d'avant en arrière et nous avons marché sur au moins la longueur d'un pâté de maisons en nous tenant par la main et en balançant les bras et, parce que c'était New York, personne ne s'est retourné sur nous.

PHINEAS Q. ELDRIDGE
(témoignage écrit)

J'ai fait mes adieux à la "loge" et à ses habitants en été 2002, pour m'envoler avec Marcelo vers l'hiver et un effondrement financier à Buenos Aires. La majeure partie de l'argent de mon bien-aimé se trouvait ailleurs, heureusement. Harry avait son conte de fées. J'avais, et conserve encore le mien, du moins la plupart du temps, au pays de Borges, de la psychanalyse et des poètes chauffeurs de taxi. Marcelo et moi étions revenus à New York lorsque *Au-dessous* fut exposé, et j'étais extrêmement curieux du grand finale phallique de Harry. Convaincre Rune n'avait pas dû être une mince affaire, dis-je à Harry, et quand elle me répondit que ce n'avait pas été si difficile que ça, j'éprouvai quelques palpitations car ça ne me paraissait guère compréhensible. Mais, là encore, le cœur humain (en tant que métaphore du désir, pas comme organe pompeur) est chose inconnaissable. Je pensai qu'après ses croix, Rune avait senti le moment venu d'un canular grandiose venant relever la barre.

Quand nous sommes arrivés au vernissage, Marcelo et moi, il y avait une foule de gens aux dégaines "artistes" qui attendaient d'entrer dans le labyrinthe. Ambiance cirque, excitation extrême. Nous nous alignâmes dans la queue avec les inévitables jeunes femmes trop fringuées, vacillant sur leurs hauts talons, et les jeunes branchouilles, blancs pour la plupart, débraillés et avachis, soucieux de manifester leur indifférence à la mode mais trahis par leurs couvre-chefs *cool* et leurs T-shirts ornés de crânes, de perroquets ou de petites phrases bien pensées : *Nous militons pour des jeux vraiment sérieux.* Nous nous trouvions dans la file derrière une diva vieillissante *chicos* en total look Yamamoto, arborant des lunettes rondes à monture rouge qui lui faisaient des yeux de hibou, et vêtue de noir de la tête aux pieds, très chic. Deux gentilles et coûteuses *galeristas*, l'une en blanc et noir et l'autre en rouge, montaient la garde à l'entrée, qu'elles n'autorisaient qu'à dix personnes à la fois afin de ne pas encombrer les corridors tortueux du labyrinthe. "Pas de souci si vous ne trouvez pas la sortie. On a le plan. Y a qu'à crier un bon coup", dit Miss Rouge, fraîchement débarquée de Géorgie. Je repère toujours les accents. Harry n'était nulle part en vue. Elle n'avait pas voulu que nous venions avec elle, et elle m'avait donné l'ordre strict de ne pas la chercher : beaucoup, beaucoup trop nerveuse.

Sitôt la porte franchie, nous nous retrouvâmes, Marcelo et moi, enfermés de part et d'autre entre d'épais murs blancs qui devaient être, supposai-je, en Plexiglas ou en Lucite. Harry utilisait volontiers dans ses œuvres des murs aux couleurs laiteuses, et ceux-ci avaient un peu plus de deux mètres de haut, trop pour qu'on pût voir par-dessus mais rien d'écrasant non plus. Ce que je remarquai d'abord, c'est qu'ils étaient translucides. Je pouvais tout juste distinguer les ombres de trois personnes en train de marcher dans le passage adjacent tandis que des rectangles de lumière tremblotante apparaissaient et disparaissaient derrière leurs silhouettes en mouvement. Le labyrinthe provoquait une sensation de claustrophobie et de désorientation, ainsi qu'il convient à un labyrinthe, et après quelques erreurs d'itinéraire cette atmosphère de rêve, d'hallucination, d'inquiétante déglingue s'imposa à moi avant même que je sache pourquoi je la ressentais. Lentement, je compris que les dimensions des couloirs du labyrinthe n'étaient pas uniformes. Tantôt ils s'étrécissaient, tantôt ils s'élargissaient. La hauteur des murs augmentait et diminuait, mais toujours graduellement, jamais de façon brutale. À un carrefour, je réussis, en me tenant sur la pointe des pieds, à jeter un coup d'œil par-dessus le mur. Sortir de là n'était pas facile. Nous ne cessions, Marcelo et moi, de nous heurter à ce que nous prenions pour le même angle ou le même tournant, avec la même fenêtre. Angle, tournant ou fenêtre ressemblaient aux précédents, mais en poursuivant notre marche, nous aboutissions à un cul-de-sac qui ne pouvait être celui où nous étions entrés quelques minutes plus tôt. Un nouveau cul-de-sac, cela signifiait que nous progressions, supposai-je, mais les "fenêtres" qui nous servaient de points de repère, découpées dans les murs ou dans le sol sous nos pieds, nous fourvoyaient à tous les coups. Si nous n'avions pas examiné assez attentivement la collection d'objets ou la séquence de film contenues dans chaque fenêtre, nous pensions immanquablement nous retrouver devant la même fenêtre ou le même film déjà vus. Bien entendu, c'était parfois le cas, et parfois non. Marcelo marmonnait *diabólico, diabólico*, jusqu'à ce que je lui dise *"Can it!"* (Ferme-la). *Can it?* répéta-t-il. Comme c'est intéressant. *Can it?* Je lui faisais un cours intensif d'argot américain. À moins de ralentir, de bien observer l'espace environnant et de prendre en compte ce qu'avaient de différent les fenêtres, les murs et les proportions, on ne pouvait savoir si l'on était, ou non, arrivé plus avant dans cet espace "diabolique". Harry avait ingénieusement conçu un objet d'art qui forçait les gens à y être attentifs, au risque, sinon, de ne jamais sortir de ce foutu machin.

Quelques mots sur les fenêtres. La première que nous avons vue consistait en un caisson éclairé, enfoncé dans le sol. En s'accroupissant pour regarder à travers la vitre, on voyait, de face, deux masques de visages couleur caramel aux grands yeux vides, un rouleau de gaze de coton, de ceux qu'on trouve dans n'importe quelle trousse de premiers secours, un pastel noir et une feuille de papier blanc sur laquelle étaient tracées deux lignes verticales. Cette fenêtre revenait tout au long du labyrinthe, au sol comme sur les murs, tel un mantra visuel. Nous tombions parfois sur une réplique exacte de ce premier caisson, mais d'autres fois nous remarquions des variations légères – ou pas tellement légères – sur le thème, variations que, une fois pris au jeu, Marcelo et moi entreprîmes de repérer : les masques étaient placés un peu plus près, ou un peu plus loin l'un de l'autre ; le pastel était gris foncé, pas noir ; les deux lignes sur le papier n'étaient pas verticales mais inclinées ; les deux lignes se croisaient ; les lignes étaient couchées à l'horizontale ; la gaze avait été en partie déroulée ; la gaze était souillée de taches rouille ; une paire de ciseaux gisait maintenant à côté de l'un des masques ; un masque portait une estafilade en travers d'une joue et d'un œil ; les ciseaux avaient disparu et la feuille de papier était vierge.

Il y avait aussi, insérées dans les murs, des fenêtres-films qui réapparaissaient d'un bout à l'autre du labyrinthe sans différence notable, en tout cas à nos yeux :

1. Rune attablé, immobile, une tasse de café sur la table devant lui, contemple par la fenêtre un ciel bleu sans nuage. J'ai regardé un bon moment ce film ennuyeux. L'homme respire, évidemment. Son torse se dilate et se contracte, ses narines frémissent légèrement, et, à un moment, il déplace sa main gauche d'environ un centimètre et demi.
2. Une caméra passe lentement d'une épave de voiture à l'autre dans Church Street : véhicules incinérés par la chaleur catastrophique. Ces images ont dû être filmées dans les tout premiers temps.
3. Panoramique de la vitrine d'un magasin de chaussures. À travers la vitre intacte, des souliers d'enfants

exposés sur des étagères successives, soigneusement rangés par paires : ballerines, baskets à bande Velcro, robustes petites chaussures à lacets et bottes. Pas un soulier, pas une botte n'ont été dérangés, mais le tout est couvert d'une couche épaisse de la poussière pâle du 11 Septembre. Chaussures pour fantômes.

4. De gros flocons de neige tombent lentement sur un trottoir mouillé.

Je ne remarquai les fissures dans les murs que lorsque nous eûmes erré dans le labyrinthe pendant près de vingt minutes. C'étaient des indices. Plus on approchait de la sortie, plus il y en avait. Elles n'avaient rien de flagrant. La texture des parois changeait de manière incrémentielle. Des fêlures minuscules commençaient, telles des toiles d'araignée ou des ruptures de vaisseaux sanguins, à marbrer les murs blancs, et se densifiaient au fur et à mesure que la sortie était proche. Marcelo n'avait pas du tout remarqué ces veinules. Elles étaient, comme on dit, dissimulées bien en vue.

*

Enfin, dans les murs de trois des culs-de-sac du labyrinthe, des petits judas avaient été percés. Ils avaient ma préférence. J'adore épier. Peut-être y prenons-nous tous plaisir. En regardant à travers le premier sur lequel nous sommes tombés, je vis un petit écran de télé enfoncé dans l'épaisseur du mur, à une quarantaine de centimètres de mon œil. Deux personnages minuscules au visage masqué de noir, la tête dissimulée sous des bonnets identiques, vêtus d'amples tuniques et de pantalons sombres, se tenaient face à face dans une pièce vide. Après une ou deux secondes, ils se mettaient à valser, un-deux-trois, un-deux-trois, et se laissaient emporter par les tours cadencés de la danse. C'était charmant et j'esquissai quelques pas, moi aussi, au grand embarras de Marcelo, mais alors le rythme s'accéléra et dérailla. Tels ceux d'une paire d'automates, les mouvements du couple devinrent non seulement raides et mécaniques mais aussi désynchronisés. Ils dansaient de plus en plus vite, en tournant comme des fous et en chavirant l'un sur l'autre, rien qu'à les voir j'en avais le vertige, et alors celui que je considérais comme la femme – parce que l'autre avait la main posée sur son dos, je suppose – trébucha et tomba. D'une traction violente, l'homme la remit debout, attira son corps contre le sien et reprit la danse, qui commençait à ressembler à un match de lutte vertical. Elle se tordait et se contorsionnait. Elle lui martelait les bras pour tenter de se libérer de sa poigne. Ils butèrent sans le voir contre le mur, mais l'homme la tenait fermement et, alors, inopinément, la femme s'affaissa. Sa tête se renversa en arrière, ses genoux cédèrent et ses bras retombèrent le long de son corps. Alors le petit récit reprit du début.

Cette séquence ne pouvait avoir duré plus de deux minutes. Dans les films visibles par les deux autres judas, elle se répétait à l'identique mais était dotée d'une fin différente. Après l'effondrement de la femme, l'homme continue sa valse démente mais sa solide partenaire de la fois précédente a été remplacée par une poupée de chiffon invertébrée. L'homme secoue violemment la poupée et, lui arrachant masque et bonnet, révèle de l'air, rien, une Mme Personne. Il laisse le ballot tomber à terre, envoie un coup de pied dégoûté aux loques défraîchies et inoccupées, et sort du champ. Dans le troisième *peep show*, celui qui se trouvait au dernier tournant avant la sortie, la séquence se répète jusqu'au même point mais, une fois l'homme sorti de scène, le tas de chiffons se reconstitue comme par enchantement en la danseuse vivante qui, écartant les bras, se met à léviter, s'élevant en douceur vers le plafond jusqu'à ce que seuls ses pieds restent visibles en haut de l'écran, après quoi eux aussi disparaissent. Une fin de conte de fées.

Marcelo et moi émergeâmes un peu hébétés de nos errances. Après le labyrinthe, se retrouver dans l'espace ouvert de la galerie était un soulagement. J'aperçus Rune dans la foule bruyante, sobrement vêtu d'un jean, d'un T-shirt noir et d'une veste de sport, en train de faire la conversation, très *cool customer*. *Cool customer*, client *cool*, j'adorais déjà cette expression quand j'étais tout petit, parce que j'aurais bien voulu en être un, et je me suis toujours demandé d'où elle venait – un client qui, dans un magasin, fait semblant que les marchandises ne lui plaisent pas, ce qui rend dingues les vendeurs ? Je dis à Marcelo que je voulais épier le *cool customer* et nous nous approchâmes donc de la star pour papoter dans notre coin à son propos. Marcelo trouvait que Rune avait un petit côté John Wayne, et j'étais de son avis. Le tireur plus rapide que son ombre qu'incarne Wayne est un rien homo, sa démarche a quelque chose d'un peu efféminé, le balancement des hanches sous le ceinturon, ces jolis petits pas qu'il fait. Rune avait ça aussi, cette souplesse dans les hanches. Garçons ou filles, et que nous le sachions ou non, nous apprécions l'androgynie chez nos stars de cinéma.

Je cherchais à voir Harry, mais ma chère géante ne se trouvait pas dans la pièce. Nous repérâmes une actrice de télévision, dont nous n'arrivions pas à nous rappeler le nom et, au bout de quelques minutes, Marcelo déclara que l'ambiance était plus éprouvante que festive et nous opérâmes notre retraite. D'après ce que j'en voyais, cela semblait un succès, un gros succès, pas une petite affaire comme avaient été nos *Chambres de suffocation*, bien que, je dois le dire, j'aime ces chambres chauffées autant que le labyrinthe, non, plus. Quand nous sortîmes de la galerie, la queue s'étendait sur toute la longueur du pâté de maisons. Marcelo et moi nous dirigeâmes vers la Dixième Avenue en quête d'un restaurant et là, debout toute seule au coin de la rue, en imperméable Burberry et chapeau cloche vert, nous vîmes Harry. Après le triple rituel des baisers multiples, je lui dis que le labyrinthe était formidable et je te félicite, et cetera, et cetera, mais elle ne répondit pas. Il faisait noir dans la rue, mais pas au point que je ne puisse remarquer qu'elle avait l'air sonnée. Je devinai qu'elle n'était pas encore allée voir l'exposition, et je lui demandai pourquoi. Elle secoua lentement la tête, le front plissé. Je lui proposai de venir avec nous manger un morceau, mais elle refusa. Après l'échec de deux ou trois autres tentatives de la convaincre, nous la laissâmes seule, Marcelo et moi.

D'avoir ainsi quitté Harry, cela me travailla toute la soirée et, tout en grignotant mes pâtes cheveux d'ange, j'en parlai trop, ce qui agaça Marcelo, et nous nous prîmes le bec. Bien sûr, Marcelo n'avait jamais vécu avec Harry. Elle ne *lui* avait jamais massé le dos pendant un film de Bette Davis. Il ne l'avait jamais vue s'asseoir et parler paisiblement au Baromètre de ses dessins pour l'apaiser quand il en avait besoin, ni aller voir notre fou efflanqué pendant la nuit pour s'assurer qu'il avait bien mis du Neosporin sur ses irritations. Et Marcelo n'avait pas vu Harry, dans la longue robe de shantung violet que je l'avais aidée à choisir chez Bergdorf, tourbillonnant autour de la pièce en chantant à tue-tête avant la fête organisée pour son soixantième anniversaire. Je ne pouvais reprocher à Marcelo ce qu'il ne savait pas.

RICHARD BRICKMAN
(lettre au rédacteur de *The Open Eye, revue d'études interdisciplinaire sur l'art et la perception*, automne 2003)

Au rédacteur,

Il y a dix jours, j'ai reçu une lettre de soixante-cinq pages qui m'a été délivrée à l'ancienne mode, par les bons soins des services postaux des États-Unis. Pourquoi Harriet Burden, l'auteur de cette lettre intitulée "Missive en provenance du domaine de l'Être fictionnel", m'a choisi pour confesseur, je l'ignore, mais elle disait avoir lu mon article paru dans les pages de cette publication et estimé que mon intérêt pour la philosophie du moi et la dynamique de la perception me désignait comme un bon récipiendaire pour sa "révélation". Après avoir vérifié qu'une personne du nom de Harriet Burden existe effectivement, que c'est une artiste qui, il y a un certain nombre d'années, a exposé ses œuvres à New York, et que les trois artistes dont il est question dans sa lettre sont également des personnes réelles, j'ai décidé d'accepter son invitation à écrire dans ces pages ma propre lettre au sujet de la sienne. La "missive" de Burden est bien trop longue pour être publiée intégralement. Son style, à la fois particulier et varié, comporte des circonlocutions, des tangentes complexes, des citations extravagantes ainsi que de brusques sentences philosophiques et sauts argumentatifs qui l'éloignent de toutes les normes auxquelles les lecteurs sont habitués dans une publication universitaire. Bien que je ne puisse agréer ses conclusions, non plus que son mode d'expression (qui, à l'occasion, vire au fervent, à l'exclamatif voire au vulgaire), je trouve intéressante l'expérience artistique de Burden, et je crois que les lecteurs de The Open Eye *trouveront le sujet non dépourvu de liens avec leurs préoccupations.*

Bien que cette publication soit engagée dans des conversations suivies entre diverses disciplines, ses pages ont souligné les difficultés inhérentes à de tels dialogues, dues à la variété des approches épistémologiques. La recherche naissante sur la perception dans les neurosciences, la philosophie analytique anglo-américaine et un courant de pensée moins orthodoxe, issu de la phénoménologie européenne, ainsi que la théorie poststructuraliste proposent différentes réponses à la question : Comment voyons-nous ?

Des études consacrées à la cécité au changement (les sujets ne remarquent pas des altérations flagrantes de leur champ visuel) et à la cécité d'inattention (les sujets ne remarquent pas une présence intrusive alors qu'ils sont occupés à une tâche) suggèrent, à tout le moins, qu'il y a beaucoup de choses autour de nous que nous ne percevons pas. Le rôle des études sur la perception a également été capital pour la compréhension des schémas visuels prédictifs, confirmant dans une certaine mesure les théories constructionnistes de la perception[1]*. La plupart du temps, nous voyons ce que nous nous attendons à voir ; c'est la surprise provoquée par une nouveauté qui nous oblige à procéder à des ajustements de ces schémas.*

1. Burden dans le rôle de Brickman se réfère à la théorie poststructuraliste européenne, qui soutient que la perception des choses dans le monde est une création (construction) sociale, maintenue par une tradition culturelle. Si, comme le suggèrent certaines avancées scientifiques récentes, la perception humaine est conformée par l'anticipation, alors, soutient Burden, les constructionnistes n'ont pas tort.

Les études sur la vision aveugle et les études sur le masquage ont en outre illustré la façon dont des perceptions inconscientes peuvent façonner – et façonnent en effet – nos attitudes, nos pensées et nos émotions[1]. *Burden semble avoir suivi de près les débats relatifs à la perception et s'être inspirée de différents auteurs et chercheurs dont certains articles ont paru dans* The Open Eye. *À la deuxième page de sa lettre, elle demande ce qui se passe lorsqu'une personne regarde une œuvre d'art et émet les judicieuses propositions suivantes :*

> *"Je" et "tu" se cachent dans "ça". Selon un tel postulat, sujet et objet ne peuvent être aisément distingués.*
>
> *Si nous n'avions aucune expérience visuelle antérieure, le monde visible nous serait incompréhensible. Sans la répétition, le monde vu n'a pas de sens.*
>
> *Tout objet visible est un objet émotionnel. Il attire ou repousse. S'il ne fait ni l'un, ni l'autre, l'objet ne peut*

1. La vision aveugle (en anglais : *blindsight*) est le nom donné au phénomène en vertu duquel des patients, en dépit de lésions affectant leur cortex visuel primaire, conservent des capacités visuelles tout en affirmant qu'ils ne voient rien. Lorsqu'on leur présente un objet et qu'on leur demande de l'identifier, ces personnes devinent juste dans une proportion bien supérieure au hasard, ce qui implique que ce qui leur manque, c'est la conscience d'un objet qu'ils ont reconnu implicitement. Cf. Lawrence Weiskrantz, "Blindsight Revisited", *Current Opinion in Neurobiology* 6 (1996), p. 215-220. Dans les études du masquage visuel, un stimulus visuel, "la cible", perd en visibilité à cause d'interactions avec d'autres stimuli appelés "masques". Par exemple, quand un stimulus cible présenté à un patient est immédiatement suivi d'un masque, la cible devient invisible. La recherche a démontré néanmoins que le contenu de l'image cible peut exercer sur le sujet un effet subliminal. Cf. Hannula *et al.*, "Masking and Implicit Perception", *Nature Reviews Neuroscience* 6 (2005), p. 247-255.

> *s'inscrire durablement dans l'esprit, et il reste dépourvu de signification. Les objets chargés d'émotion demeurent vivants dans la mémoire.*
>
> *Mais les forces subliminales à l'œuvre dans un territoire souterrain invisible exercent elles aussi une attraction sur nous. Le plus souvent, nous ne savons pas pourquoi nous ressentons ce que nous ressentons lorsque nous regardons un objet d'art.*

Dans sa lettre, Harriet Burden revendique la responsabilité de la création des œuvres qui ont été présentées lors de trois expositions personnelles à New York : L'Histoire de l'art occidental *d'Anton Tish,* Les Chambres de suffocation *de Phineas Q. Eldridge et, plus récemment,* Au-dessous, *de l'artiste connu sous le nom de Rune. Le motif qu'elle en donne est très simple : "Je voulais voir dans quelle mesure mon art serait reçu différemment en fonction de la personnalité de chacun des masques." Elle maintient expressément que lorsqu'elle a exposé ses œuvres dans le passé sous son propre nom, peu de gens s'y intéressèrent, mais que son art sous pseudonyme, présenté derrière "trois masques masculins vivants", a suscité l'intérêt tant des marchands d'art que du public, quoiqu'à des degrés différents. Burden appelle cela "l'effet de majoration masculine" et précise aussitôt que les femmes en sont affectées tout autant que les hommes :*

> *La foule ne se partage pas selon les sexes. La foule est unanime, et son opinion est influencée et séduite par des idées. Voici une chose faite par une femme. Elle empeste le sexe. Je le sens. Toutes les entreprises intellectuelles et artistiques, plaisanteries, ironies et parodies comprises, reçoivent un meilleur accueil dans l'esprit de la foule lorsque la foule sait qu'elle peut, derrière l'œuvre ou le canular grandioses, distinguer quelque part une queue et une paire de couilles (inodores, bien entendu).*

Verge et burettes n'ont nul besoin d'être réelles. Oh, non, la seule idée qu'elles existent suffira à aiguillonner la foule dans le sens d'une appréciation plus favorable. Par conséquent, je recours à la braguette mentale. Salut, ô Aristophane ! Salut au gourdin fictionnel, à la baguette magique qui ouvre les yeux sur des mondes inaperçus.

Hyperbolique de son propre aveu, l'argument de Burden est non seulement que son repli derrière des hommes a éliminé les préjugés misogynes mais aussi que la masculinité augmente la valeur du travail intellectuel et des objets d'art aux yeux du public, qu'elle définit comme une sorte de conscience collective indifférenciée – exagération rhétorique manifeste[1]. *L'existence d'un tel préjugé paraît, toutefois, indéniable. Une expérience menée avec trois artistes femmes en même temps qu'avec les trois hommes aurait permis une comparaison entre les deux groupes*

1. Bien qu'on puisse interpréter comme ironique la lettre pseudonyme dans son entier, il y a, d'un bout à l'autre, plusieurs niveaux d'ironie. Brickman ne mentionne jamais nommément Kierkegaard, mais il convient de lire l'allusion de Burden à la "foule" dans la citation, soi-disant de la voix même de Burden (communication directe), comme une allusion au philosophe danois, qui écrit dans *Point de vue* : "… même des gens bienveillants et estimables semblent devenir des créatures tout à fait différentes dès lors qu'ils deviennent la « foule ». Il faut voir cela de près, la dureté avec laquelle des personnes par ailleurs aimables agissent au nom du public parce que leur participation ou non-participation leur paraît un détail insignifiant – détail qui, avec la contribution du nombre, devient le monstre" (*Kierkegaard's Writings*, vol. XXII, p. 65). Les commentaires de Burden sur Kierkegaard et "la foule" dans le carnet K suggèrent qu'elle s'amuse avec ironie du ton supérieur et autoritaire de Brickman lorsqu'il parle de son "exagération rhétorique". Le langage de Brickman fait office de contexte restreint pour la vulgarité et la passion de la citation.

mais, même dans une telle hypothèse, un si grand nombre de variables se trouvent à l'œuvre dans la réception des créations de n'importe quel artiste que ce que Burden appelle son "conte de fées construit en trois actes" pourrait en définitive n'être pas concluant en termes de signification effective. On ne peut guère considérer le monde de l'art new-yorkais comme un laboratoire de contexte maîtrisé. En outre, si les œuvres présentées avaient été identiques dans les trois cas, il eût été beaucoup plus facile de tirer une conclusion de l'expérience de Burden. De fait, nombreuses ont été les études portant sur la perception de la race, du genre ainsi que de l'âge, dont la plupart, mais pas toutes, révèlent des préjugés, souvent inconscients, et variant de culture à culture.

Le commentaire de Burden sur sa deuxième construction fictionnelle ou masque, Phineas Q. Eldridge, aborde les questions de race et de sexualité en tant que facteurs essentiels dans la perception de l'exposition qu'elle a créée pour lui.

> *Mes deux jeunes Blancs, qui couchent avec l'Autre (à ce qu'on sait, en tout cas), sont des créatures pour qui rien n'entrave la plénitude éclatante de leurs caractères propres. En d'autres termes, ils n'ont pas d'identité. Oxymore ? Non. C'est là, précisément, que réside leur liberté : on ne peut les définir par ce qu'ils ne sont pas – pas hommes, pas hétéros, pas blancs. Et en cette absence d'identité circonscrite, il leur est permis de s'épanouir dans toute leur spécificité. Il met les doigts dans son nez. C'est un abruti, un génie. Il chante faux. Il lit Merleau-Ponty. Son art vivra dans la postérité. L'art que j'ai créé pour eux, pour Tish et Rune, existe ici et maintenant sans le moindre adjectif invalidant. Mais mon masque Phinny, gay et noir ou noir et gay, qui dissimule mon long visage de femme blanche, me brûle la peau.*

La présence d'une figure hermaphrodite dans la deuxième œuvre exposée par Burden, Les Chambres de suffocation, *semble avoir précipité les réactions des commentateurs, créant ce qu'elle appelle "la cécité contextuelle", externalisation et réduction radicales de l'identité d'un individu à quelques catégories invariables et, partant, limitatives de marginalité. Burden rend dûment hommage à ses sources féministes – dont Simone de Beauvoir, Anne Fausto-Sterling, Judith Butler, Toril Moi et Elizabeth Wilson. Elle insiste sur l'ambiguïté en tant que position philosophique et réfute catégoriquement les oppositions purement binaires, même au niveau biologique de la sexualité humaine, opinion qui, franchement, la situe comme une extrémiste, tout à fait étrangère à ma position personnelle*[1].

La lettre aborde alors les théories du moi. Ici encore, Burden paraît au courant des débats philosophiques et scientifiques sur la nature du moi, et sa lettre accompagne le lecteur sur un sentier qui serpente d'Homère aux Stoïciens puis à Vico, saute au moi subliminal de F. W. H. Myers, à Janet, Freud et James, à la phénoménologie de la conscience du temps et de l'intersubjectivité d'Edmund Husserl et, de là, à la recherche contemporaine sur la petite enfance ainsi qu'aux découvertes des neurosciences en matière de moi primordiaux et aux

1. L'affirmation de Brickman selon laquelle Burden serait une "extrémiste" est en accord avec de nombreux sociobiologistes évolutionnaires qui adoptent une position essentialiste à propos de la différence sexuelle. Dans ce qu'elle écrit dans le carnet F, toutefois, Burden ne nie pas les différences sexuelles biologiques. Elle défend l'idée que, derrière les différences reproductives évidentes entre les sexes, d'autres différences, si elles existent, demeurent inconnues. Elle fait allusion au domaine naissant de l'épigénétique et à "la relation sans solution de continuité entre expression génétique et expérience".

hypothèses locationnistes centrées sur l'hypothalamus et la substance grise périaqueducale, sans oublier un savant finlandais, Pauli Pylkkö, qui propose une notion d'"esprit aconceptuel", et une obscure romancière et essayiste, Siri Hustvedt, dont Burden qualifie la position de "cible mouvante". Pour autant que je sache, Burden tente de saper toutes les frontières conceptuelles qui, à mon avis, définissent l'expérience humaine en tant que telle. Je ne saurais dire que son incursion sauvage dans les aspects les plus particuliers de la philosophie continentale m'ait convaincu. Cette femme flirte avec l'irrationnel[1].

1. Ce paragraphe est si condensé qu'il suggère une parodie. Même les références quelque peu obscures, toutefois, ne doivent rien à la fiction. F. W. H. Myers était un chercheur en psychologie et un ami de William James, qui a défendu la notion de "moi subliminal" dans son *opus magnum*, *Human Personality and Its Survival of Bodily Death* (Longman, Green & C°, Londres, 1906). Pierre Janet, neurologue et philosophe, était un contemporain de Sigmund Freud. En dépit du fait que son idée de la dissociation est restée influente en psychiatrie, il a été oublié dans une large mesure en tant que penseur jusqu'à ces dernières années. Cf. *The Major Symptoms of Hysteria*, quinze conférences prononcées à la faculté de médecine de l'université de Harvard (Macmillan, Londres, 1907). L'essentiel des figures du moi dans la recherche neuroscientifique. Dans le carnet P, Burden a pris des notes sur Jaak Panksepp et son *Affective Neuroscience* (Oxford University Press, Oxford, 1998), p. 309-314. Pauli Pylkkö est l'auteur de *The Aconceptual Mind : Heideggerian Themes in Holistic Naturalism* (John Benjamin, Amsterdam, 1998). Auxquelles des œuvres de Siri Hustvedt Burden/Brickman fait allusion, ce n'est pas clair, même si, dans le carnet H, elle note que le roman de cet auteur, *Les Yeux bandés*, est un "travesti textuel" et "un livre de l'étrange, à la Freud". Il paraît possible que la conclusion de Brickman à propos de "l'irrationnel" soit une glose de Burden elle-même. Dans le carnet F, elle écrit : "Dans l'histoire de l'Occident, les femmes ont été continuellement étranglées, étouffées et suffoquées par le mot irrationnel."

*Ce nonobstant, l'ambition affirmée de l'artiste consiste à démanteler les modes de vision conventionnels, à insister sur le rôle de ses "*personae *non entravées" en tant que "*medium *d'envol". Elle maintient résolument que l'adoption des masques lui a apporté une plus grande fluidité en tant qu'artiste, la capacité de se situer ailleurs, de modifier ses gestes et de vivre "une duplicité et une ambiguïté libératrices". Chacun des artistes-masques devint pour Burden une "personnalité poétisée", l'élaboration visuelle d'un "moi hermaphrodite" dont il ne peut être dit qu'il appartient à elle-même ou au masque, mais bien à "une réalité confondue créée entre eux".*

Une telle déclaration est, de toute évidence, purement subjective, mais l'art, on le sait, n'est pas affaire d'objectivité. L'expérience menée par Burden pourrait être plus justement qualifiée de performance ou d'action narrative. Elle considère les trois expositions comme un trio constituant ensemble une œuvre unique intitulée Masquages, *qui comporte un puissant élément théâtral et narratif dans la mesure où elle affirme qu'il inclut les critiques, articles, annonces et commentaires auxquels a donné lieu son exposition, et qu'elle qualifie de "proliférations". Les proliférations – et l'on peut présumer que cet essai en est une – projettent les personnalités fictionnelles et poétisées dans le débat général concernant l'art et la perception.*

RICHARD BRICKMAN

WILLIAM BURRIDGE
(entretien, 5 décembre 2010)

HESS : Je sais que vous accordez peu d'entretiens et j'aimerais donc avant tout vous remercier d'avoir accepté de participer à ce projet. Je sais aussi que vous devez partir bientôt pour l'aéroport et j'essaierai donc de faire court. Un journaliste a écrit que vous êtes un marchand d'art doué de "la poignée de main de Midas", voulant dire par là que lorsque vous vous occupez d'un artiste, sa réputation grandit dans le milieu des collectionneurs. Votre relation avec Rune a débuté à la fin des années 1990, mais j'aimerais que nous nous concentrions sur la controverse suscitée par *Au-dessous*. J'aimerais savoir si vous aviez le moindre soupçon de l'implication de Harriet Burden dans cette installation.

BURRIDGE : Je savais que Harriet Burden avait acheté des œuvres de Rune, et il a mentionné qu'elle l'avait aidé pour le financement d'*Au-dessous*. Felix Lord et moi étions en relations, et je connaissais un peu son épouse. Elle a donné chez eux quelques dîners mémorables. Je la trouvais un peu étrange, silencieuse, mais d'un chic terrible et parfaite pour Felix. Vous savez, quand elle était jeune, elle avait l'air d'un tableau, un des premiers Matisse, vers 1905, ou cette fameuse toile de Modigliani, la *Femme aux yeux bleus*. Je savais qu'elle s'était essayée à l'art, mais l'histoire qui m'est parvenue, c'est qu'après la mort de Felix elle a fait une dépression nerveuse dont elle est ressortie quelques années plus tard pour développer la collection Lord. Je sais qu'elle a vendu un Lichtenstein et acheté plusieurs œuvres d'une jeune artiste, Sandra Burke, qui a connu, depuis, de beaux succès. On disait que Harriet avait l'œil aiguisé, mais l'idée qu'elle ait participé à la création de l'œuvre de Rune ne m'est jamais venue à l'esprit. Elle n'a même pas assisté au vernissage d'*Au-dessous*, bien qu'elle y fût invitée, non plus qu'au dîner qui a suivi. Vous devez vous rappeler que Rune était un article hautement prisé. *La Banalité du glamour* avait fait un malheur et il avait récidivé avec les croix. À mon avis c'était très bien joué. Les commentateurs et critiques adoraient ce type, même s'il y en a eu quelques-uns pour liquider les croix.

HESS : La lettre au rédacteur de *The Open Eye* annonçait que Burden était l'artiste cachée non seulement derrière *Au-dessous*, mais aussi derrière *L'Histoire de l'art occidental*, d'Anton Tish, et *Les Chambres de suffocation* de Phineas Q. Eldridge. Quelle fut votre réaction ?

BURRIDGE : Je n'avais pas vu *Les Chambres de suffocation*. Je n'avais même pas entendu parler de cette exposition. La galerie se trouve en dehors des sentiers battus, et elle n'a guère retenu l'attention. Je n'avais vu que l'exposition Tish. Je pensais qu'il se passait trop de choses là-dedans pour pouvoir réellement le faire décoller, si vous voyez ce que je veux dire, mais ce gamin était un type à avoir à l'œil. J'ai reçu d'un ami un courriel contenant un lien à l'article de *The Open Eye*. Je l'ai lu et, soyons francs, ça ne s'adresse pas au lecteur lambda – et le féminisme bizarre de ces allusions à des couilles odorantes. Un ton de barjo qui déteste les hommes. Je peux imaginer un tas de meilleures façons de se faire reconnaître. Ce n'est pas franchement une publication grand public. Vous arrivez à la fin, et vous vous dites Ah ? Et qui diable est Richard Brickman ?

HESS : Eh bien, je ne l'ai pas trouvé. Il existe plusieurs Richard Brickman, à ce qu'il s'avère, mais dont aucun n'aurait pu écrire cet essai. Un Richard Brickman a bien publié un article dans *The Open Eye* à peu près un an avant, un examen un peu terne mais intelligent des arguments de John McDowell concernant les structures conceptuelles de l'expérience humaine, suivi d'une contre-argumentation.

BURRIDGE : Qu'êtes-vous en train de dire ?

HESS : On a des raisons de croire que Harriet Burden a écrit les deux essais de Brickman.

BURRIDGE : Mais pourquoi ?

HESS : Je crois qu'elle voulait que sa révélation soit quelque chose de plus qu'un canular, et plus, aussi, que l'expression d'une position idéologique sur les femmes dans le monde de l'art. Elle voulait que tout le monde comprenne que la perception est complexe et qu'il n'existe aucune façon objective de voir quoi que ce soit. Brickman est devenu un personnage de plus dans l'œuvre au sens large, un autre masque, textuel cette fois, qui fait partie de la comédie philosophique, si vous voulez.

BURRIDGE : Comédie philosophique ? Ce personnage, ce Brickman, ne critique-t-il pas Harriet Lord ? Ne la qualifie-t-il pas d'irrationnelle ? Pourquoi souhaiterait-elle cela ?

HESS : C'est une manière d'ironiser sur sa propre position.

BURRIDGE : Eh bien, je dois dire que je n'y comprends rien. J'ai appelé Rune tout de suite et je l'ai interrogé sans détour à propos de cet article, et il m'a dit que cela ne signifiait rien. Il se retrouvait dans une position inconfortable. Harriet était une collectionneuse importante, mais elle était déséquilibrée, cinglée, mégalomane.

HESS : Et vous l'avez cru ?

BURRIDGE : Eh bien, cela cadrait avec ce que j'avais entendu raconter, qu'elle avait été malade. Rune parlait de *délire*.

HESS : Mais Larsen n'avait-il pas raconté des histoires contradictoires sur au moins une période de sa propre vie ? Je crois que vous aviez alors essayé d'entrer en contact avec lui. Dans son livre, Oswald Case se demande si Rune ne pourrait avoir été hospitalisé pour une psychose maniacodépressive.

BURRIDGE : Il a disparu. Ça, c'est certain. Je crois que personne ne sait vraiment où il se trouvait. Ces histoires qu'il a racontées aux journalistes faisaient partie de son jeu, une sorte d'autopromotion sarcastique, en jouant du mystère. Ce n'est guère nouveau. Voyez Joseph Beuys. Comment vous dire ? Ce n'est pas que je ne puisse l'imaginer participant à un canular comme celui que suggère Burden. C'est que je n'arrivais vraiment pas à l'imaginer reniant une telle participation. C'était exactement le genre de chose qu'il aurait adoré faire, si bien que lorsqu'il a dit que c'étaient des conneries, je l'ai cru sur parole. Soit dit en passant, j'étais son marchand, pas son meilleur ami. Ça me plaisait de le représenter, mais nous n'étions pas dans un dialogue cœur à cœur, ni rien de ce genre. Il y avait quelque chose d'éblouissant chez Rune. Il était très intelligent, il avait beaucoup lu, mais nous n'avons jamais été proches. Ce n'est qu'après la publication par *Art Lights* de l'article d'Eldridge que j'ai commencé à me poser des questions. À ce moment-là, Rune était engagé dans son acte suivant, *Houdini fracassé*, celui qui l'a tué.

HESS : Avant d'aborder cela, je voudrais savoir ce que vous pensiez d'*Au-dessous*. L'œuvre ne vous a-t-elle pas paru peu compatible avec la personnalité de Rune ?

BURRIDGE : Écoutez, voilà un type qui est un jour venu m'ouvrir sa porte vêtu d'une robe. N'a fait aucun commentaire, s'est borné à bavarder comme si de rien n'était. Je ne pourrais pas vous dire ce qui était ou non compatible avec sa personnalité. Les maquettes de l'œuvre m'avaient réellement impressionné, même si je trouvais risquées les allusions au 11 Septembre. Il avait pris beaucoup de photos et de films sur place tout de suite après, mais à la fin la plus grande partie est restée inutilisée, à part les images des voitures et des chaussures. Je n'affirme pas qu'il a réalisé seul l'installation. Je ne le crois plus. Je suis certain que Harriet y a prêté la main. Ce que je refuse de croire, c'est qu'elle l'a faite seule et qu'il l'a endossée.

HESS : Pourquoi pas ?

BURRIDGE : Harriet ne m'a jamais fait l'effet d'être capable de réussir seule une chose pareille. J'ai vu les étranges maisons de poupée qu'elle avait faites auparavant, et je me rends compte qu'elle est suivie, désormais, et que les œuvres se vendent, mais son art est conforme à une tradition – Louise Bourgeois, Kiki Smith, Annette Messager : des formes féminines et arrondies, des corps mutants, ce genre de choses. *Au-dessous* est dur, géométrique, une vraie prouesse d'ingénierie. Ce n'est pas le style de Burden, c'est tout ; chez Rune, en revanche, ça se tient.

HESS : Même s'il portait une robe ?

BURRIDGE : La remarque est habile, sans doute.

HESS : Non, pas du tout. J'observe simplement qu'une telle façon de penser peut constituer un piège. Burden a écrit sur Rune dans ses carnets et rien n'y suggère qu'ils aient été pour *Au-dessous* des collaborateurs à part égale. Elle le considérait comme son troisième masque.

BURRIDGE : Cela ne se résume-t-il pas à il a dit, elle a dit ?

HESS : Vous croyez qu'elle mentait dans son journal intime ? Ne serait-ce pas inhabituel ?

BURRIDGE : Je me suis habitué à l'inhabituel dans cette affaire. Et si elle était aussi forte que vous le dites, au point d'inventer des écrivains pour revues intellos, pourquoi ne pas imaginer qu'elle nous ait laissé, disons, une sorte de roman. Rune disait qu'elle avait un besoin désespéré qu'on la remarque, qu'elle était amère et en colère et aurait fait absolument n'importe quoi pour attirer l'attention. Il disait aussi qu'elle vivait une bonne partie du temps dans un monde de fantasmes de sa fabrication, elle inventait donc peut-être certaines choses sans même s'en rendre compte. Felix m'a un jour dit que son épouse était perdue dans sa propre imagination.

HESS : Cela pourrait signifier plusieurs choses. Il y a quatre autres œuvres contestées qui ont été vendues comme étant de Rune, mais qui pourraient être de Burden. Dans l'un de ses journaux, elle a écrit que quatre œuvres avaient disparu de son atelier. Il est probable qu'elle les avait créées à l'époque où elle avait fait connaissance avec Rune et le voyait régulièrement. Bien qu'elle ne les ait pas décrites en détail, elles semblent comporter des réminiscences d'*Au-dessous*, quatre petites fenêtres donnant à voir des objets et des scènes divers.

BURRIDGE : Il y a douze fenêtres en tout, qui font partie d'une série. Je les ai toutes vendues. Douze, pas quatre, et aucune d'entre elles n'était signée Burden. Ne signait-elle pas ses œuvres ?

HESS : Certaines mais pas toutes, apparemment. La série compte douze fenêtres, dont quatre pourraient avoir été volées dans l'atelier de Burden et les huit autres être des œuvres de Rune à la manière de Burden.

BURRIDGE : Vous savez qu'il y a des heures et des heures de film montrant Rune en train de travailler à *Au-dessous* avec des assistants dans son atelier. On y voit Harriet, mais elle ne donne pas d'instructions. Pour dire ça autrement, en quoi aurait-il eu besoin d'elle ? Pourquoi l'aurait-il volée ? Ça n'a pas de sens. Elle lui a envoyé des lettres haineuses, des lettres de folle, elle a vociféré sur son répondeur. On raconte qu'elle l'a agressé, vous savez, physiquement. Cette femme n'avait pas toute sa tête. Elle hurle à propos de Felix sur ces enregistrements. Elle accusait Rune d'avoir eu une aventure avec son mari. Bon motif de vengeance, ne pensez-vous pas ?

HESS : Nul ne semble savoir ce qu'était la nature de cette relation. Pour moi, Rune pourrait s'être servi contre Burden de sa liaison avec Felix Lord, mais c'était secondaire. S'il lui a volé ces œuvres, il l'a fait après s'être rendu compte qu'*Au-dessous* était son plus grand succès et que l'article paru dans *The Open Eye*, si on le prenait au sérieux, risquait de perturber ce triomphe. Voici un homme qui est mort devant une caméra dans son atelier, après tout. Je crois qu'il ne serait pas évident d'en faire un parangon de stabilité mentale.

BURRIDGE : Je pense qu'il croyait y survivre. C'était toute l'idée : aller plus loin qu'Houdini. Et fixer ça sur pellicule. C'était en cela qu'allait consister l'œuvre : sa résurrection.

HESS : Oswald Case est convaincu que c'était un suicide spectaculaire.

BURRIDGE : Le livre de Case est bourré de suppositions et de commérages. Je ne m'en plains pas. Il a contribué à cimenter la réputation de Rune et à faire de lui un héros, ou un antihéros, les deux sont favorables à l'œuvre. Mon sentiment, toutefois, c'est que, pour lui, risquer sa vie faisait partie du projet. Mais Rune n'était pas suicidaire. Il voulait être un spectacle. Je ne soupçonnais évidemment pas, avant les faits, qu'il avait l'intention de s'introduire dans la combinaison architecturale qu'il avait fabriquée, que son corps faisait partie de l'œuvre d'art. L'autopsie a révélé qu'il avait pris du clonazépam. C'est très difficile de se tuer avec du clonazépam, apparemment. Il est mort d'un arrêt du cœur ; il ignorait très probablement avoir une faiblesse de ce côté. Ç'a été vraiment dur pour Rebecca. C'est elle qui l'a trouvé, pauvre gosse.

HESS : Oui, c'est un film, maintenant, mais le film ne nous donne pas de motif, n'est-ce pas ? Il est l'acteur, mais il n'y a pas de narration. Et pourtant, si horrible que ce soit, *Houdini fracassé* emprunte à *Au-dessous*. La géométrie du labyrinthe est brisée. Les murs penchent, de guingois, et semblent s'écrouler. À vrai dire, l'architecture ressemble à pas mal d'œuvres de Burden qui, sans avoir jamais été exposées, sont désormais photographiées et cataloguées.

BURRIDGE : Êtes-vous en train de me dire qu'elle a aussi fait *Houdini* ?

HESS : Non. Je ne crois pas qu'elle y soit intervenue en quoi que ce soit. Le but de cet entretien est simplement d'obtenir une perspective nouvelle sur la relation entre Burden et Rune. D'autres informations peuvent émerger avec le temps, mais peut-être pas. Ce qui m'intéresse, ce n'est pas seulement d'établir des faits – qui a fait quoi et quand. Si c'était possible, cela ne résoudrait toujours pas la question principale. Même si Rune n'a jamais eu une seule idée, dessiné une ligne des plans ou levé un doigt pour la construction d'*Au-dessous*, je crois que Burden aurait dit que l'œuvre n'aurait pu exister sans lui, que, en un sens important, elle a été créée entre elle et lui. C'est probablement vrai aussi d'*Houdini*, sauf que c'est lui qui l'a fait.

BURRIDGE : Voulez-vous dire qu'il a participé à *Au-dessous* ou qu'il n'y a pas participé ? C'est l'un ou l'autre.

HESS : Je ne crois pas. Même si Rune n'a rien eu à voir avec leur création, le séparer d'*Au-dessous* et de ces douze fenêtres qui y sont liées reste impossible. Burden savait que Rune était intégré au projet, nécessaire à la façon dont il serait compris. Rune, de son côté, fut influencé par son rôle de masque. Il y a des masques partout dans *Au-dessous*, après tout. Son travail en a été changé définitivement et, quelle qu'ait été son intention pour *Houdini*, cette œuvre n'aurait pu exister sans Burden.

BURRIDGE : Ce que vous dites, c'est que l'influence était réciproque, c'est ça ?

HESS : Oui, et je crois que l'ambition de Harriet était immense. Ainsi que l'écrit Brickman, elle voulait inclure les "proliférations" comme des éléments d'une œuvre plus vaste. Pour elle, Rune était un personnage essentiel du théâtre qu'elle avait intitulé *Masquages*, sans doute le plus important, parce qu'à eux deux, ils semblent s'être engagés dans une sorte de rivalité d'excellence, de compétition qui s'est jouée de multiples façons. La mort de Rune a été un coup pour elle, et il ressort clairement de ses écrits qu'elle s'y est sentie impliquée d'une certaine manière.

BURRIDGE : Je croyais que c'était vous qui m'interviewiez.

HESS : Vous avez raison. Je m'emballais. Y a-t-il autre chose que vous aimeriez dire avant de filer ?

BURRIDGE : Oui. Contrairement à vous, j'ai connu Harriet Lord, je veux dire Burden. C'était une dame, discrète, élégante, non sans talent, je vous l'accorde, et une collectionneuse avisée, mais il me paraît invraisemblable qu'elle ait été cette virago, ce "cerveau" élaborant ces combines compliquées ou jouant avec Rune à quelque jeu d'intelligence.

HESS : Mais vous avez dit plus tôt que vous la pensiez capable d'avoir romancé son journal ?

BURRIDGE : Oui, qui sait ? C'est une possibilité. Je crois qu'elle a contribué dans une certaine mesure à l'œuvre de Rune. Elle a fait quelques dessins. On en a la preuve, mais il l'a appelée sa muse dans une interview, vous savez. L'œuvre d'Eldridge était d'elle, principalement. Il l'a admis ouvertement. Tish, eh bien, peut-être. Mais Rune ? Non, je ne le crois pas. Elle y a joué un petit rôle, c'est certain, mais n'est-il pas possible qu'elle se soit servie de la réputation de Rune pour se hisser sous les feux de la rampe ? Je veux dire, regardons les choses en face, en tant qu'artiste elle n'était personne. Ainsi que je l'ai déjà dit, ses carnets pourraient représenter sa propre version rêvée des événements.

HESS : Je pense qu'elle a délibérément choisi Rune comme véhicule pour la "hisser", comme vous dites, mais qu'il est revenu sur leurs accords. Il y a d'autres personnes qui étaient proches de Burden et qui ont des histoires à raconter. Son journal n'est pas la seule source d'inspiration. Quel mot avez-vous employé ? Virago ?

BURRIDGE : C'est ce que vous suggérez, non ?

HESS : Tout dépend sans doute de la définition que vous donnez de *virago*, mais c'est peut-être juste. Merci infiniment pour votre temps.

BURRIDGE : Merci, et bonne chance pour votre livre.

UNE DÉPÊCHE VENUE D'AILLEURS

ETHAN LORD

E découvre à son réveil qu'il est couché dans son lit d'enfant, au 1185, Park Avenue, un lit étroit et blanc fait de grandes lattes blanches. Il se demande pourquoi il n'est pas chez lui, North Eleventh Street. Il sait qu'il n'est plus enfant. Il sait qu'il n'habite plus dans cet appartement-ci. Intrigué par sa délocalisation, il tente de s'asseoir mais draps et couvertures lui résistent comme s'ils étaient vivants et il boxe à plusieurs reprises cette literie étrangleuse avant de parvenir à s'en débarrasser, de se lever d'un bond et de glisser avec grâce et sans effort hors de la chambre, dans le couloir et jusqu'à la cuisine. E ouvre l'armoire pour y prendre un filtre à café n° 2, mais n'en trouve pas. Sa déception est aiguë. Il remarque alors que des couches de poussière et de gros amas de moisissures suintantes donnant naissance à des spores gigantesques ont envahi l'armoire. Il regarde fixement la configuration de mycélium sous ses formes fongiques et se dit à haute voix que ces lignes blanches ressemblent à un visage connu, mais quel visage ? Il claque la porte, la referme sur ce gâchis. Alors, par la fenêtre située à l'extrême gauche de sa vision périphérique, il détecte une vague palpitation. En se tournant vers le stimulus que, l'espace de deux ou trois millisecondes, il prend pour un drapeau, E regarde à l'extérieur et voit un pantalon, un veston et une cravate suspendus en l'air à l'horizontale et flottant sans bruit dans le vent.

Il observe que le pantalon du costume se dirige plein est. Le costume le chagrine.

Vite, E ouvre la fenêtre, rassemble entre ses bras le costume vide de corps et ramène les vêtements à l'intérieur, le tout avec la sensation persistante qu'ils contiennent un individu invisible auquel il a évité d'être emporté par le souffle du vent. E berce le costume en le balançant dans ses bras et ressent un soulagement. Il remarque un bout de papier qui dépasse de la poche du veston. En y regardant de plus près, il s'aperçoit que la poche est d'une grandeur peu ordinaire et qu'elle forme une bosse. Il en extrait le long papier blanc et lit un nom : Sophus Bugge. Alors, sans qu'il ait eu conscience de la moindre transition, E s'aperçoit qu'il ne tient plus le costume mais qu'il est en train de le contempler d'en haut, et ce qui est troublant, c'est que ce n'est plus un costume. Il semble s'être frangé de petits volants et avoir pris, dans l'ensemble, un aspect fragile et diaphane qu'il n'avait pas auparavant. Cela paraît suspect. Tandis qu'il contemple le costume métamorphosé, il se sent de plus en plus irrité et persuadé d'avoir égaré ou oublié une chose importante. Au moment même où il se demande ce que ce pourrait être, le vêtement est pris de soubresauts, comme si un animal se cachait dessous. Terrifié, E ouvre la bouche pour pousser un cri et s'éveille, le cœur battant. Il est revenu chez lui, à Williamsburg, North Eleventh Street, et les rayons du soleil matinal pénètrent entre les lames du store. Les battements de son cœur s'apaisent. Il ne bouge pas mais se repasse le rêve dans sa tête. Il travaille sur le matériau du rêve pour son roman. Il sait que s'il agit trop vite, le rêve s'évanouira. Il sait qu'il doit répéter mentalement les chambres du rêve. L'appartement de Park Avenue dans la réalité et celui du rêve ne sont pas identiques, mais ils ont certains traits en commun.

Après un café et un morceau de pizza qu'il a trouvé emballé de papier d'aluminium sur la deuxième étagère de son frigo, E tape la version ci-dessus du rêve afin de l'étudier. Il reprend aussi le livre qu'il lisait la veille au soir, *Relations des jésuites sur les missions indiennes en Nouvelle France, 1637-1653*, et retrouve le passage suivant, qu'il avait souligné. En 1648, le père Paul Ragueneau écrivit : *Les Hurons pensent que notre âme a d'autres désirs que nos désirs conscients, des désirs qui sont à la fois naturels et cachés, et qu'il nous est donné de connaître grâce aux rêves, qui en sont le langage*. E se souvient qu'avant de s'endormir il était en train de lire la relation d'un autre jésuite, qui décrivait la représentation rituelle des récits de rêves qu'accomplissaient les Hurons durant la journée, afin que les besoins de l'âme pussent être satisfaits. Le jésuite racontait qu'il avait un jour trouvé un homme en train de fouiller partout dans son camp, frénétiquement, en faisant valser les objets autour de lui, dans ce qui ressemblait à la recherche désespérée de quelque chose. Comme le jésuite lui demandait ce qu'il faisait, il répondit qu'il avait tué un Français en rêve et qu'il cherchait un objet capable d'apaiser son âme. Le jésuite donna à l'homme un manteau en lui disant qu'il avait appartenu à un Français récemment décédé. Calmé par cette offrande, l'homme s'en fut son chemin. E se demande si cette histoire est à l'origine du vêtement volant de son propre rêve.

E ISOLE LES ÉLÉMENTS DU RÊVE AFIN DE PROPOSER DE POSSIBLES INTERPRÉTATIONS INSPIRÉES

Lieu : l'ancien lit de E dans l'ancien appartement, où E a passé son enfance et son adolescente et où, jeune adulte, il s'est rendu en visite. Domaine de conflits parentaux généralement silencieux.

*

Literie étrangleuse : pourquoi étrangleuse ? Référence possible à une sensation d'oppression ressentie par E enfant dans cette maison, à ses colères infantiles et, plus tard, à ses crises de panique, durant lesquelles il avait l'impression de ne plus pouvoir respirer. De temps à autre, E se sent encore menacé d'étouffement et il a toujours sur lui deux lorazépam dans son portefeuille, au cas où.

*

Filtre nº 2 : ambigu. Dans la vie, E utilise un filtre nº 4 pour sa cafetière électrique. Pourquoi ce chiffre 2 ? E pense à des doubles, des jumeaux, des reflets et toutes sortes de binaires. Il déteste la pensée binaire, l'univers mis en paires. S'agit-il ici d'une référence au couple parental en résidence au 1185, Park Avenue ? E commence à sentir le rêve dans ses os. Il a lu des articles sur la recherche en matière de sommeil et la façon dont les chercheurs réveillent leurs "sujets" pour qu'ils racontent leurs rêves. Il s'imagine en train de confier à un homme en blouse blanche : "J'ai rêvé de filtres à café nº 2", et puis il se dit : café et thé, *coffee and tea, two for tea and you for me*. Il se rappelle A, à la soirée néo-situationniste, son visage sérieux et l'intitulé de son intervention : "De la nouvelle économie monétaire à l'ère du capitalisme de la technoculture ; information et subversion comme stratégies de résistance." Il avait parlé avec elle pendant une demi-heure et les mots étaient là, dans sa tête : "Ça vous dirait de prendre un thé ou un café, un de ces jours ?" Mais ses lèvres avaient refusé de remuer. Café. Thé. Deux. De tels silences se produisent souvent. Il se déçoit lui-même intensément.

*

La saleté dans l'armoire, comme un visage : chaos, merde, matériaux inorganisés. E reconnaît qu'il se trouve fréquemment dans un état de confusion extrême quant à la voie à suivre en littérature, en politique, en amour. Il écrit chaque jour, lentement, lentement. Les phrases se traînent hors de lui. Il a essayé l'écriture automatique. Il a essayé les acrostiches, les listes, jusqu'aux villanelles. Et, maintenant, la relation de rêves. Il lit Georges Perec, *La Vie, mode d'emploi*. E voudrait être Georges Perec. Il aimerait écrire un livre sans la lettre *e*, ou *a*, ou *t*. Il a essayé, mais c'est d'une difficulté folle. Et pourtant il a besoin de formes. Certains jours il ne sort pas de chez lui. Il écrit, puis il lit, et puis il ne sait plus où il en est, et il trace des graphiques dépourvus du moindre intérêt. Peut-être ce visage merdique et moisi qu'il ne reconnaît pas dans l'armoire est-il le sien.

*

Complet flottant en l'air : E possède un complet et une cravate. Le pantalon de ce complet est devenu trop court pour lui. Le père de E allait tous les jours au travail en complet et cravate. Il avait des rangées de complets dans son placard où E avait l'habitude de se cacher sous les ceintures de cuir parce qu'elles sentaient bon. Le père de E était souvent parti. E se cachait dans le placard de son père et respirait les odeurs de son père et jouait avec ses hommes sur le parquet de bois frais. Il laissait toujours la lumière allumée. Il détestait les placards quand il n'était pas dedans, il avait donc eu pour stratégie d'y aller. Dedans, le placard changeait. Il était confortable. Parfois il se levait et frottait un petit peu le tissu des costumes, pas trop fort parce qu'il craignait d'y laisser des traces ou de les user avec ses doigts, mais il y avait des étoffes velues qu'il détestait auxquelles il ne touchait pas. Il les appelait ses anti-caresses. E sent encore le contact entre l'arrière de son crâne et le mur du placard. Il se rappelle sa rancœur brûlante, la colère qui le lacérait à l'idée de l'école. E se rappelle qu'il enfonçait la tête de toutes ses forces contre l'estomac de sa mère pour soulager la pression. Elle le laissait faire.

*

Complet flottant en l'air devant la fenêtre de la cuisine : le père de E a eu une attaque à la table du petit-déjeuner au 1185, Park Avenue alors qu'il était assis près de la fenêtre. C'est pourquoi E a rêvé de la fenêtre et du complet volant à l'extérieur, rêvé d'un homme sans corps, en exil. La mort, c'est l'exil du corps, l'exil de toute chose, se dit E. Ni E, ni sa sœur, M, n'étaient présents quand leur père a été frappé de cet accident vasculaire cérébral. Leur mère était présente. Elle l'a accompagné dans l'ambulance. Quand E et M sont arrivés aux urgences de la 68e Rue, il n'y avait plus urgence. L'urgence prend fin soit avec la vie, soit avec la mort. Le chat de Schrödinger n'existe pas dans le monde que connaît E. La vie et la mort ne coexistent pas dans un seul corps. E se souvient des mots *hémorragie subarachnoïde, rupture d'anévrisme*. Il se souvient du siège marron clair sur lequel il était assis dans la salle d'attente et du zigzag à l'encre noire sur le plastique, près de sa cuisse. Il se souvient qu'il ne voulait pas qu'on le touche.

*

Direction plein est : une fois éveillé, E résout ce problème sans difficulté. La Thaïlande est un pays oriental. Les racines maternelles de son père sont orientales. Les jambes indiquent la direction de sa grand-mère, Khun Ya, avec ses ongles durs, d'un rouge éclatant, et son grand sourire.

*

E se porte au secours de vêtements qui semblent contenir quelqu'un, mais ce quelqu'un n'est pas visible : le père mort de E n'est plus visible. Le fils désire-t-il sauver ce qui reste de son père et se trouve en danger d'être chassé par le vent ? De quoi pourrait-il s'agir ? E a rejeté l'argent de son père, sauf une modeste allocation annuelle, mais il se sait hypocrite. Il devrait devenir soudeur et écrire la nuit. Il s'est intéressé à l'apprentissage de la soudure. Il a même reçu par la poste des brochures de l'Apex Technical School, mais il n'a pas persévéré. Il n'est qu'une mauviette, un philistin choyé qui jamais ne deviendra soudeur. A-t-il en réalité le désir de récupérer l'héritage de son père, son argent, ses complets, sa collection d'œuvres d'art et tous les autres pièges bourgeois imaginables ? E n'a pas pleuré à la mort de son père. Il s'est souvent demandé pourquoi il n'avait pas pleuré. Il se rappelle les vêtements entre ses bras dans le rêve et les sentiments de soulagement, de tristesse et de pitié, bien plus forts au pays de Morphée qu'en État de Veille.

*

Sophus Bugge dans la poche du veston : les objets sont cachés dans les poches. Tout ce qu'on voit de l'extérieur, c'est une bosse ou un renflement. Dans le rêve, le nom ne disait rien à E mais, éveillé, il se rappelle que Sophus Bugge était un philologue norvégien du XIXe siècle connu pour son édition critique de l'*Edda poétique*, un recueil de poèmes héroïques et mythologiques qu'E a lu il y a des années parce qu'il avait découvert que ce livre avait influencé Tolkien, le héros-écrivain de sa jeunesse. Et l'auteur de l'*Edda* ? Anonyme. Inconnu. Pas de nom. E revient à Bugge. Cet insatiable collectionneur de chansons populaires norvégiennes fut aussi l'érudit qui déchiffra l'elder futhark. E aime la sonorité des mots elder futhark. Lewis Carroll aurait pu les inventer, mais ils ne proviennent pas de *Jabberwocky*. Quel rapport entre Sophus Bugge et quoi que ce soit ? Pourquoi le nom de Bugge se trouve-t-il dans la poche du veston paternel ? Et maintenant qu'il est en train d'écrire, la solution de l'énigme lui saute aux yeux. L'elder futhark est une sorte de graphie runique : les runes, runique, et Rune, la personne, le masque de la mère de E pour son dernier projet. E s'écrie “Eurêka”. E éprouve un sentiment de triomphe. Il est excessivement fier de l'intelligence de son moi rêveur. Le labyrinthe de sa mère n'est-il pas intitulé *Au-dessous* ? Sous, dessous, caché dans une poche de veston. Harriet Burden dissimulée sous Rune, qui était dissimulé sous Sophus Bugge. A-t-il trouvé sa mère dans la poche de son père ?

E ignore ce que cela pourrait signifier. Il reconnaît que l'interprétation est toujours multiple. Il sait que des associations peuvent entraîner quelqu'un sur de nombreuses voies. Il ne peut y avoir une seule interprétation d'un rêve. Il ne se donne pas la peine de décoder les petits volants. Ceux-ci l'agacent encore. Leur caractère irritant persiste. E voit bouger sous lui l'étoffe extrafine et soyeuse, et il en éprouve du dégoût, comme si les deux mondes du sommeil et de l'éveil s'étaient interpénétrés.

HARRIET BURDEN
Carnet D

7 février 2003

Hier soir je les ai vus arriver, l'un après l'autre, et attendre dans la file qui s'allongeait devant la galerie et le labyrinthe, mon labyrinthe. J'avais envie de renverser la tête en arrière en hurlant : "C'est de moi !" mais je serrais les dents. Étourdie, dissonante, affligée : Harry, fantôme à la porte de son propre vernissage. J'ai pris place un moment dans la file derrière deux poulettes piaffant sur des talons si hauts que leurs genoux vacillaient quand elles faisaient un pas en avant, et je les ai écoutées poursuivre une longue conversation sur les mérites d'un soi-disant "drainage miracle" à base de limonade et de sel. *Imagine, Lindsay, deux kilos et demi en trois jours, tu te rends compte, c'est trop génial !*

Patrick L. m'a accostée à propos d'une éventuelle vente aux enchères du Klee. Simple rumeur, Harriet ? Une vague odeur de saumon fumé émanait de lui. Sous les réverbères, j'ai remarqué sur sa joue un petit bouton ou peut-être un point d'urticaire. Il avait déjà parcouru le labyrinthe.

C'est formidable. Rune est un génie, un sacré génie.

Je lui ai demandé si ce n'était pas aller un peu loin.

Vous n'avez pas encore vu ce qu'il expose. Vous aviez vu La Banalité du glamour, *n'est-ce pas ?*

Je fis signe que oui.

Eh bien, ceci est encore mieux. Là-dessus il a sauté à Felix, ma moitié enterrée, la meilleure. C'était tout ce qu'il trouvait à dire. Il me voyait, moi, et il pensait Felix, pensait veuve, émettait torrent loquace de louanges pour époux défunt. Personne n'a vraiment remplacé Felix, pas Burridge, certainement, si tendance et mondialisé qu'il soit, et, à propos, j'y pense, que devenez-vous ces temps-ci, et *on déjeune*, peut-être ? En disant on déjeune, Patrick L. scintillait. J'ai soudain compris le verbe. J'ai acquiescé d'un hochement de tête, menton en mouvement. Pourquoi acquiescer ? J'aurais dû secouer la tête vigoureusement de droite à gauche, non, non, non. Ai-je souri ? Oh, Dieu, ai-je souri ? J'espère que je n'ai pas souri.

Pendant que je parlais avec Patrick L., je me demandais pourquoi, pourquoi ne suis-je pas comme eux ? Pourquoi suis-je une étrangère ? Pourquoi ai-je toujours été au-dehors, expulsée, jamais l'une d'entre eux ? Qu'est-ce que c'est ? Pourquoi suis-je toujours en train de regarder de l'extérieur par la fenêtre ? Je sentais dans mon torse des lignes de faille prêtes à craquer. Je pensais à mon *punching bag*, à l'atelier, comme c'est bon de le frapper encore et encore. J'avais une envie folle de frapper Patrick L. Dans ma tête, je le voyais voler à reculons contre le mur et s'écrouler dans le caniveau.

Je suis sortie de la file, j'ai marché jusqu'au coin de la rue et j'ai observé. Je savais que Rune devait attendre que j'arrive, mais je ne voulais pas entrer. Phinny et Marcelo me sont tombés dessus, cher Phinny, mais ce n'est plus tout à fait le même Phinny, plus mon Phinny, l'homme de la "loge", mon camarade dansant et chantant. Il est perdu pour moi, désormais. Il voulait que je dîne avec eux, mais j'ai dit non. Non, ai-je dit, non. J'ai foi en non. J'ai foi en un non dur, résistant, diamantin. Non et encore non. Non je ne ferai pas ça. Non et jamais et non. Je préfère ne pas. J'en ai mortellement marre de oui. Oh, oui, je vais le faire. Oui, certainement, bien sûr, oui, mon chéri, oui, mon cœur. Oui, oui et oui. Et elle répondit oui.

Et quand ils se sont éloignés, main dans la main, j'ai eu l'impression que j'allais pleurer mais, non. Non, pas ça. Je ne pleurerai pas.

Les écrivains doivent écrire et les critiques critiquer et les reporters rapporter et les pisseurs pisser, et ainsi feront-ils.

Mon temps est arrivé et, quoi qu'ils disent – ces majoritairement médiocres –, là n'est pas la question. Tout ce qui compte, c'est COMMENT ILS VOIENT, et moi, ils ne me verront *pas*.

*

Jusqu'à ce que je m'avance.

25 février 2003

Il est si facile pour Rune de briller. D'où lui vient cette aisance ? Il est si léger. Je reste rivée à la terre, tel un Caliban face à son Ariel. Et il me faut le voir voler, aérien, au-dessus de ma tête, moi qui demeure tapie en sous-sol avec des pensées noires qui me rongent les entrailles. "Il est à lui-même son propre donjon[1]." Moi, Harriet Burden, je suis une mécanique de dépit vindicatif. Mon corps entier bouillonne tandis que je me repais des critiques, articles et commentaires sur l'éblouissant *coup* de Rune. La tête leur en tourne. Ce type qui a écrit l'article dans *The Gothamite*, Alexander Pine, il ignore que c'est sur moi qu'il a écrit, pas sur Rune. Il ignore que les adjectifs *puissant*, *rigoureux*, *cérébral*, c'est moi qui peux les revendiquer, pas Rune. Il ignore qu'il est un instrument

1. John Milton, *Comus, a Mask* (388).

de ma vengeance. Nul ne savoure plus la vengeance que la femme, a écrit Juvénal. La vengeance est le plus grand ravissement des femmes, a écrit Sir Thomas Browne. Douce est la vengeance, surtout pour les femmes, a écrit Lord Byron. Et moi : je me demande pourquoi, les mecs, je me demande pourquoi.

HARRIET BURDEN
Carnet O

Viens, m'a dit Rune, hier, au téléphone. Il avait quelque chose à me montrer, quelque chose qui faisait partie de notre "mise en scène", et il m'a donné un indice : "Ton bonheur." Et nous avons pris date pour aujourd'hui à seize heures, et je savais qu'il était temps de programmer la révélation parce qu'on avait imprimé assez de bla-bla sur cette exposition et que, oui, je serais heureuse de sortir de l'ombre. Ça, c'était hier. Aujourd'hui, tu as pris la voiture pour aller à Tribeca, et tu te revois maintenant, sortant souriante de l'ascenseur, en pleine forme parce que toute cette histoire touche à sa fin et que, toi et ton coconspirateur, vous allez les avoir, et tu te dis en toi-même : je léviterai comme ma danseuse masquée, je m'élèverai au-dessus du sol comme un phénix. Tu n'aurais de toute façon pas pu en supporter beaucoup plus, te dis-tu, et tu t'es assise, et il t'a demandé si l'indice t'avait mise sur la piste d'une solution, et tu lui as dit oui, il est temps pour moi de m'épanouir, de trouver mon bonheur. Il est temps de tout dire à tout le monde. Tu as expliqué que l'article dans *The Open Eye* paraîtra sous forme de lettre dans le prochain numéro, que rien que d'y penser te faisait un plaisir délicieux, et puis tu l'as remercié. Tu l'as remercié d'y avoir pris part. Tu l'as remercié de t'avoir laissée le "revêtir". Tu t'es penchée en avant pour lui caresser la main, et tu as souri, de nouveau, comme une foutue imbécile. Tu as souri.

*

Et il a allumé une cigarette. Il te regardait. Il fumait, son genou gigotait, il se passait la langue sur les dents, et alors il a glissé un DVD dans la télévision. Je voudrais que tu voies ceci, a-t-il dit, et ne prétends pas que je ne t'avais pas donné d'indice, ce ne serait pas vrai.

*

J'ai vu Felix et arrêté de respirer pendant plusieurs secondes.

Je voyais Felix et Rune.

Je les voyais assis l'un à côté de l'autre sur un canapé dans une pièce curieusement vide : rien sur le mur, derrière eux.

Et j'ai dit : Pourquoi ?

Regarde, m'a-t-il dit.

J'ai hoché lentement la tête. Voilà ce qui s'est passé, n'est-ce pas ? Je me sentais choquée. Et j'avais peur. Je n'avais pas envie de les voir, tous les deux, mais je ne pouvais pas me détourner. Je les ai regardés, assis sur un canapé dans une pièce vide.

*

Je regardais Felix, ressuscité sur pellicule. Il ne portait pas de veste, juste une chemise gris pâle et la cravate Hermès gris-vert que sa mère lui avait donnée, celle qu'il avait éclaboussée de vinaigrette à un dîner qui avait lieu au Met, celle que les teinturiers n'ont pas pu récupérer, et je me suis souvenue des fleurs sur la table et des cartons indiquant les places et de mon ennui, ce soir-là, au musée. Quelle année était-ce ? me demandais-je désespérément. Après ce dîner, il n'a plus pu porter cette cravate. Je me souviens que mes deux voisins m'avaient tous deux tourné le dos pour parler à je ne sais qui et que je restais seule avec mon narrateur interne qui s'interrogeait : pourquoi étais-je venue ? Je regardais dans les yeux mon époux mort, sur le film, avec son menton rasé de près et les cheveux gris près de son front, et je tentais de me rappeler quand sa mère lui avait donné cette cravate, mais je n'y arrivais pas. Il avait quelques cheveux blancs mais plus tard, plus tard il aurait les cheveux tout blancs.

*

J'attendais avec effroi qu'il se passe quelque chose, mais les deux hommes ne faisaient rien. Ils fixaient la caméra, droit devant eux et puis, au bout d'une minute environ, ils échangeaient un sourire et se retournaient vers la caméra.

*

Est-ce que ç'avait été un sourire d'intimité ?

*

Je le regardai, bouche bée, et demandai : Pourquoi ne m'as-tu pas dit que tu connaissais Felix ?

Felix comme bonheur, dit-il, ton Felix, ton bonheur.

*

Harry, tu étais assise en face de Rune, ton visage s'était effondré. Tu ne sais pas à quoi ressemblait ton visage, mais tu sais que tu ne pouvais déguiser la douleur.

*

Ça n'a rien à voir avec toi, mon amour, disait Felix. Ça n'a rien à voir avec toi.

*

Que fais-tu ici, Harriet ? Tu ne devrais pas être ici.

*

Mais pourquoi ne m'as-tu pas dit que tu connaissais Felix ? Pourquoi ne m'as-tu pas dit que tu connaissais Felix ?

*

Est-ce important ? Est-ce important que nous ayons été proches, Felix et moi ? a-t-il dit. Il parlait beaucoup de toi, tu sais. Il te trouvait brillante. Il t'admirait.

*

Ceci fait partie du jeu, ai-je dit. Non ?

*

Et il a dit que c'était le jeu, encore le jeu, et il a pris une clé dans sa poche. Il l'a tenue en l'air. Ça fait des années qu'elle n'a plus ouvert une porte. Ce n'est plus qu'un souvenir.

*

C'était cruel. Il était cruel.

*

Et qu'as-tu fait, Harry ? Tu as mis la main devant ta bouche pour dissimuler ce qui lui arrivait, et tu as fixé le sol. C'est bien ça ? Oui, tu te rappelles t'être tenu la bouche avec ta main, afin qu'il ne voie pas ton émotion. Que ressentais-tu ? Incrédulité ? Non, pas ça, en réalité. La blessure de la trahison, ancienne et récente. Et alors tu as baissé les mains. Ton visage s'était calmé. Oui, tu en sentais le calme.

*

Je t'attire, pas vrai ? me dit-il. Il se leva. Je restai assise et il posa les mains sur mon cou. Je t'excite, hein ? Je secouai la tête, non.

*

Non, dis-je à haute voix, non.

*

Et si je jouais Felix ? On pourrait jouer à Richard et Felix, ce serait amusant, tu ne crois pas ? Ou bien on pourrait jouer Rune et Felix. Tu pourrais être moi.

*

Je ne le regardais pas. Je ne voulais pas le regarder.

Tu sais, n'est-ce pas, ce que Felix aimait ? Tu sais ce qui le rendait heureux, n'est-ce pas ? Allons, tu dois savoir.

*

Je ne dis rien.

*

C'est tellement simple, dit-il. Tellement, tellement simple. Il aimait mater.

*

Et dans ma tête il n'y avait rien.

*

Comment allons-nous procéder ? demanda-t-il. Peut-être que tu préférerais être Ruina ? Felix matant Richard et Ruina, ce pourrait être marrant, ou Rune et Ruina, ou Rune et Richard. On pourrait faire comme s'il matait. Ton bonheur, ton Felix. Felix savait-il tout de toi, Harry ? Connaissait-il ton secret ? Tu es Ruina, n'est-ce pas, Harry ? C'est toi que je jouais, cette répugnante petite conne anxieuse et pleurnicharde.

*

Tels sont les mots dont je me souviens. Je m'en souviendrai aussi longtemps que je vivrai. Ils seront mes cicatrices.

*

Je restais assise en silence, immobile comme une pierre. Harry, la pierre. Il parlait d'*Au-dessous*, qui avait tellement bien marché, tellement mieux qu'il ne s'y attendait. Il était étonné de ce succès, vraiment étonné, et il déplaça les mains vers mes épaules et les serra fort. Il dit : Mais alors, *vraiment*, pense à ce qui se serait passé si ç'avait été sous ton nom ? Tu as raison, Harry, il ne se serait rien passé.

*

Et tu restais là, assise, pendant que ses mains t'agrippaient les épaules, et tu ne les rejetais pas, tu ne faisais pas un geste pour l'arrêter. Tu n'as pas hurlé, tu ne l'as pas frappé. Et quand il a fait glisser ses mains vers ta gorge et a serré doucement, en disant que c'était juste pour jouer, où était ta fureur, alors, Harry ? Qu'est-ce qui n'allait pas chez toi, Harry ? Il disait que la strangulation peut être excitante, orgasmique, tant qu'on ne va pas trop loin.

*

Avais-tu peur, Harry ?

*

Oui.

*

Et alors il a lâché ton cou, mais tu n'as pas bougé, là non plus. Faux ?

*

Non.

*

Et alors il t'a giflée, fort. Et as-tu bougé ?

*

Non.

*

Tu étais comme un enfant figé sur un tabouret, mis au coin, un enfant puni pour avoir parlé quand ce n'était pas son tour, pour n'avoir pas levé la main en classe. Un enfant silencieux, fait de pierre.

*

Et Rune a dit qu'il allait garder l'œuvre comme sienne. Elle est à moi, maintenant. C'est déguisement sur déguisement, Harry. Tu soulèves un masque et tu en découvres un autre. Rune, Harry, et puis encore Rune. C'est moi qui gagne.

*

Que signifiaient ces mots ?

*

Alors il a dit : Les gens sont au courant, ils sont au courant pour ta maladie.

*

Ma maladie ? ai-je répété.

*

Ta dépression nerveuse.

*

Et j'ai pensé : Ma dépression ? Ai-je fait une dépression nerveuse ? Était-ce une dépression nerveuse, ce que j'ai eu après la mort de Felix ? Oui, probablement. J'avais parlé à Rune des nausées, de Felix, du Dr F.

*

Je pris conscience que j'étais en train d'avaler. Je devais avaler bruyamment. Je ne me rappelais plus comment avaler sans bruit.

*

Alors l'enfant de pierre se leva sur ses jambes de pierre toutes raides, se pencha et ramassa le sac appartenant à femme heureuse qui était entrée par cette porte un peu plus tôt. Combien de minutes plus tôt ?

*

Les Pieds, en automates, vont[1] –

*

Elle trouva la jeep dans Hudson Street. Le monde extérieur lui parut fébrile. Elle regarda par les fenêtres de chez Bubby et vit des gens en train de manger, fourchettes en mouvement, montant et descendant. Elle vit des bouches qui mâchaient, une main s'enroulant sur l'ambre d'une bière, à une table. Elle vit une autre bouche ouverte par un rire et, dessous, un menton tressautant et, au-dessus, des yeux plissés. Mais ses mouvements n'étaient pas les leurs, son rythme n'était pas le leur. Ils ne l'avaient jamais été, si ? Non, elle vivait dans un autre temps, à une autre cadence. Elle roula jusqu'à Red Hook, qui qu'elle fût, et se coucha par terre dans l'atelier. Le Baromètre lui apporta un dessin représentant un ange déchu aux immenses ailes veinées. Il dit : Tu as l'air morte, Harry. Elle dit : Je me sens morte. Et il dit : Ce n'est pas grave.

1. Poésie complète d'Emily Dickinson, vers extrait du poème n° 341*.

Ne t’en fais pas. Ça nous arrive à tous, parfois, et plus tard, des heures plus tard, elle appela Bruno, et quand il arriva, elle lui raconta une partie de l’histoire, mais pas tout. Il lui fallait cacher sa honte, couvrir les brûlures qui allaient devenir des cicatrices. Elle ne pouvait pas lui parler de Ruina, cette pauvre gosse qui s’était pétrifiée et puis avait marché tête basse dans la rue.

MAISIE LORD
(transcription revue et corrigée)

Il y a juste une semaine, j'ai trouvé l'un des carnets de ma mère caché derrière une rangée de livres dans le petit bâtiment, à Nantucket, que nous appelions "la maison des enfants" parce que nous y dormions, Ethan et moi, quand nous étions petits. Il y avait déjà huit ans que maman était morte mais de nombreuses années auraient encore pu passer sans que le carnet réapparaisse. Ethan et moi avions décidé de vendre la maison de Nantucket et nous y étions venus seuls, pour trier son contenu et décider que garder et que donner, et nous avons beaucoup ri, et nous nous sommes rappelé la découverte de la mouette morte sur la plage et les cailloux verts dont nous prétendions, quand nous en trouvions, qu'ils étaient magiques, et j'ai nagé tous les jours mais pas Ethan, parce qu'il est hydrophobe et ne s'en cache plus, le pauvre. Il allait dans l'eau quand nous étions gamins, et il a appris à nager, mais je crois qu'il avait toujours peur de se noyer, et maintenant il n'a plus besoin de faire semblant d'aimer ça. Le carnet gris, tout simple, était glissé entre *L'Île au trésor* et *Fifi Brindacier*, et j'ai reconnu instantanément l'écriture extravagante de ma mère et ses grandes boucles : "Carnet O. Le cinquième cercle." Elle identifiait par des lettres les nombreux carnets qu'elle tenait. J'avais passé des années à parcourir ses carnets pour *Le Masque de nature*, qui est enfin achevé. Après sa mort, nous avions trouvé les centaines et centaines de pages manuscrites qui composent un carnet après l'autre. Ensemble, ils constituent une véritable somme.

Je dis à Ethan que je lirais le carnet la première et je le lui passerais ensuite. C'est drôle, jamais je n'aurais osé le lire du vivant de maman, mais les morts perdent leur droit à l'intimité, ne serait-ce qu'en partie. La controverse à propos de maman, de Rune et de *Masquages* n'était pas éteinte, bien que ceux d'entre nous qui étaient proches de maman aient une assez bonne idée de la vérité parce que nous croyons ce qu'elle a écrit. Après avoir lu le carnet, je le passai à Ethan et partis me promener dans Squam Road, la vieille route que je connaissais si bien. Je me sentais meurtrie et retournée. Je suppose que j'essayais d'assembler en une seule personne mes mères discontinues, et ce n'était pas facile. Il fallait y inclure aussi la double vie de papa, et cela faisait mal. Le jeu de masques auquel maman et Rune avaient joué à Nantucket allait devenir les danses d'*Au-dessous*, et il me semble que l'homme Richard Brickman et la femme Ruina représentaient deux aspects antagonistes de ma mère. Nous avons tous en nous des parties faibles, et nous avons tous, aussi, des parties dominatrices et cruelles, mais je crois qu'elles sont d'habitude plus mélangées qu'elles ne l'étaient chez ma mère. Les pages relatives à sa visite à Rune et au film qu'il lui a montré me rendaient malade. J'avais perçu un côté sadique chez Rune quand il m'avait taquinée avec une clé au vernissage des *Chambres de suffocation*. Je me suis demandé ce que maman voulait, ce qu'elle avait espéré. C'est tellement épuisant, tellement fou, tellement humiliant, ce monde où on gagne et on perd et il faut jouer le jeu, et pourtant, quelque part, elle voulait en faire partie, et Rune savait comment l'atteindre, où diriger son couteau. Pour être honnête, j'ai eu la tentation de supprimer ces pages, et d'autres aussi, de les arracher du carnet et de les brûler, mais ç'aurait été stupide. Tout en marchant dans la chaleur du soleil sur la route poussiéreuse, en passant devant les boîtes aux lettres familières, je ne cessais de voir une image de ma mère, non pas à l'âge adulte, mais enfant, comme dans sa comparaison : *Tu étais comme un enfant figé sur un tabouret, mis au coin.* C'est cette image mentale qui me revient encore quand je pense à cette affreuse entrevue entre maman et Rune : ma grande mère, forte et passionnée, réduite à une petite fille silencieuse, une petite fille changée en pierre.

En rentrant de ma promenade, je trouvai Ethan allongé sur la couchette inférieure, le carnet à côté de lui. Il se tourna pour me regarder et je vis maman. Cet instant de reconnaissance surprenante ne dura que quelques secondes, mais j'avais vu ma mère dans mon frère avant qu'elle ne disparaisse aussi vite qu'elle était apparue, et cela m'avait un peu secouée. Je m'assis près d'Ethan, posai une main sur son bras et attendis d'entendre ce qu'il pensait. Il me considéra et dit : "J'aime l'écriture." J'éclatai de rire. J'étais soulagée, je crois. Je n'avais pas du tout pensé à l'esthétique. Ethan poursuivit, disant qu'il admirait la façon dont notre mère allait et venait de la première personne à la deuxième et à la troisième. Elle faisait paraître tout cela si facile. Je dis à mon frère que je l'aimais. Il hocha la tête. Quand j'envoie un courriel à Ethan, je signe toujours "*Love*, Maisie" ou "Bises, Maisie" ou "ta sœur qui t'aime, Maisie", et lui signe les siens "Ethan". Ça a toujours été comme ça, et ce le sera toujours. J'y suis habituée. Ethan dit que certains passages du carnet devraient être inclus dans le livre, et qu'il allait les scanner et appeler Hess tout de suite, avant qu'il ne soit trop tard.

Je pensais que nous devions y réfléchir, peser les plus et les moins. Je voulais savoir s'il ne trouvait pas ces pages perturbantes, effrayantes, en fait. Il dit que oui, mais qu'il s'agissait de l'héritage de notre mère, de son œuvre d'artiste. Ce carnet, insista-t-il, expliquait le mystère Richard Brickman. Il croyait que "Harriet" aurait aimé qu'on raconte l'histoire de ce pseudonyme. Brickman était un autre des *alter ego* de notre mère, une partie d'un récit plus vaste. Finalement, Ethan me convainquit qu'il avait raison.

Je demandai à Ethan quels étaient les pécheurs dans le cinquième cercle de l'*Inferno*, parce que j'avais oublié. Les coléreux et les attristés, chants VII et VIII. Coléreux et attristés sont condamnés à patauger dans la fange, la puanteur et l'air fétide du Styx. Ethan a une mémoire fabuleuse pour les livres. Il dit que, souvent, pas toujours mais souvent, il voit dans sa tête la page et le numéro de page, et parfois il peut y lire le passage. Il ne le pouvait pas cette fois-ci, mais il savait que Virgile et Dante rencontrent les Furies, qui somment la Méduse de venir transformer Dante en pierre. Elle ne le fait pas, évidemment. Si elle avait réussi, ç'aurait été la fin du poème. Rune a pétrifié maman, pendant un moment, en tout cas. Je le hais pour cela. Je le hais encore, malgré qu'il soit mort. Et je comprends la colère de maman, sa rage, sa fureur. À l'intérieur de la couverture du carnet O, j'ai trouvé ces mots : "Déchaînez sur cet homme les rafales de vos haleines sanglantes. Traquez-le une fois encore, exténuez-le, desséchez-le au souffle embrasé de vos seins." Ces mots terribles sont d'Eschyle, dans *Les Euménides*, la troisième tragédie de l'*Orestie*. Oreste a tué sa mère, Clytemnestre, et, dans la pièce, le fantôme de la femme assassinée s'efforce d'inciter les Furies à venger sa mort, à punir le matricide.

Je revois souvent maman dans mes rêves. C'est toujours un fantôme, désormais. Pendant les deux ou trois ans qui ont suivi sa mort, elle revenait à moi sous la forme de son ancien moi vivant, et je me précipitais vers elle et, par deux fois, elle m'a prise dans ses bras et m'a tenue serrée, ses lèvres contre mon cou, et la sensation était chaude et heureuse. Mais ensuite elle a commencé à disparaître et maintenant, quand je rêve d'elle, je sais que c'est un fantôme, une morte, et que je ne peux pas l'atteindre. Elle est souvent occupée à bricoler dans son ancien atelier de Red Hook, ou de m'adresser des gesticulations de mime que je ne sais comment interpréter. Il y a quelques jours à peine, j'ai rêvé qu'elle entrait dans ma chambre, chez moi. Elle était complètement transparente, un vrai fantôme à l'ancienne, et quand je l'ai appelée, elle s'est tournée vers moi, les bras tendus et la bouche ouverte. Je pouvais plonger le regard jusque dans ses poumons, et je l'ai entendue respirer une fois, et puis toute la chambre a pris feu. Je n'avais pas peur des flammes dans le rêve, et je ne tentais pas de lui parler. Je restais simplement debout, silencieuse, et je regardais brûler la chambre.

BRUNO KLEINFELD
(témoignage écrit)

Mon poème épique. La grande expérience de Harry. Nous n'avons réussi ni l'un, ni l'autre, à flanquer nos chéris par-dessus bord. Je séquestrais mon *Meisterwerk* dans ma piaule minable, que j'avais conservée au nom de ma virile indépendance, et je ressortais les dix kilos de ms. (rangés dans le placard au-dessus de trois gants de base-ball à la retraite) pour de petits coups de peigne, révisions, coupes et additions, à l'insu de Harry, qui écoutait avec joie le ms. n° 2 en pleine croissance, *Confessions d'un poète mineur*, histoire en bonne part véridique d'un certain Bruno Kleinfeld, fornicateur juif mélancolique issu du Bronx, dont les aventures se conformaient aux miennes d'assez près mais non sans bénéficier de la faille qui ne manque jamais de se produire entre le gribouilleur au temps présent et ses diverses incarnations médiocres ou galantes, abîme également connu sous les appellations d'humour, d'ironie ou d'oubli. Je salue Harry pour ses coups de pied au cul qui ont dénoué, à leur tour, les vieilles articulations de mes doigts, au travail sur le clavier luisant de la machine Olivetti héritée en 1958 du cher vieil oncle Samuel Kleinfeld. L'histoire de ma vie, telle qu'elle était, paraissait se dessiner avec une joviale aisance, saga, entre autres choses, de *cream sodas*, de *gefilte fish* et des seins follement troublants de Doris McKinny, lesquels eurent droit à trois pages rien que pour eux quand j'arrivai à la puberté, page 101.

Je ne suis pas seul à avoir observé que les autobiographies perdent de leur intérêt lorsque le héros s'éloigne de sa jeunesse, et je décidai donc d'expédier brièvement mon âge adulte : vingt-cinq pages consacrées à mon échec généralisé en tant que poète, mari et père, et traitées sur un ton de parodie héroïque afin d'épargner au lecteur tout réalisme voire naturalisme – quel que soit le nom donné à ce genre un rien malpropre d'éviers rouillés et d'honnête pouillerie. Après cet intermède tronqué, j'arrivai à mes trois filles adultes et au plus noble des rejetons de ma semence, mon petit-fils, Bran. Oui, mes *Confessions* ont la forme d'un sablier. La silhouette de mon temps sur terre élude le milieu en faveur des extrémités, début et fin. Bran a fait irruption dans ma vie en braillant, affreuse petite brute au visage rouge, mais tandis que j'écris ces lignes il court autour du diamant, frappe un ballon de foot, m'explique les tenants et aboutissants des avatars et est devenu, je dois le dire, l'objet étincelant de la prédilection de son grand-père.

Dès le lendemain du jour où Harry s'étendit sur le dos pour me raconter l'histoire de sa visite à Rune d'une voix aussi froide que l'acier en hiver, je remarquai que ses pensées avaient été teintées ou peut-être saupoudrées de paranoïa. Harry savait qu'elle avait conclu un pacte faustien, un échange qui serait fatal à son âme, à haut risque depuis le début. Après avoir symbolisé l'espoir, Rune s'était mué en Belzébuth. L'idée que l'époux défunt pût avoir partagé des histoires intimes avec son jeune "ami" la tracassait. Rune n'avait-il pas paru, dès l'abord, posséder d'elle une connaissance inexplicable ? L'intelligence de Rune revêtait un aspect paranormal. Lorsque Harry proclama haut et fort que quatre de ses œuvres avaient disparu de son atelier, je supposai que l'un des assistants les avait égarées sous une montagne de préfabriqués. Entre ses accès de nettoyage à fond, Harry laissait régner dans l'atelier un chaos sympathique.

Bras, jambes, perruques et postiches jonchaient le sol. Tas de planches, vitres, rouleaux de corde, fil de fer, fils électriques, outils et machines mystérieuses s'alignaient le long des murs. Dans un coin, Harry avait empilé les "scories remarquables", collection peu ragoûtante, constituée de butin rapporté des quais voisins, machins-trucs et bidules divers, moisis, flétris, dépéris ou rouillés à tel point que leurs identités antérieures ne nous étaient plus perceptibles. Cherche encore, disais-je. Elles sont peut-être ensevelies sous les scories remarquables.

Mais Harry croyait Rune coupable de ces disparitions. Elle affirmait avec insistance qu'il avait, pour lui piquer ses œuvres, déjoué de multiples verrous et un système d'alarme. Je lui demandai à la blague si elle n'avait pas confondu Rune avec l'ange déchu du Baromètre, un grand type ailé qui entrait et sortait en volant de la "loge" comme bon lui semblait. Ce n'est tout simplement pas possible, Harry, disais-je, mais elle ne me croyait pas. Un soir, le visage défait de chagrin, elle me chuchota : "Il a pénétré en moi, Bruno. Il a vu la peur. Il sait plus que je n'en sais." Je le détestais, ce F. de P., mais je savais qu'il était humain.

Harry avait arrimé ses espoirs à la lettre dans *The Open Eye*. Quand elle sortira, disait-elle, le monde saura. Je serai libre. Mais, Harry, objectais-je, cette revue est rasoir, ésotérique, abstruse. Combien de lecteurs a-t-elle ? Je ne crois pas que Harry avait le choix. Il lui fallait croire à son triomphe ultime. Lorsque enfin la revue arriva, elle me lut la lettre à haute voix, avec maints gloussements et cocoricos, en savourant les citations de son cru, le visage aussi brûlant que l'un de ses métamorphes électrifiés. Je lui reprochai le passage sur les testicules – les *burettes*, Harry, franchement ! Et ce Richard Brickman, qui est-ce ? Il fait son boulot, dit-elle. C'est tout ce qui compte.

"Je te l'avais bien dit" est une réplique de connard et, comme il m'arrive par intermittence de me retrouver dans cette catégorie, je l'assénai à Harry quand Rune l'écharpa dans un entretien pour *Art Assembly* où on l'interrogeait explicitement au sujet de la lettre de Richard Brickman dans *The Open Eye*. Rune ne manquait pas de culot, je dois le reconnaître.

> Harriet Lord a vraiment été formidable avec moi, non seulement en tant que collectionneuse mais aussi que véritable supportrice. Et je pense à elle comme à la muse du projet. *Au-dessous* n'aurait pas pu exister sans les longues conversations que nous avons eues ensemble, ni sans son soutien généreux. Ce que je n'arrive pas à comprendre, c'est qu'elle semble revendiquer la responsabilité de mon œuvre. Elle semble croire qu'en réalité c'est elle qui l'a créée. Je ne peux tout simplement pas comprendre pourquoi elle dit cela. Vous savez, elle a passé des moments très difficiles après la mort de son mari, et elle est restée des années sous traitement psychiatrique. Officiellement, disons simplement que c'est une dame généreuse mais, de temps en temps, un rien perturbée, et restons-en là.

Je me trouvais sur les lieux, dans la cuisine, quand la dame généreuse mais un rien perturbée sous traitement psychiatrique de longue durée balança le magazine offenseur sur le râtelier à casseroles. J'étais là quand elle sacra, hurla, se mit à loucher et puis devint aveugle de colère. La tête la première, les bras en battoirs, elle s'en prit à une étagère, envoyant valdinguer tasses, assiettes et bols qui connurent à l'atterrissage une pulvérisation spectaculaire et définitive. Après l'explosion, je m'agenouillai, armé de la brosse et de la pelle à poussière, afin de récolter les débris tandis que Harry, assise par terre, répétait obstinément : "Je le tuerai." Le fait que ce type l'ait appelée Harriet *Lord*, et non *Burden*, avait versé encore du sel sur ses plaies déjà béantes.

Et mon refrain était : "Je t'avais prévenue." Je ne pouvais pas m'en empêcher. Je l'avais prévenue. Harry rédigea une lettre enflammée à *Art Assembly*, qui ne la publia jamais. Elle téléphona à Rune et hurla dans sa boîte vocale : menteur, voleur, horrible type, sale traître. Ses vociférations ne le troublèrent pas. Harry prit contact avec les parents de Tish, dont la mère lui répondit poliment mais fermement : "Mon fils ne veut rien avoir à faire avec vous." Harry engagea un privé du nom de Paille, un personnage laconique au visage flou, qui parlait avec l'accent du Maine et s'était spécialisé dans le chantage et l'extorsion. Paille retrouva la trace du gamin jusque dans un ashram en Inde, puis en Thaïlande et puis en Malaisie mais, après cela, sa piste se perdit avec la trace de ses voyages en avion. Paille promit de poursuivre sa quête.

Méthodiquement, délibérément, Harry rassembla les moindres lambeaux, bribes, parcelles et poussières d'indices pouvant plaider en sa faveur. Alors qu'elle fouillait dans des piles, feuilletait des papiers et cherchait partout des preuves de sa propriété créatrice, elle s'aperçut – ce fut, n'en doutons pas, par une terne et grise journée pluvieuse –, Harry prit conscience du soin avec lequel elle avait dissimulé sa participation. Elle exhuma quelques premiers dessins dans des carnets de croquis et des plans sur son ordinateur, mais les autres dessins ainsi que les ébauches plus poussées se trouvaient en la possession de Rune. Les courriels qu'elle lui avait adressés avaient des airs de cryptogrammes, ainsi que ceux qu'elle avait reçus de lui. Pas le moindre faux pas. Et les assistants, qu'elle croyait dans le secret, ne l'étaient pas. Même Edgar Holloway III, vieil employé de l'atelier, qui était à Harry ce que Vendredi est à Crusoé, dut admettre que cette fois-ci il n'avait rien soupçonné. Tout ce qu'il savait, c'était que Harry avait signé un chèque pour l'œuvre qu'elle avait achetée à Rune, ainsi que des chèques pour la production d'*Au-dessous*, mais un bienfaiteur n'est pas un créateur et Rune l'avait remerciée noir sur blanc pour son "soutien".

Eldridge est intervenu pour elle. *Art Lights* a publié l'histoire de leur collaboration, mais sa page d'éloquence a touché très peu de monde à l'époque. L'expérience de Harry avait été étripée et écrasée, et elle protestait en fulminant. Une fois mis en branle, les engrenages du désespoir se mirent à s'entrechoquer et à résonner d'une même musique compulsive. Elle avait subi un vol. Personne ne la comprenait. Personne ne faisait attention à elle. C'étaient tous des imbéciles, dupes d'un sexisme et d'un culte du phallus rampants. Rune méritait qu'on l'écartèle, qu'on lui arrache les yeux des orbites avec une cuiller à pamplemousse bien tranchante et qu'on les réduise en gelée à coups de marteau. Elle voyait l'œuvre de sa vie anéantie. Le projet ambitieux édifié avec soin grâce aux ressources de son intellect rayonnant, cette accumulation de splendides ironies, ce projet qui devait démontrer une fois pour toutes la justesse de ses théories sur les préjugés liés au sexe, sur la perception et sur Dieu sait quoi encore lui avait explosé en pleine figure.

Je la suppliai de renoncer. Expose ton œuvre maintenant, lui disais-je. Confie-la à la coopérative, ici, à Red Hook. Oublie tes pseudonymes et personnalités fictives, tes ironies et ta philosophie. Qui se soucie de ce monde artistique incestueux de dupes et de charlatans ? Mais Harry ne pouvait pas renoncer. En pleine noyade, elle s'accrochait farouchement à ce petit bout de fragment de mât flottant sur l'océan, que nous nommons justice. Il n'y a pas de justice, bien sûr, ou très peu, et compter dessus comme bouée de sauvetage est une grosse erreur.

J'aurais voulu la cajoler, la prendre dans mes bras. J'aurais voulu l'envoyer dans ces hauts lieux de douceur que nous avions visités déjà des centaines de fois, mais elle me repoussait. Elle aboyait, ricanait et sifflait. Ce n'est pas moi, le méchant, lui disais-je, mais, quelque part, c'est ce que j'étais devenu. Un soir, assise sur le grand lit, féroce dans sa douleur, elle m'accabla de sarcasmes. Qui étais-je pour lui dire quoi que ce fût ? J'avais fait ma propre ruine, non ? J'avais eu tout – mes dons whitmaniens, ma bite, la faveur des puissants de ce monde – et j'avais tout gâché. Elle, au contraire, s'était battue, avait travaillé, travaillé et travaillé comme un diable, et maintenant elle était trahie. J'étais lamentable, lâche, une sangsue vivant de ses bontés. (Lisez : de son fric, ou plutôt du fric de Lord.) Les mots avaient déjà volé entre nous auparavant, rapides et cruels, mais cette fois sa voix me plaqua au sol. Ma joyeuse, ma gentille bien-aimée était devenue dure, triste et méchante. De ma position métaphorique, à plat sur le dos dans une poussière au figuré, je la traitai de salope castratrice.

Indignée, elle sortit de la chambre et ne revint pas. Après l'avoir attendue jusqu'à trois heures du matin, je regagnai mon trou de l'autre côté de la rue et y restai. Nous ne nous sommes pas revus ni parlé de trois longs mois. Presque chaque soir, après notre rupture, je suis allé faire un tour chez Sunny avec l'idée angoissée d'y apercevoir Harry, mais elle n'était jamais là. Je m'accrochais au premier pauvre bougre assis au bar et lui faisais l'offrande de l'histoire passionnante quoique tellement sentimentale du déclin et de la chute subséquente du grand Bruno Kleinfeld, ou comment il a pu se faire que le héros littéraire, K, dans une incarnation infiniment moins glorieuse que celle qui l'avait précédé, passât désormais ses soirées à boire au troquet du coin, en ces mêmes heures du jour qu'il avait autrefois savourées en compagnie de Notre-Dame des Manteaux, l'ultime grand amour de sa vie. Une fois suffisamment imbibé, K passait au mode larmoyant, reniflant ses larmes au-dessus de son whiskey et se balançant au rythme de la musique issue du haut-parleur situé au-dessus de sa tête, à peine un pied plus haut que le dessin de sa chérie représentant les habitués hétéroclites de chez Sunny, œuvre d'art qui désormais lui brisait le cœur.

Harry avait fui à Nantucket. C'est bien d'avoir des maisons où abriter ses idées noires, de grandes maisons vides, avec des lits faits à l'avance. Ce fut Maisie qui m'appela pour me dire où Harry avait disparu. Elle dit qu'elle espérait que nous pourrions nous raccommoder, rectifier, réparer, quoi que ce fût, ce qui s'était détraqué entre nous. Il ne faut pas que maman te perde, dit-elle. Tu dois lui pardonner, dit-elle, comme si j'étais le méchant, de nouveau, et non le romantique éploré, pour l'amour du ciel. Sangsue et castratrice tenaient bon de part et d'autre, toutefois. C'était du gâchis, une perte de temps, du temps perdu. Je le sais maintenant, mais alors le monde nous paraissait différent, à tous les deux. Que puis-je dire ? Mon orgueil avait servi de tire-jus, c'était du moins ce que je ressentais, et je le nouais plus serré encore, histoire de m'assurer que ça faisait assez mal pour justifier mon existence de scribouillard dolent.

Et puis, en début de soirée, au printemps, je pissais un coup avec, en tête, deux vers de la divine Emily – *Ce jour se traînait – / j'entendais grincer ses essieux* – et j'aperçus par la fenêtre Harry qui marchait à grands pas là, en bas, dans la rue, et elle me parut maigre, trop maigre, au moins cinq kilos de perdus, voire plus. Une non-Harry, me dis-je, pas ma Harry. Et pour la deuxième fois dans notre romantique histoire, je dévalai l'escalier au galop et me précipitai dans la rue, derrière elle, mais ne la hélai pas. Je me hâtai après elle dans l'air froid en trottant au bord de l'eau. Tel un détective privé filant un suspect, je gardais mes distances, une trentaine de mètres, et soudain je pensai : cours-lui après. Rattrape-la, mon vieux. Ne l'avais-je pas déjà fait une fois ? J'étais sur le point de crier son nom quand je vis Rune arriver à sa rencontre, et je me figeai.

Sous mon regard, leurs deux silhouettes se détachaient devant les étendues de ciel gris et d'eau grise – avec, au-dessus, des halos jaunes sur les nuages bas. Le vent fit voler l'imperméable de Harry derrière elle et lui ébouriffa les cheveux. Loin au-dessus de leurs têtes, deux mouettes battaient des ailes et planaient, battaient, battaient, battaient des ailes et planaient. La scène est restée vivace, son image est nette, claire dans mon espace mental même si, rétrospectivement, le souvenir a quelque chose d'irréel, comme un rêve. Je vis Harry plaider, avec les mains. Elle les lui agitait au visage. Il se pencha vers elle. Il doit lui avoir parlé, mais ils étaient trop loin pour que j'entende quoi que ce fût. Alors il écarta les bras, paumes en l'air, avec un haussement épaules exprimant son indifférence envers elle. Je n'avais pas vraiment besoin de les entendre. Leurs corps parlaient pour eux. Harry fit un pas en avant, empoigna Rune par les épaules et poussa. Il chancela en arrière, dansa pour recouvrer son équilibre et, une fois redressé, se mit à remuer les hanches et les épaules, en ondulant comme une folle, mais pourquoi ? Il la narguait, mais qu'est-ce que cela signifiait ? Il continuait ses gesticulations efféminées, marchant à petits pas maniérés, caracolant, les mains molles au bout des bras tendus vers elle, et je me rendis compte qu'ils étaient plus intriqués l'un en l'autre que je ne l'avais su. Dieu tout-puissant, avaient-ils été amants ? me demandai-je. Elle avait plus de vingt ans de plus que lui. Chaos nauséeux dans la région pulmonaire suivi d'anxiété déchirante. Je me mis à trotter vers eux, mes instincts protecteurs s'affirmant de seconde en seconde.

Et alors, comme j'approchais d'eux, je vis Harry serrer le poing et frapper violemment Rune au visage. Il recula en trébuchant, la bouche ouverte en un cri de douleur. Je courus vers eux mais tout le monde en faisait autant à portée de cri. En les rejoignant, je vis Rune, la main sur la bouche, du sang sur les doigts. Mais Harry n'avait pas fini. Se jetant à nouveau sur lui, elle le frappa du poing à l'estomac. Il cria en se tenant le ventre, mais il se reprit, attrapa

Harry par les épaules et la repoussa loin de lui. Elle perdit pied et s'étala en arrière sur le sol. Une femme qui portait de grosses lunettes rondes et une veste à carreaux rouges et noirs courut vers Harry et s'accroupit auprès d'elle. Je remarquai qu'il y avait du sang sur l'imperméable de Harry, sans doute celui de Rune. Elle me vit, son vieil amant venu assister à la bagarre, et me regarda avec une expression de surprise, mais sans colère, pas trace de colère. Deux hommes avaient empoigné Rune par les bras pour empêcher d'autres violences. Il répétait : Elle m'a attaqué, bordel, elle m'a attaqué. C'était là, en fait, l'honnête vérité de Dieu, mais qui va défendre un homme debout à côté d'une femme désarmée qu'il vient de jeter à terre ?

Rune évitait mon regard, ce qui me fit plaisir. Il savait que je savais. “Ah-le-poète” savait que lui, Rune, était un foutu menteur doublé d'un voleur. On s'interrogeait, dans cet attroupement citoyen, sur l'opportunité d'appeler la police, de porter plainte, mais il s'avéra que ni l'un ni l'autre des combattants ne souhaitaient l'intervention de la loi, et comme les discussions duraient, Rune sortit un paquet de cigarettes de sa poche de poitrine et, en abritant d'une main le briquet, inspira la fumée en prenant garde d'éviter sa lèvre enflée et sanguinolente et jeta autour de lui un regard désinvolte. Je m'en vais maintenant. Ceci est absurde. Elle est cinglée. Tous ceux qui l'ont vue me frapper savent qu'elle est cinglée.

Et, après que le comité entier en fut tombé d'accord, Rune s'en alla. Il tourna les talons et partit à grands pas sur le chemin au bord de l'eau.

Harry n'avait pas bougé. La femme aux lunettes la tapota gentiment et, comprenant que la bombe émotionnelle était désamorcée, elle et les autres personnes compatissantes qui étaient intervenues s'égaillèrent vers leurs vies, non sans que quelques-unes se retournent pour nous regarder et s'assurer que la dame jetée à terre se trouvait en bonnes mains.

Oh, Harry, dis-je.

Elle se mit à hocher la tête. Son menton bougeait mécaniquement de haut en bas. Sa bouche se tordit, grimaçante et, les yeux plissés pour enrayer les larmes, elle se saisit la tête à deux mains en se balançant d'avant en arrière. Oh, Bruno, s'écria-t-elle, je suis tellement perdue.

Et alors, pour une fois, j'ai dit ce qu'il fallait dire. J'ai dit : "C'était un joli crochet du droit, Harry."

"Je me suis entraînée, Bruno, a-t-elle fait. Je me suis entraînée sur le sac." Et elle a levé sa main droite enflée pour me montrer, et j'ai vu les contusions qui se formaient déjà. La guerrière blessée s'effondrait vers moi, et je l'ai relevée, comme on dit, j'ai relevé Harry dans mes bras, et nous avons marché ensemble tant bien que mal jusque chez elle, nous avons pansé sa main et célébré nos retrouvailles.

Ton corps / n'est plus le tien seulement, ni mon corps seulement le mien. Vaste, il était vaste, Whitman, ainsi que sa voracité, sa voracité des gens. Il voulait voir, entendre, humer, goûter et toucher les gens. Il se complaisait dans leur humanité. Il aspirait la ville et ses foules comme des réalités tactiles. Nous nous sommes endormis, ce soir-là, dans le grand lit de Harry, pliés d'un dans l'autre, et avant de nous endormir j'ai pensé au Barde planant sur le monde pour surveiller ses dormeurs dans la grande démocratie qu'est le sommeil. Toutes ces créatures que nous sommes doivent dormir.

Après son premier et ce qui serait son dernier combat aux poings, Harry ne parla plus guère de Rune, du projet ni de son ressentiment, en tout cas pas avec moi. "On m'a renvoyée à moi-même, disait-elle volontiers. J'ai adopté la position kierkegaardienne." Kierkegaard et reine de tragédie fusionnaient. Harry citait régulièrement Margaret Cavendish, cette lady philosophe haute en couleur dont l'espoir le plus fervent était de trouver des lecteurs après sa mort. La duchesse de Newcastle avait rêvé d'une vie posthume glorieuse dans laquelle elle serait enfin appréciée. Je n'avais jamais entendu parler de Cavendish avant de rencontrer Harry, dupe patriarcale que je suis, mais Harry l'aimait d'un grand amour. Après sa mort, en 1673, son œuvre avait été écartée, ignorée ou dénigrée pendant plus de trois siècles avant qu'elle ne resurgisse et qu'on ne commence à tenir compte d'elle. Harry avait adopté la duchesse comme une sœur malmenée et rejetée, se débattant dans un monde d'hommes.

Harry se remit à sa Margaret, sa Mère du Monde Flamboyant, cette créature qu'elle avait commencée il y avait longtemps et presque achevée, mais qu'elle avait abandonnée parce qu'elle ne se sentait jamais satisfaite de ce monstre. La première fois que je vis, accroupie dans l'atelier, cette colossale mama enceinte, ricanante, nue et furibonde, avec ses nénés qui pendaient, cela m'a fait un choc. Ce n'était plus une douce odalisque géante et rêveuse comme celle que Harry avait faite pour ce gamin de Tish. Cette femme-ci contenait des mondes. En levant les yeux vers son crâne chauve et transparent, on y voyait des petits personnages, des foules de Lilliputiens occupés à leurs affaires. Ils couraient et sautaient. Ils dansaient et chantaient. Ils étaient assis à des bureaux miniatures devant des ordinateurs, des machines à écrire ou des papiers. En regardant de près, on s'apercevait qu'ils étaient en train de composer des partitions musicales, de dessiner, de rédiger des formules mathématiques, des poèmes et des histoires. Un vieux bonhomme courtaud écrivait des *Confessions d'un poète mineur*. La tête de cette Gulliver femelle abritait sept couples lascifs en pleine action – hommes et femmes, hommes et hommes, femmes et femmes – une véritable orgie. Pendant que se déroulait un sanglant combat à l'épée, un meurtrier armé d'un fusil contemplait à ses pieds le cadavre de sa victime. Il y avait une licorne, un minotaure, un satyre et une grosse dame ange avec des ailes et des tas de bébés potelés de toutes les couleurs. En bas – c'est-à-dire d'entre les plis labiaux de son immense vulve – la fertile matriarche pondait une cité entière de petits humanoïdes. Harry s'était donné beaucoup de mal, avec les fils auxquels ils étaient suspendus, pour réussir son effet : certaines de ces petites créatures flottaient en l'air entre le vagin de la poupée géante et le sol. D'autres avaient déjà atterri et on les voyait ramper, marcher, courir ou décamper dans plusieurs directions, loin de leur gigantesque génitrice.

Harry ne croyait pas l'œuvre achevée. Ça ne va pas, disait-elle, c'est trop comique. Elle ajouta des lettres et des chiffres multicolores. Elle ajouta d'autres personnages. Peu importerait, disait-elle, qu'on les vît ou non. Elle avait besoin de les faire, et elle les faisait : de petits personnages de cire parfaitement formés. Elle cousit des vêtements pour certains d'entre eux et en laissa d'autres nus. Elle pouvait y travailler à peu près partout et, plus d'une fois, je m'assis dans le canapé sur un petit corps dur, étouffant homme, femme ou enfant sous mon cul colossal. Après de tels accidents, Harry me prenait la pauvre créature fripée, réarrangeait ses cheveux ou ses membres et en faisait généralement tout un plat : "Comment, c'est toi, Cornelius ?" disait-elle, ou : "Keisha, je me demandais où tu étais passée." Au royaume de Harry, nul n'était anonyme.

En même temps, elle écrivait et lisait. Elle tapait sur son *punching bag* (excellent exercice pour évacuation cathartique de colère perpétuelle) et allait voir son psy comme d'habitude. *Le Corps météo*, le film de Maisie consacré à notre cinglé maison, sortit en septembre. Harry était rouge de fierté lors de la première à New York, au cinéma Quad, 13e Rue. Maisie a le don de faire voir la folie sous un jour, sinon normal, du moins compréhensible. Vers la moitié du film, le père du Baromètre, Rufus Dudek, un homme fatigué aux yeux injectés de sang, qui vit encore au Nebraska dans la ville oubliée des dieux où il a élevé ses fils, présente les dessins prodigieux que son benjamin, Alan (ultérieurement, le Baromètre), a faits quand il avait sept ans, et entreprend de raconter à Maisie (hors champ) la tornade qui a tué sa femme. Une paroi du mobile home familial fut enfoncée et l'écrasa, alors que lui et ses garçons étaient sortis "en visite". La mère d'Alan Dudek était morte par la faute du mauvais temps. Alan se débrouilla pour gagner New York et s'inscrire dans une école d'art, mais un jour, pendant un cours de modèle vivant, il craqua et on l'emmena dans le premier de nombreux services psychiatriques. Il avait vingt-deux ans lorsqu'il est devenu le Baromètre, un homme qui apaise les vents et les excite, un homme qui ressent le mouvement des sphères grâce à son système nerveux ultra-sophistiqué, supersensible mais d'autant plus fragile.

Après *Le Corps météo*, Maisie s'est lancée dans son film sur Harry. Elle suivait sa mère dans l'atelier, organisait des prises de vue au bord de l'eau, et sa caméra ne lâchait pas Harry pendant qu'elle racontait l'histoire de sa vie ou donnait de ses idées des explications dans lesquelles revenaient fréquemment les mots *préconceptuel* et *incarné*. Je rends hommage à Maisie, qui a restauré la dignité bafouée de Harry. J'insiste : je ne sais pas ce que nous aurions fait sans Maisie. Les heures de tournage s'accumulaient. Contre vents et marées, ouragans et cyclones, la fille allait raconter l'histoire de la mère et Harry en était heureuse, au moins par intermittence.

Quant à moi, j'emballai mes Mémoires-slash-autobiographie, les fis taper sur ordinateur par une certaine Edith Martelet (ceci n'est pas une blague), les envoyai à des agents et, après plusieurs rejets, me trouvai un représentant plein de bonne volonté et puis, hosanna, un éditeur new-yorkais, après quoi Harry put m'asséner en jubilant ses propres "je te l'avais bien dit". C'étaient des jours roses, à les revoir, maintenant – cette période de liberté que nous avons vécue ensemble après nous être retrouvés. Les artistes en résidence nous avaient quittés, tous, sauf le Baromètre, dont l'existence s'était un peu rangée depuis qu'il avait un médecin, du lithium à petite dose et un nouveau diagnostic : trouble schizo-affectif. Globalement, je ne peux qualifier ces jours-là que de roses, tout bonnement, jours roses de bien-être, avec, le matin, café et bagels et salut, je vais travailler maintenant mon amour, bisous, et, après le travail, longs bavardages à propos de pas grand-chose, pendant que nous émincions les légumes pour le dîner ou que nous rangions après. Nous vociférions à l'unisson contre le président, ce nuisible, et nous nous sommes livré quelques batailles royales au sujet des hommes et des femmes et de ce qui est inné dans un sexe ou dans l'autre et ce qui ne l'est pas. Oui, c'est vrai, nous nous querellions. Nous nous querellions, mais nous nous culbutions aussi dans le foin et, toujours pour être honnête, il y avait de nombreux soirs où nous étions trop fatigués pour la moindre culbute parce que nous n'étions plus jeunes, et alors nous parlions, en longues séances où nous pensions tout haut à l'art, à des poèmes et à nos petits derniers, Aven et Bran, ces enfants qui affronteraient un avenir que nous ne verrions jamais.

Quand Rune mourut dans cet engin qu'il avait fabriqué, il eut droit à la une du *New York Post* et du *Daily News*, et à la page 9 du *New York Times*. D'innombrables autres “voix” s'exprimèrent aussi sur son départ tragique de la planète. Les hommages à Rune dégoulinaient de la gueule des médias, accompagnés de photos de l'artiste encore jeune, pensif, décorativement alangui à côté de ses œuvres, y compris *Au-dessous*, non, surtout *Au-dessous*. Les revues d'art consacrèrent des numéros à son héritage, conjecturant ce qui aurait pu être si seulement ce remarquable *bad boy* avait vécu. Il souffrait de dépression, apparemment. Il possédait, en vérité, dans l'armoire de sa salle de bains, une pharmacie entière de remèdes destinés à son cas. La sympathie pour l'artiste cafardeux suintait des pores journalistiques. La dépression est un déséquilibre chimique, écrivait-on. Ce pauvre garçon avait été victime de sa propre chimie cérébrale déficiente.

Pas un mot sur Harry. Oblitération totale. La lettre à *The Open Eye* et celle d'Eldridge avaient été censées faire la lumière sur elle, mais quelqu'un oublia d'actionner l'interrupteur. Un soir, devant un joli morceau de colin aux brocolis, Harry déclara de cette voix glaçante que j'avais entendue le jour où elle avait vu Rune, qu'elle avait souhaité lui faire du mal mais que, à présent qu'il était mort, elle ne ressentait rien. Il était mort, mais elle était morte, elle aussi, morte à lui, à son histoire, aux pseudonymes. Son véhicule étincelant s'était écrasé avant d'avoir atteint sa destination, exactement comme l'avait fait celui de Rune. Harry ne croyait pas qu'il avait voulu se tuer. Il n'y avait rien à faire. Elle avait eu raison, plus encore qu'elle ne le croyait. Jamais les gens en place n'accepteraient son art, parce qu'il était d'elle. Harriet Burden n'était personne : grande, grosse, ignorée – personne.

J'avais prié pour que Harry en finisse avec son obsession, mais la femme raide, amère et défaite qui me faisait face à cette table me démoralisait. J'aspirais à un peu de sa vigueur et de son mordant d'autrefois. J'aspirais au retour de la Dame Dragon, ne fût-ce que pour une heure ou deux. Dans cet esprit, je demandai à ma pugiliste si les deux gnons énergiques qu'elle avait flanqués à ce salaud ne lui avaient pas fait du bien. Mais Harry se contenta de me regarder, les yeux glacés. Lesdits gnons, déclara-t-elle, n'avaient eu aucun sens. Ils n'avaient eu aucun sens parce qu'ils n'avaient pas eu l'effet désiré. Elle avait voulu humilier Rune, lui faire honte, l'obliger à ramper devant elle – ou quelque chose de ce genre. Ça n'avait pas marché. Je m'interrogeai, alors, sur Harry.

Je me demandai qui elle était et si, en réalité, je la comprenais le moins du monde. Elle pouvait être si dure.

Lorsqu'elle avait dit que l'histoire était morte, elle croyait sans doute ce qu'elle disait, mais je m'aperçus plus tard qu'elle n'avait pas complètement lâché prise. Un après-midi, je fis intrusion dans son atelier pour lui parler d'un compte rendu cinq étoiles dont j'avais bénéficié dans le *Publishers Weekly*, et où figuraient les adjectifs *hilarant* et *tendre*. J'étais entré sans frapper afin de lui en faire la surprise. Je passai la porte sur la pointe des pieds, l'article à la main, et la vis assise à sa longue table de travail en bois, une paire de ciseaux à la main, penchée sur un gros livre, l'air concentré. Je m'approchai et regardai ce qu'elle était en train de faire.

Le livre qu'elle avait devant elle était intitulé *Le Livre des runes*. Il s'avéra que Harry avait lu et découpé chacun des articles qui avaient été écrits à propos d'*Au-dessous* et de feu le traître à sa cause, pour les coller avec soin dans un gros album à l'ancienne, telle une ménagère des années 1950 collectionnant des recettes. Elle n'eut pas besoin d'expliquer. C'étaient des documents relatifs au conflit, de ces textes que Harry appelait des "proliférations".

À partir de ce jour-là, il nous restait un peu moins d'un an, mais sept mois s'écoulèrent encore avant le diagnostic. Assez régulièrement, elle se plaignait de ballonnements et de constipation, mais montrez-moi quelqu'un de plus soixante ans qui ne se plaint pas de ballonnements et de constipation. Elle maigrit un peu, parce qu'elle se sentait souvent rassasiée et sans appétit, mais sa perte de poids n'était pas considérable. Elle ne se sentait pas "tout à fait bien", juste "un peu moche", pas plus. Elle allait voir ça avec son médecin.

Quand elle m'informa de ce que le scan avait révélé, elle était debout, le visage livide, dans la cuisine. "Je ne peux pas mourir maintenant. Comment pourrais-je mourir maintenant, Bruno ?"

Harry ne voulait pas mourir.

J'appris de nouveaux mots : *tumeur épithéliale et stromale*, chirurgie *de réduction* et chimiothérapie *adjuvante*. Certes, on la réduisit, la tumeur, en éliminant le plus possible du cancer, mais il avait atteint le foie. Elle en était au stade 4 d'un cancer de l'ovaire, grand Dieu, condamnée à mort, mais les médecins évoquaient en murmurant des procédures qui pourraient peut-être éventuellement augmenter l'espérance de vie, ainsi que des cas exceptionnels, bien qu'ils fussent rares, très rares, c'était vrai, et ils détournaient les yeux, ou alors vous regardaient bien en face pour montrer qu'ils n'étaient pas des mauviettes. La chimio la rendait pâle, nauséeuse, l'affaiblissait et lui donnait des vertiges. Mais les tumeurs ne diminuaient pas assez, pas assez pour la sauver.

Les doigts enfoncés dans son ventre ou appuyés sur ses tempes, Harry se débattait sur son lit d'hôpital, aveuglée par une douleur que la morphine n'atténuait pas, et hurlait contre le destin. Le visage creusé, les yeux rouges et débordants de larmes, elle maudissait les médecins et les infirmières, et elle me maudissait, moi, et elle maudissait quiconque se trouvait dans les parages d'une voix qui retentissait comme une sirène dans tout le service. Ma femme dragon était revenue. Pourquoi me torturez-vous ? Et blouses blanches et blouses bleues arrivaient en courant et ceux qui les portaient l'admonestaient par égard aux autres patients – ils ont droit à un peu de paix, eux aussi, non ? Harry n'était pas la seule malade, après tout. Regardez Mrs P., elle avait perdu une jambe, emportée par une tumeur. Elle était plus malade que Harry, bon sang. Regardez Mrs P. Elle savait se tenir. Mrs P. mourait rapidement. Momentanément contrite et désolée pour la pauvre Mrs P., Harry reniflait dans son lit. Je ne veux pas mourir.

Harry s'était laissé ouvrir. Elle s'était laissé dépouiller de tous ses organes reproducteurs plus d'autres morceaux d'elle-même, avait permis qu'on la recouse et qu'on la laisse languir dans le lit avec des infirmières le plus souvent gentilles, sauf une (Thelma). Elle avait permis qu'on l'empoisonne avec la chimio, qu'on la ligote aux appareils à perfusion et qu'on lui parle comme à une enfant de cinq ans, parce qu'elle voulait vivre. Elle voulait qu'on la sauve, qu'on accomplisse des miracles pour elle, qu'on la ramène à ce qu'elle était avant. On n'aurait pas dû poser une main sur elle. Je dis bien : pas une main, bordel de merde. On aurait dû la renvoyer chez elle avec un plein camion de calmants et lui foutre la paix. Maisie et moi n'étions pas d'accord. Nous nous chamaillions, Maisie et moi. Maisie s'affairait, nettoyait, essuyait le front de sa mère, lavait l'urine égarée sur ses cuisses et lui apportait de chez Zabar des sandwichs qu'elle ne pouvait pas manger. Laisse-la tranquille, lui dis-je un jour, sèchement. Maisie pleura. Je m'excusai et nous nous réconciliâmes. Ethan était sous le choc, version silencieuse, les yeux écarquillés. Il s'adossait au mur et regardait. De temps à autre, il croisait les bras devant lui, les mains serrées au-dessus des coudes, et se balançait d'avant en arrière.

Nous installâmes un hôpital à la maison, mais Harry allait plus mal, elle était trop faible pour se battre, sauf de temps en temps : un gémissement perçant ou un crachat envoyé à l'autre bout de la chambre. Sweet Autumn s'amena un beau jour sur la pointe des pieds, avec un étrange petit cabot, un sac de ses pierres et coquillages guérisseurs et des tourbillons de fariboles *new age* dans la tête. Nous l'aurions mise à la porte, mais Harry l'aimait bien. Harry aimait son petit visage en forme de cœur, ses lèvres rouges, ses boucles blondes de princesse fée et son bavardage.

J'ai du mal à écrire ceci. Les mots ne me viennent qu'avec peine ; chacun commence comme une pierre dans ma bouche. La douleur assaillait Harry en décharges qui lui raidissaient les membres. Nous augmentions le goutte-à-goutte. Elle gémissait, couchée, toute raide, à plat sur le dos, et elle me permettait de lui caresser la tête, le cou et les épaules. Je serai sage, chuchotait-elle, je promets d'être sage, Bruno. Ne me quitte pas. J'ai peur. Je lui disais que je ne la quitterais pas, et je ne l'ai pas quittée. C'est elle qui m'a quitté. Son dernier mot fut *non*. Elle l'a répété plusieurs fois et, avant de mourir, elle a émis un râle. Le bruit venait de très loin dans ses poumons, frémissant, sec et fort, et nous étions là, spectateurs. Harry est morte à trois heures de l'après-midi, le 18 avril 2004, avec la fenêtre de sa chambre grande ouverte pour que l'air et le soleil du printemps puissent atteindre son visage.

Va-t'en au diable, Harry, va au diable pour m'avoir quitté trop tôt.

TIMOTHY HARDWICK
("L'ego-machine de Rune : prolégomènes à la nouvelle esthétique", in *Visibility : a Magazine of the Arts*, février 2009)

L'œuvre ultime de Rune, *Houdini fracassé*, qui existe désormais sous les deux formes d'un film et d'une relique architecturale de la "performance", appelle le critique à réexaminer, une fois encore, la question de la nature de l'art en soi. Selon la thèse fort convaincante d'Arthur Danto, le récit dominant de l'art occidental a touché à sa fin au moment où Warhol a créé un art indistinguable d'objets de supermarché. À l'ère post-warholienne, *Houdini fracassé* incarne une méditation, non seulement sur les tenants et aboutissants de l'art, mais également sur la fracture entre le biologique et l'artificiel, catégories qui sont en train de rapidement se confondre. Nous sommes entrés dans une ère de biorobots hybrides, un âge où les scientifiques édifient les modèles informatiques de structures métareprésentatives de la conscience elle-même. Nombreux sont ceux qui évaluent à l'affaire de deux, peut-être trois décennies, le délai dans lequel les corrélats neuronaux seront découverts et artificiellement reproduits. Un mystère considéré de longue date comme impénétrable sera résolu. Il en sera du problème ardu de la conscience comme de la double hélice.

Avec *Houdini fracassé*, Rune anticipe la naissance de l'ego-machine, un *produit artistique* d'origine humaine doté d'une conscience qui lui est propre, l'arrivée d'une technologie qui transformera radicalement la signification de la créativité parce que les artistes engendreront des objets artistiques ayant des “self-modèles”, c’est-à-dire capables de créer des créatures esthétiques ou des progénitures robotiques pensantes et agissantes. Dans une interview accordée à *Art Assembly*, Rune évoquait sa fascination pour l’intelligence artificielle et la radicalité de son potentiel. Citant Vernor Vinge et Ray Kurzweil, il déclarait : “L’intelligence artificielle est à la pointe de l’art, qu’on le sache ou non. Elle va révolutionner la pratique artistique en procurant aux artistes des outils de travail qui seront animés et intelligents.” Kurzweil a explicité sa vision utopique dans la déclaration que voici : “Au fur et à mesure que nous apprendrons à exploiter la capacité informatique optimale de la matière, notre intelligence s’étendra dans l’univers entier à la vitesse de la lumière (ou au-delà), aboutissant à un éveil sublime à l’échelle de l’univers.” Il paraît peu vraisemblable que Rune ait souscrit à l’optimisme d’un futuriste tel que Kurzweil.

En dépit de ceux qui maintiennent que Rune *avait l’intention* de mourir de la drogue qu’il ingère cérémonieusement dans le film, l’auteur de cet article soupçonne le contraire. Rune avait prévu l’enregistrement de ses heures de sommeil et de son réveil consécutif par de multiples caméras comme faisant partie du cycle de l’œuvre conçue comme un hommage à sa version personnelle du futurisme. Dans cette construction, le corps de l’artiste ne fonctionne qu’en tant que segmentation, organe ou membre de ce qu’il convient de considérer comme une machine anatomique plus globale. On ne peut considérer le corps biologique comme distinct des membres artificiels, écrans digitaux, murs effondrés et sentiers dans lesquels ce corps est enclos. Non sans emprunts considérables à son œuvre précédente, *Au-dessous* – installation complexe d’un labyrinthe à grande échelle –, Rune a fabriqué une structure labyrinthique beaucoup plus compacte qui semble s’être affaissée sur elle-même, devenue pour l’essentiel un fragment en ruine de l'œuvre antérieure. Dans *Au-dessous*, objet d'un accueil dithyrambique, il avait utilisé la répétition d'éléments divers et de films, dont certains étaient des allusions sans équivoque à la catastrophe du 11 Septembre, afin d'insuffler à son art, pour la première fois, un caractère lyrique et funèbre. *Houdini fracassé*, en revanche, évoque un délire mécanique qui ne va pas sans ressembler aux effets réunis dans *La Banalité du glamour*. Le sublime de Rune n'est pas l'utopie de Kurzweil, mais la vision plus sombre d'une métamorphose extatique qu'il a explicitée dans cette même interview pour *Art Assembly* : "L'artiste ne contrôlera plus son art. Celui-ci fonctionnera indépendamment de son concepteur et créera par conséquent de nouvelles zones d'interaction aussi excitantes que dangereuses."

Dans *Houdini*, on voit l'artiste se faufiler au centre de la construction dans un espace ressemblant à un cercueil, tapissé de moelleux satin rose et garni d'un coussin couvert de croix rouges, autre allusion à ses œuvres antérieures. On voit Rune fumer lentement une cigarette, l'éteindre, plonger la main dans sa poche, tendre le poing à la caméra et puis ouvrir la main gauche pour révéler une poignée de comprimés blancs, qu'il avale alors avec un verre d'eau. Il insère le verre vide dans un support à côté de lui et, tel un chaman accomplissant un rite, se couvre le visage d'un masque souple, identique aux masques exposés dans les fenêtres d'*Au-dessous*, s'allonge sur le dos et tourne les yeux vers l'une des caméras, qui le filme en plongée. Dès l'instant où il est installé dans son conteneur, on assiste à la transformation du corps de Rune de l'humain au posthumain. Une sorte d'immense casque est adapté sur sa tête, et les divers membres d'aluminium étincelant qui dépassent de la boîte commencent à remuer lentement. Bien que les allusions aux films de SF des années 1950 soient immédiatement évidentes, le caractère surprenant du film n'apparaît qu'avec le temps. Les membres remuent de plus en plus vite et les vues prises par les multiples caméras, transmises sur les multiples écrans, réfractent et fragmentent l'anatomie hybride sous des angles variés. Les yeux se ferment. L'ego-machine s'endort, mais ses membres et les multiples images numériques fonctionnent encore pendant des heures avant de s'arrêter.

Quand Rebecca Daniels entra dans l'atelier le lendemain, Rune était mort et son corps frappé de rigidité cadavérique. Les caméras qui avaient enregistré l'œuvre filmèrent également cette découverte, mais la galerie Burridge élimina la dernière partie du film afin de protéger l'intimité de Daniels. Bien que ce soit tout à fait compréhensible, on pourrait protester que, si le début du film obéit à une détermination, la fin en est arbitraire. Intentionnellement ou non, l'œuvre d'art elle-même se mue en "conteneur" pour la mort, une machine-cercueil destinée au cadavre de l'artiste, mais la machine "survit" à son élément biologique. *Houdini* n'est pas, comme l'a prétendu Elizabeth Cooper dans *Art Digest*, un film porno avec meurtre en direct, pas plus qu'un "film d'horreur dans lequel médecin et monstre fusionnent". C'est un spectacle de simulacres. Dans son essai, *Simulacres et simulation*, Baudrillard écrit : "Le champ ouvert est celui de la simulation au sens cybernétique, c'est-à-dire celui de la manipulation tous azimuts de ces modèles (scénarios, mise en place de situations simulées, etc.) mais alors *rien ne distingue cette opération de la gestion et de l'opération même du réel : il n'y a plus de fiction.*" Réel et imaginaire, animé et inanimé, artiste et produit sont entrés dans la zone de l'hyperréel, zone au sein de laquelle ces distinctions obsolètes seront bientôt totalement effacées.

KIRSTEN LARSEN SMITH
(interview, novembre 2011)

HESS : Vous n'avez pas souhaité vous exprimer publiquement à propos de votre frère depuis sa mort en 2003. Pouvez-vous me dire pourquoi vous vous êtes décidée à me parler ?

SMITH : Depuis que j'ai lu le livre d'Oswald Case sur Rune, je pense à rectifier certaines choses concernant mon frère. Il y a huit ans qu'il nous a quittés et, après vous avoir parlé au téléphone, j'ai senti que j'étais prête à dire ce que j'avais à dire. Cela s'accumule depuis des années.

HESS : Vous avez le sentiment que le livre donne une idée fausse de ce qu'était votre frère ?

SMITH : Et comment ! D'abord, il fait de Rune une sorte de gamin déshérité. À lire ce qu'il a écrit, on croirait que Rune a eu une enfance de petit Blanc misérable courant dans les bois derrière notre caravane en essuyant du coude la morve de son nez et en prenant son dîner à même la boîte de conserve. Papa possédait et dirigeait le principal garage de Clinton. Notre mère avait fait deux ans d'université, et c'était une excellente couturière. Dans une autre ville, elle aurait pu devenir dessinatrice de mode. Nous n'étions *pas* pauvres. Nous habitions une jolie maison et avions deux voitures. Case n'a jamais parlé à personne qui nous ait vraiment connus, à l'exception de Mrs Huggenvik qui, à ce moment-là, était sénile, et qui a toujours été une femme compliquée, de toute façon.

Rune avait quatre ans de plus que moi. Papa racontait que, dès le premier jour où j'ai pu marcher, j'ai suivi mon frère partout et que, la plupart du temps, Rune était très gentil pour sa petite ombre. Je sais que c'est difficile à croire, étant donné ce qu'il est devenu, mais Rune enfant était un petit gros. Il adorait les bonbons, les bandes dessinées, les Lego et le cinéma. Il lisait les journaux chaque matin et prenait des notes sur les articles qui lui plaisaient dans un carnet qu'il trimbalait dans la poche arrière de son jean. S'il avait été un athlète acceptable, ce petit carnet où il notait les événements quotidiens n'aurait peut-être pas eu d'importance, mais il était nul en sport et les autres gamins étaient toujours après lui. Et puis l'année après ses quatorze ans, il a grandi de près de vingt centimètres et, tout à coup, il est devenu ce beau grand type à qui les filles téléphonaient et écrivaient des mots d'amour.

Je suis sûr que Rune en a mis plein les oreilles à Case avec l'histoire de sa vie, mais mon frère avait tendance à distendre la vérité. C'était devenu une habitude chez lui. Même quand il ne mentait pas carrément, il pouvait étirer les faits dans tous les sens et, parfois, après qu'il avait bien tiré dessus, il ne restait pas beaucoup de vérité.

HESS : Mais, si je me souviens bien, Case a écrit que Rune cultivait des mythes à son propre sujet. Je ne pense pas qu'il ait cru tout ce que Rune lui racontait.

SMITH : Non, il était loin de croire tout ce que Rune lui racontait, mais il a fait de ses inventions et exagérations une sorte d'accomplissement fabuleux. Vous savez, son point de vue était que Rune avait une telle créativité qu'il racontait cette histoire et puis cette autre, et n'était-ce pas formidable qu'il ait menti et dissimulé des secrets à tout le monde ? Ça me paraît pervers, pas à vous ? Case a l'air de penser que si vous êtes un artiste célèbre, vous n'avez pas besoin d'être un individu moral comme le reste d'entre nous. Et puis Case peint de maman un portrait si grossier, si méchant – ça m'a vraiment bouleversée.

HESS : Vous avez trouvé le portrait de votre mère inexact ?

SMITH : Maman buvait. Là, Case ne se trompe pas. Je crois que nous n'avons jamais su quelles quantités elle buvait réellement chaque jour. Elle s'en cachait, et le problème doit avoir été de mal en pis, mais pendant des années elle s'en est assez bien tirée. Elle n'était pas une "pocharde pathétique et larmoyante". Ça, c'est une citation du livre. Ma grand-tante Suzie appelait toujours maman "Sunshine" (rayon de soleil), à cause de son sourire enchanteur. Maman était capable de jouer avec nous, les petits, mieux que n'importe quel adulte que nous connaissions. Elle courait, faisait la roue et se balançait la tête en bas sur le portique que nous avions derrière la maison. Elle travaillait beaucoup, à ourler des jupes et des pantalons et faire des retouches pour ses clients, et elle aimait fabriquer des habits de fête et des déguisements pour Rune et moi. Vous auriez dû nous voir à Halloween. Je crois que mes tenues de princesse scintillantes et froufroutantes lui plaisaient encore plus qu'à moi. Vous voyez, maman avait été une de ces filles follement belles. Chaque fois qu'elle marchait dans la rue, les têtes tournaient pour la regarder. Elle aimait nous raconter comment, un jour où elle marchait dans la rue à Clinton, toute à ses pensées, un homme l'avait arrêtée pour lui dire : "Vous êtes la plus belle femme que j'aie vue de ma vie." C'est tout. Il avait continué son chemin, mais maman avait les yeux brillants et humides chaque fois qu'elle racontait cette histoire. Quand la beauté est votre bien le plus précieux, cela ne peut s'achever qu'en déception, puisqu'il faut vieillir. Elle se qualifiait de rêveuse. Elle me disait : "Toi, tu as le sens pratique, Kirsten. Rune est un rêveur. Tu tiens de ton père. Rune est comme moi."

C'était quelqu'un de fragile. J'avais parfois l'impression qu'elle allait casser comme du verre, simplement se briser, un jour, et c'est ce qui a fini par arriver, je suppose. Nous étions sans cesse inquiets pour elle. Nous avions l'habitude, le matin, d'aller écouter à sa porte pour savoir si elle se levait. Si nous l'entendions marcher dans sa chambre, nous savions que tout irait bien parce qu'elle serait au petit-déjeuner avant l'école. Les jours où elle était malade – c'est comme ça que nous disions, Rune et moi, quand elle buvait trop, qu'elle était *malade* (l'alcoolisme est une maladie, le mot résume donc assez bien les choses) –, les jours où elle était malade et incapable de se lever, Rune se forgeait une excuse pour l'école afin de rester à la maison avec elle parce que papa devait aller au garage. Rune lui préparait son déjeuner et la regardait le manger pour s'assurer que ça descendait. Je le sais parce que, parfois, je restais à la maison, moi aussi. Il passait l'aspirateur et mettait de l'ordre dans le séjour, et nettoyait la salle de bains. Autant dire qu'à neuf ou dix ans, c'était un expert. Oui, maman avait l'ivresse sentimentale. Ça la rendait "câlin câline", comme disait Rune. Si nous trouvions une bouteille de vodka, nous la vidions dans les toilettes, mais elle était maligne et, manifestement, nous ne les trouvions jamais toutes. Elle buvait de la vodka parce que ça n'a pas d'odeur et qu'elle pouvait la mélanger avec n'importe quoi. Quelquefois, elle pleurait, et Rune s'asseyait près d'elle, la caressait et lui passait des Kleenex. Je suis désolée, mes chéris, répétait-elle encore et encore, et puis elle nous embrassait de toutes ses forces.

Parce qu'il était l'aîné, Rune se sentait responsable de maman et, même s'il ne le montrait pas, je crois qu'au fond ça le mettait en colère. Il piquait des trucs et les cachait dans sa chambre : deux dollars chipés dans le porte-monnaie de maman, ou un paquet neuf de chips ou de biscuits dans le placard. Je soupçonne qu'il chapardait dans les magasins juste pour le frisson que ça lui donnait. Il avait dans sa "planque" des porte-clés, des lampes de poche et de ces petits bidules qu'on voit accrochés près de la caisse des épiceries. Il avait besoin de cacher des choses, besoin d'avoir des secrets. Rune nous avait inventé un code privé. Rien de bien compliqué. Pour chacune des lettres d'un mot, nous comptions la deuxième des lettres suivantes, et nous obtenions un message secret. Nous laissions X et Y tels quels. Et donc, parfois, en rentrant de ma leçon de clarinette, je trouvais un billet sur la table : OCOCP GUV OCNCFG : "maman est malade". Nous étions devenus très forts à ce jeu. Peu de temps avant sa mort, il m'a appelée MKTUVGP au téléphone, prononcé Mik-tuv-gap. C'est ce que donnait Kirsten. Il y avait des années qu'il ne m'avait plus appelée comme ça. Nous devions intercaler des voyelles pour pouvoir prononcer ces mots saugrenus, mais vous voyez l'idée.

Rune me disait toujours qu'il se rappelait le temps où nos parents s'entendaient. Tout ce dont je me souvenais, c'étaient des bagarres, pas des bagarres physiques, mais des cris, des larmes et des portes claquées, ou le silence : ils ne parlaient ni l'un, ni l'autre, pratiquement – des navires dans la nuit. Je me glissais dans le lit de mon frère et lui demandais de me raconter comment c'était "avant", et il me racontait pour m'endormir que papa rentrait à la maison avec des bouquets de fleurs et des cartes de vœux pour maman le jour de la Saint-Valentin, et à cette époque-là, disait-il, maman ne buvait pas du tout. Il racontait qu'ils dansaient ensemble dans le séjour comme un couple de tourtereaux, en se bécotant et en s'étreignant. L'âge venant, j'ai compris qu'il inventait tout ça, mais mon idée, c'est qu'il inventait pour moi. Case se moque aussi de mon métier dans son livre. C'est incroyable. Tout prête à rire, pour ce type. Il écrit que mon travail a probablement influencé l'art de Rune, mais il ne parle pas de l'accident.

HESS : L'accident ?

SMITH : L'accident, quand j'avais onze ans. J'allais au cours de danse avec trois de mes amies. La mère de Jessica conduisait, et j'étais sur le siège du passager parce que, ce jour-là, les filles avaient décidé que je sentais mauvais. Franchement, ce que les filles peuvent être bêtes et méchantes ! Moi, je faisais comme si j'étais trop bien pour elles. Elles sont toutes montées derrière en prétendant qu'il n'y avait pas de place pour moi, et je me suis retrouvée sur le siège avant, détail d'une grande importance parce que, quelques minutes plus tard, une voiture est passée au rouge à un carrefour et a percuté la nôtre du côté où j'étais assise. La dernière chose dont je me souviens, c'est la vision des semelles gris sale de mes chaussons de danse sur mes genoux. Quand je me suis réveillée, j'étais à l'hôpital avec des côtes cassées, des ligaments déchirés dans le dos, une épaule démise, une mâchoire brisée et le visage tailladé. Comme j'aurais aussi bien pu mourir, tout le monde disait que j'avais de la chance. On a recousu mon visage mais il a fallu des années et six opérations de chirurgie esthétique pour réparer les tissus chéloïdiens et cicatriciels.

Vous savez, ce qu'il y a de drôle, c'est que juste après l'accident, les choses sont allées mieux, dans la famille, je veux dire. Maman restait auprès de moi et elle paraissait très sobre, et dès qu'il sortait du travail papa venait tout droit à l'hôpital. Il ne parlait guère, et ma mâchoire était immobilisée par des fils, de sorte que je ne pouvais pas dire un mot. Même bouger la tête me faisait mal, au début, mais il me tenait la main et la serrait et la relâchait, et puis la serrait et la relâchait, encore et encore, en me souriant d'un air apitoyé. Rune me fabriquait des petites maisons avec des bâtonnets de sucettes, et ça me plaisait, et Jessica, Gina et Ellen, qui étaient sorties sans une éraflure de la voiture écrabouillée, se sentaient si coupables qu'elles m'apportaient des cartes illustrées et des fleurs, et ça faisait du bien.

Les médecins ont fait un boulot formidable sur moi, comme vous pouvez voir, il ne me reste que quelques souvenirs mineurs, mais ç'a été dur de perdre mon ancien visage. La première fois que maman m'a vue, elle n'arrêtait pas de sangloter. Je suis sûre qu'elle pensait que ma vie était fichue. Je veux dire, qu'allait pouvoir faire une fille avec un visage pareil ? Je suis devenue technicienne cranio-faciale parce que je comprends ce que c'est que de perdre son visage, de devenir différent et de devoir vivre avec des traits déformés. C'est un travail extrêmement intéressant et, croyez-moi, il y a des gens en bien plus mauvais état que je ne l'ai jamais été et tout ce que je suis capable de faire pour aider à restaurer l'identité de quelqu'un est positif. Je ne trouve pas ça tellement comique, et vous ? Quand Rune a fait *La Banalité du glamour*, je sais qu'il pensait à moi à l'hôpital. Il pensait aux opérations que j'ai subies et à ce qu'elles avaient eu de pénible. Il s'agissait d'une œuvre personnelle, vous comprenez. Dans le livre, Case donne l'impression que rien de ce que faisait Rune n'était personnel. Il fait de lui un robot, pas une personne, mais mon frère n'était pas du tout comme ça. Ses problèmes, et certes il en avait, étaient personnels. Et maintenant que je suis lancée, je voudrais dire que papa n'a pas noyé ces chatons.

HESS : Mais les chatons ont été noyés ?

SMITH : Ça s'est passé avant l'accident. Quand j'avais sept ans, et Rune onze, nous avons recueilli à la maison un chat perdu, Joe, qui s'est révélée être une Joséphine lorsqu'elle a accouché dans notre corbeille à linge. Nous n'avions pas la permission d'avoir des animaux domestiques, et nous avions peur que papa ne la découvre. Ça n'arrivait pas souvent, mais de temps en temps papa pétait les plombs et, quand ça le prenait, nous filions tous les deux comme le vent parce qu'on n'aurait pas voulu être dans ses parages. Il ne nous frappait pas, mais il balançait des objets. Maman et papa étaient sortis, tous les deux, et c'est alors que Rune a empoigné les six chatons roses et aveugles et les a noyés au fond d'un grand seau, dans le garage, pendant que je le griffais et le frappais à coups de pied et de poing en hurlant au meurtre. Ils sont morts tout de suite. Rune était planté là à les regarder d'un air triste et étonné. Je crois qu'il ne savait pas lui-même pourquoi il avait fait ça. Je les ai enterrés au fond du jardin, sous le buisson de houx.

Je devrais signaler qu'il y avait tous les jours à Clinton et dans les fermes des environs des gens qui noyaient des petits chats. Je pensais et je pense toujours que c'est inhumain, mais en ce temps-là on ne se préoccupait pas autant qu'aujourd'hui du droit des animaux. Je n'ai pas parlé à mon frère pendant deux jours, mais alors il s'est amené en larmes parce qu'il était si malheureux, et je lui ai pardonné. Et Case a au moins raison à propos d'une chose dans l'histoire, c'est qu'après ça Rune s'est bien occupé de Joséphine. Elle n'est jamais devenue une chatte d'intérieur, c'était une vagabonde, mais Rune l'a fait stériliser et il la nourrissait chaque fois qu'elle venait demander à manger.

HESS : Vous voulez dire que Rune regrettait ce qu'il avait fait ?

SMITH : Oui, il avait vraiment l'air désolé, et je crois qu'il l'était. Rune jouait la perfection, si vous voyez ce que je veux dire, le citoyen modèle, le garçon américain bien sous tous les rapports, mais c'était en partie une comédie, une affectation. Je m'en apercevais quand il parlait à maman et papa ou à d'autres adultes. Son visage prenait une expression particulière de dissimulation, un déguisement à vrai dire. Avec ses amis, il était différent, plus dur et plus cool, mais était-ce vraiment lui ? Je ne le pense pas. C'était la solitude, pour lui. C'était pour ça qu'il avait besoin de moi. Si on se cache trop, on se retrouve isolé et triste. Nous nous amusions bien ensemble, même lorsque tout allait très mal après mon accident, que maman était malade, et que papa n'était pas bon à grand-chose sauf aller travailler et rentrer à la maison. Rune m'aidait à me maquiller pour cacher un peu les cicatrices, mais il me faisait aussi les yeux et la bouche. L'artiste en lui se donnait à fond avec éponges et pinceaux, et il disait : "Regarde-toi, beauté." Il était vraiment fier, et parfois il me transformait en sorcière et nous riions tellement fort que nous devions nous coucher par terre dans la salle de bains en nous tenant le ventre.

Maman est décédée à peine un an plus tard. Je venais d'avoir douze ans et Rune en avait seize. Rune et moi étions à la maison. Il y avait une heure que nous étions là mais, en passant une tête par la porte, j'avais cru que maman dormait. Quand papa est rentré, il est allé pour l'aider à se lever, et c'est alors qu'il a vu qu'elle ne respirait plus. Ç'a été vraiment dur pour nous tous. Après sa disparition, nous nous sommes sentis perdus. Nous avions passé tant de temps à nous faire du souci pour elle et à l'aimer et à la détester que nous ne savions plus comment nous organiser, comment être ensemble. Avant qu'il ne parte de la maison, Rune avait ses périodes noires, des jours où il allait dans sa chambre et y restait, couché sur son lit avec une serviette sur la figure. Un jour il a cassé le miroir avec une batte de base-ball. Papa et moi avons entendu un fracas, nous avons couru dans la chambre de Rune et nous l'avons trouvé là, debout, en train de rigoler. Je l'ai aidé à ramasser les morceaux. Papa a fait demi-tour, il est sorti de la chambre et n'en a jamais dit un mot.

Après le départ de Rune, nous sommes restés seuls à la maison, papa et moi. Il avait sa partie de poker du jeudi, et nous allions à l'église tous les dimanches. Papa était une espèce de croyant silencieux, je pense, et il aimait les repas à l'église et la compagnie des fidèles. Moi, j'étais contente qu'il sorte, point final. Et puis je suis partie à l'université et je me suis fait du souci pour lui, parce que je l'imaginais traînaillant dans la maison, se préparant des hot-dogs avec des haricots en boîte, ou un repas surgelé, le soir, et ça me déprimait. Je téléphonais une fois par semaine à la maison, mais Rune ne le faisait pas. J'avais parfois l'impression que mon frère était parti dans une autre dimension où papa et moi n'aurions pas pu avoir accès si nous l'avions voulu. Je crois que j'avais raison, en partie.

Il est revenu pourtant. Ça, c'est encore une chose. Rune a vécu avec moi à Minneapolis quand il était soi-disant perdu de vue et introuvable. Il était revenu à la maison pour rendre visite à papa et, pendant qu'il était là, papa est tombé dans l'escalier. Rune a appelé le 911 et, un peu plus tard, il m'a appelée, moi. Les médecins nous ont dit qu'il avait eu une attaque. Ils supposaient que ce devait être arrivé alors qu'il descendait à la cave, et qu'il était tombé et s'était blessé encore plus. Il n'a jamais repris conscience, mais ça a duré une semaine avant qu'il ne s'en aille. Rune en a été très frappé. Papa et lui ne se sont jamais trop bien entendus, après la mort de maman, je crois que Rune lui rappelait trop maman – trop d'elle, si vous voyez ce que je veux dire. Maman et Rune se ressemblaient beaucoup. Papa pensait aussi que vouloir être artiste était de la folie pure, mais ça, c'est une attitude assez typique. Notre père n'avait rien d'un oiseau rare en ce domaine. Il reconnaissait *La Joconde*, savait que Van Gogh s'était coupé une oreille et que Picasso peignait des portraits de gens avec le visage en désordre. C'était à peu près tout mais, et alors ? J'étais plus proche de papa, parce que nous nous comprenions, je suppose. Je me donnais du mal pour essayer de lui remonter le moral quand il était à plat. Je dansais pour lui, je lui jouais quelque chose à la clarinette, je lui montrais mes bons résultats scolaires, je lui massais les épaules, n'importe quoi. Parfois mes petites combines marchaient. Il m'appelait "sa vaillante travailleuse". Après les funérailles de papa, Rune s'est complètement dégonflé. Il était tellement déprimé qu'il pouvait à peine bouger, alors je lui ai dit que je l'hébergerais quelque temps. Je venais de passer ma licence, j'avais terminé mon stage et je commençais mon premier boulot.

Rune restait couché chez moi sur le canapé, les yeux au plafond, pendant des journées entières. J'ai fini par l'amener chez un médecin qui a prescrit des médicaments. Est-ce le remède qu'il prenait ou autre chose qui l'a relancé, je n'en sais rien, mais il a commencé à se déplacer, à manger beaucoup plus et à bricoler avec ses carnets de croquis, mais il est devenu désagréable. Il se plaignait de ma cuisine, de mes vêtements, de ma façon de parler – cet accent nasal du Middle West, pouah. Un matin où il s'était levé avant que je parte au travail, il s'est mis à critiquer mon appartement et le canapé-lit sur lequel il dormait depuis des mois. "Est-ce que tu te rends compte à quel point ce truc est moche et ringard ?" Il lui flanquait des coups de pied. Il qualifia mon mobilier de vulgaire et grossier. C'était incroyable. "C'est ça que tu veux ?" demandait-il. Ça n'arrêtait pas. "Tu veux Jim, et de la moquette frisée, et une maison bourgeoise merdique style ranch pour le restant de tes jours ?" Jim, c'est mon mari. À l'époque, c'était mon fiancé. Nous nous étions rencontrés au travail. J'ai répondu que, oui, je voulais Jim et une maison et mon travail, et que je voulais des enfants, et c'est quoi ton problème, bordel ? Il m'a annoncé qu'il avait "tranché" le nom Larsen de son existence. J'étais au courant ? Lui et moi, nous n'étions plus de la même famille. Il détestait maman, il détestait papa et il me détestait. Je lui demandai de ne pas parler mal des morts. Vous devez comprendre que je lui étais venue en aide. Il n'avait pas beaucoup d'argent à cette époque, et ce n'était pas drôle de recevoir Jim quand Rune traînaillait chez moi, mais c'était mon frère et je n'allais pas le laisser tomber. Je faisais ce qu'il fallait que je fasse. Je prenais soin de Rune. Il avait pris soin de moi quand j'étais petite, après tout.

C'est alors qu'il m'a raconté qu'il s'était disputé avec papa avant qu'il ne tombe. J'ai compati. C'était compréhensible qu'il ait craqué. Je lui ai dit que ce devait être terriblement dur de vivre avec ça, et il a lancé : "Qu'est-ce qui te dit que je ne l'ai pas poussé ?" Je lui ai hurlé que papa avait eu une attaque. Il n'a pas bronché, il souriait. Il a dit : "Mais nous ne savons pas quand il l'a eue." J'étais sonnée, littéralement, je veux dire que si quelqu'un m'avait tapé sur la tête avec une boule de bowling, je n'aurais pas pu être plus abasourdie. Il doit avoir laissé passer une minute, sérieusement, toute une minute. Et puis il s'est mis à rire en disant : "Ma parole, tu m'as cru, hein ? Tu dois me prendre pour le diable. Tu crois que je pourrais tuer mon propre père ? Quelle espèce de sœur es-tu ?" Et alors il a dit qu'il en avait une autre à me faire essayer. Il a dit que maman s'était glissée dans son lit quand il était petit et lui avait fait des attouchements sexuels, plus d'une fois. "Et celle-là, tu la crois ?" me demanda-t-il. En disant ça, il continuait à sourire. Je ne le croyais pas. Tu es fou, ai-je dit. Je lui ai dit qu'il devait avoir vidé les lieux avant que je revienne du travail.

Quand je suis rentrée, ce soir-là, Rune était parti mais mon appartement avait été saccagé. Il avait cassé tous les verres et toutes les assiettes dans les armoires, renversé les sièges et brûlé le canapé-lit avec des cigarettes, lacéré ma moquette et laissé ses étrons étalés sur le siège du cabinet.

Vous savez, quelqu'un de normal ne fait pas ce genre de choses. Quelqu'un de normal ne dit pas : peut-être que mon père est mort parce que je l'ai poussé, et puis : peut-être que ma mère a attenté à ma pudeur, et puis il ne détruit pas l'appartement de sa sœur. Je n'arrêtais pas de me dire : mon frère doit avoir perdu la tête. Sans Jim, je ne sais pas ce que j'aurais fait. Nous nous sommes mariés plus tôt que prévu, Jim et moi, parce que je n'avais plus envie d'habiter là. Nous ne l'avons pas dit à Rune et il n'a ni téléphoné ni écrit pour s'excuser, ni rien. Mon propre frère me faisait peur. Bien sûr, j'ai appris qu'il était retourné à New York et s'était replongé dans son art. Les choses allaient vraiment bien pour lui mais, sans Internet, je n'en aurais rien su. Mes amis, ici à Minneapolis, ne sont pas attentifs aux artistes new-yorkais. Je sais qu'il était célèbre, mais il n'était pas célèbre par ici.

HESS : Vous n'étiez plus en contact avec Rune ?

SMITH : Non, plus pendant des années, jusqu'au 11 Septembre, alors j'ai paniqué. J'ai appelé sa galerie, c'est comme ça que j'ai enfin pu le joindre. Rien ne comptait vraiment pour moi, à ce moment-là, que de savoir qu'il allait bien. Il était tout ce que j'avais au monde comme famille, à part Jim et les enfants. Nous avons commencé à nous appeler régulièrement et j'ai fini par l'interroger sur ces choses affreuses qu'il avait dites. C'est difficile d'expliquer à quel point il est terrible d'avoir des idées pareilles en tête, même si on n'y croit pas. Ça pollue la pensée. Quelqu'un s'amène et vous jette des saletés dans la tête, et vous n'arrivez plus à vous en débarrasser. Il m'a dit qu'il avait menti pour me faire mal et que parfois il ne pouvait tout simplement pas s'en empêcher. Il aimait se montrer révoltant juste pour le plaisir.

HESS : Mais vous n'alliez pas l'un chez l'autre ?

SMITH : Non, Jim ne voulait pas de lui près des enfants. Je devais respecter ça, et la vérité c'est que, après ce terrible jour, Rune me rendait nerveuse, moi aussi. Je n'étais plus sûre de lui.

HESS : Je dois vous demander s'il vous a jamais parlé de Harriet Burden.

SMITH : Oui, une ou deux fois. J'ai d'abord cru qu'il s'agissait d'un homme, et puis j'ai compris que Harry était une femme. Il m'a dit qu'il mijotait quelque chose avec elle.

HESS : Il a dit ça dans ces termes ?

SMITH : Eh bien, je ne sais pas si c'était exactement dans ces termes, mais quelque chose comme ça.

HESS : Rien d'autre ?

SMITH : Il avait l'air de s'amuser, et il pensait qu'elle était raffinée. *Raffinée* était un grand mot dans le vocabulaire de Rune. Il disait qu'elle était très intelligente, qu'elle avait beaucoup lu et qu'ils avaient des choses en commun. Je pense qu'il n'y a rien eu d'autre.

HESS : Il n'a pas dit ce qu'ils avaient en commun ?

SMITH : Non. Vous m'avez expliqué qu'il pourrait lui avoir volé son œuvre. Ça me paraît affreusement compliqué, et elle-même m'a l'air un peu cinglée, d'utiliser ces types pour exposer des œuvres qui étaient en réalité les siennes, mais je ne sais pas. Il ne m'a pas du tout parlé d'*Au-dessous* avant la fin de l'exposition, et alors il m'a envoyé quelques coupures de presse. Écoutez, j'aimerais pouvoir vous dire qu'il m'a tout avoué, mais je ne peux pas.

Rune et moi, nous nous aimions quand nous étions petits, et puis nous avons pris des distances. La vie n'était facile pour aucun de nous deux à la maison, mais était-ce si grave ? Je ne comprends pas ce qui lui est arrivé, pourquoi il est devenu ce qu'il est devenu. J'ai été très triste de sa mort, c'est tout, et ça m'est relativement égal de savoir s'il a voulu se tuer ou non. Il devait savoir que prendre ces comprimés était dangereux, qu'il risquait de se tuer si ça tournait mal. Après tout, c'est comme ça que maman a fait. Il y a des jours où toute l'histoire revient me submerger, et ça m'abat complètement. J'essaie de conserver une attitude positive, mais ce n'est pas toujours facile, et alors je n'ai qu'une envie, c'est de pleurer. Mais ce n'est pas tous les jours. Et je me dis : Rune paiera les études de mes enfants. L'argent de sa succession servira à Edward et Kathleen, qui ne l'ont jamais connu. Quelque chose de bon sortira de toute cette tristesse.

HARRIET BURDEN
Carnet U

9 avril 2003

Ma colère revient, douce fureur.

Il ne s'en tirera pas comme ça. J'ai fait un vœu.

Je laisse des messages, j'envoie des courriels. Il ne s'en tirera pas comme ça.

*

Bruno dit : Tes théories philosophiques vont t'enterrer vivante. Personne ne sait de quoi tu parles, Harry.

*

Tu es seule avec tes pensées.

*

Aujourd'hui, tu as accusé le Dr F. de ne pas t'écouter. Pourquoi ? Pourquoi l'as-tu accusé ? Tu étais virulente, caustique. Alors nous en avons parlé. Il écoute. Il t'écoute toujours, et tu as eu des remords, encore des remords.

20 avril 2003

Quatre œuvres ont disparu de mon atelier cette nuit. Je suis désespérée. Mes fenêtres. Ça me paraît impossible, mais elles n'y sont plus. Je chercherai de nouveau demain. Peut-être qu'un de mes assistants les a changées de place. Personne ne peut entrer dans cet immeuble sans disposer de pouvoirs surnaturels. Bruno me dit de rester calme. Il le faut.

(non daté)

J'attends de R. B. la rédemption. Et, avant de dormir, quelques mots sur les bien-aimés :

Les *Confessions* de Bruno s'épaississent. Lui aussi s'épaissit. Un vieux grand-père enveloppé.

*

La nouvelle d'Ethan est intitulée “Moins que moi”. Je me suis demandé ce qu'il entend par là. Son personnage, S, s'éveille un matin et, quelque part, elle se sent différente. Un aspect capital de ce qu'elle est a disparu, son “être moi”, son essence, son âme a fui son corps. Dans le miroir, elle ne paraît pas différente. Son appartement est inchangé. Ses vêtements pendent dans le placard. Son chat la reconnaît et, pourtant, elle est certaine de n'être plus la même. Son comportement devient différent. Elle est végétalienne mais se voit commander des boulettes de viande chez un traiteur chinois. Elle prend un taxi pour aller travailler. Elle ne s'offre jamais de taxi. Elle dit ce qu'elle pense à un collègue, au travail. Elle ne dit jamais ce qu'elle pense, et ainsi de suite. Elle commence à soupçonner sa voisine du dessus, O, qu'elle n'a jamais rencontrée, une fille libre et joyeuse avec une garde-robe sensationnelle et une tapée d'amoureux qu'elle baise assez bruyamment pour que S entende les accouplements à travers son plafond. Ethan n'explique pas le soupçon. Il surgit, simplement, comme il pourrait le faire en rêve, ou dans une crise de paranoïa ou d'hallucination. S espionne O. Elle prend note de ses allées et venues. Elle la suit dans la rue. Elle découvre tout ce qu'elle peut concernant O, quels films, quels livres, quelles boutiques O préfère, mais chaque nouvel indice reste muet. Alors S décide d'édifier un monument à son identité perdue, un objet qui sera tout ce qu'elle n'est plus. Elle travaille avec acharnement, tous les soirs, après le boulot et, finalement, elle achève "la Chose". On ne sait pas vraiment à quoi ressemble la Chose, mais c'est une espèce de corps sur lequel figurent des textes et des images. S invite O à dîner. O arrive, regarde la Chose et s'écrie : "Oh, c'est moi[1]."

J'ai appelé Ethan. J'étais excitée, contente, j'avais envie de lui dire ce que je pensais. Nous sommes davantage que l'accumulation de données empiriques, dis-je, plus qu'un tas de banalités enregistrées, plus que nos errances, nos rencontres et nos professions, mais qu'est-ce que ce plus ? Est-ce ce que nous créons entre nous ? Est-ce une affaire neurologique ? Est-ce le produit d'une narration, de l'imaginaire ? C'est tellement intéressant, dis-je. Mais Ethan était maussade, monosyllabique, et a déclaré que je n'avais aucune idée de ce qu'il avait voulu dire. S et O étaient des signes dans un jeu arbitraire d'échanges. À cela je ne répondis rien. Et puis je dis que, nous autres artistes, nous ne savons généralement pas ce que nous faisons, et il me pria de ne pas lui dire ce qu'il savait et ne savait pas. Il n'enlève jamais cet affreux bonnet de laine. Cela doit faire un an qu'il le

1. Ethan Lord, "Moins que moi", *The Paradoxical Review* 28 (printemps-été 2003).

porte, maintenant, un casque, en réalité, sous lequel il se cache. Quand je lui ai dit que nous semblions, lui et moi, entretenir dans la famille un thème “coiffure”, il a paru horrifié. Il n’a pas envie de ressembler à sa mère. Je crois qu’il se serait volontiers débarrassé sur-le-champ du bonnet, mais il est trop fier. Je ne sais pas comment l’atteindre à travers ce gouffre. Je fais tout de travers.

Je ne lui en ai pas dit un mot. Mais est-il possible qu’Ethan ignore que sa “Chose” ne ressemble à rien tant qu’à certaines des œuvres de sa mère ?

*

Mon Aven est enfant des nombres. Elle a sept ans, et elle me dit que ses sept sont verts. Ses trois sont jaunes. C’est mon enfant mathématique, une enfant pour qui les équations resplendissent. Radis est oubliée depuis longtemps. Je suis sans doute la seule qui pense encore à elle. Ma petite-fille s’est fait couper les cheveux très court : un compromis. Elle voulait une crête d’Indien mais ses parents ont refusé. Les cheveux repoussent, ai-je dit à Maisie, en grand-mère indulgente, mais elle m’a répondu : “Oscar a peur qu’on la taquine. Elle est déjà si étrange.” Et je me suis rappelé mon enfance d’étrangeté.

Tu es toujours étrange, Harry, étrange et aliénée.

J’attends mon épiphanie avec impatience. Elle va se produire. Je suis raide d’excitation. Ça va marcher. Je vous souhaite une bonne nuit, qui que vous soyez.

5 mai 2003

Je crois que Rune est l’ange du Baromètre. Le Baromètre a dessiné pour moi une autre image de l’intrus qu’il affirme avoir vu aller et venir pendant la nuit. Il aime l’expression *au cœur de la nuit*. Et alors il joue : *nuit profonde, nuit noire, nuit d'encre, cœur d'encre, nuit des temps, au bout de la nuit, nuit blanche, veille de nuit. Quand vient la nuit : minuit sonne et les plus grandes peurs résonnent.* Nous l'avons chantée ensemble, cette chanson. Son dessin représente un géant ailé à la musculature puissante. En regardant le Baromètre dans les yeux quand il m'a tendu ce papier, j'ai imaginé que je voyais Alan Dudek, le Baromètre avant qu'il ne soit le Baromètre. Je pense que pendant un instant il a été Alan, parce que son regard paraissait clair. Il a ses moments de lucidité, de conscience non diluée par la folie. C'est en partie du théâtre. Pas rien que du théâtre, mais il y a un aspect de sa maladie dont il joue et rejoue sans cesse. Il faut le reconnaître. Après tout, nous jouons tous des rôles. Il ne faudrait pas pousser la naïveté jusqu'à croire que les fous sont incapables de dissimulation. Mon ami fou a ses masques, lui aussi, ses jeux et subterfuges pour éviter le moment crucial du bain ou de la douche hebdomadaires. Mais il a accès aussi aux grondements souterrains, c'est son talent psychotique. Il sent ce que nous avons éliminé, ce que nous craignons sans pouvoir en parler. N'est-ce pas une sorte de climat que nous créons entre nous ? J'ai examiné le dessin. Plus je le regarde, plus je trouve qu'il ressemble à Rune. Bruno pense que j'ai rejoint les rangs des malades mentaux, que je suis la proie d'un fantasme paranoïaque.

Je l'ai appelé de son ancien nom. Alan, ai-je demandé, l'as-tu laissé entrer ? As-tu laissé le mauvais ange entrer ?

Il a paru surpris. Il s'enfonçait les ongles dans la peau au-dessus du poignet. Je lui ai dit d'arrêter de se gratter, et j'ai répété la question. Il a secoué la tête en disant : “Il arrachera mon cerveau et le fera bouillir pour s'en faire un civet.”

Rune l'a-t-il menacé ? *Si tu parles, je ferai bouillir ton cerveau pour le manger.* L'idée est trop violente pour Rune et l'expression trop précise. Son style de discours dépasse rarement l'emprunté et le banal, parce que Rune se sert des mots pour créer un personnage public qui dissimule ce que les autres détesteraient s'ils pouvaient le voir. Son langage doit socialiser la traîtrise d'en dessous. En dessous ! Le Baromètre, lui, est une logorrhée ambulante, toujours à marée haute, mais ces lames de mots contiennent à l'occasion une intuition oraculaire. Le problème, c'est comment extraire la prophétie de ce déferlement verbal.

Tu dois achever tes *Masquages* sans l'aide de personne. Il y a R. B., après tout. Et il y a les autres, tes autres secrets, qui sont plusieurs[1]. Le jeu n'est pas terminé.

1. R. B. désigne sans doute Richard Brickman. La question des "autres" reste irrésolue, mais il paraît possible, voire probable, que Burden ait publié des articles sous d'autres noms dans divers journaux.

HARRIET BURDEN
Carnet O

23 septembre 2003

Les estivants sont partis, l'île est froide et brune, avec ici et là des rouges flamboyants. Les vagues m'effraient, ces jours-ci, et je reste à distance, près de la zone où la plage touche aux herbes ployées par la violence du vent. Aujourd'hui leur bruit me faisait penser à un grand animal enroué lançant des appels à personne en particulier. Je suis seule. J'ai perdu Bruno maintenant, lui aussi, perdu à cause de mes combines et de ma fureur et de mes échecs. Je voulais que mes morsures ensanglantent le monde, mais c'est moi que j'ai mordue, j'ai créé moi-même ma pauvre tragédie.

Et, seule, je me sens encore plus vieille. J'ai tout le temps le ventre ballonné, et pourtant je suis mince. Je mange seule, et rien n'est aussi appétissant que quand il est avec moi. J'ai mal, de vagues douleurs abdominales qui me préoccupent. Parfois, la nuit, elles me font peur, mais le matin je me reproche mon hypocondrie. Mon visage ridé m'étonne. Je ne sais pas pourquoi. Je sais bien qu'il est ridé. Savoir n'est pas voir. J'ai essayé de travailler ici, mais je n'y arrive pas. C'est comme si tous les mondes que j'ai en tête étaient maintenant en train de mourir, comme s'ils étaient peu à peu étouffés. Et je reste assise devant le feu, enveloppée de couvertures, à relire *Le Paradis perdu*, lentement, lentement, en absorbant cette langue dense que je connais si bien. Cet après-midi, je suis arrivée au terrible repas d'Ève, le grand tournant de la vieille histoire. Imparfaite, stupide et vaine, la femme a mangé le fruit maudit. "Avidement et sans retenue elle se gorgea du fruit." Elle l'a fait pour le savoir, pour en savoir plus, pour être éclairée. Comme je comprends cela. Oui, que ma tête soit éclairée. Je ferai n'importe quoi pour savoir, pour en savoir plus. Adam est horrifié, mais il ne peut la quitter. "Tu es la chair de ma chair, l'os de mes os. De ton sort le mien ne sera jamais séparé, bonheur ou misère." Et c'était comme si mon gros homme me parlait, et j'ai pleuré sur la vieille édition de poche que j'ai ici dans cette maison depuis tant d'années. Personne ne m'a jamais aimée mieux que Bruno et, pourtant, ça ne peut pas marcher entre nous.

Je suis devenue dure.

HARRIET BURDEN
Carnet D

Rune est inondé de mes messages. Il a accepté de me voir. Il veut mettre un terme au “harcèlement”. Il a refusé de me voir à Manhattan. Il ne veut pas me retrouver dans un restaurant. Non, il veut qu’on s’affronte ici à Red Hook, en plein air, là où aucun représentant du monde de l’art ne nous verra, où aucune langue ne s’agitera. D’accord, ai-je dit, d’accord.

*

J’ai perdu. Jamais Rune ne lâchera prise. Il ne parlera jamais et, sans lui, c’est fini. Je peux m’accrocher à l’article de Phinny dans *Art Lights*, à la lettre de Brickman, mais je vois bien que les gens s’en fichent. Quelque part, mon histoire ne les intéresse pas. Je voulais réduire de nouveau Rune à une Ruina geignarde, le démolir, le faire payer, mais il est le maître du jeu maintenant, les règles sont les siennes, s’il y a encore des règles, s’il y a jamais eu des règles. Ma main est une horreur violacée, enflée. Je l’ai frappé si fort. Et j’ai retrouvé Bruno. Non, c’est un mensonge. Bruno m’a retrouvée. Il est arrivé là, comme par magie, pour me ramasser. Aujourd’hui, il m’a préparé du bouillon de poule et a observé mon visage attentivement pendant que je portais la cuiller à ma bouche, et j’ai fait tous les bruits qui convenaient pour lui faire plaisir.

*

18 octobre. Je l'ai lu dans le journal. Rune est mort.

*

Il a joué le coup final, il l'a fait dans une espèce de machine qui pille *Au-dessous*, et maintenant le voilà sanctifié. C'est fou ce que le monde aime l'artiste suicidé, pas le vieil artiste, bien sûr, pas le vieux tas dans mon genre. Non, il le faut jeune ou assez jeune. Trente-huit ans est l'âge parfait pour mourir si vous voulez cimenter votre célébrité, inviter les foules à festoyer sur votre beau cadavre, à se repaître de votre lumineux héritage, rendu plus poignant encore par l'avenir désormais impossible. Ah, Rune. Échec et mat. Et s'il ne l'avait pas fait exprès ? Il aurait fini par se tuer tôt ou tard. Il voulait une mort spectaculaire, non ? Et une telle mort doit être organisée. Pas évident. La célébrité, c'est la vie à la troisième personne. Ethan a raison. Certains sont plus doués que d'autres pour la vie à la troisième personne.

Mais je me suis sabotée moi-même à mon insu, pas vrai ? C'était comme s'il fallait que je joue le jeu jusqu'au bout, que j'aboutisse dans cette pièce avec Rune et le défunt Felix pour y être menacée, giflée et humiliée, ramenée à l'état d'enfant honteuse et tremblante, incapable de s'exprimer. J'ai été attirée là, comme si le temps n'était rien et si le passé était devenu à la fois présent et futur, et si les morts pouvaient à nouveau marcher. Ils piétinent dans les sillons de ton esprit, Harry, dans cette jungle froissée de matière grise, les deux hommes que tu désirais mais ne pouvais avoir, ton père et ton mari. Il ne s'agissait pas seulement d'amour. C'est là que tu te trompais. Tu le sais maintenant. Il ne s'agissait pas seulement d'amour et du désir d'être aimée. Tu n'étais pas cette éternelle femelle plaintive bêlant à travers les siècles : je t'aime et je souhaite que tu m'aimes et je t'attendrai, mon amour, les mains jointes et les yeux baissés. Je ne suis pas ce parangon de vertu, Pénélope, attendant Ulysse et refusant les prétendants.

Je suis Ulysse.

Mais je m'en suis aperçue trop tard.

Je te hais, père. Je te hais, Felix. Je vous hais tous les deux pour n'avoir pas vu cette vérité, pour n'avoir pas reconnu que je suis le héros aux mille tours.

Et toi, maman, tu as baissé la tête et subi le châtiment. Il t'a exclue et il t'a fait taire. Il ne te parlait pas. Il a fait comme si tu n'existais pas, parce que tu avais voulu parler.

Et toi, Harry, tu as baissé la tête et subi le châtiment, et tu ne peux pas le supporter, n'est-ce pas ?

Et n'as-tu pas attendu au foyer, telle Pénélope, sans le moindre prétendant, hélas, rien que deux enfants ? Et n'étais-tu pas fidèle ? Et n'étais-tu pas gentille ? Et n'étais-tu pas patiente ? Alors, n'es-tu pas Pénélope ? Non, parce qu'elle n'aurait pas voulu être Ulysse, du moins à ce que nous en savons, mais qui voudrait être Pénélope ? Tu ne voulais pas attendre, et pourtant tu as attendu presque à en devenir folle. Et maintenant ton fils, lui aussi, garde ses distances vis-à-vis de toi, comme si tu étais contaminée. S'il s'identifie à toi, il est émasculé, drame si ancien ; mon féministe de fils est terrifié de la puanteur maternelle.

Je suis Ulysse, mais j'ai été Pénélope.

Mais comme il t'aimait autrefois, ce petit Ethan intense et hypersensible, quoi qu'il dise, quoi qu'il ait oublié. Tu as cette histoire passionnée dans les champs de ta mémoire. Et ta fille est encore avec toi. Tu as Maisie. Et tu as Aven.

Et Rune ? Il est le signe de ta haine, de ton envie, de ta fureur, n'est-ce pas ?

Est-ce lui qui avait commencé, Harry ? Ou est-ce toi ? Que voulait-il de toi ? Voulait-il seulement le plaisir de te faire mal à travers Felix ?

"Il aimait mater." C'est ça que Rune a dit, que Felix était un voyeur. Quelle importance s'il se frottait la queue jusqu'à l'extase en regardant les autres tressauter sur le plancher devant lui ? Aucune. Et quelle importance si, quand tu imagines cela, tu te sens triste ? Mais pourquoi triste, Harry ? N'as-tu pas joui de tourmenter Ruina dans le jeu ? Rune ne savait-il pas que cela te remplissait d'une joie sadique ? N'est-ce pas pour cela qu'il a inversé les rôles ? *Il savait que tu les jouais tous les deux*. C'est là que le bât blesse. Et savoir donne le pouvoir. Freud élémentaire, mon cher Watson. Un enfant est battu[1].

Mais je ne savais pas, pour Felix. Tout ce que je savais, c'est qu'il y avait des secrets et que certains des secrets avaient des noms. Je me suis demandé ce qu'il avait en tête quand nous nous colletions dans le lit. Je me demande si c'était Harriet Burden. Si ça a jamais été Harriet Burden, épouse et compagne ? Bien sûr que oui. Au début, oui. Il se pourrait que Rune ait menti en ce qui concerne Felix mais, même s'il mentait, cela ne ferait plus une telle différence maintenant. Rune est devenu le symbole de tous les garçons qui étudiaient leur Quine, apprenaient leur logique et fumaient leur pipe en dardant sur ton père des regards adorateurs, le garçon que tu aurais pu être, Harry. Sans un caprice du destin dans le sein maternel, tu aurais pu lui plaire et triompher. Et Rune est devenu le symbole de tous les garçons que Felix a exposés, que Felix a aimés, que Felix a rendus célèbres, et que Felix a achetés et vendus. Là, on arrive plus près du cœur des choses, non ? Qu'en dites-vous, docteur F. ? Suis-je plus près du cœur des choses ? Rune, M. de la Troisième Personne, M. l'Avantageux, M. le Beau Parleur : celui qui compte, celui qui gagne. Et n'est-ce pas justement ce

1. Sigmund Freud, "Un enfant est battu" (1919), *The Standard Edition of the Complete Psychological Works of Sigmund Freud*, vol. XVII (Hogarth Press, Londres, 1955), p. 179-204.

caractère de certitude, d'assurance, de légitimité revendiquée que tu détestes, Harry, que tu trouves si difficile à imiter, ce caractère qu'ils avaient tous ? Et n'étaient-ils pas tous pleins de condescendance envers toi, Harry ? Ne te considéraient-ils pas comme une inférieure, toi qui étais capable de penser mieux, de travailler mieux, de faire mieux que n'importe lequel d'entre eux ?

Oui. C'est ce qu'ils faisaient. Et ils sont tous morts. Je n'arrive pas à croire qu'ils sont tous morts.

1er novembre 2003

Me voilà revenue à ma mère flamboyante, Margaret. Margaret, l'anti-Milton. Elle donne naissance à des mondes. Ce n'est pas Dieu qui parle en elle, mais la Nature :

> *Toutes les peines que je peux prendre*
> *N'y feront rien, la Matière doit faire un Cerveau ;*
> *La Figure doit tracer un cercle, rond et petit,*
> *Où au milieu doit se trouver une Balle vitreuse*
> *Sans Convexe, l'intérieur d'un Concave,*
> *Et au milieu doit être un petit trou rond,*
> *Que l'Espèce puisse passer, et repasser,*
> *La vie, perspective de toute chose en vue*[1].

Margot la Folle n'avait pas d'enfants à elle, pas de bébés à élever pour en faire des adultes. Elle avait ses “corps de papier”, ses œuvres vivantes, et elle les chérissait[2].

1. Cité par Lisa T. Sarasohn dans *The Natural Philosophy of Margaret Cavendish, Reason and Fancy During the Scientific Revolution* (John Hopkins University Press, Baltimore, 2010), p. 41.
2. Dans ses *Sociable Letters*, publiées en 1664, Cavendish écrit à une amie imaginaire. Dans la lettre CXLIII, elle parle à sa correspondante de son habitude de conserver des copies de ses manuscrits

*

"Ainsi ne me suis-je pas persuadée que ma philosophie, étant neuve et récemment mise au monde, s'avérera dès l'abord en maître de compréhension, mais il se peut, s'il plaît à Dieu, qu'elle y parvienne, non en cet âge-ci, mais en un temps à venir. Et si elle est aujourd'hui ignorée et enfouie dans le silence, peut-être se dressera-t-elle alors plus glorieuse ; car étant fondée en bon sens et raison, elle peut connaître un âge où elle sera mieux considérée que dans celui-ci[1]."

*

Moi aussi, je laisserai mes corps derrière moi. Je les fais pour l'avenir, pas pour ce présent brutal aux yeux froids et dédaigneux.

*

La sorcière se cache dans son château au bord de la mer en compagnie de l'ours, son ami et amant. C'est ainsi

jusqu'à ce qu'ils soient bien imprimés, après quoi elle les brûle. "Mais même si leurs corps de papier sont consumés, tels ceux des empereurs romains, dans les flammes funéraires, je ne saurais dire si un aigle s'envole d'eux ou s'ils se transforment en étoiles étincelantes, bien qu'ils fassent en brûlant une grande lumière étincelante ; et les laissant donc à votre approbation ou condamnation, je demeure, madame, votre fidèle amie et servante." Sylvia Bowerbank et Sara Mendelson, éd., *Paper Bodies, a Margaret Cavendish Reader* (Broadview, Toronto, 2000), p. 81-82.

1. Margaret Cavendish, *Observations upon Experimental Philosophy* (1668), éd. dirigée par Eileen O'Neill (Cambridge University Press, Cambridge, UK, 2001), p. 12-13.

qu'a pris fin le conte de fées. La vieille sorcière et le vieil ours vivent heureux et tristes ensemble à jamais.

*

1er décembre. *Le Masque de nature*. C'est moi, ça. Je suis le masque de nature. C'est l'idée de Maisie. J'ai employé ces mots pour Racoona, autrefois, et elle les a adoptés pour le film sur sa mère, et maintenant elle me laisse m'expliquer devant la caméra, moi, H. B. dans toute ma manie pseudonyme, et je m'explique, je développe, je pontifie, et nous nous amusons bien ensemble. Tu as maintenant une thésauriseuse, un schizophrène et ta mère, ai-je dit à Maisie, un trio parfait. Et ma Maisie sourit. Je ne peux pas tout dire. Je dois conserver certains secrets, bien sûr, mais parler m'a presque donné l'impression que je pourrais être comprise. Est-ce un si vain espoir ?

*

Aven m'a paru longue, grande et mince, aujourd'hui. Elle est entrée dans ce que j'appelle la "moyenne enfance". Elle a examiné mes petits personnages coquins, a rougi en voyant les couples en train de copuler et ri comme une folle de mon Ursula occupée à chier. Elle m'a laissée la prendre sur mes genoux aujourd'hui, laissé sa grand-mère se délecter du plaisir tactile de tenir son jeune corps contre mes côtes. J'ai plongé le nez dans ses cheveux bruns et courts. Aujourd'hui, ils avaient une vague odeur de pommes.

HARRIET BURDEN
Carnet T

15 janvier 2004

Pendant qu'il me parlait des résultats du scanner, j'ai regardé sa bouche en train de remuer. Je me souviens que ses dents avaient une teinte grisâtre dans la lumière de l'après-midi venant de la fenêtre derrière lui et que la photographie sur son bureau me tournait le dos et qu'il y avait sur ce dos une petite étiquette de prix en train de se décoller du bois. Les mots lui venaient méthodiquement mais, maintenant, je ne me souviens que de leur effet : paralysie, souffle coupé. Il s'assura que je comprenais que c'était incurable, que le cancer s'était étendu, qu'une éradication chirurgicale complète n'était guère envisageable et que, même si elle l'était, il y avait récidive chez quatre-vingt-dix-huit pour cent de ces patients. Il voulait néanmoins que j'entre immédiatement à l'hôpital pour me faire opérer.

*

Ils ne nous protègent pas. Le Dr P. n'a pas hoché tristement la tête. Il ne m'a pas regardée dans les yeux. C'est comme ça qu'ils font, je suppose. Ils font ça tout le temps, après tout. Je ne suis qu'une sur des milliers. C'était là sa méthode, il me donnait l'information, à moi de la traiter.

*

Comme je lui demandais s'il y avait un stade 5, il a levé les sourcils. Non, a-t-il dit.

*

"Bien sûr que si. Quand on atteint le stade 5, on est mort. C'est ça que vous me dites, hein ? Je suis morte."

*

Mon impudence ne lui a pas plu. Elle ne lui plaisait pas du tout, et j'étais contente qu'elle ne lui plaise pas. J'allais rentrer à la maison pour voir Bruno, pour en discuter, pour encaisser. Quand je me retrouvai dans la rue, main levée pour héler un taxi, j'étais encore pétrifiée, la terreur me serrait la gorge tandis que je regardais autour de moi, effarée de tout ce que je perdais, ville et ciel et trottoirs, piétons pressés ou flâneurs, et les couleurs des choses. Ça va disparaître avec toi, toutes les couleurs, même celles qui n'ont jamais eu de nom mais qu'on perçoit tout de même assez. Pertes incalculables.

Dans le taxi, je regardais la nuque du chauffeur et sa photo collée sur la vitre entre nous. Je devinais qu'il venait de Somalie, un chauffeur somalien, et je me disais : il ne sait pas qu'il transporte une morte sur sa banquette arrière, qu'il l'emmène à Red Hook, dernier arrêt avant l'enfer.

27 janvier 2004

Je lis ce que j'ai écrit avant que la lame ne m'ouvre et que pendant cinq heures on ne réarrange mes entrailles. Ma naïveté me fait hurler d'un rire silencieux. L'enfer, c'est ici, maintenant, et son nom est médecine. On m'a vidée comme un poisson : utérus, ovaires, trompes de Fallope, appendice et une partie de mes intestins ont disparu. On a jeté mes organes malades dans un seau, en salle d'opération, et quelqu'un doit s'être amené avec des gants et un masque pour les emporter dans une zone réservée à la destruction des organes malades. Qu'est-ce qu'on en fait ? On m'a troussée avec du sparadrap, fendue verticalement du nombril jusqu'en bas. Je ne peux pas changer de position dans le lit sans suffoquer de douleur. Je ne peux pas m'asseoir. Mes chevilles et mes pieds ont enflé, ils font trois fois leur taille et, de même que mes bras et mes mains, ils sont glacés. Je ne peux pas manger. Je suis terrifiée par la moindre évacuation. Chaque excrétion entraîne une nouvelle souffrance. Et l'opération a été "suboptimale". Cet euphémisme serait hilarant s'il n'était aussi grotesque.

Cet après-midi, j'ai somnolé et quand je me suis réveillée, il m'a semblé que mon lit, la table de nuit, les lampes de laiton brillant et le fauteuil vert pâle dans le coin de la chambre avaient été remplacés par des répliques exactes. La chambre que je connais si bien était en quelque sorte devenue une fausse chambre. Je n'étais pas moi et je n'étais pas chez moi. De grâce, faites cesser cet enchantement, laissez-moi rentrer chez moi.

Dans quatre semaines commencera l'empoisonnement, un empoisonnement qui pourrait ne pas me faire grand bien. Mais j'espère, non, je prie pour que me soit accordée la magie de la rémission.

*

J'attends maintenant. Pénélope, la patiente, attend patiemment. Le Dr P., ce robot, est parti et j'attends maintenant de voir le Dr R., qui est un peu plus gentille, et j'attends de voir le Dr F. pour lui parler du Dr R. et lui parler de ma peur et de mes tremblements. J'attends avec angoisse que le Dr R. vienne me dire où en sont les marqueurs tumoraux dans mon sang (CA-125). J'attends qu'elle découvre ce qui diminue ou grandit dans la zone abdominale dévastée, mon *ground zero* corporel à moi, dégrossi mais pas débarrassé de ses horreurs. J'ai été attaquée de l'intérieur, et j'éprouve une incessante envie envers les gens dont les cellules ne se sont pas multipliées en légions tueuses. Je les regarde se balader dans Madison Avenue ou disparaître dans la 86e Rue, près du cabinet du Dr R. Je les vois qui se promènent main dans la main au bord de l'eau, entrent prendre un verre chez Sunny. Je m'émerveille de leur bien-être désinvolte, de leurs corps robustes et indemnes de tumeurs et de leur complète indifférence au fait qu'ils sont vivants.

*

Je n'arrête pas de repenser à mes accouchements, Maisie et puis Ethan. Ce doit être le souvenir du bon corps, du corps fertile avant qu'il ne commence à se dévorer vivant. Les ovaires aujourd'hui disparus qui m'ont rongée mortellement – on n'aurait pu inventer punition plus cruelle pour H. B. As-tu été ambivalente en matière de sexe, Harry ? Et comment, que tu l'as été ! Eh bien, madame, voici le châtiment qui vous convient, le dénouement ironique d'une vie vécue en partie derrière des masques masculins.

*

Souvenirs des douleurs de l'enfantement. Pour Ethan, je m'étais accroupie. Un travail rapide. Poussez, poussez encore. La tête restait bloquée, et puis poussez, poussez, et le long corps humide aux cheveux noirs glisse hors du mien, encore attaché par un long cordon sanguinolent et violacé. Vivant.

*

Comme la maladie, et comme la mort, la naissance n'est pas voulue. Elle se produit, tout simplement. Le "Je" n'y a rien à faire.

10 février 2004

J'ai une envie désespérée de travailler, mais c'est si difficile. Je vacille sur des genoux qui tremblent. J'ai comme de l'électricité dans les extrémités et je panique à l'idée du temps qui passe. Je suis tellement fatiguée. Sur le visage de Bruno je vois ma propre terreur. Souvent, je ne peux pas croire que je ne vais pas vivre.

Pourquoi voudrait-on mourir ?

*

Masquages est loin, désormais, mais je regrette que mon œuvre n'ait pas de "chez-soi" et que les pseudonymes ne puissent être compris comme un projet complet : entreprise non aboutie.

*

Je fais cataloguer toute l'œuvre.

A. C. Robinson. Lester Bone[1].

1. On n'a trouvé aucune trace d'un (ou une) A. C. Robinson en relation possible avec quelque texte que ce soit. Un article signé Lester Bone, "Enquête philosophique sur les origines émotionnelles de la créativité", a paru dans le numéro 9 de *Science and Philosophy Forum* (2001). On n'a pas réussi à localiser Bone, son affiliation s'étant révélée fictionnelle. L'article a probablement été écrit par Burden, étant donné qu'on y trouve des

Pour Felix : *Le Livre de l'intranquillité.*

Ô prince de jours meilleurs, j'étais autrefois ta princesse, et nous nous aimions d'un tout autre amour[1].

26 février 2004

Il y a des matins où, quand je me réveille, il me faut un moment pour me souvenir. Pendant quelques heures, le sommeil éteint le terrible réel. Je suis malade, chauve, étripée et nauséeuse. J'ai des rougeurs sur tout le corps, effet du Taxol. "Rien d'inhabituel." La démangeaison est si affreuse que je me suis mise à m'envoyer des claques. J'ai des spasmes de diarrhée, et puis je suis constipée, et mon esprit ne fonctionne pas bien parce que la chimiothérapie rend idiot.

*

Je ne sais plus quelle date on est. J'ai oublié quel jour, aussi.

Panique. Et puis calme. Et puis, de nouveau, panique.

J'ai rêvé cet après-midi que les tumeurs avaient surgi, perçant la peau de mon ventre juste au-dessus de ma toison pubienne, qui ressemblait à un feuillage hérissé. Les tumeurs frémissaient de vie, et je me mettais à tirer dessus avec impatience, pour les extirper de moi, pour me sauver. Elles m'ensanglantaient les mains. Je réussissais à arracher un long serpent tout tremblant. La joie triomphante que j'ai ressentie. Joie indicible. Nous qui quittons le monde, nous pouvons encore souhaiter y rester.

citations de penseurs et de scientifiques dans de nombreux domaines.

1. Fernando Pessoa, *Le Livre de l'intranquillité*, 1982. Pessoa a utilisé pour ce livre l'hétéronyme Bernardo Soares.

*

J'ai encore à faire. Il reste en moi des mondes à découvrir, mais je ne les verrai jamais.

*

C'est un mercredi et il fait un temps froid et nuageux. Toute personne en train de mourir est une version caricaturale du dualisme de Descartes, une personne faite de deux substances, *res cogitans* et *res extensa*. La substance pensante évolue de manière indépendante au-dessus du corps insurrectionnel formé d'une matière vile et grossière, traître envers l'esprit, ce *cogito* aérien qui continue à penser et à parler. Descartes était beaucoup plus subtil en ce qui concerne les interactions entre l'esprit et le corps que ne l'admettent de nombreux commentateurs superficiels, mais il avait raison de dire que les pensées semblent n'occuper aucun espace, même dans nos têtes. Que sont-elles ? Nul ne le sait. Nul ne sait vraiment ce qu'est une pensée. Cela doit inclure les synapses et la chimie, bien entendu, mais comment les mots et les images y figurent-ils ? Je suis encore là, narratrice de ma propre fin. Moi, Harriet Burden, je sais que je vais mourir et pourtant une partie de moi refuse cette vérité. Elle m'enrage. Je voudrais cracher et crier et hurler et boxer la literie, mais de telles démonstrations seraient beaucoup trop douloureuses pour ce frêle squelette et les quelques organes putrides qui lui restent. J'ai ri, aussi, ri avec précaution afin de ne pas blesser ledit sac d'os et misérable lambeau de chair, mais j'ai ri, néanmoins, de ma mort imminente. J'ai raconté des blagues de cadavre et fait d'abondants projets pour mes propres funérailles.

5 mars 2004

Je suis rentrée chez moi pour mourir, mais mourir n'est pas si simple dans notre monde du XXIe siècle. Il faut une équipe. Il faut une "gestion de la douleur". Il faut le service fin de vie à la maison. Mais je me suis montrée stricte avec eux. C'est ma mort, pas la vôtre, ai-je dit à cette foutue assistante sociale suintant la compassion tandis que nous préparions l'étape ultime, comment mourir "bien". Un oxymore, espèce d'idiote. J'ai dit non aux conseillers spécialisés, ces camelots du deuil aux visages empreints de sympathie qui n'ont à offrir que déni, colère, marchandages, déprime et résignation. J'ai dit NON aux professionnels du deuil de toutes sortes et à leurs foutus clichés. Je ne veux AUCUNE connerie sentimentale prononcée à moins de quinze kilomètres de mon lit de mort. J'ai rugi ces mots. J'ai réussi à produire un rugissement. J'ai été magnifique.

Je ne rugis plus. Je suis un vaisseau qui fuit : urine, fèces et larmes s'écoulent de moi sans permission. Je porte des couches qu'il faut changer. Mes entrailles saccagées par la chirurgie sont à nouveau tordues par les tumeurs. Mes cheveux ont repoussé raides. La chevelure frisée que je détestais avant d'avoir appris à l'aimer a disparu et à sa place a poussé une paille grise et terne. Je suis un vrai monstre, maintenant, honteux de son corps hideux. Je sens la pisse, la merde et je ne sais quelle autre odeur que personne n'admet percevoir, mais ce doit être la puanteur de la mort. Je la sens pendant que j'écris ceci, elle monte par bouffées du champ de bataille sous les draps. On devrait me faire prendre des bains d'eau de Javel. Je suis couchée dans mon lit spécial qui monte et descend sur simple pression d'un bouton, garé près de la fenêtre afin que je puisse regarder l'eau et contempler Manhattan de l'autre côté. Le monde que je quitte me manque, mais je ne lui ai pas pardonné. Son goût amer subsiste, croûton dur dans ma bouche que je n'arrive pas à cracher.

Pearl regarde par-dessus mon épaule ce que je suis en train d'écrire. Elle est tout efficacité, une fille intelligente. Née à la Trinité, a vécu en Suède, maintenant à NY. Infirmière privée. Parle-moi suédois, je lui demande, et elle le fait.

J'aimerais récupérer l'esprit qui était le mien, celui qui bondissait et faisait des tours et des cabrioles en l'air. Autrefois j'aurais voulu qu'ils le voient, qu'ils reconnaissent mes talents. Maintenant, je me contenterais de le ravoir.

2 avril 2004

J'ai dit à Bruno aujourd'hui que je suis la Bête mourante, et qu'il est la Belle. Il a secoué la tête, ses lèvres tremblaient. Tu es si beau, ai-je dit. Tu es robuste et chaleureux, tu es ma beauté chérie. Viens plus près de la bête, ai-je dit. Et il a posé la tête sur ma poitrine et le poids de son crâne m'a fait mal. Tout me fait mal maintenant. La nausée arrive. La morphine me rend floue. La douleur augmente. Je voudrais tellement écrire, raconter, mais c'est de plus en plus difficile.

13 avril 2004

La clématite est là. Petite liane fraîche qui s'enroule autour de moi.

Maisie ne l'aime pas.

Ethan l'aime bien. Je le vois qui la regarde sans cesse. Il est venu aujourd'hui. C'est dur pour lui. C'était dur aussi pour lui quand Felix est mort, mais Felix est mort vite. Je leur ai parlé, à lui et à sa sœur, de cette voix étrange qui est maintenant la mienne, grinçante, guère plus qu'un chuchotement. Je suis contente de leur avoir parlé de Felix et de ses amours, de sorte qu'ils ne seront pas étonnés s'ils tombent sur d'anciennes clés. Je leur ai tout raconté gentiment. Je suis contente de moi. Si je n'étais une affreuse créature incontinente surgie du lagon noir, je pourrais passer pour une figure romantique, la mère à l'agonie sur son lit de mort, parlant noblement à ses enfants de leur père, cet homme difficile. Les rôles sont là, prêts à être interprétés.

Ah, si je pouvais chasser la souffrance du visage de Maisie. Tu es trop bonne, Maisie. Je lui ai dit ça. Elle a dit : Non, ce n'est pas vrai, je ne suis pas bonne. Mais seuls les bons sentent qu'ils ne sont pas bons. Je veux qu'elle vive, qu'elle travaille et qu'elle prenne son envol.

Et Maisie s'est penchée pour me poser un baiser sur la tête. Je t'admire tellement, *mommy*, a-t-elle dit. Elle ne m'a plus appelée *mommy* depuis ses six ans.

Je parle au Dr F. au téléphone. J'entends le chagrin dans sa voix. C'est de l'amour. Je suis reconnaissante de cette forme étrange d'intimité, ce monologue. Il m'a connue mieux que quiconque. Étrange, mais vrai.

Je retourne souvent dans l'appartement de Riverside Drive. Je parcours les chambres, je les inspecte. Je suis dans le bureau de mon père et j'ai porté l'une de ses pipes à mon nez pour respirer sans qu'on me voie cette odeur particulière. Je suis inquiète à l'idée qu'il entre. Ma mère m'interrompt. Elle me dit de ne pas toucher aux pipes, ni aux stylos. Non, non, non, il n'aime pas qu'on les dérange. Nous entendons sa voix dans la pièce voisine. Maman remet rapidement les pipes en ordre. Je la regarde et, sur son visage, je vois de la peur et de l'espoir. C'est terrible à voir. C'est terrible à voir car son expression est un miroir de la mienne.

*

Elle avait peur de lui.
J'avais peur de lui.

Il ne la frappait jamais. Il ne me frappait jamais. Il n'en avait pas besoin. Nous étions sous le joug.

*

Tu ignorais à quel point tu étais en colère.

J'ignorais à quel point j'étais en colère.

Comme j'ai ragé. Je crois que je ne suis plus capable de rager. Je crois que je suis trop faible, et alors le dépit revient, un peu plus léger, un peu plus mince, mais il revient. Si seulement je pouvais avoir l'impression que mon œuvre est accomplie, que je l'ai achevée, qu'elle ne va pas disparaître entièrement.

*

Père, tu ne savais pas combien je désirais que ton visage s'illumine quand tu me regardais. Mais tu étais handicapé. Cela m'aide de savoir que tu étais handicapé.

*

J'aimerais que le fantôme de ma mère vienne me bercer.

*

Phinny vient. J'espère qu'il n'arrivera pas trop tard.

*

Rachel est venue. Elle m'a rappelé la Bête à cinq doigts. Encore une Bête. Je l'avais oubliée. Je lui ai demandé de me caresser la main. Ses doigts sur mes doigts – je les sens, maintenant, en écrivant. J'ai demandé à Maisie de l'emmener voir la flamboyante mère Margaret.

*

Ethan m'a parlé. Ethan m'a raconté mes propres histoires fervidliennes. Sa mémoire est bien meilleure que la mienne.

Autrefois, je me souvenais de tout – citations, numéros de page, noms, articles et l'année de leur publication – et maintenant tout est flou.

La bouche rouge de Clemmy. Son contact rayonnant. Ses cailloux idiots. Pourquoi est-ce que je tolère ça ?

Je suis amoureuse d'une sainte sotte.

*

J'ai fait peur à Aven. Je regrette tellement.

*

Quand est-il venu ? Aujourd'hui ? Était-ce aujourd'hui ? Le Baromètre m'a souhaité bon voyage en un discours opulent. C'est un dieu en colère, qui tonitrue du haut des cieux et lance des éclairs et des vents brutaux.

*

Je me souviens que je suis juive.

*

Je suis des multitudes.

*

Cette terre est un point, un grain, un atome[1].

1. John Milton, *Le Paradis perdu*, livre VIII (17-18).

*

Je suis faite des morts.

*

Même mes pensées ne sont plus à moi.

SWEET AUTUMN PINKNEY
(transcription revue et corrigée)

J'ai entendu une voix qui disait : Harry. Une voix d'homme, assez forte, et je l'entendais parler tout près de mon oreille gauche, et pourtant il n'y avait personne autour de moi, parce qu'il était une heure et demie du matin et qu'un couple seulement se trouvait dehors à cette heure de la nuit. Je sais quelle heure il était parce que j'ai regardé mon portable juste au moment où ça s'est passé, devant la pharmacie Siri, Atlantic Avenue. Kali (c'est la petite chienne que j'ai adoptée à la société protectrice des animaux, moitié caniche, moitié terrier, moitié chihuahua) faisait son pipi et sa reniflette avant que je la ramène à la maison. J'ai su tout de suite que la voix était un signe. Si vous ne faites pas attention aux signes, ils passent outre, et vous risquez de manquer l'appel qui vous est destiné. Il n'y a pas de doute, ça m'a surprise. Il y avait tout un temps que je n'avais même plus pensé à Harry, et je n'avais plus eu de nouvelles d'Anton depuis sa carte postale ; je me concentrais sur mon devenir et mon évolution spirituels, et sur mes dons de guérisseuse et l'aide que je pouvais apporter à des gens dans ma pratique : la Guérison Spirituelle Indigo, et j'avais fait de réels progrès malgré quelques régressions, surtout avec le genre de types pour qui j'avais eu le béguin et qui avaient manifesté un mauvais karma qui, d'une manière ou d'une autre, m'avait échappé. Mais il faut dire, la régression aussi fait partie de la progression vers l'éveil. Il faut la reconnaître et avancer. Dans une de ses conférences, le maître Peter Deunov, a dit : “Votre conscience peut voyager à la vitesse d’un train de marchandises, elle peut voyager à la vitesse de la lumière, et elle peut voyager encore plus vite.” Je suppose que ma conscience allait aussi vite que certains avions, à ce moment-là.

Le lendemain matin, pendant que je faisais infuser ma fleur de thé vert, je savais qu’en réponse à la voix angélique je devais trouver Harry et, en regardant cette fleur qui s’épanouissait dans mon thé, j’ai senti l’expansion dans mon chakra sacré et la sensation orange qui flottait dans la chambre. Je me rappelais les auras rouges et brouillées de Harry. J’ai trouvé son nom dans l’annuaire des téléphones de Brooklyn et je l’ai appelée. J’avais préparé un petit laïus au cas où elle ne se souviendrait pas de moi. J’allais expliquer la voix, dans la rue, même si je sais que Harry n’est pas dans les enseignements du maître ni l’astrologie, les chakras et tout ça, mais ce n’était pas Harry au téléphone. La personne à l’appareil a dit : “Je suis sa fille, et ma mère est très malade en ce moment, et elle ne voit personne en dehors de sa famille et de ses amis les plus proches”, et sa voix avait un petit tremblement qui est passé à travers le téléphone jusque dans mon corps. Je lui ai demandé comment elle s’appelle et elle a dit “Maisie”, et j’ai dit : “Maisie, je suis Sweet Autumn Pinkney, j’ai connu votre mère du fait de ma relation avec Anton Tish, et j’ai été assistante pour le travail artistique, et je crois que je peux lui être utile maintenant. Voyez-vous”, et j’ai prononcé les mots suivants lentement et clairement, “j’ai reçu un appel.” Maisie m’a répondu : “Mais c’est vous qui m’avez appelée” parce qu’elle ne comprenait pas le sens supérieur de ce que je disais, mais cela n’avait pas d’importance. J’ai mis ma robe vintage, avec des dessins cachemire et une jupe large, elle est violette et c’est la meilleure couleur pour des soins d’urgence, et j’ai fourré Kali dans sa caisse de voyage et attrapé mon sac de pierres, et j'ai appelé un taxi parce que Red Hook c'est pire que tout en métro. Il n'y a tout simplement pas moyen d'y arriver par la voie souterraine, j'ai donc appelé Legends, le service de confiance auquel je fais appel quand j'ai besoin d'une voiture.

J'avais noté l'adresse, mais je ne trouvais pas le bon immeuble alors j'ai vu des gamins qui traînaient par là et je leur ai demandé s'ils savaient où habitait Harry Burden, et un garçon avec un tatouage sur le cou et une casquette de base-ball noire a dit : "Ah, vous voulez dire la riche sorcière." On s'en est dit un peu plus, et il est bientôt devenu assez évident qu'on parlait de la même personne, et je lui ai demandé pourquoi il l'appelait comme ça, et il a dit qu'il ne savait pas, sauf qu'il y avait plein de rumeurs à propos de "trucs flippants" dans son atelier et de bruits déments et d'invocations à Satan et à Dieu qu'on entendait parfois sortir de ce bâtiment. Ils ont un peu caressé Kali et puis ils m'ont montré la porte, et j'ai sonné. J'ai expliqué à Maisie et à Bruno, qui était le bon ami de Harry, que j'étais venue pour voir Harry, et il a dû entrer chez elle pour lui demander si elle était d'accord pour me voir, et elle a dit oui, alors je suis montée et je suis arrivée dans une chambre immense avec des fenêtres de tous les côtés et la lumière qui entrait partout et une super-belle vue, et Harry était couchée dans un lit d'hôpital à barreaux, vous savez, le genre qu'on relève des deux côtés, et un goutte-à-goutte dans le bras. Je voyais son coude qui pointait hors de la manche lâche de son T-shirt, et c'est sûr qu'elle n'avait plus que les os, et dès lors j'ai su qu'elle ne pouvait plus du tout aller mieux. Ça m'a remplie de silence.

Je voyais l'aura vaseuse autour d'elle et les couleurs ternes – des blancs, des gris, quelques ocres – et les toxines dues aux pertes et aux traumatismes accumulés au cours des années. Ma mission ne consistait plus à guérir mais à nettoyer les chakras pour que le corps lumineux s'émancipe du terrestre. Il fallait que je libère l'anatomie lumineuse de Harry. Mais elle devait m'en donner la permission. On ne peut pas arriver comme ça et se mettre à nettoyer et libérer sans permission. Kali a commencé à aboyer, alors je l'ai mise dans le couloir, dans sa caisse. Je savais qu'elle pleurnicherait un peu et puis qu'elle s'endormirait probablement.

Je me suis approchée de Harry en douceur : en posant le pied de la pointe au talon, comme une danseuse. On fait ça en signe de respect et pour ne pas faire de bruit. Je me suis arrêtée auprès d'elle. Elle était à moitié assise dans le lit, soutenue par les oreillers. Elle avait les cheveux courts et raides, pas bouclés comme dans mon souvenir, et ses pommettes saillaient au-dessus de ses joues creuses. La peau sous ses yeux était gris foncé, mais ses yeux verts étaient clairs et durs. Elle m'a regardée bien en face et a dit d'une voix rauque pleine de la maladie : "C'est la petite mystique, c'est ça ? La clématite ?" Et j'ai souri et posé la main sur son bras. Alors elle a plissé les yeux en me regardant. Je savais qu'elle sentait le courant tiède venu de mes doigts. Elle a fermé les yeux. Et j'ai dit : "Est-ce que je peux prier pour vous ?" Avant qu'elle ait pu répondre, Maisie s'était plantée juste derrière moi et me demandait ce que je faisais, et elle a dit que la famille n'était pas du genre à prier. Harry détestait ça, etc., etc. Maisie avait une aura bleue, mais un peu fumeuse parce qu'elle était triste, elle se cramponnait à sa mère, tellement compréhensible. Mais j'ai dit sur un ton ferme que je voulais savoir par Harry, parce que c'était elle, la personne que j'avais été appelée à voir.

Harry a dit : "Clématite, je suis juive."

J'ai répondu que ça n'avait pas d'importance et que chaque religion avait ses coutumes mais que Dieu était le même partout. Je lui ai dit que le christianisme de Peter Deunov avait été renouvelé par les principes du karma et de la réincarnation. Il aimait la phrénologie, aussi, la lecture des bosses du crâne, qui était populaire partout dans le monde quand le maître était jeune. Et alors, comme j'observais le visage cave de Harry, j'y ai vu de la souffrance, et sa bouche s'est élargie, et j'ai senti des douleurs au niveau de mon plexus solaire, des décharges si violente que j'ai dû poser ma main là, en bas, pour me stabiliser. Et après les douleurs, j'ai eu la révélation. L'appel, les plans supérieurs. Je me suis dit : Sweet Autumn (je me parle à moi-même, comme cela, quand quelque chose est vraiment important), j'ai dit : Sweet Autumn, voilà ce qu'était le message que la voix essayait de te communiquer dans Atlantic Avenue ! Un maître, c'est quelqu'un qui a passé au moins cinq initiations et achevé le stade humain de l'évolution, et qui est parvenu au-delà. Le maître n'a-t-il pas dit : "Une nouvelle terre verra bientôt le jour" ? N'a-t-il pas dit que le feu viendrait pour "régénérer, purifier et reconstruire toutes choses" ? Et certains des maîtres sont des artistes – Michel-Ange en est un, un artiste, comme Harry. Il habite un système planétaire plus élevé appelé Sirius. La pharmacie Siri ! La voix ! C'était un maître angélique, c'était peut-être Michel-Ange, qui me parlait de Sirius, j'étais assez excitée, et j'en ai parlé à Harry. Je voyais le visage de Maisie, les sourcils froncés, l'air en colère. Et Bruno me regardait d'un drôle d'air, mais Harry m'écoutait les yeux fermés et puis elle a dit, elle a chuchoté : "Je me souviens de Deunov maintenant, Clem, il est venu en aide aux juifs bulgares."

Et j'ai dit oui, oui, et j'étais vraiment heureuse que Harry connaisse l'histoire, c'était encore un signe. Quarante-huit mille personnes ont été sauvées parce que le maître Deunov a envoyé son messager, Loulchev, à la recherche du roi de Bulgarie, qui se cachait quelque part, pour obtenir de lui le salut des populations qui allaient être déportées. Le roi s'appelait Boris III ou IV ou quelque chose comme ça. Eh bien, Loulchev avait beau chercher, il ne trouvait pas le roi, alors il a dû revenir chez le maître et lui dire qu'il avait cherché dans tous les coins et recoins mais sans succès. Alors le maître a médité, le nom de la ville lui a été envoyé, et voilà que le roi se trouvait dans cette ville, et le roi respectait le maître, et les Bulgares les ont suivis tous les deux, et le roi a fait une loi qui a sauvé les juifs de la mort.

Je m'en souviens, Harry m'a dit : "Tsar, pas roi."

Alors j'ai dit que je croyais que c'était la même chose, et elle a dit que j'avais raison : c'était à peu près pareil.

Les signes apparaissaient de plus en plus vite et c'était presque trop pour moi. J'avais le vertige, ça m'arrive parfois quand je sens beaucoup de choses dans l'atmosphère autour de moi, mais tous les fils s'assemblaient. C'est comme ça que je le conçois, les fils se joignaient pour former des cercles, et Harry me donnait la permission. Je pouvais prier pour elle et nettoyer son anatomie lumineuse en vue de son passage au stade suivant. Les chamans du Brésil disent qu'on marche dans les montagnes et qu'on voit tout alentour avec des yeux nouveaux : une vision sacrée.

Je suis venue tous les jours pendant cinq jours. Le cinquième jour, Harry est morte.

Je tiens à dire que je savais que les autres ne m'acceptaient pas vraiment et qu'ils ne croient pas à ce que je crois. Maisie disait que j'étais une "interpolatrice", c'est-à-dire quelqu'un qui vient de l'extérieur sans y être invitée, et, surtout le premier jour, Bruno et Pearl, qui était l'infirmière de jour de Harry, me lançaient des regards noirs d'un bout à l'autre de la chambre pendant que je nettoyais les auras, en les faisant tourner d'abord dans le sens opposé à celui des aiguilles d'une montre et puis dans le sens contraire. C'est un travail lent, et ils me faisaient les gros yeux. Ne croyez pas que je ne les voyais pas. Je me suis entraînée à ne pas y attacher d'importance, c'est tout. On se moque de mon don depuis que je suis toute petite, alors c'est de l'histoire ancienne. Je n'étais pas comme les autres, je ne l'ai jamais été. Je voyais et je sentais toujours des trucs que les autres ne voyaient et ne sentaient pas, des couleurs, des ondes, de l'électricité dans mes bras et mes jambes, et ils m'attendaient après l'école et me criaient après, "vilaine albinos" ou "débile" ou "demeurée". Parfois ils me faisaient un croche-pied ou tapaient sur mon sac à dos ou me l'arrachaient et jetaient toutes mes affaires sur le trottoir. Pas trop original, quand on y pense. Il faut juste apprendre à marcher le menton haut en les laissant crier tout leur saoul. Ce n'est pas facile. Il m'a fallu longtemps pour ne plus y faire attention.

En tout cas, après le premier jour avec les gros yeux et cette histoire "d'interpolatrice", les choses se sont arrangées. Maisie avait sa petite fille, Aven, qui devait aller à l'école, et elle avait son mari, Oscar, qui était un homme vraiment gentil, avec une voix grave qui provoquait une sensation de chaleur quand on l'écoutait, et elle ne pouvait pas simplement les oublier, après tout. Le deuxième jour, j'ai proposé à Maisie de la remplacer, parce qu'elle n'arrivait plus à garder les yeux ouverts. Ils papillonnaient, se fermaient sans arrêt. J'ai dit que je resterais près de Harry et qu'elle devrait essayer de faire un petit somme sinon elle ne serait plus bonne à rien. Maisie voyait bien que Harry aimait le contact de mes mains et le réconfort des cristaux sur son ventre, et que mes chansons lui plaisaient – je lui chantais quelques vieilles ballades que me chantait ma grand-mère Lucy. Harry aimait particulièrement *Adieu, ma Nancy* : "Il faut nous quitter, mon âme est lasse et souffre / Adieu ma Nancy, oh." Harry aimait bien Kali, aussi. Et Kali aimait Harry. Elle lui avait léché le visage et elle l'avait flairée et, après ça, elle restait avec nous dans la chambre et c'était plus facile.

Harry a dit à Maisie : "Va te reposer, mon amour. Je ne suis pas encore morte. J'ai encore un peu de ressort."

Maisie m'a dit qu'elle regrettait de s'être mise en colère contre moi, et j'ai répondu que ce n'était pas grave et qu'elle ne devait pas s'en faire.

Bruno pouvait s'énerver contre nous tous et se mettre en colère contre le Dr Gupta, du service des soins palliatifs, qui était en réalité un homme très correct. Il avait une aura verte, parfaite pour un soignant. Le Dr Gupta venait régulièrement pour contrôler la situation parce que les remèdes ne fonctionnaient pas toujours comme ils auraient dû. Je me souviens de Bruno dans le couloir avec le docteur, il s'excitait à fond mais essayait de ne pas élever la voix pour que Harry ne l'entende pas, et il n'arrêtait pas de répéter à sa façon bourrue : "Elle ne souffrira pas. Vous m'entendez. Elle ne souffrira pas. Vous devez faire disparaître la douleur." Après le départ du docteur, Bruno s'est assis sur une chaise, il s'est enfoui le visage dans les mains et s'est mis à pleurer, fort mais sans bruit. Je me suis approchée sur la pointe des pieds et j'ai posé la main sur ses épaules. Il a relevé la tête et m'a demandé : "Qui êtes-vous ?" Il n'a pas dit ça aimablement, et je ne lui ai pas répondu. Je pensais que ça ne servirait à rien. Et puis j'ai entendu : "Elle a dit que vous êtes...", un mot que je n'ai pas compris. J'ai dit : "Je suis quoi ?" Et il a dit : "C'est un mot allemand : *unheim-lich*. Ça signifie étrange, bizarre, mystérieux." Je lui ai dit que ça m'allait. Ça ne me dérange pas, j'ai dit. Bruno a hoché la tête, mais il a fait un tout petit sourire, juste les coins de sa bouche, alors je me suis sentie plus à l'aise avec lui après ça et, oh, je dois le dire, il aimait Harry. Je dirais qu'il avait un don. Il savait comment l'aimer. C'était une lumière forte, pure, rayonnante, et il restait assis auprès d'elle et lui embrassait la main, lui caressait la tête et lui parlait en chuchotant. Je les ai entendus rire, aussi. Je me suis rendu compte que j'aimerais rire avant de mourir. J'espère que je pourrai. Mais je voyais bien que Harry avait été blessée, sans doute chez elle quelque part en chemin, comme beaucoup d'entre nous. Parfois je pouvais voir et sentir la colère brûlante qui émanait d'elle dans la chambre, les anciennes flammes rouges obscurcies par la fumée et les énergies négatives, celles que j'avais vues à l'époque d'Anton. Et je comprenais que Harry devait faire la paix avec tous ceux qu'elle aimait avant de s'en aller, et ça c'est terriblement important, peu importe à quoi vous croyez. Et alors je me suis rendu compte que certains de ces gens étaient déjà de l'autre côté, et que quelques-uns étaient des fantômes avec leurs os ternes et blancs encore liés à ce côté-ci. Pauvre Harry.

Je n'ai rencontré Ethan que le deuxième jour. Il avait ce bonnet de laine enfoncé jusqu'aux sourcils, bien qu'il ne fît pas froid dehors, et il avait l'air effrayé et solitaire. Dès qu'il est entré, j'ai vu qu'il était complètement bloqué par des craintes. Il a fallu que je me concentre et que je le contourne, mais alors j'ai vu un trou, comme une déchirure ou une irritation dans son chakra du cœur. Et je sentais les souhaits qui s'envolaient de Harry vers lui. Il s'est assis sur une chaise près du lit et il a parlé avec elle. Il savait beaucoup de choses. J'ai vu tout de suite que c'était quelqu'un de très intellectuel, comme Harry. Je ne savais vraiment pas de quoi ils parlaient, mais je me rendais compte qu'ils ne disaient pas les mots authentiques qu'ils avaient besoin de dire, et ça m'angoissait. J'ai commencé à sentir une tension dans ma poitrine, si fort que ça devenait un peu difficile de respirer, et j'ai dû faire une pause, sortir dans le couloir pour nettoyer ma propre aura. Je me suis allongée par terre et j'ai médité pendant environ une demi-heure. Ms Charmant, l'infirmière de nuit, est arrivée pour prendre son tour. Quel joli nom, Charmant, non ? En tout cas, elle est entrée dans la chambre et Ethan en est sorti, il s'est assis par terre et nous avons parlé.

Ma foi, je ne me rappelle pas tout ce que nous nous sommes dit. Ethan a caressé Kali un moment et m'a posé des questions sur elle, et puis nous sommes passés je ne sais comment au sujet de l'enfance et de combien ça peut être difficile simplement parce qu'on est petit. Si bien que j'ai fini par lui raconter comment Denny m'a cassé le bras. Lui et maman étaient en train d'avoir une de leurs grosses bagarres à la table du dîner, et j'essayais juste de me tirer de là parce que je savais ce qui pouvait arriver si je restais, mais il m'a attrapée par le bras pour contrarier maman, et il m'a lancée contre le mur et alors je suis tombée par terre violemment et un os s'est brisé et mon bras pointait vers l'extérieur, c'était fou. Ça faisait si mal et ça avait un aspect si différent de celui d'avant que je me suis mise à hurler. Ils ont arrêté de se disputer, en tout cas. Ils avaient tous les deux l'air tellement surpris. Alors Denny est venu vers moi, et je reculais parce que j'avais peur de lui, mais il a empoigné mon bras et remis la fracture. Ça a fait un mal de chien mais, tout de suite après, je me sentais beaucoup mieux, comme un miracle, vraiment. Il a fait ça pour moi, même si c'est lui qui avait cassé mon bras pour commencer. Nous sommes tous allés aux urgences en voiture. Denny et maman ont menti sur la façon dont c'était arrivé. Ils ont dit que j'étais tombée d'un arbre, et le docteur a félicité Denny pour son beau boulot, et Denny était fier. Bon Dieu, je le voyais à sa tête. C'était comme s'il avait oublié que c'était lui qui m'avait fait mal. Tout ce qu'il se rappelait, c'était qu'il avait remis mon bras, pas qu'il l'avait cassé. Ethan a dit que c'était assez ironique. J'ai dit, ouais, c'est vrai. On s'est tus pendant un moment, et puis je lui ai dit qu'il avait un blocage d'aura, et il a dit : "Vraiment ?"

En tout cas, je lui ai parlé de Harry et Anton. Il a voulu que j'écrive quelque chose pour expliquer que je savais que c'était l'œuvre de Harry et qu'Anton me l'avait dit. J'ai dit que je le ferais, sûr. Je lui ai demandé pourquoi il parlait d'un livre à sa mère alors qu'elle était sur le point de passer de l'autre côté. Au bout d'un moment, Ethan m'a parlé de ce monde que Harry inventait pour les Fervidliens, et il m'a dit qu'il pensait tout le temps aux histoires qu'elle leur racontait, à Maisie et à lui, au moment de dormir, et que c'était à cause de ça qu'il était devenu écrivain, mais qu'il ne le lui avait jamais dit. Tu devrais le lui dire, ai-je fait, parce que ta mère ne va plus être là. Elle s'en va et, pour elle comme pour toi, tu devrais le lui dire. Ethan m'a répondu qu'il ne savait pas pourquoi, mais que c'était affreusement difficile pour lui. Il m'a laissée mettre les mains sur lui, alors, sur son visage et ses épaules. L'imposition des mains est la plus ancienne des méthodes de guérison, ça remonte à la Bible. "Alors après avoir jeûné et prié ils leur imposèrent les mains et les renvoyèrent." Ça lui a donné de l'énergie. Je le sentais. Et alors nous nous sommes embrassés une ou deux fois. Je sais que ce que je raconte est pour le livre et qu'Ethan le lira probablement, mais c'est pas grave. Ça lui a fait du bien qu'on s'embrasse, et les couleurs autour de lui sont devenues plus vives, et j'ai pu voir combien il est beau, et je lui ai enlevé son bonnet. Il avait de beaux cheveux, bouclés mais pas aussi bouclés que l'étaient ceux de Harry autrefois, des boucles comme soyeuses, et je lui ai demandé si je pouvais les toucher et il a dit oui alors je l'ai fait. Je suis restée à la loge, c'est comme ça qu'ils appellent cet endroit. Ethan, Kali et moi avons dormi ensemble dans un lit, sans sexe ni rien. Au milieu de la nuit, j'ai entendu quelqu'un qui parlait fort dans le couloir à propos d'anges. Ethan m'a dit de ne pas m'inquiéter, que c'était quelqu'un qu'on appelle le Baromètre. Il m'expliquerait le matin venu.

Le troisième jour, Harry m'a paru plus blanche et plus faible. Et aussi, elle devait presser le goutte-à-goutte pour augmenter la morphine. Malgré tout, elle avait un carnet à carreaux noirs et blancs et un crayon sur la table à côté d'elle et, même si sa main tremblait fort, elle a réussi à y griffonner quelques mots. Ça a pris longtemps, et quand elle a eu fini, toute son énergie avait disparu. Douleurs intenses. J'ai tamponné ses larmes avec un Kleenex. Nous lui avons mis du baume pour les lèvres sur la bouche parce qu'elle se craquelait. J'ai posé un nouveau cristal sur son estomac sous sa chemise, et nous avons dû arranger les draps. Pour la première fois, j'ai vu la cicatrice avec la peau froncée tout autour, en bas, là où ils ont dû l'ouvrir. Tout son ventre avait un drôle d'aspect, vraiment blanc et doux, mais on pouvait presque voir à travers la peau. J'ai continué à nettoyer les chakras, en faisant des mouvements circulaires pour nettoyer et réconforter. Ça marchait pour de bon, et j'étais contente parce que je progressais. Je voulais que les derniers rêves de Harry de ce côté-ci soient de bons rêves, et je savais que l'effet de la purification, ce seraient des images de rêve paisibles.

À un moment donné de l'après-midi, une femme d'un certain âge, petite et nette, est entrée dans la chambre avec Maisie. Elle avait les cheveux poivre et sel, coupés au carré à hauteur du menton, et elle portait une longue jupe vert pâle qui lui descendait aux chevilles et qui froufroutait un peu quand elle marchait à petits pas rapides. Ethan m'a dit que c'était la plus vieille amie de Harry, Rachel Briefman. Elle donnait une impression de sagesse et d'assurance. Elle est restée longtemps assise près de Harry, elle lui caressait la joue et lui parlait à voix basse. Je crois qu'elles se souvenaient de quand elles étaient jeunes, ou bien Rachel se souvenait pour Harry. À vrai dire, j'ai dû leur tourner le dos un petit moment. J'ai fait semblant de jouer avec Kali, parce que je sentais que Harry manquait déjà à Rachel, elle lui manquait avant d'être morte, si vous voyez ce que je veux dire, et tout à coup j'ai eu envie de pleurer. Le médecin de Harry est venu aussi, son psy, pas le Dr Gupta. C'était un Blanc, plutôt vieux, avec des cheveux clairsemés, une calvitie, des lunettes à monture d'écaille et un petit ventre, pas trop gros, juste bien nourri et confortable. Ses yeux me plaisaient. Nous sommes tous sortis de la chambre, même Bruno et Pearl. Ils ont dû rester seuls là-dedans pendant près d'une heure. Bruno marchait de long en large, en repoussant ses cheveux en arrière à deux mains, encore et encore. Quand le docteur est sorti, j'ai vu à son visage qu'il était triste. Il m'a serré la main d'une façon tellement polie, respectueuse. Il a laissé Maisie l'embrasser. Bruno l'a accompagné en bas et dehors. Je ne sais pas ce qu'ils se sont dit, mais l'humeur changeait vite parmi nous à cause du temps, le temps ici sur terre, pas l'autre temps de l'éternité. Je priais et méditais, priais et méditais, pour avoir la force de finir mon travail. Personne n'avait besoin de savoir que je priais. Kali savait. Elle avait posé la tête sur mes genoux et me regardait avec une telle tendresse. Parfois les énergies les plus pures viennent d'animaux.

Harry ne mangeait rien. Maisie essayait de lui faire avaler du bouillon, mais elle ne pouvait pas. Je voyais que Harry n'allait plus accepter aucun aliment, mais Maisie voulait garder sa maman en vie, la faire continuer. Harry a dit qu'elle ne sentait plus ses pieds, alors nous les avons frictionnés, Maisie et moi, et pendant que nous la frictionnions Ethan s'est assis près d'elle et il a commencé les histoires de Fervidlie. Il y avait cette fille, Nobisa, qui n'était ni très propre ni très jolie. Ça me plaisait parce que, d'habitude, vous savez, c'est la belle princesse et patati et patata. Nobisa avait des aventures avec des types plutôt étranges, un ogre qui s'appelait le Brûlé parce qu'il avait un jour failli être tué dans un incendie et qu'il était couvert de cicatrices, et il y avait une fée qu'on appelait la Grosse pour la bonne raison qu'elle était obèse, ce qui faisait qu'elle avait beaucoup de difficulté à voler. Elle était trop lourde, mais elle ne réussissait pas à maigrir parce qu'elle avait une faim gigantesque d'œufs au lard. Elle était venue à bout de tous les cochons du royaume, et les poules ne pouvaient pas pondre des œufs en suffisance pour son appétit, et une guerre commençait à cause de cela avec le royaume voisin. Ethan n'arrêtait pas de raconter et Harry restait étendue, les yeux fermés et les doigts serrés sur le contrôle du goutte-à-goutte de morphine, mais de temps en temps elle souriait.

Et alors Harry a vomi de la bave avec un peu de sang. Elle s'étouffait, et j'ai posé la main sur sa poitrine en respirant pour elle. Elle a gémi. Et puis elle a dit : "Tu sais, on m'a charcutée sans raison, Clemmy. On m'a découpée et empoisonnée, mais ça n'a fait qu'empirer les choses." Bruno avait l'air bouleversé. Les larmes lui jaillissaient des yeux.

Juste à ce moment, un type tout maigre, avec des longs cheveux et une barbe, vêtu d'un T-shirt avec un crâne imprimé dessus, est entré dans la chambre en sautillant – je veux dire sautiller comme font les enfants, un pas, hop, un pas, hop – et il s'est mis à parler vraiment fort en agitant les bras comme un moulin à vent. Pour être honnête, j'ai cru pendant une seconde qu'un des personnages déments des histoires de Harry était venu à la vie. Il s'est incliné devant nous comme un homme qui va jouer au piano pour toute une salle pleine de gens, et puis il a agité le poing vers le plafond. Mais il se mettait en forme pour un sermon. Les mots sont arrivés en trombe. Sa façon de parler m'a rappelé ce prêcheur inspiré que grand-mère Lucy m'a un jour emmenée écouter, mais ce type-là avait les cheveux tout collés de graisse et il portait un complet bleu marine. L'homme maigre parlait de la foi, de zèle et de tribulations, et du sang de la croix et d'agneaux et d'anges et de tempêtes et d'éclairs claquant dans le ciel et du 11 Septembre et même d'Internet, même si je ne voyais pas bien ce que ça venait y faire. J'essayais de lire son aura, mais il sautillait autour de la chambre sur ses jambes pliées, tout saccadé et nerveux, et il était difficile de voir ce qui émanait de lui.

Harry gémissait, et Bruno avait l'air très fâché, et j'ai pensé qu'il allait frapper ce petit homme.

Tout à coup le sermon s'est arrêté. L'homme a dit : "Brise le bras de l'homme mauvais et impie." Ça vient d'un des Psaumes. Je les avais presque tous appris quand j'étais plus jeune. Ce n'est pas un de ceux qui sont consolants, ceci dit, comme celui où il est question des verts pâturages. Et puis il a sauté directement au Psaume 22, un autre passage qui fait peur : "Je suis comme de l'eau qui s'écoule, et tous mes os sont disjoints ; mon cœur est comme de la cire, il se fond dans mes entrailles. Ma force s'est desséchée comme un tesson, et ma langue s'attache à mon palais ; et tu me couches dans la poussière de la mort." Je n'ai jamais su ce que c'est qu'un tesson.

J'avais encore les mains posées sur Harry, et je respirais en rythme, et elle respirait avec moi. Elle a dit : "Je suis un vaisseau brisé." Donc Harry devait connaître sa Bible, elle aussi. Je ne l'aurais jamais pensé, mais plus tard Ethan m'a dit que Harry avait lu tant de livres et que, bien sûr, elle connaissait la Bible parce que c'était de la "grande littérature". Il était un peu snob, là-dessus. Oh, bon.

Nous l'avons emmenée dehors parce que Harry avait dit qu'elle voulait voir l'eau et le ciel. Pearl pensait que ce serait peut-être trop. Mais Harry en avait vraiment envie, et Bruno a dit que nous allions le faire quoi qu'il en soit. Il avait le visage tout rouge, et il a dit nom de Dieu, si c'est ça qu'elle veut, c'est ça qu'elle aura.

Ç'a été toute une affaire. Nous avons emporté le goutte-à-goutte puisqu'il était mobile, mais nous avons dû installer Harry dans le fauteuil roulant, ce qui n'a pas été facile parce qu'elle était si fragile de partout, et elle avait si froid que nous avons dû l'emballer avec un grand pull-over et une écharpe et deux couvertures enroulées autour d'elle. Maisie a trouvé pour sa tête un joli feutre vert, même si c'était le printemps et l'air était tiède. Harry avait l'air assez comique, je dois dire. Quand elle a été tout à fait prête à sortir, il était affreusement difficile de trouver la personne au milieu de tous ces emballages. Nous avions l'air de promener un long sac de couchage coiffé d'un chapeau. Nous l'avons descendue dans l'ascenseur de service. Je n'avais même pas encore remarqué qu'il y en avait un. Bruno a dit que c'était lui qui devait pousser le fauteuil parce que c'était lui qui savait comment le manipuler, mais il a tout de même secoué Harry une ou deux fois, et chaque fois elle a fait "Aïe", mais juste une seconde. Pearl nous accompagnait, calme et claire, avec cette façon qu'elle a de se tenir droite de haut en bas, très digne, et aussi l'homme maigre, qui avait l'air épuisé par son sermon et s'était tout à coup mis à boiter. Je me suis demandé si ce n'était pas sa sympathie pour Harry qui l'aurait rendu boiteux pour quelque temps.

Ethan m'a chuchoté que ce personnage était le Baromètre. Sa mère avait été tuée par une tornade, et il avait passé un certain temps, beaucoup de temps dans des hôpitaux psychiatriques, mais il vivait maintenant avec Harry et Bruno. Nous sommes descendus avec Harry au bord de l'eau pour qu'elle puisse la regarder. Je crois qu'elle avait envie de sentir le soleil sur son visage, parce qu'elle le tournait vers le ciel. Kali dansait au bout de sa laisse et me tirait de-ci, de-là pour renifler les odeurs. C'est fou ce qu'elle aime les odeurs.

J'ai emmené Kali à l'écart des autres et j'ai marché à quelques mètres de distance. Je pensais qu'ils devaient avoir Harry pour eux, que Bruno, Maisie et Ethan le devaient, en tout cas. Je regardais les mouettes et, là-bas, Lady Liberté. Je pensais à ce que Harry devait éprouver parce qu'elle ne la reverrait plus, pas comme ceci, de toute façon. Je souhaitais qu'elle sache que ce serait mieux, plus beau de l'autre côté, mais c'était triste parce qu'on ne peut pas s'empêcher d'aimer ce qui nous entoure même si c'est un désir de possession et un attachement aux choses qui n'ont pas une réelle importance quand on les considère dans une perspective spirituelle plus élevée. La promenade n'a pas duré. Harry n'en pouvait plus. Son chapeau lui est tombé devant la figure et Maisie a dû le remettre en place parce que Harry était trop faible pour le faire. Elle a aussi arrangé l'écharpe de sa mère, et j'ai entendu Harry chuchoter : "C'est moi le bébé, maintenant." Et Maisie a souri, mais dès qu'elle s'est remise à marcher à côté de Bruno et que Harry ne pouvait plus la voir, le visage de Maisie était mouillé, inondé de larmes.

Aven, la petite-fille de Harry, est arrivée après l'école. Elle était grande pour une gamine de son âge, avec des cheveux courts, de grands yeux et un air sérieux. Elle avait l'air d'un garçon manqué. Ethan a dit : "Elle déteste le rose. Refuse d'en porter." Il dit aussi qu'elle avait la bosse des maths, "elle calcule comme ça", et il a fait claquer ses doigts. Je crois qu'elle savait qu'elle allait dire adieu à Harry. Elle l'appelait grand-mère. Je regrette un peu qu'elle n'ait pas pu voir Harry plus tôt dans la journée, parce que Harry était tellement éreintée par la promenade au bord de l'eau qu'elle n'a vraiment pas pu dire grand-chose. Maisie est montée avec Aven auprès de Harry, et Aven a regardé la peau ridée et blanche de sa grand-mère, la grosse veine saillante sur sa tempe, et ses yeux, qui étaient tout enfoncés, et ses lèvres fendillées, et elle a eu peur. Elle n'avançait pas, n'avait pas envie de toucher sa grand-mère. Maisie lui a donné une petite bourrade dans le dos pour la pousser vers Harry, et j'ai vu le visage d'Aven se défaire, et elle a aspiré ses lèvres à l'intérieur de sa bouche. Elle n'avait que huit ans, peut-être neuf. Je savais qu'Aven était sur le point de fondre en larmes, alors j'ai ramassé Kali et je la leur ai amenée, à toutes les deux. Kali a pleurniché un peu, et flairé Harry. Kali savait. Ma petite chienne savait exactement ce qui se passait. Alors j'ai pris la main d'Aven dans la mienne, et ensemble nous avons caressé Kali, et puis j'ai posé nos mains très doucement sur l'épaule de Harry, nous avons caressé Harry ensemble un petit moment mais je gardais mon autre bras autour des épaules d'Aven. Alors j'ai senti la main de Maisie contre mon dos. Ça m'a fait du bien. Maisie pensait que c'était bien. Les yeux de Harry étaient pleins de larmes, et j'ai pensé qu'elle allait se mettre à chialer avec sa petite-fille debout, là, devant elle, mais elle a regardé Aven et, pendant une seconde, ses yeux brouillés ont paru moins brouillés, et elle a fait un bruit dans sa gorge et puis, aussi fort qu'elle pouvait, ce qui n'était pas bien fort, elle a croassé : "Défends-toi. Ne laisse personne te bousculer. Tu m'entends ?"

Aven se mordait la lèvre inférieure, je voyais ses dents blanches. Elle a jeté un regard à sa mère, parce qu'elle ne savait pas quoi dire. Maisie a hoché la tête. C'était le plus petit hochement de tête que j'avais vu de toute ma vie, et Aven a dit : "Je me laisserai pas bousculer, grand-mère, je te le promets." Franchement, je me suis fait un grand "ouf" en moi-même. J'étais contente que nous soyons sortis de ce pas-là sans grosse catastrophe émotionnelle.

Bon, après ça, nous avons surtout attendu. Bruno ne quittait pas Harry. Il s'était fait installer un lit juste à côté d'elle. Il y avait de la place pour nous tous. Maisie, Oscar et Aven dormaient dans une des chambres, et on nous avait donné, à Kali et moi, un petit bureau un peu plus loin dans le couloir, où Harry avait fait les comptes de sa fondation et des trucs comme ça. Ethan m'a encore embrassée, mais il est allé dormir seul dans une chambre. Ms Charmant est arrivée pour prendre la relève. Le matin, Harry était encore vivante, mais agitée, elle parlait et gémissait. Le Dr Gupta est venu la voir, et il a parlé avec Bruno dans un coin. Bruno hochait la tête. Je ne comprenais pas les trucs médicaux, mais ils n'allaient pas permettre à la douleur de l'emporter sur Harry, alors ils lui ont donné des sédatifs, et Harry est devenue vraiment calme. Elle gisait là, aussi tranquille qu'on peut l'être, si tranquille que ça m'a fait penser à la façon dont les feuilles arrêtent de bouger juste avant un gros orage. Je continuais mon nettoyage, malgré Bruno qui me criait dessus : "Je ne sais toujours pas ce que vous foutez ici !" Ethan lui a dit de me laisser faire. "Maman était contente qu'elle soit là. Tu le sais, et je le sais", a-t-il dit. "Qu'elle reste." Ethan a été un héros, pour moi, à ce moment-là.

Bon, en fin de matinée, vers onze heures et demie, nous étions tous assis, là, à attendre que Harry meure. J'avais fait ce que je pouvais, et je me sentais assez sûre que les chakras étaient aussi propres qu'ils le seraient jamais. J'avais posé mon agate violette sur son ventre pour ouvrir le flot spirituel quand le moment serait venu, parce qu'elle agit sur les chakras supérieurs. Et puis, tout à coup, nous avons vu Harry tressaillir dans son lit et, d'une voix qui nous a tous réveillés, elle a dit : "Non." Et puis elle l'a dit une deuxième fois, et puis une troisième pcur faire bonne mesure. Après ça, elle n'a plus rien dit du tout.

Un certain Phineas est arrivé dans l'après-midi. C'était un Noir svelte et de taille moyenne, à peine noir à vrai dire, si vous voulez que je le décrive bien. Il avait le visage plein de taches de rousseur et des sourcils minces et arqués, et une bouche tendre, avec la lèvre inférieure qui ressortait un peu. Ses vêtements me plaisaient : pantalon moulant, bottes, et une veste de sport très sympa. Ils le connaissaient tous. Harry ne pouvait plus lui parler, et c'était dommage parce qu'il arrivait exprès d'Argentine. Ethan m'a appris que c'était un des doubles de Harry. Il avait joué un rôle pour elle, comme Anton, mais ça ne l'avait pas perturbé comme Anton. Phineas s'est assis près de Harry et il lui a parlé, même si elle ne l'entendait plus, en tout cas pas de la façon ordinaire, parce qu'elle n'était plus éveillée. Il lui a parlé longtemps, en lui tenant la main. Je me souviens qu'il l'appelait "camarade" et "mon camarade, mon vieux camarade".

Plus tard, Phinny – c'était son surnom – est sorti pour nous acheter à tous des sandwiches, et nous nous sommes tous assis pour les manger, et puis on a bavardé de choses et d'autres. Ethan lisait le journal qui traînait sur la table, et Maisie s'est énervée, elle a dit que nous étions tous en train d'oublier Harry qui gisait là, presque morte, et que faisions-nous ? Mais je lui ai dit que c'est comme ça. Nous ne mourons pas maintenant. Nous mourrons plus tard. Il faut que nous mangions. Harry voudrait que nous mangions, pas vrai ? Il pleuvait dehors, la pluie tombait dru devant les fenêtres, couvertes de petites gouttelettes qui coulaient de haut en bas des vitres comme des larmes. Je me rappelle que j'ai pensé ça.

Cette nuit-là j'ai dormi avec Kali roulée en boule contre moi, et je me demandais si Ms Charmant ou Bruno allait entrer pour me dire que Harry était morte, mais au matin elle était vivante. Le Dr Gupta nous dit que son corps était en train de se refermer. Mais Harry respirait encore. Et il a cessé de pleuvoir, le soleil est sorti et Bruno a ouvert les fenêtres pour aérer. J'ai emmené Kali faire un tour et nous avons couru devant les bateaux-taxis et le grand entrepôt où ont lieu des expositions d'art, et j'ai pensé que Harry aurait peut-être dû avoir ses œuvres là-dedans. Quand je suis rentrée, nous avons encore attendu. J'ai observé l'aura de Harry – nettement plus propre. Les couleurs étaient pures. Un peu de rouge, mais surtout des verts et des bleus. Ça m'a rendue heureuse, parce que j'avais obéi à mon destin. Je rêvassais en pensant à mon appartement et à mes thés bien alignés dans ma petite cuisine et aux clients que j'avais annulés pour venir chez Harry, et cette attente m'ennuyait un peu, à vrai dire, mais je n'avais pas encore envie de la quitter. Je voulais être là pour la transition, l'instant où Harry quitterait notre monde vers des domaines de conscience plus élevés.

Avant de partir, Harry a émis un bruit étrange, un bruit profond, sombre, tremblant, et quand je l'ai entendu ce bruit a rebondi dans ma tête, annonciateur d'une fin et d'un nouveau commencement. Nous étions si silencieux. Je ne me suis pas approchée de Harry, mais j'ai vu un éclat de lumière au-dessus et autour d'elle. Solennel et raide, le Dr Gupta nous a dit qu'elle était morte. Harry paraissait tout à fait immobile, et sa peau était comme transparente, mais je n'ai pas vu trace de souffrance sur son visage. Je savais qu'il était temps pour moi de me retirer. Bruno la tenait dans ses bras, et Maisie et Ethan étaient debout près du lit alors, quelques minutes après, j'ai ramassé Kali et mon sac de pierres, et je suis sortie de la chambre en marchant de la pointe aux talons, silencieuse comme une souris et, de la cuisine, j'ai appelé Legends pour qu'une voiture vienne me chercher. J'ai laissé l'agate violette, en espérant qu'ils penseraient à la rincer.

Il ne me reste qu'une chose à dire. Je suis restée en contact avec Ethan et, environ huit mois plus tard, il m'a demandé si je voulais venir voir une partie de l'œuvre de Harry, pendant qu'elle se trouvait encore dans l'atelier. Ils étaient en train de l'organiser, ou quelque chose comme ça. J'ai dit oui. Maisie et Ethan m'ont fait entrer. J'avais laissé Kali chez Deborah, ma voisine dans l'immeuble, parce que Deb adore la babysitter. Ethan a déverrouillé une porte, l'a ouverte et a allumé les lumières au-dessus de moi. C'était la fin de l'automne et, au-delà des fenêtres, le ciel était gris, avec un peu de brun et de blanc. Ils m'ont raconté que Bruno et le Baromètre habitaient encore dans l'immeuble et qu'ils ne s'entendaient pas trop bien, il y avait donc des problèmes, mais ils essayaient de les résoudre et il y avait quelque chose concernant le testament de Harry, comment elle avait assuré leur avenir, mais je n'écoutais pas, je regardais autour de moi tout ce qui se trouvait dans cette pièce, les grandes poupées molles, les fenêtres, les maisons. Il y avait de petites sculptures pendues au plafond. L'une d'elles représentait un pénis, et je n'ai pas pu m'empêcher d'en rire. Et puis j'ai eu cette sorte de sensation bizarre de lévitation que j'ai parfois, comme si j'étais tirée vers le haut. C'était un signe, il venait peut-être de Harry. Je sentais bien qu'il était en train de m'arriver quelque chose d'important, et alors j'ai vu une femme accroupie par terre, pas une vraie personne mais une grande et grosse statue sans cheveux. Et elle avait plein de gens dans sa tête, mais aussi des chiffres et des lettres, et des chiffres, des lettres et de petits personnages pleuvaient de ses parties intimes, de son vagin en tout cas, et j'ai senti un grand sourire s'épanouir sur mon visage, et je me suis approchée d'elle pour mieux la regarder. Il y a beaucoup de choses que je ne comprends pas en art. Franchement, ça m'ennuie plutôt, mais là c'était différent. Je me suis mise à quatre pattes pour commencer à regarder les petits personnages, et j'avais la sensation sacrée. Je l'ai dit à Ethan. J'ai écarté les bras en faisant "Hou, là", et alors je l'ai vue. Je me suis écriée : "Regardez ! Regardez c'est Harry. Je peux la toucher ?" Ils ne savaient pas que Harry s'était mise elle-même dans l'œuvre, alors ça nous a excités. J'ai désigné la petite personne et Ethan et Maisie se sont agenouillés. Ils l'ont vue tout de suite. Maisie a dit "C'est bien maman". "Regardez, ai-je dit, elle se balade, simplement, heureuse et en bonne santé, elle s'occupe de ses affaires, elle contemple le ciel." Je suppose qu'il y avait trop de ces petites sculptures pour qu'ils aient remarqué leur mère miniature parmi tous ces autres petits personnages.

Ils m'ont parlé de la dame philosophe qui a été presque oubliée, je n'arrive pas à me rappeler son nom, mais qui a inspiré cette grande femme et tous ses petits habitants. Elle a vécu il y a très, très longtemps, à l'époque médiévale, je crois. Margot, peut-être. Je suis nulle pour me rappeler les noms. Il faudra que je demande à Ethan de me parler d'elle quand je le reverrai. Mais l'important, c'est ceci : pendant que j'étais sur mes genoux en train de regarder la petite image de Harry, elle est devenue lumineuse. Je le jure. Elle émettait une lumière violette. Je voyais son énergie. Elle avait un champ électromagnétique, cette petite chose. Alors je suis devenue très calme. Nous avons circulé pour regarder les autres œuvres d'art, et alors, juste avant de passer la porte, je me suis retournée pour un dernier regard aux œuvres de Harry, et j'ai vu leurs auras qui flamboyaient tout autour d'elles. J'ai pris une grande inspiration et l'ai gardée quelques secondes. Ce n'étaient pas des gens, après tout. C'étaient des choses qu'une personne avait fabriquées. Pour la première fois, j'ai vraiment compris pourquoi le maître enseignait qu'il y avait des artistes au plan le plus élevé, habitant sur Sirius. C'était parce qu'ils avaient fait don dans leurs créations de leur esprit et de leur énergie. Ils devaient avoir eu un énorme supplément d'énergie à donner. En tout cas je jure que la pièce entière était éclairée par ces arcs-en-ciel frémissants.

Ethan et Maisie devaient avoir vu qu'il m'était arrivé quelque chose, parce qu'ils m'ont demandé ce qui se passait, mais j'ai répondu qu'il ne se passait rien. J'ai dit que j'allais bien, ce qui était vrai. Si je leur avais parlé des lumières et des couleurs, ils m'auraient de nouveau regardée de travers, même s'ils étaient bien intentionnés et s'ils ont bon cœur, en réalité. C'est vrai de tous les deux. J'ai fermé les yeux. Je les ai rouverts, et je suis restée sur place en souriant parce que les couleurs étaient encore là – du rouge, de l'orange, du jaune, et des verts et des bleus et du violet –, brûlantes et flamboyantes dans cette grande pièce où Harry travaillait, et j'ai su avec certitude que chacune de ces choses barbares, cinglées et tristes que Harry avait créées était vivante de la vie de l'esprit. Pendant une seconde, là, je les ai presque entendues respirer.

NOTES DE LA TRADUCTRICE

p. 14 : *Sweet autumn* est le nom anglais de la clématite d'automne *(Clematis terniflora)*.
p. 26 et aussi p. 41, 108 et 209 : *Burden*, patronyme de Harriet et de son père, signifie fardeau. D'où le jeu de mots (Burden/fardeau) qui réapparaît à plusieurs reprises.
p. 27 : Cooper Union : Cooper Union for the Advancement of Science and Art (Union Cooper pour le développement de la science et de l'art) ou, plus couramment, Cooper Union est un établissement d'enseignement supérieur situé dans le quartier de Lower Manhattan à New York.
p. 32 : Bellevue : hôpital new-yorkais réputé pour ses services psychiatriques.
p. 42 : Pluie d'avril.
p. 44 : Willie Loman est le nom du commis voyageur d'Arthur Miller.
p. 53 : Oberlin : prestigieuse école des beaux-arts en Ohio.
p. 57 : *head case*, que l'on pourrait traduire par "cas mental", signifie généralement, et plus simplement : "cinglé".
p. 59 : "heepien", d'après Uriah Heep, un personnage de Dickens, dans *David Copperfield*, qui fait grand étalage d'humilité alors qu'en réalité c'est un affreux bonhomme calculateur.
p. 60 : Brillo : les *Brillo pads* sont des tampons à récurer. Andy Warhol a créé en 1964 une "sculpture" composée de reproductions en contreplaqué et sérigraphie de boîtes de Brillo.
p. 63 : Nat Tate : William Boyd est un écrivain britannique qui, en 1998, a publié une biographique d'un artiste qu'il admirait,

Nat Tate. L'ouvrage est détaillé, des photos et autres documents d'archive le complètent. Des grands noms du milieu de l'art et de la littérature tombèrent dans le panneau, surtout quand David Bowie lui-même vint lire en public des passages du livre de Boyd. Le nom de Nat Tate rend hommage aux deux grands musées londoniens : la National et la Tate Gallery.

p. 86 : 1 – Mary Shelley, *Frankenstein ou le Prométhée moderne*, trad. Paul Couturiau (éditions du Rocher 1988). 2 – John Milton, *Le Paradis perdu*, trad. Chateaubriand. 3 – Emily Dickinson, *Une âme en incandescence*, trad. Claire Malroux (José Corti, 1998), n° 754, p. 488-489.

p. 157 : *Tinseltown* : "la ville du clinquant", surnom familier d'Hollywood.

p. 169 : PhD : abréviation de *Doctor of Philosophy*, doctorat d'État ou titulaire d'un doctorat.

p. 174 : *blaxploitation* : exploitation commerciale du vécu des Noirs, en particulier dans des films où des Noirs jouent des rôles héroïques de policiers, criminels, joueurs, etc.

p. 175 : *farblondzhet* (yiddish) : totalement égaré.

p. 177 : page 6 du *Post* : la page 6, consacrée aux potins, du *New York Post*, un tabloïde réputé pour ses titres vulgaires et ses nombreux articles de nature scandaleuse.

p. 197 : *Spinoza, lettre à H. Oldenburg*, trad. Emile Saisset, 1861.

p. 199 : Nietzsche, *Le Gai Savoir*, trad. par Henri Albert, Mercure de France, Paris, 1901 (*Œuvres complètes de Friedrich Nietzsche*, vol. 8, p. 299-387).

p. 225 : Mr Rescue (littéralement, M. Secours) : jeu vidéo ; le joueur revêt la combinaison de pompier de Mr Rescue, chargé de sauver autant de monde que possible dans un bâtiment pris par les flammes.

p. 233 : Ivy League (littéralement Ligue du lierre, allusion au lierre qui pousse sur les vieux bâtiments) : groupe de huit anciennes et prestigieuses universités privées du Nord-Est des États-Unis. Le terme connote l'excellence universitaire et l'élitisme social.

p. 234 : PS1 : le MoMA PS1, plus généralement appelé PS1, est l'un des premiers musées d'art contemporains aux États-Unis. Fondé en 1976 à New York, dans le département de Queens, il dépend depuis 2000 du Museum of Modern Art de New York.
p. 243 : contes de fées philadelphiens : allusion au film de Cukor, *The Philadelphia Story* (*Indiscrétions*, dans la version française). La culture américaine semblait à cette époque fascinée par les "vieilles fortunes", représentées principalement dans les villes de Philadelphie et Boston.
p. 266 : LGBT : Lesbiennes, Gays, Bisexuels et Transsexuels.
p. 268 : DIY : *Do it yourself*, faites-le vous-même.
p. 271 : Søren Kierkegaard, *Le Journal du Séducteur*, trad. F. et O. Prior et M. H. Guignot (Gallimard, 1943).
p. 299 : Tricky Dick (Richard le Tricheur) : surnom donné à Richard Nixon après l'affaire du Watergate.
p. 307 : "Tom, Dick et Harry" : expression courante désignant n'importe qui, comme nous dirions "Pierre, Paul ou Jacques".
p. 311 : Filippo Tommaso Marinetti, *Manifeste du futurisme* ; la première parution de ce manifeste a eu lieu, en français, dans *Le Figaro*, le 20 février 1909.
p. 316 : Flat Earth Society : organisation soutenant la théorie que la Terre est plate.
p. 375 : Emily Dickinson, *Une âme en incandescence*, trad. Claire Malroux (José Corti, 1998), vers extrait du poème n° 341 (p. 194-195) : "À une grande douleur, succède un calme solennel."

Versions françaises des citations :
Les citations d'auteurs francophones sont extraites de leur version originale. Les autres, à l'exception de celles dont les références sont données ci-dessus, sont traduites de l'anglais par CLB.

TABLE

BABEL

Extrait du catalogue

1381. MIKAEL BERGSTRAND
Les Plus Belles Mains de Delhi

1382. NAGUIB MAHFOUZ
Le Monde de Dieu

1383. CHRISTOS CHRYSSOPOULOS
La Destruction du Parthénon

1384. PAUL AUSTER
Excursions dans la zone intérieure

1385. DAVID GRAEBER
Dette : 5 000 ans d'histoire

1386. KAMEL DAOUD
Meursault, contre-enquête

1387. ALICE FERNEY
Le Ventre de la fée

1388. MARIE-SABINE ROGER
Vivement l'avenir

1389. JAUME CABRÉ
Confiteor

1390. MICHAEL KÖHLMEIER
Idylle avec chien qui se noie

1391. HUGH HOWEY
Silo Générations

1392. JEAN CLAUDE AMEISEN
Sur les épaules de Darwin. Retrouver l'aube

OUVRAGE RÉALISÉ
PAR L'ATELIER GRAPHIQUE ACTES SUD
REPRODUIT ET ACHEVÉ D'IMPRIMER
EN AVRIL 2016
PAR NORMANDIE ROTO IMPRESSION S.A.S.
À LONRAI
POUR LE COMPTE DES ÉDITIONS
ACTES SUD
LE MÉJAN
PLACE NINA-BERBEROVA
13200 ARLES

DÉPÔT LÉGAL
1re ÉDITION : JUIN 2016
N° impr. : 1602096
(Imprimé en France)